# DANS LA GORGE
# DU DRAGON

PAR

ELIOT PATTISON

Traduit de l'américain
par Freddy MICHALSKI

« *Grands Détectives* »
dirigé par Jean-Claude Zylberstein

ROBERT LAFFONT

*Du même auteur*
*aux Éditions 10/18*

▶ Dans la gorge du dragon, nº 3648
Le tueur du lac de pierre, nº 3652

*À paraître*

L'œil du Tibet (en juin 2005)

Titre original :
*The Skull Mantra*

© Eliot Pattison, 1999.
© Éditions Robert Laffont S.A., Paris, 2002,
pour la traduction française.
ISBN 2-264-03623-0

*à Matt, Kate et Connor*

*Ce livre n'aurait pas existé sans le soutien
de Natasha Kern et de Michael Denneny.
Merci aussi tout spécialement
à Christina Prestia, Ed Stackler,
Lesley Payne et Laura Conner.*

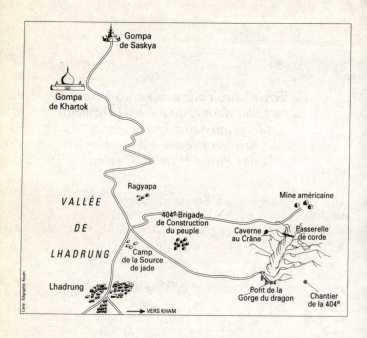

# 1

On appelait cela « s'en prendre quatre ». Le grand moine maigre paraissait suspendu au bord de la haute falaise et seul le vent brutal de l'Himalaya semblait le rattacher encore à la terre. Shan Tao Yun plissa les yeux pour mieux voir. Son cœur se serra. Son ami Trinle s'apprêtait à sauter. Trinle qui, pas plus tard que ce matin, avait murmuré une bénédiction à l'adresse des pieds de Shan afin qu'ils n'écrasent pas d'insectes en marchant.

Shan laissa tomber sa brouette et se mit à courir.

Trinle fut repoussé contre la montagne par une bourrasque qui, remontant le flanc de la falaise, lui arracha son *khata,* le foulard de prières improvisé qu'il portait en secret autour du cou. Shan zigzagua parmi les travailleurs maniant pic et masse et trébucha dans le gravier. Derrière lui retentit un coup de sifflet, suivi par un cri de colère.

Le morceau de soie blanche voleta au-dessus de Trinle, hors de son atteinte, avant de monter lentement vers le ciel sous les regards des prisonniers. Ceux-ci n'étaient pas surpris, ils le contemplaient, pleins d'une attitude révérencieuse. Ils savaient que toute action a sa signification, et souvent, dans la nature, c'étaient les actes les plus subtils et les plus inattendus qui avaient le plus de sens.

Les gardes eurent beau crier à nouveau, personne ne reprit le travail. Le moment était d'une beauté abjecte. Le morceau de loque d'un blanc sale flottait dans le ciel de cobalt, suivi par deux cents visages hagards qui espéraient une révélation sans se soucier de la punition qui ne manquerait pas de tomber, ne serait-ce que pour une seule minute de travail perdu. Au Tibet, il fallait s'attendre à vivre ce genre de moment, avait appris Shan.

Mais Trinle, toujours en suspens au bord de la falaise, regarda encore sous lui, de ses yeux calmes et attentifs. Des hommes qui s'en étaient pris quatre, Shan en avait vu, mais, chaque fois, l'anticipation s'était lue sur leur visage. C'est toujours ainsi que les choses se passaient, de cette même manière, abrupte et inattendue, comme s'ils se trouvaient poussés soudain par une voix que nul autre qu'eux ne pouvait entendre. Le suicide était un grand péché, et sa conséquence certaine, une réincarnation sous une forme de vie inférieure. Mais choisir de revivre à quatre pattes pouvait être une solution tentante face à la seule autre possibilité : une vie sur ses deux jambes dans une brigade de travaux forcés chinoise.

Se précipitant pour agripper tant bien que mal le bras de son ami à l'instant précis où Trinle se penchait dans le vide, Shan comprit immédiatement qu'il avait fait fausse route. Le moine examinait quelque chose. Moins de deux mètres sous lui, sur une corniche tout juste assez large pour un nid d'hirondelle, gisait un objet en or. Un briquet.

Un murmure d'excitation se répandit dans les rangs des prisonniers comme une pulsation. Le khata, revenu au-dessus du plateau de la falaise, dégringolait maintenant droit sur la pente, quinze mètres devant l'équipe travaillant à la route.

Les gardes étaient à présent au milieu des forçats, l'insulte aux lèvres, la main sur la matraque. Trinle s'éloigna du rebord et tourna la tête pour suivre la chute du tissu de prières, tandis que Shan revenait vers sa brouette. Le sergent Feng, lent, grisonnant mais toujours en éveil, s'était posté à côté du tas de cailloux renversé et écrivait dans son registre. La construction des routes servait le socialisme. Abandonner son ouvrage était un péché de plus contre le peuple.

Shan marchait à pas pesants, se préparant à subir la colère de Feng, lorsqu'un cri retentit sur le flanc de la montagne. Deux prisonniers étaient partis récupérer le khata. Arrivés à l'amas de pierres où le morceau de tissu avait atterri, ils s'étaient arrêtés. Reculant à genoux, ils psalmodiaient d'un ton fiévreux. Leur mantra frappa le restant des forçats comme une rafale de vent. Les prisonniers tombèrent tous à genoux, comme un seul homme, avant de reprendre la prière, les uns après les autres, jusqu'à ce que la brigade tout entière, y compris les forçats près des camions postés au pont en contrebas, se joigne à la litanie à l'unisson. Seuls Shan et quatre autres détenus, les seuls prisonniers chinois d'origine han de la brigade, restèrent debout.

Feng rugit de colère et se précipita, le sifflet aux lèvres, soufflant à pleins poumons. La psalmodie avait d'abord laissé Shan très perplexe : il n'y avait pas eu suicide. Mais il n'y avait pas à se tromper : il s'agissait bien d'une invocation du Bardo, les premières litanies ouvrant les cérémonies des morts.

Le militaire avait quatre poches à sa veste, insigne le plus fréquent du grade dans l'Armée populaire de libération, et remontait le flanc de la colline au petit trot. Il s'agissait du lieutenant Chang, officier de la garde. Il parla à l'oreille de Feng, et, d'un cri, le sergent ordonna aux prisonniers han de dégager le tas de pierres découvert par les Tibétains. Shan avança d'un pas incertain vers l'endroit où gisait le khata et s'agenouilla aux côtés de Jilin, homme lent et puissant, originaire de Mandchourie et connu sous le seul nom de sa province. Tout en s'empressant de fourrer le foulard de soie dans sa manche, Shan vit que le visage d'ordinaire maussade de son voisin affichait une expression d'anticipation impatiente. Avec un regain d'énergie toute neuve, Jilin se mit à dégager les pierres.

Il n'était pas inhabituel que les membres de l'équipe première de forçats, affectée au dégagement des plus gros rocs et des pierres branlantes sur la voie, fassent des trouvailles inattendues. Souvent, il leur arrivait de trouver un pot en terre jeté au rebut ou le crâne d'un yack au fil des itinéraires tracés par les ingénieurs de l'APL, l'Armée populaire de libération. Dans un pays où les morts continuaient toujours à être offerts en pâture aux vautours, il n'était pas rare qu'ils exhument des vestiges d'êtres humains.

Une cigarette à moitié fumée apparut au milieu des gravats. Jilin s'en empara avec un ronronnement de plaisir quand deux pieds chaussés de bottes au brillant immaculé se plantèrent à côté des deux hommes. Toujours accroupi, Shan vit le lieutenant Chang changer brutalement de figure et porter la main au pistolet suspendu à sa ceinture. L'effroi se lisait sur son visage. Un cri aigu mourut sur ses lèvres, et il s'abrita derrière Feng.

Cette fois-ci, la 404e brigade de construction du peuple avait battu les vautours de vitesse. Le corps gisait, délimité par les pierres qui l'avaient masqué jusque-là. Shan vit immédiatement que les chaussures en vrai cuir, façonnées à la mode occidentale, n'étaient pas à la portée de toutes les bourses. Sous un chandail rouge au col en V miroitait une chemise blanche repassée et lavée de frais.

— Américain, murmura Jilin, impressionné, non par le mort mais par ses vêtements.

L'homme portait un blue-jean neuf — rien à voir avec la toile bleue chinoise de si piètre tenue pour laquelle les camelots des rues pirataient les étiquettes occidentales : c'était de l'article authentique, fabriqué aux États-Unis. L'insigne émaillé qui ornait le chandail représentait deux étendards en croix : le drapeau américain et le drapeau chinois. L'homme avait les mains posées sur le ventre, à l'image du résidant d'un petit hôtel en train de somnoler tranquillement, attendant qu'on l'appelle pour le thé.

Le lieutenant Chang se reprit bien vite.

— Le reste du corps, nom de Dieu, grogna-t-il d'un ton furieux en poussant Feng d'un coup d'épaule. Je veux voir le visage.

— L'enquête, dit Shan sans réfléchir. Vous ne pouvez pas...

Le lieutenant frappa Shan du pied, sans violence, d'un geste né d'une longue pratique, comme on se débarrasse d'un chien embêtant. Jilin, à côté de Shan, tressaillit et se protégea par réflexe la tête de ses mains. Le lieutenant Chang s'avança, impatient, et agrippa les chevilles du mort. Avec un regard furieux à Feng, il tira pour dégager le cadavre des pierres qui le couvraient encore. Instantanément, le sang déserta son visage et il se retourna avec un haut-le-cœur.

Le corps n'avait plus de tête.

Les prisonniers avançaient au pas vers une file de camions de transport de troupes, gris et décrépits, retirés depuis bien longtemps de tout service actif. Un jeune officier aboyait dans un porte-voix :

— L'idolâtrie est une attaque contre l'ordre socialiste. Chaque prière est un coup porté au peuple.

Silencieusement, Shan prit le pari que viendrait ensuite : « Brisez les chaînes de la féodalité », ou « Honorer le passé, c'est régresser ».

— Le dragon a mangé ! s'écria une voix dans les rangs des prisonniers.

Un coup de sifflet retentit, imposant le silence.

— Vous avez failli aux quotas exigés de vous, poursuivit l'officier politique de sa voix monotone et haut perchée.

Derrière lui se trouvait un camion rouge que Shan n'avait encore jamais vu sur le chantier de construction. MINISTÈRE DE LA GÉOLOGIE, lisait-on sur la portière.

— Vous avez humilié le peuple. Vous ferez l'objet d'un rapport auprès du colonel Tan.

La voix amplifiée de l'officier se réverbérait en échos sur la pente. Qu'est-ce que le ministère de la Géologie pouvait bien faire par ici ? se demanda Shan.

— Droits de visite suspendus. Pas de thé chaud pendant deux semaines. Brisez les chaînes de la féodalité. Apprenez la volonté du peuple.

— Putain de merde, marmonna un inconnu en se cognant à Shan, dans la file qui attendait de monter dans le camion. On est bons pour le café *lao gai*.

Shan se retourna. Le jeune Tibétain était nouveau venu dans la brigade. Son petit visage aux traits rudes le désignait comme étant un Khampa, originaire des clans d'éleveurs du haut plateau de Kham, plus à l'est.

En voyant Shan, le visage de l'homme se durcit instantanément.

— Tu connais le café lao gai, ton altesse ? cracha-t-il comme un chien en colère.

Les quelques dents qui lui restaient étaient noircies par les caries.

— Une cuillerée de bonne terre tibétaine. Et une demi-tasse de pisse.

Dans le camion, l'homme s'assit sur le banc, face à Shan, qu'il dévisagea ostensiblement. Shan remonta le col de sa chemise — la bâche dépenaillée qui fermait l'arrière du camion était une bien piètre protection contre le vent — et retourna sans ciller le regard qui le fixait. La survie, avait-il appris, n'était qu'une question de gestion. La gestion de ses propres peurs. Même si elles vous brûlaient l'estomac ou vous transperçaient le cœur comme un fer brûlant jusqu'à vous consumer l'âme, il ne fallait jamais rien en laisser paraître.

Shan était devenu grand connaisseur en matière de peur. Il avait appris à en apprécier les nombreuses textures et les réactions physiques qu'elle entraînait. Il existait une énorme différence, par exemple, entre la peur des pas bottés du tortionnaire et la peur d'une avalanche dévalant sur une équipe de travailleurs voisine. Mais aucune ne se comparait à la peur qui le tenait éveillé des nuits entières tandis qu'il fouillait les miasmes de son épuisement et de sa douleur : la peur d'oublier le visage de son père. Les premiers jours, dans le brouillard d'injections à la seringue et de thérapie politique, il en était arrivé à prendre conscience de la valeur que pouvait avoir la peur. Parfois seule la peur avait eu quelque réalité.

Le Khampa avait de profondes cicatrices — des entailles de lame — sur le cou. Ses lèvres se retroussèrent avec un mépris glacial lorsqu'il parla :

— Colonel Tan… Personne ne m'a prévenu que c'était ici, le secteur de Tan. Celui des Émeutes des Pouces, pas vrai ? Le plus grand salopard d'une armée de salopards.

Un instant, on aurait pu croire que personne n'avait entendu, quand un garde apparut à la bâche. Il se pencha et asséna un coup de matraque sur les tibias du Tibétain. Le Khampa grimaça de douleur avant de ricaner méchamment avec un petit geste à l'adresse de Shan, une petite torsion du poignet comme s'il avait un couteau. Avec une indifférence très calculée, Shan ferma les yeux.

On ferma la bâche derrière eux avant de la nouer et le camion gémit en se mettant en mouvement. Se leva alors un sourd murmure dans l'obscurité. Presque imperceptible au départ, pareil au bruit d'un ruisseau au lointain. Durant les trente minutes du trajet de retour au camp, les gardes se tenaient dans les cabines des camions, et les prisonniers étaient seuls. La fatigue de la brigade était presque palpable, grisaille de lassitude qui émoussait les sensations du trajet. Mais elle ne dispensait pas les hommes des vœux qu'ils avaient faits.

Après trois années, Shan était capable d'identifier les différents *malas* — les rosaires — à leur seul bruit. Le prisonnier à sa gauche laissait courir les doigts sur une chaîne de boutons. À sa droite, le mala illicite était une chaîne d'ongles. Ce petit truc avait la faveur de beaucoup : on se laissait pousser les ongles, puis on les coupait en récupérant les rognures jusqu'à atteindre le nombre requis de cent huit, qu'on rassemblait alors sur un fil tiré à une couverture. Quelques rosaires, uniquement constitués de nœuds faits à ces mêmes fils, défilaient en silence entre des doigts calleux. D'autres encore étaient fabriqués à partir de graines de melon, matériau recherché sur lequel il fallait veiller avec grand soin. Certains prisonniers, en particulier les derniers arrivés, étaient plus soucieux des rituels de survie que des rituels de Bouddha. Ces rosaires-là, ils les mangeaient.

Grâce à chacune de ces graines, chacun de ces ongles, nœuds ou boutons, un prêtre récitait l'antique mantra, *Om mani padme hum.* Gloire au Joyau dans le Lotus, l'invocation au bouddha de la Compassion. Aucun prêtre n'accepterait de s'étendre sur sa couchette sans avoir satisfait à sa règle quotidienne, soit cent rosaires complets.

Les psalmodies firent l'effet d'un baume sur l'âme lasse de Shan. Les prêtres et leurs mantras avaient changé son existence. Ils lui avaient permis de laisser derrière lui les douleurs de son passé, de cesser de se retourner sur ce qui avait été. La majeure partie du temps, en tout cas. L'enquête, avait-il dit à Chang. Ses propres paroles l'avaient surpris lui-même, bien plus que le lieutenant. On perd difficilement ses vieilles habitudes.

Sous la fatigue qui émoussait sa vigilance, une image fondit sur lui. Celle d'un corps sans tête, assis, le torse droit, ses doigts jouant avec un briquet en or. La silhouette remarqua sa présence, et lui tendit à contrecœur le briquet. Shan ouvrit les paupières avec un sursaut, le souffle soudainement coupé.

Ce n'était plus le Khampa qui le regardait, mais un homme âgé, le seul prisonnier à posséder un rosaire authentique, un antique mala de grains en jade qui s'était matérialisé des mois auparavant. L'homme était assis à l'opposé de Shan, en diagonale, sur le banc derrière la cabine. Son visage était aussi lisse qu'un galet, à l'exception de la cicatrice en dents de scie sur la tempe gauche, là où un garde rouge l'avait attaqué à coups de houe quelque trente ans auparavant. Choje Rimpotché avait été le *kenpo*, le père supérieur, du *gompa* de Nambe, l'un des milliers de monastères rayés de la carte par les Chinois. Aujourd'hui, il était le kenpo de la 404e brigade de construction du peuple.

Choje disait son rosaire comme les autres, oublieux des cahots et du roulis du camion, lorsque Trinle fit tomber un petit objet enveloppé d'un chiffon au creux de ses cuisses.

18

Choje baissa son rosaire et défit lentement l'emballage, laissant apparaître une pierre couverte d'une tache couleur de rouille. Le vieux lama la prit avec respect, en étudiant chaque facette comme si elle contenait quelque vérité cachée. Lentement, à mesure qu'il découvrait son secret, ses yeux se remplirent d'une grande tristesse. La pierre avait été trempée par le sang. Il se redressa, face à Shan qui le fixait toujours, avant de hocher la tête avec solennité, comme pour confirmer le sentiment de prescience douloureuse de Shan. L'homme aux jeans américains avait perdu son âme là-bas, au milieu de leur route.

Les bouddhistes allaient refuser de travailler dans la montagne.

À l'arrêt des camions à l'intérieur du camp, les rosaires disparurent. Retentirent des coups de sifflet avant qu'on dénoue les bâches. Dans la lumière grise du crépuscule, les prisonniers cheminèrent en silence à pas pesants pour rentrer dans les baraques basses en planches qui étaient leur logement, et en ressortir aussi vite, avec, à la main, le quart en fer-blanc qui faisait pour chacun d'eux office de cuvette, d'assiette et de chope à thé. Ils s'alignèrent sur tout un côté du baraquement-cantine pour se faire remplir leur gobelet de gruau d'orge et rester là, debout, dans le soir tombant, reprenant vie à mesure que la chaleur de la bouillie se répandait dans leur ventre. Les prisonniers se saluaient en silence d'un hochement de tête avec des sourires fatigués. Si quelqu'un parlait, il était sûr de se retrouver expédié à l'étable pour la nuit.

De retour dans la cahute, Trinle arrêta le Khampa, le nouveau prisonnier, qui traversait la pièce.

— Pas ici, dit le moine, en indiquant un rectangle dessiné au sol à la craie.

Le Khampa, sec comme un coup de trique, apparemment au fait des autels invisibles dans les casernements de prisonniers, haussa les épaules et contourna le rectangle jusqu'à une couchette vide dans le coin de la pièce.

— Près de la porte, annonça Trinle d'une voix tranquille.

Il parlait toujours de ce même ton de respect absolu, à croire qu'il était lui-même impressionné par ses propres périodes d'éveil, lorsqu'il ne méditait pas.

— Ta couchette devrait se trouver près de la porte, répéta-t-il en se proposant de déplacer les affaires du nouveau venu.

Le Khampa feignit de n'avoir pas compris.

— Par le souffle de Bouddha ! éructa-t-il d'une voix rauque en examinant les mains de Trinle. Où sont passés tes pouces ?

Trinle inclina la tête vers ses mains.

— Je n'en ai aucune idée, dit-il avec un semblant de curiosité, comme s'il ne s'était jamais posé la question.

— Les salauds. C'est eux qui t'ont fait ça, pas vrai ? Pour t'empêcher de réciter ton rosaire.

— Je me débrouille quand même. Près de la porte, répéta Trinle.

— Mais il y a deux couchettes vides ici, rétorqua l'homme sèchement.

Le nouveau venu s'allongea sur sa paillasse comme s'il mettait Trinle au défi de le faire bouger. Les opposants les plus féroces à l'Armée populaire de libération avaient été les habitants du Kham. Dans les coins les plus reculés de la province, on continuait toujours à les arrêter pour des actes de sabotage commis au petit bonheur la chance. Hors des camps, il était interdit à un Khampa des clans du Sud, lesquels avaient poursuivi leur résistance contre l'armée bien longtemps après que le reste du Tibet eut abandonné la lutte, de posséder la moindre arme, ne serait-ce qu'un couteau dont la lame dépassait dix centimètres.

L'homme ôta une de ses bottes en piteux état et, avec componction, sortit un morceau de papier de sa poche. Celui-ci provenait d'un bloc-registre de garde, dont les feuilles s'envolaient parfois au vent. Il tint son papier en l'air un instant, un sourire forcé aux lèvres, avant de le glisser dans sa botte en guise d'isolant supplémentaire.

L'existence à la 404ᵉ se mesurait à l'aune des victoires les plus minces.

Tandis qu'il réenveloppait ses pieds dans les chiffons dépenaillés qui lui tenaient lieu de chaussettes, le nouvel arrivant examina ses compagnons de cellule. Shan avait assisté à cette même routine plus de fois qu'il ne saurait compter. Chaque nouveau prisonnier cherchait d'abord le prêtre en chef, puis les faibles de la troupe qui ne lui causeraient pas d'ennuis. Ceux qui avaient perdu tout courage et ceux qui pouvaient être informateurs. Le prêtre était facile à trouver : Choje, assis dans la position du lotus sur le plancher, à côté d'une des couchettes centrales, étudiait toujours la pierre qu'il tenait dans la main. Personne dans la cahute, personne dans toute la brigade lao gai, ne rayonnait d'une telle sérénité.

L'un des jeunes moines sortit une poignée de feuilles, des jeunes pousses qui avaient commencé à sortir de terre sur les flancs de la montagne. Trinle les compta avant de les distribuer — une feuille par prisonnier. Chacun des moines accepta sa feuille avec solennité et murmura un mantra de remerciements à l'adresse de l'homme dont le tour était venu de risquer l'emprisonnement pour avoir ramassé ces quelques brins.

Trinle se tourna vers le Khampa occupé à mâchonner sa feuille.

— Je suis désolé, dit-il. C'est Shan Tao Yun qui dort là.

Le Khampa inspecta les lieux pour revenir sur Shan, assis par terre à côté de Choje.

— Le bouffeur de riz ? ricana-t-il. Il n'y a pas un Khampa qui se laisserait avoir par un foutu bouffeur de riz.

Il éclata de rire. Personne ne s'esclaffa de concert. Le silence parut l'enflammer davantage encore.

— Ils nous ont pris notre terre. Ils nous ont pris nos monastères. Nos parents. Nos enfants, cracha-t-il en dévisageant les moines avec une impatience grandissante.

La haine dans sa voix vibrait comme une présence étrangère dans la cahute.

— Et ça, ce n'était que le début, pour gagner du temps avant la vraie bataille. Parce que maintenant, ce sont nos âmes qu'ils prennent. Ils s'installent dans nos villes, nos vallées, nos montagnes. Et même dans nos prisons. Pour nous empoisonner. Nous transformer à leur image. Notre âme se rétrécit. Notre visage disparaît. Nous devenons personne.

Il pivota brutalement et fit face aux autres couchettes.

— C'est arrivé au dernier camp où j'étais. Les prisonniers ont fini par oublier tous leurs mantras. Un jour ils se sont réveillés, et leur esprit était vide. Plus une prière à la mémoire.

— Ils ne pourront jamais nous enlever nos prières du cœur, dit Trinle en jetant un regard inquiet à Shan.

— Merde pour eux ! Nos cœurs, ils nous les « enlèvent ». Et alors, plus personne ne continue sa progression, plus personne ne va jusqu'au Bouddha. Nous ne faisons que descendre, en nous laissant dériver d'une forme à une forme inférieure. Dans ce camp, ils ont abreuvé un vieux moine de politique. Et un jour, il s'est réveillé pour s'apercevoir qu'il s'était réincarné sous la forme d'une chèvre. Je l'ai vu. La chèvre prenait la queue pour la nourriture, exactement à la place où se tenait le vieux prêtre. Je l'ai vu, de mes yeux vu. Tout simplement. Une chèvre. Les gardes l'ont tuée à la baïonnette. Avant de la faire rôtir à la broche devant nous. Le lendemain, ils ont rapporté un seau de merde des latrines. En criant : « Regardez ce qu'il est devenu ! »

— Tu n'as pas besoin des Chinois pour t'égarer et perdre ton chemin, dit soudainement Choje. Ta haine suffira amplement.

Sa voix était douce et coulait sans heurts, comme du sable sur une pierre. Le Khampa se tassa sur lui-même et battit en retraite, une expression toujours aussi farouche sur le visage.

— Je ne vais pas me réveiller dans la peau d'une foutue chèvre. Je tuerai quelqu'un d'abord, lança-t-il avec un regard noir à Shan.

— Shan Tao Yun, fit doucement remarquer Trinle, a été réduit. Il reprendra sa place sur sa couchette demain.

— Réduit ? répliqua le Khampa avec un rictus méprisant.

— C'est une punition. Personne ne t'a expliqué le système ?

— Ils m'ont poussé hors du camion et ils m'ont juste donné une pelle.

Trinle adressa un signe de la tête à l'un des jeunes moines assis tout près. Le moinillon avait une taie laiteuse sur l'œil et il abandonna immédiatement son chapelet de prières pour se placer aux pieds du Khampa.

— Tu transgresses une des règles du directeur, expliqua-t-il, et il te fait envoyer une chemise propre. Tu te présentes devant lui. Si tu as de la chance, tu es réduit. On te supprime totalement et immédiatement tout ce qui procure le moindre confort, à l'exception des vêtements que tu as sur le dos. Ta première nuit, tu la passes dehors, au centre de la cour carrée de rassemblement. Si c'est l'hiver, cette nuit-là, tu quitteras ton enveloppe corporelle.

Au cours de ses trois années, Shan avait vu six prisonniers emportés comme des statues d'autel, gelés dans la position du lotus, les doigts serrés sur les grains de leur chapelet de fortune.

— Si ce n'est pas l'hiver, le lendemain, tu es autorisé à regagner la protection de ta cahute. Le surlendemain, on te rend tes chaussures. Puis ta veste. Puis ton quart. Ensuite la couverture, la paillasse, et finalement le lit.

— Tu dis que ça, c'est pour ceux qui ont de la chance. Et les autres alors ?

Le jeune prêtre réprima un frisson.

— Le directeur les adresse au colonel Tan.

— Le célèbre colonel Tan, grommela le Khampa. Et pourquoi une chemise propre ? demanda-t-il en relevant la tête.

— Le directeur est un homme pointilleux.

Le prêtre se retourna vers Trinle comme s'il ne savait pas ce qu'il devait ajouter.

— Il arrive parfois que ceux qui partent soient envoyés dans un autre lieu.

Le Khampa ricana en reconnaissant le sens caché des paroles. Puis il se mit à tourner autour de Shan avec circonspection.

— C'est un espion. Je le reconnais à l'odeur.

Trinle soupira et ramassa les affaires du Khampa pour les poser sur la couchette vide près de la porte.

— Ce lit appartenait à un vieil homme de Shigatsé. Shan l'a fait sortir.

— Je croyais qu'il s'en était pris quatre.

— Non. Il a été libéré. On l'appelait Lokesh. Il avait été collecteur d'impôts dans le gouvernement du dalaï-lama. Trente-cinq ans, et soudain, un jour, ils appellent son nom et lui ouvrent la grille.

— Tu dis que c'est ce bouffeur de riz qui l'a fait sortir ?

— Shan a rédigé quelques mots puissants sur une bannière, expliqua Choje avec un lent hochement de la tête.

Le Khampa examina Shan bouche bée.

— Alors, comme ça, tu es une sorte de sorcier ? demanda-t-il avec mépris. Tu vas aussi me faire un coup de magie, chaman ?

Shan ne releva pas la tête. Il observait les mains de Choje. La liturgie du soir allait bientôt commencer.

Trinle se retourna avec un sourire triste.

— Pour un sorcier, soupira-t-il, notre Shan transporte drôlement bien ses lots de pierres.

Marmonnant dans ses moustaches, le Khampa jeta sa chaussure vers la couchette près de la porte. Il acceptait de céder, non pour Shan, mais pour les prêtres. Pour qu'il n'y ait pas d'ambiguïté, il se tourna vers Shan :

— Que ta mère aille se faire foutre.

Voyant que personne ne relevait son insulte, les yeux brillant d'une lueur étrange, il se dirigea vers la couchette de Shan, défit la corde qui lui tenait la taille et urina sur les planches nues.

Personne ne dit mot.

Choje se releva lentement et commença à essuyer la couchette à l'aide de sa propre couverture.

La lueur de victoire disparut du visage du Khampa. Il jura tout bas puis, repoussant Choje sur le côté, ôta sa chemise et finit le travail.

Deux ans auparavant, un autre Khampa avait partagé leur cahute, un gardien de troupeau entre deux âges, d'une taille minuscule. On l'avait envoyé en prison parce qu'il ne s'était pas inscrit auprès d'une des coopératives agricoles. Il avait vécu seul pendant quinze ans après qu'une patrouille eut embarqué sa famille puis, après la mort de son chien, il avait fini par partir sans but précis pour descendre dans une ville de la vallée. Jamais Shan n'avait vu quelque chose se rapprochant plus d'un animal en cage, à arpenter comme il le faisait sa cahute de long en large, tel un ours derrière des barreaux. Lorsqu'il regardait Shan, son visage ressemblait à un petit poing serré par la furie.

Le petit Khampa avait aimé Choje comme un père. Le jour où l'un des officiers, connu sous le surnom de lieutenant Bâton à cause de son penchant immodéré pour la matraque, avait bastonné Choje parce que celui-ci avait renversé une brouette et son chargement, le Khampa avait bondi sur le dos du Bâton, en le martelant de ses poings et en hurlant des obscénités. L'officier avait ri en faisant semblant de rien. Une semaine plus tard, relâché de l'étable en claudiquant parce qu'on lui avait démoli un genou, le Khampa avait arraché des bandelettes à sa couverture et s'était mis à coudre des poches à l'intérieur de sa chemise. Trinle et les autres l'avaient prévenu que même s'il parvenait à stocker suffisamment de nourriture dans ses nouvelles poches pour essayer de s'enfuir par les montagnes, toute tentative d'évasion était futile.

Un matin, ses poches terminées, il sollicita de Choje une bénédiction spéciale. Sur le chantier de la montagne, il chargea ses poches de pierres et se mit au travail, en chantant une vieille chanson de berger, jusqu'à ce que le lieutenant Bâton s'approche du bord de la falaise. Alors, sans une seconde d'hésitation, le Khampa avait chargé. Il s'était jeté sur le Bâton, verrouillant bras et jambes autour de l'officier, et, alourdi par les pierres dans ses poches, il s'était précipité avec son prisonnier dans le vide.

Soudain la cloche d'extinction des feux retentit. L'unique ampoule nue qui éclairait la pièce s'éteignit. Toute conversation était désormais interdite. Lentement, pareil à un chœur de criquets, le cliquetis liquide des chapelets emplit la cahute.

Un des jeunes moines se faufila discrètement jusqu'à la porte pour y monter la garde. Trinle sortit, d'une cachette sous une planche déclouée, deux bougies, et les alluma avant de les placer à chaque extrémité du rectangle de craie. Une troisième fut placée devant Choje. La flamme était trop assourdie pour illuminer même le visage du kenpo. Les mains de Choje apparurent dans la lumière et débuta alors l'enseignement du soir. Il s'agissait d'un rituel de prison, sans paroles ni musique, un des nombreux rituels qui avaient évolué depuis le jour où les moines bouddhistes avaient commencé à remplir les prisons chinoises, quatre décennies auparavant.

D'abord il y eut les offrandes à l'autel invisible. Choje tenait les paumes serrées pointées devant lui, les index repliés sous les pouces. C'était le signe d'*argham*, l'eau pour le visage. Nombre des *mudras* — les symboles des mains utilisés pour concentrer l'énergie intérieure — restaient pour Shan un mystère, mais Trinle lui avait enseigné les signes d'offrande. Les deux auriculaires de la main désincarnée de Choje se rétractèrent sous les paumes et les mains s'abaissèrent vers le sol. *Padyam*. L'eau pour les pieds. Lentement, avec grâce, Choje changea les positions de ses mains afin d'offrir encens, parfum et nourriture. Finalement, il serra les poings côte à côte, les pouces dressés vers le haut pareils à deux baguettes sortant d'un bol de beurre. *Aloke*. Les lampes.

Venu du dehors, un long gémissement de souffrance ponctua le silence. Un moine de la cahute voisine se mourait de quelque maladie.

Les mains de Choje se dirigèrent vers le cercle invisible

des adorateurs, en leur demandant ce qu'ils avaient apporté à la gloire de leur divinité intérieure. Deux mains sans pouces apparurent à la lumière, l'extrémité de chaque index collée à son opposée, les autres doigts repliés. Un frêle murmure d'approbation parcourut la pièce. C'était le poisson rouge, une offrande à la bonne fortune. D'autres mains apparurent à leur tour, chacune après un délai suffisant pour permettre la récitation de la prière d'accompagnement de l'offrande précédente. La conque, la fiole au trésor, le nœud lové, la fleur de lotus. Vint le tour de Shan. Il hésita, avant de dresser son index gauche qu'il couvrit de sa main droite à plat. L'ombrelle blanche, une autre des prières invoquant la bonne fortune.

La pièce s'emplit de ce bruit minuscule et remarquable, semblable à un bruissement de plumes, qui était devenu un élément obligé des nuits de Shan, le bruit d'une douzaine d'hommes articulant en silence des mantras. Les mains de Choje se replacèrent dans le cercle de lumière pour le sermon. Il commença par un geste que Shan n'avait pas souvent eu l'occasion de voir, main droite dressée avec paume et doigts pointant vers le ciel. Le mudra pour repousser la peur. Un silence gêné s'abattit sur la pièce. Un des jeunes moines inspira bruyamment, souffle coupé, comme s'il prenait soudain conscience de la solennité du moment. Puis les mains bougèrent, se serrant l'une contre l'autre, les deux majeurs dressés. Le mudra du diamant de l'esprit, invoquant pureté et clarté d'intention. Le sermon avait commencé. Les mains ne changèrent pas. Elles flottaient, sans bouger, comme sculptées dans un granit pâle, sous les yeux des fidèles qui les contemplaient. Le message n'aurait pu être communiqué avec plus d'intensité si Choje l'avait crié depuis le sommet d'une montagne. La douleur est sans importance, disaient les mains. Les pierres, les ampoules, les os fracturés, sont sans conséquence. Souvenez-vous de vos engagements. Honorez votre dieu intérieur.

La clarté d'esprit ne faisait pas défaut à Shan car Choje lui avait enseigné la manière de se focaliser comme aucun autre professeur avant lui. Au cours des longues journées d'hiver, quand le directeur les tenait enfermés — non par crainte de perdre des prisonniers, mais par crainte de perdre des gardes —, Choje l'avait aidé à atteindre à une extraordinaire découverte. Pour être enquêteur, le seul métier que Shan eût jamais connu avant le camp de travail, il fallait une âme inquiète et troublée. Un enquêteur exceptionnel ne pouvait se permettre d'avoir foi en quoi que ce soit. Tout était suspect, tout était transitoire et mouvant, rien ne durait. L'allégation se changeait d'abord en fait, puis en cause et en effet, avant de devenir nouveau mystère. Il ne pouvait exister de paix, car celle-ci allait de pair avec la foi. Non, ce n'était pas la clarté d'esprit qui lui faisait défaut. En des moments pareils, sous le poids pesant de sombres prémonitions, tiré qu'il était par la vie qui avait été la sienne comme un homme emmêlé à un cordage d'ancre, ce qui lui manquait, c'était un dieu intérieur.

Quelque chose était posé au sol sous les mains de Choje. La pierre ensanglantée. Surpris, Shan se rendit compte que Choje et lui pensaient à la même chose. Le kenpo rappelait les prêtres à leurs devoirs et Shan se sentit la bouche totalement sèche. Il voulut protester, les supplier tous de ne pas se mettre en danger à cause de la mort d'un étranger à leur pays, mais le mudra le réduisit au silence comme un sort qu'on lui aurait jeté.

Même les paupières closes, il était incapable de se focaliser sur le message de Choje. Chaque fois qu'il tentait de se concentrer, il voyait autre chose : le briquet en or accroché à la corniche, cent cinquante mètres au-dessus du fond de la vallée. Et l'Américain mort qui l'avait fait entrer dans son cauchemar éveillé.

Soudain un sifflement en sourdine leur arriva depuis la porte. On éteignit les bougies et, quelques instants plus tard, s'allumait l'ampoule au plafond. Un garde ouvrit la porte qu'il claqua contre la cloison avant de s'avancer jusqu'au centre de la pièce, un manche de pioche au creux du bras. Le lieutenant Chang apparut sur ses talons. Avec une solennité feinte, il déploya un vêtement afin que personne ne puisse se méprendre. C'était une chemise propre. Chang s'en servit comme d'un poignard et la pointa en ricanant vers plusieurs prisonniers comme s'il parait ou attaquait lors d'un combat au couteau. Avant de la balancer brusquement à Shan, allongé sur le sol.

— Demain matin, cracha-t-il sèchement.

Puis il sortit d'un pas martial.

Un vent glacial et mordant gifla Shan au visage lorsque le sergent Feng l'escorta le lendemain matin pour lui faire franchir le grillage. Les vents se montraient sans pitié pour la 404ᵉ, sise à la base d'une vaste muraille de pierre pratiquement verticale qui appartenait à l'arête septentrionale des griffes du Dragon. Les courants ascendants arrachaient parfois les toits des cahutes. Et les courants descendants faisaient pleuvoir des pluies de gravier.

— Déjà réduit, marmonna Feng en verrouillant la grille du camp derrière eux. Jamais encore quelqu'un de déjà réduit n'a eu droit à la chemise.

L'homme avait une allure de taureau : il était petit et trapu, le ventre aussi lourd que les épaules, la peau pareille à du cuir, comme chez les prisonniers, après des années passées à monter la garde sous le soleil, le vent et la neige.

— Tout le monde attend. En prenant des paris, ajouta Feng avec un coassement sec que Shan prit pour un rire.

Shan essaya, par un effort de volonté, de ne pas écouter, de ne pas penser à l'étable, de ne pas se souvenir de la furie de Zhong.

Pour une fois, le directeur Zhong était maître de luimême. Il se mit à tourner autour de son prisonnier, et son sourire cruel et satisfait effraya Shan bien plus que l'explosion attendue. Puis il lui agrippa le biceps qui se mit à tressauter parce qu'un jour on y avait fixé des câbles de batterie. Aujourd'hui, la simple présence du directeur suffisait à déclencher ce réflexe.

— S'il avait pris la peine de me consulter, dit Zhong avec une voix de fausset aux accents nasalisés de la province de Fujian, je l'aurais prévenu. Maintenant, il va falloir qu'il découvre par lui-même à quel point tu attires les ennuis, nom de Dieu.

Zhong prit une feuille de papier sur son bureau et la lut, en secouant la tête, incrédule.

— Parasite, persifla-t-il, avant de s'interrompre pour gribouiller sur le papier cet éclair de lucidité. Ça ne durera pas bien longtemps, ajouta-t-il en relevant la tête, une lueur d'espoir dans le regard. Un faux pas et tu vas casser les cailloux à mains nues. Jusqu'à ta mort.

— Je m'efforce constamment de justifier la confiance que le peuple a placée en moi, récita Shan sans ciller.

Ses paroles semblèrent faire plaisir au directeur. Dont le visage s'éclaira d'une lumière perverse.

— Tan va te dévorer tout cru.

Le sergent Feng affichait une attitude peu coutumière, un air presque enjoué et guilleret. Une visite à Lhadrung, l'antique ville marchande qui faisait office de siège du comté, était un cadeau rare pour les gardes de la 404ᵉ. Il se moquait des vieilles femmes et des chèvres qui couraient d'un côté à l'autre de la route, effrayées par le camion. Il pela une pomme et la partagea avec le chauffeur, en ignorant Shan, coincé entre les deux hommes. Avec un rictus méprisant, il jouait sans cesse à passer la clé des entraves de Shan d'une poche à l'autre.

— On raconte que c'est le président en personne qui t'a expédié ici, finit par dire le sergent tandis qu'apparaissaient les premiers toits plats de la ville.

Shan ne répondit pas. Il se plia sur son siège en essayant de remonter ses manches. Après lui avoir trouvé un pantalon gris bien trop grand pour lui et une vareuse de soldat élimée, on l'avait obligé à changer de tenue au milieu du bureau. Tous avaient interrompu leur ouvrage pour assister au spectacle.

— Sinon, pour quelle autre raison irait-on te mettre avec les autres ?

— Je ne suis pas le seul Chinois, dit Shan en se redressant.

Feng grommela comme si la réponse l'amusait.

— Bien sûr. Il n'y en a pas un pour racheter l'autre. Tous des citoyens modèles. Jilin, lui, a tué dix femmes. La Sécurité publique lui aurait bien collé une balle dans la peau, mais un de ses oncles était secrétaire du Parti. Et cet autre mec, de la brigade Six. Il a volé l'équipement de sécurité sur une tête de puits de pétrole en plein océan. Pour le revendre au marché noir. Il y a eu une tempête et cinquante hommes sont morts. Lui coller une balle aurait été trop facile. Vous êtes tous des cas spéciaux, vous, les gars du pays.

— Chaque prisonnier est un cas spécial.

Feng grommela à nouveau.

— Les gens comme toi, Shan, on les garde rien que pour ne pas perdre la main.

Il fourra deux tranches de pomme dans sa bouche. *Momo gyakpa*, l'appelait-on derrière son dos, « chausson gras », à cause de son ventre plus qu'arrondi et cette façon qu'il avait de toujours chercher à se récupérer de la nourriture.

Shan tourna la tête. Les étendues de bruyère et de collines se déroulaient en direction des hautes chaînes montagneuses revêtues de glace, telle une mer avec ses rêves d'évasion illusoires. Car l'évasion était toujours une illusion pour ceux qui n'avaient pas de lieu vers lequel s'enfuir.

Des moineaux sautillaient dans la bruyère. Il n'y avait pas d'oiseaux à la 404ᵉ. Et tous les prisonniers ne mettaient pas un point d'honneur à respecter la vie. Ils réclamaient jusqu'à la plus petite miette, la plus petite graine, presque jusqu'au dernier insecte. L'année précédente une bagarre s'était déclenchée à cause d'une perdrix que le vent avait entraînée dans le camp. L'oiseau s'était échappé de justesse, ne laissant à deux hommes qu'une poignée de plumes. Ceux-ci avaient mangé les plumes.

Le gouvernement du comté de Lhadrung occupait un immeuble de trois étages. La façade en marbre synthétique tombait en morceaux, et les fenêtres crasseuses aux cadres rongés par la corrosion claquaient au vent. Feng poussa Shan dans l'escalier jusqu'au dernier étage, où une femme de petite taille aux cheveux gris les conduisit vers une salle d'attente avec une grande baie et une porte à chaque extrémité. Elle examina Shan en détail, tordant la tête comme un oiseau curieux, puis aboya à l'adresse de Feng, qui se tassa sur place. Il se dépêcha d'ôter les entraves des poignets de Shan avant de battre en retraite dans le couloir.

— Quelques minutes, annonça-t-elle avec un signe de tête vers la porte à l'autre bout de la pièce. Je pourrais vous apporter du thé.

Shan la regarda, stupéfait. Elle faisait erreur, il fallait qu'il la prévienne. Il n'avait pas bu de thé, de vrai thé vert, depuis trois ans. Il ouvrit la bouche, mais aucun son n'en sortit. La femme sourit et disparut derrière la porte la plus proche.

Il se retrouva soudain seul. Cette solitude inattendue, pour brève qu'elle fût, le submergea des pieds à la tête. Tel un voleur emprisonné qu'on abandonne dans une salle aux trésors. La solitude avait été son véritable crime pendant ses années à Pékin, celui contre lequel personne n'avait jamais songé à requérir. Quinze années de postes divers loin de son épouse, son appartement privé dans les quartiers réservés aux hommes mariés, ses longues promenades solitaires dans les parcs, les cellules de méditation dans son temple secret, et même ses heures de travail irrégulières lui avaient offert quantité de moments d'intimité qu'un milliard de ses compatriotes ne connaissaient pas. Il n'avait jamais compris cette dépendance jusqu'à ce que le bureau de la Sécurité publique lui arrache ce luxe, trois années auparavant. La privation de liberté lui faisait moins mal que la perte de toute intimité.

Un jour, lors d'un *tamzing* — une séance de confrontation et d'autocritique — à la 404e, il avait publiquement avoué cette dépendance. S'il n'avait pas rejeté le lien socialiste, lui avait-on dit, quelqu'un aurait fini par l'arrêter. Ce n'était pas les amis qui importaient. Un bon socialiste avait peu d'amis, mais beaucoup de surveillants. À l'issue de la séance, il était resté dans la cahute après le départ des autres, sacrifiant un repas rien que pour être seul. Quand il l'avait découvert là, le directeur Zhong l'avait envoyé à l'étable, où on lui avait brisé un petit os dans le pied. Il avait été obligé de reprendre le travail avant guérison de sa fracture.

Il examina la pièce. Dans un coin, une énorme plante — morte — montait jusqu'au plafond à côté d'une petite table, cirée comme un miroir, avec un napperon en dentelle sur le dessus. Le napperon fut une surprise. Il se posta devant le morceau de dentelle, la douleur au cœur, avant de s'en écarter pour aller à la fenêtre.

Le dernier étage offrait une vue sur la majeure partie du secteur nord de la vallée, limitée à l'est par les griffes du Dragon, deux énormes massifs montagneux symétriques à partir desquels s'étiraient des chaînes d'arêtes vers l'est, le sud et le nord. C'est là que le dragon s'était perché avant de se transformer en fantôme, disait-on, ses pieds pétrifiés rappelant qu'il gardait toujours la vallée. Qu'avait-il donc entendu crier quand le corps de l'Américain avait été découvert ? Le dragon a mangé.

Il prit ses repères et, au-delà d'une étendue de gravier balayée par les vents et semée de végétation rabougrie, il finit par distinguer les toits bas du camp de la Source de jade, la toute première base militaire du pays. Juste au-dessus, en contrebas de la griffe la plus septentrionale, se trouvait la colline peu élevée qui séparait la Source de jade de l'enclos grillagé de la 404e.

Machinalement, Shan reprit le tracé des routes, son travail pendant les trois années écoulées. Le Tibet avait deux genres de routes. Les routes de fer avaient toujours la priorité. La 404e avait effectué le gros œuvre et constitué les fondations de la large bande de macadam qui partait de Lhassa, au-delà des collines à l'ouest, pour rejoindre le camp de la Source de jade. Les routes de fer n'étaient pas des voies ferrées, qui n'existaient pas au Tibet. Elles étaient destinées au déplacement des chars, des camions et de l'artillerie, le fer de lance de l'Armée populaire de libération.

La mince ligne brune que Shan traça mentalement au départ d'une intersection au nord de la ville en direction des griffes n'était pas une de ces routes-là. Elle était bien pire. La route que la 404ᵉ bâtissait aujourd'hui était destinée aux colons qui iraient s'installer dans les hautes vallées au-delà des montagnes. L'arme ultime de Pékin avait toujours été la population. Comme dans la province de Xinjiang, à l'ouest du pays : dans ce territoire ancestral peuplé de millions de musulmans appartenant aux cultures d'Asie centrale, Pékin transformait les populations originelles du Tibet en minorités sur leurs propres terres. La moitié du Tibet avait été annexée au profit des provinces chinoises voisines. Les centres urbains du reste du pays avaient été envahis par les immigrants. Trente années durant, d'interminables convois de camions avaient transformé Lhassa en ville chinoise han. À la 404ᵉ, on appelait les routes construites pour ces convois des pistes *avichi*, d'après le huitième cercle des enfers, l'enfer réservé à ceux qui voulaient détruire le bouddhisme.

Shan entendit le bruit d'un vibreur et se retourna pour découvrir la femme aux allures d'oiseau debout avec une tasse de thé. Elle lui tendit la tasse, avant de se dépêcher à petits pas vers la porte la plus éloignée pour disparaître dans une pièce non éclairée.

Il avala d'une gorgée la moitié de la tasse, ignorant la douleur qui lui brûla la gorge. La femme allait nécessairement comprendre son erreur et remporterait le thé, mais lui désirait garder cette sensation en mémoire. Il voulait en revivre le goût sur sa couchette pendant la nuit. Ce faisant, il se sentit avili, furieux contre lui-même. C'était un jeu auquel se livraient les prisonniers, un jeu contre lequel Choje l'avait prévenu, le vol de petites bribes du monde pour les adorer une fois de retour dans la cahute.

La femme réapparut et lui fit signe d'entrer.

Éclairé par une unique lampe à col de cygne articulé, un homme en uniforme immaculé était assis derrière un bureau ouvragé d'une longueur inhabituelle. Non, ce n'était pas un bureau, comprit Shan, mais un autel reconverti, destiné à un usage gouvernemental.

L'homme examina Shan en silence tout en allumant une cigarette américaine de prix. *Loto gai*. Des Camel.

Shan reconnut cette dureté familière. Le visage du colonel Tan donnait l'impression d'avoir été taillé dans un silex froid. S'ils devaient en arriver à se serrer la main, songea Shan, les doigts de Tan lui trancheraient probablement les phalanges.

Tan exhala la fumée par le nez et regarda la tasse à thé que Shan tenait dans les mains, puis la femme aux cheveux gris. Celle-ci se retourna pour ouvrir les rideaux.

Nul besoin de la lumière du soleil pour savoir ce qui se trouvait sur les murs. Des bureaux comme celui-ci, Shan en avait fréquenté des dizaines dans toute la Chine. Il y aurait une photographie de Mao réhabilité, des images de la vie militaire, des photos d'un poste préféré, un certificat de nomination, et au moins un slogan du Parti.

— Asseyez-vous, ordonna le colonel en montrant une chaise métallique devant le bureau.

Shan ne s'assit pas. Il examina les murs. Mao était bien là. Non pas le Mao réhabilité, mais une photo des années soixante, où on voyait clairement le grain de beauté sur son menton. Le certificat était là, lui aussi, ainsi qu'une photographie d'officiers de l'armée tout sourires, sous un cliché de missile nucléaire drapé des couleurs chinoises. Pendant un moment, Shan ne vit pas de slogan puis il aperçut une affiche délavée derrière Tan. « La Vérité Est Ce dont le Peuple A Besoin. »

Tan ouvrit une mince chemise tachée et fixa sur Shan un regard glacé.

— Dans le comté de Lhadrung, c'est à moi que l'État a confié la rééducation de neuf cent dix-huit prisonniers.

Il parlait d'une voix lisse et assurée, la voix de celui qui a l'habitude d'en savoir toujours plus que ses auditeurs.

— Cinq brigades lao gai de travaux forcés et deux camps agricoles.

Shan remarqua quelques petits détails : de minuscules

rides sous les cheveux grisonnants coupés en brosse courte, une trace de lassitude autour de la bouche.

— Neuf cent dix-sept d'entre eux ont un dossier. Nous connaissons le lieu de naissance de chacun, son origine sociale, son passé, l'endroit où s'est produite la première dénonciation, nous connaissons jusqu'à la moindre de leurs critiques contre l'État. Mais pour le dernier d'entre eux, il n'y a qu'un bref mémorandum de Pékin. Rien qu'une page vous concernant, prisonnier Shan.

Tan croisa les mains sur la chemise.

— Vous vous trouvez ici sur invitation spéciale d'un membre du bureau politique, le ministre de l'Économie Qin. Qin l'Ancien, de l'armée de la Huitième Route. Unique survivant parmi tous les hommes nommés par Mao. Condamnation à durée indéterminée. Conspiration criminelle. Rien de plus. Conspiration.

Tan tira sur sa cigarette, en examinant Shan.

— De quoi s'agissait-il ?

Shan tint les mains serrées et regarda le sol. Il existait des choses bien pires que l'étable. Zhong n'avait pas besoin de l'autorisation de Tan pour l'envoyer à l'étable. Il existait des prisons dont les occupants ne quittaient jamais leur cellule sauf le jour de leur mort. Et pour ceux dont les idées étaient véritablement infectieuses, il existait des instituts de recherches médicales secrets dirigés par des médecins du bureau de la Sécurité publique.

— Une conspiration en vue d'un assassinat ? En vue d'escroquer des fonds de l'État ? De coucher avec l'épouse du ministre ? De lui voler ses choux ? Pour quelle raison Qin refuse-t-il de nous confier ce renseignement ?

— S'il s'agit ici d'une variété quelconque de tamzing, dit Shan d'un ton impassible, il faudrait des témoins. Il y a des règles.

La tête de Tan ne bougea pas, mais son regard fusa, transperçant Shan.

— La conduite des séances de lutte contre les ennemis du peuple n'est pas de ma responsabilité, répliqua-t-il d'un ton acide, avant d'examiner Shan en silence pendant un moment. Le jour où vous êtes arrivé, Zhong m'a adressé votre dossier. Je crois qu'il en était effrayé. Il vous surveille.

Tan indiqua du geste une seconde chemise, épaisse de deux bons centimètres.

— Il a commencé son propre dossier. Il m'adresse des rapports à votre sujet. Sans que je lui demande rien. Un jour, il s'est mis à me les envoyer. Les résultats des séances de tamzing. Des rapports sur votre rendement. Pourquoi se donner tant de mal ? lui ai-je demandé. Vous êtes un fantôme. Vous appartenez à Qin.

Shan jeta un coup d'œil aux deux chemises, l'une contenant une unique feuille de papier jauni, l'autre bourrée de petites notes furieuses par un geôlier aigri. Son existence avant. Son existence après.

Tan but une longue gorgée de thé.

— Mais un jour vous avez demandé à célébrer l'anniversaire du Grand Timonier.

Il ouvrit la seconde chemise et lut la première page.

— Extrêmement créatif.

Il s'appuya contre son dossier, admirant la fumée qui déroulait ses volutes vers le plafond.

— Saviez-vous que vingt-quatre heures après votre bannière, des tracts ont commencé à circuler sur le marché ? Le surlendemain, une pétition anonyme est apparue sur mon bureau, dont des copies se distribuaient dans les rues. Nous n'avons pas eu le choix. Vous ne nous avez pas donné le choix.

Shan soupira et releva la tête. Le mystère était éclairci. Tan avait décidé qu'il n'avait pas été suffisamment puni pour le rôle qu'il avait joué dans la libération de Lokesh.

— Il était emprisonné depuis trente-cinq ans, dit Shan presque dans un murmure. Pendant les congés, ajouta-t-il sans trop savoir pourquoi il éprouvait ce besoin d'expliquer, sa femme venait. Elle s'asseyait à l'extérieur du campement.

Il décida de s'adresser à Mao.

— Interdiction pour elle de s'approcher à moins de

quinze mètres, dit-il à la photographie. Trop éloignés pour parler. Alors ils se faisaient des signes. Des signes de la main, rien d'autre, des heures durant.

Un sourire étroit, aussi mince qu'une lame, apparut sur le visage de Tan.

— Vous avez des couilles, camarade Shan.

Le colonel se moquait de lui. Un prisonnier ne méritait pas un titre aussi sanctifié que celui de camarade.

— Vous avez été très habile. Une lettre aurait constitué un manquement grave à la discipline. Si vous aviez essayé de le clamer haut et fort, on vous aurait réduit au silence à coups de matraque. Votre requête aurait été jetée au feu.

Il tira une profonde bouffée de sa cigarette.

— Néanmoins, vous avez fait passer le directeur Zhong pour un imbécile. Et pour cela, il vous détestera toujours. Il a demandé que vous soyez transféré de sa brigade. En arguant que vous étiez un saboteur des relations socialistes. Qu'il ne pouvait plus se porter garant de votre sécurité. Les gardes étaient furieux. Un accident pouvait arriver à l'invité spécial du ministre Qin. J'ai dit non. Pas de transfert. Pas d'accident.

Pour la première fois, Shan regarda Tan bien en face. Lhadrung était le pays des goulags, et dans un goulag, les directeurs de prison arrivaient toujours à leurs fins.

— C'est lui qui s'est trouvé embarrassé, pas moi. En remettant le vieillard en liberté, il a fait ce qu'il fallait faire. Il lui a donné un livret de rations doubles.

La fumée s'échappa en nuage de la bouche du colonel. Qui haussa les épaules devant l'expression de Shan.

— Afin de corriger le tir.

Tan referma la chemise.

— Néanmoins, ma curiosité concernant notre nouveau visiteur a été piquée. Tellement politique. Tellement invisible. Je me suis demandé : fallait-il que je me tracasse pour la prochaine bombe que vous étiez susceptible de nous lancer ?

Il tira à nouveau sur sa cigarette.

— J'ai mené ma propre enquête à Pékin. Plus d'autres renseignements, m'a-t-on d'abord répondu. Qin n'était pas disponible. À l'hôpital. Pas d'informations complémentaires sur le prisonnier de Qin.

Shan, le corps raide, se tourna vers le mur. Le Grand Timonier donnait maintenant l'impression de le regarder lui aussi.

— Mais la semaine était tranquille. Et ma curiosité éveillée. J'ai persisté. J'ai découvert que le mémo du dossier avait été préparé par le quartier général du bureau de la Sécurité publique. Et non pas par le bureau de Pékin qui avait procédé à votre arrestation. Pas plus que par Lhassa, là où votre condamnation a été transmise. Sur plus de neuf cents prisonniers, il n'y en avait qu'un dont le dossier avait été constitué par les services du bureau de Pékin. Je crois que nous n'avons pas su apprécier votre juste valeur. À quel point vous étiez spécial.

— Les Américains ont un adage, dit doucement Shan. Tout le monde est célèbre pendant quinze minutes.

Tan se changea en statue. Il inclina la tête sans ciller, comme s'il n'était pas certain d'avoir bien entendu. Le sourire en lame de couteau réapparut lentement.

Un bruissement de petits pas se fit entendre derrière Shan.

— Madame Ko, ordonna Tan, le visage toujours barré d'un sourire glacé. Il faudrait encore du thé pour notre invité.

Le colonel était trop âgé pour être sur les listes de promotion, décida Shan. Malgré son enthousiasme convaincu, un poste au Tibet était un poste d'exilé.

— J'en ai trouvé un peu plus sur ce mystérieux camarade Shan, poursuivit Tan en passant à la troisième personne. Travailleur modèle au ministère de l'Économie. Félicitations du Grand Timonier pour contribution spéciale à l'avancement de la justice. On lui a offert d'être membre du Parti, une récompense extraordinaire pour un individu à mi-chemin de sa carrière. Il a alors fait une chose plus extraordinaire encore. Il a décliné l'offre. Un homme d'une très grande complexité.

Shan s'assit.

— Nous vivons dans un monde complexe.

Ses mains, inconsciemment, avaient formé un mudra. Le diamant de l'esprit.

— Tout particulièrement lorsqu'on considère le fait que son épouse était membre du Parti et qu'elle était tenue en haute estime comme représentante officielle à un poste élevé à Chengdu. Ex-épouse, devrais-je préciser.

Shan se redressa, soudain inquiet.

— Vous ne saviez pas ? Elle a divorcé il y a deux ans. Une annulation, en fait. Vous n'aviez jamais vécu ensemble, a-t-elle juré.

— Nous — Shan se trouva soudain à court de salive —, nous avons un fils.

Tan haussa les épaules.

— Comme vous l'avez dit. Ce monde est complexe.

Shan ferma les paupières pour lutter contre la douleur imprévue qui lui nouait le ventre. Ils en avaient terminé avec le dernier chapitre de la réécriture de son existence. Ils étaient parvenus à lui enlever son fils. Le père et le fils n'avaient pourtant jamais été proches. Depuis la naissance du garçon, Shan avait peut-être passé quarante jours avec lui. Sur les quinze années écoulées. Mais depuis qu'il était prisonnier, il s'adonnait souvent à un petit jeu : il imaginait la relation qu'il aurait peut-être un jour avec le gamin, essayant de recréer, d'une certaine manière, le genre de lien qu'il avait partagé avec son propre père. Il restait éveillé sur son lit, à se demander où son fils pouvait bien être, ou ce qu'il dirait le jour où il retrouverait son père. Cette relation fantasmée avait été l'un des derniers fils ténus de l'espoir que nourrissait Shan. Il pressa les paumes contre ses tempes et se pencha en avant dans son fauteuil.

Quand il rouvrit les yeux, il vit Tan qui l'étudiait, une expression satisfaite sur le visage.

— Votre brigade a découvert un corps hier, déclara brutalement ce dernier.

— Les prisonniers lao gai savent ce qu'est la mort, rétorqua un Shan changé en statue.

Ils avaient raconté au garçon que Shan était mort, cela ne faisait aucun doute. Mais mort comment ? En héros ? En état de disgrâce ? En esclave, usé par le goulag ?

Tan ouvrit la bouche, attentif à la fumée de sa cigarette qui montait paresseusement au plafond.

— Dans les brigades de travail, l'affliction a toujours été dans l'ordre des choses. En revanche, ce qui ne l'est pas, c'est de découvrir un visiteur occidental décapité.

Shan releva la tête pour la détourner aussi vite. Il ne voulait pas savoir. Il ne voulait pas poser la question. Il plongea le nez dans sa tasse.

— Vous avez obtenu confirmation de son identité ?

— Le chandail était en cachemire, répondit Tan. Près de deux cents dollars américains dans la poche de chemise. Une carte professionnelle d'une entreprise américaine d'équipement médical. Ce devait être un visiteur occidental non autorisé.

— Il avait la peau mate. Des poils noirs sur le corps. Il aurait pu être asiatique, voire chinois.

— Un Chinois d'un tel rang ? Sa disparition n'aurait pas manqué d'être remarquée. Il ne faut pas oublier la carte professionnelle de cette compagnie américaine. Les seuls Occidentaux autorisés à Lhadrung sont ceux qui dirigent notre projet d'investissements étrangers. Ils sont trop visibles et trop reconnaissables pour qu'on ne signale pas leur absence. Dans deux petites semaines commenceront les visites des touristes américains. Mais pour l'instant, il n'y en a aucun.

Tan tira une dernière fois sur sa cigarette avant de l'écraser.

— Je suis heureux de constater l'intérêt que vous manifestez pour notre affaire.

Shan se laissa distraire par le slogan sur le mur. La Vérité Est Ce dont le Peuple A Besoin. Il y avait plusieurs façons de le lire.

— Une affaire ? demanda-t-il.

— Il faudra ouvrir une enquête. Rédiger un rapport officiel. Je suis également responsable de l'administration judiciaire dans le comté de Lhadrung.

Shan pesa le pour et le contre : fallait-il prendre cette déclaration comme une menace ?

— Ce n'est pas ma brigade qui a fait la découverte, objecta-t-il d'un ton hésitant. Si le procureur a besoin de dépositions, il devrait s'adresser aux gardes. Ils en ont vu autant que nous. Tout ce que j'ai fait s'est limité à déplacer quelques pierres.

Il changea de position et s'avança au bord de son siège. Était-il possible qu'on l'ait convoqué par erreur ?

— Le procureur est en congé pour un mois à Dalian, sur la côte, dit Tan.

— Les roues de la justice ont l'habitude d'avancer lentement.

— Pas cette fois. N'oubliez pas les touristes américains prêts à débarquer, sans compter qu'une équipe d'inspection du ministère de la Justice arrive le jour précédent. Pour la première fois depuis cinq ans. Un dossier toujours ouvert avec mort à la clé pourrait faire mauvaise impression.

— Le procureur doit avoir des assistants, dit Shan dont les entrailles commençaient à se nouer.

— Il n'y a personne. Mais vous, camarade Shan, avez jadis été inspecteur général du ministère de l'Économie.

Il n'y avait pas eu d'erreur. Shan se leva et s'avança à la fenêtre. L'effort parut saper toutes ses forces. Il sentit ses genoux trembler.

— Il y a bien longtemps. Dans une autre vie.

— Vous avez été chargé de rassembler les éléments des deux plus grosses affaires de corruption que Pékin ait jamais connues. Dans l'exercice de vos fonctions, vous avez expédié des dizaines de responsables du Parti aux travaux forcés. Ou pis encore. Apparemment, il existe encore aujourd'hui des personnes qui vénèrent votre nom, même ceux qui le craignent. Un membre de votre ancien ministère a déclaré que les raisons de votre emprisonnement étaient évidentes : vous étiez le dernier homme honnête à Pékin. D'autres racontent que vous êtes passé à l'Ouest et que vous vous y trouvez toujours.

Shan se posta devant la fenêtre, sans rien voir.

— D'autres encore prétendent que vous êtes parti. Mais que le bureau vous aurait ramené parce que vous en saviez trop.

— Je n'ai jamais été procureur, dit Shan à la vitre, d'une voix qui se brisait. Je rassemblais des preuves et des pièces à conviction.

— Nous sommes trop loin de Pékin pour couper d'aussi fins cheveux en quatre. Moi, j'étais ingénieur, précisa Tan dans son dos. Je commandais une base de missiles. Quelqu'un a décidé que j'étais qualifié pour administrer un comté.

— Je ne comprends pas. C'était une autre vie. Je ne suis plus le même homme.

— Vous avez fait toute votre carrière comme enquêteur. Trois années, ce n'est pas si long.

— On pourrait faire venir quelqu'un.

— Non. Cela serait susceptible d'être perçu… — Tan chercha ses mots — … comme la manifestation d'un certain manque d'autosuffisance.

— Mais mon dossier, protesta Shan. Il a été prouvé que je…

Ses mots se perdirent dans le vague. Il pressa les mains sur la fenêtre. Il pouvait casser le carreau et sauter. Lorsque l'âme est en équilibre parfait, racontait Choje, on flotte tout bonnement jusqu'à un autre monde.

— Que quoi ? Que vous êtes une épine au flanc de Zhong ? Je vous l'accorde.

Tan ouvrit l'épais dossier et feuilleta la liasse de papiers.

— J'ajouterai que vous avez fait la preuve de votre perspicacité. Vous êtes méthodique. Et responsable, d'une manière tout à fait personnelle. Vous êtes aussi un survivant. Pour les hommes comme vous, la survie est le talent suprême.

Shan n'avait pas besoin de précisions sur le sujet. Il plongea les yeux au creux de ses mains calleuses et dures comme la pierre.

— On m'a averti des dangers de la régression, protesta-t-il. Je suis ouvrier, je travaille sur les routes. Je suis censé penser de nouvelle manière. Je bâtis pour la prospérité du peuple.

Le dernier refuge des faibles. Dans le doute, exprime-toi par slogans.

— Si aucun de nous n'avait de passé, les officiers politiques n'auraient pas de travail. L'impossibilité d'affronter le passé, voilà le vrai péché. Je veux que vous affrontiez le vôtre. Laissez revivre l'inspecteur. Pour un temps. Je ne connais pas les mots que le ministère attend. Je ne parle pas cette langue-là. Personne ne la parle ici. Je veux qu'on me prépare un dossier qui puisse être rapidement clos. Je ne peux pas bénéficier des réflexions du procureur. Ce n'est pas quelque chose dont je discuterai avec lui au téléphone à trois mille kilomètres de distance. Je veux que cette histoire soit mise en forme en des termes que le ministère de la Justice comprenne. Des termes qui n'attireront pas de nouveaux regards inquisiteurs. Je parie que vous possédez toujours le jargon de Pékin.

Shan s'effondra dans son fauteuil.

— Vous ne pouvez pas faire ça.

— Je ne demande pas grand-chose, insista Tan avec une chaleur feinte. Pas une enquête complète. Un rapport pour étayer le certificat de décès. Expliquer l'accident probable qui a conduit à une situation aussi infortunée. Une occasion pour vous d'être réhabilité.

Tan eut un geste vers le dossier de Zhong.

— Vous auriez bien besoin d'un ami.

— Ç'a dû être une météorite, marmonna Shan.

— Excellent ! Avec ce genre de réflexion, nous pouvons boucler l'affaire en un jour ou deux. Nous réfléchirons à une récompense appropriée. Disons, des rations supplémentaires. Des corvées légères. Une affectation à un atelier de réparation, peut-être.

— Je refuse, dit Shan d'une voix très calme. Je ne peux pas.

Le visage de Tan se dérida pour prendre un air enjoué.

— Et pour quel motif refusez-vous, camarade prisonnier ?

Shan resta silencieux. Pour le motif que je ne peux mentir à votre place, pensa-t-il. Pour le motif que mon âme a été usée jusqu'à la trame par des individus comme vous. Pour le motif que la dernière fois que j'ai essayé de découvrir la vérité pour quelqu'un de votre espèce, j'ai été envoyé en camp de travail.

— Peut-être vous êtes-vous mépris sur mon hospitalité. Je suis colonel dans l'Armée populaire de libération. Je suis membre du Parti de rang dix-sept. Ce district m'appartient. Je suis responsable de l'éducation du peuple, de l'alimentation des affamés, des constructions de génie civil, de l'enlèvement des ordures, des incarcérations et des conditions de détention des prisonniers, de la supervision des activités culturelles, des itinéraires des bus de transport public, du stockage de la nourriture communautaire. Et de l'éradication des nuisibles. De quelque variété que ce soit. Est-ce que vous me comprenez ?

— C'est impossible.

Tan vida lentement son thé et haussa les épaules.

— Néanmoins, il ne vous est pas permis de refuser.

## 2

Shan était assis, silencieux, dans la pièce froide et chichement éclairée qu'on lui avait affectée à la 404ᵉ, dans le bâtiment administratif de la prison. Il fixait le téléphone. Au début, convaincu que l'appareil était factice, il l'avait tapoté d'un crayon. Puis il l'avait poussé, en se demandant si le fil n'allait pas se décrocher. Il s'agissait d'un objet du passé, un objet d'un autre monde, comme les radios et les télévisions, les taxis et les toilettes avec chasse d'eau. Des vestiges d'une vie qu'il avait laissée derrière lui.

Il se leva et tourna autour de la table. La pièce sans fenêtre qui servait au stockage faisait aussi office de petite salle de réunion pour les séances de tamzing au cours desquelles se diagnostiquaient et se traitaient les spasmes antisocialistes. Dans un coin, des produits de nettoyage empilés libéraient des relents d'ammoniaque. À côté du téléphone étaient posés un petit calepin et trois moignons de crayon mordillés. Feng, assis dans un fauteuil à la porte, pelait une pomme. Son expression suffisante ne rassurait guère Shan, convaincu d'avoir été entraîné dans un piège sophistiqué.

Shan retourna à la table et décrocha le combiné. Il entendit une tonalité mais laissa retomber l'appareil sur son berceau, en le pressant de la main comme pour le garder prisonnier. Pourquoi vouloir le piéger? se demanda-t-il. Il y avait si longtemps. Pékin n'avait jamais révélé la nature du crime qu'on lui imputait et lui-même avait toujours refusé d'en parler. Est-ce que les autorités de la prison auraient décidé d'en fabriquer un délibérément aujourd'hui, un crime forgé de toutes pièces qu'elles seraient mieux à même de comprendre ? Ou alors le piège était destiné à Choje et aux moines. Espéraient-elles qu'il allait appeler quelqu'un ? Et qui donc ? Le ministre Qin ? Sa propre épouse fonctionnarisée et membre du Parti, qui avait rayé d'un trait leur union ? Le fils dont il ne reconnaîtrait pas le visage même s'il le revoyait ?

Il décrocha à nouveau le téléphone et composa cinq chiffres au hasard.

— *Wei*, répondit une femme d'une voix impassible.

*Wei* ne signifiait rien : c'était la syllabe omniprésente que tout le monde utilisait pour répondre au téléphone.

Il raccrocha et fixa le combiné. Il dévissa le micro et trouva, comme prévu, un microphone d'interception, fourniture standard de la Sécurité publique, un appareil qu'il connaissait bien : il avait fait partie de son incarnation précédente, quand il était enquêteur à Pékin. Le mouchard pouvait être actif ou inactif. Il pouvait lui être destiné comme il pouvait équiper de manière standardisée tous les téléphones de la prison.

Il remit le couvercle en place et inspecta de nouveau la pièce. Chaque objet lui paraissait chargé d'une dimension supplémentaire, d'une réalité plus aiguë, comme aux yeux d'un agonisant les choses de la vie. Il se tourna vers le bloc-notes, émerveillé par le beau papier propre et brillant, un brillant qui n'avait plus cours dans l'univers qui était le sien depuis trois ans. La première page offrait une liste de noms et de numéros, les autres étaient vierges. D'une main qui tremblait légèrement, il feuilleta le calepin vierge, s'arrêtant de temps à autre comme s'il lisait un livre. Sur la dernière, dans un coin supérieur, là où il risquait le moins d'être découvert, il traça deux traits fermes : l'idéogramme de son nom. C'était la première fois qu'il l'écrivait depuis son arrestation. Il le contempla avec une satisfaction rare. Il était toujours en vie.

Sous son nom, il dessina les idéogrammes du nom de son père puis referma brutalement le bloc, le cœur serré, comme un coupable. Il jeta un œil pour voir si Feng l'observait.

Il entendit alors une sourde plainte, venue de nulle part. Ç'aurait pu être le vent. Ç'aurait pu être quelqu'un à l'étable. Il écarta le bloc pour découvrir qu'il masquait une feuille de papier pliée : un formulaire avec, pour en-tête, RAPPORT DE DÉCÈS ACCIDENTEL.

Il décrocha le téléphone et composa le premier nom sur la liste. C'était la clinique de la ville, l'hôpital du comté.

— *Wei.*

— Dr Sung, dit-il.

— Pas de service.

La ligne fut coupée aussitôt.

Il prit soudain conscience d'une présence. Un jeune homme était debout devant son bureau. Chose inhabituelle pour un Tibétain, il était grand, vêtu de l'uniforme vert du personnel du camp.

— On m'a affecté auprès de vous, je dois vous aider pour le rapport, annonça l'homme avec maladresse. Où est l'ordinateur ?

Shan reposa le téléphone.

— Vous êtes soldat ?

Des Tibétains servaient effectivement dans l'Armée populaire de libération, mais ils étaient rarement stationnés au Tibet.

— Je ne suis pas… rétorqua vivement l'homme avec ressentiment, avant de se reprendre.

Shan ne fut pas surpris. Le jeune Tibétain ne comprenait pas qui était Shan. Aussi ne pouvait-il pas décider de sa position dans les strates de la vie carcérale ou dans la hiérarchie plus complexe encore de la société chinoise sans classes.

— Je viens de terminer deux années de rééducation,

déclara-t-il avec raideur. Le directeur Zhong a été assez aimable pour me faire remettre une tenue à ma libération.

— Rééducation pour quoi ? demanda Shan.

— Je m'appelle Yeshe.

— Mais vous êtes toujours au camp.

— Les emplois sont rares. Ils m'ont demandé de rester. J'ai terminé ma peine, insista-t-il.

Sa voix laissa transparaître en filigrane une assurance paisible, comme un reste de discipline monastique.

— Vous avez étudié dans les montagnes ? demanda Shan.

Le ressentiment refit son apparition.

— Le peuple m'a confié une charge d'études à l'université de Chengdu.

— Je voulais parler d'un gompa.

Yeshe ne répondit pas. Il fit le tour de la pièce, s'arrêta dans le fond et réarrangea les chaises en demi-cercle, comme pour une séance de tamzing.

— Pour quelle raison restez-vous ? voulut savoir Shan.

— L'année dernière, on leur a envoyé de nouveaux ordinateurs. Aucun membre du personnel n'avait reçu de formation adéquate.

— Votre rééducation a consisté à faire fonctionner les ordinateurs de la prison ?

Le grand Tibétain plissa le front.

— Ma rééducation a consisté à transporter les déjections nocturnes depuis les latrines de la prison jusqu'aux champs, dit-il, en essayant maladroitement de mettre un peu de fierté dans sa réponse, ainsi que le lui avaient enseigné les officiers politiques. Mais on a découvert que j'avais une formation informatique. J'ai commencé à aider l'administration des bureaux dans le cadre de ma réhabilitation. À regarder les comptes. À transposer les rapports au format exigé par les ordinateurs de Pékin. À ma libération, on m'a demandé de rester quelques semaines supplémentaires.

— Et donc, en tant qu'ancien moine, votre réhabilitation consiste à aider à l'emprisonnement d'autres moines.

49

— Je vous demande pardon ?

— C'est simplement que je suis toujours surpris par ce qu'on peut accomplir au nom de la vertu.

Yeshe fit la grimace, les idées se mélangeaient dans sa tête.

— Aucune importance, conclut Shan. Quel genre de rapports ?

Yeshe continua à arpenter la pièce, ses yeux allant et venant du sergent Feng à Shan.

— La semaine dernière, des rapports d'inventaires de médicaments. La semaine d'avant, les courbes de consommation de céréales chez les prisonniers par kilomètre de route construite. Les conditions météorologiques. Les taux de survie. Et nous essayons d'établir et de justifier les pertes de fournitures militaires.

— On ne vous a pas donné la raison de ma présence ici ?

— Vous rédigez un rapport.

— On a trouvé le corps d'un homme sur le site de construction des griffes du Dragon. Il faut préparer un dossier pour le ministère.

Yeshe s'appuya contre le mur.

— Vous voulez dire que ce n'est pas un prisonnier ?

La question ne nécessitait pas de réponse.

Remarquant soudain la chemise que Shan avait sur le dos, Yeshe se baissa aussitôt pour inspecter sous la table ses piteuses chaussures en plastique et carton.

— On ne vous a donc rien expliqué, constata Shan.

C'était une affirmation, pas une question.

— Mais vous n'êtes pas tibétain.

— Vous n'êtes pas chinois, rétorqua Shan aussi sec.

Yeshe battit en retraite.

— Il y a eu une erreur, murmura-t-il, en se dirigeant vers le sergent Feng, mains écartées, comme s'il le suppliait d'avoir pitié.

Pour seule réponse, Feng montra le bureau du directeur. Yeshe recula à petits pas maniérés et s'assit devant Shan.

D'un œil absent, il contempla à nouveau les chaussures comme pour se donner la force de relever la tête.

— Risquez-vous d'être mis en accusation ? interrogea-t-il, incapable de masquer l'inquiétude dans sa voix.

— Dans quel sens dois-je l'entendre ? dit Shan, émerveillé par la logique de cette question toute simple.

Yeshe le fixa, les yeux écarquillés, à croire qu'il était tombé sans le vouloir sur une nouvelle incarnation de démon.

— Au sens de procès pour meurtre.

Shan s'intéressa à ses mains dont il se mit à gratter d'un air absent les cals épais.

— Je ne sais pas. Est-ce cela qu'on vous a dit ?

C'était peut-être ça, le plan. Depuis le tout début. Les anciens, comme Tan et Qin le ministre, adoraient jouer avec la nourriture avant de manger.

— On ne m'a rien dit du tout, répondit Yeshe d'un ton amer.

— Le procureur est en déplacement, expliqua Shan en essayant de rester calme. Et le colonel Tan a besoin d'un rapport. C'est une chose que je pratiquais jadis.

— Le meurtre ? demanda Yeshe presque avec espoir.

— Non. La constitution de dossiers, le rassura Shan en poussant la liste vers lui. J'ai essayé le premier nom. Le médecin n'était pas disponible.

Yeshe se tourna alors pour quémander l'aide de Feng, qui fit comme si de rien n'était, à son grand désespoir.

— Je ne suis affecté ici que pour l'après-midi, reprit Yeshe d'un ton hésitant.

— Je n'ai pas demandé à ce que vous veniez. Vous avez dit qu'il s'agissait de votre travail. Vous êtes payé pour rassembler des renseignements.

Shan resta perplexe devant l'hésitation de Yeshe. Avant de comprendre la raison de sa présence : le bureau n'allait pas se contenter d'un simple et unique mouchard sur son téléphone pour le surveiller.

— On nous répète avec insistance de ne pas entretenir de relations avec les prisonniers. Moi, tout ce que je cherche, c'est un meilleur boulot. Et travailler avec un criminel, je ne sais pas si je peux. On pourrait considérer ça comme...

— Une régression? suggéra Shan.

— Exactement, dit Yeshe, avec un soupçon de gratitude.

Shan l'étudia un moment avant d'ouvrir le bloc et d'écrire. «Avant la date d'aujourd'hui, je n'avais jamais rencontré l'assistant aux écritures du nom de Yeshe au bureau de la prison centrale du comté de Lhadrung. J'agis selon les ordres directs du colonel Tan du gouvernement du comté de Lhadrung.» Il s'arrêta un instant avant d'ajouter : «Je suis profondément impressionné par l'engagement que manifeste Yeshe pour la réforme socialiste.»

Il signa, data la feuille et la tendit alors au Tibétain, inquiet, qui la lut avec solennité avant de la plier et de la glisser dans sa poche.

— Ce n'est que pour aujourd'hui, vous comprenez, répéta Yeshe, comme pour se rassurer lui-même. Mes affectations ne valent que pour une journée à la fois.

— Il ne fait aucun doute que le directeur Zhong ne voudrait pas voir se gâcher un talent aussi précieux que le vôtre pendant plus de quelques heures.

Yeshe hésita, perplexe devant l'ironie de Shan, avant de hausser les épaules et de récupérer la liste.

— Le médecin, déclara-t-il, soudain tout à sa fonction. Ne demandez pas le médecin. Appelez le bureau du directeur de la clinique. Dites que le colonel Tan a besoin du rapport médical. Le directeur a un fax. Dites-lui de le faxer immédiatement. Pas à vous. À la secrétaire du directeur de la prison. Le directeur est parti. J'irai parler à la fille.

— Il est parti ?

— Un chauffeur du ministère de la Géologie est passé le prendre.

Tout à coup Shan se rappela avoir vu le camion peu familier quand le corps avait été découvert.

— Pourquoi le ministre de la Géologie irait-il visiter le chantier de la 404e ? se demanda-t-il à haute voix.

— Il est situé sur une montagne, répondit Yeshe avec raideur.

— Oui ?

— Le ministère régit les montagnes, poursuivit Yeshe en passant en revue la liste des noms. Le lieutenant Chang. Son bureau est dans le couloir, un peu plus loin. Les ambulanciers de l'armée ont pris le corps en charge. Leurs dossiers seront au camp de la Source de jade

— J'aurai besoin d'un bulletin météorologique officiel pour la journée d'avant-hier. Et une liste des groupes organisés de visiteurs étrangers autorisés à entrer au Tibet pendant le mois écoulé. Le *China Travel Service* de Lhassa devrait savoir ça. Et dites au sergent que nous devrons peut-être retourner en ville.

Cinq minutes plus tard, Yeshe commençait sa distribution des rapports, tout chauds sortis de la machine. Shan les lut rapidement et se mit à écrire. Il avait pratiquement terminé quand une sirène résonna dans le couloir. Elle n'avait retenti qu'une seule fois au cours de tous ces mois passés à la 404e : on armait les gardes de la prison. On distribuait des fusils. Un frisson glacé lui parcourut l'échine. Choje avait commencé sa résistance.

Une heure plus tard, le colonel Tan contemplait, d'un œil soupçonneux, Shan debout devant son bureau, le rapport à la main. Il attrapa vivement les papiers et se mit à lire.

Le bâtiment paraissait presque vide. Non, pas simplement vide, songea Shan, mais déserté, abandonné, à la manière dont les mammifères abandonnent leur tanière quand s'approche un prédateur. Le vent faisait trembler les fenêtres. Au-dehors, un corbeau apparut, assailli par de petits oiseaux.

— Vous m'avez remis les rapports annexes, constata Tan, sa lecture terminée. Mais le formulaire officiel est incomplet.

— Vous disposez de tous les faits de l'enquête de terrain. Et les conclusions qu'on peut en tirer à ce stade. C'est tout ce que je peux faire. Vous allez devoir prendre certaines décisions.

Tan croisa les mains sur le rapport.

— Il y a bien longtemps qu'un individu n'avait osé tourner ainsi mon autorité en dérision. En fait, je n'en ai pas souvenir depuis que j'ai pris la charge du comté. Pas depuis le jour où l'on m'a donné le sceau noir.

Shan baissa la tête. Le sceau noir était le pouvoir de signer des condamnations à mort.

— J'avais espéré plus, camarade. Je m'attendais à un travail plus minutieux et plus complet de votre part. Que vous preniez le temps de bien saisir l'occasion que je vous avais offerte.

— À bien y réfléchir, dit Shan, il m'a semblé qu'il ne fallait pas s'apesantir sur certains détails.

Tan se mit à lire à haute voix :

« À seize heures, le quinze courant, un corps a été découvert. À cent cinquante mètres au-dessus du pont de la gorge du Dragon. La victime non identifiée portait des vêtements de prix, cachemire et jeans occidentaux. Poils corporels noirs. Deux cicatrices chirurgicales à l'abdomen. Pas d'autres signes distinctifs. La victime a emprunté une corniche dangereuse la nuit et a subi un violent traumatisme au cou. Pas de preuve directe de l'implication d'un tiers. Dans la mesure où aucun dossier de disparition n'a été enregistré à l'échelon local, la victime n'était vraisemblablement pas de la région, il s'agit peut-être même d'un ressortissant d'origine étrangère. Pièces jointes : rapport médical et rapport sur l'incident par l'officier de sécurité. »

Il tourna la page.

« Explications possibles quant au trauma. Scénario un : la victime a trébuché sur les pierres dans l'obscurité pour tomber sur un quartz affûté comme un rasoir, pierre dont la présence est géologiquement confirmée dans la région. Deux : chute sur un outil laissé là par la brigade de construction. Trois : non acclimatée à l'atmosphère des montagnes d'altitude, a été soudainement prise par le mal des montagnes, s'est évanouie et a subi les blessures détaillées en un et deux. »

Tan s'interrompit.

— Pas de météorite ? Ça me plaisait bien, la météorite. Un petit parfum de bouddhisme. Un élément venu d'un autre monde inscrit de toute éternité.

Il croisa les mains sur le rapport.

— Vous avez échoué. Vous n'êtes pas parvenu à me remettre des conclusions. Vous n'êtes pas parvenu à identifier la victime. Vous n'êtes pas parvenu à me rendre un rapport que je puisse signer.

— Identifier la victime ?

— Il est gênant d'avoir des inconnus à la morgue. Cela pourrait être interprété comme une preuve de négligence.

— Mais c'est précisément pour cela que le ministère ne devrait logiquement pas vous chercher d'ennuis. On ne peut pas vous reprocher d'avoir négligé la famille du mort dans la mesure où celui-ci n'a pas été identifié.

— Une identification même incomplète attirerait moins l'attention. En l'absence de nom, au moins quelques précisions sur ses attibuts.

— Ses attributs ?

— Son travail. Un foyer. Au moins une raison expliquant sa présence en ces lieux. Mme Ko a appelé la compagnie américaine citée sur la carte de visite professionnelle. La compagnie vend du matériel à rayons X. Disons que la victime vendait de l'équipement à rayons X.

— Il ne peut s'agir que d'hypothèses, suggéra Shan en se plongeant dans l'examen de ses paumes.

— Les hypothèses de l'un peuvent devenir le jugement de l'autre, qui sait.

Shan laissa filer son regard vers les ombres qui commençaient à recouvrir les pentes des griffes du Dragon.

— Et si je vous l'offrais, ce scénario parfait ? dit-il lentement en se haïssant lui-même un peu plus à chaque mot. Un scénario que le ministère accepterait sans réserve.

Seriez-vous prêt alors à me relâcher pour me laisser rejoindre mon unité ?

— Cela n'est pas une négociation, l'arrêta Tan en réfléchissant à sa proposition, avant de hausser les épaules. J'ignorais que le cassage de cailloux pouvait induire une telle dépendance. Mais je serais très heureux de vous remettre entre les mains du directeur, camarade prisonnier.

— L'homme était un capitaliste de Taïwan.

— Pas un Américain ?

— Comment croyez-vous que le bureau de la Sécurité publique réagira à la mention du mot « Américain » ? lui demanda Shan bien en face.

Tan haussa les sourcils et hocha la tête, concédant le point.

— Un Taïwanais, poursuivit Shan. Ce qui expliquerait son argent et ses vêtements. Et même la raison pour laquelle il pouvait voyager sans être remarqué. Disons, un ancien soldat du Kouo-min-tang qui aurait servi ici jadis et y aurait gardé des attaches sentimentales. Il est venu à Lhassa avec un groupe organisé, s'est séparé des autres de son propre chef et est parti pour Lhadrung, illégalement. Le gouvernement ne saurait être tenu responsable de la sécurité d'une telle personne.

Tan pesa le pour et le contre.

— De telles choses pourraient se vérifier, remarqua-t-il.

— Deux groupes de Taïwan ont visité Lhassa au cours des trois dernières semaines. J'ai joint le rapport du *China Travel Service*. Si vous attendez trois jours pour vérifier, les groupes seront rentrés chez eux. Officiellement, aucune vérification n'est possible à Taïwan. La Sécurité publique sait très bien que de tels groupes sont souvent utilisés à des fins illégales.

— Peut-être vous ai-je jugé trop hâtivement, concéda Tan avec un sourire acéré comme un rasoir.

— Cela suffira à constituer un dossier, expliqua Shan. Après le départ de l'équipe d'inspection, votre procureur saura ce qu'il faut faire.

Il se rappela alors que Tan avait une autre raison pour clore l'affaire au plus vite. Avant de faire référence à l'équipe d'inspection, il avait parlé d'Américains qui arrivaient pour une visite.

— Qu'est-ce que le procureur saura faire ?

— Convertir le dossier en enquête de meurtre.

Tan pinça les lèvres comme s'il avait mordu un fruit amer.

— Ce n'est qu'un touriste taïwanais, après tout, commenta-t-il. Il faut nous garder de réactions outrancières.

Shan leva les yeux et s'adressa à la photographie de Mao.

— J'ai dit que c'était le scénario parfait. Ne le confondez pas avec la vérité.

— La vérité, camarade ! s'exclama Tan d'un air incrédule.

— Au bout du compte, il vous restera toujours un assassin à trouver.

— Ce sera là un sujet dont nous déciderons le moment venu, le procureur et moi.

— Pas nécessairement.

Tan releva un sourcil en signe d'interrogation.

— Vous pouvez étoffer un dossier suffisamment pour détourner les attentions pendant quelques semaines, précisa Shan. Peut-être même l'envoyer sans toutes les signatures. Il pourrait rester sur un bureau des mois durant avant que quelqu'un le remarque.

— Et pourquoi pousserais-je la négligence jusqu'à envoyer un dossier sans signatures ?

— Parce que le rapport d'accident devra être signé par le médecin qui aura effectué l'autopsie.

— Le Dr Sung, dit Tan d'une voix aigre et basse, comme pour lui-même.

— Le rapport médical était plutôt complet. Le médecin a remarqué que la tête manquait.

— Qu'est-ce que vous racontez ?

— Mme le médecin a elle aussi des autorités qu'elle

doit informer. Ces autorités-là font leurs propres évaluations. Sans la tête de la victime, je doute que votre rapport d'accident soit signé par l'officier médical. Et sans le rapport, le ministre finira bien par étudier l'affaire et la ranger sous la rubrique « meurtre ».

— Le procureur Jao Xengding finira lui aussi par revenir, objecta Tan.

— Entre-temps, il y aura toujours un assassin en liberté là dehors. Votre procureur va devoir envisager toutes les implications.

— Du genre, cet homme a été tué par quelqu'un qu'il connaissait ? C'est ça que vous essayez de me faire comprendre ?

Tan alluma une de ses cigarettes américaines avant d'ajouter :

— Ça, vous n'en savez rien.

— Le corps ne portait pas de traces, expliqua Shan. Aucune preuve de bagarre. L'homme a fumé une cigarette avec quelqu'un. Il a gravi le flanc de la montagne volontairement. Ses chaussures étaient propres.

— Ses chaussures ?

— Si on l'avait traîné, les chaussures auraient été éraflées. Si on l'avait porté, on n'aurait pas récupéré les fragments de pierres fichés dans ses semelles. C'est dans le rapport d'autopsie.

— Donc un voleur a trouvé un riche touriste. Et l'a obligé, arme au poing, à remonter la pente, résuma Tan.

— Non. La victime n'a pas été dévalisée — un voleur n'aurait pas délaissé deux cents dollars américains. Et elle n'est pas allée en voiture jusqu'à la griffe sud par simple caprice, ou à l'invitation d'un inconnu.

— Donc c'est quelqu'un qu'elle connaissait, réfléchit Tan. Somme toute, ce serait une affaire locale. Or il ne manque personne.

— Ou c'est quelqu'un qui connaissait quelqu'un ici. Une vieille querelle réembrasée par un visiteur, à l'improviste. Une conspiration dévoilée. L'occasion de régler un compte s'est présentée. Avez-vous essayé de le joindre ?

— Qui ça ? demanda Tan.

— Le procureur. L'une des questions troublantes que je n'ai pas mises sur le papier est pourquoi l'assassin a-t-il attendu que le procureur ait quitté la ville. Pourquoi maintenant ?

— Je vous l'ai dit. Je ne veux pas parler de ça au téléphone.

— Et s'il était prévu autre chose pendant son absence ? Avant l'arrivée de l'équipe d'inspection.

Tan était maintenant tout ouïe.

— Je ne sais pas. Je ne sais même pas s'il est déjà arrivé à Dalian. Quel genre de questions voudriez-vous que je pose ?

— Interrogez-le sur les affaires en cours, précisa Shan. Exerçait-il des pressions sur quelqu'un ?

— Je ne vois pas…

— Les procureurs aiment bien regarder sous les pierres. Et il leur arrive parfois de déranger un nid de serpents.

Tan souffla un trait de fumée vers le plafond.

— Et pensiez-vous à une espèce particulière ?

— Les informateurs en puissance se font tuer. Quand il y a crime, les associés perdent confiance. Demandez-lui s'il travaillait sur une affaire de corruption.

En entendant cette suggestion, Tan s'immobilisa, écrasa sa cigarette et alla à la fenêtre. Il regarda un instant audehors avant de ramasser sans réfléchir une paire de jumelles qu'il leva vers l'horizon à l'est.

— Par une journée claire, quand le soleil brille, on aperçoit le nouveau pont au bas de la gorge du Dragon. Vous savez qui l'a bâti ? Nous. Mes ingénieurs, sans la moindre aide de Lhassa.

Shan ne répondit pas.

Tan posa les jumelles et alluma une nouvelle cigarette.

— Pourquoi la corruption ? demanda-t-il, toujours face à la fenêtre.

La corruption avait toujours été un bien plus grand crime que le meurtre. À l'époque des dynasties, ceux qui tuaient payaient parfois de simples amendes. Ceux qui volaient les biens de l'empereur mouraient toujours tranchés par mille lames.

— La victime était bien habillée, expliqua Shan. Avec plus d'argent liquide sur elle que n'en gagnent en un an la plupart des Tibétains. Il existe des statistiques archivées à Pékin. Des recoupements entre des affaires différentes. Le tout est classé, naturellement. Les meurtres sont de manière caractéristique les résultats de deux forces sousjacentes. La passion. Ou la politique.

— La politique ?

— C'est le nom qu'utilise Pékin pour parler de corruption. Toute corruption implique une lutte pour le pouvoir. Posez la question à votre procureur quand vous le contacterez. Il comprendra. Entre-temps, demandez-lui une recommandation.

— Une recommandation ?

— Demandez qu'on fasse venir un véritable enquêteur, pour s'attaquer dès à présent au travail de terrain. Je peux terminer le formulaire, mais il faut que la véritable enquête commence au plus vite, tant que les preuves matérielles sont encore fraîches.

Tan inhala et retint la fumée dans ses poumons avant de reprendre la parole.

— Je commence à saisir. Vous résolvez un problème en créant un problème encore plus gros. Je veux bien prendre le pari que ce n'est nullement étranger à votre présence au Tibet.

Shan ne répondit pas.

— La tête a roulé de la falaise, poursuivit Tan. Nous la retrouverons. J'enverrai des escouades demain. Nous la retrouverons et je persuaderai 'Sung de signer le rapport.

Shan continua à fixer Tan en silence.

— Vous êtes en train de me faire comprendre que même si la tête n'est pas retrouvée, le ministère attendra de moi que je lui offre néanmoins un assassin.

— Naturellement, confirma Shan. Mais ce ne sera pas le souci premier des gens du ministère. D'abord vous devez leur présenter sur un plateau l'acte antisocial. Votre responsabilité consiste à définir le détail du contexte socialiste. Fournissez-leur le contexte et le reste suivra.

— Le contexte ?

— Le ministère ne va pas se préoccuper du tueur en tant que tel. Il y a toujours des suspects disponibles.

Shan attendit une réaction. Tan ne cilla même pas.

— Ce que les gens du ministère recherchent toujours, poursuivit-il, c'est l'explication politique. Une enquête sur un meurtre est une forme d'art. La cause essentielle du crime violent est la lutte des classes.

— Vous avez parlé de passion. Et de corruption.

— Ça, ce sont les données classées, confidentielles. Les informations privées, destinées à être utilisées par les enquêteurs. Je vous parle maintenant de dialectique socialiste. Les poursuites judiciaires dans une affaire de meurtre sont d'ordinaire un phénomène public. Dans le cas présent, vous devez être prêt à justifier les arguments qui fonderont le réquisitoire. L'explication politique existe toujours. Et c'est elle qui sera le souci premier. C'est elle, la preuve dont vous aurez besoin.

— Qu'est-ce que vous racontez ? grommela Tan.

Shan regarda la photographie et s'adressa de nouveau à Mao.

— Imaginez une maison dans la campagne. On trouve un corps, tué à coups de poignard. On trouve un couteau ensanglanté dans les mains d'un homme endormi dans la cuisine. Il est arrêté. Où l'enquête débute-t-elle ?

— Par l'arme. Pour la faire correspondre aux blessures.

— Non. Par le placard. Toujours chercher le placard. Jadis vous auriez cherché les livres cachés. Des livres en anglais. De la musique occidentale. Aujourd'hui vous cherchez l'inverse. Les vieux livres et les vêtements usés jusqu'à la trame, bien dissimulés à côté d'un recueil des paroles du Grand Timonier. Pour le cas où viendrait à ressurgir la ligne dure du Parti. D'une manière comme de l'autre, ce sera la preuve de doutes réactionnaires vis-à-vis du progrès socialiste.

« Ensuite, vous allez consulter les archives centrales du Parti. Historique de classe. Découvrir que le suspect a eu besoin par le passé de rééducation ou que son grand-père a été un oppresseur de la classe des marchands. Peut-être que son oncle était un Puant de la Neuvième… — Le père de Shan avait appartenu aux Puants de la Neuvième, le rang le plus bas sur les listes des mauvais éléments de Mao. Les intellectuels. — … Ou peut-être que le meurtrier est un travailleur modèle. Si c'est le cas, considérez bien la victime, poursuivit-il.

Shan se rendit compte en frissonnant qu'il répétait les paroles qu'il avait prononcées pour la dernière fois à un séminaire à Pékin.

— C'est le contexte socialiste qui est important. Trouvez le fil réactionnaire et défaites l'écheveau. Construisez à partir de là. Une enquête criminelle est inutile si elle ne devient pas parabole pour le peuple.

— Mais pour que tout cela ne soit plus que de l'histoire passée, ce qu'il me faut, c'est une tête, résuma Tan qui faisait maintenant les cent pas devant la fenêtre.

Quelque chose de glacé sembla toucher l'échine de Shan.

— Pas n'importe quelle tête. *La* tête.

Tan éclata de rire sans sourire.

— Un saboteur. Zhong m'avait pourtant prévenu.

Il s'assit et examina Shan en silence.

— Pourquoi voulez-vous donc à toutes forces retourner à la 404ᵉ ?

— C'est là qu'est ma place. Il va y avoir de gros problèmes. À cause du corps. Je peux peut-être être utile.

Les yeux de Tan se rétrécirent en fentes.

— Quels problèmes ?

— Le *jungpo*, dit Shan très doucement.

— Jungpo ?

— Cela se traduit par « fantôme affamé ». Une âme libérée par une action violente, sans avoir été préparée à la mort. À moins qu'on puisse exécuter des rites mortuaires sur la montagne, le fantôme va hanter les lieux où la mort s'est produite. Il sera furieux. Il apportera la malchance. Les croyants ne s'approcheront pas de l'endroit.

— Quels problèmes ? répéta Tan sèchement.

— La 404e refusera de travailler sur un tel site. C'est devenu un lieu impie. Les prisonniers prient tous pour que l'esprit soit libéré de sa prison. Des prières de purification.

La colère montait dans le regard de Tan.

— Aucune grève n'a été signalée.

— Jamais le directeur ne vous préviendrait aussi vite. Il essayera d'abord de mettre un terme à tout cela de son propre chef. Les premières équipes auront arrêté le travail. Il y aura eu des accidents. Des armes ont été distribuées.

Tan se dirigea soudain vers la porte et demanda à Mme Ko, à haute voix, d'appeler le bureau du directeur Zhong. Il prit la communication dans la salle de conférences, surveillant Shan du coin de l'œil par la porte ouverte.

Ses yeux lançaient des éclairs à son retour.

— Un homme s'est cassé une jambe. Un chargement de fournitures est tombé de la falaise. La brigade a refusé de bouger après la pause de midi.

— Il faut autoriser les prêtres à conduire leurs cérémonies.

— Impossible, rétorqua sèchement Tan, qui repartit à grandes enjambées vers la fenêtre.

Il prit les jumelles sur le rebord, espérant vainement percer la grisaille qui montait pour y retrouver le site du chantier sur la pente au loin. Lorsqu'il se retourna, ses yeux avaient repris toute leur dureté.

— Vous l'avez, votre contexte, maintenant. Comment avez-vous appelé ça ? Un fil réactionnaire.

— Je ne comprends pas.

— Pour moi, tout cela a des relents de lutte des classes. L'égoïsme capitaliste en marche. Les adeptes des cultes en pleine action pour soulager leurs amis révisionnistes.

— La 404e ? s'écria Shan, horrifié. Mais la 404e n'était pas impliquée.

— Vous m'avez néanmoins convaincu. La lutte des classes a encore une fois entravé le progrès socialiste. Les prisonniers sont en grève.

Le cœur de Shan eut un sursaut en entendant ces paroles.

— Ce n'est pas une grève. Il s'agit d'une question de religion.

— Quand des prisonniers refusent de travailler, ricana Tan, c'est une grève. Le bureau de la Sécurité publique va devoir être prévenu. Ce n'est plus de mon ressort.

Shan fixa le vide, impuissant. Une mort dans les montagnes pourrait peut-être passer inaperçue aux yeux du ministère. Mais une grève dans un camp de travail, jamais. Les enjeux étaient soudain devenus bien plus élevés.

— Vous allez constituer un nouveau dossier, expliqua Tan. Parlez-moi de la lutte des classes. De la manière dont la 404e a sauté sur l'occasion en profitant de cette mort comme d'une excuse pour cesser le travail. Rédigez-moi quelque chose qui soit digne d'un inspecteur général. Le genre de dossier que le ministère ne contestera pas.

Il griffonna quelque chose sur une feuille de papier pelure avant d'examiner un instant Shan. D'un geste lent comme un cérémonial, il apposa son sceau sur le papier.

— Vous êtes officiellement affecté à mon bureau. Je vous donnerai un camion et l'employé tibétain du directeur. Feng vous surveillera. Permission d'aller à la clinique pour les interrogatoires. Si on vous pose la question, vous avez les fonctions d'un prisonnier de confiance.

Shan eut l'impression qu'on lui faisait rouler un énorme bloc de rocher sur le dos. Il se surprit à se plier en deux, en essayant frénétiquement de regarder en direction des griffes du Dragon.

— Mon rapport ne serait d'aucune utilité, murmurat-il, ses paroles s'étranglant presque dans sa gorge.

Il avait bâclé son travail précipitamment pour retourner à la 404e et aider Choje. Et Tan voulait maintenant se servir de lui pour infliger aux moines une punition plus dure encore.

— Il a été prouvé que je n'étais pas digne de confiance, poursuivit-il.

— C'est en mon nom que le rapport sera rédigé, précisa Tan.

Shan fixa un spectre indistinct, vaguement familier, son reflet dans le miroir. La chose en train de se produire devant ses yeux. Il se réincarnait en une forme de vie inférieure.

— Alors un de nos deux noms sera déshonoré, dit-il dans un murmure, la voix cassée.

## 3

Le sinistre bâtiment à deux étages qui abritait le collectif de santé du peuple se révéla bien plus stérile à l'extérieur qu'à l'intérieur. Des relents de moisi arrivaient par bouffées dans le hall d'entrée. Sur un des murs, un collage de bulldozers et de tracteurs chevauchés par des prolétaires tout sourires se craquelait et pelait. Une poussière sèche comme une poudre d'os, pareille à celle qui remplissait les casernements de la 404e, couvrait le mobilier. Des taches brunes et vertes couraient au sol sur le linoléum aux couleurs passées et remontaient sur un mur. Rien ne bougeait, hormis un gros scarabée qui s'enfuit dans les ombres à leur entrée.

Mme Ko avait appelé. Un homme de petite taille, nerveux, dans une blouse usée jusqu'à la trame, apparut et, sans un mot, conduisit Shan, Yeshe et Feng par un escalier faiblement éclairé jusqu'à une salle en sous-sol équipée de cinq tables d'examen en métal. Lorsqu'il ouvrit les portes battantes, la puanteur de l'ammoniaque et du formol les recouvrit comme une vague se brisant sur un obstacle. L'arôme de la mort.

Yeshe porta vivement les mains à sa bouche. Le sergent Feng jura et tripota ses poches en quête d'une cigarette. D'autres tâches sombres identiques à celles que Shan avait vues à l'étage mouchetaient les murs. Il en suivit une du regard, une éclaboussure de traînées marron qui s'étiraient en arc de cercle du sol au plafond. Sur un mur, une affiche plus ou moins en lambeaux à force d'avoir été pliée et dépliée annonçait une représentation, des années auparavant, de l'Opéra de Pékin. Avec un mélange de dégoût et de crainte, celui qui les escortait leur désigna la seule table occupée, avant de quitter la salle en refermant la porte.

Yeshe tourna les talons pour suivre le garçon de salle.

— Vous allez quelque part ? s'enquit Shan.

— Je vais être malade, supplia Yeshe.

— Nous avons une tâche à accomplir. Elle ne se fera pas toute seule pendant que vous attendrez dans le couloir.

Yeshe regarda ses pieds.

— Où voulez-vous vous retrouver ? demanda Shan.

— Me retrouver ?

— Par la suite. Vous êtes jeune. Vous êtes ambitieux. Vous avez bien un objectif. Tout le monde à votre âge a un objectif dans la vie.

— La province de Sichuan, murmura Yeshe, le regard plein de méfiance. Retourner à Chengdu. Le directeur Zhong a dit qu'il avait mes papiers prêts. Il a pris des dispositions pour que j'aie un boulot là-bas. Aujourd'hui on peut louer son propre appartement. On peut même acheter des téléviseurs.

Shan réfléchit un instant.

— Quand le directeur vous a-t-il dit ça ?

— Pas plus tard que hier soir. J'ai toujours des amis à Chengdu. Des membres du Parti.

— Très bien. Vous avez un objectif à atteindre et moi j'ai le mien. Plus vite nous en aurons fini, plus vite nous pourrons reprendre notre chemin.

Le ressentiment toujours visible sur son visage, Yeshe trouva un interrupteur sur le mur et alluma une rangée d'ampoules nues pendant au-dessus des tables. Celle du milieu semblait reluire, avec son drap blanc, le seul objet propre et brillant dans la salle. Le sergent Feng marmonna un juron à mi-voix en direction de l'extrémité opposée de la pièce. Un corps était affalé dans un fauteuil roulant marqué par la rouille, couvert d'un drap souillé, la tête inclinée sur l'épaule en un angle bizarre.

— C'est comme ça qu'on vous abandonne, et puis c'est tout, grogna Feng avec mépris. Donnez-moi donc un hôpital de l'armée. Au moins vous reposez en uniforme.

Shan examina à nouveau les taches de sang en arc de cercle. C'était censé être une morgue, ici. Les cadavres n'avaient pas de pression sanguine. Leur sang ne giclait pas.

Soudain le corps dans le fauteuil grogna. Ressuscité par la lumière, il leva deux bras raides pour ôter le drap avant de sortir une paire de lunettes épaisses à monture en écaille. Feng eut un haut-le-cœur et battit en retraite vers la porte.

Une femme, comprit Shan. Ce n'était pas un drap qui la couvrait mais une blouse beaucoup trop grande pour elle. D'entre les plis du tissu, elle sortit un porte-bloc.

— Nous avons envoyé le rapport, déclara-t-elle d'un ton suraigu et impatient, puis elle se remit debout. Personne n'a compris pourquoi vous aviez besoin de venir.

Des poches de fatigue lui ombraient les yeux. D'une main, elle tenait un crayon tel un épieu.

— Il y a des gens qui aiment bien contempler les morts. C'est votre cas ? Ça vous plaît de béer devant des cadavres ?

La vie d'un homme, enseignait Choje à ses moines, ne progressait pas de manière linéaire, une journée équivalant à une autre dans le grand calendrier de l'existence. Il était plus juste de dire qu'elle avançait par étapes significatives, comme autant de définitions successives marquées chacune par des décisions dérangeantes pour l'âme. C'était là un de ces moments, songea Shan. Il pouvait jouer au limier de Tan, commencer son ouvrage ici et maintenant, en essayant de sauver d'une manière ou d'une autre la 404e, ou alors il pouvait faire demi-tour, ainsi que le voudrait Choje, ignorer Tan et ses ordres, rester fidèle à tout ce qui était vertu dans son univers. Il serra les dents et se tourna vers la minuscule femme.

— Nous avons besoin de nous entretenir avec le médecin qui a procédé à l'autopsie. Le Dr Sung.

La femme éclata de rire, sans raison. D'un autre repli de sa blouse, elle sortit un *koujiao*, un de ces masques chirurgicaux utilisés par une grande partie de la population chinoise pour tenir à distance poussière et virus pendant les mois d'hiver.

— Les autres. Les autres n'aiment rien tant que de créer des problèmes.

Elle noua le masque sur sa bouche et indiqua du geste une boîte de *kiajiou* sur la table la plus proche. Quand elle se mit en mouvement, un stéthoscope apparut dans les plis de sa blouse.

Il restait toujours un moyen, une échappée étroite par laquelle il pourrait peut-être se faufiler. Il faudrait qu'il fasse signer le rapport d'accident. Un accident causé par la 404ᵉ répondrait aux besoins de Tan sans les souffrances d'une enquête sur un meurtre. Signer le rapport, puis trouver un moyen de conduire les rites mortuaires qui libéreraient l'âme perdue. La 404ᵉ pouvait se retrouver soumise à un régime disciplinaire. Pour cause de négligence. Un mois de rations froides, voire une réduction complète des prisonniers. L'été n'allait pas tarder ; même les prisonniers âgés pourraient survivre à une réduction. La solution n'était pas parfaite, mais elle était à sa portée.

Lorsque les trois hommes eurent terminé de nouer leur masque, la femme avait ôté le drap qui couvrait le corps et prit un porte-bloc sur la table.

— La mort s'est produite entre quinze et vingt heures précédant la découverte du cadavre, c'est-à-dire la veille au soir, récita-t-elle. Cause du décès : sectionnement traumatique simultané de l'artère carotide, de la veine jugulaire et de la moelle épinière. Entre l'atlas et l'occipitale.

Tout en parlant, elle étudiait les trois hommes, puis donna l'impression d'éliminer Yeshe du lot. De toute évidence, il était tibétain. Elle s'arrêta un instant sur les vêtements élimés de Shan et décida de s'adresser au sergent Feng.

— Je croyais qu'il avait été décapité, avança Yeshe d'un ton hésitant en se tournant vers Shan.

— C'est ce que j'ai dit, répliqua sèchement la femme.

— Vous ne pouvez pas vous montrer plus précise sur l'heure ? demanda Shan.

— La *rigor mortis* était encore présente, répondit-elle à Feng. Je peux vous garantir la nuit précédente. Au-delà...

Elle haussa les épaules.

— L'air est tellement sec. Et froid. Le corps était couvert. Trop de variables. Pour être plus précis, il faudrait une batterie de tests.

Devant l'expression de Shan, elle lui lança un regard peu amène.

— Ici, ce n'est pas exactement l'université de Pékin, camarade.

— À Bei Da, vous auriez disposé d'un chromatographe, dit-il en utilisant la dénomination correspondant à l'université de Pékin la plus couramment usitée dans la capitale même.

— Vous êtes de la capitale ? interrogea la femme en se retournant lentement.

Sa voix avait pris un accent nouveau, où pointait un respect incertain. Dans leur pays, le pouvoir revêtait de nombreuses formes. On ne pouvait jamais se montrer trop prudent. Peut-être que les choses se passeraient plus facilement qu'il ne l'avait pensé, songea Shan. Que l'enquêteur vive encore quelques instants, suffisamment pour faire comprendre à cette femme l'importance du rapport d'accident.

— J'ai eu l'honneur d'assurer un cours avec un professeur de médecine légale à Bei Da. En fait un séminaire de deux semaines. Technique de l'investigation dans l'ordre socialiste.

— Vos talents vous ont bien servi, ironisa-t-elle, incapable de résister au sarcasme.

— Quelqu'un a dit que ma technique impliquait trop d'investigation et pas assez d'ordre socialiste, répondit

Shan avec un soupçon de remords dans la voix, ainsi qu'on l'avait entraîné à le faire lors des séances de tamzing.

— Et vous voici, remarqua-t-elle.

— Et vous voici, rétorqua-t-il aussi sec.

Elle sourit, comme si elle avait devant elle un grand esprit. Ce faisant, les poches sous ses yeux disparurent un instant. Shan se rendit compte qu'elle était mince sous sa vaste blouse. Sans les poches, et sans ses cheveux noués si sévèrement derrière la tête, le Dr Sung aurait pu passer pour un membre très classe du personnel de n'importe quel hôpital de Pékin.

Silencieusement, elle effectua un tour complet de la table, examinant le sergent Feng, puis à nouveau Shan dont elle s'approcha lentement. Avant de lui agripper le bras sans prévenir, comme s'il risquait de s'enfuir précipitamment. Il ne résista pas quand elle remonta la manche pour étudier le numéro tatoué qu'il portait à l'avant-bras.

— Un prisonnier de confiance ? questionna-t-elle. Nous en avons ici. Un qui nettoie les toilettes. Et un autre qui essuie le sang. Mais on ne m'avait encore jamais envoyé de prisonnier de confiance pour m'interroger.

Elle tourna autour de Shan, dévorée par la curiosité, à croire qu'elle envisageait la dissection de l'étrange organisme qu'elle avait devant les yeux. Le sergent Feng rompit le silence par une éructation gutturale et sèche. Un avertissement. Yeshe essayait d'ouvrir discrètement la porte. Il s'arrêta, indécis sans être obséquieux, avant de battre en retraite dans un coin, où il s'accroupit contre le mur.

Shan lut le rapport accroché à l'extrémité de la table.

— Docteur Sung, dit-il en prononçant le nom avec lenteur. Avez-vous procédé à des analyses de tissus ?

La femme se tourna vers Feng comme pour quémander de l'aide, mais le sergent s'éloignait doucement du cadavre. Elle haussa les épaules.

— La quarantaine. Une quinzaine de kilos de surcharge pondérale. Des poumons qui commençaient à être obstrués par le goudron. Un foie détérioré, mais il ne le savait probablement pas encore. Des traces d'alcool dans le sang. Avait mangé moins de deux heures avant sa mort. Du riz. Du chou. De la viande. De la bonne viande, pas du mouton. Peut-être de l'agneau. Voire du bœuf.

Cigarettes, alcool, bœuf. Le régime alimentaire des privilégiés. Le régime d'un touriste.

Feng se planta devant un tableau d'affichage, où il fit semblant de lire un programme de réunions politiques.

Shan contourna lentement la table en s'obligeant à étudier la coquille tronquée de l'homme qui avait fait interrompre le travail de la 404$^e$ et forcé le colonel à exhumer Shan du camp d'internement. L'homme dont l'esprit tourmenté hantait maintenant les griffes du Dragon. De la pointe de son crayon, il repoussa les doigts inertes de la main gauche. Elle était vide. Il avança, s'arrêta et examina de nouveau la main. À la base de l'index se trouvait une étroite ligne. Il appuya du bout de la gomme. C'était une incision.

Le Dr Sung enfila des gants en caoutchouc et examina à son tour la marque à l'aide d'une petite lampe de poche.

— Il y avait une seconde coupure, annonça-t-elle, dans la paume, juste sous le pouce.

— Votre rapport ne dit rien d'un objet qu'on aurait dégagé de la main.

L'objet devait être petit, pas plus de cinq centimètres de diamètre, aux arêtes vives.

— Parce que nous n'en avons rien fait.

Elle se pencha au-dessus de l'incision.

— Ce qui se trouvait là a été arraché de force après la mort. Pas de saignement. Pas de coagulation. Ça s'est passé après.

Elle palpa les doigts un à un et releva la tête, les joues rosies par l'embarras.

— Deux des phalanges sont brisées. Quelqu'un a serré la main avec une très grande force. On a brisé la main crispée par la mort pour pouvoir l'ouvrir.

— Pour récupérer ce qu'elle contenait ?

— C'est probable.

Shan réfléchit à la situation de cette femme. Dans les bureaucraties chinoises, la frontière était floue et mal définie entre le service humanitaire aux colonies en lutte et l'exil pur et simple.

— Mais comment pouvez-vous être aussi sûre de la cause du décès ? Peut-être est-il mort dans une chute et ensuite, pour des raisons indépendantes, la tête a été ôtée.

— Des raisons indépendantes ? Le cœur pompait quand la tête a été sectionnée. Sinon, il y aurait eu bien plus de sang dans le corps.

— Avec quel instrument, dans ce cas ? soupira Shan. Une hache ?

— Quelque chose de lourd. Affûté comme un rasoir.

— Une pierre, peut-être ?

Le Dr Sung fronça les sourcils et bâilla.

— Bien sûr. Une pierre. Aussi aiguisée qu'un scalpel. Il n'y a pas eu qu'un seul coup. Mais pas plus de trois.

— Était-il conscient ?

— À l'heure de sa mort, il était inconscient.

— Comment pouvez-vous être aussi affirmative, en l'absence de tête ?

— Ses vêtements. Il y avait peu de sang sur les vêtements. Pas de peau ni de cheveux sous les ongles. Pas d'égratignures. Il n'y a pas eu lutte. Son corps a été étendu au sol et on l'a laissé se vider de son sang. Sur le dos. Nous avons extrait de la terre et des particules minérales du dos du chandail. Uniquement le dos.

— Mais quand vous dites qu'il était inconscient, ce n'est qu'une hypothèse ?

— Et votre hypothèse à vous, camarade, c'est quoi ? Qu'il est mort en tombant sur une pierre et qu'un collectionneur de têtes est passé par là ?

— Ici, nous sommes au Tibet. Il existe dans ce pays une classe sociale tout entière dont la fonction est de découper les corps en morceaux pour s'en débarrasser. Peut-être qu'un *ragyapa* est passé par là et qu'il a commencé le rituel pour des funérailles de plein ciel quand il a été interrompu.

— Par quoi ?

— Je ne sais pas. Des oiseaux.

— Ils ne volent pas la nuit, grommela-t-elle. Et je n'ai jamais vu de vautour assez grand pour emporter un crâne.

Elle dégagea une feuille de papier du porte-bloc.

— C'est vous, l'imbécile qui m'a adressé ceci ? demanda-t-elle en étudiant le formulaire de déclaration d'accident prêt pour la signature du médecin.

— Le colonel se sentirait mieux si vous vous contentiez de le signer, répondit Shan.

— Je ne travaille pas pour le colonel.

— C'est ce que je lui ai dit.

— Et alors ?

— Pour un homme comme le colonel, il s'agit d'un point très délicat.

Sung lui jeta un dernier regard noir, montrant presque les dents, avant de déchirer le formulaire en deux, dans le silence.

— Et ce niveau de délicatesse, ça vous convient ?

Elle balança les morceaux de papier sur le cadavre nu et sortit de la salle d'un pas martial.

De toute évidence, Jilin le meurtrier était requinqué par son nouveau statut de travailleur chef de la 404ᵉ. Il était en tête de colonne, géant impressionnant qui frappait de sa masse les gros rocs, s'arrêtant de temps à autre pour se retourner, une expression satisfaite et fanfaronne sur le visage, vers les prisonniers tibétains regroupés sur la pente en contrebas. Shan examina les autres forçats, une douzaine d'hommes, Chinois et Ouïgours musulmans, qu'on voyait rarement dans les équipes de construction de routes. Zhong avait envoyé le personnel de cuisine vers la griffe sud.

Shan trouva Choje près du sommet dans la position du lotus, les yeux fermés, au centre d'un cercle de moines. Ceux-ci cherchaient à protéger le lama en prévision du moment où les gardes avanceraient. Avec pour résultat que ces derniers seraient encore plus furieux quand ils parviendraient à Choje.

Mais ils étaient toujours assis autour des camions, à fumer et à boire du thé chauffé sur un feu de bois en plein air. Ce n'était pas les prisonniers qu'ils surveillaient. Mais la route qui montait de la vallée.

En voyant Shan, toute la jubilation de Jilin disparut.

— On raconte que t'es prisonnier de confiance maintenant ? s'écria-t-il avec rancœur, en ponctuant sa phrase d'un coup de masse.

— Rien que quelques jours. Je vais revenir.

— Tu rates le meilleur. Triple ration si tu travailles. Les foutues sauterelles vont se faire briser les ailes. L'étable va être pleine. On va être des héros.

Les sauterelles. C'était un terme de mépris pour désigner les natifs du Tibet. À cause du son monotone de leurs mantras.

Shan examina les quatre petits cairns qui marquaient l'emplacement où le corps avait été trouvé. Il fit lentement le tour du lieu en en dressant un croquis dans son calepin.

Sung avait raison. Le tueur avait effectué sa besogne ici même. La boucherie s'était produite ici. Le meurtrier avait tué l'homme, et balancé le contenu de sa poche dans le vide. Mais pourquoi avait-il négligé la pochette de la chemise, sous le chandail, pleine d'argent américain ? Parce que, songea Shan, ses mains étaient ensanglantées et la chemise blanche si propre.

— Pourquoi venir si loin de la ville et ne pas jeter le corps dans le ravin ? On n'aurait jamais retrouvé le cadavre, dit une voix derrière lui.

C'était Yeshe qui avait suivi Shan et remonté la pente. Pour la première fois, il manifestait quelque intérêt pour la fonction qu'on leur avait affectée.

— Le corps était censé être retrouvé, répondit Shan avant de s'agenouiller pour écarter les pierres qui masquaient encore la tache couleur de rouille.

— Alors pourquoi le recouvrir de pierres ?

Shan se retourna et contempla un instant Yeshe, puis les

moines qui commençaient à lui jeter des regards inquiets.
Les jungpos ne sortaient que la nuit. Mais le jour, les
spectres affamés se cachaient dans les petites crevasses ou
sous les pierres.

— Peut-être parce que, dans ce cas, les gardes l'auraient aperçu de loin.

— Mais ce sont bien les gardes qui l'ont trouvé, après
tout, rétorqua Yeshe.

— Non. Ce sont les prisonniers qui l'ont découvert les
premiers. Des Tibétains.

Shan abandonna Yeshe qui contemplait, mal à l'aise, les
cairns, et s'approcha de Jilin.

— J'ai besoin que tu me suspendes dans le vide.

Jilin abaissa son merlin.

— T'es con et complètement cinglé.

Shan répéta sa requête.

— Rien que quelques secondes. Là-bas, indiqua-t-il.
Tu me tiendras par les chevilles.

Jilin suivit lentement Shan jusqu'au bord, avant de plas-
tronner.

— Cent soixante-dix mètres. T'auras tout le temps de
réfléchir avant d'arriver en bas. Ensuite tu ressembleras à
un melon tiré par un canon.

— Quelques secondes, et tu me remontes.

— Pourquoi ?

— À cause de l'or.

— Des clous, cracha Jilin.

Avant de se pencher, une lueur malfaisante dans le
regard, au-dessus du vide.

— Merde ! s'exclama-t-il en relevant les yeux, surpris.
Merde, répéta-t-il, avant de vite se calmer. Je n'ai pas
besoin de toi.

— Bien sûr que si. Tu ne l'atteindras pas depuis le haut.
À qui ferais-tu assez confiance pour te tenir suspendu ?

Une étincelle d'intelligence illumina le visage de Jilin.

— Pourquoi me faire confiance, à moi ?

— Parce que je vais te donner l'or. Je vais l'examiner,
ensuite je te le donnerai.

On ne pouvait faire confiance à Jilin que sur un point : son âpreté au gain.

Quelques instants plus tard, Shan, tête en bas, était suspendu par les chevilles au-dessus de l'abîme. Son crayon tomba de sa poche et bascula dans le vide. Il ferma les yeux tandis que Jilin riait en le secouant comme une marionnette. Mais quand il les rouvrit, le briquet était juste devant lui.

Presque immédiatement, il se retrouva sur la terre ferme. Le briquet, de fabrication occidentale, portait gravé l'idéogramme chinois signifiant longue vie. Shan en avait déjà vu, de ces briquets ; on les offrait souvent en cadeaux-souvenirs lors des réunions de Parti. Il souffla dessus, laissant son haleine embrumer le métal. Pas d'empreintes.

— Donne-le-moi, grommela Jilin qui surveillait les gardes.

Shan referma la main sur l'objet.

— Bien sûr. Mais donnant, donnant.

Jilin leva le poing, le regard plein de furie.

— Je vais te casser en deux.

— Tu as pris quelque chose sur le cadavre. Tu l'as sorti de force de la main. Je veux cet objet.

Jilin semblait réfléchir : aurait-il le temps d'attraper le briquet et de pousser Shan dans le vide ?

Shan se mit hors de portée.

— Je ne pense pas que ça ait de la valeur, dit-il. Mais ceci…

Il alluma le briquet.

— Regarde. Un briquet-tempête.

Il tendit l'objet, augmentant le risque d'être vu par les gardes.

Instantanément, Jilin mit la main à la poche. Il en sortit un petit disque de métal terni qu'il laissa tomber dans la paume de Shan tout en essayant d'attraper le briquet. Shan ne le lâcha pas.

— Encore une chose. Une question.

Jilin montra les dents en regardant au bas de la pente. Malgré son désir violent d'écrabouiller Shan, il savait que les gardes rappliqueraient au premier signe de bagarre.

— Ton point de vue de professionnel.

— Professionnel ?

— En tant que meurtrier.

Jilin se rengorgea d'orgueil. Son existence à lui aussi avait ses moments de définition. Il relâcha sa prise.

— Pourquoi ici ? demanda Shan. Pourquoi aller si loin de la ville pour laisser le corps aussi visible ?

— Le public, dit Jilin, avec, dans les yeux, un désir aussi violent que dérangeant.

— Le public ?

— Quelqu'un m'a un jour parlé d'un arbre tombant dans les montagnes. Il fait pas de bruit si y a pas quelqu'un pour l'entendre. Un meurtre avec personne pour l'apprécier, à quoi ça sert ? Quel est l'intérêt ? Un bon meurtre, ça demande un public.

— La plupart des meurtriers que j'ai connus agissaient en privé.

— Pas des témoins, mais ceux qui découvrent le meurtre. Sans public, il ne peut y avoir de pardon.

Il récita ces mots avec soin, à croire qu'on les lui avait enseignés lors d'une séance de tamzing.

Il ne se trompait pas. Le corps avait été découvert par les prisonniers parce que telle était l'intention du meurtrier. Shan ne dit rien, plongea son regard dans les yeux fous de Jilin, puis relâcha le briquet et examina le disque. L'objet était convexe, large de cinq centimètres. De petites fentes à ses extrémités opposées, supérieure et inférieure, indiquaient qu'il avait été conçu pour glisser sur une sangle à des fins de décoration. De l'écriture tibétaine, dans un style très ancien inintelligible à Shan, courait en bordure. Au centre se trouvait l'image stylisée d'une tête de cheval. Elle possédait des crocs.

Lorsque Shan s'approcha de Choje, le cercle de protection s'ouvrit. Il n'était pas sûr de savoir s'il fallait attendre que le lama ait terminé sa méditation. Mais à l'instant où Shan s'assit près de lui, les yeux de Choje s'ouvrirent.

— Ils ont des procédures pour les grèves, Rimpotché,

dit doucement Shan. Depuis Pékin. C'est écrit dans un livre. On accordera aux grévistes la possibilité de se repentir et d'accepter la punition. Sinon, ils essaieront d'affamer tout le monde. Ils feront des exemples avec les meneurs. Après une semaine de grève, un prisonnier lao gai peut se voir accusé de crime majeur. S'ils sont d'humeur généreuse, ils ajouteront simplement dix ans à chaque peine d'emprisonnement.

— Pékin fera ce qu'il doit faire, fut la réponse attendue. Et nous ferons ce que nous devons faire.

Shan détailla le groupe. Il lisait non pas la crainte sur les visages, mais la fierté. Il fit un geste de la main vers les gardes en contrebas.

— Vous savez ce que les gardes attendent.

Il s'agissait d'une affirmation. Pas d'une question.

— Ils sont probablement déjà en route, poursuivit Shan. Si près de la frontière, ça ne prendra pas longtemps.

Choje haussa les épaules.

— Ces gens-là, ils sont toujours en train d'attendre quelque chose.

Quelques-uns des moines les plus proches rirent sous cape.

Shan soupira.

— L'homme qui a trouvé la mort tenait ça dans sa main, dit-il, en laissant tomber le médaillon dans la paume de Choje. Je crois qu'il l'a arraché au meurtrier.

Choje fixa le disque et son regard s'éclaira : il l'avait reconnu. Puis ses traits se durcirent. Il suivit du bout du doigt les lettres inscrites sur le métal avant de hocher la tête et de faire passer l'objet alentour. Shan entendit des cris de surprise et d'excitation. Le disque glissa de main en main, suivi par des yeux pleins d'effroi et d'émerveillement.

Il n'y avait pas eu de véritable lutte entre l'assassin et sa victime, cela, Shan le savait. Mme le Dr Sung ne s'était pas trompée sur ce point. Mais un bref instant, voire une fraction de seconde, la victime encore lucide avait vu, puis touché son meurtrier, tendu la main et agrippé le disque avant d'être assommée et de sombrer dans l'inconscience.

— Des paroles ont été prononcées à son sujet, dit Choje. Depuis les hauteurs. Certains ont déclaré qu'ils nous avaient abandonnés.

— Je ne comprends pas.

— Jadis, souvent, ils venaient parmi nous.

Le lama ne quittait pas le disque des yeux.

— Quand sont arrivées les années sombres, ils se sont enfoncés au plus profond des montagnes. Mais les gens ont raconté qu'ils reviendraient un jour, poursuivit Choje avant de se tourner vers Shan. Tamdin. Le médaillon vient de Tamdin. On l'appelle l'esprit à la tête de cheval. C'est l'un des esprits protecteurs.

Choje s'interrompit et récita plusieurs grains de chapelet avant de relever vers Shan un visage étonné.

— Cet homme sans tête. Il a été éliminé par un de nos démons gardiens.

Choje venait de prononcer ces mots quand apparut Yeshe. Il se posta en bordure du cercle, contemplant les moines, gêné, mal à l'aise, comme s'il avait peur. Il semblait peu désireux, voire incapable, de faire un pas de plus.

— Ils ont trouvé quelque chose, annonça-t-il légèrement hors d'haleine. Le colonel attend au carrefour.

Une des premières routes à avoir été bâties par la 404e faisait le tour de la vallée, reliant les anciennes pistes qui descendaient entre les hautes chaînes montagneuses. La route vers les griffes du Dragon que suivaient maintenant les deux véhicules avait été l'une de ces pistes, et elle était encore en si piteux état qu'elle se changeait en lit de torrent au dégel du printemps. Vingt minutes après avoir quitté la vallée, la voiture de Tan les emmena sur un chemin de terre aux profondes ornières, restes du passage récent d'un bulldozer. Ils arrivèrent sur un petit plateau encaissé. Derrière sa vitre, Shan examina la cuvette balayée par les vents. Au point le plus bas, se trouvait un ruisseau, avec un cèdre géant solitaire. Le plateau était fermé au nord et s'ouvrait au sud sur quatre-vingts kilomètres de massifs déchiquetés. Pour un Tibétain, ce lieu aurait été chargé de puissance, le genre d'endroit qu'un démon serait susceptible d'habiter.

Lorsque Feng ralentit le camion avant de s'arrêter, apparut une longue cahute avec une cheminée démesurée. Elle avait été construite récemment, à l'aide de panneaux arrachés à quelque autre bâtisse. Les idéogrammes peints presque effacés qui ornaient encore les plaques de contre-plaqué, vestiges de leur incarnation précédente, donnaient à la cabane l'apparence d'un puzzle aux pièces disparates qu'on aurait imbriquées de force. Plusieurs véhicules à quatre roues motrices étaient garés derrière elle. À côté d'eux, une demi-douzaine d'officiers de l'APL se mirent au garde-à-vous en voyant Tan sortir de la voiture.

Le colonel s'entretint brièvement avec les militaires et fit signe à Shan de le rejoindre lorsqu'ils se mirent en marche. Yeshe et Feng sortirent à leur tour du véhicule et commencèrent à suivre.

À sept ou huit mètres derrière la cahute se trouvait l'entrée d'une caverne, marquée de coups de burin encore frais. On l'avait récemment élargie. Plusieurs officiers y pénétrèrent à la queue leu leu. Tan aboya un ordre et ils s'arrêtèrent, cédant le passage à deux soldats porteurs de lanternes, au visage sinistre, qui s'avancèrent au commandement du colonel. Les autres restèrent sur place sans rien perdre de la scène, en murmurant d'un ton excité lorsqu'ils virent Shan suivre Tan et les deux soldats à l'intérieur de la caverne.

Sur les trente premiers mètres, le tunnel était étroit et tortueux, jonché des déchets abandonnés là par les prédateurs des montagnes, déchets qu'on avait repoussés sur les côtés afin de laisser le passage aux brouettes, dont les marques de roue creusaient le milieu du passage. Puis le boyau resserré s'ouvrait sur une salle beaucoup plus vaste. Tan s'arrêta si brutalement que Shan faillit se cogner à lui.

Des siècles auparavant, les murs avaient été plâtrés et recouverts de fresques représentant d'énormes créatures. Shan sentit son cœur se serrer devant ces images. Il n'avait pourtant pas le sentiment de violer un lieu sanctifié à cause de la présence de Tan et de ses sbires. La vie entière de Shan s'était passée en violations de ce genre. Ce n'était pas non plus l'image effrayante des démons qui, aux lumières tremblantes des lanternes des soldats, donnaient l'impression de danser devant leurs yeux. Ces peurs-là n'étaient rien comparées à celles qu'on avait enseignées à Shan à la 404e. Non. Shan était ému par ces peintures antiques qui éveillaient en lui le désir douloureux d'être aux côtés de Choje : elles l'impressionnaient et lui faisaient honte tout à la fois. Elles étaient tellement imposantes, et lui si petit. Elles étaient d'une telle beauté, et lui si laid. Elles étaient si parfaitement tibétaines, et lui si parfaitement rien ni personne.

Ils s'approchèrent jusqu'à pouvoir distinguer une quinzaine de mètres du mur à la lueur des lampes. À mesure que les couleurs chaudes et profondes devenaient visibles, Shan commença à reconnaître les images. Au centre, presque en taille réelle, se trouvaient quatre bouddhas assis. Il y avait le bouddha né Joyau, au corps jaune, la paume gauche ouverte en geste d'offrande. Puis le bouddha au corps rouge, celui de la Lumière sans fin, assis sur un trône décoré de paons exécutés avec une minutie extraordinaire. À côté d'eux, tenant une épée et la main droite levée, paume en avant pour le mudra destiné à chasser la peur, se trouvait le bouddha vert. Finalement lui apparut une silhouette bleue, le bouddha inébranlable, comme l'appelait Choje, assis sur un trône peint d'éléphants, la main droite pointée vers le bas pour le mudra touchant la terre. Choje enseignait souvent ce mudra aux nouveaux prisonniers, invoquant la terre pour qu'elle fût témoin de leur foi.

Flanquant les bouddhas, étaient tracées des silhouettes moins familières à Shan. Debout, avec un corps de guerrier, elles arboraient arcs, haches et épées, avec, à leurs pieds, des ossements humains. Sur la gauche, au plus près de Shan, se dressait une forme bleu cobalt avec une tête de taureau féroce. Autour du cou, elle portait une guirlande de serpents. Le guerrier d'un blanc lumineux à côté d'elle avait une tête de tigre. Une armée de squelettes les entouraient, d'une taille bien plus petite.

Shan comprit soudain. C'étaient eux, les protecteurs de la foi. Il s'avança et vit que les pieds du démon-tigre étaient décolorés. Non, pas décolorés. On avait grossièrement essayé d'ôter au burin un fragment de la fresque. Sans résultat. Un petit tas de plâtre gisait au sol sous la silhouette.

La lumière commença à faiblir. Les soldats avançaient le long du mur vers le flanc le plus éloigné de la vaste caverne. Deux nouveaux démons apparurent, le premier au corps vert avec un ventre énorme et une tête de singe, un arc dans une main, un os dans l'autre, le second, une bête écarlate avec quatre crocs qui lui donnaient une expression furieuse et, sur un appendice au-dessus de sa chevelure dorée, la petite tête verte d'un cheval sauvage. Une de ses épaules était drapée d'une peau de tigre. La bête se dressait au milieu d'un brasier entouré d'os. Shan serra la main sur le disque dans sa poche, l'ornement arraché au meurtrier. Il résista à la tentation de le sortir de sa poche. Il était certain que les images du cheval à la bouche munie de crocs étaient semblables.

Les lumières s'écartèrent du mur pour se concentrer sur les bottes du colonel Tan, qui prit lui aussi l'apparence démesurée et hors de proportions d'un démon supplémentaire.

— Les choses ont changé, annonça-t-il soudain.

Shan examina les visages sinistres de leur escorte. Son cœur eut un nouveau sursaut. Il savait ce que les hommes comme Tan faisaient en ces lieux. Depuis les profondeurs de la montagne, rien ne pouvait s'entendre au dehors. Pas un cri. Pas un coup d'arme à feu. On n'entendait rien, on ne retrouvait rien. Jilin avait tort. Tous les meurtres ne s'accomplissaient pas pour être un jour pardonnés.

Tan tendit à Shan un morceau de papier déplié : son exemplaire du rapport d'accident rédigé par Shan.

— Nous ne nous en servirons pas.

D'une main tremblante, Shan accepta ce qu'on lui offrait.

Tan suivit les soldats vers un tunnel latéral. Avant d'y pénétrer, il pivota et, d'un geste impatient, fit signe à Shan de les rejoindre. Shan regarda derrière lui. Impossible de s'enfuir. Une vingtaine de soldats attendaient à l'extérieur. Il contempla à nouveau les images peintes, le cœur vidé par le désespoir. En regrettant de ne pas savoir comment prier les démons, il suivit à pas lents.

Une odeur mal définie régnait dans le tunnel. Ce n'était pas de l'encens, mais la poussière qui persiste longtemps après que le parfum de l'encens s'est déposé. Trois mètres après l'entrée, au-delà d'un duo de démons protecteurs peints sur chaque mur telles deux sentinelles, apparurent des étagères. On les avait construites à partir de pièces de bois épaisses, des décennies, voire des siècles, auparavant. Il y en avait quatre sur chaque mur, larges de plus de trente centimètres et reliées à des poutres verticales à l'aide de chevilles. Sur les dix premiers mètres du tunnel, elles étaient vides. Au-delà, elles étaient remplies, du sol au plafond, leur contenu miroitant s'étendant bien plus loin que la portée des lampes.

Un frisson déchira le ventre de Shan, au plus profond.

— Non ! s'écria-t-il douloureusement.

Tan lui aussi s'était arrêté brusquement, comme s'il avait reçu un coup.

— J'avais lu le rapport de la découverte il y a des semaines, murmura-t-il. Mais jamais je n'aurais imaginé cela.

Il y avait des crânes. Des centaines de crânes. Des crânes aussi loin que l'œil de Shan pouvait porter. Chacun posé dans le minuscule autel constitué par un demi-cercle d'ornements religieux et de lampes à beurre. Chaque crâne était plaqué d'or.

Tan en toucha un d'un bout de doigt hésitant, avant de le soulever.

— Une équipe de géologues a découvert la caverne. Au départ, ils ont cru qu'il s'agissait de sculptures, jusqu'à ce qu'ils en retournent un.

Il bascula le crâne cul par-dessus tête et en tapota l'intérieur d'un doigt replié.

— De l'os.

— Vous ne comprenez donc pas ce qu'est cet endroit ? demanda Shan, abasourdi.

— Bien sûr que si. C'est une mine d'or.

— C'est un lieu sacré, protesta Shan.

Il posa les mains de chaque côté du crâne que tenait le colonel.

— La plus sainte des reliques.

Tan céda, et Shan remit le crâne en place sur son étagère.

— Certains monastères préservaient les crânes de leurs lamas les plus vénérés. Les bouddhas vivants. Ici, c'est leur mausolée. Plus qu'un mausolée. Un lieu de grand pouvoir. Il y a des siècles qu'on s'en sert.

— Un inventaire a été établi, signala le colonel Tan. Pour les archives culturelles.

Soudain, avec une lucidité terrible, Shan comprit.

— La cheminée dehors. La cheminée de la cahute, coassa-t-il, la voix sèche.

— Dans les années cinquante, une aciérie entière à T'ien-tsin a pu être financée grâce à l'or récupéré dans les temples tibétains. Elle a rendu un grand service au peuple. Une stèle a été érigée, remerciant les minorités tibétaines.

— C'est une tombe que vous...

— Les ressources, l'interrompit Tan, sont très limitées en quantité. Même les fragments d'ossements ont été classés sous-produits. Une usine d'engrais à Chengdu a accepté de les acheter.

Ils étaient debout, silencieux l'un et l'autre. Shan résista à l'envie pressante de s'agenouiller et de réciter une prière.

— Nous allons la mettre en branle, annonça Tan. Officiellement. Je veux parler de l'enquête sur le meurtre.

Shan se rappela soudain. Il regarda le rapport qu'il tenait à la main, le cœur battant. Tan disposait maintenant d'un véritable enquêteur et il voulait effacer toute trace de son faux départ.

— L'enquête sera conduite sous mon nom et ma responsabilité. Vous n'êtes plus simplement prisonnier de confiance. En fait, personne ne saura. Vous serez mon... — il chercha le mot — ... mon délégué à cette affaire. Mon opérateur.

Shan recula d'un pas, troublé. Est-ce que Tan l'avait fait venir dans cette caverne uniquement pour jouer au chat et à la souris ?

— Je peux récrire le rapport. J'ai parlé au Dr Sung. Mais le problème, c'est la 404e. Je serai plus utile là-bas.

Tan leva la main pour couper court.

— J'y ai réfléchi. Vous disposez déjà d'un camion. Je peux faire confiance à mon vieux camarade Feng pour vous surveiller. Vous pouvez même garder votre Tibétain apprivoisé. On est en train de vous préparer une pièce dans le casernement vide de la Source de jade. Ce sera votre lieu de travail et c'est là que vous dormirez.

— Vous me donnez ma liberté de mouvement ?

Tan contemplait toujours les crânes.

— Vous ne vous enfuirez pas.

Cette fois, il se tourna vers Shan, une lueur cruelle dans le regard.

— Et vous voulez savoir pourquoi vous ne vous enfuirez pas ? J'ai pu bénéficier des bons conseils du directeur Zhong. Il y a encore de la neige dans les cols d'altitude. De la neige molle, qui fond vite. Donc des risques d'avalanche. Si vous vous échappez, ou si vous ne parvenez pas à me rendre mon rapport en temps et en heure, j'affecterai une escouade de la 404e. Votre escouade. Sans établir de roulement. Où ça ? Sur les pentes raides en bordure des routes, afin que les prisonniers testent les risques d'avalanche. Il reste encore à la 404e quelques-uns des vieux lamas arrêtés dans les années soixante. Les premiers protestataires. Je donnerai à Zhong l'ordre de commencer par eux.

Shan le dévisagea, les yeux écarquillés par l'horreur. Rien de ce que faisait Tan n'avait de sens, hormis son penchant forcené pour la terreur.

— Vous vous trompez sur eux, murmura-t-il. Le jour de mon arrivée à la 404ᵉ, on a sorti un moine de l'étable. Parce qu'il avait fabriqué un rosaire illégal. Deux côtes cassées. On lui avait fracturé trois doigts. On voyait encore les marques dans sa chair, là où les pinces s'étaient refermées sur ses phalanges. Mais il était serein. Il ne s'est jamais plaint. Je lui ai demandé pourquoi il n'éprouvait pas la moindre furie. Vous savez ce qu'il a répondu ? « Être persécuté parce qu'on a pris la bonne voie, être capable de faire la preuve de sa foi, c'est un accomplissement pour le croyant sincère. »

— C'est vous qui vous méprenez, rétorqua sèchement Tan. Je connais ces gens aussi bien que vous. Jamais nous ne parviendrons à les soumettre par la force physique. Sinon mes prisons ne seraient pas aussi pleines. Non. Vous accepterez de faire ce que je vous demande, dit Tan avec une assurance à faire froid dans le dos, mais certainement pas parce qu'ils ont peur de mourir. Vous accepterez par crainte d'être responsable de leur mort.

Tan s'avança de sept ou huit mètres dans le tunnel jusqu'à l'endroit où la lueur des lanternes ne portait plus. Les deux guides avaient l'air complètement effrayés, une expression presque sauvage sur le visage. L'un d'eux tremblait. Lorsque Shan s'approcha de lui, Tan attrapa la lampe du soldat et la souleva à hauteur de la troisième étagère. Là, entre deux crânes dorés, était posée une autre tête, arrivée bien plus récemment. Elle avait toujours son épaisse chevelure noire, ses chairs, sa mâchoire inférieure. Ses yeux marron étaient ouverts. La tête semblait les contempler avec un rictus fatigué.

— Camarade Shan, je vous présente Jao Xengding. Le procureur du comté de Lhadrung.

# 4

À sa sortie de la caverne, le soleil d'altitude explosa contre sa rétine. Shan avança d'un pas incertain, sa main masquant ses yeux, et il entendit plus qu'il ne vit la violente dispute. Quelqu'un laissait éclater sans retenue sa colère contre Tan, à grands cris. Ce ne pouvait être qu'un Occidental. Shan se dirigea vers les éclats de voix et se figea sur place devant la scène.

Tan était pris au piège, acculé dans un coin, entre cahute et camion. Comme tous les hommes présents, il paraissait totalement paralysé par la créature qui l'avait attaqué. Outre le fait qu'elle était de sexe féminin et s'exprimait en anglais, elle avait les cheveux châtains et une peau de porcelaine, et elle dépassait en taille tous les Chinois qui lui faisaient face. Tan leva les yeux au ciel comme s'il cherchait la bourrasque intempestive qui l'avait déposée là.

Shan, encore sous le choc après ses découvertes, se rapprocha. La femme était chaussée de gros botillons de rando et d'un jean américain et portait autour du cou un petit appareil photo japonais de prix.

— J'ai le droit d'être furieuse ! s'écria-t-elle. Où se trouve le bureau religieux ? Où est votre permis ?

Shan fit le tour de la cahute. Un camion blanc à quatre roues motrices était garé à côté de la limousine Red Flag du colonel Tan. Pour mieux entendre, il se plaça du côté du camion qui le masquerait au regard du colonel. Les paroles de la femme le mettaient en joie. Lors de son incarnation précédente, quand il était à Pékin, une fois par semaine il lisait un journal occidental pour ne pas perdre totalement les langues étrangères que son père lui avait enseignées en secret. Mais il n'avait pas lu ni entendu un mot d'anglais depuis trois ans.

— La commission n'a pas été prévenue ! poursuivit-elle. Il n'y a pas d'affectation du bureau religieux ! J'appelle Wen Li ! J'appelle Lhassa !

Ses yeux lançaient des éclairs. Même à sept ou huit mètres de distance, Shan vit qu'ils étaient verts.

Shan contourna le camion blanc, en fait, une Jeep américaine d'un modèle bien plus récent que celle conduite par Feng, sortie tout droit d'une usine de Pékin créée à l'aide de capitaux mixtes. Au volant était installé un Tibétain à l'air inquiet avec des lunettes à la lourde monture noire. La portière du conducteur s'ornait d'un symbole représentant les drapeaux chinois et américain entrecroisés, encadré dessus et dessous par les mots *Mine of the Sun*, la mine du Soleil, en chinois et en anglais.

— *Ai yi*, elle est belle quand elle est en colère ! s'écria une voix derrière lui.

Les mots avaient été prononcés dans un mandarin parfait, mais leur rythme n'était pas chinois.

Shan se glissa de côté pour apercevoir celui qui avait parlé. C'était un Occidental, grand, mince, avec de longs cheveux couleur paille noués en queue-de-cheval courte sur la nuque. Il portait des lunettes à monture métallique dorée et un gilet en duvet de nylon bleu orné du même emblème que le camion. Il jeta un coup d'œil amusé à Shan, puis se retourna vers la femme en sortant de sa poche un étrange objet de forme rectangulaire qu'il porta à la bouche. Un harmonica, comprit soudain Shan lorsque l'Américain se mit à jouer.

Il jouait plutôt bien, mais très fort. Délibérément. Beaucoup de chansons américaines traditionnelles étaient populaires en Chine et Shan reconnut le morceau instantanément. *Home on the Range*. Plusieurs soldats éclatèrent de rire et l'Américaine lança un regard furieux à son compatriote. Tan, en revanche, n'était guère amusé. Lorsque la femme leva son appareil photo pour le pointer sur la caverne, Tan sortit brutalement de sa léthargie. Il marmonna un ordre et un soldat bondit pour couvrir l'objectif de sa main. L'Américain à l'harmonica continua de jouer, mais son expression se durcit. Il s'avança vers la femme, comme si celle-ci avait besoin de sa protection. Deux officiers de Tan reprirent tranquillement position, s'interposant de fait entre l'Américaine et la caverne.

— Mademoiselle Fowler, dit Tan en mandarin, à nouveau maître de lui-même, les installations de défense de l'Armée populaire de libération sont strictement interdites au public. Vous n'avez aucun droit de vous trouver ici. Je pourrais vous faire incarcérer.

Son bluff était des plus convaincants. Le Tibet abritait bien plus de l'arsenal nucléaire chinois que toute autre région du pays. La femme ne baissa pas les yeux pour autant. Elle resta muette mais tout en elle respirait le défi. L'Américain cessa de jouer de son harmonica et tendit les poignets avant de répondre en anglais, alors qu'il avait, de toute évidence, compris les propos de Tan.

— Super. Arrêtez-nous. Cela nous vaudra toute l'attention des Nations unies, je vous le garantis.

Tan se renfrogna, agacé, avant de se pencher à l'oreille d'un de ses subordonnés.

— Ce n'est pas ainsi qu'on se conduit entre amis, dit-il avec un sourire de commande. Vous vous appelez Rebecca, si je ne me trompe ? S'il vous plaît, Rebecca, essayez de comprendre le problème que vous êtes en train de créer, pour vous-même et votre compagnie.

Quelqu'un agrippa Shan par le bras et le tira vers le camion où étaient toujours assis Yeshe et Feng.

— Le colonel Tan vous ordonne de partir. Maintenant, insista le soldat.

Shan se laissa conduire jusqu'au camion, mais, arrivé à la portière, il s'écarta pour revoir une fois encore l'étrange femme. Elle lui jeta un regard distrait puis se retourna à nouveau, pour l'observer cette fois plus attentivement : Shan était le seul Chinois présent à ne pas porter d'uniforme. Ses yeux verts brillaient d'intelligence, vifs, sans cesse en mouvement. Une question se fit jour sur son visage. Avant que Shan pût savoir si elle le concernait, on le poussait dans le camion.

Un dossier se trouvait déjà sur sa table au bureau administratif de la prison. Mme Ko l'y avait déposé en mains propres. Sur la couverture, on lisait : « Hooligans connus/ Comté de Lhadrung. » Le dossier était vieux, écorné par l'usage, et comprenait quatre catégories.

La première s'intitulait *Adeptes du culte des drogues*. Notion étrange, abandonnée par la police des grandes villes de Chine des années auparavant, qui voulait que l'usage de la drogue soit la conséquence de rituels fanatiques.

*Bandes adolescentes*. Les quinze individus qui s'y trouvaient cités avaient tous dépassé la trentaine.

*Criminels récidivistes*. La liste comprenait tous les habitants de Lhadrung qui avaient un jour ou un autre purgé une peine dans une prison lao gai, soit au total près de trois cents noms.

*Agitateurs culturels*. C'était de loin la liste la plus longue. Chaque nom s'accompagnait soit du nom d'un gompa, soit du terme « non répertorié ». Tous les individus recensés là étaient moines. Nombre d'entre eux avaient été placés en détention lors des Émeutes des Pouces cinq ans auparavant. Une douzaine de noms non répertoriés s'accompagnaient d'une notation supplémentaire : *purba,* suspect. Le mot posait un problème à Shan : un purba était une dague de cérémonie utilisée lors des rituels tibétains. Il parcourut la liste jusqu'à la fin. Pas de liste de démons protecteurs homicides.

Il décrocha le téléphone. Mme Ko répondit à la troisième sonnerie.

— Dites au colonel qu'il faudra procéder à une autopsie plus détaillée.

— Une autopsie ?

— Il va falloir qu'il en informe le Dr Sung.

— Si seulement j'avais su, soupira-t-elle. J'en reviens.

— Vous êtes allée à la clinique ?

— Il m'a chargée d'une livraison. Je m'y suis rendue à pied. Un paquet enveloppé de papier journal et de sacs plastique. Il a dit qu'il voulait que le chou de la dame reste frais.

Shan fixa le combiné.

— Merci, madame Ko, marmonna-t-il.

— De rien, Xiao Shan, répondit-elle d'un ton guilleret avant de raccrocher.

Xiao Shan. Ces deux mots provoquèrent en lui un sentiment de solitude aussi violent que soudain. Il y avait des années qu'il ne les avait pas entendus. C'était le nom que sa grand-mère lui donnait, Petit Shan, de cette manière un peu désuète, comme le voulait la tradition lorsqu'on s'adressait à un individu plus jeune.

Il se surprit à contempler dans le bureau extérieur un employé qui taillait des crayons. Il avait oublié qu'on taillait les crayons. Tout comme il avait oublié les innombrables gestes minuscules qui rythmaient les heures de la journée dans le monde extérieur. Il serra la mâchoire, luttant contre la question qu'aucun prisonnier du camp n'osait jamais se poser : serait-il capable de vivre à nouveau hors des murs ? Non pas : *serait-il* libéré, car tout prisonnier devait se convaincre de recouvrer un jour la liberté, mais qui serait-il quand il serait libre ? Tous avaient entendu parler d'anciens prisonniers qui ne s'étaient jamais réadaptés, trop effrayés pour même quitter leur lit, et qui restaient à jamais ployés comme sous le poids de chaînes invisibles, pareils au cheval qui, une fois entravé, n'essaie plus jamais de courir. Pourquoi n'existait-il pas de récits de prisonniers qui avaient réussi une fois libérés ? Peut-être parce qu'il était tellement difficile de concevoir ce que pouvait représenter la réussite pour un survivant de camp d'internement. Shan se souvint des dernières paroles de Choje à Lokesh, après trente années passées à partager une cahute-prison : « Tu dois t'enseigner à être de nouveau toi-même », avait dit Choje, tandis que Lokesh pleurait sur son épaule.

Il ouvrit son calepin. Ils se trouvaient toujours là, sur la dernière page. Le nom de son père. Son nom. Sans réfléchir, il dessina un nouvel idéogramme, au graphisme complexe, commençant par une croix entaillée de petits traits pointant vers le centre. Riz battu, tel était le sens de ces premières lignes. Elles rejoignaient le pictogramme d'une plante vivante sur le fourneau d'un alchimiste. Ensemble, elles signifiaient « force de vie ». Un des idéogrammes préférés de son père. Il l'avait tracé dans la poussière sur la fenêtre le jour où ils avaient débarqué pour emporter ses livres. Choje lui avait enseigné sa contrepartie en caractères tibétains. Mais Choje y faisait toujours référence de manière différente : l'Irrésistible Puissance d'Être.

Shan perçut un mouvement devant sa table. Il referma brutalement son calepin, que ses mains couvrirent par réflexe. Ce n'était que Feng qui se mettait debout en voyant approcher le lieutenant Chang. Celui-ci montra Shan du doigt et éclata de rire, avant de se pencher vers Feng et de s'adresser à lui à voix basse. Shan regarda au-delà des deux hommes, vers le bureau, observant le rythme des silhouettes monochromes qui l'occupaient.

Rouvrant son calepin, il se rappela le passage vingt et un du *Tao-tö-king*, le livre de la Voie et de la Vertu, et il le coucha sur la page à la suite de ses notes sur l'enquête. *Au centre se trouve la force de vie. Au centre de la force de vie se trouve la vérité.*

Il posa le calepin droit, en appui devant lui, ouvert à cette ligne, qu'il examina en détail. Chaque affaire a sa propre force de vie, avait-il un jour déclaré à ses adjoints, sa propre essence, son propre mobile ultime et irréductible. Trouvez cette force de vie, vous trouverez la vérité.

Au centre, il y avait un procureur assassiné. Shan

redressa la tête et scruta la maxime intensément. Peut-être qu'au centre se trouvaient la 404ᵉ et un démon bouddhiste.

Il prit conscience d'un léger bruit devant lui.

— Qu'est-ce que vous faites ? lui demanda Yeshe en se tournant délibérément vers le sergent Feng. Voilà cinq minutes que je suis là devant vous.

Il tenait un plateau garni de trois gros chaussons *momos*. Derrière lui, le bureau extérieur était vide. Il faisait sombre.

Les momos étaient la seule nourriture que Shan ait vue de la journée. Il attendit que Feng ait le dos tourné pour en fourrer deux dans sa poche avant d'engloutir le troisième. Le chausson fourré à la vraie viande avait été préparé par les cuisines des gardiens. Ceux servis au réfectoire des prisonniers étaient farcis de céréales grossières mélangées à du son d'orge. Lors de son premier hiver, après que la sécheresse eut rabougri les champs, la farce des momos avait été constituée par les épis de maïs concassés qu'on réservait habituellement aux cochons. Plus d'une douzaine de moines étaient décédés de malnutrition et de dysenterie. Les Tibétains avaient un mot pour cela, pour ceux qu'on avait affamés jusqu'à ce que mort s'ensuive, une mort qui avait anéanti des milliers de leurs compatriotes à l'époque où la quasi-totalité de la population monastique s'était retrouvée emprisonnée. Tuée par le fusil momo. Après la sécheresse, l'Association des amis du Tibet, une organisation charitable bouddhiste, avait obtenu après force luttes le droit de servir des repas aux prisonniers deux fois par semaine. Le directeur Zhong avait présenté la chose comme un geste de conciliation, avec une telle allégresse que Shan avait été convaincu que le directeur empochait l'argent originellement destiné à alimenter les prisonniers.

— J'ai rassemblé les notes relatives à notre interrogatoire du Dr Sung, dit Yeshe d'un ton abrupt en poussant deux pages de texte dactylographié sur le bureau.

— Et c'est tout ce que vous avez fait pendant ce temps ?

Yeshe haussa les épaules.

— Ils travaillent toujours sur les registres de fournitures. Ils ont eu des problèmes avec les ordinateurs.

— Les fournitures égarées dont vous avez parlé ?

Yeshe acquiesça.

— Quel genre de fournitures égarées ?

— Un camion de vêtements. Un autre de nourriture. Des matériaux de construction. Probablement une histoire de paperasses mal établies. Quelqu'un a compté un trop grand nombre de camions au départ du dépôt à Lhassa.

Shan prit le temps de rédiger une note dans son calepin.

— Mais ça n'a rien à voir avec notre affaire ! protesta Yeshe.

— Comment le savez-vous ? J'ai passé la majeure partie de ma carrière sur des histoires de corruption à Pékin. Quand l'armée était impliquée, avant toute autre chose, j'allais faire une petite visite à la comptabilité centrale du service d'intendance, parce que le service était fiable. Un seul homme ne suffisait jamais pour le comptage des camions, des missiles, des haricots. Le service en affectait dix, et chacun d'eux recomptait derrière les autres.

— Aujourd'hui on utilise des ordinateurs, dit Yeshe en haussant les épaules. Je suis venu chercher ma prochaine affectation.

Shan examina Yeshe. Le jeune homme n'était pas beaucoup plus vieux que son propre fils, et, tout comme son fils, il était remarquablement intelligent — un talent remarquablement gâché.

— Il nous faut reconstituer les activités de Jao. Au moins pendant les dernières heures.

— Vous voulez dire, aller parler à sa famille ?

— Il n'avait pas de famille. Nous devons nous rendre au restaurant mongol, en ville, où il a dîné le soir de sa mort. Chez lui. Et à son bureau, si on nous laisse entrer.

Yeshe avait sorti son propre calepin. Il prit des notes d'une plume fébrile, à mesure que Shan parlait, avant de faire demi-tour comme un soldat à l'exercice et de s'éloigner.

Shan travailla encore une heure, étudiant les listes de noms, rédigeant questions et réponses possibles, chacune d'elles plus fuyante que la précédente. Où se trouvait la voiture de Jao ? Qui voulait la mort du procureur ? Pourquoi, songea-t-il en frissonnant, Choje semblait-il tellement persuadé que le démon existait ? Pour quelle raison le procureur du comté de Lhadrung avait-il revêtu cette tenue de touriste ? Parce qu'il s'apprêtait à partir en voyage ? Non. Parce qu'il avait des dollars américains dans sa poche, et une carte professionnelle américaine. De quelle étrange furie le tueur était-il animé pour réussir à entraîner sa victime si loin, sous un prétexte fallacieux, dans le seul but de la décapiter ? Il ne s'agissait pas d'une furie animale : celle-ci explose sur l'instant. Et si c'était cela, malgré tout ? Était-il concevable d'imaginer une rencontre qui aurait viré à l'aigre ? Jao avait été assommé, il avait perdu conscience, et, pris de panique, son assaillant s'était saisi de quoi, d'une bêche ? pour terminer le travail et détruire l'identité de Jao par ce simple geste sordide. Mais ensuite ? Transporter la tête sur huit kilomètres jusqu'au mausolée des crânes ? Ce n'était pas cela, une rage animale. Le tueur était un zélote, fervent et convaincu, brûlant pour une cause. Mais quelle cause ? Une cause politique ? Ou bien était-ce de la passion ? Ou encore un acte d'hommage, pour avoir ainsi déposé la tête du procureur Jao dans un lieu aussi saint ? Un acte de furie. Un acte d'hommage.

De frustration Shan jeta son crayon et alla à la porte.

— Il faut que je rentre. À ma cahute, dit-il au sergent Feng.

— Au diable, répondit brutalement Feng.

— Ainsi donc, vous et moi, sergent, allons passer la nuit ici ?

— Personne n'a rien dit. Nous n'allons pas à la Source de jade avant demain.

— Personne n'a rien dit parce que je suis prisonnier, je dors dans une cahute. Et vous êtes un garde qui dort dans sa caserne.

Feng se balança d'un pied sur l'autre, mal à l'aise. Son visage rond parut se comprimer tandis qu'il regardait vers la rangée de fenêtres du mur opposé, à croire qu'il espérait attirer l'attention d'un officier de passage.

— Je peux dormir ici, à même le sol, proposa Shan. Mais vous ? Allez-vous rester éveillé toute la nuit ? Il vous faudrait des ordres. Sans ordres, la routine doit être la règle.

Shan sortit un des momos qu'il avait gardés et le tendit à Feng.

— Vous ne pouvez pas me soudoyer avec un peu de nourriture, grommela le sergent, en contemplant le momo avec un intérêt visible.

— Ce n'est pas pour vous soudoyer. Nous formons une équipe. Je vous veux de bonne humeur demain. Et le ventre plein. Nous partons faire une balade en montagne.

Feng accepta le chausson et se mit à le déguster à petites bouchées hésitantes.

Au-dehors, un silence de mort avait saisi le campement. L'air froid et vif était immobile. Le cri lointain d'un faucon de nuit tomba du ciel.

Ils s'arrêtèrent à la grille. Feng hésitait toujours. La falaise de pierre résonna de l'écho d'un tintement minuscule, le cliquètement distant d'un métal frottant sur le métal. Ils prêtèrent un instant l'oreille et entendirent un nouveau bruit : un grondement métallique assourdi. Feng fut le premier à le reconnaître. Il poussa Shan au-delà de la grille qu'il verrouilla et se mit à courir vers le casernement. La prochaine étape de la punition de la 404ᵉ était sur le point de commencer.

Shan offrit le momo restant à Choje. Le lama sourit.

— Tu travailles plus dur que nous tous. Tu as besoin de ta nourriture.

— Je n'ai aucun appétit.

— Vingt chapelets pour avoir menti, dit Choje avec bonne humeur en posant le momo au sol, entre les marques de l'autel.

Le Khampa bondit, s'agenouilla, et toucha le sol de son front. Choje parut surpris. Il hocha la tête et le Khampa fourra le chausson dans sa bouche. Puis il se leva, s'inclina devant Choje et alla s'accroupir près de la porte. Le Khampa aux allures de chat était le nouveau gardien.

Shan se rendit compte que les autres prisonniers n'égrenaient pas leurs chapelets. Ils étaient courbés au-dessus de leur couchette, écrivant au dos de feuilles de décompte ou dans les marges des rares journaux qu'apportait parfois l'Association des amis du Tibet. Quelques-uns se servaient de moignons de crayons, la plupart, de charbon de bois.

— Rimpotché, dit Shan. Ils sont arrivés. Au matin, ils auront pris la relève des gardes.

Choje hocha lentement la tête.

— Ces hommes — je suis désolé, quel est le mot qu'on utilise pour les troupes de la Sécurité publique ?

— Les nœuds.

Choje eut un sourire amusé.

— Ces nœuds ne sont pas notre problème. Ils sont le problème du directeur.

— Le mort a été identifié, annonça Shan.

Plusieurs prêtres relevèrent les yeux.

— Il s'appelait Jao Xengding.

Un froid soudain tomba sur la cahute. Les mains de Choje formèrent un mudra. Une invocation du bouddha de la Compassion.

— Je crains pour son âme.

Depuis la pénombre, une voix s'écria :

— Qu'il reste donc en enfer !

Choje releva les yeux pour châtier l'impertinent, avant de se retourner avec un soupir.

— Il aura un passage difficile.

Trinle prit alors la parole :

— Il lui faudra batailler en raison de ses actes. Et pour la violence de sa mort. Il est impossible qu'il ait été préparé correctement.

— Il a envoyé bien du monde en prison, fit remarquer Shan.

Trinle se tourna vers ce dernier.

— Il faut que nous lui fassions quitter la montagne.

Shan ouvrit la bouche pour rectifier ce qu'avait dit son ami avant de comprendre que celui-ci ne parlait pas du corps de Jao.

— Nous prierons pour lui, déclara Choje. Jusqu'à ce que son âme soit passée, nous devons prier.

Jusqu'à ce que son âme soit passée, songea Shan, il continuera à punir la 404ᵉ.

Un moine apporta une des feuilles de décompte afin que Choje l'examine. Celui-ci l'étudia, avant de s'adresser à l'homme à voix basse. Le moine rejoignit sa couchette avec la feuille, et se remit à son travail d'écriture.

Choje regarda Shan.

— Que sont-ils en train de te faire ? demanda-t-il à voix basse, de sorte que personne hormis Shan ne l'entendit.

En cet instant, Shan revit Choje au jour de leur première rencontre : Shan à genoux dans la boue, Choje traversant le campement à grands pas, sans se préoccuper des gardes le moins du monde, aussi serein dans sa démarche que s'il avançait dans une prairie pour ramasser un oiseau blessé.

Shan n'était plus que morceaux épars lorsque ses geôliers l'avaient pour la première fois libéré afin qu'il rejoigne les occupants de la 404ᵉ : il était brisé, mentalement et physiquement, après trois mois d'interrogatoires et de thérapie politique vingt-quatre heures sur vingt-quatre. La Sécurité publique l'avait intercepté au terme de sa dernière enquête, au moment précis où il allait remettre un rapport très spécial au Conseil d'État et non pas à son officier supérieur, le ministre de l'Économie. Au départ, on l'avait simplement battu, jusqu'à ce qu'un médecin de la Sécurité publique s'inquiète d'éventuels dégâts au cerveau. On avait alors utilisé des éclats de bambou, mais la douleur s'était révélée tellement infernale que Shan était incapable d'entendre les questions qu'on lui posait. Ses tortionnaires avaient alors usé de moyens plus subtils, passant d'instrumentation concrète aux produits chimiques, bien pires que tout le reste parce qu'ils rendaient si difficile tout souvenir de ce qu'il avait déjà pu leur révéler.

Il était resté dans sa cellule en Chine musulmane — un jour, dans une pièce avec fenêtre, il avait vu les étendues sans fin du désert qui ne pouvaient correspondre qu'à la Chine de l'Ouest — et il avait récité les versets taoïstes de son enfance pour garder son cerveau en vie. Sans cesse, inlassablement, ses tortionnaires avaient rappelé à Shan tous ses crimes, les lisant au tableau noir, comme des professeurs, lors des séances de tamzing, ou bien hurlant les dépositions de témoins dont leur prisonnier n'avait jamais entendu parler. Trahison. Corruption. Vol de propriétés de l'État, sous la forme de dossiers que Shan avait empruntés. Ce dernier avait souri d'un air rêveur, car ses accusateurs n'avaient jamais compris la nature de sa culpabilité. Il était coupable d'avoir oublié que certains membres consacrés du gouvernement étaient incapables de crimes. Il était coupable de n'avoir pas fait confiance au Parti, parce qu'il avait refusé de dévoiler toutes ses pièces à conviction — non seulement pour protéger ceux qui les lui avaient fournies mais aussi, et il en avait honte, afin de se protéger lui-même, car sa vie n'aurait plus rien valu une fois qu'ils auraient été convaincus d'avoir tout obtenu. Au bout du compte, la seule leçon de ces mois de douleur interminable qui l'avaient brisé et réduit en morceaux, la seule vérité absolue que Shan avait apprise sur lui-même — et le grand handicap qui faisait perdurer la douleur — était qu'il était incapable de rendre les armes et d'abandonner.

Peut-être était-ce là ce que Choje avait vu à la première heure, lorsque Shan était sorti d'un pas chancelant de la camionnette de la Sécurité publique pour se retrouver dans le camp d'internement, ébloui par la lumière, en se demandant si, finalement, ils avaient décidé de courir le risque de l'abattre.

Au départ, les prisonniers lui avaient semblé tout aussi éblouis que lui. Ils l'avaient fixé de tous leurs yeux comme s'il était un spécimen d'une nouvelle et dangereuse espèce. Avant de prendre la décision qu'il n'était qu'un Chinois de plus. Les Khampas avaient craché sur lui. Les autres s'étaient pour l'essentiel tenus à l'écart, certains dessinant dans l'air un mudra de purification comme pour chasser le nouveau démon arrivé au milieu d'eux.

Shan était resté planté, en équilibre instable, au centre du camp, les genoux tremblants, à envisager quelle nouvelle variété d'enfer ses gardes-chiourmes lui avaient inventée, lorsque l'un des gardes l'avait bousculé. Il était tombé dans une flaque d'eau froide, tête en avant, en éclaboussant de boue les bottes du Chinois. Tandis que Shan s'efforçait péniblement de se remettre à genoux, celui-ci, furieux, lui avait ordonné de lécher ses bottes jusqu'à ce qu'elles brillent.

— Sans une armée du peuple, le peuple n'a rien, avait débité Shan avec un sourire d'excuses.

Une citation directement sortie du Petit Livre rouge de l'Inestimable Grand Timonier.

Le garde l'avait frappé en le réexpédiant dans la boue et il lui assenait de grands coups de matraque sur les épaules lorsque l'un des prisonniers tibétains âgés s'était avancé vers eux.

— Cet homme est trop faible, avait-il dit paisiblement.

Quand le garde avait éclaté de rire, le prisonnier s'était penché sur le corps prostré de Shan afin de prendre les coups sur son propre dos. Le garde avait administré la punition prévue avec délectation avant de demander de l'aide pour traîner l'homme inconscient jusqu'à l'étable.

Cet instant avait tout changé. En l'espace d'une seconde aveuglante, Shan avait oublié sa douleur, il avait même oublié son passé. Il avait compris qu'il venait de pénétrer dans un nouveau et remarquable monde, le Tibet. Un moine de haute taille, qui se présenta sous le nom de Trinle, avait aidé Shan à se relever et l'avait conduit dans la cahute. Terminés les crachats, les mudras furieux dirigés contre lui. Huit jours plus tard Shan avait rencontré Choje quand celui-ci avait été libéré de l'étable. En l'apercevant, le lama lui avait fait un sourire en coin avant de dire, en parlant du brouet d'orge clair servi à la 404e :

— La soupe a toujours meilleur goût après une semaine d'absence.

Shan, plongé dans ses pensées, releva les yeux en entendant Choje poser à nouveau sa question.

— Que sont-ils donc en train de te faire ?

Il savait que Choje n'attendait pas de réponse. Le moine voulait simplement le laisser avec cette question. La 404e ne serait plus jamais la même une fois que les nœuds auraient pris le relais. Une douleur soudaine au cœur, Shan se rendit compte que Choje leur serait probablement enlevé. Il fixa le mudra que formaient les mains du lama. C'était le signe du mandala, le cercle de vie.

— Rimpotché. Ce démon qu'on appelle Tamdin…

— C'est une chose merveilleuse, non ?

— Merveilleuse ?

— Que le gardien apparaisse maintenant.

Shan plissa le front, perplexe.

— Rien de ce qui arrive dans la vie n'est dû au hasard, expliqua Choje.

C'est vrai, songea amèrement Shan. Jao Xengding avait été tué pour une raison. Le tueur voulait être perçu comme un démon bouddhiste, pour une raison. Les nœuds étaient là, prêts à détruire la 404e, pour une raison. Mais Shan n'y comprenait rien.

— Rimpotché, comment reconnaîtrai-je Tamdin si je le trouve ?

— Il a de nombreuses formes et de nombreuses tailles. Hayagriva, c'est ainsi qu'on le nomme au Népal et au Sud. Dans les gompas plus anciens, on l'appelle le démon tigre rouge. Ou le démon à tête de cheval. Il porte un rosaire de crânes autour du cou. Il a des cheveux jaunes. Sa peau est rouge. Sa tête est énorme. Quatre longs crocs lui sortent de la bouche. Au sommet du crâne, il porte une autre tête, beaucoup plus petite, une tête de cheval, parfois peinte en vert. Il est gras de tout le poids du monde. Son ventre pend.

Je l'ai vu il y a des années, au cours des danses de festival.

Le mudra se désunit lorsque Choje serra les mains.

— Mais Tamdin ne se laissera trouver que s'il le désire. Il refusera d'être soumis à moins qu'il n'y soit autorisé.

Shan réfléchit à ces mots en silence.

— Il porte des armes ?

— S'il en a besoin, sa main sera armée. Adresse-toi à un membre de la secte du Chapeau noir. Il y a eu jadis un vieux *ngagspa* chapeau noir en ville. Un sorcier. Khorda, c'est ainsi qu'on l'appelait. Il pratiquait les rites anciens. Il effrayait les jeunes moines avec ses sorts. Il venait d'un gompa nyingmapa.

Les chapeaux noirs comprenaient les plus traditionalistes des sectes bouddhistes tibétaines, dont la lignée la plus ancienne était les Nyingmapa, aux liens étroits avec les chamans qui jadis dirigeaient le Tibet.

— Il est impossible qu'il soit encore en vie, poursuivit Choje. Quand j'étais enfant, il était déjà vieux. Mais il avait des apprentis. Renseigne-toi sur ceux qui pratiquent les charmes des chapeaux noirs, ceux qui ont étudié avec Khorda.

Choje fixa longuement Shan, le regard pesant, à la manière d'un père devant son fils partant pour un long et dangereux voyage. Il lui fit signe des doigts.

— Approche-toi.

Lorsque Shan fut assez près, Choje posa une main sur l'arrière de sa tête et appuya. Il murmura quelque chose à Trinle qui lui tendit une paire de ciseaux rouillés, puis il coupa une mèche des cheveux de Shan, longs de deux bons centimètres, juste au-dessus du cou. Il s'agissait de la pratique coutumière lors des rites initiatiques : ceux-ci rappelaient aux étudiants admis dans les monastères la manière dont Bouddha s'était sacrifié pour atteindre à la vertu.

Sans savoir pourquoi, Shan sentit son cœur battre la chamade.

— Je ne suis pas digne, dit-il en relevant la tête.

— Bien sûr que si. Tu fais partie de nous.

Une profonde tristesse monta en lui.

— Que se passe-t-il, Rimpotché ?

Mais Choje se contenta de soupirer, l'air soudain très fatigué. Le vieux lama se leva et alla vers sa couchette. À ce moment, Trinle tendit à Shan un morceau de papier sale sur lequel on avait tracé un idéogramme.

— Ça, c'est pour toi.

Shan examina le papier sans conviction. Les caractères étaient rédigés en style ancien, comme ceux du médaillon. Dessinée par-dessus se trouvait une série de cercles concentriques, enfermant en leur milieu une fleur de lotus, dont chaque pétale portait des symboles secrets.

— Est-ce que c'est une prière ?

— Oui. Non. Pas exactement. Un charme. Une protection. Bénite par Rimpotché. Rédigée sur un fragment d'un vieux livre saint. Très puissant.

Trinle saisit le papier par les coins inférieurs.

— Regarde, expliqua-t-il, tu dois le plier et le rouler en un petit cylindre. Porte-le autour du cou. Nous devrions trouver une amulette sur une chaîne. Mais il n'y en a pas.

— Tout le monde est en train de rédiger des charmes protecteurs ?

— Pas comme celui-ci. Pas aussi puissant. Il n'y avait que ce seul petit fragment de papier. Et l'invocation des symboles. Ce ne sont pas des mots formés par les mains ou les lèvres. Ces mots-là ne sont jamais prononcés. Rimpotché a dû chercher loin pour les capturer. Cela prend plusieurs heures, pour donner au charme toute sa puissance. Il a travaillé toute la journée. Ce qui l'a épuisé. Ce charme-ci sera reconnu par Tamdin, il peut être détecté dans le monde de ce démon, de sorte qu'il saura que tu arrives. Ce n'est pas simplement une protection. C'est plutôt un genre d'introduction, pour que tu puisses communier avec Tamdin. Choje dit que tu marches dans la voie des démons protecteurs.

Ce qui signifie qu'ils sont sur le point de m'attaquer ? fut tenté de demander Shan, lorsqu'une autre question lui vint à l'esprit. Comment Choje avait-il obtenu un fragment de manuscrit antique ?

Quelques-uns des moines placèrent leurs charmes sur l'autel, avec des regards pleins d'espoir vers Choje. D'autres emportèrent les leurs jusqu'à leur couchette, dans le fond de la pièce, où Shan se dirigea. L'un des vieux moines était assis sur un lit avec un étrange parchemin de charmes. Il reliait les feuilles de décompte en un charme plus grand, les nouant adroitement avec de minuscules tresses de cheveux humains.

Shan se rendit compte que Trinle avait les yeux fixés sur l'épaisse liasse de papier dans sa poche. Il en arracha une douzaine de pages vierges qu'il lui tendit, avec son crayon.

— Les autres. C'est quoi, les autres charmes ?

— Chacun d'entre nous fait ce qu'il peut. Certains essaient de préparer des rituels bardo pour le jungpo. D'autres ne sont que des charmes protecteurs. Je ne sais pas si Rimpotché va les bénir. Sans la bénédiction de quelqu'un qui est investi de pouvoir, ce ne seront que des morceaux de papier inutiles.

— Il ne va pas bénir les charmes protecteurs ? Il ne veut pas qu'ils soient protégés du jungpo ?

— Pas le jungpo. Ces charmes-là concernent les malfaisances de ce monde. Des charmes *tsonsung*. Pour être protégé des matraques. Des baïonnettes. Des balles.

5

Le lendemain matin, un jeune homme aux manières onctueuses, en chemise blanche et complet bleu, attendait devant le bureau de Tan. Il faisait les cent pas face à la fenêtre et s'arrêta un instant pour détailler le sergent Feng avec mépris avant de remarquer Shan, auquel il adressa un signe de tête entendu, comme s'ils partageaient tous deux quelque secret.

Shan s'avança vers la fenêtre, au désespoir de discerner une quelconque activité sur les pentes de la griffe sud. L'inconnu se méprit sur son geste, y voyant une invitation à bavarder.

— Trois sur cinq, dit-il. Soixante pour cent sollicitent la permission de rentrer au pays avant que leur temps soit terminé. Saviez-vous cela, camarade ?

Pékin se lisait sur toute sa personne comme dans un livre ouvert.

— La plupart de ceux que je connais servent jusqu'au terme de leur engagement, répliqua calmement Shan.

Il se pencha en avant, jusqu'à toucher la vitre. À cette heure-ci, la 404e devait logiquement se trouver sur les pentes. Mais le directeur allait-il prendre la peine de faire sortir les prisonniers du campement aujourd'hui ?

— Ils ne supportent pas le froid, poursuivit l'homme, sans donner le moindre signe d'avoir entendu Shan. Ne supportent pas l'air. Ne supportent pas la sécheresse. Ne supportent pas la poussière. Ne supportent pas les regards dans les rues. Ne supportent pas les sauterelles à deux pattes.

L'inconnu se précipita au côté de Mme Ko lorsque celle-ci traversa la salle d'attente.

— Il n'y a rien de plus important ! insista-t-il, en articulant, d'une voix lente et forte, comme si elle souffrait d'un quelconque handicap. Il faut que je le voie tout de suite !

Elle lui sourit froidement en indiquant les chaises alignées le long du mur. Mais l'homme continua à tourner tel un ours en cage, en observant périodiquement la porte du bureau de Tan.

— Il y a deux ans que je suis ici. Et j'adore ça. Je pourrais rester dix ans. Et vous ?

Shan leva la tête, lentement, en espérant que l'homme ne s'adressait pas à lui. Mais les yeux qui lui faisaient face étaient comme deux canons de fusil, avec Shan pour cible.

— Trois ans.

— Un homme comme je les aime ! s'exclama l'inconnu. J'adore être ici, répéta-t-il. Des défis pour une vie entière. Des occasions à chaque carrefour, poursuivit-il, attendant de Shan un signe qui le conforte dans ses propos.

— En tout cas, des surprises. Des surprises à chaque carrefour, rétorqua judicieusement Shan.

Après un rire bref très maîtrisé, l'homme vint s'installer sur le siège voisin de Shan, qui se dépêcha de masquer son dossier des mains.

— Je ne vous ai encore jamais vu. Affecté à une unité dans les montagnes ?

— Dans les montagnes, acquiesça Shan.

Le bureau extérieur n'était pas chauffé et il n'avait pas enlevé la veste gris anonyme que Feng lui avait trouvée ce matin-là à l'arrière du camion.

— Le vieux a trop de boulot, avança l'homme d'un ton de confidence en indiquant la porte de Tan d'un signe de tête. Toujours avec ses rapports. Pour le Parti. Pour l'armée. Pour la Sécurité publique. Pour l'évaluation d'autres rapports. Mais nous, nous ne laissons pas la bureaucratie interférer avec notre ouvrage. Sinon, comment voulez-vous arriver à quelque chose ?

La tête de Feng bascula vers l'arrière. Il se mit à ronfler.

— Nous ? s'enquit Shan.

D'un geste théâtral, l'homme ouvrit une petite mallette en plastique et lui tendit une carte avec gravure en relief. Shan l'examina. Li Aidang. Un des prénoms préférés des parents ambitieux de la génération précédente. Li Qui Aime le Parti. Shan se changea en statue quand il lut le titre qui accompagnait le nom : procureur adjoint. Tan avait donc réussi. Il avait fait venir un enquêteur de l'extérieur. Puis il vit l'adresse sur la carte. Comté de Lhadrung. Il passa les doigts sur les mots, n'en croyant pas ses yeux.

— Vous êtes très jeune pour une telle responsabilité, dit-il finalement en étudiant Li de plus près.

Le procureur adjoint n'avait guère plus de trente ans. Il portait une montre de prix importée clandestinement et, chose étrange, des chaussures de sport occidentales.

— Et bien loin de la maison.

— Pékin ne me manque pas. Trop de monde. Et pas assez d'occasions.

Une fois encore, ce même mot. Il était étrange d'entendre dans la bouche d'un procureur adjoint le mot occasion.

Mme Ko réapparut.

— De toute évidence, il ne comprend pas… commença Li d'un ton supérieur. Il s'agit de l'arrestation. Il faut qu'il signe des autorisations. Il va vouloir informer le…

Mme Ko sortit de la pièce sans lui prêter la moindre attention. Li la suivit du regard, en laissant un rictus se dessiner doucement sur son visage, à croire qu'il prenait note mentalement d'un plaisir particulier à venir. Il se pencha en avant et étudia la silhouette affalée de Feng.

— Si c'était mon bureau, ils feraient preuve d'un peu plus de respect, déclara-t-il, la voix pleine de mépris.

Mme Ko réapparut alors pour ouvrir la porte de la salle de conférences adjacente et elle lui fit signe qu'il pouvait venir. Avec un minuscule cri de triomphe, Li y entra d'un pas martial. Sans un mot, elle lui tira un fauteuil près de la table et le laissa s'installer. Li ne voyait plus que l'accès latéral au bureau de Tan. Mme Ko referma la porte derrière elle et revint dans la salle d'attente.

— Je me demande si le colonel a bien l'intention de venir là, dit Shan.

Mme Ko se dirigeait vers une alcôve et Shan n'était pas sûr qu'elle l'ait entendu. Mais elle lui répondit d'un signe de tête amusé en revenant avec deux tasses de thé. Elle lui en tendit une et s'assit à ses côtés.

— Ce jeune homme n'a pas de manières. Il n'est pas le seul dans ce cas aujourd'hui. Tous aussi mal élevés.

Shan faillit éclater de rire. C'est ainsi que son père décrivait les générations de Chinois nés dans la seconde moitié du XX$^e$ siècle. Mal élevés.

— Je ne voudrais pas qu'il soit en colère contre vous, dit-il.

Mme Ko lui fit signe de boire son thé. Elle avait l'air d'une tante âgée préparant un petit garçon pour l'école.

— Je travaille pour le colonel Tan depuis dix-neuf ans.

Shan sourit gauchement, en contemplant distraitement le napperon en dentelle sur la table. Il y avait longtemps, bien longtemps, qu'il n'avait pris le thé avec une dame convenable.

— Au début, je me suis demandé qui avait eu le courage de remettre au colonel la pétition demandant la libération de Lokesh, dit-il enfin. Je crois que je sais maintenant. Vous l'auriez beaucoup apprécié. Il chantait de belles chansons de l'ancien Tibet.

— Je suis quelqu'un de l'ancien temps. Là d'où je viens, on nous enseignait à honorer les personnes âgées, pas à les emprisonner.

Et c'était sur quelle planète lointaine ? faillit demander

Shan, avant qu'il ne remarque la manière dont elle fixait le fond de sa tasse. Il comprit qu'elle avait besoin de parler.

— J'ai un frère, avoua-t-elle soudain. Pas beaucoup plus âgé que vous. Il est professeur. Il a été arrêté il y a quinze ans pour avoir écrit des choses incorrectes, et on l'a expédié dans un camp près de la Mongolie. Personne n'en parle, mais moi, je pense beaucoup à lui.

Elle releva la tête, une expression innocente et curieuse sur le visage.

— On ne souffre pas, n'est-ce pas ? Dans les camps. Je ne voudrais pas qu'il souffre.

Shan but une longue gorgée de thé avant de répondre, un sourire forcé aux lèvres :

— On construit des routes, c'est tout.

Elle hocha la tête, solennellement.

L'instant d'après, un vibreur résonna et d'un geste Mme Ko montra à Shan la porte du colonel avant de l'y conduire. Li jaillit de la salle de conférences, l'air de n'y rien comprendre. Shan pénétrait dans le bureau quand il entendit la voix incrédule de Li :

— Ainsi, c'est vous !

Tan était à sa fenêtre, dos tourné. Les rideaux étaient complètement tirés, et dans la lumière éclatante Shan perçut pour la première fois tous les détails du mur du fond. Une photographie jaunie représentait une fille et un Tan beaucoup plus jeune à côté d'un char de combat. À sa gauche, une carte géographique portant les mots *nei lou*, classé secret, imprimés en grands caractères sur le haut : les zones frontières tibétaines. Au-dessus de la carte était suspendue une épée ancienne, nommée *zhan dao*, à lame trapue à deux tranchants, qui avait eu la faveur des bourreaux au cours des premiers siècles.

— Notre homme a été appréhendé ce matin, annonça Tan sans se retourner.

Li avait parlé d'arrestation et de papiers à signer.

— On l'a trouvé dans les montagnes, là où ceux de son espèce ont l'habitude de se terrer. Nous avons eu de la chance. L'imbécile avait toujours le portefeuille de Jao en sa possession.

Tan revint à son bureau pour ajouter :

— La Sécurité publique possède un dossier ouvert sur lui. Asseyez-vous, bon Dieu, dit-il à Shan avec impatience. Nous avons du travail.

— Le procureur adjoint est déjà là. Je présume que c'est à lui que je remettrai les résultats de mon travail.

— Li ? demanda Tan en relevant soudain la tête de ses papiers. Vous avez rencontré Li Aidang ?

— Vous n'aviez jamais mentionné de procureur adjoint.

— C'est sans importance. Li est un incapable, un jeune morveux sans expérience. C'est Jao qui faisait tout le travail au bureau. Li lit des livres. Va aux réunions. Un officier politique.

Tan poussa devant lui une chemise portant les bandes rouges du bureau de la Sécurité publique.

— Le tueur est un hooligan culturel depuis sa jeunesse. Les émeutes de 1989 à Lhassa. Vous avez entendu parler de l'insurrection de 1989 ?

Officiellement, les émeutes, déclenchées par les moines qui avaient occupé le temple Jokhang de Lhassa, n'avaient pas eu lieu. Officiellement, nul ne savait combien d'entre eux avaient trouvé la mort lorsque les nœuds avaient ouvert le feu à la mitrailleuse. Dans un pays qui pratiquait les funérailles de plein ciel, il était facile de faire disparaître toute preuve des morts.

— Plusieurs années plus tard, il s'est produit ici un incident, poursuivit Tan. Sur la place du marché.

— J'en ai entendu parler. Certains prêtres ont été mutilés. Les gens du cru appellent cela les Émeutes des Pouces.

Tan l'ignora. Tan avait-il effectivement été un de ceux à avoir ordonné l'amputation des pouces ? s'interrogea Shan.

— Il était là. La plupart des émeutiers ont été condamnés à trois ans de travaux forcés. Lui en a pris pour six ans : il était l'un des cinq organisateurs de la manifestation. Et c'est Jao qui a requis contre lui. Les cinq de Lha-drung. C'est le nom qu'on leur a donné.

Tan secoua la tête de dégoût.

— Ce qui ne laisse pas d'apporter de l'eau à mon mou-lin — nous nous sommes montrés trop gentils avec eux la première fois. Et maintenant, perdre Jao de la main de l'un d'eux…

Son regard bouillonnait.

— Je pourrais établir une liste des témoins que le tri-bunal s'attend à voir déposer, dit Shan d'un ton mono-corde. Le Dr Sung de la clinique. Les soldats qui ont trouvé la tête. Ils voudront entendre un porte-parole des gardes de la 404ᵉ, concernant la découverte du corps.

— Ils ?

— L'équipe du bureau du procureur.

— Que Li aille au diable. Je le répète.

— Vous ne pouvez pas l'arrêter. Il travaille pour le ministère de la Justice.

— Je vous l'ai expliqué. C'est un politique. Il se contente de passer de poste en poste pour ramasser des points et faire carrière au pays. Aucune expérience du vrai crime.

Shan n'était pas sûr d'avoir bien entendu. Tan considé-rait-il vraiment qu'il existait des secteurs du ministère de la Justice qui ne soient pas politiques ? Que le juge prési-dant la Cour suprême du comté soit également responsable en chef de la discipline du Parti n'était pas une coïnci-dence.

— Il travaille pour le ministère de la Justice, répéta-t-il, lentement.

— Je dirais qu'il est trop proche. Ce serait comme d'enquêter sur la mort de son père. Le jugement aveuglé par le chagrin.

— Colonel, au départ, nous avions la mort d'un inconnu, et elle aurait pu être étouffée par un rapport d'ac-cident. Personne ne l'aurait peut-être remarquée. Ensuite, à cause de cette mort, il y a eu une grève à la 404ᵉ. Bien plus nombreux seront ceux à l'avoir remarquée. Et maintenant, non seulement vous avez un crime contre un responsable officiel de la Sécurité publique, mais aussi l'arrestation d'un ennemi public reconnu. Tout le monde y prêtera attention. Il s'ensuivra une surveillance politique intense.

— Je ne vous crois pas, Shan. La politique ne vous fait pas peur. Vous méprisez la politique. C'est la raison pour laquelle vous vous retrouvez au Tibet.

Shan espérait voir un peu d'amusement sur le visage de Tan. Mais rien : Tan paraissait juste curieux.

— Vous voulez que je vous retire de cette affaire à cause de vos scrupules de conscience, n'est-ce pas ? poursuivit Tan. Mettriez-vous en doute l'honnêteté de notre enquête ?

Shan pressa les mains jusqu'à en avoir les phalanges toutes blanches. Il avait une nouvelle fois perdu.

— Il y a eu des séances de critique publique dans mon service à Pékin. J'ai été critiqué pour n'avoir pas compris la nécessité absolue d'établir la vérité par consensus.

Tan le fixa en silence, avant d'éclater d'un rire guttural.

— Et on vous a expédié au Tibet. Ce ministre Qin. Il a un certain sens de l'humour.

L'amusement de Tan disparut lorsqu'il vit le visage de Shan. Il se leva et se recula vers la fenêtre.

— Camarade, vous avez tort de croire que des hommes comme moi n'ont pas de conscience. Ne me rendez pas responsable de votre incapacité à comprendre ma conscience.

— Je n'aurais pu mieux m'exprimer.

Tan se retourna avec une expression indécise qui vira vite à l'aigre.

— Ne déformez pas mes paroles, nom de Dieu ! cracha-t-il avant de rejoindre son bureau d'un pas martial.

Il croisa les mains sur le dossier de la Sécurité publique.

— Je ne le répéterai qu'une seule et unique fois. Cette enquête ne sera pas sous la responsabilité de jeunes morveux du bureau du procureur. Jao était un héros de la

113

Révolution. Il était aussi mon ami. Il est certaines choses trop importantes pour être déléguées. Vous allez vous mettre au travail selon les termes que nous avons discutés. Ce sera ma signature qui sera apposée sur le dossier. Le sujet est clos. Nous ne reprendrons plus cette discussion, conclut Tan en jetant un regard à la porte.

Soudain, Shan comprit : non seulement Tan se méfiait du procureur adjoint, mais il avait peur de lui.

— Vous ne pourrez éviter le procureur adjoint, fit-il remarquer. Son bureau devra répondre aux questions qui ne manqueront pas de se poser sur Jao. À propos de ses ennemis. Ses affaires. Sa vie privée. Il va falloir fouiller son domicile. Examiner ses déplacements et ses voyages. Inspecter sa voiture. Il doit y avoir une voiture. Retrouvez-la et peut-être découvrirez-vous l'endroit où Jao a rencontré son meurtrier.

— Je le connaissais depuis des années. Il se peut que j'aie personnellement des réponses à apporter. Mlle Lihua, sa secrétaire, est une amie. Elle acceptera de nous aider. Pour les autres, vous me préparerez des questions par écrit que je leur soumettrai. Nous en dicterons quelques-unes à Mme Ko avant que vous partiez.

Tan voulait occuper Li. Ou le distraire.

Le colonel poussa le dossier du bureau vers Shan.

— Il s'appelle Sungpo. Quarante ans. Arrêté dans un petit gompa du nom de Saskya, dans les régions septentrionales du pays. Sans autorisation. Sacrément négligent de les laisser retrouver leurs gompas d'origine.

— Vous avez l'intention de le juger pour meurtre et ensuite pour avoir repris sa vie et ses fonctions de moine sans autorisation ? demanda Shan presque malgré lui. Cela pourrait paraître — il chercha le mot — un excès de zèle.

Tan fronça le sourcil.

— Il doit y avoir au gompa d'autres pensionnaires sur lesquels on peut faire pression. Le tarif normal pour porter une robe de moine sans permis est de deux ans. Jao faisait ça tout le temps. S'il le faut, embarquez-les, menacez-les de les expédier au lao gai s'ils refusent de parler.

Shan le fixa en silence.

— Très bien, concéda Tan avec un sourire glacé. Dites-leur que c'est *moi* qui les expédierai au lao gai.

— Vous n'avez pas expliqué la manière dont il a été identifié.

— Un informateur. Anonyme. Qui a appelé le bureau de Jao.

— Vous voulez dire que c'est Li qui a procédé à l'arrestation ?

— Une équipe de la Sécurité publique.

— Li a donc démarré sa propre enquête ?

Comme à un signal convenu, on frappa violemment à la porte. S'ensuivit une protestation, d'une voix aiguë, puis apparut Mme Ko.

— Le camarade Li, annonça-t-elle, le visage empourpré. Il commence à se montrer insistant.

— Dites-lui de se présenter un peu plus tard dans la journée. Qu'il prenne rendez-vous.

Un filet de sourire trahit l'approbation de Mme Ko.

— Il y a une autre personne, ajouta-t-elle. De la mine américaine.

Tan soupira et indiqua une chaise dans le coin obscur. Shan obéit et s'assit.

— Faites entrer.

Les protestations de Li gagnèrent en intensité lorsqu'une silhouette franchit le seuil en trombe. C'était la jeune Américaine aux cheveux châtains que Shan avait vue à la caverne. Il y eut un échange de regards indécis.

— Il n'y a rien à ajouter, mademoiselle Fowler, annonça d'emblée Tan. Cette affaire-là est réglée.

— J'ai demandé à avoir une entrevue avec le procureur Jao, rétorqua Mlle Fowler sans grande conviction en passant le bureau en revue. On m'a répondu de venir ici. J'ai pensé qu'il était peut-être rentré.

— Vous n'êtes pas ici à cause de la caverne ?

— Nous nous sommes tout dit sur le sujet. Je vais déposer une plainte auprès du bureau religieux.

— Cela pourrait se révéler gênant, répliqua le colonel Tan.

— Vous avez effectivement des raisons d'être gêné.

— Je veux dire, pour vous. Vous n'avez pas de preuve. Aucun motif valable pour déposer une plainte. Nous allons devoir déclarer que vous vous êtes immiscée dans une opération militaire.

— Elle a demandé à voir le procureur Jao, intervint Shan.

Tan lui jeta un regard glaçant lorsque Fowler avança jusqu'à la fenêtre, tout près de Shan. Elle portait à nouveau un blue-jean et les mêmes chaussures de randonnée. Des lunettes de soleil étaient accrochées autour de son cou par un cordon noir, sur un gilet de duvet en nylon bleu identique à celui que Shan avait vu sur le dos de l'Américain devant la caverne. Elle n'était pas maquillée et ne portait pas de bijoux, hormis de minuscules clous dorés aux oreilles. Quel était l'autre nom que le colonel Tan avait utilisé ? Rebecca. Rebecca Fowler.

L'Américaine lui jeta un coup d'œil et il comprit qu'elle le reconnaissait. Vous aussi, vous étiez là, semblait-elle l'accuser, en train de troubler un lieu sacré par votre présence.

— Je suis désolée. Je ne suis pas venue pour me disputer, dit-elle à Tan d'un ton conciliant tout nouveau. J'ai un problème à la mine.

— S'il n'y avait pas de problèmes, remarqua Tan sans la moindre sympathie, on n'aurait pas besoin de vous pour diriger la mine.

Elle serra les mâchoires. Il était visible qu'elle luttait pour ne pas répliquer vertement. Elle choisit de s'adresser au ciel.

— Un problème de main-d'œuvre.

— En ce cas, le bureau responsable est celui du ministère de la Géologie. Peut-être que le directeur Hu... suggéra Tan.

— Ce n'est pas un problème de cet ordre.

Elle pivota face à Tan.

— J'aimerais simplement parler à Jao. Je sais qu'il est censé être en voyage. Un numéro de téléphone me suffirait amplement.

— Pourquoi Jao ?

— Il m'est d'une aide précieuse. Quand j'ai un problème que je suis incapable de résoudre, Jao m'aide.

— Quel genre de problème êtes-vous incapable de résoudre ?

Fowler soupira et vint s'asseoir devant le bureau.

— Mes productions pilotes ont commencé. La production commerciale doit normalement débuter le mois prochain. Mais d'abord il faut faire analyser les premières séries en préproduction par notre labo de Hong Kong, qui doit les certifier.

— Je ne vois toujours pas ce…

— Il se trouve que le ministère a accéléré sans me consulter toutes les dispositions pour l'expédition de la production. Le planning de fret aérien a été modifié sans préavis. La sécurité accrue. De plus en plus de paperasses. Tout ça à cause des touristes.

— La saison a démarré tôt cette année. Et le tourisme devient la première source d'échanges avec l'étranger pour le Tibet. Les quotas ont été augmentés.

— Quand j'ai accepté ce poste, Lhadrung était fermé aux touristes.

— C'est exact, admit le colonel Tan. L'initiative est toute nouvelle. Ne me racontez pas que l'idée de voir des compatriotes américains vous déplaît, mademoiselle Fowler.

À voir la mine renfrognée de Rebecca Fowler, il était clair que si. Se désintéressait-elle tout simplement des touristes, ou était-elle véritablement mécontente à l'idée de recevoir la visite d'Américains ? s'interrogea Shan.

— Ne le prenez pas d'aussi haut avec moi, répliqua-t-elle. Tout cela relève des échanges avec l'étranger. Si seulement vous vouliez bien nous lâcher la bride, nous aussi, nous aurions des échanges fructueux avec l'étranger.

Tan alluma une cigarette et sourit sans chaleur.

— Mademoiselle Fowler, la première visite du comté de Lhadrung par des touristes de votre pays doit se dérouler à la perfection. Malgré tout, je ne…

— Pour faire partir mes conteneurs en temps et en heure, j'ai besoin de doubler mes équipes. Or je ne suis même pas en mesure d'en constituer la moitié d'une. Mes ouvriers refusent de s'aventurer vers les bassins trop éloignés. Certains ne veulent pas quitter le camp principal.

— Une grève ? Je crois me souvenir qu'on vous avait prévenue de ne pas utiliser comme main-d'œuvre exclusive des ouvriers de la minorité. Ces gens-là sont imprévisibles.

— Ce n'est pas une grève. Non. Ce sont de bons ouvriers. Les meilleurs. Mais ils ont peur.

— Peur ?

Rebecca Fowler passa les doigts dans ses cheveux. On aurait pu croire qu'elle n'avait pas fermé l'œil depuis des jours.

— Je ne sais pas comment vous présenter cela. Les ouvriers disent que nos explosions ont réveillé un démon. Ils disent que le démon est furieux. Les gens ont peur des montagnes.

— Ce sont des êtres superstitieux, mademoiselle Fowler. Le bureau des Affaires religieuses dispose de conseillers qui ont l'expérience des minorités. Des médiateurs culturels. Le directeur Wen pourrait vous en envoyer quelques-uns.

— Je n'ai pas besoin de conseillers. J'ai besoin de personnel pour conduire mes machines. Vous disposez d'une unité d'ingénierie. Laissez-moi vous emprunter quelques hommes pour deux semaines.

Tan se hérissa.

— Vous parlez de l'Armée populaire de libération, mademoiselle Fowler. Pas de quelques manœuvres payés à la tâche qu'on peut ramasser dans les rues.

— Je vous parle de la seule entreprise à capitaux étrangers de Lhadrung. La plus importante de tout le Tibet. Je vous parle de touristes américains qui sont censés visiter un projet d'investissement modèle dans dix jours. Tout ce qu'ils verront, ce sera un désastre si nous n'agissons pas.

— Votre démon, dit soudain Shan. Il a un nom ?

— Je n'ai pas le temps de… rétorqua sèchement Fowler. Est-ce que c'est important ? ajouta-t-elle d'une voix plus douce.

— Une apparition similaire a été signalée sur la griffe sud. En rapport avec un meurtre.

Tan se raidit. Fowler ne réagit pas immédiatement. Ses yeux verts se posèrent sur Shan, aussi perçants que ceux d'un faucon.

— Je ne savais pas qu'une enquête pour meurtre était en cours. Mon ami, le procureur Jao, ne manquera pas d'être intéressé.

— Le procureur Jao s'y intéresse au premier chef, avança Shan, ignorant Tan qui rongeait son frein.

— Ainsi il en a été informé ?

— Shan !

Tan se leva et écrasa brutalement un bouton sur le bord de son bureau.

— Le procureur Jao est la victime du meurtre.

Tan laissa échapper un juron avant d'appeler Mme Ko sans ménagement.

Rebecca Fowler s'affala dans sa chaise, les jambes coupées.

— Non ! s'exclama-t-elle, pâle comme un linge. Nom de Dieu ! Non ! C'est une plaisanterie. Non. Il est en voyage. Sur la côte, à Dalian.

— Il y a deux nuits de cela, sur la griffe sud — Shan ne quittait pas ses yeux —, le procureur Jao a été assassiné.

— Il y a deux soirs de cela, j'ai dîné avec le procureur Jao, murmura Fowler.

À cet instant apparut Mme Ko.

— Je crois qu'un peu de thé serait le bienvenu, grommela Tan.

Mme Ko acquiesça d'un geste solennel et sortit de la

pièce. Rebecca Fowler donna un instant l'impression de vouloir parler, mais elle se pencha en avant, telle une chiffe, la tête entre les mains, jusqu'à ce que Mme Ko réapparaisse avec un plateau. Le thé chaud la requinqua suffisamment pour qu'elle retrouve sa voix.

— Nous avons travaillé ensemble pour régler les détails des investissements. Les laissez-passer des services d'immigration. Toutes les autorisations nécessaires.

Elle s'exprimait dans un murmure, d'une voix nerveuse et crispée.

— Il s'intéressait à notre succès. Il avait promis de m'inviter à dîner si la production commençait avant juin. Nous y sommes parvenus. En tout cas, nous le pensions. Il a appelé la semaine dernière. De bonne humeur. Prêt à faire la fête. Il voulait dîner avant son départ en congé annuel.

— Où cela ? demanda Shan.

— Au restaurant mongol.

— À quelle heure ?

— Tôt. Vers dix-sept heures.

— Était-il seul ?

— Il n'y avait que nous deux. Le chauffeur est resté dans la voiture.

— Son chauffeur ?

— Balti, le petit Khampa. Toujours à traîner aux basques de Jao. Jao le traitait comme son neveu préféré.

Shan regarda le colonel Tan avec attention. Celui-ci aurait-il oublié un détail aussi vital, un témoin potentiel ? Ce n'était pas concevable.

— Où devait-il se rendre après le dîner ? demanda Shan.

— À l'aéroport.

— Est-ce que c'est ce qu'il a dit ? L'avez-vous vu partir ?

— Non. Mais il se rendait bien à l'aéroport. Il m'a montré son billet. Son vol était en fin de soirée, mais il faut parfois deux heures pour rejoindre l'aéroport et ce n'était pas un vol qu'il allait risquer de rater. Il était très excité à l'idée de partir.

— Alors pour quelle raison a-t-il pris la route dans la direction opposée ?

Elle parut ne pas avoir entendu. Comme si une idée nouvelle l'occupait tout entière.

— Le démon, dit-elle, le visage soudain creusé, les traits tirés. Le démon se trouvait sur les griffes du Dragon.

On frappa précipitamment à la porte et Mme Ko réapparut, précédant le Tibétain à lunettes que Shan avait vu à la caverne, au volant du camion des Américains. Il était de petite taille, avec une peau sombre, des yeux étroits, et son visage aux traits lourds le différenciait étrangement de la plupart des Tibétains que Shan avait connus.

— M. Kincaid, lâcha brutalement le Tibétain, une enveloppe à la main, avant de baisser immédiatement la tête en apercevant Tan. Il a dit de vous donner ça tout de suite, et de pas attendre.

Rebecca Fowler se leva et lentement, à contrecœur, ouvrit l'enveloppe. Le Tibétain sortit aussitôt de la pièce, sous le regard de Tan.

— Vous avez un singe de chair qui travaille pour vous ?

C'était bien cela, comprit Shan. L'homme était un ragyapa, un membre de l'antique caste qui se chargeait des cadavres au Tibet.

— Luntok est l'un de nos meilleurs ingénieurs, rétorqua Fowler, la voix glacée. Il est allé à l'université.

Elle parcourut la lettre et sursauta sous la surprise, avant de laisser retomber les bras. Puis elle la relut avant de dévisager Tan avec colère.

— Qu'est-ce qui se passe donc avec vous autres ? demanda-t-elle avec autorité. Nous avons un contrat, pour l'amour du ciel. Le ministère de la Géologie, annonça-t-elle, d'un ton suggérant que Tan était déjà au courant, a suspendu mon permis d'exploitation.

Au camp de la Source de jade, les casernements vides qu'on avait mis à leur disposition étaient dans un tel état de délabrement que Shan voyait le toit en tôle trembler et se soulever à chaque bourrasque. D'autorité le sergent Feng se choisit le lit solitaire ordinairement occupé par le gradé sans commandement puis, d'un large geste de la main, il laissa à Shan et à Yeshe le choix parmi les vingt couchettes en acier alignées dans ce qui restait du baraquement. Shan l'ignora, et commença à répartir ses différents dossiers sur la table en métal en tête de la colonne de lits.

— Il me faut une clé du bâtiment, annonça-t-il au sergent Feng.

Feng, qui fouillait à l'intérieur d'un meuble à la recherche de couvertures, se retourna un instant pour s'assurer que Shan était bien sérieux.

— Allez vous faire foutre.

Il trouva six couvertures, en garda trois, en tendit deux à Yeshe et jeta la dernière à Shan. Lequel la laissa tomber au sol et se mit à avancer le long des lits, cherchant un endroit où cacher ses notes.

De l'autre côté du terrain de parade, à moins de trente mètres, se trouvait le corps de garde. Une boule de bruyère desséchée roula sur le terrain, poussée par une bourrasque. Un haut-parleur, la fixation cassée, pendouillait à un fil et crachotait un air martial, un hymne militaire méconnaissable à cause du crépitement des parasites. Des groupes de soldats s'étaient rassemblés le long du périmètre, et jetaient des regards pleins d'animosité aux nouveaux arrivants postés à la prison. C'est là que les trois hommes se dirigèrent.

— Des nœuds, chuchota Yeshe d'une voix inquiète pour avertir Shan alors qu'ils traversaient la cour. Leur place n'est pas ici. Ici, c'est une base militaire.

— Nous vous attendions, lança d'un ton sec l'officier de la Sécurité publique posté à l'entrée de la prison. Le colonel Tan nous a avertis que vous alliez commencer l'interrogatoire du prisonnier.

Il détailla les trois hommes qui venaient d'arriver, sans rien cacher de sa déception. Il s'attarda un instant sur le visage grisonnant du sergent Feng, passa sur Yeshe comme s'il n'existait pas, et s'arrêta sur Shan, toujours vêtu de la veste à poches couleur gris anonyme d'un fonctionnaire gradé. L'officier hésita devant la porte de la prison, incapable de situer ses visiteurs, pour finir par hausser les épaules.

— Obligez-le à manger, dit-il en s'écartant, avant de déboucler la lourde porte métallique du bloc de cellules. Je peux me débrouiller pour que cette vermine ne s'échappe pas. Mais je ne peux pas l'empêcher de se laisser mourir de faim. S'il devient trop faible, on lui mettra une sonde dans l'estomac. Il faut qu'il puisse se tenir debout.

Des paroles énoncées par un individu rompu à la chorégraphie des tribunaux du peuple, songea Shan. On attendait du prisonnier qu'il se tînt devant la cour tête baissée, en signe de remords. Mais le drame exquis d'un procès capital gagnait toujours en couleur lorsque l'accusé affichait une certaine force physique, avec pour avantage que celle-ci pouvait alors être brisée au vu et au su de tous par la volonté du peuple.

Le couloir humide, puant l'urine et le moisi, était encadré par deux rangées de cagibis séparés par des murs en béton. Dans les cellules, la seule lumière provenait de faibles ampoules accrochées au plafond, au milieu du couloir. Lorsque sa vue se fut adaptée à la grisaille, Shan constata que lesdites cellules n'avaient pour occupants que des seaux métalliques et des paillasses. Au bout du couloir, derrière une petite table en métal, une silhouette était affalée, endormie sur la chaise appuyée en bascule contre le mur.

L'officier lâcha une syllabe sèche comme un coup de fouet. L'homme se releva tant bien que mal en saluant d'un air complètement désorienté.

— Le caporal pourra satisfaire à vos besoins et à vos exigences, déclara l'officier en tournant les talons. S'il vous faut des hommes supplémentaires, mes gardes sont à votre disposition.

Perplexe, Shan le regarda s'éloigner. Des hommes supplémentaires ? Le caporal sortit solennellement une clé de son ceinturon et ouvrit un profond tiroir du bureau. Il les invita du geste à regarder.

— Avez-vous une technique préférentielle ?

— Une technique ? demanda Shan distraitement.

Le tiroir contenait six articles posés sur un tas de chiffons sales. Une paire de menottes. Plusieurs éclats de bambou taillés en pointe, longs de dix centimètres. Un gros serre-joint, assez grand pour se refermer sur la main ou la cheville d'un homme. Une longueur de tuyau en caoutchouc. Un marteau à panne ronde. Une paire de pinces d'électricien en acier inoxydable. Et le préféré du bureau, directement importé de l'Occident : un aiguillon à bétail électrique.

Shan lutta contre la nausée qui l'envahit.

— Tout ce qu'il nous faut, c'est voir cette porte s'ouvrir.

Il referma le tiroir avec fracas. Yeshe était devenu blanc comme un linge. Le caporal et Feng échangèrent des regards amusés.

— Première visite, hein ? Vous verrez, affirma le caporal avec assurance, avant d'ouvrir le verrou.

Feng s'assit sur le bureau et demanda une cigarette au garde tandis que Shan et Yeshe s'avançaient.

La cellule était destinée à un grand nombre d'occupants. Six paillasses étaient posées à même le sol. Une rangée de seaux s'alignait le long du mur de gauche, avec quelques centimètres d'eau dans le fond de l'un d'eux. Un autre, retourné, faisait office de table. S'y trouvaient posées deux minuscules coupelles en fer-blanc pleines de riz. Le riz était froid. Apparemment intact. Personne n'y avait touché.

Le mur du fond de la cellule était plongé dans l'ombre. Shan essaya de distinguer le visage de l'homme assis avant de comprendre que celui-ci s'était tourné face au mur. Shan demanda plus de lumière. Le garde lui tendit une lanterne à piles que Shan posa sur un seau retourné.

Sungpo, le prisonnier, était assis dans la position du

lotus. Il avait arraché les manches de sa tunique de prisonnier afin de se fabriquer une sangle *gomthag* improvisée, qu'il avait nouée derrière ses genoux et autour du dos. Lors des longues méditations, ce système traditionnel empêchait le corps de basculer sous l'épuisement pendant que l'esprit était ailleurs. Les yeux de Sungpo paraissaient s'être fixés sur un point au-delà du mur. Il avait les paumes pressées contre sa poitrine.

Shan s'assit près du mur face au prisonnier, repliant les jambes sous lui avant d'inviter du geste Yeshe à le rejoindre. Pendant plusieurs minutes, il resta silencieux avec l'espoir que le prisonnier allait le premier reconnaître sa présence.

— On m'appelle Shan Tao Yun, finit-il par dire. On m'a demandé de rassembler les preuves et les pièces à conviction pour constituer votre dossier.

— Il ne peut pas vous entendre, déclara Yeshe.

Shan s'avança à quelques centimètres de l'homme.

— Je suis désolé. Il faut que nous parlions. Vous êtes accusé de meurtre.

Il toucha Sungpo, qui cligna des paupières et se tourna pour regarder alentour. Ses yeux, profonds et intelligents, n'affichaient pas la moindre crainte. Il déplaça son corps pour faire face au mur adjacent, à la manière dont une personne endormie pourrait rouler dans son lit.

— Vous venez du gompa de Saskya, commença Shan en se déplaçant pour se mettre devant lui. Est-ce là que vous avez été arrêté ?

Sungpo serra les mains devant son abdomen, entrecroisant les doigts, avant d'en détacher deux majeurs dressés. Shan reconnut le symbole : le Diamant de l'Esprit.

— *Ai yi !* lâcha Yeshe, gorge nouée.

— Qu'est-ce qu'il essaie de dire ?

— Il n'essaie rien du tout. Il refusera de parler. Et c'est cet homme qu'ils ont arrêté ? Ça n'a aucun sens. C'est un *tsampsa,* ajouta-t-il d'un air résigné, avant de se diriger vers la porte.

— Il a fait vœu de quelque chose ?

— Il est ermite. Il faut qu'il soit en un lieu clos et solitaire. Il ne s'autorisera pas à être dérangé.

Shan se tourna vers Yeshe, l'esprit confus. S'il s'agissait d'une plaisanterie, elle était très mauvaise.

— Mais nous devons absolument lui parler…

Yeshe se tourna vers le couloir. Son visage laissait paraître une expression nouvelle. Était-ce de l'embarras, s'interrogea Shan, voire de la crainte ?

— Impossible, grommela-t-il nerveusement. Ce serait une violation.

— De ses vœux ?

— Des vœux de tout le monde.

Shan comprit soudain.

— Vous voulez parler des vôtres ?

Pour la première fois, Yeshe reconnaissait les devoirs de la religion qu'on lui avait enseignée dans sa jeunesse. Shan posa la main sur la jambe de Sungpo.

— Est-ce que vous m'entendez ? Vous êtes accusé de meurtre. Vous serez présenté devant le tribunal dans dix jours. Il faut absolument que vous me parliez.

Soudain il sentit Yeshe qui le tirait à l'écart.

— Vous ne comprenez pas. C'est son vœu.

Shan croyait pourtant qu'il était préparé à tout, que plus rien ne le surprendrait.

— À cause de son arrestation ? En guise de protestation ?

— Bien sûr que non. Cela n'a rien à voir. Consultez son dossier. Il n'a pas pu être arrêté dans l'enceinte du gompa.

— Non, confirma Shan de mémoire. C'était dans une petite hutte, à près de deux kilomètres au-dessus du gompa.

— Un *tsam khan*. Une sorte d'abri très spécial. Deux pièces. Pour Sungpo et un servant. On l'a arrêté dans son tsam khan et on l'a sorti de force. J'ignore s'il est déjà loin ou pas.

— Loin ?

— Dans l'avancement de son cycle. Le gompa de Saskya est orthodoxe. Ses membres doivent suivre les anciennes règles. Trois, trois, trois. C'est le cycle habituel.

Shan se laissa entraîner jusqu'à la porte de la cellule.

— Trois ?

— Le cycle canonique. Silence complet pendant trois ans, trois mois, trois jours.

— Il ne parle à personne ?

Yeshe haussa les épaules.

— Le gompa doit avoir son propre protocole. Parfois des dispositions sont prises pour que le père supérieur, ou un autre lama très estimé, puisse communiquer avec un tsampsa.

Sungpo fixait à nouveau un point au-delà du mur. Shan n'était même pas certain que l'homme accusé de meurtre les ait vus.

# 6

Les griffes sud du Dragon n'avaient pas encore été domestiquées, mais leur contrepartie septentrionale avait été délimitée et contenue par une grossière route en gravillons qui courait à son périmètre. Le sergent Feng conduisait nerveusement, jurant contre les rochers qui, de temps à autre, venaient obstruer la voie. Périodiquement, il arrêtait le camion pour consulter la carte d'un air perplexe, alors même qu'avant le départ il avait tracé leur itinéraire à l'encre rouge comme s'il devait ouvrir le chemin à un convoi militaire. Il avait d'abord ordonné à Yeshe de s'asseoir à côté de lui avec la carte et avait installé Shan contre la portière. Au bout d'une quinzaine de kilomètres, il avait stoppé, ordonné aux deux hommes de sortir et examiné les sièges comme si ceux-ci offraient de multiples et dérangeantes possibilités de permutation. Soudain, son visage s'était éclairé. Avec un grognement de victoire, il avait déplacé l'étui de son arme de poing à sa hanche gauche et commandé à Shan de s'installer à la place du milieu.

Shan dévora littéralement la carte des yeux, tel un affamé. Au cours des trois années écoulées, il n'avait quitté la vallée qu'à de rares occasions, toujours enfermé dans un véhicule cellulaire. Ce qu'il avait vu de la géographie avoisinante se résumait à des bribes éparses, pareilles aux pièces d'un puzzle inexpliqué. Rapidement, en remettant lesdites pièces en place, il parvint à situer le camp de travail sur la griffe sud où Jao avait été tué, puis la caverne où sa tête avait été déposée. Il étudia ensuite leur itinéraire : la route longeait le contrefort d'une crête pour venir quasiment recouper la profonde gorge qui séparait les griffes nord et sud, puis elle effectuait une boucle vers l'ouest en contournant une autre crête et redescendait enfin sur un petit plateau d'altitude dont le nom était écrit à la main, à l'encre noire. *Mei guo ren.* Américains. Sans autre précision.

Feng s'arrêta pour dégager quelques nouvelles pierres sur la voie, et Shan comprit qu'ils se trouvaient à côté de la gorge centrale, connue chez les Tibétains sous le nom de gorge du Dragon. Des siècles auparavant, s'était produit un effondrement de terrain et les rochers avaient glissé dans la gorge, dégageant une cuvette qui, plongeant vers le ravin, exposait aujourd'hui la griffe sud aux regards. La carte portait une petite annotation — trois points disposés en triangle. Des ruines. Un terme aux définitions multiples. Il pouvait signifier un cimetière, un gompa, un mausolée, un établissement d'enseignement monastique. Un sentier montait sur la courte pente du glissement de terrain avant de disparaître vers la cuvette. Shan donna un coup de main à Feng pour dégager les pierres de la route, avant de s'interrompre et de remonter le sentier au petit trot.

La ruine en question était un pont suspendu, une de ces passerelles en cordage absolument spectaculaires, construites au cours des siècles passés par des moines-ingénieurs qui déterminaient l'emplacement des ouvrages de génie civil selon les itinéraires des chemins de pèlerinage. Elle n'avait pas très belle figure, mais elle n'était pas détruite. Le sentier qui y menait avant de s'en écarter sur le versant opposé semblait être régulièrement utilisé. À près d'un kilomètre et demi de distance, Shan repéra une tache rouge, nettement visible au milieu des bruyères desséchées du flanc abrupt.

— On devrait arriver d'ici à une demi-heure, dit Feng tandis que Shan revenait au camion.

Il démarra le moteur, avant d'aboyer en signe de protestation lorsque Shan se saisit d'une paire de jumelles sur le siège arrière pour remonter une nouvelle fois le sentier.

Il faisait sa mise au point sur la tache rouge lorsqu'il entendit la voix de Yeshe derrière lui :

— Un pèlerin.

Yeshe avait raison. Malgré la distance, Shan eut l'impression d'entendre le bruit des sabots de bois protégeant mains et genoux lorsque l'homme se prosternait avant de se laisser glisser à plat ventre afin de toucher la terre du front. Au cours de leur vie terrestre, tous les bouddhistes fervents essayaient d'accomplir un pèlerinage vers chacune des cinq montagnes sacrées. Quand les pèlerins passaient près de la 404ᵉ, les prisonniers faisaient une entorse à la discipline et leur adressaient un cri rapide d'encouragement ou une bribe de prière. Certains croyants convaincus prenaient parfois un an de congé pour pouvoir accomplir le périple. En bus, au départ de Lhassa jusqu'au mont Kailas, le plus sacré des pics, le trajet durait douze heures. Le pèlerin à pied mettait, lui, quatre mois, de prosternation en prosternation.

— Les Américains ! s'écria Feng qui venait de les rejoindre. On doit aller voir les Américains !

— Je vais emprunter ce pont, lui annonça Shan, avant de rejoindre le sommet de la crête.

— Vous ne pouvez pas traverser, grommela Feng, une main sur le front comme sous le coup d'une grande douleur.

Il se saisit de la carte et son visage s'illumina.

— Regardez par vous-même, dit-il avec un grand sourire de triomphe. Le pont n'existe pas.

Des années auparavant, Pékin avait condamné tous les vieux ponts suspendus parce qu'ils facilitaient les déplacements des combattants de la Résistance. La plupart avaient été bombardés par l'Armée populaire de l'air.

— Très bien, lui concéda Shan. Je vais donc emprunter ce pont imaginaire. Vous, vous resterez ici et vous imaginerez tout simplement que je reste à côté de vous.

— Le colonel n'a rien dit là-dessus, marmonna Feng en se renfrognant.

— Mais votre devoir est de m'assister dans le cadre de mon enquête.

— Mon devoir est de garder un prisonnier.

— Alors revenons sur nos pas. Nous demanderons au colonel Tan de se montrer un peu plus clair. Il ne fait pas de doute qu'il pardonnera aisément à un soldat qui n'aurait pas trouvé ses ordres suffisamment explicites.

Le sergent Feng se tourna vers le camion. Les idées se mélangeaient dans sa tête. Yeshe, en revanche, paraissait impatient de reprendre la route, et il se rapprocha du véhicule.

— Je connais le colonel, commença le sergent d'une voix peu assurée. Nous avons servi ensemble un long moment, avant le Tibet. Il a arrangé mon transfert quand j'ai demandé à venir dans son secteur.

— Entendez-moi bien, sergent. Ceci n'a rien d'un exercice militaire. C'est une enquête. Et un enquêteur, ça découvre et ça réagit. J'ai découvert ce pont. Et maintenant, je vais réagir. Depuis le sommet de cette crête, je pense pouvoir apercevoir le chantier sur lequel travaille la 404ᵉ. J'ai besoin de savoir s'il est possible de descendre en désescalade par un autre itinéraire que la route.

Descendre en désescalade, songea Shan, avant de remonter en portant une tête d'homme. Depuis l'endroit où ils se tenaient, le sanctuaire aux crânes se trouvait à peut-être une heure de marche, et à quelques minutes en voiture.

Feng poussa un soupir et fit tout un cinéma, vérifiant les munitions de son pistolet et resserrant son ceinturon, avant de se diriger vers le pont. Yeshe avança à son tour, encore plus réticent que Feng.

— Vous ne pourrez jamais l'aider, vous savez, grommela-t-il dans le dos de Shan.

— L'aider ? demanda Shan en se retournant.

— Sungpo. Je sais ce que vous pensez. Que vous êtes obligé de l'aider.

— S'il est coupable, que les preuves le démontrent et en témoignent. S'il est innocent, ne mérite-t-il pas notre aide ?

— Vous vous en fichez parce que cela vous est égal de souffrir. Tout ce que vous y gagnerez, c'est de faire souffrir les autres. Vous savez très bien qu'il est impossible de sauver quelqu'un qui est déjà officiellement accusé.

— Qui essayez-vous d'être ? Un petit oiseau qui cherche l'occasion de chanter pour le bureau ? C'est ça, le but de votre existence ?

Yeshe le fixa, l'expression pleine de ressentiment.

— J'essaie de survivre. Comme tout le monde.

— Alors ça n'aura été que du gâchis. Vos études. Votre formation au gompa. Votre détention.

— J'ai un métier. Je vais obtenir des permis. Je vais aller à la ville. Il y a une place pour chacun dans l'ordre socialiste, débita Yeshe sans conviction, d'une voix creuse.

— Rassurez-vous. Pour les individus comme vous, il y a toujours de la place. La Chine en est remplie, rétorqua sèchement Shan avant de s'éloigner.

Feng était déjà arrivé au pont et essayait de cacher sa peur.

— Ce n'est pas... On ne peut pas...

Il ne termina pas sa phrase. Il examinait en détail les cordages effrangés qui soutenaient l'ouvrage, les planches manquantes, cette fragile structure qui se balançait sous les bourrasques du vent.

Au pied de la passerelle était placé un cairn haut de près de deux mètres.

— Une offrande, suggéra Shan. Les voyageurs font d'abord une offrande.

Il dégagea une pierre de la pente, la posa sur le cairn, et s'engagea sur le pont. Après un coup d'œil à la route, comme pour s'assurer qu'il n'y avait pas de témoins, Feng se dépêcha de trouver sa propre pierre qu'il plaça lui aussi sur le cairn.

Les planches craquèrent. La corde gémit. Le vent soufflait en rafales violentes dans le couloir de la gorge. Cent mètres plus bas, un filet d'eau courait entre des rochers déchiquetés. Shan dut faire appel à toute sa volonté pour forcer ses pieds à aller de l'avant, un pas après l'autre, obliger ses mains aux jointures blanches, crispées sur les cordes-rambardes, à lâcher prise et aller chercher un nouveau point d'appui.

Il s'arrêta à mi-chemin, surpris d'avoir une vue aussi dégagée du nouveau viaduc qui faisait la fierté de Tan, là où la gorge se vidait dans la vallée. Le vent lui arrachait ses vêtements et faisait osciller le frêle ouvrage. Derrière lui, Feng criait, mais ses paroles se perdaient dans les bourrasques. Il faisait signe à Shan de continuer son chemin, ne sachant pas si le pont supporterait le poids de deux hommes. Yeshe était planté là où Shan l'avait laissé, et contemplait les profondeurs du ravin.

Une fois la gorge franchie, ils remontèrent la pente abrupte pendant vingt minutes, Shan ouvrant la marche, talonné par le sergent Feng, qui, plus âgé et beaucoup plus lourd, avait du mal à suivre. Finalement, le sergent l'appela. Quand il se retourna, Shan vit le pistolet dégainé.

— Si vous courez, j'irai vous chercher ! cria Feng hors d'haleine, la respiration sifflante. Et je ne serai pas seul. Tout le monde ira vous chercher, ajouta-t-il, en pointant son arme avant de la baisser aussitôt, comme effrayé par son geste. Et ils rapporteront votre tatouage, poursuivit-il entre deux bouffées d'air haletantes. Ça suffira amplement. Le tatouage. Rien de plus.

Il semblait paralysé, incapable de prendre une décision.

— Venez ici, finit-il par dire en agitant son pistolet.

Shan s'exécuta et avança lentement, se préparant au pire. Feng décrocha les jumelles que Shan avait autour du cou et commença à redescendre le flanc de la montagne.

Shan examina le long versant orienté plein sud. Le pèlerin, toujours réduit à une tache rouge, était presque invisible. La 404ᵉ devait se trouver plus haut, derrière la crête. Il continua à monter. En arrivant au sommet de la pente, Shan se sentit envahi par une allégresse soudaine qui le surprit lui-même. Ce sentiment lui était tellement étranger qu'il s'assit sur un rocher pour l'analyser. Ce n'était pas uniquement la satisfaction d'avoir découvert un autre itinéraire jusqu'au chantier, maintenant parfaitement visible en contrebas. Ni ce panorama spectaculaire, comme au sommet du monde, qui s'étendait si loin qu'il entrevoyait le capuchon blanc brillant du Chomolungma, la plus haute montagne de l'Himalaya, à plus de cent soixante kilomètres de distance.

C'était la clarté. Un instant, il eut l'impression qu'il n'avait pas seulement atteint le sommet : il venait d'entrer dans une nouvelle dimension. Le ciel n'était pas simplement clair : pareil à un objectif, il grossissait tout, jusqu'au moindre détail.

La masse de faits qui encombrait l'esprit de Shan paraissait avoir été éliminée par le vent. Il porta la main à l'arrière de sa tête, là où on lui avait coupé une mèche de cheveux. Choje avait dit qu'il franchissait au grand galop les portes du Bouddha.

Shan comprit alors : la montagne était la cause et la raison de tout. Jao aurait pu être tué n'importe où, en particulier sur la grand-route lointaine qui conduisait à l'aéroport. Mais on l'avait attiré par un subterfuge quelconque jusqu'à la griffe sud parce qu'on voulait un jungpo pour protéger la montagne. Quelqu'un voulait arrêter la route. Ceux qui avaient des raisons de tuer Jao étaient nombreux. Mais qui pouvait avoir un mobile pour sauver la montagne ? Ou pour arrêter les immigrants qui allaient coloniser la vallée ainsi rendue accessible ? Jao avait retrouvé quelqu'un qu'il connaissait, un individu auquel il faisait confiance. Et les personnes qu'il connaissait, celles en qui il avait confiance, s'intéressaient à la construction et non au blocage des routes. Le meurtre avait toutes les apparences d'un acte de violence et de passion. Cependant, le meurtrier avait visiblement préparé son geste, laborieusement, soigneusement, jusqu'au plus petit détail. C'était comme s'il y avait eu deux crimes. Deux mobiles. Deux tueurs.

Sans même réfléchir, Shan passa les doigts sur les cals de ses mains. La corne se ramollissait déjà. Sa cuirasse de prisonnier commençait à se dissoudre, et il prit peur : quand il retrouverait le camp, il allait avoir besoin d'une carapace encore plus épaisse. Son regard revint sur la 404$^e$. Les prisonniers étaient à flanc de montagne. Avec, en contrebas, déployée à la tête du pont, une nouveauté : les sinistres coques grises de deux chars et les transporteurs de troupes utilisés par les nœuds. Les prisonniers ne travaillaient pas. Ils attendaient. Les nœuds attendaient. Rimpotché attendait. Sungpo attendait. Maintenant, lui aussi attendait. Et tout cela à cause de la montagne.

Mais l'attente était un luxe qu'il ne pouvait se permettre. S'il n'agissait pas, Tan allait dévorer Sungpo. Et les nœuds allaient dévorer la 404$^e$.

Il suivit la crête jusqu'à une cassure abrupte, là où elle plongeait droit dans la gorge du Dragon. La pente n'était pas tout à fait verticale : un sentier étroit, fortement pentu, un sentier de chèvres, conduisait par une série de lacets à un entassement de dalles de pierre cent mètres plus bas. Lentement, au risque de se rompre le cou au moindre faux pas, Shan descendit le sentier jusqu'à l'amoncellement. Les dalles arrachées à la montagne s'étaient accumulées sur une petite corniche, créant ainsi une barrière et un abri contre le vent.

Il monta sur une grande pierre plane et contempla, droit devant, le nouveau pont de la gorge du Dragon, suffisamment proche pour qu'il entende le grondement des chars à l'arrêt, moteurs Diesel en marche, et même des bribes de conversation des gardes postés sur la pente. Craignant d'être vu, il s'apprêtait à redescendre de son promontoire lorsqu'il remarqua des marques de craie sur la dalle de pierre. L'écriture était tibétaine, les symboles, bouddhistes, mais différents de tout ce qu'il avait pu voir jusque-là. Il les copia dans son calepin et s'avança entre deux dalles qui formaient un toit en forme de V inversé. Il s'immobilisa. Dans un recoin de l'abri, une image circulaire avait été peinte sur la pierre, un mandala complexe qui avait exigé de nombreuses heures de travail. Devant le mandala était disposée une rangée de pots en céramique comme ceux dont on se servait pour les lampes à beurre. Tous les pots étaient cassés. Mais on ne les avait pas cassés par inadvertance. On les avait alignés sur un rang avant de les briser là où ils étaient, comme lors d'un rituel.

Shan étudia à nouveau les signes dessinés à la craie. Le pèlerin était-il passé ici ? Avait-il surveillé la 404ᵉ ? Il remonta jusqu'à la crête dans l'espoir d'entrevoir la robe rouge, mais il n'était plus là. Il se dirigea vers le sud, en quête de traces du sentier de pèlerinage. Il vit un autre chemin chevrier, mais pas le moindre signe d'être vivant, pas le moindre signe de démon.

Il vira vers l'énorme formation pierreuse qui ressortait du flanc de la crête, décidé à rejoindre Yeshe et Feng dès qu'il l'aurait atteinte. Mais à son arrivée, il entendit un bêlement qui lui fit poursuivre sa route. Derrière les rochers, à l'abri du vent, se trouvait une mare. Allongé près de l'eau, un petit troupeau de moutons prenait le soleil. Les animaux le regardèrent approcher, sans s'enfuir pour autant. Shan s'accroupit devant la mare, se lava le visage, et s'étendit à plat dos sur une dalle de pierre chauffée par le soleil.

En l'absence de vent, la lumière comme la chaleur du soleil étaient un luxe. Il observa les moutons pendant quelques minutes puis, par simple caprice, ramassa une poignée de gravillons au pied de la dalle et se mit à les compter. C'était un petit truc que son père lui avait enseigné. Disposer les pierres en tas de six, le nombre restant constituerait le chiffre inférieur du tétragramme pour la lecture du *Tao-tö-king*. Il resta à Shan quatre pierres après la première répartition, soit une ligne brisée de deux segments. Il en prit trois poignées supplémentaires, jusqu'à bâtir un tétragramme de deux lignes continues au-dessus d'un segment triple et du segment double. Dans le rituel tao, cela correspondait au passage huit.

*Le bien le plus grand est comme l'eau. La valeur de l'eau vient de ce qu'elle nourrit sans effort.*

Il récita les paroles à haute voix, les yeux fermés.

*Elle reste en des endroits que d'autres dédaignent, en conséquence de quoi elle est proche de la voie de la vie.*

C'était la voie qu'il avait apprise auprès de son père. Tous deux se servaient de cailloux ou de riz — et, en des occasions spéciales, des antiques baguettes de jonc laqué qui avaient appartenu à son grand-père — avant de fermer les yeux et de réciter le verset.

En son for intérieur, il évoqua son père. Ils étaient seuls, rien que tous les deux, dans le temple secret de Pékin qui les avait nourris au fil de tant d'années difficiles. Son cœur tressauta. Pour la première fois depuis plus de deux ans, il entendit la voix de son père qui lui renvoyait l'écho du verset. Elle était toujours là, elle n'avait pas disparu ainsi qu'il l'avait craint. Tapie dans quelque recoin éloigné de son esprit, elle attendait le moment propice, un moment comme celui-ci. Il sentit l'odeur du gingembre que son père avait toujours dans la poche. S'il ouvrait les yeux, il verrait le sourire serein, qu'une botte de garde rouge avait tordu à jamais. Shan resta étendu, immobile, à explorer un sentiment qui lui était étranger et qu'il soupçonnait être du plaisir.

Lorsqu'il ouvrit finalement les yeux, les moutons avaient disparu comme par enchantement. Il ne les avait pas entendus partir, et ils n'étaient pas sur le flanc de la montagne. Il se releva, apaisé, et se retourna pour se figer aussi vite. Sur un replat de pierre en surplomb, était assise une petite silhouette empaquetée dans un vaste manteau en peau de mouton avec, sur la tête, un bonnet en laine rouge. Elle souriait à Shan avec un grand bonheur.

Comment cet homme était-il arrivé là aussi silencieusement ? Qu'avait-il fait de ses moutons ?

— Le soleil de printemps est le meilleur, dit la silhouette d'une voix forte, calme et haut perchée.

Ce n'était pas un homme mais un garçon, un adolescent.

Shan haussa les épaules sans grande assurance.

— Vos moutons ne sont plus là.

Le jeune gars éclata de rire.

— Non. Ils croient que c'est moi qui suis parti. Ils me retrouveront bien. Nous ne les gardons que pour une seule raison : ils nous emmènent en des lieux élevés. C'est une technique de méditation, en quelque sorte. Avec des résultats toujours différents. Aujourd'hui, ils m'ont conduit à vous.

— Une technique de méditation ? demanda Shan, doutant d'avoir bien entendu.

— Vous êtes l'un de ceux-là, n'est-ce pas ?

Shan ne sut que répondre.

— Un Han. Un Chinois.

Il n'y avait pas de mépris dans la voix, simplement de la curiosité.

— Je n'en avais encore jamais vu.

Shan fixa l'adolescent, l'esprit confus. À près de vingt-cinq kilomètres du siège du comté, à trente kilomètres d'une garnison de l'APL, il n'avait encore jamais vu de Han.

— Mais j'ai étudié les œuvres de Lao-tseu, reprit le jeune inconnu, passant sans prévenir à un mandarin parfaitement maîtrisé.

Il était donc présent depuis le début.

— Vous parlez bien pour quelqu'un qui n'a jamais rencontré de Han, remarqua Shan, en mandarin également.

Le garçon laissa pendre ses jambes dans le vide.

— Nous habitons un pays de professeurs, observa-t-il comme si la chose allait de soi. Passage soixante et onze du *Tao-tö-king*. Vous connaissez le soixante et onzième ?

— *Savoir que l'on ne sait pas est la meilleure des choses*, récita Shan. *Ne pas savoir ce savoir est une maladie.*

L'énigmatique personnage qu'il avait devant lui avait beau parler comme un moine, il était bien trop jeune pour être dans les ordres.

— Avez-vous essayé le vingt-quatre ? reprit le gamin. *La voie de la vie signifie de continuer. Continuer signifie aller loin. Aller loin signifie revenir.*

Il répéta le passage, le visage illuminé de plaisir.

— Est-ce que votre famille habite dans la montagne ? demanda Shan.

— Mes moutons vivent dans la montagne.

— Qui vit donc dans la montagne, alors ?

— Les moutons vivent dans la montagne, répéta-t-il avant de ramasser un galet. Pourquoi êtes-vous venu ?

— Je crois que je suis à la recherche de Tamdin, avoua Shan.

Le garçon opina du chef, comme s'il s'attendait à cette réponse.

— Quand il est réveillé, les impurs doivent avoir peur.

Shan remarqua le rosaire autour du poignet, un objet très ancien sculpté dans le bois de santal.

— Serez-vous capable de tourner le visage vers Tamdin quand vous l'aurez trouvé ? demanda l'inconnu.

Shan déglutit avec effort. La question qu'il venait d'entendre lui parut la plus sage qu'on pût lui poser.

— Je ne sais pas. Qu'en pensez-vous ?

Le sourire serein réapparut sur le visage de l'adolescent.

— Le bruit de l'eau est ce que je pense, dit-il, en jetant le galet au centre de la mare.

Shan regarda les cercles créneler la surface de l'eau, puis il se retourna. Il n'y avait plus personne.

À son retour Feng s'était endormi contre le cairn de pierre. Yeshe était assis devant le pont, à moins d'un mètre cinquante de l'endroit où Shan l'avait laissé. Il n'y avait plus trace de rancœur sur son visage.

— Vous avez vu des fantômes ? demanda-t-il à Shan.

Shan se retourna pour contempler le flanc de la montagne.

— Je ne sais pas.

En quittant la dernière crête pour entamer sa descente sur le plateau, le sergent Feng ralentit le camion et consulta la carte.

— Ça dit que c'est une mine, marmonna-t-il. Personne n'a parlé d'une pisciculture.

En contrebas, sur le plateau d'altitude, de vastes rectangles bien nets s'étiraient sur des hectares : des lacs artificiels, construits de main d'homme. Shan examina le panorama, l'esprit confus. À l'extrémité de la route, alignés devant les lacs, il vit trois longs corps de bâtiment sur un niveau.

Il n'y avait pas d'activité à la mine, mais il aperçut un camion militaire. Tan avait envoyé ses ingénieurs. Une douzaine de soldats en uniforme vert s'étaient rassemblés autour de l'entrée de l'édifice central et ils écoutaient quelqu'un assis sur les marches. Ils ne prêtèrent aucune attention à Shan et à Yeshe quand ceux-ci quittèrent leur camion. Mais à l'instant précis où le sergent Feng descendait du véhicule, ils relevèrent la tête pour se disperser aussitôt, en évitant soigneusement de croiser le regard de leurs visiteurs. Assise sur les marches, un porte-bloc à la main, apparut l'Américaine qui dirigeait la mine, Rebecca Fowler. Pourquoi Tan envoyait-il ses ingénieurs si le ministre de la Géologie avait suspendu le permis d'exploitation ? se demanda immédiatement Shan.

L'Américaine salua leur arrivée par un froncement de sourcils.

— Le bureau du colonel a appelé. Vous vouliez nous parler, à ce que j'ai compris, dit-elle dans un mandarin lent et précis, en se levant, le porte-bloc collé à sa poitrine sous ses bras croisés. Le problème, c'est que je ne sais pas comment expliquer votre présence et vos fonctions à mon équipe. Le colonel a utilisé le terme de « non officiel ».

— Théoriquement, ceci est une enquête pour le ministère de la Justice, annonça Shan.

— Mais vous n'appartenez pas au ministère, rétorqua-t-elle aussitôt.

— En Chine, traiter avec le gouvernement relève d'une certaine forme d'art.

— Tan a expliqué que cela concernait Jao. Mais il aimerait garder ce détail secret. Une enquête théorique. Théorique et secrète, précisa-t-elle, une lueur de défi dans le regard.

— Un moine a été arrêté. Ce n'est plus vraiment un secret.

— En ce cas, le problème est résolu.

— Il reste à rassembler les preuves de sa culpabilité.

— Un moine a été arrêté sans preuves ? Vous voulez dire qu'il a avoué ?

— Pas exactement.

L'Américaine lança les bras en l'air en signe d'exaspération.

— C'est comme pour obtenir mes permis d'exploitation. Je les ai demandés alors que j'étais en Californie. Ils m'ont répondu qu'aucun permis ne pouvait être délivré parce que je n'étais pas sur place en train de travailler. J'ai dit que j'allais venir ici pour faire une nouvelle demande. Ils m'ont répondu que je ne pouvais pas faire le voyage jusqu'ici sans permis de travail.

— Vous auriez dû les prévenir que les fonds investis dans votre projet ne seraient pas transférés si vous n'étiez pas ici en personne pour vérifier la bonne exécution du virement.

Fowler lâcha une grimace rapide qui pouvait passer pour un sourire.

— J'ai fait mieux. Après trois jours passés à expédier des fax, j'ai pris un billet pour Lhassa. Dans le cadre d'un voyage organisé pour des Japonais. Je me suis fait conduire en camion — en réalité, j'ai fait du stop — jusqu'au bureau de Jao et j'ai demandé à celui-ci de m'arrêter. Parce que j'allais commencer à diriger le seul investissement étranger du pays sans mes permis de travail.

— C'est ainsi que vous l'avez rencontré ?

Elle acquiesça.

— Il a réfléchi quelques minutes à ma proposition et il a éclaté de rire. Mes papiers étaient prêts deux heures plus tard.

Elle montra la porte qui ouvrait sur une vaste pièce pleine de tables de travail regroupées en deux grands carrés. Quelques-unes étaient occupées par des Tibétains en chemise blanche, dont la plupart quittèrent presque aussitôt la salle. Fowler les attendit à la porte de la salle de conférences adjacente, mais Shan alla jusqu'à un des bureaux, couvert de cartes étranges aux couleurs brillantes et sans lignes de démarcation. Jamais encore il n'en avait vu de semblables. Fowler s'avança et se dépêcha de les masquer d'un journal. Un employé annonça à la cantonade que le thé était servi dans la salle de conférences. Yeshe et le sergent Feng le suivirent.

Shan s'attarda un instant devant les photographies accrochées au mur : elles représentaient toutes des objets bouddhistes, petites statues de divinités, moulins à prières, trompettes de cérémonie, et peintures *thangka* sur rouleaux en soie, tenus à bout de bras anonymes comme des trophées. On ne voyait aucun visage sur les clichés.

— Je ne comprends pas bien, dit-il. Vous êtes géologue ou archéologue ?

— Les Nations unies établissent des inventaires d'antiquités méritant d'être conservées. Celles-ci font partie de l'héritage de l'humanité. Elles n'appartiennent pas à des partis politiques.

— Mais vous ne travaillez pas pour les Nations unies.

— Ne pensez-vous pas qu'il existe des choses communes à tout le genre humain ? demanda-t-elle.

— Je le crains, répliqua Shan.

Perplexe, Rebecca Fowler ne sut que répondre et rejoignit les autres pour le thé. Shan traîna autour du carré de tables. Contre le mur, abrités par des cloisons vitrées, se trouvaient deux bureaux marqués DIRECTEUR DE PROJET et INGÉNIEUR EN CHEF. Celui de Fowler était encombré de dossiers et des étranges cartes. Des photos décoraient le second, des clichés innocents et artistiques d'enfants tibétains, de temples en ruine, d'étendards à prières soufflés par le vent. Une étagère pleine de livres sur le Tibet, en anglais, occupait toute la longueur d'un mur.

À l'extérieur du bureau de Fowler, Shan s'arrêta devant la photographie d'un groupe d'hommes et de femmes tout joyeux. Il reconnut Fowler, l'Américain blond aux lunettes cerclées de métal, l'adjoint du procureur Li et le procureur Jao.

— Elle a été prise le jour de la consécration de ce bâtiment, expliqua Fowler en lui tendant une chope de thé. Lorsque nous avons ouvert l'usine officiellement.

Shan désigna une jolie et jeune Chinoise au sourire étincelant.

— Mlle Lihua, dit Fowler. La secrétaire de Jao.

— Pour quelle raison le procureur Jao et le procureur adjoint sont-ils impliqués dans votre opération ?

Fowler haussa les épaules.

— Jao était davantage un directeur général au sens large du terme. Il déléguait à Li les problèmes de supervision du comité.

— Vous avez des téléphones, remarqua Shan en montrant les tables. Mais je n'ai pas vu de fils.

— Un système satellite. Il nous est indispensable. Nous avons besoin d'être en contact avec nos labos à Hong Kong. Deux fois par semaine, nous appelons nos bureaux en Californie.

— Ainsi que le bureau des Nations unies à Lhassa ?

— Non. Il ne s'agit que d'un système à usage interne. Autorisé uniquement pour des postes de réception bien définis au sein de notre compagnie.

— Vous n'avez pas de liaison avec Lhadrung ?

— Je peux contacter la Californie en soixante secondes, répondit Fowler en secouant la tête. Un message pour Lhadrung nécessite un trajet en voiture de quarante-cinq minutes. Votre pays déborde de paradoxes, ajouta-t-elle sans sourire.

— Comme de mettre de la saccharine américaine dans

du thé au beurre, dit Shan en regardant une Tibétaine en blouse blanche vider de petits sachets roses dans l'infusion laiteuse traditionnelle.

Des panneaux d'information édictaient les règles de sécurité, en chinois et en anglais, à côté d'annonces de réunions du personnel. Au fond de la pièce, une porte rouge fermée s'ornait d'une affichette qui limitait l'entrée au seul personnel autorisé.

— Les employés américains sont-ils ici depuis longtemps, mademoiselle Fowler ? demanda Shan.

— Il n'y a que moi et Tyler Kincaid. Dix-huit mois.

— Kincaid ?

— Mon ingénieur en chef. Un commandant en second, en quelque sorte.

Shan comprit que Kincaid était l'homme qu'il avait vu avec Fowler à la caverne. L'Américain au cœur léger. Qui avait joué *Home on the Range* pour défier le colonel Tan. Et qui se trouvait aussi sur la photo de la consécration du bâtiment.

— Pas d'autres Occidentaux ? Et les membres de votre compagnie venus en visite ?

— Personne n'est venu. C'est fichtrement trop loin. Il n'y a eu que Jansen du bureau des Nations unies à Lhassa. Dans deux semaines, cela sera différent.

— Vous voulez parler des touristes américains ?

— Exact. Ils sont censés passer deux heures sur le site. Ensuite, nous deviendrons un arrêt régulier du circuit à touristes. On va pouvoir leur montrer des bureaux vides et des bassins à sec, en leur offrant un cours sur la démocratie chinoise.

Shan refusa de mordre à l'hameçon.

— La commission des Antiquités des Nations unies. Quels sont vos rapports avec elle ?

— Parfois ils demandent à emprunter un camion. Ou des cordes.

— Des cordes ?

— Ils explorent les cavernes. Ils escaladent les montagnes.

— Est-ce qu'ils emportent les objets d'artisanat tibétain ?

— Non, ils les recensent, répliqua-t-elle en se raidissant, le visage sévère. Disons que je suis membre du comité local.

— Un comité local ? Où ça ?

Fowler ne réagit pas.

— Que se passe-t-il en cas de conflit ? Sans le soutien du gouvernement, vous ne pourriez pas fonctionner. Comme pour votre permis d'exploitation minière.

— Je vous en prie, ne remettez pas ça sur le tapis.

— Et votre permis pour utiliser un système de transmission par satellite. Ça, c'est extraordinaire. C'est absolument contraire à la politique gouvernementale…

Le sergent Feng apparut au côté de Shan et émit un bref bruit de gorge pour lui signifier qu'il s'engageait en terrain dangereux.

— … à la politique gouvernementale qui prévoit de collecter tous ces objets d'artisanat, poursuivit Shan, en anglais cette fois.

Ce qui parut surprendre son interlocutrice.

— Vous le parlez bien, répondit-elle dans sa langue maternelle. Notre position ne nous permet pas d'empêcher quoi que ce soit qui relève des autorités de votre pays. Nous pensons simplement que les gouvernements devraient agir ouvertement pour tout ce qui a trait aux ressources culturelles, en particulier quand il s'agit d'une culture différente. La commission des Antiquités aide à rassembler des preuves.

— Ainsi, vous avez deux métiers ?

Feng s'interposa avec un air furieux, sans paraître très sûr de ce qu'il devait faire ensuite. Fowler dépassait Feng de quinze centimètres. Elle continua à parler, par-dessus la tête du sergent, en mandarin.

— Et vous-même, inspecteur ? Combien de métiers un enquêteur non officiel a-t-il ?

Shan ne répondit pas et Fowler haussa les épaules.

— Mon métier est de diriger une mine. Mais la commission ne compte qu'un seul expatrié dans ses rangs : Jansen. Un Finlandais. Il demande aux autres expatriés travaillant dans des zones reculées de lui servir d'yeux et d'oreilles.

— Votre fameux comité.

Fowler acquiesça, gênée par la présence du sergent.

— Vous ne m'avez toujours pas expliqué pour quelle raison vous vous trouviez à la caverne, demanda Shan.

— Cette caverne, j'ignorais son existence. Jusqu'à ce que les camions de l'APL se fassent remarquer.

— Par qui ?

— Difficile pour les camions de l'armée de passer inaperçus. Un de mes ingénieurs tibétains les a vus alors qu'il faisait de l'escalade.

— Mais la présence des camions de l'armée peut s'expliquer de bien des façons.

— Pas vraiment. Dans les chaînes d'altitude, les camions circulent pour deux raisons. La première, ce sont les manœuvres militaires. Sinon, pour de nouvelles constructions, camps ou collectifs militaires. Il ne s'agissait pas de manœuvres, et aucune livraison d'équipement n'était prévue sur le site. Les camions n'apportaient rien et ils ne livraient rien. Ou si peu.

— Donc vous en avez déduit qu'ils emportaient des choses. Très habile.

— Je n'en étais pas sûre à cent pour cent. Mais dès mon arrivée sur les lieux, j'ai vu deux choses. Votre colonel. Et une caverne grouillant de soldats.

— Le colonel pouvait avoir des raisons précises de se trouver là-bas.

— Vous voulez parler du meurtre ?

— J'ai eu des amis américains. Plusieurs, fit remarquer Shan. Ils sautent toujours rapidement aux conclusions.

— Il y a une différence entre sauter à la conclusion et être direct. Pourquoi ne répondez-vous pas non, tout simplement ? Tan dirait non. Point final. Et Jao dirait non lui aussi, s'il le fallait.

Elle passa les doigts dans ses cheveux. Comme chaque fois qu'elle était nerveuse. Avant de reprendre :

— Ce jour-là, dans le bureau de Tan, vous l'avez défié. Ouvertement. Vous ne ressemblez pas aux Chinois que j'ai connus.

Tout allait trop vite. Shan vida sa tasse et redemanda du thé. Fowler se dirigea vers la salle de conférences et il en profita pour examiner le tableau d'affichage. Un document rédigé à la main, en tibétain, occupait un des coins. Shan le reconnut et sursauta : c'était la Déclaration d'indépendance américaine. Il se dépêcha d'écarter Feng pour rejoindre la salle de conférences où Fowler l'attendait avec son thé.

— Ainsi donc, c'est vous qui remplacez le procureur Jao ? demanda Fowler.

— Non. Il s'agit juste d'une affectation provisoire. À la demande du colonel.

— Jao aurait été déçu. Il adorait Arthur Conan Doyle. Les enquêtes criminelles étaient sa passion.

— À vous entendre, on croirait que c'était chez lui une habitude.

— Des meurtres, il en avait une demi-douzaine par an, je suppose. Le comté est grand.

— Il a toujours résolu ses affaires ?

— Bien sûr. C'était son métier, non ? demanda-t-elle d'une voix crispée. Vous, votre meurtrier, vous l'avez bien arrêté, non ?

— Je n'ai arrêté personne.

Fowler l'étudia avec attention.

— Vous dites ça comme si vous ne le croyiez pas coupable.

— Je ne le crois pas coupable.

Fowler ne put masquer sa surprise.

— Je commence à vous comprendre, monsieur Shan.

— Shan tout court.

— Je comprends maintenant pourquoi Tan voulait vous voir bien loin de sa caverne quand j'y suis arrivée. Vous êtes… Comment dire ? Imprévisible, à la manière dont lui-même décrit les Tibétains. Et je ne pense pas votre gouvernement bien armé pour affronter l'imprévisible.

— Le colonel Tan préfère traiter une crise à la fois.

L'Américaine le dévisagea attentivement.

— Et sa crise concernait qui, cette fois ? Vous, ou moi ?

— Vous, naturellement.

— Je me le demande.

Elle but une gorgée de thé.

— Si ce n'est pas votre prisonnier qui a tué Jao, alors, qui est le meurtrier ?

— Votre démon, Tamdin.

Fowler releva sèchement la tête et regarda alentour pour voir si des oreilles traînaient. Ses employés étaient rassemblés à l'autre bout de la pièce.

— Personne ne plaisante sur Tamdin, murmura-t-elle, soudain très inquiète.

— Je ne plaisantais pas.

— Dans tous les villages, dans tous les campements de bergers des environs, on entend des récits de démons en visite. Le mois dernier, nous avons eu des plaintes à propos de nos dynamitages. On nous a dit qu'ils avaient dû les réveiller. Il y a même eu un arrêt de travail d'une demi-journée. Mais j'ai expliqué que nous n'avions commencé nos dynamitages que depuis six mois.

— Pour quelle raison, ces dynamitages ?

— Faire des digues. Un nouveau bassin.

Shan secoua la tête comme s'il n'en croyait rien.

— Mais pourquoi créer de nouveaux bassins ? Pourquoi toute cette eau ? Comment pouvez-vous produire des minéraux ? Il n'y a pas de mine…

— Bien sûr qu'il y a une mine, dit Fowler avec un sourire, apparemment soulagée de changer de sujet. Juste là, devant la porte d'entrée.

Elle se saisit d'une paire de jumelles et lui fit signe de la suivre. Elle ouvrit la marche, conduisant Shan sur un sentier qui bordait le plus grand des bassins, et avança d'un pas rapide jusqu'au centre de la digue la plus importante qui fermait l'embouchure de la vallée. Elle s'arrêta et attendit que Yeshe et le sergent Feng les rejoignent.

— C'est une mine de précipitations.

— Vous exploitez la pluie ? demanda Shan.

— Ce n'est pas ce que je voulais dire. Mais c'est en effet une manière de décrire la chose. Nous exploitons les eaux de pluie vieilles de plusieurs siècles.

Elle montra les bassins.

— Cette plaine est le fond d'une cuvette. Pas d'échappée possible, hormis la gorge du Dragon, qui a été bloquée ici par un glissement de terrain il y a très longtemps. Il s'agit d'une géologie de minéraux en suspension. Les pics environnants étaient volcaniques. La lave a coulé le long des pentes. Et la lave est pleine d'éléments légers. Bore. Magnésium. Lithium. Au fil des siècles, les pluies ont dissous la lave et délavé les sels minéraux dans la cuvette pour constituer un lac salé. En période de sécheresse, une croûte se constituait à la surface du lac. Sur une trentaine de centimètres. Parfois jusqu'à un mètre cinquante. Puis un cycle d'années pluvieuses remplissait à nouveau le bassin d'eau, avec les minéraux en suspension. Puis une nouvelle croûte. À quelques siècles d'intervalle, une nouvelle éruption regarnissait les pentes. C'est ainsi que le Grand Lac Salé s'est formé en Amérique.

— Mais ces bassins ont été fabriqués artificiellement.

— Le lac salé naturel est bien là. Il y en a onze en tout. En strates, sous nos pieds. Nous nous sommes contentés de déplacer de l'argile afin de constituer des bassins de plein air. Et nous pompons les saumures en surface pour les faire évaporer.

Fowler indiqua trois petits abris en fond de vallée, pareils à des ganglions au milieu d'un réseau de tuyauteries.

— Trois puits assurent l'intégralité de la production.

— Mais où se trouve votre usine ?

— Dans les bassins. Avec une concentration bien calculée, nous sommes capables de faire précipiter des particules de bore. Chaque lac est régulièrement asséché et

149

nous récoltons le produit qui s'est accumulé dans le fond. L'astuce, c'est de maintenir la bonne concentration. Une erreur, et nous nous retrouvons avec du sel de table. Ou un ragoût de métaux divers qu'il coûterait trop cher de dissocier.

Elle les conduisit le long de la digue à l'endroit où celle-ci venait recouper le goulet de la gorge du Dragon.

— Mais vous avez dit que la vallée avait été bloquée par un glissement de terrain.

— Nous avons dégagé l'éboulement. Trop instable. Il fallait que le barrage soit en argile compactée. Celle-ci, nous venons de la terminer. Notre dernière digue.

Shan vit le bassin à proximité, d'un niveau sensiblement plus bas que les autres, qui continuait à se remplir grâce à l'eau des puits. L'Américaine indiqua l'extrémité du plateau et tendit les jumelles à Shan.

— Nous sommes en train de procéder à la récolte du bassin le plus éloigné.

Un tas de matière blanche brillait sur le bord.

— Nous disposons d'une unité de traitement élémentaire, pour un premier raffinage grossier. Une fois la production commencée, le matériau raffiné sera scellé en sacs d'une tonne pour être expédié dans le monde entier.

Shan se rendit compte qu'elle parlait en regardant des ouvriers rassemblés au beau milieu d'un réseau de bassins. Il pointa ses jumelles vers eux et vit qu'ils formaient deux groupes séparés. Personne ne semblait être au travail.

— Le monde entier ? demanda-t-il.

— Une partie vers des usines en Chine, dit-elle d'un ton distrait. Une grosse part vers Hong Kong pour être expédiée ensuite vers l'Europe et l'Amérique.

Shan examina l'équipement d'un gris terne à côté du second groupe d'ouvriers.

— Pourquoi Tan expédierait-il votre production alors que votre permis d'exploitation est suspendu ?

— C'est le ministère de la Géologie qui a suspendu le permis.

— Qui a signé l'ordre ?

Rebecca Fowler resta un instant silencieuse comme si elle n'était pas sûre de vouloir répondre.

— Le directeur Hu.

— Du bureau local du ministère de la Géologie ?

— Exact. Mais j'ai expliqué à Tan que si nous fermions maintenant, nous allions perdre tous les matériaux en suspension dans les bassins. Nous avons conçu ce procédé d'extraction de manière que les produits commercialisés soient les premiers à précipiter. Si nous attendons, ils seront contaminés. Nous pourrions gâcher jusqu'à six mois de travail. Tan a accepté que nous poursuivions le traitement des productions témoins sous prétexte que le permis ne s'appliquait qu'à la production commercialisable.

— Mais ensuite, toute la production s'arrête ?

— À moins que nous comprenions ce qui se passe exactement.

— Hu n'a donné aucune raison justifiant la suspension du permis ?

Fowler n'avait pas l'intention de poursuivre ses explications. Elle fit deux pas sur le côté et releva la tête vers une paroi rocheuse à l'extrémité du bassin.

Shan essayait de comprendre les raisons de sa réticence : était-elle gênée à cause du procureur Jao, du directeur des mines Hu, ou de lui-même ? Il finit par se tourner lui aussi vers la paroi qui se dressait sur plus de cent mètres, pratiquement à la verticale. Il aperçut soudain des mouvements sur la falaise, deux cordes blanches qui pendaient depuis le sommet.

— On peut apercevoir toute la vallée, dit Fowler en se tournant vers la gorge.

Mais Shan ne quittait pas la paroi des yeux. Les cordes bougeaient. Il vit deux silhouettes au sommet, vêtues de gilets rouge brillant et coiffées de casques blancs.

Yeshe lâcha un cri de surprise.

— La 404e ! On peut voir…

Il se reprit avec un regard gêné vers Shan qui fit pivoter ses jumelles pour suivre la gorge du Dragon jusqu'au pied de la chaîne montagneuse. Trente kilomètres de routes tortueuses les en séparaient, mais le chantier de la 404ᵉ lui sembla à portée de main, à cinq kilomètres à peine à vol d'oiseau. Il régla la mise au point et centra sa visée sur le pont de Tan, les chars des nœuds et la longue file de camions de la prison.

Sous le regard peu amène de l'Américaine qu'il sentait peser sur lui, il baissa ses jumelles.

— Mon ingénieur en chef me l'a montré, déclara-t-elle d'un ton accusateur. Il s'agit de l'un de vos projets pénitentiaires. Des travaux forcés d'esclaves.

— Le gouvernement affecte souvent des équipes de travaux forcés à la construction des routes, expliqua Yeshe avec conviction, plein de son bon droit. Pékin dit que cela aide à bâtir la conscience socialiste.

— J'en ai parlé aux Nations unies, rétorqua Fowler.

— Personnellement, intervint Shan, je suis partisan du dialogue international.

Le canon d'une arme s'enfonça brutalement dans son dos. Shan se retourna sur Feng, arrivé sans prévenir, le pouce tendu, qui l'incendiait du regard. Un geste qui n'échappa pas à Fowler. Elle faillit dire quelque chose quand, soudain, retentit un *whoop* sonore répercuté en échos par la falaise. Deux silhouettes descendaient en rappel, en se repoussant des pieds contre la paroi.

— Stupide imbécile, marmonna Fowler. C'est Kincaid. Il enseigne l'escalade aux jeunes ingénieurs. Il va escalader l'Everest avant que son séjour se termine. Il veut monter avec une équipe de Tibétains.

— L'Everest ? demanda Yeshe.

— Désolée, dit Fowler. Vous lui donnez le nom de Chomolungma. La montagne mère.

— «La mère déesse du monde», la corrigea Yeshe.

Une fois au sol, les silhouettes se mirent à sauter sur place au pied de la falaise, en signe d'allégresse, avant de se donner l'accolade. Quelques instants plus tard, elles s'avançaient sur la longue digue. Shan reconnut alors l'homme mince aux yeux brillants et à queue-de-cheval, l'Américain à l'harmonica, et le jeune chauffeur tibétain qu'il avait revu ensuite dans le bureau de Tan.

— Je m'appelle Tyler. Tyler Kincaid. Appelez-moi Kincaid. Ça ira très bien.

En voyant Feng, son sourire s'évanouit et il ne put s'empêcher de fixer du regard l'arme du sergent.

— Lui, dit-il avec un geste distrait du pouce, c'est Luntok, l'un de nos ingénieurs.

— Kincaid est le magicien qui s'occupe des bassins, expliqua Fowler.

— C'est la nature, la vraie magicienne, répondit Kincaid, impassible. Je me contente de lui fournir l'occasion de faire son numéro.

Il parlait avec un léger accent traînant. Comme un acteur de western, songea Shan.

— Vous étiez là, vous aussi, dit Kincaid à ce dernier en baissant la voix d'un ton accusateur. Avec Tan. Nous voulons savoir ce qui se passe dans cette caverne.

— Vous n'êtes pas le seul. J'ai moi aussi besoin de connaître la raison de votre présence sur ces lieux.

— Ce qu'on y trafique est inadmissible. Il s'agit d'un endroit sacré.

— Pourquoi dites-vous une chose pareille ? demanda Shan.

— Les bouddhistes appellent cet endroit un lieu de pouvoir. En bout de vallée. Face au sud. Une source toute proche. Un gros arbre.

— Donc vous y étiez déjà allé auparavant ?

Kincaid embrassa du geste le panorama de montagnes.

— Nous escaladons des tas de crêtes. C'est Luntok qui a vu les camions. Mais il n'était pas utile de les voir pour savoir que le problème risquait d'être important. La topographie suffit. Elle parle d'elle-même. Elle montre tout.

Soudain une sirène lâcha un long hululement soutenu qui leur martyrisa les oreilles. Un ouvrier apparut au côté de Fowler, hors d'haleine, après avoir traversé la digue au pas de course.

— Ils vont se battre ! s'écria-t-il. Ils vont détruire l'équipement.

— Foutus MFC. Je vous avais prévenue ! lâcha brutalement Tyler à l'adresse de Fowler avant de se précipiter, Luntok sur les talons.

Les ouvriers tibétains formaient une file au milieu de la vallée. Un énorme bulldozer gris sur lequel s'étaient perchés une demi-douzaine des ingénieurs de Tan avait été arrêté par une barricade improvisée constituée de camions plus petits et de pelleteuses. Les soldats faisaient résonner la corne pneumatique en salves successives comme des rafales de mitraillette. Les Tibétains, eux, étaient assis à même le sol, jambes croisées, devant les véhicules. Kincaid se plaça dans le camp des Tibétains, avant de haranguer les soldats.

Shan tendit les jumelles à Rebecca Fowler, qui ne les accepta qu'avec réticence.

— Je n'ai jamais eu l'intention… balbutia-t-elle. S'il y a un blessé, je ne pourrai pas le supporter.

Elle se tourna vers lui, le regard inquiet, surprise par un tel aveu devant un étranger.

— Faites-les partir.

— Qui ça ?

— Les soldats. Dites à Tan que nous trouverons un autre moyen afin de respecter nos délais de production.

— Je suis désolé, répondit Shan. Je n'ai aucune autorité.

— Bien sûr que si, objecta Yeshe. Vous êtes un représentant direct du colonel Tan. Vous lui transmettrez tous les manquements à l'ordre et à la discipline.

Déchiré par l'indécision, Yeshe finit par se précipiter vers les soldats. Il n'allait quand même pas laisser un incident à la mine le retarder dans l'accomplissement de ses fonctions. Yeshe, se rappela Shan, avait un but dans l'existence. Une destination.

Les soldats levèrent et abaissèrent la lame du bulldozer, et la machine prit l'apparence d'un monstre affamé impatient de s'attaquer à sa pâtée. Kincaid allait et venait entre les deux camps, avec force gestes en direction des bassins, des montagnes et des cabanes d'équipement.

— M. Kincaid fait preuve d'un zèle inhabituel, fit remarquer Shan.

Il vit l'expression perplexe de Fowler.

— Pour un ingénieur des mines, s'entend.

— Tyler Kincaid est un trésor. Il aurait pu choisir son affectation dans la compagnie. New York, Londres, Californie, Australie. Il a choisi le Tibet. Fait-il du zèle ? Nous sommes à quinze mille kilomètres du pays, et nous essayons d'ouvrir une mine en utilisant une technologie non éprouvée dans un lieu encore moins éprouvé avec un personnel non éprouvé lui non plus. Son zèle m'est plutôt apparu comme une référence.

— Il avait le choix de son affectation ? Pourquoi ? Il a de multiples cordes à son arc ?

— C'est incontestable. Mais aussi parce que son père est le propriétaire de la compagnie.

Kincaid s'avança jusqu'au soldat responsable, le saisit aux épaules et se mit à le secouer. Avec un père propriétaire de la compagnie, il se retrouvait au fin fond de la planète, dans l'avant-poste le plus éloigné et le plus inaccessible de cette même compagnie. Étrange.

— Il a dit quelque chose. Les MFC. Qu'est-ce que ça signifie ?

— Sa manière de parler.

— De parler de quoi ?

— Des bureaucrates.

Elle vit qu'il n'allait pas lâcher le morceau et haussa les épaules.

— Un MFC, c'est un *Mother Fucking Communist*. Un putain d'enfoiré de communiste, expliqua-t-elle avec un sourire amusé.

Arrivé devant le bulldozer, Yeshe désigna Shan du doigt. La lame de l'engin s'immobilisa et les soldats se tournèrent vers la digue, dans l'expectative. Kincaid profita de ce répit pour se précipiter vers le bâtiment administratif, d'où il ressortit au pas de course, chargé d'une boîte noire. Fowler cadra les jumelles, lâcha un grommellement soulagé, et les rendit à Shan.

Kincaid avait dans les mains un magnétophone portatif qu'il posa devant le bulldozer. Il le mit en marche et retentirent alors les premiers accords d'un rock américain. Le volume était tel que Shan l'entendit depuis la digue. L'ingénieur se mit à danser. Au départ, les deux camps se contentèrent d'échanger des regards, sans bouger d'un pouce. Puis un des soldats éclata de rire. Un autre se mit à danser à son tour, bientôt rejoint par un des Tibétains. Tous les autres se mirent à rire.

— Merci, dit Fowler dans un soupir, comme si l'intervention de Yeshe avait été l'idée de Shan. Une nouvelle crise évitée. Mais le problème n'est pas résolu, ajouta-t-elle en se dirigeant vers son bureau.

Shan la rattrapa.

— Avez-vous pensé à un prêtre ?

— Un prêtre ?

— Les Tibétains refuseront de travailler parce qu'ils sont convaincus qu'un démon a été libéré.

Fowler secoua la tête tristement, en contemplant la vallée.

— D'une certaine façon, je n'arrive pas à y croire. Un démon ! Je connais ces gens. Ce ne sont pas des païens.

— Vous vous méprenez. Il ne faut pas penser qu'ils sont convaincus qu'un monstre rôde dans les collines. Ils pensent que l'équilibre a été rompu, et qu'un déséquilibre est source de malfaisance. Le démon n'est qu'une illustration de cette malfaisance. Il pourrait se manifester dans un individu, un acte, même dans un tremblement de terre. L'équilibre peut être restauré grâce aux bons rituels, et au bon prêtre.

— Vous êtes en train de me raconter que tout cela est symbolique ? Le meurtre de Jao n'a pas été symbolique.

— Je me le demande.

Elle réfléchit à la suggestion de Shan, en regardant vers le fond de la gorge.

— Jamais le bureau religieux n'autoriserait un rituel.

Son directeur est membre de notre conseil d'administration.

— Je ne parle pas d'un prêtre du bureau. Il vous faudrait quelqu'un de spécial. Qui dispose des bons pouvoirs. Quelqu'un qui vient des vieux gompas. Le bon prêtre leur ferait comprendre qu'ils n'ont rien à craindre.

— Il n'y a vraiment rien à craindre ?

— Je suis convaincu en tout cas que vos ouvriers n'ont rien à craindre.

— Il n'y a vraiment rien à craindre ? répéta l'Américaine, en peignant de ses doigts sa chevelure châtain.

— Je ne sais pas.

Ils marchèrent en silence.

— Je n'ai pas vraiment envisagé cet aspect des choses dans mes comptes rendus relatifs à l'impact sur l'environnement, dit Fowler.

— Ce n'est peut-être pas votre exploitation minière, la cause première de tout ça.

— Mais je croyais que c'était tout le…

— Non. Il s'est passé quelque chose ici. Je ne parle pas du meurtre de Jao. Ceux qui sont au courant sont très peu nombreux. Non. Autre chose. Une chose qui a été vue. Et qui a fait peur aux Tibétains. Il faut qu'on leur explique la raison de sa présence ici, dans leur cadre de références. Une justification toute prête serait l'excavation de la montagne. Pour eux, chaque rocher, chaque galet a sa place. Et maintenant, tout a été chamboulé.

— Mais le meurtre a aussi son importance, non ?

Ce n'était pas une question.

— Ce démon. Tamdin, poursuivit-elle dans un murmure.

— Je ne sais pas, répondit Shan. Je ne savais pas que le meurtre vous avait mise dans un tel état.

— Il m'a fichu une trouille bleue, dit-elle en se retournant vers les ouvriers.

Les machines reculaient, chacune de son côté.

— Je n'arrive plus à dormir.

Elle refit face à Shan.

157

— Je fais des choses bizarres. Comme de parler à de parfaits inconnus.

— Y a-t-il autre chose que vous voudriez me confier ?

Ils se rapprochaient du chantier quand Shan remarqua des mouvements à l'extrémité du bâtiment le plus éloigné. Devant une porte latérale, il vit une file de Tibétains, des ouvriers pour l'essentiel, mais aussi des femmes âgées et des enfants en tenue traditionnelle. Rebecca Fowler parut ne rien remarquer.

— Je ne peux m'empêcher de penser qu'ils sont liés. Mes problèmes et les vôtres.

— Vous voulez parler du meurtre du procureur Jao et de la suspension de votre permis ?

Fowler hocha lentement la tête.

— Ce n'est pas tout. Mais maintenant que mon permis est supprimé, j'aurai l'impression d'être mauvaise langue. Jao faisait partie de notre comité directeur. Avant son départ d'ici, après sa dernière visite, il a eu une discussion violente avec le directeur Hu du ministère de la Géologie. Quand la réunion a été terminée, ils sont sortis, et Jao hurlait littéralement contre Hu. À propos de cette fameuse caverne. Jao criait que Hu devait mettre un terme à ce qu'il faisait là-bas. Et il a ajouté qu'il enverrait sa propre équipe.

— Vous étiez donc au courant de l'existence de la caverne avant leur dispute ?

— Non. Je n'ai rien compris à leur prise de bec. Par la suite, Luntok a parlé des camions qu'il avait vus. Je n'ai pas fait le rapprochement jusqu'à ma visite sur le site. Mais ce jour-là, j'étais tellement furieuse contre Tan que je n'y ai plus pensé : c'est seulement par la suite que je me suis souvenue de la dispute entre Jao et Hu.

Ils étaient presque arrivés au camion où les attendaient Yeshe et le sergent Feng. Fowler s'arrêta et s'adressa à Shan d'une voix pressante qu'il ne lui connaissait pas.

— Comment dois-je faire pour trouver le prêtre dont j'ai besoin ?

— Demandez à vos ouvriers.

Était-il possible qu'elle aille jusqu'à défier Hu, et même Tan, pour garder sa mine ouverte ?

— Je ne peux pas. Cela rendrait la chose officielle. Les Affaires religieuses seraient furieuses. Le ministère de la Géologie serait furieux. Aidez-moi à trouver un prêtre. Je n'y arriverai pas toute seule.

— Demandez aux sommets des montagnes.

— Qu'est-ce que vous voulez dire ?

— Je ne sais pas. C'est un dicton tibétain. Je crois que cela signifie prier.

Rebecca Fowler lui agrippa le bras et le dévisagea avec désespoir.

— Je veux vous aider, murmura-t-elle, mais vous n'avez pas le droit de me mentir.

Pour seule réaction, Shan eut un petit sourire crispé et maladroit puis il se tourna, le cœur lourd, vers les sommets au lointain. Elle, il ne lui mentirait jamais. Mais il continuerait toujours à croire à ses propres mensonges si ceux-ci étaient son seul espoir d'évasion.

7

— Infos de dernière minute, marmonna Feng au commando en tenue de camouflage devant la grille de la 404ᵉ. L'invasion de Taïwan se fera sur la côte, pas dans l'Himalaya.

La 404ᵉ ressemblait à une zone de guerre. À son périmètre, on avait dressé des tentes. Au sommet de la clôture en barbelés déjà existante on avait tendu des fils supplémentaires, pleins de barbes effilées comme des lames de rasoir. On avait coupé l'électricité, sauf pour le câble qui alimentait une nouvelle batterie de projecteurs à l'entrée. Le camp plongeait dans l'ombre à mesure que les derniers reflets du crépuscule disparaissaient sur la vallée. On montait des bunkers de sacs de sable pour protéger les nids de mitrailleuses, à croire qu'on attendait un assaut frontal. Une pancarte peinte de frais déclarait zone interdite un espace de cinq mètres à l'intérieur de la clôture. Les prisonniers qui y pénétraient sans autorisation pouvaient être abattus à vue sans sommation.

Le commando leva son AK-47 et Shan frissonna devant son allure de brute animale. Il se sentit brutalement poussé dans le dos au passage de la grille, et tomba à genoux. Le nœud examina Feng un instant avant de céder le passage à contrecœur, la mine renfrognée.

— Faut leur montrer qui est le chef, marmonna Feng pour excuser son geste en rejoignant Shan. Foutus petits coqs. Fiers comme des paons. Juste bons à se charger de gloire avant de continuer leur route.

Il s'arrêta, poings aux hanches, et inspecta les bunkers des nœuds, avant d'indiquer la cahute de Shan.

— Trente minutes, lâcha-t-il sèchement, avant de reculer vers la zone interdite illuminée.

Une odeur entêtante de pétrole emplissait l'air de la cahute noircie, qui bruissait d'un son étrange, pareil à des trottinements de souris sur un sol de pierre. Des doigts égrenaient des chapelets. Quelqu'un murmura le nom de Shan et on alluma une chandelle. Plusieurs prisonniers se redressèrent sur leur lit pour se tourner vers l'arrivant, interrompant le décompte de leurs grains de rosaire. Les visages étaient ombrés par la fatigue. Mais sur certains se lisait autre chose. Un air de défi. Qui fit peur à Shan, et l'excita tout à la fois.

Dès qu'il vit Shan, Trinle se remit debout.

— Je dois lui parler, dit Shan d'une voix pressante.

Choje était sur la couchette derrière Trinle, immobile tel un mort.

— Il est presque totalement épuisé.

Soudain les mains de Choje bougèrent avant de se croiser sur sa bouche et son nez. Il exhala sèchement à trois reprises. C'était là le rituel de l'Éveil pour tout fervent bouddhiste. Le premier souffle effaçait le péché, le deuxième purgeait l'esprit de sa confusion, le troisième écartait tous les obstacles à la vraie voie.

Choje s'assit sur sa couchette et accueillit Shan avec une ombre de sourire. Il portait une robe, un vêtement illégal, fabriquée à partir de chemises de prisonniers cousues ensemble et passée dans une sorte de teinture. Sans prononcer un mot, il se leva et avança jusqu'au centre de la pièce où il se laissa tomber en position du lotus. Trinle le rejoignit. Shan s'assit entre les deux hommes.

— Vous êtes faible, Rimpotché. Je ne voulais pas déranger votre repos.

— Il y a tant à faire. Aujourd'hui, chaque cahute a

récité dix mille rosaires. Nombreux sont les hommes à avoir été préparés. Demain nous essaierons de faire plus.

Shan serra la mâchoire, luttant contre ses émotions.

— Préparés ?

Choje se contenta de sourire.

Un étrange raclement dérangea le silence. Shan se retourna : un des jeunes moines faisait tourner avec ferveur un moulin à prières fabriqué à partir d'une boîte de conserve et d'un crayon.

— Est-ce que vous mangez ? demanda Shan.

— Il a été ordonné que les cuisines soient fermées, expliqua Trinle. Rien que de l'eau. On nous laisse des seaux à la grille à midi.

De sa poche de veste, Shan sortit le sac en papier contenant son déjeuner intact.

— Quelques chaussons.

Choje reçut le sac avec solennité et le tendit à Trinle pour que celui-ci fasse le partage.

— Nous te sommes reconnaissants. Nous essaierons d'en faire passer un peu à ceux qui sont aux étables.

— Ils ont ouvert les étables, murmura Shan.

Ce n'était qu'une constatation pleine d'angoisse.

— Trois des moines venus d'un gompa du Nord. Ils se sont assis près de la grille, en exigeant un exorcisme.

— J'ai vu des soldats à l'extérieur. Ils ont l'air de vouloir en découdre.

— Ils sont jeunes, dit Choje en haussant les épaules.

— Ils ne feront pas de vieux os à attendre. Ils ne vont pas tarder à frapper.

— Que peuvent-ils espérer ? Un jungpo furieux est en liberté. Rétablir l'équilibre n'exigerait qu'une journée, guère plus.

— Le colonel Tan n'autorisera jamais un exorcisme sur la montagne. Ce serait pour lui une défaite, quelque chose de très gênant.

— En ce cas, ton colonel va devoir vivre avec les deux.

Il n'y avait pas de défi dans la voix de Choje, juste un soupçon de sympathie.

— Les deux, répéta Shan. Vous voulez parler de Tamdin ?

Choje soupira et regarda alentour. Un autre bruit, non familier, résonnait dans le silence. Shan se retourna et vit le Khampa, assis près de la porte, une lueur effrayante dans le regard.

— Tu vas nous sortir de là, sorcier ? demanda-t-il à Shan.

Il avait ôté la poignée de son quart à nourriture et l'aiguisait sur une pierre.

— Un autre de tes trucs ? Tu vas faire disparaître tous les nœuds ?

Il éclata de rire, et continua son affûtage.

— Trinle pratique ses mantras de la flèche, remarqua Choje en observant le Khampa avec tristesse.

Le mantra de la flèche était un charme des légendes antiques grâce auquel l'exécutant se voyait instantanément transporté sur de grandes distances.

— Il devient très bon. Un jour il nous surprendra. Lorsque j'étais enfant, j'ai vu une fois un vieux lama exécuter le rituel. À un moment, il y a eu une image brouillée et il a disparu. Comme une flèche tirée par un arc. Il est revenu une heure plus tard, avec une fleur qui ne poussait que dans un gompa distant de quatre-vingts kilomètres.

— Ainsi donc Trinle va vous quitter comme une flèche ? demanda Shan, incapable de masquer son impatience.

— Trinle connaît beaucoup de choses. Et certaines doivent être préservées.

Shan soupira profondément pour se calmer. À entendre Choje, le reste de leur monde n'allait pas survivre.

— Il faut que j'en sache plus sur Tamdin.

Choje acquiesça.

— Certains racontent que Tamdin n'en a pas terminé, commença-t-il, une infinie tristesse dans le regard. Il ne montrera aucune pitié s'il frappe à nouveau. À l'époque du septième — il se référait au septième dalaï-lama — une armée d'invasion mandchoue a été complètement détruite.

Une montagne s'est effondrée au passage des soldats. Les manuscrits disent que c'est Tamdin qui a fait s'écrouler la montagne.

— Rimpotché. Entendez mes paroles. Est-ce que vous croyez en Tamdin ?

Choje examina Shan avec une intense curiosité.

— Le corps humain est un réceptacle d'une telle imperfection pour l'esprit. Il est certain que l'univers a de la place pour bien d'autres réceptacles.

— Mais croyez-vous en une créature démoniaque qui arpente les montagnes en quête de proies ? Je dois comprendre si… s'il existe la plus petite chance de mettre un terme à tout ça.

— Tu poses la mauvaise question, répondit Choje très lentement, comme lorsqu'il priait. Je crois en la capacité de l'essence qui est Tamdin de posséder un être humain.

— Je ne comprends pas.

— Si la destinée de certains est d'atteindre à l'état de bouddha, alors peut-être en est-il d'autres qui sont destinés à atteindre à l'état de Tamdin.

Shan se prit la tête entre les mains, luttant contre la fatigue qui l'envahissait.

— S'il existe un espoir, je dois en comprendre plus.

— Tu dois apprendre à combattre cela.

— Combattre quoi ?

— Cette chose appelée espoir. Elle continue à te consumer, mon ami. Elle te fait croire à tort que tu peux lutter contre le monde. Elle te distrait de ce qui est plus important. Elle te fait croire que le monde est peuplé de victimes, de méchants et de héros. Mais ce n'est pas cela, notre monde. Nous ne sommes pas des victimes. Au contraire. Nous sommes honorés de pouvoir mettre notre foi à l'épreuve. Si nous devons finir dévorés par les nœuds, alors, qu'il en soit ainsi. Ni l'espoir ni la peur n'y changeront rien.

— Rimpotché. Je n'ai pas la force de ne pas espérer.

— Il m'arrive parfois de me poser des questions sur toi.

Je me fais du souci parce que tu cherches trop obstiné-
ment.

Shan acquiesça tristement.

— Je ne sais pas comment ne pas chercher.

— Ils détiennent un lama, soupira Choje. Un ermite du
gompa de Saskya.

Shan avait depuis longtemps renoncé à comprendre
comment les informations franchissaient les murs des prisons pour se répandre dans la population tibétaine. À
croire que tous les Tibétains pratiquaient une forme
secrète de télépathie.

— Ce lama a-t-il commis le meurtre ? demanda Choje.

— Vous croyez qu'un lama pourrait faire une telle
chose ?

— Chaque esprit est à même de commettre un écart.
Bouddha lui-même a lutté contre des tentations nombreuses avant de finir par se transformer.

— J'ai vu ce lama, répondit Shan avec solennité. J'ai
vu son visage, et je l'ai regardé droit dans les yeux. Il n'a
pas commis ce crime.

— Ah, souffla Choje avant un temps de silence. Je
vois, dit-il après un long moment. Tu dois obtenir la libération de ce lama en prouvant que le meurtre a été commis par Tamdin le démon.

— Oui, admit finalement Shan en contemplant ses
mains, sa réponse à peine perceptible.

Les deux hommes restèrent assis en silence. Du dehors
leur parvint un long geignement de douleur désincarnée.

Lorsque Shan lui expliqua ce qu'il devait faire le lendemain, Yeshe refusa tout net.

— Je pourrais me faire arrêter rien qu'en demandant
des renseignements sur un sorcier, se plaignit-il.

Feng les conduisait entre les collines basses mollement
vallonnées, couvertes de gravillons et de bruyères, qui
menaient à la ville. Une ligne de saules et de hautes laîches
serpentait le long de la rivière qui, après sa traversée en
cascades de la gorge du Dragon, avançait à un rythme plus

paresseux dans la vallée. Une ancienne colline aplanie par les bulldozers et transformée en champ n'offrait plus aujourd'hui que des plantes qui se mouraient, tellement tordues, contorsionnées par le vent et la sécheresse, qu'il était impossible de les identifier. Encore une tentative avortée d'enraciner des choses venues d'ailleurs, dont le Tibet n'avait pas besoin et ne voulait pas.

— Pour quelle raison vous ont-ils puni ? demanda Shan à Yeshe. Pourquoi avez-vous été condamné à un camp de travaux forcés ?

Yeshe ne voulut pas répondre.

— Pour quelle raison avez-vous encore peur d'eux ? Vous avez été libéré.

— Quiconque est sain d'esprit a peur d'eux, rétorqua justement Yeshe avec un petit sourire narquois.

— Vos permis de déplacement. C'est ça qui vous tracasse ? Vous croyez ne jamais les obtenir si vous travaillez avec moi. Sans laissez-passer, vous ne sortirez jamais du Tibet, vous n'obtiendrez jamais au Sichuan de poste correspondant à vos ambitions, jamais vous ne posséderez un beau téléviseur tout brillant.

Yeshe parut tiquer devant ce jugement. Mais il ne le nia pas.

— Il est mauvais d'encourager les jeteurs de sorts, objecta-t-il. Ils maintiennent le Tibet dans un autre siècle. Jamais nous ne progresserons.

Shan le regarda sans répondre. Yeshe gigota sur son siège et se tourna vers la fenêtre d'un air boudeur. Une femme, enveloppée dans un énorme manteau marron, descendait la route en tenant une chèvre au bout d'une corde.

— Vous voulez que je vous résume l'histoire du Tibet ? demanda Yeshe, toujours renfrogné face à la fenêtre. Une bataille incessante entre prêtres et sorciers, rien de plus. L'Église exige que nous essayions d'atteindre à la perfection. Mais la perfection est tellement difficile. Et les sorciers proposent des raccourcis. Ils tirent leur pouvoir des faiblesses des gens et ceux-ci les en remercient. Parfois ce sont les prêtres qui dirigent, et ils bâtissent l'idéal à atteindre. Ensuite vient le tour des sorciers de diriger. Et au nom de l'idéal, les sorciers démolissent l'idéal.

— C'est donc cela le Tibet, rien de plus ?

— C'est en tout cas ce qui fait bouger la société. La Chine également. Vous aussi, vous avez vos sorciers. Sauf que vous les appelez secrétaire ceci ou ministre cela. Avec un Petit Livre rouge de rituels magiques rédigé par le Timonier en personne. Le maître sorcier.

Yeshe releva les yeux, effrayé, en comprenant brutalement que Feng avait pu entendre.

— Je ne voulais pas… bredouilla-t-il, en serrant les poings de frustration pour se tourner à nouveau vers la vitre.

— Les étudiants de Khorda vous effraient à ce point ? demanda Shan.

Peut-être devraient-ils être effrayés tous les trois. Si tu veux atteindre Tamdin, lui avait suggéré Choje, parle aux étudiants de Khorda.

— Des étudiants ? Qui a parlé d'étudiants ? Pas la peine. Les gens continuent de parler du vieux sorcier. Il vit. Si on peut appeler ça comme ça. Ils racontent qu'il n'a pas besoin de manger. Certains vont même jusqu'à prétendre qu'il n'a pas besoin de respirer. Mais il va falloir que nous trouvions sa tanière.

— Sa tanière ?

— Sa cachette. Une caverne dans les profondeurs des montagnes. Ou bien la place du marché, qui peut savoir ? C'est quelqu'un de très secret. Il se déplace, d'une ombre à l'autre. On raconte qu'il est capable de disparaître dans les airs, comme une bouffée de fumée. Cela pourrait prendre du temps.

— Bien. Le sergent et moi allons au restaurant puis à la maison du procureur Jao. Ensuite, au bureau du colonel. Retrouvez-nous là-bas quand vous aurez découvert votre sorcier.

— Ce Khorda. Jamais il ne voudra parler à un enquêteur.

— En ce cas, dites-lui la vérité. Dites-lui que je suis un

homme accablé de soucis qui a désespérément besoin de magie.

En voyant arriver Shan, le personnel essaya de fermer le restaurant.

— Vous connaissiez le procureur Jao ? s'écria Shan à l'adresse du chef serveur par la porte entrebâillée.

— Je connaissais. Allez-vous-en.

— Il a mangé avec une Américaine il y a cinq soirs de cela.

— Il mangeait ici souvent.

Quand Shan posa la main sur la porte, l'homme s'avança pour la repousser lorsqu'il aperçut le sergent Feng. Il changea d'avis aussi vite et s'éloigna en trottinant dans le couloir d'entrée. Shan suivit l'ombre du fuyard. Dans le couloir, les aides-serveurs battirent en retraite. Dans la cuisine, personne ne voulut croiser son regard. Il rattrapa l'homme qui revenait dans la salle à manger par une porte latérale.

— Quelqu'un a-t-il apporté un message ce soir-là ? demanda Shan au garçon.

Celui-ci cherchait toujours à battre maladroitement en retraite : il ramassa des plateaux pour les reposer d'une main tremblante quelques pas plus loin, et finir par prendre une pile d'assiettes sur le comptoir.

— Toi ! s'écria le sergent Feng depuis l'embrasure de la porte.

L'homme sursauta, et lâcha ses assiettes. Il contempla les débris d'un air absent.

— Personne se souvient. Il y avait du monde, chuchota-t-il en se mettant à trembler.

— Qui est venu ici ? demanda Shan. Quelqu'un est déjà passé ici. Quelqu'un a ordonné de ne pas me parler.

— Personne se souvient, répéta le garçon.

Feng franchit le seuil, avançant d'un pas, mais Shan leva une paume d'un air résigné et s'éloigna.

— Qui est-ce qui va payer les assiettes ? gémit le garçon derrière lui.

168

Shan l'entendait encore qui sanglotait comme un enfant lorsqu'il repassa la porte et remonta dans le camion.

Le procureur Jao avait habité, dans la partie neuve de la ville, une petite maison basse des quartiers officiels du gouvernement, un bloc carré en stuc avec deux pièces et cuisine séparée. Au Tibet, c'était l'équivalent d'une superbe villa.

Shan s'attarda à l'entrée, en remarquant la bruyère fraîchement piétinée le long du mur. La porte était simplement entrouverte. Il la poussa du coude, en veillant à ne pas brouiller les empreintes susceptibles de se trouver sur la poignée. Il espérait trouver ici la raison qui avait poussé le procureur Jao à faire un détour jusqu'à la griffe sud. Ou au moins, l'image de Jao, l'homme privé, qui aiderait Shan à comprendre ses motivations.

La pièce était anonyme, et bien rangée. Dans le coin, sur une petite table, au-dessous d'un poster des tours de Hong Kong sur fond d'horizon, était posé un jeu de mahjong décoratif. Le mobilier se résumait à deux vastes fauteuils capitonnés. Shan s'arrêta, stupéfait. Un jeune homme était affalé dans l'un des fauteuils, profondément assoupi.

Soudain il entendit des voix en provenance de la cuisine. Li Aidang apparut, aussi net et propre sur lui qu'à leur première rencontre, dans le bureau du colonel Tan.

— Camarade Shan ! s'exclama-t-il avec un enthousiasme de façade. C'est bien Shan, n'est-ce pas ? Vous ne vous êtes pas présenté officiellement lors de notre première rencontre. Très habile.

L'homme dans le fauteuil remua, cligna des yeux vers Shan, s'étira et referma les paupières. Derrière Li, une équipe de Tibétaines lavait les murs et le sol.

— Vous nettoyez cette maison avant que l'enquête soit terminée ? demanda Shan qui n'en croyait pas ses yeux.

— Ne vous en faites pas. Tout a déjà été fouillé. Il n'y a rien ici.

— Il arrive que les pièces à conviction ne soient pas toujours évidentes. Des papiers. Des empreintes digitales.

Li hocha la tête comme pour lui concéder ce point de détail.

— Vous savez comme moi que le meurtre n'a pas été commis ici. Et la maison appartient au ministère. Elle ne peut pas rester inoccupée.

— Et si le meurtrier cherchait quelque chose ? S'il était revenu ici pour fouiller la maison ?

— On n'a rien pris, rétorqua Li en écartant les bras. Et nous connaissons déjà les déplacements du tueur. De la griffe sud à la caverne. De la caverne à son gompa.

Il leva la main pour mettre un terme à toute contestation éventuelle et interpella l'homme dans le fauteuil. L'homme gigota à nouveau et tendit une chemise. Li s'en saisit pour la donner à Shan.

— J'ai pris la liberté de reconstituer l'emploi du temps de Jao. D'établir la liste des comités dont il a fait partie. Le détail du dossier à charge lorsque l'accusé Sungpo a été incarcéré comme l'un des cinq de Lhadrung.

— Je croyais que nous allions nous entretenir avec la secrétaire du procureur.

— Excellente idée, dit Li, avant de hausser les épaules. Mais elle prend toujours ses congés en même temps que son patron. Elle est à Hong Kong. Elle est partie le même soir que Jao. C'est moi qui l'ai conduite à l'aéroport, personnellement.

Une fois dehors, Shan s'arrêta à côté du camion et contempla, incrédule, le spectacle d'une équipe de ménage qui commençait à nettoyer l'extérieur de la maison au jet d'eau.

— Les petits oiseaux ont de grosses voix, dit Feng d'un ton amusé en s'installant à son volant.

Soudainement, Shan se souvint. La seule personne à avoir été informée par ses soins de la visite au restaurant et au domicile de Jao était Yeshe.

Le Dr Sung apparut dans le couloir de la clinique en tenue de chirurgien, les mains gantées couvertes de sang. Un masque koujiao pendait à son cou.

— Encore vous ?

— Vous avez l'air déçue, dit Shan.

— L'infirmière a prévenu que deux hommes voulaient poser des questions sur le procureur Jao. Je croyais qu'il s'agissait des autres.

— Quels autres ?

— L'adjoint du procureur. Vous devriez vous engager tous les deux dans un processus dialectique.

— Je vous demande pardon ?

— Parler entre vous. Faire vos boulots respectifs correctement pour que je puisse faire le mien.

Shan serra les mâchoires.

— Ainsi donc Li Aidang a posé des questions sur le corps ?

Sung semblait tirer plaisir du malaise de Shan.

— Il a posé des questions sur le corps. Sur vous. Et sur vos compagnons, ajouta-t-elle en jetant un œil dans le couloir où traînaient Feng et Yeshe. Il a emporté les reçus pour les effets personnels. Vous n'avez jamais demandé les reçus.

— Je suis désolé, dit Shan, sans savoir pourquoi.

— J'ai une autre opération qui m'attend dans un quart d'heure, poursuivit le Dr Sung en ôtant ses gants avant de s'éloigner dans le couloir.

— Le colonel a fait expédier la tête ici, déclara Shan dans son dos, sur ses talons.

— J'ai trouvé que c'était adorable de sa part, répondit-elle d'un ton acerbe. On aurait pu me prévenir. Mais non, juste comme ça, on l'a sortie du sac. Salut, camarade procureur.

Le docteur aurait dû savoir à quoi s'attendre de la part d'un homme comme Tan, songea Shan. Lorsqu'il finit par comprendre.

— Vous voulez dire que vous connaissiez Jao ?

— La ville est petite. Bien sûr que je le connaissais. Je lui ai dit au revoir la semaine dernière, quand il est parti en vacances. Et me voilà en train de déballer le colis du colonel, quand tout à coup, sans prévenir, je me retrouve nez à nez avec Jao, les yeux grands ouverts, comme si nous avions encore des problèmes à régler.

— Et quelles ont été vos conclusions ?

— À quel sujet ?

Elle ouvrit un placard et balaya du regard les étagères presque toutes vides.

— Super.

Elle renfila ses gants.

— J'ai demandé par écrit des gants supplémentaires. On m'a répondu : vous n'avez qu'à stériliser ceux que vous avez. Imbéciles. Que croient-ils qu'il va se passer si je mets des gants en latex dans un autoclave ?

— Au sujet de l'examen de la tête.

— *Ai yi !* s'exclama-t-elle en rejetant la tête en arrière. Et le voilà maintenant qui veut une autopsie d'une tête, lança-t-elle au plafond ponctué de mouches. Très bien. Un crâne. Intact. Un cerveau, intact. Organes de l'ouïe, organes de la vue, organes du goût, organes de l'odorat, tous intacts. Un gros problème.

Shan se rapprocha.

— Vous avez trouvé quelque chose ?

— Il avait besoin d'une coupe de cheveux.

Elle lui tourna le dos.

— Vous avez vérifié son dossier dentaire ?

— Et vous voilà reparti. À croire que vous êtes toujours à Pékin. Jao avait été soigné par un dentiste, mais pas au Tibet : pas d'archives de référence.

— Avez-vous essayé de faire correspondre la tête au cadavre ?

— Très exactement, à combien d'unités se monte votre inventaire de cadavres sans tête, camarade ?

Shan resta silencieux, sans la quitter des yeux. Sung marmonna entre ses dents, retendit ses gants sur ses mains, et lui jeta un koujiao pris sur une étagère.

Ils se dirigèrent vers la morgue. À l'intérieur, la puanteur était presque insupportable. Shan resserra son masque. Le sergent Feng et Yeshe avaient refusé d'entrer. Ils attendaient dans le couloir, en regardant par la petite fenêtre dans la porte.

Une boîte en carton souillé se trouvait sur la table d'examen, posée sur un corps masqué d'un drap.

Shan se détourna lorsque le Dr Sung sortit le contenu de la boîte avant de se pencher au-dessus du corps.

— Étonnant. Elle correspond parfaitement.

Elle invita Shan à se rapprocher.

— Peut-être aimeriez-vous essayer ? Je sais : nous allons sectionner les membres et nous jouerons à reconstituer le cadavre.

— Je m'intéressais à la nature des coupures.

Sung lui lança un coup d'œil dubitatif puis elle saisit un flacon d'alcool et nettoya les chairs autour du cou.

— Une. Deux… Je compte trois coupures. Comme je l'ai expliqué précédemment, pas de coups violents. Mais des coupes franches et précises.

— Comment pouvez-vous le savoir ?

— Si le tueur avait usé de force, les tissus auraient été écrasés. Or nous avons ici des coupes très nettes. Par un instrument affûté comme un rasoir. De celles que ferait un boucher.

Un boucher. Il avait déjà évoqué récemment devant Sung le fait que le Tibet était le seul pays à la surface de cette planète dont les bouchers étaient formés pour découper les cadavres d'humains.

— Avez-vous recherché des traces de coups sur le crâne ?

Sung releva les yeux.

— Ainsi que vous l'avez précisé, ajouta Shan, il a été allongé au sol avant l'opération de tranchage. Il n'y a pas de sang sur les vêtements. On a donc dû l'assommer. Ensuite on lui a sectionné la tête.

— Il est rare que nous ayons besoin d'autopsies complètes, marmonna-t-elle pour s'excuser en poussant une lampe à roulettes au bord de la table.

Elle examina le cuir chevelu.

— Très bien, finit-elle par concéder. Derrière l'oreille

173

droite. Une longue contusion avec éraflure. L'épiderme a été endommagé.

— Une trique ? Une matraque ?

— Non. Quelque chose aux contours rugueux. Peut-être une pierre.

Shan sortit la carte récupérée sur le corps du procureur.

— Savez-vous pourquoi Jao s'était renseigné sur des équipements radio à rayons X ?

Sung examina la carte.

— Du matériel américain ? demanda-t-elle en rendant la carte. Trop cher pour le Tibet.

Elle sortit un calepin de sa poche et y rédigea quelques notes.

— Pourquoi voulait-il un tel équipement ?

— Très certainement pour une enquête, répliqua-t-elle avec un haussement d'épaules, avant de remonter le col de son chemisier comme si elle avait soudain froid.

— Et les Américains de la mine ? Quelqu'un aurait-il eu besoin de ce type d'équipement pour eux ?

— Ils sont obligés d'utiliser la clinique comme tout le monde, répondit Sung en secouant la tête. L'allocation d'équipement médical est soigneusement planifiée.

— Ce qui signifie ?

— Que les membres les plus productifs du prolétariat ont droit les premiers au meilleur soutien.

Shan la dévisagea d'un air incrédule. Il s'agissait d'une citation, exprimée avec la même prudence que lors d'une séance de tamzing.

— Les membres les plus productifs, docteur ?

— Il existe un mémo de Pékin que je peux vous montrer. Il stipule que les Tibétains souffrent d'insuffisance chronique d'irrigation cérébrale parce qu'ils passent leur enfance à des altitudes où l'oxygène est rare.

Shan n'avait pas l'intention de la laisser s'en tirer aussi facilement.

— Vous êtes diplômée de l'université de Bei Da, docteur. Vous connaissez très certainement la différence entre science médicale et science politique.

Elle le défia un instant avant de baisser la tête.

— Je sais que ça doit être difficile, avança Shan. L'autopsie d'un ami.

— Un ami ? Il nous est arrivé de bavarder, Jao et moi. Essentiellement à propos de ses enquêtes ou de ses fonctions. Il racontait des histoires drôles. Il est rare d'entendre des histoires drôles au Tibet.

— De quel genre ?

Sung réfléchit un moment.

— Il en avait une dont je me souviens. Pourquoi les Tibétains meurent-ils plus jeunes que les Chinois ?

Sa bouche se tordit en un rictus qui aurait pu passer pour un sourire.

— Parce qu'ils le veulent bien.

— Quand vous dites des enquêtes. Vous voulez parler de meurtres ?

— C'est moi qui me récupère les cadavres. Meurtres. Suicides. Accidents. Et je me contente de remplir les formulaires.

— Mais le nôtre, vous aviez refusé de le remplir, remarqua Shan.

— Il est parfois difficile d'ignorer l'évidence.

— Et dans les autres cas ? Vous n'êtes jamais curieuse ?

— La curiosité, camarade, peut être très dangereuse.

— À combien de décès par traumatisme violent avez-vous été confrontée au cours des deux dernières années ?

— Mon travail est de vous parler de ce cadavre-ci. Rien de plus.

— C'est exact. Parce que c'est à cela que servent vos formulaires.

Sung leva les bras au ciel : il avait gagné.

— N'importe quoi pour que vous vous taisiez. Très bien. Je me souviens de trois individus qui ont fait une chute en montagne. Quatre dans une avalanche. Une asphyxie. Quatre ou cinq dans des accidents d'automobile. Un a saigné à mort. La tenue des archives n'est pas de mon ressort. Et cela concerne essentiellement la population han. Les minorités locales, ajouta-t-elle avec un regard entendu, n'utilisent pas toujours en premier recours les installations fournies par le gouvernement du peuple.

— Une asphyxie ?

— Le directeur des Affaires religieuses est mort dans les montagnes.

— Le mal des montagnes ?

— Il a manqué d'oxygène, reconnut Sung.

— Ce serait donc une mort due à des causes naturelles.

— Pas nécessairement. Il a perdu conscience après avoir reçu un coup à la tête. Avant qu'il revienne à lui, on lui a bourré la trachée-artère de petits galets.

— Des galets ? s'exclama Shan, interloqué.

— Touchant, vraiment, dit Sung avec un sourire morbide. Vous savez que c'était la manière traditionnelle de mettre à mort les membres de la famille impériale ?

— Parce que nul n'était autorisé à user de violence à leur égard, confirma Shan en hochant lentement la tête. Y a-t-il eu un procès ?

Sung haussa une nouvelle fois les épaules. Ce tic était apparemment ce qui la définissait le mieux.

— Je ne sais. Je crois. De mauvais éléments. Vous savez, des protestataires.

— Quels protestataires ?

— Ce n'est pas de mon ressort. Je ne me souviens pas des visages. Si on me le demande, j'assiste au procès et je lis mes rapports médicaux au tribunal. Toujours la même chose.

— Vous voulez dire que vous lisez toujours vos rapports. Et qu'un Tibétain est toujours condamné.

Sung le poignarda du regard sans rien répondre.

— Votre sens du devoir est une véritable source d'inspiration, dit Shan.

— Un jour, j'aimerais retourner à Pékin, camarade. Et vous ?

Shan l'ignora.

— Celui qui a saigné à mort. Je suppose qu'il s'est poignardé lui-même à cinquante reprises.

— Pas exactement. On lui a découpé le cœur. J'ai une théorie sur celui-là.

— Une théorie ? demanda Shan avec une lueur d'espoir.

— Il n'a pas fait ça tout seul.

Sur le chemin de la sortie, elle ouvrit la porte avec une telle violence que le sergent Feng dut s'écarter d'un bond à son passage.

Vingt minutes plus tard, Shan se trouvait dans le bureau de Tan. Il était passé devant Yeshe dans la salle d'attente en ignorant ses murmures agités.

— Prisonnier Shan, déclara Tan, vous devez avoir des couilles de la taille du Chomolungma.

— Êtes-vous absolument certain qu'il n'existe aucun lien entre ces affaires ?

— Impossible, grommela le colonel. Il s'agit d'affaires classées. Vous êtes censé remplir un trou, non pas en creuser de nouveaux.

— Mais si ces affaires sont liées…

— Elles ne le sont pas.

— Les cinq de Lhandrung. Vous en avez parlé hier. Je n'ai pas compris lorsque vous avez déclaré que les protestataires ne faisaient jamais qu'apporter de l'eau à votre moulin, que vous vous étiez montré trop clément à leur égard après les Émeutes des Pouces. C'est parce qu'on est en train de procéder à nouveau à leur arrestation. Pour meurtre.

— Les membres des sectes minoritaires ont du mal à se soumettre à nos lois. Peut-être que ce détail n'a pas échappé à votre attention.

— Parmi les cinq, combien ont été arrêtés pour meurtre ?

— Cela prouve seulement que leur remise en liberté a été une erreur.

— Combien ?

— Sungpo est le quatrième.

— Jao a requis contre eux ?

— Bien sûr.

— On ne peut pas ignorer les similitudes. Jamais le ministère ne les ignorerait, lui.

— Pour ma part, je ne vois aucune similitude.

— Les cinq se trouvaient tous ici à Lhadrung. Reconnus coupables et emprisonnés ensemble. Premier point commun. Ensuite, successivement, quatre d'entre eux ont été inculpés de meurtre. Deuxième point commun. Pour les trois premiers, réquisitoire de Jao. Le quatrième inculpé du meurtre de Jao. Nouveau point commun. Il faut que j'aie des renseignements sur ces trois affaires. La preuve d'une conspiration pourrait, qui sait ? mettre un terme à notre enquête.

Le colonel Tan examina Shan d'un œil soupçonneux.

— Êtes-vous préparé à vous attaquer à une conspiration organisée par les bouddhistes ?

— Je suis préparé à trouver la vérité.

— Avez-vous entendu parler des purbas ?

— Un purba est une dague traditionnelle utilisée dans les temples bouddhistes.

— C'est également le nom que s'est donné un nouveau groupe de résistance. Pour l'essentiel composé de moines, bien que la violence ne semble pas les déranger. Une nouvelle variété de fidèles. Très dangereuse. Naturellement qu'il y a une conspiration. Par des hooligans bouddhistes comme les purbas. Visant à tuer des représentants officiels du gouvernement.

— Vous êtes en train de me dire que les autres victimes étaient toutes des représentants officiels ?

Tan alluma une cigarette et étudia Shan.

— Je suis en train de dire : ne laissez pas votre paranoïa masquer l'évidence.

— Mais s'il s'agissait d'autre chose ? Si les cinq de Lhadrung étaient eux aussi les victimes d'une conspiration ?

Tan fit la grimace, sa patience à bout.

— Dans quel but ?

— Pour couvrir un crime à plus grande échelle. Je ne peux rien avancer de plus précis sans avoir analysé les autres affaires.

— Les autres meurtres ont été résolus. Ne venez pas mélanger les archives.

— Et s'il existait un modèle commun à tous ces meurtres, un modèle caché ?

— Un modèle ?

Lorsqu'il souffla sa fumée, Tan ressembla à un dragon.

— Quelle importance ?

— Il est impossible de définir un modèle à partir de deux décès. Parfois même à partir de trois. Mais aujourd'hui nous avons quatre morts. Et la possibilité de percevoir un élément qui, jusque-là, était resté invisible. Et si cet élément devenait évident pour le ministère qui aura accès aux dossiers ? Quatre meurtres en l'espace de quelques mois. Pour lesquels sont jugés quatre des cinq dissidents les plus célèbres du pays, mais aucun effort n'est fait pour établir de lien entre ces affaires. Sans compter que parmi les victimes, il y a au moins deux représentants de l'autorité les plus importants du pays. Deux, voire trois meurtres, pourraient s'expliquer par une simple coïncidence. Quatre donnent déjà l'impression d'une vague de crimes. Mais cinq ! Cela pourrait passer pour une négligence.

Un modèle, se répétait Shan pour lui-même en suivant Yeshe et Feng entre les étals qui encombraient le marché. Ce modèle existait, il en avait la certitude. Il le savait d'instinct, à la manière dont un loup renifle une proie à l'autre bout de la forêt. Mais d'où venait l'odeur ? Pourquoi était-il aussi sûr de lui ?

Le marché était un fouillis d'étals enchevêtrés et de vendeurs à la sauvette devant leur couverture disposée à même la terre battue. Shan ouvrit grand les yeux pour mieux absorber tout ce qui se présentait dans son champ de vision. Devant lui, il y avait plus de vie qu'il n'en avait vu en trois ans. Une femme proposait du fil en poil de yack, une autre déclamait les prix de pots de beurre de chèvre. Il tendit la main et toucha le dessus d'un panier plein d'œufs. Il n'avait pas mangé d'œufs depuis son départ de Pékin. Il aurait pu rester là des heures, simplement à les contempler. Le miracle des œufs. Un vieil homme s'affairait à disposer avec raffinement un ensemble de *torma*, les effigies à base de pâte et de beurre utilisées comme offrande. Des enfants. Le regard de Shan s'arrêta sur un groupe d'enfants en train de jouer avec un agneau. Il lutta contre l'envie violente d'avancer et d'en toucher un, pour se prouver qu'il existait encore une telle jeunesse, une telle innocence.

La main de Feng sur son épaule le ramena sur terre, et il s'engagea entre les étals. Un flot de questions l'assaillit, il sentait toujours l'odeur d'un modèle qui se répétait. Pourquoi ? Parce qu'un homme comme Sungpo ne tuait pas ? Shan avait beau en être convaincu, ce n'était pas suffisant. Il y avait autre chose. Si Sungpo n'était pas le coupable, alors il y avait conspiration. Mais qui étaient les conspirateurs ? Les accusés ? Ou les accusateurs ? S'il établissait la preuve de la culpabilité des moines, il se punirait pour le restant de ses jours. S'il les innocentait complètement, alors, c'est le gouvernement qui le punirait pour le restant de ses jours.

Feng rapporta une baguette de mini-pommes rôties. Un homme à l'œil laiteux faisait tournoyer un moulin à prières et offrait des cruchons de *chang*, la bière tibétaine à base d'orge. Des fromages de yack, durs, secs et salés, s'empilaient à côté d'une fille triste dont les tresses descendaient jusqu'à la taille. Un jeune garçon proposait des sachets en plastique pleins de yogourt, un vieil homme, des peaux d'animaux. Shan se rendit compte que la plupart des Tibétains portaient des brindilles de bruyère nouées ou épinglées à leur chemise. Une fille manchote les appela pour qu'ils achètent une bande de soie qui deviendrait khata. L'air était empli des odeurs âcres de thé au beurre, d'encens et de corps sales.

Une escouade de soldats vérifiait les papiers d'un homme tout en os qui ne tenait pas en place, dont la ceinture portait une dague dans le style traditionnel khampa. À leur approche, ce n'est pas la dague qu'il avait agrippée mais l'amulette qu'il portait autour du cou, le médaillon *gau* qui contenait probablement une invocation à un esprit protecteur. On le laissa poursuivre sa route et l'homme tapota son gau comme pour le remercier. Shan se souvint alors. Les habitants de la région s'étaient plaints parce que les dynamitages rendaient Tamdin furieux. Mais Fowler avait prétendu que ce n'était pas possible, les explosions n'ayant démarré que six mois auparavant. Ce qui impliquait nécessairement que Tamdin avait été vu bien avant cette date. Un Tamdin déjà en furie. Un modèle. Tamdin avait-il déjà tué avant le meurtre de Jao ?

Yeshe s'arrêta à l'extrémité du marché, à côté d'une échoppe qui présentait, en guise de porte, un tapis crasseux soutenu par deux poteaux circulaires. Le sergent Feng jeta un coup d'œil à l'intérieur de la boutique obscure et fronça les sourcils. L'endroit parfait pour une embuscade. Plus d'un soldat chinois avait péri de cette manière. Il pointa le doigt vers un étal qui proposait du thé, au centre du marché.

— Je vais me prendre deux tasses, pas plus.

Il mit la main à l'intérieur de sa chemise et en sortit un sifflet au bout de son cordon.

— Après ça, j'appelle la patrouille.

D'un coup de dents, il dégagea une pomme enfichée sur sa baguette et s'éloigna.

Le bâtiment n'avait pas de fenêtre ni d'entrée. La seule ouverture était masquée par le tapis qui pendait. À l'intérieur, le seul éclairage provenait des lampes à beurre, dont le halo déjà chiche était voilé par les fumées d'encens. À mesure que sa vue s'habituait à la pénombre, Shan distingua des rangées d'étagères chargées de bols et de pots. Une échoppe d'herboriste. Une femme émaciée derrière une large planche posée sur deux cageots dressés contempla Shan et Yeshe d'un air absent. Contre le mur de droite, trois hommes étaient assis à même la terre battue, apparemment dans un état second. Shan suivit le regard de Yeshe sur la gauche, vers le coin le plus obscur de la pièce. Sur une table au bois mal dégrossi était posé un chapeau sale de forme conique, à calotte courte, au rebord replié. Derrière le chapeau, une ombre plus sombre, en forme d'animal, peut-être un gros chien.

— Un chapeau d'enchanteur, murmura Yeshe d'une voix crispée. Je n'en avais pas vu depuis que je suis gamin.

— Vous n'avez jamais parlé de Chinois ! aboya la vieille harpie.

À ces mots, un des hommes par terre bondit pour se saisir d'une lourde trique appuyée contre les étagères.

Yeshe retint Shan en posant une main sur son bras.

— Il n'y a pas de problème, répondit-il nerveusement. Il n'est pas comme ça.

À contrecœur, la femme se leva et prit un pot de poudre posé sur l'étagère inférieure.

— Vous voulez quelque chose pour le sexe, hein ? C'est toujours ce que veulent les Chinois.

Shan secoua lentement la tête en se tournant vers Yeshe. Pas comme quoi ?

L'ombre à la table paraissait avoir changé de position. Shan se rapprocha. C'était un homme qui semblait endormi, ou peut-être ivre. Il avança encore. La partie gauche du visage avait été écrasée et une moitié de l'oreille sectionnée. Devant lui était posé un bol marron à l'intérieur argenté, orné d'un motif très particulier. Ce n'était pas un bol. Mais la moitié supérieure d'un crâne humain.

Un deuxième homme bondit alors pour se placer auprès de Shan en marmonnant une menace dans un dialecte inintelligible. Shan se retourna et, à sa grande surprise, reconnut un moine. Celui-ci respirait la férocité d'un animal sauvage, avec une expression brutale qu'il n'avait jamais vue chez un homme d'Église.

— Il dit… — Yeshe regardait l'homme endormi. — : Il dit que si vous prenez une photographie, vous serez immédiatement expédié au deuxième niveau de l'enfer brûlant.

Shan ne cessait de croiser sur sa route des individus qui voulaient tous l'avertir des grandes souffrances qui l'attendaient. Il tourna les paumes vers l'extérieur pour bien montrer qu'elles étaient vides.

— Répondez-lui, précisa-t-il d'un ton las, que je n'ai aucune connaissance de cet enfer particulier.

— Ne vous moquez pas, le prévint Yeshe. Il veut parler de *kalasutra*. On vous cloue sur une planche et on vous découpe en morceaux à l'aide d'une scie portée à blanc. Ces moines appartiennent à une très vieille secte qui a pratiquement disparu. Ils vous soutiendront que cet enfer existe. Ils vous apprendront peut-être qu'ils y ont séjourné.

Shan examina le moine sans ciller, en dépit de Yeshe qui le tirait par le bras.

— Non. Ne le mettez pas en colère. Cet ivrogne ne peut pas être celui que nous cherchons. Partons d'ici.

Shan l'ignora et retourna vers la femme.

— Je pourrais vous lire les augures, caqueta-t-elle.

— Les augures ne m'intéressent pas.

Sur la table était posée une assiette en laiton de la taille de la paume de Shan. Le pourtour était gravé de petites images de Bouddha et le centre était poli comme un miroir.

— Vos compatriotes aiment les augures, reprit la tenancière.

— Les augures n'expriment que des faits. Ce qui m'intéresse, ce sont les implications, dit Shan en tendant le bras vers l'assiette.

La main de Yeshe jaillit et lui attrapa le poignet.

— C'est pas pour vous, lança la femme avec un regard de reproche à Yeshe.

Elle semblait regretter que Shan n'ait pas touché le disque.

— Qu'est-ce que c'est ? demanda Shan, surpris que Yeshe se soit interposé comme pour le protéger.

— Beaucoup de pouvoir. Un ensorcellement. Un piège.

— Un piège pour quoi ?

— La mort.

— Il attrape les morts ? Vous voulez parler de fantômes ?

183

— Pas ce genre de mort-là, répondit-elle d'un ton énigmatique en lui repoussant la main.

— Je ne comprends pas.

— Vos compatriotes ne comprennent jamais. Ils ont peur parce que la mort met fin à la vie. Mais ce n'est pas celle-là qui est importante.

— Vous voulez dire qu'il capture les forces qui dévastent l'âme.

La femme acquiesça lentement, avec respect.

— Quand on peut le concentrer correctement dans la bonne direction.

Elle examina Shan un instant avant de sortir d'un bol une poignée de galets blancs et noirs qu'elle jeta sur la table. Elle les disposa ensuite solennellement en ligne, avant d'en extraire quelques-uns après mûre réflexion. Elle était triste quand elle se retourna vers lui.

— Tout le mois qui vient, vous ne devez pas creuser la terre tout seul. Vous devez allumer des offrandes torma. Vous devez vous incliner au passage des chiens noirs.

— Je dois m'entretenir avec Khorda.

— Qui êtes-vous ? demanda la femme.

Shan réfléchit avant de répondre.

— Pour l'instant, murmura-t-il, je suis seulement celui que je ne suis pas.

Elle contourna la table et lui prit la main comme s'il risquait de s'égarer en essayant de rejoindre seul le coin. Une nouvelle fois, le moine s'avança pour l'intercepter, mais la femme l'arrêta d'un simple regard, et il battit en retraite pour aller s'asseoir carrément dans l'embrasure de la porte, en leur montrant le dos. Yeshe s'accroupit à côté de lui sur le seuil, face à la pièce, comme s'il se préparait à bondir au secours de Shan le cas échéant.

Shan s'installa sur un cageot devant la table et examina le vieil homme. Le vieillard ouvrit les paupières, instantanément en alerte, à la manière d'un prédateur qui s'éveille.

Shan éprouva l'impression fugitive de contempler le visage d'une idole. L'œil du côté déchiqueté le dévisageait avec une intensité surnaturelle. Il n'y avait plus de globe oculaire, on l'avait remplacé par une bille de verre d'un rouge brillant. L'œil droit, l'œil vivant, n'avait pas l'air plus humain. Lui aussi brillait tel un joyau éclairé depuis le fond de l'orbite.

— Choje Rimpotché a suggéré que je m'adresse à vous.

Un instant, l'œil parut se tourner vers l'intérieur, comme s'il cherchait à reconnaître son interlocuteur.

— J'ai connu Choje à l'époque où il n'était qu'un *rapjung* en robe marron, un novice, finit par dire Khorda d'une voix pareille à un gravier frottant sur une pierre. Ils lui ont pris son gompa il y a bien longtemps. Où étudie-t-il aujourd'hui ?

— À la 404e brigade de lao gai.

Khorda hocha lentement la tête.

— Je les ai vus prendre des gompas, poursuivit-il, le côté droit du visage tordu en un rictus hideux. Vous savez ce que cela signifie ? Ils le défont pierre par pierre. Ils l'éliminent et le rayent de la carte, jusqu'à ce qu'il n'existe plus. Ils tassent les fondations pour les enfoncer dans le sol. Ils appellent ça une reconquête. Ils récupèrent les pierres et construisent des casernes. S'ils le pouvaient, ils creuseraient un trou assez profond pour enterrer le Tibet tout entier.

Ce n'était pas Shan qu'il fixait sans ciller, mais un point derrière lui, paraissant voir au travers de son crâne. Au bout d'un moment, il ferma les paupières.

— J'ai touché un corps mort, dit Shan.

Lentement la paupière gauche s'ouvrit, le joyau rouge fixé sur lui.

— Un péché somme toute courant. Achetez une chèvre pour pénitence.

La voix de Khorda ne semblait plus que l'ombre d'elle-même, rauque, lointaine, le souffle court et noué. La pénitence était monnaie courante chez les éleveurs, qui achetaient une chèvre du troupeau pour lui épargner la marmite.

— Là où je vis, il n'y a pas de chèvres.

La joue se retroussa en demi-rictus.

— S'offrir un yack serait encore mieux.

— Le tueur portait ceci, dit Shan.

Le visage du sorcier se crispa, son œil valide s'ouvrit et transperça le disque que tendait Shan. Khorda le dégagea de la main tendue et l'examina de plus près.

— Une fois qu'il a été réveillé, déclara Khorda en hochant la tête d'un air entendu, inutile de s'attendre à ce qu'il reste sans rien faire. Lorsqu'il verra tout, il ne connaîtra plus le repos.

— Tout ? Vous voulez parler des meurtres ?

La voix de la femme claqua sèchement dans son dos.

— Il veut parler de 1959. L'année de la grande invasion finale par la Chine.

— J'ai besoin de le rencontrer.

— Les gens comme vous, dit Khorda, les gens comme vous ne peuvent pas le rencontrer.

— Mais il le faut.

— Et vous en accepterez les conséquences ? demanda alors Khorda, dont la moitié du visage se plissa en un sourire effrayant.

— J'en accepterai les conséquences, répondit Shan, les lèvres tremblantes.

— Vos mains, grommela Khorda d'une voix rauque. Laissez-moi les voir.

Shan les posa sur la table, paumes en l'air, et Khorda se pencha pour les examiner longuement, l'une après l'autre. Il releva la tête et, pressant les mains de Shan l'une contre l'autre, laissa tomber un rosaire en leur creux.

Les grains du chapelet firent l'effet de la glace sur sa peau, au point de lui engourdir les doigts. Ils étaient en ivoire et chacun d'eux était sculpté, finement et en détail, en forme de crâne.

— Répétez, ordonna Khorda.

Sa voix avait pris une tonalité nouvelle, un ton de commandement inquiétant.

— Regardez-moi avec les grains du chapelet entre vos

doigts, et répétez. *Om ! Padme te krid hum phat !* aboya le vieil homme.

Shan s'exécuta.

Derrière lui, Yeshe eut un haut-le-cœur. La femme émit un bruit pareil à un cri de corbeau. Était-ce un rire ? Ou de la peur ?

Ils répétèrent l'étrange mantra au moins une vingtaine de fois. Ensuite, Shan se rendit compte que Khorda s'était arrêté et qu'il était seul à parler. Il avait le vertige. Un froid intense l'envahit soudain, l'obscurité parut tout engloutir. Les mots sortaient de sa bouche de plus en plus vite, comme si un autre que lui avait pris le contrôle de sa voix, jusqu'à ce que de l'intérieur de sa tête jaillisse un éclair brillant. Khorda poussa alors un rugissement, sous le coup d'une douleur intense.

Shan frissonna avec violence. Il laissa tomber le rosaire et la boutique reprit sa forme. Ses frissons cessèrent, mais ses mains restaient glacées.

Le sorcier haletait, le souffle court, comme après un exercice physique soutenu. Il examina la pièce, prudemment, comme s'il s'attendait à voir quelque chose bondir des ombres. Il tendit le bras et tapota la poitrine de Shan d'un doigt rabougri.

— Toujours vivant ? coassa-t-il. C'est toujours toi, le Chinois ?

Il reprit le rosaire et examina à nouveau les paumes de Shan, dont le cœur battait la chamade.

— Comment puis-je trouver Tamdin ? demanda Shan.

— Suis son chemin. Il ne sera plus très loin maintenant, répondit le sorcier avec un rictus difforme. Si tu es assez brave. Le chemin de Tamdin est un chemin d'où la pitié est absente. Parfois seule l'absence de pitié permet d'atteindre à la vérité.

— Et si…

La bouche de Shan était sèche comme le sable.

— Et si quelqu'un avait offensé Tamdin ? Que faudrait-il faire alors ?

— Offenser un démon protecteur ? Alors attends-toi à atteindre au grand rien.

— Non. Je veux parler d'un vrai croyant qui a fait quelque chose au nom de Tamdin. En se faisant passer pour Tamdin. Peut-être même en empruntant le visage de Tamdin.

— Pour les vertueux, il existe des charmes offrant le pardon. Ça pourrait peut-être marcher pour la fille.

— Une fille a demandé à être pardonnée par Tamdin ? Khorda resta muet.

— Et pour moi, est-ce que ces charmes marcheraient ?

Si un non-croyant se servait d'un costume, comprit Shan, il ne demanderait pas un charme. Mais pour quelle raison un non-croyant se servirait-il d'un costume, à moins de vouloir faire passer le moine bouddhiste pour coupable ? Si c'était le cas, le pardon serait le moindre de ses soucis. Shan soupira en regrettant de ne pouvoir simplement se poser en un lieu pour atteindre au grand rien.

Khorda souleva son chapeau d'enchanteur et le posa sur la tête. Comme à un signal, la femme apparut avec une feuille de papier de riz, de l'encre, et un pinceau. Khorda se mit à l'ouvrage. Il rédigea plusieurs grands idéogrammes avant de fermer l'œil droit et de lever la feuille jusqu'à son œil-joyau. Il secoua tristement la tête et déchira le papier en morceaux qu'il laissa tomber par terre.

— Celui-là ne collera pas à toi, grogna Khorda de frustration en fixant Shan d'un regard qui n'était pas de ce monde. Il te faut beaucoup plus.

Sa main, toujours crispée sur le rosaire, trembla.

— Que voyez-vous ? s'entendit interroger Shan d'une voix désincarnée.

Il se massait les doigts, toujours froids comme la glace là où ils avaient touché le rosaire de crânes.

— J'ai connu des hommes comme toi, dit le sorcier. Des aimants. Non. Pas des aimants. Des paratonnerres. Si tu ne te montres pas prudent, ton âme sera complètement usée bien avant ton corps.

Sa main se mit à tressauter avec violence et Shan eut l'impression que Khorda luttait pour essayer de la contenir. Sans succès. Elle bondit sur Shan et agrippa sa poche. Deux doigts osseux en sortirent un papier : le charme de Choje. La main tremblante le déplia, pour le lâcher aussitôt, comme brûlée.

Le vieil homme étudia le morceau de papier et hocha la tête avec déférence.

— Ce Choje doit bien t'aimer, Chinois, pour te donner une chose pareille.

Un rire enroué se leva de sa gorge.

— Maintenant je sais pourquoi tu as survécu, poursuivit-il, la respiration sifflante. Mais ce papier ne pourra rien changer à ce que tu viens de faire.

Il poussa un grand soupir, comme si une main puissante venait de le libérer de son emprise, et fixa les grains en forme de crâne qu'il tenait dans la paume. Il parut très surpris, paraissant ne pas comprendre comment ils étaient arrivés là, ni pourquoi.

— Ce que je viens de faire ? Le mantra, avec les crânes ? demanda Shan.

Apparemment, Khorda ne l'entendait plus. La femme tira Shan par le bras, avec insistance.

— L'invocation, persifla-t-elle en le poussant hors de la pièce. Vous avez invoqué le démon.

Sur le chemin de retour, dans le labyrinthe d'étals, une charrette à deux roues pleine de chevreaux tourna devant eux. Elle était tractée par deux vieilles femmes qui trébuchèrent et la charrette se releva, déversant son chargement directement sur le sergent. Feng tomba au sol dans un enchevêtrement d'animaux bêlants et l'allée explosa de cris et de mouvements. À grand renfort d'exclamations furieuses, les vendeurs s'efforçaient de tenir les chevreaux à l'écart de leurs marchandises. Les bergers arrivèrent à leur tour pour donner un coup de main, ajoutant à la confusion.

Trois hommes, en gilet de fourrure et chapeau de ber-

ger, se matérialisèrent soudain et poussèrent Shan et
Yeshe dans une encoignure de porte à deux mètres de là.
L'un d'eux leur tourna le dos, bloquant ainsi le champ de
vision de Feng, et se mit à encourager les bergers de la
voix.

— Nous savons que vous détenez Sungpo, déclara brutalement l'un des hommes.

Il remonta sa coiffe sur le crâne, révélant une coupe de
cheveux familière. Plusieurs longues cicatrices s'entre-
croisaient sur son visage.

— N'est-ce pas un manquement aux règles monas-
tiques que de ne pas porter votre robe ? questionna Shan.

L'homme ne parut guère apprécier l'ironie.

— Quand on ne dispose pas de permis, on ne s'attache
pas à d'aussi petits détails, dit-il d'un ton distrait car il
examinait Yeshe. Quel était ton gompa ? demanda-t-il à ce
dernier.

Yeshe essaya de le repousser, mais le deuxième berger
à côté de lui pinça le haut de son épaule. Yeshe se plia en
deux, souffle coupé, en quête d'un peu d'air. L'autre avait
effectué un mouvement d'art martial sur un point de pression.

— Quel genre de moine... attaqua Shan avant de
reconnaître les cicatrices.

Les séquelles sur le visage de l'homme étaient celles
que laissaient les matraques après un passage à tabac tellement féroce qu'il déchirait la peau en longues rigoles. Il
arrivait parfois que les membres de la Sécurité publique
collent du papier de verre sur leur matraque.

Son compagnon maintenait toujours Yeshe par le haut
du bras.

— Purba ! avertit Yeshe.

— Certains racontent que tu fais partie des *zung mag*
protégés par Choje Rimpotché, dit l'homme aux cicatrices.

Zung mag était un terme tibétain qui signifiait prisonniers de guerre. Un terme que Choje n'utilisait jamais.

— D'autres disent que tu es protégé par le colonel Tan.

Les deux à la fois, c'est impossible. Tu joues un jeu dangereux.

Sans un mot, il releva le bras de Shan, déboutonna la chemise au poignet et remonta la manche avant de presser les chairs autour du tatouage. Ce test était utilisé dans les prisons pour déjouer les tentatives d'infiltration : les tatouages récents ne perdaient pas leur couleur à cause de l'hématome sous-jacent.

L'homme hocha la tête à l'adresse de son compagnon, qui relâcha Yeshe.

— As-tu la moindre idée de ce qui se passera si un autre des cinq est exécuté ?

Sous sa manche, un second vêtement était visible. L'homme portait effectivement une robe sous sa tenue de berger.

— Le meurtre est un crime passible de la peine de mort, répondit Shan d'une voix furieuse.

Le bonhomme l'agaçait prodigieusement.

— Nous sommes au courant des crimes passibles de peine de mort au Tibet, répliqua sèchement le purba. Mon oncle a été assassiné pour avoir balancé les citations de ton président dans un pot de chambre. Mon frère a été tué parce qu'il avait exécuté les rites funéraires devant une fosse commune.

— Ça, c'est de l'histoire ancienne.

— Ce qui la rend donc meilleure ?

— Nullement. Mais quel sens a-t-elle pour vous et moi ?

— Ils ont tué mon lama, dit le purba en le fusillant du regard.

— Ils ont tué mon père, répondit Shan du tac au tac.

— Mais tu vas quand même poursuivre Sungpo.

— Non. Je suis en train de constituer un dossier d'enquête.

— Pour quelle raison ?

— Je suis un prisonnier lao gai. On m'a affecté à cette tâche.

— Pourquoi utiliser un prisonnier ? Ça n'a pas de sens.

— J'avais une vie avant la 404ᵉ. J'étais enquêteur à Pékin. C'est la raison pour laquelle Tan m'a choisi. Pourquoi a-t-il décidé de mener une enquête indépendante du bureau du procureur ? Ça, je ne le sais pas encore.

La voix de l'homme commença à perdre de sa rancœur.

— Il y a eu des émeutes par le passé, la dernière fois que les nœuds sont venus dans cette vallée. Il y a eu de nombreux morts. Nul n'en a jamais rien su.

Shan acquiesça avec tristesse.

— Apparemment, ils étaient sur le point de poursuivre leur route. Quand ils se sont mis à persécuter les cinq.

— Non, intervint Shan. À les poursuivre en justice. Dans chaque cas, il y a eu meurtre.

Il détestait la violence de cet homme, mais il voulait désespérément trouver un terrain d'entente avec les purbas.

— Au moins, acceptez l'idée que les meurtriers doivent être châtiés. Il ne s'agit pas d'un pogrom contre les bouddhistes.

— Qu'en sais-tu ? demanda le purba.

Rien, se rendit compte Shan avec lassitude, il n'en savait rien.

— Mais chaque fois, tout a commencé par un meurtre.

— Paroles étranges, dans la bouche de quelqu'un de Pékin. Je connais ceux de ton espèce. Le meurtre n'est pas un crime. C'est un phénomène politique.

Shan sentit monter en lui une colère peu familière quand il s'adressa au jeune moine devant lui.

— Vous cherchez à faire quoi, exactement ? À me prévenir ? À me faire peur pour que j'abandonne un travail que je suis obligé d'accomplir ?

— On ne peut pas laisser faire sans agir. Il faut que quelqu'un paie quand on prend l'un des nôtres.

— La vengeance n'est pas dans la voie bouddhiste.

Le moine fronça les sourcils et les longues rigoles de tissus cicatriciels tordirent son visage en un masque effrayant.

— La voici, toute l'histoire de la destruction de mon

pays : une coexistence pacifique. Que la vertu prévale sur la force. Ça ne marche pas quand la vertu n'a plus droit à la parole.

Saisissant Shan par le menton, le moine l'obligea à le regarder bien en face avant de tourner lentement la tête, pour s'assurer que Shan verrait bien les vestiges de son visage détruit.

— Dans ce pays, quand on tend la joue gauche, ce sont les deux joues qu'ils détruisent, voilà tout.

Shan repoussa la main du purba et croisa son regard fulminant.

— Alors aidez-moi. Il n'y a rien qui puisse arrêter ce qui se passe, si ce n'est la vérité.

— L'assassin du procureur n'est pas notre problème.

— Ils libéreront le prisonnier à une seule condition : s'ils trouvent un meilleur suspect.

— Dans la cahute de Choje, dit le purba, toujours soupçonneux, il y a un prisonnier chinois qui prie avec Rimpotché. On l'appelle la Pierre chinoise, tellement il est dur. Il n'a jamais cédé. Il les a roulés dans la farine et a réussi à faire libérer un vieillard.

— Le vieillard s'appelait Lokesh. Il chantait les chansons anciennes.

— Que veux-tu de nous ? demanda l'homme en hochant lentement la tête.

— Je ne sais pas. J'aimerais savoir qui a voulu se procurer des charmes pour être pardonné par Tamdin. Une jeune fille. Et il faut que je retrouve Balti, le chauffeur khampa du procureur Jao. Personne ne l'a revu, ni lui ni sa voiture, depuis le meurtre.

— Tu crois que nous serions prêts à collaborer ?

— Sur la vérité, oui.

Le moine ne répondit pas. Mais ils entendirent la voix de Feng qui appelait Shan et Yeshe par-dessus le bêlement des chèvres.

— Tiens… dit le purba à l'entrée en déposant un petit chevreau dans les bras de Yeshe.

L'animal leur servirait d'excuse.

Shan et Yeshe quittaient le renfoncement de la porte au moment où Feng portait son sifflet aux lèvres. Shan se retourna. Les purbas n'étaient plus là.

Pendant le trajet qui les ramenait au camion, Yeshe resta silencieux. Il s'assit à l'arrière. Entre les doigts, il tenait un brin de bruyère pareil à ceux qui ornaient les chemises des Tibétains du marché.

— Une fille me l'a donné, annonça-t-il d'une voix désolée. Elle a dit de le porter pour eux. J'ai demandé de qui elle voulait parler. Elle a répondu : les âmes de la 404e. En ajoutant que le sorcier avait annoncé qu'elles allaient toutes être martyrisées.

8

Sur la route qui conduisait hors de la ville, des ouvriers étaient en train de repeindre les lampadaires couleur argent, sans doute en l'honneur des invités qui devaient bientôt arriver de Pékin et d'Amérique. Mais à cause des vents d'altitude, les grains de sable adhéraient à la peinture aussitôt celle-ci appliquée et les poteaux avaient l'air encore plus minables qu'auparavant. Shan enviait au prolétariat sa capacité à saisir tout le sens de la leçon la plus importante de leur société : l'objectif du travailleur n'est pas de faire un bon travail, mais un travail correct. On peignait également les kiosques abritant les téléphones publics, même si le sergent Feng fut incapable d'en trouver un seul en état de fonctionnement. Il suivit un fil jusqu'à un magasin de thé aux relents de moisi en bordure de la ville et réquisitionna l'appareil.

— Personne ne vous arrêtera, avait répondu le colonel Tan quand Shan lui avait dit qu'il avait besoin d'inspecter la caverne aux crânes. Je l'ai fermée le jour où nous avons découvert la tête. Pourquoi avoir attendu si longtemps ? Ce ne sont quand même pas quelques ossements qui vous effraient ?

Le camion gravissait tranquillement les contreforts gravillonnés des collines en fond de vallée, mais Yeshe paraissait plus agité que d'habitude.

— Vous n'auriez pas dû faire ça, finit-il par exploser. Vous ne devriez pas vous mêler de ça.

Shan pivota sur son siège. Les yeux de Yeshe ne cessaient d'aller et venir sur la ligne d'horizon alors qu'ils se dirigeaient vers la masse énorme des griffes du Dragon. Des cumulus géants, d'un blanc presque aveuglant sur fond de ciel cobalt, étaient accrochés aux sommets dans le lointain.

— Me mêler de quoi ?

— Ce que vous avez fait. Le mantra du crâne. Vous n'aviez aucun droit d'invoquer le démon.

— Vous êtes donc convaincu que c'est bien ce que j'ai fait ?

— Non. C'est juste que ces gens…

La voix de Yeshe mourut doucement.

— Ces gens ? Vous voulez dire vos compatriotes ? Votre peuple ?

— L'invocation, répondit Yeshe, le front plissé, est une chose dangereuse. Pour les anciens bouddhistes, les mots étaient de toutes les armes les plus dangereuses.

— Vous êtes convaincu que j'ai invoqué un démon ? répéta Shan.

— Ce n'est pas aussi simple, répondit le jeune homme, bien en face, avant de se détourner très vite. Les gens entendront parler des paroles que vous avez prononcées. Certains diront que le démon possédera l'invocateur. D'autres qu'on l'a invité à passer à nouveau à l'acte. Khorda avait raison. L'absence de pitié marche sur les pas du nom du démon.

— Je croyais que le démon avait déjà été libéré.

Yeshe contemplait ses mains d'un regard douloureux.

— Nos démons ont une manière bien à eux de devenir autonomes.

Sa réponse laissa Shan songeur. Jamais encore il n'avait rencontré d'individu capable un instant de parler comme un moine pour se changer en fonctionnaire du Parti l'instant suivant.

— Qu'est-ce que vous voulez dire ?

— Je ne sais pas. Il va se passer des choses. Ça deviendra une excuse.

— Pourquoi ? Pour dire la vérité ?

Yeshe fit la grimace et se retourna vers la vitre.

Une seule chose avait un sens dans tout ce que Shan avait entendu de la bouche de Khorda : suivre le chemin de Tamdin. Le tueur Tamdin était parti de la 404e, puis il avait traversé les montagnes, direction la caverne aux crânes. Shan devait suivre ce même chemin, il se devait de retourner au lieu horrible et sacré des lamas morts.

À l'embranchement conduisant à la caverne aux crânes était posté un camion de l'armée, avec deux gardes somnolents, envoyés là par Tan afin de garder l'exploitation fermée pour l'enquête. Surpris par la soudaine apparition des visiteurs, les soldats attrapèrent leur fusil avant de se décontracter en voyant Feng au volant.

L'air était d'une immobilité étrange à mesure qu'ils s'enfonçaient dans la petite vallée. Les nuages filaient vite dans le ciel, mais à leur arrivée au premier plateau, aucun souffle de vent n'agitait les branches de l'arbre solitaire. Shan sortit du camion, plein d'une étrange appréhension. Pas le moindre bruit non plus. Et, hormis les bruns et les gris des rochers et de la cahute, une absence presque totale de couleur, à l'exception d'un nouveau panneau en caractères rouge vif : DANGER — ENTRÉE INTERDITE PAR ORDRE DU MINISTÈRE DE LA GÉOLOGIE.

Mal à l'aise, Yeshe suivit Shan vers la bouche de la caverne. Tandis que les deux hommes vérifiaient leur torche, Feng resta ostensiblement en arrière, examinant les pneus du camion comme si ceux-ci exigeaient soudain toute son attention.

Ils avancèrent en silence dans le tunnel d'entrée, Yeshe traînant des pieds chaque fois que Shan faisait un pas.

— Ce n'est pas… commença nerveusement Yeshe en rattrapant Shan sur le seuil de la salle principale.

À la lueur tremblotante de leurs lampes, les énormes silhouettes des fresques donnaient l'impression de danser en les dévisageant d'un air furieux.

— Pas quoi ?

— Pas un endroit où…

Yeshe luttait, mais contre quoi ? Shan n'était pas certain de connaître la réponse à cette question. Lui avait-on demandé d'arrêter Shan d'une manière ou d'une autre ? Ou avait-il décidé, qui sait, de renoncer à son affectation ?

Démons et bouddhas sur les murs semblaient s'adresser directement à Yeshe, dont le visage s'assombrit. Non par peur des images ni par haine pour Shan. Mais par simple souffrance. Rien d'autre.

— Nous ne devrions pas entrer là, dit-il. Ce lieu est réservé aux plus saints.

— Vous refusez de poursuivre pour des motifs religieux ?

— Non, répliqua Yeshe sur la défensive, refusant de contempler les peintures. Mais ceci n'a de sens que pour les minorités religieuses.

Il finit par relever la tête en évitant de croiser le regard de Shan.

— Le bureau des Affaires religieuses dispose de spécialistes. Ceux-ci seraient mieux qualifiés pour se lancer dans des interprétations culturelles.

— Étrange. Je croyais qu'un moine bien entraîné conviendrait encore mieux.

Yeshe feignit de n'avoir pas entendu et lui tourna le dos.

— Je crois que vous avez peur, déclara Shan. Peur qu'on vous accuse d'être tibétain.

Un bruit, comme un semblant de rire, jaillit de la gorge de Yeshe, mais quand il pivota vers Shan, ses yeux ne riaient pas.

— Qui êtes-vous, au juste ? insista Shan. Le bon Chinois qui aspire à se perdre au milieu d'un milliard d'individus exactement pareils à lui ? Ou le Tibétain qui reconnaît qu'il y a ici des vies en jeu ? Pas juste une seule vie, mais des quantités. Que nous sommes les seuls à avoir une chance de sauver. Moi. Et vous.

Yeshe faillit lâcher la question qui lui brûlait les lèvres, mais il se figea sur place. Des lumières venaient d'apparaître à l'autre extrémité de la salle, accompagnées de voix haut perchées tout excitées. Ils éteignirent aussitôt leur lampe et reculèrent dans le tunnel. Tan avait interdit tout accès. Personne n'était autorisé à entrer, eux deux excepté. Aucun véhicule n'était stationné à l'extérieur de la caverne. Les intrus couraient de grands risques s'ils venaient à être capturés.

— Des purbas, murmura Yeshe. Nous devons partir, et vite.

— Mais nous venons de les quitter au marché.

— Non. Ils sont nombreux, et très dangereux. Un édit de la capitale stipule qu'il est du devoir de tout citoyen de les dénoncer.

— Et donc vous voulez partir, me laisser là et les dénoncer ?

— Que voulez-vous dire ?

— Depuis que nous avons vu les purbas au marché, le sergent Feng est resté avec nous. Pourtant, vous vous êtes tu.

— Ce sont des hors-la-loi.

— Ce sont des moines. Vous allez les dénoncer ? répéta Shan.

— Si nous sommes pris à travailler avec eux, ce sera considéré comme un complot, chuchota Yeshe avec angoisse. Au moins cinq ans de lao gai.

Apparemment, les intrus ne se trouvaient pas dans le tunnel aux crânes, mais dans une alcôve plus petite au milieu du mur opposé. Shan poussa Yeshe dans leur direction, et avança sans bruit contre le mur de la grande salle. Soudain, à moins de dix mètres des deux hommes, explosa l'éclat brutal d'une lumière de flash. Celui-ci était dirigé vers les peintures murales situées à côté de lui, mais Shan le reçut en pleine figure. Momentanément aveuglé, il entendit un hurlement aigu vite étouffé.

— Saloperie, grogna une autre voix, plus grave.

Tout en se protégeant les yeux d'un nouvel éclair, Shan ralluma sa lampe. Rebecca Fowler, la main serrée sur sa poitrine comme si on l'avait frappée, les regardait, changée en statue.

— Seigneur, les gars, dit l'homme à l'appareil photo. Sûr que je vous avais pris pour des fantômes.

Tyler Kincaid lâcha un rire bref et forcé en pointant le faisceau d'une puissante torche derrière eux.

— Z'êtes seuls ?

— L'armée est à l'entrée, lâcha Yeshe, comme s'il voulait les prévenir.

— Le sergent Feng est à l'entrée, corrigea Shan.

— Ainsi donc, nous voilà tous réunis, reprit Kincaid en faisant une nouvelle photo. Comme des voleurs dans la nuit.

— Des voleurs ?

— Je plaisantais — vous voir apparaître de cette manière, en douceur, sans la moindre lumière, ça ne fait pas très officiel, vous ne croyez pas ?

— Quand on m'interrogera, comment devrai-je justifier le fait que cette caverne est directement liée à votre projet d'exploitation minière, mademoiselle Fowler ? demanda Shan.

Le commentaire de Kincaid avait apparemment rendu toute sa confiance à la dame.

— Je vous l'ai expliqué. La commission des Antiquités des Nations unies. Et qui vous posera la question ? ajouta-t-elle en inclinant la tête. Pourquoi êtes-vous ici ?

Shan ignora l'interrogation.

— Et M. Kincaid ?

— C'est moi qui lui ai demandé de venir. Pour prendre les photos.

Shan se rappela les clichés de Tibétains dans le bureau de l'Américain.

— Et vous en avez vu beaucoup, de cette caverne ?

— Rien que ceci, indiqua-t-elle avec un geste circulaire embrassant la salle, le visage impressionné. Nous arrivions aux archives.

— Les archives ?

Elle escorta Shan dans l'alcôve, partiellement masquée

par une toile de bâche tendue. Trois tables improvisées avaient été dressées, de simples planches en appui sur des cageots en bois. Sur l'une étaient posés des cartons de dossiers et la deuxième était pleine de bouteilles de bière vides et de cendriers débordant de mégots de cigarettes. Sur la troisième, beaucoup mieux rangée, et couverte d'un tissu, s'alignaient de petites boîtes en carton pleines de disquettes d'ordinateur, un sous-main destiné à un ordinateur portable, et un grand registre ouvert.

Kincaid ne cessait de prendre des clichés tandis que Shan et Fowler examinaient le registre. On l'avait ouvert un mois auparavant pour y noter l'enlèvement d'un autel et de reliques, de lampes d'offrande et d'une statue de Bouddha. Dimensions, poids et quantité y étaient précisés dans le détail.

— Qu'est-ce que ça raconte? demanda Fowler.

Les étrangers qui apprenaient le chinois n'étudiaient souvent que la langue orale, sans s'intéresser à l'écrit. Shan hésita avant de résumer rapidement le contenu.

— Et les livres alors? demanda Tyler Kincaid. Les manuscrits anciens. Jansen affirme qu'ils sont d'habitude bien conservés. Qu'on peut facilement les sauver.

Sur une page était noté le déménagement de deux cents manuscrits. Un jour, à la 404e, un camion-poubelle avait vidé son chargement : plusieurs centaines d'anciens textes religieux. À la pointe du fusil, on avait obligé les prisonniers à déchirer les volumes en petits fragments, qu'on avait fait cuire dans de grandes marmites avant de les mélanger à de la chaux et du sable pour en faire du mortier destiné aux nouvelles latrines des soldats.

— Et sur la première page? demanda Fowler.

— La première page?

— Qui a écrit ça? Qui est le responsable?

Shan ouvrit le registre en troisième de couverture.

— Le ministère de la Géologie. Par ordre du directeur Hu.

Fowler tendit la main afin de maintenir l'envers de la

couverture bien à plat et appela Kincaid pour qu'il photographie la page.

— Le salaud, marmonna-t-elle. Pas étonnant que Jao ait voulu l'arrêter.

Est-ce que Fowler se trouvait dans la caverne pour son permis d'exploitation ? Et non pas à cause des antiquités ? Shan songea que la question méritait réflexion.

Kincaid changea d'objectif et commença à photographier les pages en s'arrêtant sur les détails du registre.

— Ils ont pris un autel. Où est-ce que c'est écrit ?

Shan lui montra.

— Et ça, c'est quoi ? interrogea Kincaid en posant le doigt sur une colonne à droite de la page.

— Des poids et des dimensions, expliqua Shan.

— Trois cents livres, dit l'Américain en hochant la tête. Regardez ici. Encore plus lourd : quatre cent vingt livres.

— La statue.

— Impossible, contesta Kincaid, en suivant la ligne. Elle ne mesure que quatre-vingt-dix centimètres de haut.

Shan regarda à son tour. L'Américain avait raison.

— Dans les anciens mausolées, expliqua Yeshe d'une voix crispée par-dessus leurs épaules, la statue de l'autel était souvent en or massif.

Kincaid poussa un sifflement.

— Mon Dieu ! Mais ça vaut des millions !

— Inestimable, dit Fowler, le regard brillant d'excitation. Le bon musée…

— Non. Je ne pense pas, l'interrompit Shan.

— Vraiment ? Avez-vous la moindre idée de la rareté d'une telle statue ? Une découverte majeure. La découverte de l'année.

— Non, répéta Shan en secouant lentement la tête.

La passion des Américains le mettait presque en colère. Non, pas leur passion. Leur innocence.

— Qu'est-ce que vous voulez dire ? demanda Fowler.

Shan répondit en balayant la salle de sa torche. Il trouva

ce qu'il espérait sous l'une des autres tables : un tas de marteaux et de burins.

— Quatre cents livres d'or, ce n'est pas très pratique à transporter d'un seul tenant.

Il ramassa l'un des burins et montra aux Américains les mouchetis de métal brillant enchâssés dans l'acier de la lame. Rebecca Fowler se saisit de l'outil et l'examina avant de le lancer contre le mur.

— Salopards ! s'écria-t-elle.

Furieuse, elle prit plusieurs disquettes qu'elle fourra dans sa poche de chemise, sans quitter Shan des yeux, comme pour le mettre au défi d'intervenir. Kincaid resta simple spectateur, mais il était visiblement sous le charme, complètement admiratif. Il se remit à prendre des photos tandis que Yeshe feuilletait le registre pour s'arrêter en fin de volume. Il releva la tête, tout excité, et tendit à Shan une page libre qu'on y avait glissée.

— Une page de recensement, murmura-t-il, comme pour empêcher les Américains d'entendre. Du bureau des Affaires religieuses.

— Elle est vierge.

— Oui. Mais regardez bien. Ces colonnes avec, en en-tête, les noms des gompas, les dates, les reliques découvertes, et leur répartition. Si les Affaires religieuses font des recensements, nous pourrions savoir s'il existait des gompas possédant un costume de Tamdin.

— Et si c'est le cas, quand il a été découvert, et où il se trouve aujourd'hui, confirma Shan avec une pointe d'excitation dans la voix en hochant la tête.

— Exactement.

Shan replia la feuille pour la glisser dans sa poche, avant de changer d'avis et la donner à Yeshe, qui la fourra dans sa chemise avec, pour la première fois, un semblant de satisfaction.

Shan sortit lentement de l'alcôve, laissant Yeshe et les Américains face aux fresques murales. Il s'avança dans le tunnel où le colonel Tan l'avait conduit. Il s'arrêta juste avant que le cercle de sa torche frappe le premier des crânes, cherchant ses mots pour préparer ses compagnons. Mais les mots ne vinrent pas, et il obligea ses pieds à aller de l'avant.

Même les morts étaient différents au Tibet. Au pays, après la Révolution culturelle, il avait vu des fosses communes pleines d'ossements. Mais là-bas, les morts n'avaient rien évoqué de ce sentiment de sainteté, de sagesse, voire de complétude. On s'était servi d'eux, c'était tout.

À mesure qu'il avançait le long du mausolée, il se surprit à manquer d'air, le souffle court. Il s'arrêta et passa en revue les rangées d'orbites vides. Ils paraissaient tous le surveiller, ces alignements de crânes sans fin pareils au rosaire de crânes interminable que Khorda l'avait contraint à serrer entre ses mains avant de l'obliger à invoquer Tamdin. Il sursauta : les crânes avaient été témoins. Tamdin était venu là avec la tête du procureur Jao, et les crânes avaient tout vu. Ils savaient.

Il sentit un frémissement derrière lui. Les autres avaient découvert le tunnel. Fowler gémit. Kincaid lâcha un juron sonore. Une plainte s'échappa des lèvres de Yeshe. Shan serra la mâchoire et avança jusqu'à l'étagère où la tête de Jao avait été déposée. Il essaya d'esquisser la scène dans son calepin, mais ce fut impossible. Sa main tremblait trop.

— Qu'est-ce que vous espérez trouver ? murmura Yeshe d'un ton anxieux par-dessus son épaule, en tournant le dos à Shan, comme s'il craignait à tout instant d'être pris en embuscade. Nous ne devrions pas nous attarder ici.

— Le meurtrier est venu ici avec la tête de Jao. Je veux trouver le crâne qu'on a enlevé afin de faire de la place pour Jao. Pourquoi a-t-on dérangé cette étagère-ci, précisément ? Y avait-il une raison pour qu'on ait choisi ce crâne-là en particulier ? Où l'a-t-on posé ensuite ?

Shan avait la quasi-certitude de connaître la réponse à cette dernière question. On l'avait jeté dans la cabane avec les autres crânes qu'on transformait en engrais.

— S'il vous plaît, supplia Yeshe, comme s'il n'avait pas entendu. Il faut que nous partions.

Les Américains approchaient en parlant de l'histoire tibétaine.

— Kincaid pense qu'il s'agit probablement de la caverne de Gourou Rimpotché, annonça Fowler, en chuchotant elle aussi.

— Gourou Rimpotché ? demanda Shan.

— Le plus célèbre des ermites anciens, intervint Yeshe. Il a vécu dans des cavernes sur tout le territoire du Tibet, et il a fait de chacune un lieu de grand pouvoir. La plupart ont été transformées en sanctuaires il y a des siècles.

— Je ne savais pas M. Kincaid aussi savant, remarqua Shan.

— Jao voulait les arrêter, dit soudain Fowler, d'une voix cassée, une larme coulant sur sa joue.

— Qu'est-ce que c'est ? murmura Yeshe avec inquiétude. J'ai cru entendre quelque chose.

Il y avait effectivement quelque chose, perçut Shan. Mais ce n'était pas un bruit. Ni un mouvement. Ni une présence. Quelque chose d'indicible et d'immense avait été déclenché par la tristesse de Fowler. Shan laissa retomber son calepin pour rester là, comme les autres, poignardé par les regards aux orbites vides des crânes luisants. Ils n'étaient plus au cœur de la montagne, mais au cœur de l'univers, et le silence qui émoussait leurs sens en montant alentour telle une houle n'avait plus rien d'un silence : c'était un enrouement qui déchirait l'âme, pareil à l'instant qui précède un hurlement.

Choje avait raison, comprit soudain Shan : savoir si Tamdin était effectivement le monstre grotesque qu'il avait vu peint sur le mur n'avait aucun sens. Peu importait le tuer. Homme, bête ou chose, il s'agissait bien d'un démon. Non pour avoir décapité le procureur Jao, mais parce qu'il avait introduit toute la laideur de son geste en un lieu aussi parfait.

Il prit conscience d'un son tout nouveau, un léger bruissement qui se transforma en babil. Un babil qui paraissait venir des crânes. Rebecca, le regard plein d'effroi, se rapprocha de Kincaid, et les Américains demeurèrent là, tout ouïe, telles deux statues, quand Kincaid pointa soudain, sans prévenir, son appareil photo sur Yeshe. Il fit cracher son flash comme s'il s'agissait d'une arme, et le bruit cessa. C'était les échos d'un mantra qu'ils avaient entendu. Un mantra commencé par Yeshe.

Le charme était rompu.

— Vous pourriez malgré tout nous aider, suggéra Shan en reprenant ses esprits.

— Tout ce que vous voulez, dit Fowler, une expression hagarde sur le visage.

— Nous avons besoin d'archives. M. Kincaid pourrait-il photographier toutes les étagères ?

Les crânes savaient, se répéta Shan pour lui-même. Peut-être parviendrait-il à les faire parler.

Kincaid hocha lentement la tête.

— Je peux prendre les trois niveaux sur un seul cliché. Il devrait me rester juste assez de pellicule.

— J'ai besoin que soient incluses les inscriptions pour chaque crâne. Une fois que j'aurai étudié les photos, peut-être pourrons-nous les rendre à votre commission des Nations unies.

Fowler gratifia Shan d'un petit hochement de tête pour le remercier, et s'attarda un instant quand Kincaid, avec l'aide de Yeshe, entama sa première série de clichés des crânes. Elle suivit Shan avec prudence dans le tunnel. Les étagères se terminaient pour être remplacées par d'autres images de démons peintes sur les murs.

— Est-il vrai que vous êtes obligé de faire ce que vous faites ? Que vous êtes un prisonnier ? demanda soudain Fowler.

— Qui vous a dit cela ? demanda Shan sans s'arrêter pour autant.

— Personne. Tyler a juste précisé que personne ne sait qui vous êtes. Nous pensions que vous étiez une sorte de représentant officiel de l'autorité venu de l'extérieur. Mais les représentants extérieurs — je ne sais pas, ils ont droit à beaucoup de respect.

Elle fit la grimace devant ses propres paroles. Shan fut touché par sa gêne manifeste.

— Tyler dit que c'est drôle, la manière dont votre sergent ne vous quitte pas de l'œil. Il a une arme, mais ce n'est pas un garde du corps. Un garde du corps surveillerait le terrain à côté de vous, autour de vous. Votre sergent se contente de vous surveiller. Vous, et rien d'autre.

Cette fois, Shan s'arrêta et tourna sa lampe vers le visage de l'Américaine.

— Quand je n'enquête pas sur des meurtres, je construis des routes. Dans ce qu'on appelle une brigade de travaux forcés.

— Mon Dieu, chuchota Fowler en se mordillant une phalange. Dans une de ces abominables prisons ? ajouta-t-elle en se retournant vers les démons.

Elle avait les larmes aux yeux quand elle se remit à parler.

— Je ne comprends rien. Comment êtes-vous… pourquoi voudriez-vous… Je suis désolée, balbutia-t-elle en secouant la tête. Je me comporte comme une imbécile.

— Un membre du Parti très âgé m'a expliqué un jour qu'il n'existait que deux catégories de gens dans mon pays, fit remarquer Shan. Les maîtres et les esclaves. Je ne le crois pas, et je serais attristé que vous le pensiez.

— Mais comment pourriez-vous être enquêteur ?

— C'était mon talent jadis, avant que je sois promu au grade de travailleur de routes. J'étais enquêteur à Pékin.

— Mais vous défiez Tan. Je vous ai vu faire. S'il est votre…

Shan leva la main : il ne voulait pas entendre le mot à venir. «Gardien de prisonniers», peut-être ? Ou même «maître des esclaves» ?

— C'est peut-être là la raison — parce qu'il ne peut plus infliger de mal supplémentaire.

Une Américaine était susceptible de croire ce genre de demi-vérité.

— Ce qui explique pourquoi vous n'allez pas prouver que ce moine a tué Jao ?

— Je ne peux pas faire une chose pareille. Il est innocent.

Fowler ne cilla pas. Peut-être en savait-elle un peu trop sur la Chine pour accepter une affirmation aussi péremptoire ? songea Shan.

— Alors est-ce que vous pouvez m'expliquer ? Vous entrez ici comme un voleur. Li, de son côté, mène sa propre enquête, mais il n'est pas ici. Qu'est-ce qui tracasse Tan à ce point ?

Elle comprenait effectivement mieux la Chine que Shan ne l'aurait espéré.

— Moi non plus, je ne sais trop à quoi m'en tenir vous concernant, mademoiselle Fowler, rétorqua-t-il. Vous êtes la directrice de la mine, mais c'est le père de M. Kincaid qui est propriétaire de la compagnie.

— C'est une longue histoire, ronchonna-t-elle d'un air amusé. La version brève se résume à ceci : ce n'est pas parce que le père de Tyler dirige la compagnie que les deux hommes s'entendent bien.

— Ils ne sont pas très proches ? Pour Kincaid, le Tibet est une punition ?

— Vous savez ce qu'est un marginal ? Tyler est allé à l'école des mines, selon les vœux de sa famille, de manière à pouvoir un jour reprendre les rênes de la compagnie. Mais une fois son diplôme obtenu, il a annoncé que ça ne l'intéressait pas. Il a expliqué que les entreprises de son père détruisaient l'environnement, qu'elles appauvrissaient les populations locales. Il a dépensé plusieurs centaines de milliers de dollars de ses fonds en fidéicommis pour se bâtir un ranch en Californie, où il a vécu quelques années, avant de le donner à un groupe de défenseurs de la nature qui bloquait une nouvelle mine que son père voulait construire. Il a fallu quelques années pour que les tensions s'apaisent et que les deux hommes en arrivent à pouvoir se parler, et quelques années supplémentaires pour que Tyler accepte un poste dans la compagnie. Mais son père ne lui fait pas encore suffisamment confiance pour lui confier la direction de ses entreprises. Ils continuent à se parler, cependant. Tyler veut se refaire une vie à lui seul, comme un grand. Et c'est un ingénieur sacrément doué. Il sera P-DG un jour, et l'un des hommes les plus riches d'Amérique.

— Et vous-même ? Vous êtes bien jeune pour de telles responsabilités !

— Jeune ? s'exclama-t-elle, interloquée, avant de secouer la tête avec un soupir. Il y a bien longtemps que je ne me suis pas sentie jeune.

Elle s'arrêta. Le tunnel ouvrait sur une autre salle.

— Je dirais que je suis l'opposée de Tyler. Jamais eu dix cents en poche quand j'étais gosse. J'ai travaillé dur, économisé, gagné des bourses d'études. J'ai bossé pendant dix ans comme une malade pour arriver ici.

— Et vous avez choisi le Tibet ?

Elle haussa les épaules et continua à avancer

— Ce n'est pas tout à fait ce que je m'attendais à trouver.

À l'intérieur de la salle, les peintures offraient un panorama de la géographie tibétaine, des images de montagnes, de palais et de mausolées. À une extrémité, ils virent au sol des éclats d'ossements et un triangle constitué d'une douzaine de crânes. À cinq mètres de distance, une autre rangée des mêmes reliques était entourée par des empreintes de semelles et de mégots de cigarettes : les soldats avaient joué au bowling.

Fowler ramassa un des crânes et le tint avec respect entre ses paumes, puis elle se mit à récupérer les autres dans l'intention, apparemment, de les replacer sur les étagères. Shan lui toucha le bras.

— Vous ne pouvez pas. Ils sauront que vous êtes venue ici.

Elle acquiesça en silence et reposa le crâne avant de retourner vers le tunnel avec une expression de désespoir. Ils rejoignirent Yeshe et Kincaid qui attendaient dans la salle principale, et tous les quatre se dépêchèrent de quitter les lieux. Pas une parole ne fut échangée jusqu'à l'entrée.

— Attendez un quart d'heure, suggéra Shan, avant de repartir par le chemin que vous avez pris pour venir.

Il ne leur demanda pas comment ils connaissaient l'itinéraire secret.

— Je viendrai chercher les photos à la mine…

Il fut interrompu par Fowler qui sursauta, le souffle coupé. Une silhouette était apparue dans l'embouchure de la caverne, illuminée par le soleil éclatant comme par un projecteur.

— C'est lui! murmura Fowler, la voix rauque, avant de disparaître dans les ombres en compagnie de Kincaid.

Shan n'avait nul besoin d'explication. L'homme dans l'entrée ne pouvait être autre que le directeur Hu du ministère de la Géologie.

Shan s'avança en pleine lumière.

— Camarade inspecteur! s'écria le petit homme trapu. Quel plaisir! J'avais espéré vous trouver encore ici.

Sur son large visage, ses minuscules yeux noirs ressemblaient à deux scarabées.

— Nous n'avons pas été présentés, fit remarquer lentement Shan.

— Non, mais me voici. Et j'ai fait tout ce chemin pour vous aider. Et vous voilà qui vous donnez tant de mal pour m'aider vous aussi.

D'un geste cérémonieux, il tendit sa carte à Shan. Une carte en vinyle. Directeur des mines, comté de Lhadrung. Hu Yaohong. Hu Qui Veut Être Rouge.

Un camion rouge était rangé à côté du leur. Un camion que Shan avait déjà vu : il était garé sur le chantier le jour de la découverte du corps de Jao. Il l'examina de plus près. Une Land Rover britannique. Le véhicule le plus cher qu'il ait jamais vu à Lhadrung.

— Vous êtes venu m'aider? demanda Shan.

— Vous aider, et aussi procéder à un contrôle de sécurité.

Un homme était en pleine discussion avec Feng. Le ventre noué, Shan comprit que Hu ne faisait pas allusion à la sécurité à l'entrée de la grotte. Le second visiteur était le lieutenant Chang, de la 404ᵉ. Chang le contempla avec indolence, tel un boutiquier s'assurant d'un coup d'œil de l'inventaire de ses marchandises.

Voyant le directeur Hu se diriger vers la caverne, Shan fit quelques pas pour lui barrer le chemin.

— J'ai effectivement quelques questions à vous soumettre.

— Dans ma mine, je peux vous montrer…

— Non, insista Shan.

Hu avait-il vu les Américains ? C'est tout juste s'il ne s'attendait pas à voir Kincaid ressortir de la caverne pour prendre un cliché.

— Je vous en prie. J'aimerais mieux pas, dit Shan, une main sur l'estomac, comme s'il avait la nausée. Je ne supporte pas très bien cet endroit.

— Vous avez peur ?

L'idée semblait amuser le directeur des mines. Avec sa grosse bague en or, il était excessivement bien habillé pour un géologue.

— Nous pourrions aller nous asseoir dans la voiture si cela vous convient, proposa-t-il. C'est une anglaise, vous savez.

— Il faut que je retourne en ville. Le colonel Tan.

— Excellent ! Je vais me faire un devoir de vous y conduire. Il faut que je vous explique les preuves que j'ai en ma possession.

Hu appela Chang qui lui lança les clés, avant d'acquiescer quand Hu lui ordonna de le suivre en compagnie de Feng et de Yeshe.

— Des preuves ? demanda Shan.

Hu feignit de ne pas avoir entendu. Ils n'échangèrent plus une parole avant d'avoir rejoint la route principale. Hu conduisait sans ménagement, comme s'il prenait un malin plaisir à cette chaussée défoncée en voyant Shan agripper le tableau de bord au passage des ornières. Dans

211

les virages, il accélérait et riait quand les roues arrière dérapaient dans la poussière.

— La civilisation, déclara soudain le directeur Hu. C'est un processus, vous savez, et non un concept.

— Vous avez parlé de preuves, dit Shan, qui n'y comprenait plus rien.

— Exactement. C'est plus qu'un processus. C'est une dialectique. Une guerre. Mon père était en poste à Xinjiang, chez les musulmans. Jadis, les musulmans étaient bien pires que les bouddhistes. Des explosions à la bombe. Des attaques à la mitrailleuse. Beaucoup de bons ouvriers du gouvernement ont été ainsi sacrifiés. La dynamique de la civilisation. Le nouveau contre l'ancien. La science contre la mythologie.

— Vous voulez parler des Chinois contre les Tibétains ?

— Exactement. C'est le progrès, c'est tout. Des techniques d'agriculture avancées, des universités. Une médecine moderne. Vous croyez que les améliorations dans le domaine médical ont eu lieu sans batailler ? C'est une lutte contre le folklore et les sorciers. Jadis, la moitié des bébés qui naissaient ici mouraient. Aujourd'hui, ils vivent. N'est-ce pas une raison suffisante pour se battre ?

Peut-être pas, voulut répliquer Shan, si le gouvernement ne vous laisse pas avoir de bébés.

— Si je comprends bien, vous êtes en train de m'expliquer que le procureur Jao est un martyr de la civilisation.

— Naturellement. Sa famille recevra une lettre du Conseil d'État, vous savez. C'est une leçon pour nous tous. Le défi, c'est de s'assurer qu'eux aussi la comprennent bien.

— Eux ? Mais qui ça ?

— Cette affaire doit également être l'occasion pour les populations minoritaires de reconnaître à quel point leurs façons d'être et de vivre sont arriérées, tournées vers le passé.

— Donc vous voulez apporter votre aide en nous apportant des preuves.

— C'est mon devoir.

Hu mit la main à la poche et en sortit un papier plié.

— Voici une déposition du garde posté à l'embranchement qui mène à la caverne aux crânes. La nuit du meurtre, un moine a été vu qui marchait le long de la route près de l'entrée.

— Un moine ? Ou un homme vêtu d'une robe de moine ?

— Tout est là-dedans. Le signalement correspond à celui de Sungpo.

Un moine a été vu se comportant de manière louche près de l'entrée, avait écrit le garde. Il était de taille moyenne, de corpulence moyenne. Il avait la tête rasée. Il avait une allure agressive et portait quelque chose dans un sac en toile. Le garde avait signé sa déposition. Soldat Meng Lau. Shan mit le papier dans sa poche.

— Quand le garde a-t-il vu cet homme ?

— Plus tard, dit Hu d'un air désinvolte. Après le meurtre. C'est bien arrivé la nuit, non ?

— À quelle distance se trouvait-il ? C'était la nouvelle lune. Il n'y avait pas beaucoup de lumière.

— Les soldats font de bons témoins, camarade, soupira Hu, qui perdait patience. Je m'attendais à plus de reconnaissance de votre part.

Il accéléra en arrivant en fond de vallée, et éclata de rire en voyant le nuage de poussière qui noya Feng, Yeshe et Chang derrière eux.

— Vous aviez des questions à me poser, camarade inspecteur ?

— Essentiellement sur la sécurité. Et sur la manière dont un individu pourrait éventuellement s'introduire dans la caverne la nuit, répondit Shan.

— Lorsque nous l'avons découverte, nous avons placé des gardes à son entrée. Mais lorsque les hommes ont appris la nature de ce qu'elle contenait, ils ont été pris d'une peur panique. Et donc nous avons posté un détachement sur la route. C'est le seul accès possible. Cela paraissait suffisant.

— Mais quelqu'un a trouvé un autre chemin.

— Ces moines. Ils grimpent comme des écureuils.

— Qui a découvert la caverne ?

— Nous, reconnut Hu. J'ai des équipes d'exploration.

— Et donc c'est également à vous que l'on doit la découverte des dépôts de saumure des Américains.

— Naturellement. Nous avons délivré la licence.

— Mais aujourd'hui vous voulez l'annuler.

Hu, manifestement irrité, se tourna vers Shan et ralentit. Ils arrivaient aux abords de Lhadrung.

— Pas du tout. Ce qui est en cours de discussion, c'est le permis d'exploitation, qui garantit que les opérateurs satisfont à des procédures d'encadrement spécifiques. Nous sommes tous engagés dans un dialogue sur l'encadrement. Je suis un ami de la compagnie américaine.

— Par « encadrement », vous voulez parler des directeurs, nommément ?

— Technique de construction de bassins, technologie de récolte, détail de l'équipement, consommation des utilitaires, comportement de leurs directeurs, tout cela relève des critères pertinents pour l'attribution des permis. Pourquoi posez-vous la question ?

— Si je comprends bien, si vous vouliez qu'un directeur bien particulier quitte l'exploitation, vous pourriez suspendre le permis d'exploitation.

— Et moi qui croyais que votre intérêt pour la géologie se limitait à trimbaler des pierres ! répondit Hu en éclatant de rire.

Shan réfléchit à ce qu'il venait d'entendre tandis qu'ils se garaient devant le bâtiment municipal.

— Il y a un point que je trouve très intéressant. Vous savez que je suis un prisonnier. Mais vous avez néanmoins fait tout ce long trajet jusqu'à la caverne pour venir me voir. J'aurais pensé qu'un directeur des mines se contenterait de donner des ordres pour que je me présente à lui.

Hu répondit, avec un sourire de bois.

— J'apprends à conduire au lieutenant Chang. Aussi, quand le colonel Tan m'a dit où vous étiez…

Il ne termina pas sa phrase et haussa les épaules.

— Chang doit apprendre à circuler sur les routes de montagne.

— C'est pour cette raison que vous vous trouviez sur le chantier de la 404ᵉ le jour de la découverte du corps ? demanda Shan.

Hu soupira en essayant de contenir son impatience.

— Nous devons être vigilants et prévenir les failles.

— Géologiques, je suppose.

— Les massifs sont instables, répondit Hu avec un large sourire. Nous devons veiller sur les routes du peuple.

Une nouvelle fois, Shan fut tenté de demander si Hu parlait de géologie.

— Camarade directeur, voudriez-vous, je vous prie, m'accompagner chez le colonel ? se contenta-t-il de demander.

Hu garda la même expression amusée. Il jeta les clés à Chang, qui venait d'apparaître derrière eux, et suivit Shan dans le bâtiment.

Mme Ko les salua d'un hochement de tête et se précipita dans le bureau de Tan plongé dans la pénombre. Le colonel avait les yeux bouffis. Il s'étirait. Sur la table près du bureau était posé un oreiller tout fripé.

— Colonel Tan, j'aimerais poser une question au directeur Hu, déclara Shan d'emblée.

— Et c'est pour cette raison que vous m'avez interrompu ? grommela Tan en allumant une cigarette.

— Je voulais le faire en votre présence. Directeur Hu, pourriez-vous nous dire pour quelle raison vous avez suspendu le permis des Américains ?

Hu fronça les sourcils et s'adressa à Tan.

— Cet homme s'immisce dans les affaires du ministère. Cela va à l'encontre du but recherché que de s'engager devant des tiers dans une discussion concernant nos problèmes avec la mine américaine. C'est une entrave à la productivité.

— Vous n'êtes pas obligé de répondre, répliqua Tan en hochant lentement la tête. Le camarade Shan se montre parfois trop enthousiaste.

Il regarda Shan d'un œil sévère.

— Alors, insista Shan, peut-être pourriez-vous nous dire où vous vous trouviez la nuit où le procureur Jao a été assassiné ?

Le directeur des mines n'en crut pas ses oreilles. Il sourit en regardant Tan et son sourire se changea vite en franche rigolade.

— Le directeur Hu, expliqua Tan avec un sourire glacé, se trouvait avec moi. Il m'a invité à dîner à son domicile. Nous avons joué aux échecs et bu de la bonne bière chinoise.

Hu riait à en avoir les larmes aux yeux.

— Faut que j'y aille, dit-il entre deux haut-le-cœur.

Avec une parodie de salut à l'adresse de Shan, il passa la porte et disparut.

— Vous avez de la chance qu'il soit aussi facile à vivre, l'avertit Tan, sans ironie aucune.

— Colonel, la caverne aux crânes est-elle un projet officiel ?

— Naturellement. Vous avez vu tous les soldats qui y sont. Il s'agit d'une grosse opération.

— Est-ce que Pékin est au courant ? demanda Shan avec insistance.

— Cela relèverait de la responsabilité du ministère de la Géologie.

— La caverne est pleine d'objets culturels. L'opération à proprement parler relève de l'armée. Comment Hu et le ministère de la Géologie s'inscrivent-ils dans tout ça ?

— Ce sont les hommes de Hu qui ont fait la découverte. C'est lui le responsable de l'exploitation. Mais il ne dispose que d'un personnel très limité. En tant qu'administrateur du comté, j'ai proposé l'assistance de l'armée. Un excellent exercice de terrain.

— Qui est le grand bénéficiaire de l'or qui a été trouvé ?

— Le gouvernement.

— En ce cas précis, quel service du gouvernement ?

— Je ne connais pas toutes les agences engagées dans l'entreprise. Plusieurs ministères sont impliqués. Il y a des protocoles à respecter.

— Combien votre bureau a-t-il reçu ?

Tan se hérissa devant le sous-entendu.

— Pas un fichu fen. Je suis un soldat. Et l'or ramollit les soldats.

Shan le crut, mais pas pour la raison avancée. Pour un homme comme Tan, c'était la position politique, et non l'argent, la source du pouvoir.

— Peut-être existe-t-il des membres du gouvernement qui s'opposeraient au pillage des tombes ?

— Ce qui signifie ?

— Saviez-vous que le procureur Jao et le directeur Hu s'étaient disputés à propos de la caverne ? L'Américaine a été témoin de leur altercation. Et je crois que Hu essaie maintenant de l'obliger à quitter le pays.

Tan laissa filer un sourire en lame de couteau.

— Camarade, on vous a induit en erreur. Vous n'avez aucune idée de l'objet de la dispute qui a opposé Hu et Jao.

— Jao voulait mettre un terme à ce que faisait Hu, proposa Shan.

— Exact. Mais vous faites erreur sur un point : il ne voulait pas arrêter l'exploitation de la caverne, mais le recensement de son contenu. En prétextant qu'une plus grosse part de l'or devait revenir au ministère de la Justice. Plus précisément, à son service. Je l'ai là, noir sur blanc. Il m'a adressé des lettres de réclamation parce qu'il voulait que je serve de médiateur. Mme Ko peut vous en fournir des copies.

Shan s'affala dans un fauteuil et ferma les yeux. Ce n'était pas Hu.

— Et son personnel, en ce cas ? Pouvons-nous obtenir leurs dossiers ?

Tan fit signe que oui en hochant la tête avec indulgence.

217

— Mme Ko passera un coup de fil.

— Par son geste, celui qui a tué Jao a voulu faire passer un message. Un message concernant la caverne. Mais lequel ?

— Demandez-lui.

— Le prisonnier ne parle pas.

— Alors allez demander à votre satané démon ! s'exclama Tan avec agacement.

— J'aimerais bien. Où suggérez-vous que j'aille chercher ?

— Je ne peux pas vous aider sur ce point. Je n'ai aucune autorité sur les démons.

Il se saisit d'un dossier et montra la porte du geste. Shan se remit debout et comprit soudain où il devait se rendre, très exactement. Il existait effectivement quelqu'un qui avait des démons sous son autorité.

Comme tant d'autres choses au Tibet, le temps était absolu. Il était rarement sec sans sécheresse à la clé, rarement humide sans des averses à n'en plus finir. Le soleil brillait avec éclat à leur départ du bureau de Tan, mais à leur arrivée au bureau des Affaires religieuses, au nord de la ville, le ciel commença à leur balancer de minuscules boulettes de glace. Shan avait lu un jour que cinquante Tibétains par an trouvaient la mort lors de tempêtes de grêle. Il tendit à Feng un morceau de papier avant de sortir du camion.

— Soldat Meng Lau du camp de la Source de jade. J'ai besoin que vous vérifiiez qu'il était bien de garde la nuit du meurtre sur la route de la caverne.

Le sergent Feng accepta le morceau de papier sans rien laisser paraître, ne sachant comment réagir devant une requête de Shan.

— Vous savez qui interroger. Même si j'essayais personnellement, jamais on ne me répondrait. S'il vous plaît. Camarade sergent.

Feng, avec un désintérêt manifeste, balança le papier sur le tableau de bord et défit l'emballage d'une barre de sucrerie pour bien montrer le peu de cas qu'il faisait de Shan et de sa demande.

On fit entrer Shan et Yeshe dans un bureau vide au premier étage. Suivirent de rapides excuses et l'inévitable proposition d'une tasse de thé. Shan se promena dans la pièce. Sur le bureau, une corbeille de classement offrait plusieurs revues dont la première, *La Chine au travail*, était diffusée par un organe du Parti spécialiste des belles images du prolétariat sur papier couché. Sur la table basse il vit un livre, un seul : *Les Héros Travailleurs des usines de tapis socialistes*. Shan souleva les revues et, sous la pile, découvrit quelques magazines d'informations américains dont le plus récent remontait à plus d'un an.

Ils étaient seuls dans la pièce.

— Avez-vous décidé de ce que vous allez faire ? demanda Shan à Yeshe. À propos des purbas.

Et des Américains, faillit-il ajouter.

Yeshe se tourna vers la porte d'un air inquiet, la tête rentrée entre ses frêles épaules, le visage tordu en grimace comme s'il allait éclater en sanglots.

— Je ne suis pas un informateur. Mais parfois on pose des questions. Qu'est-ce que je peux faire ? Pour vous, c'est facile. Moi, j'ai ma liberté dans la balance. Il faut que je pense à ma vie. À mes projets d'avenir.

— Est-ce que vous comprenez seulement ce que le directeur de la prison a fait de vous ? Il faut vous sortir de là.

— Et qu'est-ce qu'il a fait ? Il m'apporte son aide. C'est peut-être le seul ami sur lequel je puisse compter.

— Je vais demander au colonel un nouvel assistant. Il faut vous sortir de là.

— Qu'est-ce qu'a fait Zhong ? insista Yeshe.

— Vous comprenez très mal les organes de la justice. Pour vous, Tibétain, un emploi à Chengdu immédiatement après une rééducation dans un camp de travaux forcés serait non seulement une chose extraordinaire mais tout à fait impossible. Elle n'est pas du ressort de Zhong. Il faudrait que la Sécurité publique de Chengdu donne d'abord son aval, après une requête officielle de la Sécurité publique de Lhassa. Il faudrait que le nouvel employeur approuve votre nomination sans vous connaître, ce qui est exclu. Il faudrait délivrer des laissez-passer au nom de votre nouvelle unité de travail, laquelle n'existe pas. Zhong n'a aucun papier qui vous soit destiné. Il n'a aucune autorité sur ces choses-là. Il a menti pour ne pas rompre le contact avec vous, que vous continuiez à lui rapporter des informations à mon sujet. Ensuite, quand tout sera terminé, quand il aura été décidé que j'ai une nouvelle fois failli, et à ma mission et au peuple, en refusant de condamner Sungpo, il vous accusera d'avoir conspiré avec moi. Et vous replacera en détention. Pour une détention administrative d'une durée inférieure à un an, il suffit de la seule signature d'un officier de la Sécurité publique locale. Et Zhong retrouvera ainsi son assistant tant apprécié.

— Mais il m'a promis ! s'écria Yeshe en se tordant les doigts. Je n'ai nulle part où aller. Je n'ai pas d'argent. Pas de recommandation. Pas de laissez-passer pour voyager. Où voulez-vous que j'aille ? Le seul boulot que je pourrais trouver, c'est à l'usine chimique à Lhassa. Là-bas, ils aiment bien engager les Tibétains, même sans papiers. J'ai vu les ouvriers qui y travaillent. En quelques mois, ils ont perdu tous leurs cheveux. À l'âge de quarante ans, il ne leur reste pratiquement plus une dent.

Quand Yeshe releva les yeux, Shan s'attendit à y lire de l'amertume. Au lieu de quoi il y vit briller une lueur de gratitude.

— Même si vous avez raison, qu'est-ce que je pourrais faire ? Et vous, vous êtes piégé de la même manière, mais pire encore.

— Moi, je n'ai rien à perdre. Je ne suis qu'un prisonnier lao gai condamné à une peine à durée indéterminée, dit Shan avec une indifférence forcée en s'avançant vers la fenêtre. Pour moi il est possible que le piège soit délibéré. Mais pour vous, ce n'est qu'un mauvais concours de circonstances. La faute à pas de chance. Peut-être faudrait-il que vous tombiez malade.

Le vent chassait violemment les grêlons contre les vitres. Les lumières vacillaient. Quand arrivait un temps comme celui-là, les prisonniers de la 404ᵉ tressaillaient d'inquiétude : le bruit des grêlons sur leurs toits en tôle ressemblait un peu trop à des rafales de pistolet-mitrailleur.

— Si on me pose la question, je dirai que je n'ai jamais vu les purbas, murmura Yeshe dans le dos de Shan. Mais ce n'est pas uniquement de cela qu'il s'agit. Si on découvre que les purbas aident Sungpo, on tiendra pour acquis, comme une preuve irréfutable, que les radicaux étaient derrière le meurtre, et que Sungpo en fait partie.

Sa voix mourut d'elle-même. Une vieille limousine Red Flag, sans doute retirée du service dans une ville de l'Est des années auparavant, s'était arrêtée en contrebas. Un homme sortit du bâtiment avec un parapluie en lambeaux et courut jusqu'à la voiture pour escorter la personne qui occupait le siège arrière.

Deux minutes plus tard, le directeur du bureau des Affaires religieuses débarquait en trombe dans la pièce. Plus jeune que Shan de plusieurs années, il avait l'air d'un bureaucrate convaincu avec son complet bleu qui avait connu des jours meilleurs et sa cravate rouge. Il portait les cheveux courts à la mode militaire, et, au poignet, une montre, avec drapeau chinois émaillé sur le cadran, comme celles qu'on offrait aux membres dévoués du Parti.

— Camarade Shan ! claironna l'homme en guise de bienvenue. Je suis le directeur Wen.

Il se tourna vers Yeshe.

— *Tashi delay*, déclara-t-il maladroitement.

— Je parle le mandarin, dit Yeshe, visiblement mal à l'aise.

— Merveilleux ! Voilà une illustration parfaite du nouveau socialisme. J'ai fait un discours à Lhassa le mois dernier. Nous devons mettre l'accent et le regard, non pas sur nos différences, ai-je répété, mais sur les ponts qui nous relient.

Il parla avec conviction et sincérité, avant de se tourner vers Shan avec un grand soupir.

— C'est pourquoi le hooliganisme est une telle tragédie quand il prend des dimensions culturelles. Il sépare les gens comme par un coin de force.

Shan ne répondit pas.

— Le bureau du colonel Tan a appelé à propos de l'enquête, continua Wen avant de s'interrompre, gêné. On a demandé mon entière collaboration. Il va de soi que ce n'était absolument pas nécessaire.

— Vous êtes responsable de tous les gompas du comté de Lhadrung, commença Shan après que le thé fut servi.

— Ils doivent tous obtenir leurs licences auprès de mon bureau.

— Ainsi que chaque moine. Individuellement.

— Chaque moine, sans exception, confirma le directeur Wen en se tournant vers Yeshe.

— Lourde responsabilité, fit remarquer Shan.

Yeshe fixait le sol en silence, incapable, semblait-il, de regarder Wen en face. Lentement, avec raideur, comme s'il avait mal, il sortit son calepin et commença à noter les termes de la conversation.

— Dix-sept gompas. Trois cent quatre-vingt-onze moines. Et une longue liste d'attente.

— Et pour ce qui est des archives des gompas ?

— Nous en avons quelques-unes. Les formulaires de demande de licence sont longs et précis. Et exigent des renseignements détaillés.

— Je veux parler des anciens gompas.

— Anciens ?

Shan fixa Wen sans ciller.

— Je connais des moines qui vivaient ici il y a des décennies. En 1940, il y avait quatre-vingt-onze gompas dans le comté. Et des milliers de moines.

D'un geste de la main, Wen balaya l'argument.

— C'était bien longtemps avant ma naissance. Avant la Libération. Lorsque l'Église était utilisée comme moyen d'oppression du prolétariat.

Yeshe, étrangement, gardait le nez rivé à son calepin. Et ce n'était pas, comprit Shan, les explications qu'il lui

222

avait fournies sur les véritables intentions de Zhong qui étaient en cause, mais bien Wen, le directeur de Affaires religieuses en personne. Et ce qu'il lisait dans les yeux de son assistant n'était pas la douleur. Mais la peur. Pourquoi cet homme dérangeait-il Yeshe à ce point ?

— À cette époque, poursuivit Shan, certains parmi les grands gompas organisaient des cérémonies dansantes spéciales les jours de festival.

— J'ai vu des films, confirma Wen. Les déguisements étaient symboliques, très sophistiqués. Divinités, *dakinis*, démons, clowns.

— Savez-vous où pourraient se trouver ces costumes aujourd'hui ?

— Fascinante question, répondit le directeur en décrochant le téléphone.

Quelques instants plus tard, une jeune Tibétaine apparaissait à la porte.

— Ah ! mademoiselle Taring. Nos… nos amis s'interrogeaient sur les anciens déguisements utilisés lors des festivals. Sur la manière de les retrouver aujourd'hui. Mlle Taring est notre archiviste, ajouta Wen en se tournant vers Shan.

La femme s'assit dans un fauteuil près du mur et s'adressa à Shan, qu'elle salua d'un petit signe de tête.

— Les musées, commença-t-elle d'un ton raide et professionnel, en ôtant ses lunettes à monture d'acier. Pékin. Chengdu. Le musée culturel de Lhassa.

— Mais on continue encore aujourd'hui à découvrir des objets d'art et d'artisanat traditionnels, rétorqua Shan.

— Peut-être, avança à son tour Yeshe, a-t-on trouvé un costume lors d'un recensement récent ?

Mlle Taring parut surprise par la question et chercha un appui auprès de Wen, dont Yeshe refusait toujours de croiser le regard.

— Nous faisons effectivement des contrôles de conformité, oui, c'est vrai, répondit le directeur des Affaires religieuses. Les licences n'ont pas de sens si on ne les fait pas appliquer.

— Et vous tenez la liste des objets d'art et d'artisanat ? demanda Shan.

— Ils font partie intégrante des richesses de l'Église redistribuées, et, en tant que tels, ils appartiennent au peuple. Les gompas les détiennent pour nous, ils en ont l'usufruit. Il est évident que nous sommes bien obligés de vérifier ce qui existe et à quel endroit.

— Mais parfois il arrive que de nouveaux objets soient découverts, insista Shan.

— Parfois.

— Mais pas de déguisements costumés.

— Pas depuis que je sers ici.

— Comment pouvez-vous en être certain ? demanda Shan. Il doit y avoir des milliers d'objets répertoriés dans vos inventaires.

Wen sourit avec condescendance.

— Estimé camarade, vous devez comprendre que les costumes en question sont des trésors irremplaçables. S'il s'en trouvait un aujourd'hui, ce serait une grande découverte.

Shan vérifia si Yeshe continuait à noter. Avait-il entendu correctement ? Estimé camarade ? Il se tourna vers l'archiviste.

— Mademoiselle Taring. Vous dites que tous les costumes connus se trouvent dans des musées.

— Certains, parmi les grands gompas près de Lhassa, ont obtenu une licence qui leur permet de reprendre les cérémonies dansées. Pour certains événements autorisés. Des touristes y assistent.

— Dans le cadre d'échanges avec l'étranger, je présume, suggéra Shan.

Mlle Taring acquiesça d'un air impassible.

— Votre bureau a-t-il autorisé des événements de ce genre à Lhadrung ?

— Jamais. Les gompas ici sont trop pauvres pour financer de telles cérémonies.

— Je pensais que, peut-être, avec l'arrivée des Américains…

Le regard du directeur Wen brillait quand il s'adressa à l'archiviste.

— Pourquoi n'y avions-nous pas pensé ?

Il se retourna vers Shan.

— Mlle Taring a la charge des dispositions à prendre concernant les Américains. Les visites guidées des sites culturels. Elle parle anglais avec un accent américain.

— Excellente idée, camarade directeur, dit l'archiviste. Mais il n'y a pas de danseurs entraînés. Beaucoup de ces costumes ne sont pas ce que vous imaginez — ils ressemblent à des machines spéciales. Avec des bras mécaniques. Des fixations complexes. Les moines étaient formés et entraînés des mois durant, rien que pour comprendre la manière de les manœuvrer. Pour les utiliser lors d'une cérémonie, pour connaître les danses et les mouvements, certains danseurs subissaient des entraînements de plusieurs années.

— Mais une brève représentation sur l'un des nouveaux sites, soutint Wen avec insistance. Les Américains n'auraient pas besoin de la danse authentique. Rien que les costumes. Quelques gracieux déhanchements. Quelques cymbales et tambours. Ils pourront prendre des photos.

Mlle Taring fixa le directeur Wen avec, aux lèvres, un petit sourire qui refusait de s'engager.

— De nouveaux sites ? questionna Shan.

— Je suis heureux d'annoncer que certains gompas sont en cours de reconstruction sous notre contrôle. Il existe des subventions.

Des subventions. Qu'est-ce que ça signifiait ? s'interrogea Shan. Qu'ils pillaient d'antiques mausolées pour en construire de nouveaux prétendus tels ? Qu'ils détruisaient des antiquités afin de s'offrir des décors de théâtre devant lesquels des mascarades bouddhistes pourraient être représentées pour les touristes ?

— Le procureur Jao a-t-il participé au détail des attributions de licences pour ces nouveaux sites ? demanda-t-il.

— Merci, mademoiselle Taring, dit le directeur en reposant sa tasse sur la table.

L'archiviste se leva et fit une petite courbette à l'adresse des deux visiteurs. Wen attendit qu'elle fut sortie pour reprendre la parole.

— Je suis désolé. Je crois que vous vouliez parler du meurtre.

— Camarade directeur, je ne fais que parler du meurtre depuis mon arrivée.

Wen examina Shan avec une curiosité toute neuve.

— Il existe un comité. Jao, le colonel Tan et moi-même. Chacun des membres a droit de veto sur n'importe quelle décision.

— Uniquement pour les reconstructions.

— Les permis. Les reconstructions. Les autorisations d'accepter de nouveaux novices. La publication de tracts religieux. L'invitation au public à participer aux services religieux.

— Le procureur Jao a-t-il rejeté l'une quelconque de ces demandes ?

— Nous l'avons tous fait. Les ressources culturelles doivent être allouées de manière à éviter les abus. La minorité tibétaine ne constitue qu'une partie de la population de la Chine. Nous ne pouvons pas donner l'aval à toutes les requêtes, énonça Wen d'une voix pleine, signe d'une longue pratique.

— Mais récemment. Y a-t-il eu une demande particulière que Jao ait refusé de soutenir ?

Wen leva la tête au plafond, les mains croisées sur la nuque.

— Il n'y en a eu qu'une seule au cours des derniers mois. Il a rejeté une demande de reconstruction. Celle du gompa de Saskya.

Saskya était le gompa de Sungpo.

— Pour quel motif ?

— Il existe un autre gompa à l'extrémité aval de la même vallée. Plus grand. Le gompa de Khartok. Il a déjà déposé une demande de reconstruction. Beaucoup plus pratique pour les visiteurs, et meilleur investissement.

Shan se leva pour partir.

— Je crois comprendre que vous êtes nouveau à ce poste.

— Cela fait presque six mois maintenant.

— On raconte que votre prédécesseur a été tué.

Le directeur Wen hocha tristement la tête.

— On le considère comme un martyr, ou presque, là-bas, au pays.

— Mais ne craignez-vous pas pour votre vie ? Je n'ai pas vu de gardes.

— Nous ne pouvons nous permettre de céder à la menace, camarade. J'ai une tâche à accomplir. Les minorités ont le droit de préserver leur culture. Mais à moins d'atteindre à un juste équilibre, les réactionnaires présentent toujours un danger. Nous ne sommes que quelques-uns à avoir la confiance de Pékin pour nous interposer entre les deux camps. Sans nous, ce serait le chaos.

9

C'est au Tibet que poussaient les graines des ciels de nuit. C'est là que les étoiles étaient les plus denses, l'obscurité la plus noire, le paradis le plus proche. Les gens levaient les yeux et se mettaient à pleurer sans raison. Il arrivait parfois que les prisonniers se faufilent hors de leur cahute, malgré la menace de l'étable, pour s'allonger au sol en silence et contempler les cieux. L'année précédente, un matin, à la 404ᵉ, on avait ainsi retrouvé un vieux prêtre, dans cette même position, gelé, ses yeux morts fixés sur la voûte céleste. Il avait écrit deux mots dans la neige à côté de lui : « Attrapez-moi. »

Shan appuya la tête à la vitre lorsque le camion quitta la vallée pour entamer le début de son trajet vers le nord, cette longue montée en altitude qui les plongeait à chaque tour de roue un peu plus au cœur du firmament. Dans certains gompas, il existait une épreuve pour les novices : sortir dans la nuit, s'allonger dans un lieu de funérailles en plein ciel et contempler les étoiles à côté des ossements picorés par les oiseaux. Certains n'en revenaient pas.

— Tout le monde parle de ce prisonnier, Lokesh, dit la voix de Yeshe, comme sortant des ténèbres. Vous avez fait quelque chose en sa faveur.

— Fait quelque chose ? rétorqua la voix bourrue du sergent Feng. Il nous a collé un coup de pied au cul, voilà ce qu'il a fait.

— C'était un vieillard. Il n'aurait pas fait de mal à une mouche. Un *tzedrung*, expliqua Shan en utilisant le terme tibétain désignant un supérieur monastique. Il avait été collecteur des impôts sous le gouvernement du dalaï-lama. Sa libération n'avait que trop duré. Et de beaucoup.

— Exact, confirma Feng en ricanant. Tout le monde sait que c'est aux prisonniers de décider du moment où nous devons leur ouvrir la grille.

— Mais comment avez-vous pu…

Yeshe se pencha vers le siège avant. Maintenant qu'il avait rassemblé tout son courage pour poser la question, il n'allait pas lâcher prise.

— J'avais vu un décret du Conseil d'État dix ans auparavant. En l'honneur de l'anniversaire du président Mao, une amnistie avait été déclarée pour tous les membres de l'ancien gouvernement du Tibet. Le directeur Zhong avait négligé ce décret.

— Et vous avez simplement rappelé le directeur de la prison à ses devoirs ? s'exclama un Yeshe incrédule.

— Je lui ai rafraîchi la mémoire.

— Merde alors, rouspéta le sergent Feng. Rafraîchir la mémoire ! En lui collant une grenade dans le pantalon, oui !

Il ralentit et se pencha vers Yeshe.

— Ce que le prisonnier Shan ne dit pas, c'est qu'il ne pouvait rafraîchir la mémoire de personne. Ç'aurait été une infraction à la discipline. Donc, à la place, il a demandé à l'officier politique le matériel nécessaire pour fabriquer une bannière en l'honneur de l'anniversaire de Mao.

— Une bannière ?

— Une sacrée foutue bannière, que le monde entier puisse admirer. Qui témoignait d'un véritable esprit patriotique, s'est vanté le lieutenant Chang. Des familles entières débarquaient. Des gens de la ville. Les gardes défilaient comme à la parade. Et on a sorti la bannière, sur le toit de leur cahute. Honneur à Mao, disait-elle, en l'honneur duquel le Conseil d'État avait commué les peines de tous les anciens dirigeants. Elle affichait même le mois et l'année du décret, pour qu'il n'y ait pas d'erreur. Cette semaine-là, il en a passé du temps avec Shan, l'officier politique.

— Mais le vieillard a été libéré ?

— Une pétition a été présentée au colonel Tan. Il s'agissait non seulement d'une violation de la loi, mais d'une violation d'un cadeau de Mao. Menace de manifestations. Donc le colonel a reconnu aux yeux du monde que le directeur Zhong avait commis une erreur.

Les kilomètres défilaient, et ils roulaient en se mêlant aux étoiles. L'altitude était telle que la route semblait ne plus avoir le moindre contact avec la planète. Seules quelques taches noires en bordure du ciel étaient la preuve tangible qu'ils se trouvaient toujours au milieu des montagnes.

— Pourquoi aviez-vous peur du directeur Wen ? s'entendit demander Shan à Yeshe, sans même savoir qu'il avait la question au bout de la langue.

— Ce n'était pas mon intention, lâcha finalement la voix désincarnée de Yeshe, après un long silence. Mais c'est lui le kenpo. Pour tout le comté de Lhadrung.

Le fervent jeune directeur Wen, un père supérieur ? Shan comprit alors.

— Pour avoir peur de Wen, il faut être prêtre.

Car le sceau de Wen faisait et défaisait les prêtres. Et ruinait les gompas.

— Je ne suis pas prêtre.

— Mais vous l'avez été, dit Shan en se rappelant le mantra obsédant de Yeshe dans la caverne aux crânes.

— Je ne sais pas, répondit Yeshe, d'une voix hésitante, presque douloureuse. Ç'a été une étape de mon existence, rien de plus. C'est fini. C'est du passé. C'est si loin, tout ça.

Mais tu n'as pas de passé ! faillit répondre Shan. Pas encore. Alors, le passé, ne t'avise pas d'en parler. Quand tu auras, comme nous autres, tous ceux qui restent, enduré ta ration de cauchemars, quand tes souvenirs seront deve-

230

nus tellement fragiles qu'ils se briseront comme des fétus de paille devant les officiers politiques qui te hurlent dessus pour que tu en fasses l'aveu, alors, alors seulement tu pourras dire : c'est si loin, tout ça.

— Ensuite vous êtes allé à l'école à Chengdu, choisit d'ajouter Shan. Mais on vous en a renvoyé pour subir une rééducation. Pour quelle raison ?

— Ç'a été un malentendu.

— Vous voulez parler d'une erreur judiciaire ?

Le son qui sortit de la gorge de Yeshe aurait pu passer pour un rire.

— Quelqu'un a remplacé une photographie de Mao par une photographie du dalaï-lama dans l'une des salles de cours. Comme personne n'a voulu s'avouer coupable, les six étudiants tibétains ont été renvoyés.

— Ce n'était pas vous ?

— Ce jour-là, je n'étais même pas à l'école, lança Yeshe avec désespoir. J'avais séché pour avoir des places pour un film américain.

— Et tu les as eues ? demanda Feng au bout d'un moment. Les places ?

— Non, soupira Yeshe. C'était complet. Plus un billet.

Le silence du ciel engloutit Shan une fois encore. Un fantôme apparut à la lueur des phares et resta suspendu sur place, comme s'il les surveillait. Feng sursauta violemment, le souffle coupé. Ce n'est qu'en le voyant passer le versant que Shan aperçut ses ailes. Une chouette.

— Mon vieux était charpentier.

Les mots soudain se mirent à flotter dans l'air, comme une réflexion échappée à tout contrôle. Il fallut à Shan un moment pour comprendre que c'était Feng qui avait parlé.

— Ils lui ont pris sa boutique, ses outils, tout. Parce qu'ils étaient à lui. Lui, de la classe des propriétaires. Il a creusé des fossés d'irrigation dix ans durant. Mais la nuit, il fabriquait des objets.

La voix de Feng avait des accents nouveaux. Lui aussi avait senti les ténèbres.

— Avec du carton. Avec de l'herbe séchée. Avec de

petits bouts de bois. De beaux objets. Des boîtes. Même des petits meubles.

— Oui, murmura Shan sans grande assurance — ce charpentier-là, il ne le connaissait pas, mais il avait connu beaucoup de héros de cette stature.

— Je lui ai demandé pourquoi. Je n'étais qu'un gamin stupide. Mais il m'a regardé, tout en sagesse. Savez ce qu'il a dit ?

Une météorite fila dans le ciel. Personne ne répondit.

— Il a dit, poursuivit Feng finalement, qu'il fallait toujours chercher à aller de l'avant, plus loin que l'endroit où on se tient.

— Il était très sage, déclara Shan, le regard perdu dans les étoiles. J'aurais aimé avoir connu votre père.

Feng fut tellement estomaqué par les paroles de Shan qu'il en rentra le ventre. Avant de lâcher un bruit de gargouille venu des profondeurs : il riait. Une météorite zébra la nuit.

— Parmi les vieux yacks, fit doucement remarquer Shan d'une voix paresseuse, certains racontent que chaque étoile filante est une âme qui a atteint l'état de Bouddha.

— Les vieux yacks ? demanda Yeshe.

Shan ne s'était pas rendu compte qu'il avait parlé à haute voix.

— La première génération de prisonniers. Les plus anciens survivants. À mon premier hiver à la 404ᵉ, on nous a affectés au dégagement de la neige dans les cols d'altitude. Un froid glacial. Les vents faisaient des choses bizarres avec la neige. Par endroits, des congères de dix mètres de haut, à d'autres, la terre nue. D'énormes blocs, sculptés par la glace, ressemblaient à de monstrueuses créatures sorties droit de nos cauchemars. Le lendemain d'une chute de neige, nous étions en train de dégager la route quand, brusquement, apparaît un gros bloc massif, là où, la veille, il n'y avait rien. Il est tombé là après une avalanche, a dit quelqu'un.

« Nous avons pelleté la neige. Elle nous revenait dans la figure, chassée par le vent. Alors, nous avons repelleté. Quand soudain, quelques instants plus tard, derrière nous, un des gardes s'est mis à hurler. Le bloc était en train de le dévisager. — Shan sourit à nouveau. Il avait oublié à quel point ce souvenir lui était précieux. — C'était un vieux yack, qui se laissait recouvrir par la neige pour se protéger du froid de la tempête. Il était planté là, tout simplement, comme s'il était partie prenante de la montagne, à contempler la folie du monde alentour. Sur le chemin du retour, un des prisonniers a dit que ça lui rappelait les vieux moines de la 404e. Sans âge, indestructibles, comme des montagnes sur deux jambes, en paix dans les pires tourments. Le nom est resté.

Un peu plus tard se leva un son étrange, le bourdonnement d'un stade plein de monde. Au centre, sur l'estrade, trois silhouettes austères étaient assises à une table devant des microphones. Derrière elles, au pied de l'estrade, se trouvait une femme, avec un balai à franges et un seau. Shan releva brutalement la tête : c'était un rêve. Non, se rendit-il compte avec détresse, ce n'était pas un rêve, mais un souvenir. Il plongea les yeux au cœur des étoiles, mais cinq minutes plus tard, il était de retour dans le stade. Cette fois, un jeune homme effrayé occupait la scène, les yeux engourdis par les drogues. Une femme à la voix perçante lisait à sa place une déclaration toute prête, avec une exquise courtoisie : les excuses qu'il présentait au peuple.

Shan s'obligea à s'éveiller, frissonnant à la mémoire du dernier procès pour meurtre auquel il avait assisté. Il se força à compter les étoiles. Il se pinça. Mais son épuisement le ramena au stade. On y faisait maintenant silence, et le défendeur était à genoux devant un officier du bureau. À la dernière minute, alors que l'officier lui tirait une balle dans le crâne, le visage du condamné se changea en celui de Sungpo. La vieille femme monta les marches et se mit à essuyer le sang et les morceaux de chair avec son balai.

Shan gémit, instantanément éveillé, le cœur en chamade. Il ne replongea plus dans son cauchemar.

Quelque part, beaucoup plus tard, le sergent Feng parla à nouveau.

— Ce soldat, Meng. Il était affecté à la garde de la caverne. Mais pas cette nuit-là.

— Vous avez posé la question ?

— Vous aviez besoin de savoir. Il a probablement échangé ses heures de garde avec quelqu'un. Ça arrive tout le temps, comme ça, on ne modifie pas les registres.

— Est-ce que nous pourrions le voir ? Une fois au casernement.

— Je sais pas, répondit Feng, mal à l'aise. Je suis affecté à la 404ᵉ. Ces officiers à la Source de jade — je sais pas. Ils sont durs comme des dents de tigre, marmonna-t-il, avant de se pencher en avant comme si la route d'un coup exigeait toute son attention.

— Sergent, se risqua à demander Yeshe depuis la banquette arrière. Le camarade Shan prétend que le directeur de la prison me trompe délibérément. Qu'il a l'intention de me replacer en détention, pour que je continue à travailler sur ses ordinateurs.

Un gloussement forcé fut la seule réponse de Feng.

— Est-ce que c'est vrai ?

— Pourquoi me demander à moi ? Le directeur et moi, on n'habite pas sur la même planète, tu comprends ? Comment je saurais ?

— À l'instant, vous avez ri comme si vous étiez convaincu.

— Ce dont je suis convaincu, c'est que Zhong est un enfoiré de salaud. Il est payé par le peuple pour être un salaud. Il ne discute pas de ses projets avec les sergents.

— Mais vous pourriez trouver la réponse. Demander au personnel. Tout le monde parle au momo gyapka.

Le camion ralentit.

— Qu'est-ce que t'as dit, nom de Dieu ? aboya Feng, le visage défait.

— Je suis désolé. Rien du tout. Si seulement vous pouviez demander. Peut-être que je pourrais faire quelque chose pour vous en échange.

— Momo gyapka ? Le chausson gras ?

L'amertume sembla prendre le pas sur sa furie.

— Je l'ai déjà entendu, ça, soupira-t-il après un silence douloureux, d'une voix beaucoup plus douce. Derrière mon dos. Trente-cinq ans dans l'Armée populaire de libération et voilà à quoi j'ai droit. Momo gyapka.

— Je suis désolé, répéta Yeshe.

Mais Feng n'écoutait plus. Il descendit sa vitre et enfonça la main dans le sac qui contenait leur petit déjeuner et déjeuner.

— Momo.

Il prit un chausson et l'écrasa comme s'il essayait de le passer de vie à trépas, avant de le balancer violemment par la vitre. Puis un autre, et un autre encore, en ponctuant chaque lancer d'une interjection violente.

— Putain ! Chausson ! Gras ! hurla-t-il, s'étranglant sous la douleur à la fin de sa diatribe. Avant, on m'appelait la Hache. Parce qu'à mains nues j'étais capable de casser n'importe quoi en deux. La Hache. Attention, les gars, y a la Hache qui arrive, disait-on. Le colonel Tan se souvient de ce temps-là. Courez, courez, la Hache a campos ce soir.

Dès que la lumière fut suffisante pour pouvoir lire, Shan mit la main dans le sac en toile que Mme Ko avait déposé au casernement. Trois chemises. Trois dossiers. Trois affaires qui s'étaient à chaque fois conclues par l'exécution d'un membre des cinq de Lhadrung. Lin Ziyang, directeur des Affaires religieuses, tué par le hooligan culturel Dilgo Gongsha. Xong De, directeur des mines pour le ministère de la Géologie dans le comté de Lhadrung, tué par l'ennemi du peuple Rabjam Norbu. Jin San, directeur du collectif agricole, tué par Dza Namkhai, chef des infâmes cinq de Lhadrung.

Il passa presque une heure à lire. À la fin de chaque dossier, des pages avaient été arrachées. Les dépositions des témoins.

Empourprés par les lueurs de l'aube, les sommets des montagnes paraissaient suspendus, parties prenantes du ciel bien plus que de la terre et de ses ombres. Est-ce que les seuls peuples religieux de la planète sont ceux qui vivent près des montagnes ? lui avait un jour demandé Trinle.

— Je ne sais pas, avait répondu Shan, mais je sais que les Tibétains ne seraient pas tibétains sans leurs montagnes.

Ils commencèrent à descendre vers l'embouchure d'une longue vallée. En contrebas, après deux kilomètres de route en lacet, un complexe de bâtiments en pierre entouré de longs pâturages vides commençait à apparaître aux petites lueurs du matin. Bien que partageant depuis trois ans le quotidien de moines tibétains, jamais encore Shan n'avait vu de monastère en activité. Il en restait si peu. Pourtant, d'innombrables monastères s'étaient construits dans son esprit. Pendant les jours d'hiver les plus féroces, quand les camions ne quittaient plus le camp, lorsque les corps dans la cahute se blottissaient dos à dos sous leurs minces couvertures pour ne pas perdre le peu de chaleur qui leur restait, c'est avec des mots que les vieux yacks guidaient les prisonniers à travers les gompas de leur jeunesse. Au milieu de tous ces hommes rompus qui frissonnaient, parfois avec une violence telle que leurs dents se brisaient, Choje, Trinle ou l'un des autres entamaient le voyage : ils décrivaient comment, aux yeux du voyageur qui approchait, l'aurore jouait sur les murs de pierre du gompa au lointain, ou comment telle cloche au son si particulier résonnait dans la chair du pèlerin bien avant qu'il aperçoive les bâtiments du monastère. L'odeur de jasmin sur le sentier, l'envol d'une grouse des neiges, le bruissement des cervidés musqués qui erraient sans crainte à l'ombre du gompa n'étaient pas oubliés, pas plus que le cri joyeux du rapjung, le moine étudiant, à son poste de surveillance, qui, le premier, repérait le visiteur et ouvrait les grilles.

De tous les gompas, depuis bien longtemps rasés de la surface de cette terre, rares étaient ceux dont il restait une trace grâce à la photographie, et les seules traces qui en subsistaient siégeaient dans la mémoire d'une poignée de survivants. Mais avant même que le conte fût arrivé à son terme — le récit de la visite guidée d'un unique gompa pouvait prendre des jours — le gompa avait été reconstruit dans les cœurs et les esprits d'une nouvelle génération. Non pas seulement à son ancienne image, tel que l'œil pouvait le voir, mais aussi avec ses bruits et ses odeurs, dont les vieux yacks tiraient grand plaisir, la musique et les parfums de leurs anciens foyers. Ils ne décrivaient pas seulement le cadre physique du monastère : les rythmes des hommes, eux aussi, renaissaient à la vie, jusqu'aux yeux chassieux du lama aveugle chargé de la cloche, ou la manière dont les novices, à l'aide de poignées de crin de cheval, récuraient les sols de pierre devenus trop glissants à cause des offrandes de beurre. Dans un gompa qui avait jadis existé dans les montagnes du Sud, il y avait un énorme moulin à prières dont le couinement rappelait à tous un envol de pies affamées, se souvint Shan, et la cuisine mélangeait à l'orge les fleurs d'une certaine variété de bruyère pour fabriquer un *tsampa* plein de fumet.

Le sergent Feng ralentit.

— Z'ont probablement du thé chaud, suggéra-t-il avec un signe de tête vers les bâtiments. Peut-être qu'on aura de meilleures indications pour rejoindre Saskya. Je ne connais pas cette route-ci…

— Non, l'interrompit Yeshe avec une brutalité inhabituelle. Le temps manque. Continuez. Je connais Saskya. Trente kilomètres encore avant de remonter sur les contreforts des hautes falaises en bout de vallée.

Feng grogna sans se compromettre et poursuivit sa route.

Près d'une heure plus tard, Yeshe dirigeait Feng sur un chemin de terre qui s'enfonçait dans une forêt de cèdres et de rhododendrons. Au bout de quelques minutes, perpendiculaire à la route, apparut un long monticule de pierres qui disparaissait dans les taillis. Shan leva la main pour signifier à Feng de stopper et sortit d'un bond du camion pour courir jusqu'au tas de pierres où il s'arrêta. Il reconnaissait quelque chose dans ce qu'il avait devant lui, bien qu'il ne l'eût encore jamais vu. Lui parvint le tintement minuscule et tout proche d'un *tsingha*, la petite cymbale à main utilisée pendant le cérémonial bouddhiste. Il éprouva un frémissement d'excitation. Il «était» déjà venu là auparavant, ou en un lieu très semblable, lors des contes d'hiver des vieux yacks. Lentement ses genoux ployèrent sous lui, et, un instant, il resta agenouillé, les mains en appui sur le monticule, dont il commença à nettoyer les débris. Il ramassa une pierre, puis une autre, et une autre encore. Toutes avaient été équarries par des mains humaines, et chacune portait à sa surface une inscription tibétaine, peinte ou taillée grossièrement au ciseau. Shan se trouvait au milieu d'un mur *mani,* ces murs de pierres gravées de prières construits au fil des siècles par des visiteurs et des pèlerins pieux. Chaque morceau de roche qui le constituait était transporté depuis très loin, un à la fois, pour la grande gloire de Bouddha. On disait d'une pierre mani qu'elle continuait la prière après le départ du pèlerin. Il les contempla, toutes ces prières de générations entières, qui s'étiraient, abandonnées, livrées aux moisissures et recouvertes de mousse, jusque dans la forêt, aussi loin que l'œil pouvait porter. Un jour, Trinle s'était gagné un passage à tabac pour avoir quitté la file des forçats afin de se saisir d'une de ces pierres, qui gisait sur la pente au-dessus d'eux.

— Pourquoi risquer des coups de matraque ? avait demandé Shan au moine tandis que ce dernier dégageait la mousse pour libérer la prière.

— Parce que cette prière-ci sera peut-être celle qui changera le monde, avait répondu joyeusement Trinle.

Shan ôta délicatement la terre des prières de cinq pierres et en posa trois avant d'en empiler deux sur les premières et finalement une dernière sur le dessus. Le commencement d'un nouveau mur.

Ignorant l'air renfrogné de Feng, il avança le long de la route devant le camion qui roulait au pas. Le tintement du tsingha flotta à nouveau dans l'air et un haut mur apparut. Les fissures, les jonctions, le travail de reprise sur sa peinture racontaient une histoire de souffrances et de survie. On l'avait démoli, reconstruit, brisé, rapiécé à maintes reprises, bien plus souvent que ne le suggéraient les traces que lisait Shan. Une demi-douzaine de couches de blanc et de beige avaient été passées et repassées sur sa surface inégale, qui se trouvait être ici du stuc, là-bas du plâtre, ou ailleurs encore de la pierre laissée à nu.

Flanquant le mur de chaque côté, Shan vit des ruines, des entassements irréguliers de pierres envahies de plantes grimpantes, des poutres au bois éclaté et calciné couvert de lichens et de mousses. Le mur, comprit-il, avait formé la cour intérieure de ce qui avait jadis été un gompa bien plus vaste. La grille pendait grande ouverte, montrant plusieurs novices qui nettoyaient le sol à l'aide de balais de joncs attachés à de longs bâtons.

Shan embrassa la scène du regard avec une joie inattendue. Les bâtiments lui étaient familiers grâce aux reconstitutions orales de la 404e, mais rien ne l'avait préparé à la présence puissante et brutale d'un gompa au travail.

Le milieu de la cour était occupé par un énorme chaudron en bronze, tellement cabossé et marqué de coups que le visage de Bouddha forgé sur son flanc ressemblait à un guerrier couturé de cicatrices. Deux moines polissaient laborieusement le récipient, l'un des plus grands brûleurs à encens que Shan eût jamais vus. Des volutes de fumée de genévrier en train de se consumer s'en levaient pendant qu'ils travaillaient.

De part et d'autre de la grille, longeant le mur jusqu'à mi-chemin de la cour, se dressaient des structures basses aux toits formés de pierres plates superposées : les quartiers des moines. Reconstitués à partir de pierres et de bois de récupération, ils avaient l'allure suspecte de bâtisses montées sans autorisation. Qu'est-ce que le directeur Wen leur avait dit, déjà ? Jao avait refusé au gompa de Sungpo ses permis de construire, le privant ainsi de matériaux de reconstruction officiels.

Au-delà, les bâtiments étaient tout aussi rafistolés, mais

plus majestueux. Sur la gauche, au bout d'une volée de marches et au-delà d'un perron aux lourdes boiseries, se trouvait le *dukhang*, la salle de réunion où les moines suivaient leurs cours. Sur la droite, s'étirait une structure parallèle devant laquelle, sous l'avant-toit, se dressait un moulin à prières de la taille d'un homme. Un moine le faisait lentement tourner, chaque rotation terminant la prière inscrite sur son flanc. Derrière le moulin, au-delà de deux portes peintes en rouge vif, se situait le *lakhang*, la salle qui abritait la divinité principale. Sur le mur extérieur, au-dessus de la salle, était peint un mandala circulaire représentant la voie sacrée, la Roue de Dharma, avec un cerf dessiné de part et d'autre, relatant le premier sermon de Bouddha aux Indes.

Entre les deux structures, se dressait un vaste mausolée *chorten*, un dôme en plâtre bâti sur une base carrée, aplati au sommet, avec une série de plaques de taille décroissante. Au-dessus des plaques, un étage en forme de barrique était coiffé d'une flèche conique. Trinle avait un jour construit un minuscule chorten à partir de morceaux de bois pour Loshar, le congé de nouvelle année, et il était parvenu à en expliquer le symbolisme spirituel à Shan avant que le lieutenant Chang se saisisse de l'objet et l'écrase à coups de talon. Il existait treize niveaux dans un chorten, représentant les treize étapes traditionnelles de l'avancement jusqu'à l'état de Bouddha. Le sommet du chorten était couronné par des pièces de fer en forme de soleil et de croissant de lune. Le soleil représentait la sagesse, la lune, la compassion. Sur le niveau circulaire en forme de barrique étaient peints deux énormes yeux, symbole du regard omniprésent de Bouddha auquel rien n'échappait.

Shan avança dans la cour tandis que le camion venait doucement s'arrêter derrière lui. Les novices s'immobilisèrent avant de s'incliner bas en voyant leurs trois visiteurs. Shan suivit le regard de l'un des moines vers une porte dans la salle de réunion. Apparut un lama entre deux âges.

240

— Pardonnez-nous notre intrusion, dit doucement Shan à l'approche du lama. Puis-je parler à quelqu'un à propos de l'ermite Sungpo ?

Le lama donna l'impression que la question ne méritait pas de réponse.

— Quelle est votre intention ?

— Mon intention est de trouver le professeur de Sungpo.

Le visage de l'homme se crispa.

— Et de quoi ce gourou est-il accusé ?

Yeshe s'avança près de l'épaule de Shan.

— Ce n'est pas le kenpo, murmura-t-il sans mouvoir la tête. C'est le *chotrimpa.*

Shan essaya de masquer sa surprise : le kenpo, le père supérieur, avait choisi de ne pas lui parler. Il avait envoyé à sa rencontre le lama responsable de la discipline monastique.

— Sungpo est avec nous. Sa langue ne l'est pas. Je sollicite respectueusement une audience auprès de son gourou.

Le lama observait les jeunes moines curieux qui se rassemblaient à côté du camion. D'un geste d'autorité, il les fit s'éparpiller. Au même moment, une cloche à la sonorité de voix de gorge résonna quelque part dans la salle. La cour se vida.

— Voulez-vous vous joindre à nous pour une séance de *sunyata* ? demanda-t-il à Shan et à Yeshe.

Un petit sourire éclairait son visage, mais il n'y avait pas à se méprendre sur l'ironie de sa proposition. Le sunyata était l'une des cinq études exigées de chaque étudiant monastique : l'étude du vide, de la non-existence. Shan suivit des yeux le lama, qui disparut derrière la porte la plus proche. Il avait répondu à chacune des questions de Shan par une nouvelle question, avant de s'en retourner sans attendre de réponse.

Shan inspecta la cour maintenant vide. Sans consulter Feng ni Yeshe, il grimpa les escaliers qui conduisaient au lhakang. À l'intérieur, un petit passage menait à une nou-

241

velle volée de marches, qu'il gravit pour arriver dans une vaste salle vide éclairée par des lampes à beurre. Il alluma un bâtonnet d'encens et s'assit à l'autel, dans la position du lotus, face à la statue en bronze grande comme un homme de Maitreya Bouddha, le futur Bouddha, qui dominait toute la pièce. Devant la statue se trouvaient les sept bols d'offrande traditionnels, trois remplis d'eau, un de fleurs, un d'encens, un de beurre, et un d'herbes aromatiques.

Il resta assis plusieurs minutes en silence avant de prendre un balai au fond de la salle et de se mettre à balayer. Un prêtre à la chevelure d'argent apparut et alluma une offrande de beurre modelé en forme de petit cierge.

— Ce n'est pas nécessaire, dit-il avec un signe de tête vers le balai. Ce n'est pas votre gompa.

Shan s'appuya un instant sur son balai.

— Quand j'étais jeune, déclara-t-il, j'ai entendu parler d'un temple tout là-haut dans les montagnes, le long de la mer, où il était dit que résidait toute la sagesse du monde. Un jour, j'ai décidé que je devrais visiter ce temple.

Après quelques coups de balai, il s'arrêta à nouveau.

— À mi-chemin de mon ascension, j'ai commencé à me perdre. J'ai rencontré un homme qui portait un énorme chargement de bois sur le dos. J'ai expliqué que je cherchais le temple des saints, afin de me trouver moi-même. Il m'a répondu que je n'avais pas besoin du temple, qu'il allait me montrer tout ce que j'avais besoin de savoir. Voici ce que cela demande, a-t-il dit, et il a posé son fardeau au sol avant de se redresser.

« Mais qu'est-ce que je fais quand je reviens chez moi ? ai-je demandé. C'est simple, a-t-il répondu. Quand tu rentres à la maison, tu fais ça — et il a remis le fardeau sur son épaule.

Le vieux prêtre sourit, trouva un autre balai, et se joignit à Shan pour le balayage.

À sa sortie, Shan avança jusqu'à la grille et emprunta la piste qui suivait le mur extérieur avant de s'engager sur un chemin de terre qui menait sur les pentes au-dessus du gompa. De part et d'autre du chemin, l'herbe avait été récemment écrasée par un lourd véhicule.

Dix minutes plus tard, il arrivait à une clairière où le véhicule, incapable de se déplacer sur le terrain rocailleux un peu plus haut, s'était garé. Il continua à monter. Le chemin devint tortueux, serpentant autour de rochers sculptés par le vent, frôlant le bord d'un précipice, pour suivre ensuite une crevasse abrupte qu'il franchissait par deux rondins attachés ensemble et aboutir finalement à un vaste pâturage. Un tapis de minuscules fleurs jaunes et bleues conduisait à une petite structure en pierre bâtie tout contre une falaise de pierre. Un corbeau croassa. Shan se retourna pour voir l'oiseau noir, signe de chance et de sagesse, se laisser glisser jusque dans le vide à une trentaine de mètres à peine de lui. En contrebas de l'oiseau, le monde tout entier s'étalait. Une chute d'eau tombait en cascade depuis le flanc opposé dans la forêt de conifères ; un peu plus loin, un lac brillait comme un joyau. Au sud, la vallée s'étirait sur des kilomètres sans aucun signe visible d'activité humaine, avec, tout au fond, frôlant un nuage solitaire, le col qu'il avait franchi au lever du jour.

Des bruits de pas vinrent interrompre la magie de l'instant. Feng et Yeshe n'étaient pas loin derrière. Shan s'approcha du bâtiment.

La porte, peinte d'un idéogramme surmonté d'un soleil, d'un croissant de lune et d'une flamme, pivota sur ses gonds sans résistance. La pièce à l'entrée avait une allure de chalet, austère mais amoureusement entretenu. Des fleurs fraîches se dressaient dans une boîte sous une fenêtre. La deuxième pièce n'avait pas d'ouvertures. À mesure que ses yeux s'habituaient à l'obscurité, Shan distingua une paillasse, un tabouret, un nécessaire à écriture et plusieurs bougies. Il en alluma une et découvrit qu'il ne se trouvait pas dans une maison mais dans une caverne.

Il entendit du bruit à l'extérieur, éteignit la bougie et retraversa la bâtisse. La prairie était vide. Un murmure de surprise jaillit en surplomb. Shan releva la tête pour voir un petit homme trapu allongé sur le toit, la bouche pleine de clous. L'homme tourna vivement la tête de côté, avec le regard inquisiteur des yeux sans éclat d'un écureuil. Soudain il recracha ses clous, agrippa le rebord du toit et se laissa tomber pour atterrir en tas aux pieds de Shan. Il ne se redressa pas, mais tendit le doigt qu'il enfonça dans la jambe de Shan comme pour vérifier que celui-ci était bien réel.

— Êtes-vous venu pour m'arrêter ? interrogea-t-il en se relevant.

Sa voix était chargée d'un espoir étrange. Ses traits plats, sa peau claire n'étaient pas tibétains.

— Je suis venu à propos de Sungpo.

— Je sais cela. J'ai prié.

L'homme présenta les deux poignets, comme pour être menotté.

— C'est ici, l'ermitage de Sungpo ?

— Je suis Jigme, dit l'homme, comme si Shan devait savoir qui il était. Est-ce qu'il mange ?

Shan étudia l'étrange créature qu'il avait en face de lui. Elle paraissait chétive, presque rabougrie, avec des mains et des oreilles démesurées pour la taille du corps. Les paupières tombaient, comme celles d'un ours triste et endormi.

— Non. Il ne mange pas.

— C'est bien ce que je pensais. Certains jours, je dois remplacer son thé par un brouet. Est-ce qu'il est au sec ?

— Il a de la paille. Il a un toit.

Le dénommé Jigme acquiesça en signe d'approbation.

— Il a parfois du mal à se rappeler.

— Se rappeler quoi ? demanda Shan.

— Qu'il n'est encore qu'un humain.

Yeshe et Feng apparurent à leur tour et Jigme marmonna un salut de bienvenue.

— Je suis prêt, lança-t-il d'une voix bizarrement allègre. Faut juste que je ferme. Et que je laisse un peu de riz aux souris. Nous laissons toujours de la nourriture aux souris. Maître Sungpo, il adore les souris. Peut-être bien qu'il ne peut pas rire avec sa bouche, mais il rit avec ses yeux quand les souris mangent dans ses doigts. Ça lui vient droit du cœur. Est-ce que vous l'avez vu rire ?

Personne ne lui répondant, Jigme haussa les épaules et commença à reculer vers la cabane.

— Nous ne sommes pas venus vous emmener, déclara Shan. J'ai juste des questions à poser.

Jigme s'arrêta, l'expression inquiète.

— Il faut que vous m'emmeniez. Je l'ai fait, ajouta-t-il d'un ton pressant, chargé de désespoir.

— Fait quoi ?

— Tout ce qu'il a commis, je l'ai commis, moi aussi. C'est ainsi que nous sommes, nous autres.

Il s'accroupit et enserra ses genoux de ses bras.

— Est-ce que Sungpo quitte souvent la hutte ? lui demanda Shan.

— Tous les jours. Il va jusqu'au bord de la falaise et s'assied, deux ou trois heures chaque matin, répondit Jigme en se balançant d'avant en arrière.

— Je veux dire quitter ce lieu, hors de votre vue.

Jigme eut l'air désorienté.

— Sungpo est en ermitage. Il a commencé il y a presque un an. Il ne peut pas partir.

Il releva les yeux, comprenant son erreur.

— Pas de sa propre volonté, non, corrigea-t-il en donnant l'impression qu'il allait éclater en sanglots. Ça va bien, dit-il pour s'excuser. Grand-père dit que nous recommencerons de zéro à son retour.

— Mais vous n'êtes pas auprès de lui à chaque heure du jour et de la nuit. Vous dormez. Il pourrait partir et revenir avant votre réveil.

— Pas moi. Je sais. Je sais toujours. C'est mon boulot de savoir, de veiller sur lui. Les ermites sont capables de se concentrer comme — il cherchait ses mots de manière presque douloureuse —, comme un morceau de charbon dans un feu de bois. Ils peuvent dégringoler des falaises. C'est arrivé. Il m'appartient. Et moi je lui appartiens.

Il regarda au creux de ses mains.

245

— Ce monde est bon.

Shan savait qu'il ne parlait pas du vaste monde dans son entier. Il parlait d'un minuscule plateau dans une commune reculée d'un coin oublié du Tibet.

— Il y a un homme auquel il peut éventuellement parler, non ? suggéra Shan.

— Grand-père. Je Rimpotché, murmura Jigme.

— Est-ce que Rimpotché est ici ?

— Au gompa.

— Le jour où ils sont venus pour Sungpo. Racontez-moi.

Jigme reprit ses balancements.

— Ils étaient six, peut-être sept. Des armes. Ils ont apporté des armes. On m'avait parlé des armes.

— De quelle couleur étaient leurs uniformes ?

— Gris.

— Tous, sans exception ?

— Tous, sauf le jeune. Il avait une grande coupure sur le visage. Il s'appelait Meh Jah. Tout le monde l'appelait Meh Jah. Il portait un chandail, et des lunettes avec des gros verres. Il a envoyé chercher le père supérieur. Il n'a rien voulu faire avant l'arrivée du père.

— Ils prétendent qu'ils ont trouvé un portefeuille.

— Impossible.

— Ils ne l'ont pas trouvé ?

— Non. Si. Ils l'ont bien trouvé. J'étais là. Dans cette caverne. Meh Jah, il a fait entrer le père supérieur. Ils avaient des torches électriques. Ils ont retourné une pierre et le portefeuille était là. Mais c'était impossible qu'il soit là.

— Combien de temps l'ont-ils cherché ?

— Les soldats ont cherché partout. Ils ont retourné mes paniers. Ils ont même cassé mes pots de fleurs.

— Combien de temps a-t-il fallu pour trouver le portefeuille après que le dénommé Meh Jah est entré dans votre caverne ?

— Il a emmené le père supérieur dans la caverne. Et tout de suite, quelqu'un a crié, d'une voix tout excitée. Et

246

puis Meh Jah revient ici et il met des chaînes aux mains de Sungpo.

— Montrez-moi la pierre.

À quinze mètres à l'intérieur de la caverne était posée une dalle assez grande pour servir de tabouret. Shan demanda à Yeshe d'emmener Jigme à l'extérieur. Il fit un croquis de la caverne dans son calepin avant de se pencher sur la pierre en s'éclairant d'une bougie. Il passa les doigts sur son pourtour, et s'arrêta. Du côté qui faisait face à l'entrée, il sentit un contact gluant, un petit rectangle qui lui accrochait la peau au passage. Il appela Feng pour que celui-ci allume trois bougies supplémentaires. Il trouva ce qu'il cherchait trois mètres plus loin, au fond, là où on l'avait arrachée à la pierre et jetée une fois son office accompli. Une boulette de chatterton noir d'électricien. La pierre avait été secrètement marquée pour être facilement trouvée par ceux qui étaient venus procéder à l'arrestation.

— Y a-t-il eu d'autres visiteurs ? demanda Shan. Avant le jour où vous avez vu débarquer le camarade Meh ?

— Personne. Personne que j'aie vu. Excepté Rimpotché.

— Je Rimpotché. Où le trouverai-je dans le gompa ?

Jigme tourna la tête vers le bord de la falaise. Un corbeau s'y était à nouveau posé, mais celui-ci portait une étrange tache blanche sur l'arrière de la tête. Jigme se mit à lui faire des signes.

— Des visiteurs ! cria-t-il au volatile. Dépêche-toi ! Il arrive, annonça-t-il. Le corbeau dit qu'il arrive.

Je Rimpotché n'arrivait pas. Il attendait. Shan le trouva sur une rive cent mètres plus bas sur le sentier. Il était aussi frêle qu'un morceau de papier, la tête sans presque plus de cheveux, la peau rêche, comme couverte de poussière. Mais ses yeux, mouillés et sans cesse en mouvement, brillaient de vie. Avec, pour effet, l'impression qu'on avait enchâssé deux joyaux dans une pierre corrodée.

Shan joignit les paumes des mains et courba la tête en guise de salut.

— Rimpotché. Si je pouvais demander...

— Il y a tant de choses à envisager, l'interrompit l'ancien, d'une voix étonnamment forte. Cette montagne. Les chiens. La manière dont la brume tombe sur les versants, chaque matin différente.

Il se tourna vers Shan. Lorsqu'il changea de position, c'est à peine si sa robe remua.

— Certains jours, je me sens comme elle. La brume qui glisse le long de la montagne.

Il contempla à nouveau le bas de la vallée et serra sa robe contre lui, comme s'il avait froid.

— Parfois Jigme apporte un melon. Nous le mangeons et Jigme veille.

Shan soupira et fixa l'horizon. Jamais il n'aurait l'occasion de parler à Sungpo. Je, son lama, le seul intermédiaire possible, avait été l'unique espoir de Shan.

— Quand nous montons au sommet de la montagne, vous savez ce que nous faisons ? demanda le lama. Exactement ce que je faisais quand j'étais novice. Nous fabriquons de petits chevaux en papier et nous les jetons au vent pour qu'il les emporte.

Il s'interrompit comme si Shan avait besoin d'une explication supplémentaire.

— Quand ils touchent terre, ils deviennent de vrais chevaux qui aident les voyageurs à traverser les massifs.

Il y eut un mouvement à côté de Je. Le corbeau avait atterri à une longueur de bras de distance.

— Ils sont en train de prier, nos amis et professeurs, reprit Je. Tous autant qu'ils sont, et les bombes commencent à tomber. Il est encore temps de partir, mais ils ne veulent pas. Je dois emmener les plus jeunes dans les collines. Ceux qui restent sont en train de mourir, ils récitent juste leurs rosaires et ils meurent dans les explosions. Alors que je pars avec les garçons, quelque chose me frappe au visage. C'est une main, elle tient encore son rosaire.

C'était en 1959, calcula Shan, ou 1960 au plus tard, quand l'APL bombardait les gompas depuis les airs.

— Est-ce que c'était juste ? poursuivit Je. Voilà la tentation. Demander si c'était juste. C'est la mauvaise question, naturellement.

Soudainement, Shan se rendit compte que le vieillard connaissait exactement la raison de sa présence.

— Rimpotché, dit-il lentement, jamais je ne demanderai à Sungpo de rompre son vœu. Je lui demande simplement de se joindre à moi pour trouver la vérité. Il y a un meurtrier quelque part. Il tuera à nouveau.

— Le seul qui puisse trouver le meurtrier, c'est la victime. Que le fantôme prenne sa revanche. Je ne me fais pas de souci pour Sungpo. Mais Jigme. Jigme est perdu.

Shan prit conscience qu'il avait laissé le vieillard conduire la conversation. Le vent souffla plus fort. Il lutta contre la tentation d'agripper la robe de Je, de crainte que le lama ne soit emporté dans les nuages.

— Jigme n'étudie pas au gompa.

— Non. Il a abandonné les études pour aller avec Sungpo. Il n'a jamais eu de vraie place. Être orphelin du gompa, c'est comme être un petit oiseau forcé de vivre toute sa vie au milieu d'un orage.

Shan commença à comprendre. Un frisson lui glissa sur l'échine. Pendant l'occupation du Tibet et à nouveau durant la Révolution culturelle, moines et nonnes avaient été forcés, parfois à la pointe de la baïonnette, de rompre leurs vœux de célibat, parfois les uns avec les autres, parfois avec les soldats. Dans certaines régions, la progéniture née de ces unions avait été rassemblée dans des écoles spéciales. Ailleurs, elle se constituait en bandes. Il y avait à la 404ᵉ plusieurs de ces orphelins au sang mêlé qui avaient suivi leurs prêtres en prison.

— Alors, pour Jigme, aidez-moi à faire revenir Sungpo.

Le vieillard avait maintenant fermé les yeux.

— Une fois que le gompa a été détruit, murmura-t-il, quand la lune se levait, je pouvais mieux la voir.

Le camion avait déjà entamé la longue montée vers le col lorsque Shan demanda le nom du gompa situé à l'embouchure de la vallée, l'enceinte devant laquelle ils étaient passés à l'aube. Yeshe ne répondit pas.

Feng ralentit et consulta la carte.

— Khartok, dit-il d'un ton impatient. Ils l'appellent Khartok.

Shan attrapa un des dossiers fournis par Tan, y jeta un œil et lança le bras vers le sergent Feng.

— Arrêtez. Maintenant.

— Nous n'avons pas le temps, protesta Feng.

— Vous préféreriez partir avant le lever du jour demain et revenir ici ?

— Il est tard. Ils seront en train de se préparer pour la dernière assemblée, ils vont bientôt allumer les lampes, intervint Yeshe. Nous pouvons essayer une entrevue par téléphone.

Feng pivota, croisa le regard de Shan et, sans ajouter un mot, fit demi-tour et redescendit vers la vallée. Yeshe gémit et se couvrit les yeux de la main, comme s'il était incapable d'en supporter plus.

Ce n'était pas des pâturages que Shan avait vus devant les bâtiments. Il s'agissait de ruines, de champs de pierres qui commençaient à huit cents mètres du gompa. Les pierres étaient disposées sans ordre. Certaines étaient en tas, d'autres éparpillées comme si on les avait jetées depuis les montagnes en surplomb. Mais chacune d'elles avait été équarrie par un maçon. Plus près du gompa, les fondations de plusieurs bâtiments avaient été transformées en jardins. Une douzaine de silhouettes en robe rouge s'appuyèrent sur leur houe pour assister à l'approche du véhicule inattendu. Celui-ci ralentit et s'immobilisa, et Shan put constater que de nouveaux bâtiments se construisaient au-delà des fondations. On rebâtissait le mur principal et on le prolongeait. Des piles de bois de charpente neuf et des palettes de sacs de ciment emballés sous plastique étaient disposées à la limite des arbres.

Yeshe était allongé sur la banquette arrière, un bras sur les yeux.

— Vous connaissez les gompas. Vous connaissez les

protocoles, lança Shan avec impatience. J'ai besoin de vous.

Feng ouvrit la portière arrière.

— Tu ne dors pas, camarade, dit-il en tirant Yeshe par le bras. Bon Dieu, mais tu halètes comme un chat acculé.

Shan se hasarda seul dans la cour. Les structures qu'il avait vues à Saskya étaient présentes ici aussi, mais fraîchement peintes et à bien plus grande échelle. Ce n'était pas un mais cinq chortens qui étaient disposés sur le terrain, coiffés de lunes et de soleils en cuivre nouvellement ouvragé. Un meilleur investissement, se souvint Shan. Le directeur Wen du bureau des Affaires religieuses avait déclaré que Saskya n'était pas autorisée à reconstruire parce que le gompa dans la vallée inférieure était un meilleur investissement.

Un moine entre deux âges, la manche décorée d'un rang de broderie en or, apparut sur les marches de la salle de réunion. Il écarta les bras en geste de bienvenue et descendit l'escalier en trottinant. Shan surveillait du coin de l'œil les autres moines qui levaient le visage vers le nouvel arrivant. Certains hochaient la tête respectueusement, d'autres se détournaient bien vite. L'homme était un lama de rang supérieur, probablement le père abbé. Pour quelle raison, songea Shan, ne paraissait-il pas surpris de le voir ? Le lama interrompit un jeune étudiant qui ratissait les gravillons et l'envoya dans la salle avant d'inviter Shan à le suivre, à l'abri du mur, dans un jardin d'herbes aromatiques. Entre les parterres de plantes des bancs en bois étaient disposés en rangées, comme pour des étudiants en attente d'un enseignement. Au fond du jardin, un vieux moine agenouillé arrachait des mauvaises herbes.

— Nous aurons bientôt achevé les plans, annonça le lama dès que Shan se fut assis sur le premier banc.

— Les plans ?

Le jeune étudiant réapparut avec un plateau et leur servit le thé avant de se retirer sur un salut précipité.

— Pour la première restauration des bâtiments de l'université. Dites à Wen Li que les plans sont pratiquement achevés.

Il y avait quelque chose d'étrange dans le comportement du lama. Shan chercha les mots pour le décrire. Social, décida-t-il. Presque mondain.

— Vous faites erreur. Nous sommes ici pour parler de Dilgo Gongsha.

Le lama ne s'en laissa pas conter.

— Oui, les plans sont presque terminés, répéta-t-il, comme si les deux sujets étaient liés. Le syndicat de Bei Da nous aide, vous savez. Nous nous aidons réciproquement pour nos constructions.

— Le syndicat de Bei Da ?

Le lama s'interrompit et regarda Shan comme s'il le voyait pour la première fois.

— Qui êtes-vous, si je puis me permettre ?

— Une équipe d'enquêteurs. Du bureau du colonel Tan. Je reprends les faits dans l'affaire de Dilgo Gongsha. Il était bien résidant ici, je me trompe ?

Les yeux du lama examinèrent lentement Shan avant de se tourner vers Feng et Yeshe, qui avançaient doucement dans les ombres des murs. Ils approchaient d'un petit groupe de moines quand retentit un cri de surprise, comme pour leur souhaiter la bienvenue. Puis une autre voix résonna plus fort, d'un ton que Shan ne reconnut pas immédiatement. La colère. Yeshe se plaça derrière Feng.

— La dernière fois que nous avons vu Dilgo, annonça une voix douce dans le dos de Shan, il était en train de franchir cet enfer particulier réservé aux âmes emportées de manière violente.

L'hôte de Shan se leva et joignit les mains en signe de salut. Celui qui avait parlé était le vieux moine qui arrachait les mauvaises herbes, la robe salie par le jardinage, les ongles pleins de terre.

— Nous avons exécuté les rituels du Bardo. À ce stade, il est nouveau-né. Il grandira pour bénir à nouveau ceux qui l'entourent.

Une lueur brillait dans ses yeux, comme si le souvenir de Dilgo le mettait en joie.

— Père abbé, dit le lama en inclinant la tête. Pardonnez-moi. Je croyais que vous étiez dans votre cellule de méditation.

Père abbé ? Déconcerté, Shan se tourna vers le premier lama.

— Vous avez rencontré notre *chandzoe*, avança le père supérieur en remarquant le regard de Shan. Bienvenue à Khartok.

— Chandzoe ?

Ce n'était pas un terme que Shan avant entendu au cours des contes d'hiver.

— Le directeur de nos affaires séculières, expliqua le père supérieur.

— Les affaires séculières ?

— Directeur commercial, intervint le premier lama en versant une tasse de thé au père supérieur tout en lui proposant de s'asseoir.

— Pourquoi voudriez-vous parler de notre Dilgo ? interrogea le père supérieur en toute innocence, à la manière d'un enfant, les yeux écarquillés.

— Il a été reconnu coupable d'avoir tué un homme en lui bourrant la gorge de galets. Il s'est avéré que l'homme en question était le directeur du bureau des Affaires religieuses.

Le chandzoe fronça les sourcils. Le père supérieur plongea le nez dans sa tasse de thé.

— Dans l'ancien temps, poursuivit Shan, on exécutait les membres de la famille impériale par cette méthode traditionnelle. Même sur le champ de bataille, on ne pouvait que les capturer pour les asphyxier ensuite.

— Pardonnez-moi, l'interrompit le chandzoe. Je ne comprends pas où vous voulez en venir.

Se lisait sur son visage non pas la perplexité, mais la déception.

— Simplement, précisa Shan, il s'agissait d'une mise

à mort très traditionnelle pour un membre supérieur du gouvernement.

— Ainsi qu'il a été expliqué au procès, avança le chandzoe avec une pointe d'exaspération, Khartok est un gompa très traditionnel. Vous ne pouvez pas exécuter Dilgo deux fois.

Un murmure parmi les moines dans la cour attira l'attention de Shan : tous regardaient Feng et Yeshe, dans l'ombre en bordure du jardin.

— Si je devais assassiner quelqu'un, je prendrais soin de ne pas user d'une méthode que l'on pourrait associer à ma personne ou à mes croyances.

Soudainement, le chandzoe se remit debout.

— Yeshe ? s'écria-t-il. S'agit-il de Yeshe Retang ?

Yeshe resta un instant penaud et timide au coin du jardin, puis, voyant l'enthousiasme qui éclairait le visage du chandzoe, il se rapprocha.

— C'est bien lui, Rimpotché. Je suis honoré que vous vous souveniez.

Le chandzoe ouvrit une nouvelle fois les bras, exactement comme lors de sa première apparition en haut des escaliers, et s'avança pour tirer de l'ombre un Yeshe raide comme un piquet, qui lorgnait vers Shan d'un air gêné, à la grande confusion du lama.

— Ma détention a vu récemment son terme, Rimpotché, finit par annoncer Yeshe. Je suis affecté aujourd'hui à ce poste. Temporairement, ajouta-t-il, en implorant Shan du regard.

L'appel au secours n'échappa pas au chandzoe qui se tourna alors vers Shan, le Chinois responsable, et attendit son commentaire.

— Sa volonté et son engagement à se réformer ont été exemplaires, s'entendit déclarer Shan. Il manifeste des qualités inhabituelles — il chercha le mot — de conviction.

Le chandzoe hocha la tête avec satisfaction.

— Je pense pouvoir trouver un travail à Chengdu, ajouta Yeshe, toujours aussi gêné.

— Pourquoi ne pas revenir ici ? s'enquit le chandzoe.

— Mon dossier. Je n'ai pas le droit au permis.

— Votre rééducation est terminée. Je pourrais en toucher un mot au directeur Wen, dit le moine, comme s'il était en quelque sorte l'obligé de Yeshe.

Celui-ci fit les yeux ronds, surpris par cette proposition.

— Mais le quota ! s'exclama-t-il.

Le chandzoe haussa les épaules.

— Même si c'était un problème, nous n'avons pas de quota concernant les ouvriers pour la reconstruction.

Il écarta les mains de Yeshe de force et en serra une.

— Je vous en prie, venez voir les nouvelles constructions, dit le lama en le traînant vers la salle de réunion.

Lentement, à pas minuscules, à croire qu'il luttait contre une force invisible, Yeshe suivit. Devant lui, sur les marches, était posté un autre moine dont les mains formaient un mudra apparemment dirigé sur le jeune Tibétain.

Yeshe, en plein désarroi, se tourna vers Shan, qui donna son assentiment. Les deux hommes traversèrent la cour. Le père supérieur observa le chandzoe d'un air impassible, avant de soupirer.

— Vous présumez que les meurtriers nient, dit-il comme s'il n'avait pas remarqué l'interruption. Dilgo n'aurait jamais menti. Cela aurait été en violation de ses vœux.

— A-t-il commis le meurtre, en ce cas ? demanda Shan.

Le père supérieur ne voulut pas répondre.

— Prendre une vie aurait été une violation bien plus grande de ses règles, fit remarquer Shan.

Le père finit son thé et se tapota la bouche de la manche de sa robe.

— Les deux attitudes sont prohibées par les règles 235, énonça-t-il en se référant au code de conduite prescrit à un prêtre ordonné.

— Les idées se mélangent dans ma tête. Ceux qui rompent leurs vœux se voient réincarnés en des formes de vie inférieures. Or vous avez déclaré être convaincu qu'il était revenu sous la forme d'un humain.

— Moi aussi, mes idées se mélangent. Que voulez-vous de nous exactement ?

— Une simple réponse. Croyez-vous que Dilgo ait tué le directeur des Affaires religieuses ?

— Le gouvernement a exercé son autorité. Dilgo n'a pas protesté. L'affaire était close.

Pourquoi se trouvait-il surpris de constater que la tête pensante d'un gompa prospère pouvait être aussi un politique ? songea Shan.

— A-t-il tué ?

— Chacun a une voie différente à suivre pour atteindre à la bouddhéité.

— A-t-il tué ?

Le prêtre soupira et suivit un nuage qui passait dans le ciel.

— Il eût été plus vraisemblable de voir le mont Kailas s'effondrer au cœur de la terre sous le poids d'un seul oiseau que Dilgo commettre un tel acte.

Shan hocha la tête, lourdement.

— Un autre de ces oiseaux a pris son envol.

Une tristesse toute nouvelle parut saisir le père abbé.

— Vous arrive-t-il parfois de penser à l'endroit où se cache le péché ? demanda Shan.

— Je ne comprends pas.

— Ça leur est facile : c'est ainsi qu'ils restent au pouvoir. Et le danger fait partie du pouvoir, comme l'ombre fait partie de la lumière. Parfois, si personne ne menace le pouvoir, il lui faut inventer ses propres menaces. Pour vous, il est tout aussi facile de justifier ce qui est arrivé à Dilgo. Vous avez probablement décidé que c'est dans la nature des choses autant que le raz-de-marée de la soldatesque qui a balayé les gompas en 1959. C'était sa destinée, pouvez-vous dire. Qui plus est, Dilgo est réincarné dans une vie meilleure. Mais ce n'est pas aussi facile pour ceux qui se trouvent entre les deux.

Le prêtre se détourna.

— Avez-vous exclu Dilgo ?

— Il n'a pas été exclu.

— Il a été reconnu coupable de meurtre mais vous ne l'avez pas exclu. Au lieu de quoi vous avez exécuté pour lui les rituels du Bardo.

Le prêtre se plongea dans la contemplation de ses mains. Shan consulta son calepin avant de poursuivre :

— Ils ont trouvé son rosaire sur les lieux du meurtre. Un rosaire très spécial. Des grains sculptés en minuscules pommes de pin, en corail rose, avec les grains de séparation en lapis-lazuli. Très ancien. Il devait venir des Indes. Le dossier explique qu'il s'agissait d'un exemplaire unique, le seul de son genre.

— C'était bien son rosaire, confirma le père supérieur, d'une voix de plus en plus paisible. C'est la preuve qui l'a condamné.

— A-t-il expliqué comment il était arrivé là ?

— Il a été incapable de l'expliquer.

— L'avait-il perdu ?

— Non. À aucun moment. En fait, il a affirmé qu'il l'avait avec lui lors de son arrestation, quand on l'a sorti de sa paillasse alors qu'il dormait encore. C'est peut-être un miracle que cet objet ait pu avoir été transporté à distance avant de revenir comme il l'a fait. Dilgo a dit qu'il s'agissait peut-être d'un message.

— Pourquoi n'a-t-il pas protesté ? demanda Shan. Pourquoi n'a-t-il pas argumenté pour sa défense ? Vous saviez qu'il était innocent. Pourquoi ne l'avez-vous pas défendu ?

— Nous avons fait tout ce que nous pouvions.

— Tout ?

Shan sortit lentement le dossier de l'affaire du sac en toile et le laissa tomber sur le banc, entre le prêtre et lui. Shan avait lu la déposition préparée pour le père supérieur. Celui-ci avait condamné l'acte de violence et présenté ses excuses au nom du gompa et de l'Église.

Le supérieur du monastère contempla le dossier avant de relever les yeux sans ciller.

257

— Tout.

Shan se rendit compte qu'il avait eu tort d'espérer : aucun membre du monastère ne se sentirait coupable. Dans le drame de Dilgo, tout le monde, depuis le supérieur du gompa jusqu'au procureur Jao, et jusqu'à l'accusé en personne, avait joué son rôle correctement.

Le père abbé se leva et se prépara à rejoindre ses mauvaises herbes.

— Alors répondez à ceci, demanda Shan à son dos. Avez-vous entendu raconter qu'un démon bouddhiste se trouvait sur les lieux du meurtre ?

Le supérieur se retourna, le front soucieux.

— Les traditions meurent difficilement.

— Vous avez donc bien entendu cette rumeur ?

— Chaque fois qu'une personnalité mourra, il s'en trouvera pour prétendre que tel démon ou tel esprit s'est vengé.

— Et c'est bien ce qui a été signalé cette nuit-là ?

— Cette nuit-là, la lune était pleine. Un berger a déclaré avoir vu le démon à tête de cheval sur une colline au-dessus de la grand-route, en train d'exécuter une sorte de danse. Celui qu'on appelle Tamdin. Parmi les galets qui ont asphyxié le directeur des Affaires religieuses, se trouvait un grain, un grain de rosaire en forme de crâne. Comme celui que porte Tamdin.

Shan avait touché un tel rosaire. Le rosaire d'un démon.

— Les gens du pays ont bâti un mausolée sur place, pour louer leur protecteur.

Danser sur une colline près de la grand-route. Par une nuit de pleine lune. Comme si Tamdin cherchait à être vu.

— Après les autres meurtres, des mausolées ont également été bâtis. Les gens racontent qu'un conducteur de camion a vu Tamdin quand le directeur des mines a été tué. Je vous l'ai dit, des rumeurs de ce genre courent toujours quand un représentant officiel de l'autorité trouve la mort. Tamdin est un des démons préférés du peuple. Il est très féroce, sans pitié dans sa défense de l'Église. Un démon très ancien, l'un de ceux qu'on appelle les dieux

258

de la campagne, et qui remontent aux vieux chamans tibétains d'avant le bouddhisme. À mesure que les gens ont évolué pour se rapprocher de Bouddha, ils ont emmené Tamdin avec eux.

Venu du côté opposé de la cour, un tintamarre d'animaux les interrompit. On avait ouvert une grille et une énorme meute de chiens faisait son entrée. Les prêtres nourrissaient les chiens, bien plus nombreux que tout ce que Shan avait vu jusque-là. Ils étaient au moins trente qui franchissaient la grille en trottinant.

Le sergent Feng jura et se laissa tomber sur le banc à côté de Shan, sans quitter les animaux des yeux. Trois gros mastiffs noirs, de ceux qu'utilisaient les bergers pour se protéger des loups, traînaient dans l'ombre, comme s'ils sentaient que Feng et Shan étaient des intrus. Feng porta la main à son arme.

— *Ai yi!* s'écria un des moines en voyant la réaction de Feng, avant de se précipiter pour s'interposer. Ils sont sous notre protection, expliqua-t-il d'une voix implorante. Ils font partie du gompa de Khartok. Ils viennent de tout le Tibet pour être avec nous.

— Foutus bâtards, grommela Feng. Là d'où je viens, on les élève pour la marmite.

— Ils font partie de nous, dit le moine, absolument horrifié. Ceux qui se souviennent. C'est pour ça qu'ils viennent ici.

— Se souviennent ? demanda Shan.

— Les prêtres qui ont failli, expliqua le moine. Les chiens sont les réincarnations des prêtres qui ont rompu leurs vœux.

À ces mots, Yeshe réapparut sur les marches en compagnie du chandzoe. Depuis l'extrémité opposée de la cour, quelqu'un l'interpella avec colère, et le chandzoe posa la main sur son épaule comme pour le rassurer. Le moine sur les marches était encore là, son mudra toujours dirigé sur Yeshe.

Accorder le pardon. Voilà ce que signifiait le signe de mains. Shan sentit un frisson glacé le parcourir quand il comprit enfin. Il se retourna sur Yeshe comme s'il voyait le jeune Tibétain pour la toute première fois. Il avait été tellement aveugle. Il avait demandé à Yeshe tout ce qu'il y avait à savoir sur lui, mais il avait oublié la question la plus importante de toutes.

Deux heures plus tard, ils étaient au sommet du col, à une altitude telle que les étoiles à l'horizon lointain brillaient au-dessous d'eux. Shan, en plein brouillard, somnolait : il voulait que se poursuive cette sensation de se laisser porter dans l'espace, jusqu'à atteindre au point où il pourrait enfin flotter dans un monde où les gouvernements ne mentaient pas, où les prisons étaient destinées aux criminels, où les hommes ne se faisaient pas tuer par indigestion de galets.

Il prit conscience d'un bruissement liquide sur le siège arrière. Yeshe avait un rosaire.

Une heure plus tard, alors qu'ils s'engageaient dans l'intersection à l'entrée de la vallée de Lhadrung, Shan posa la main sur le bras de Feng.

— Tournez à gauche.

— Vous avez perdu vos repères, camarade, grommela Feng. Les casernements sont sur la droite. Encore une heure et nous serons dans nos lits.

— À gauche, direction le chantier de la 404e.

— Mais c'est à des kilomètres, protesta Feng.

— C'est pourtant bien là que nous allons.

Feng arrêta le camion en franchissant l'intersection.

— Il sera presque minuit quand nous arriverons là-bas. Il n'y aura personne.

— Ça augmentera nos chances.

— Les chances de quoi ?

— De croiser le fantôme.

Feng frissonna.

— Le fantôme ?

— Je veux lui demander qui l'a tué.

Feng alluma le plafonnier et se tourna vers Shan, comme s'il voulait avoir confirmation qu'il s'agissait bien là d'une plaisanterie. Shan ne baissa pas les yeux, le visage impassible.

— Peur d'un fantôme, sergent ?

— Sûr que oui, bon Dieu, rétorqua Feng d'une voix trop forte.

Il passa en reprise et braqua le volant.

À huit cents mètres du pont, Shan commanda à Feng d'éteindre les phares. À leur approche, le chantier de la 404ᵉ était vide, sans âme qui vive, et ils se rangèrent à proximité du pont. Feng sortit du véhicule en dégainant son pistolet. Shan ne prononça pas un mot mais commença à marcher vers la montagne. Au bout de trente pas, il regarda derrière lui et vit Feng qui tournait autour du camion, telle une sentinelle de faction.

Shan s'arrêta au bout du pont de Tan et releva la tête vers le ciel, toujours intimidé par les étoiles. Il avait peur de pouvoir les toucher s'il tendait la main. Ses genoux tremblaient.

Il remonta l'excavation de la chaussée jusqu'à un petit cairn qui marquait l'emplacement du meurtre de Jao et s'assit sur un rocher. Il n'y avait pas un souffle de vent sur la montagne. C'était à ces moments-là que le jungpo rôdait. C'était à ces moments-là que les démons protecteurs frappaient. Il fut surpris de constater que sa main était posée sur la poche contenant le charme qui invoquait Tamdin. Quelles étaient les paroles du mantra du crâne de Khorda ? *Om ! Padme te krid hum phat !*

Un galet roula derrière lui. Son cœur lui remonta à la gorge lorsqu'une ombre apparut à son côté. C'était Yeshe.

— C'était une nuit comme aujourd'hui, fit remarquer Shan, en essayant de se calmer. Le procureur Jao a été conduit en voiture jusqu'au pont. Quelqu'un se trouvait ici. Quelqu'un qu'il connaissait.

— Je n'ai jamais compris. Pourquoi ici ? demanda Yeshe. C'est tellement loin de tout.

— Voilà la raison. La route ne va nulle part. Aucun

danger d'être surpris par des gens de passage. Et la fuite est facile.

Mais ce n'était pas tout. La montagne n'avait pas encore livré son secret.

— Donc on a marché avec Jao, déduisit Yeshe. Pour contempler les étoiles ?

— Pour parler. En privé. Quelqu'un est resté en bas.

— Le chauffeur.

— Je suis ici avec Jao, dit Shan, changeant de point de vue pour prendre celui du meurtrier qui avait attiré Jao dans la montagne. Je l'ai amené ici pour lui révéler un secret. Mais il s'est passé quelque chose qui surprend le procureur. Une pierre instable. Un tintement de métal. Il sent les intentions de son agresseur à la toute dernière minute, il se retourne et il se défend, il lutte, suffisamment longtemps pour arracher un ornement au déguisement.

Shan était debout, une pierre dans la main, reconstituant la scène.

— Alors moi, le meurtrier, j'attrape une pierre et je frappe Jao par-derrière.

Il jeta le projectile avec force sur le sol.

— Je dispose son corps très proprement après avoir vidé ses poches de tout ce qui pourrait l'identifier. C'est alors que Tamdin se sert de sa lame.

— Donc il y a deux tueurs.

— Je le crois, en effet. Jao n'est pas venu ici en compagnie de quelqu'un qui aurait revêtu un costume de démon. Il est venu avec un ami, qui savait que le démon était tapi là, en attente.

Shan recula d'un pas, continuant à interpréter son rôle.

— Je ne veux pas regarder.

Il se rapprocha du bord de la falaise.

— Je ne veux pas que le sang gicle sur moi. Je m'approche du bord et je jette ce que j'ai pris dans ses poches.

Shan ramassa un caillou et avança jusqu'à la limite du précipice où, tendant le bras dans le vide, il laissa tomber le caillou.

— Vous m'aviez dit pour quelle raison vous aviez été

renvoyé de l'université, ajouta-t-il au bout d'un moment, toujours face à l'abîme. Mais vous ne m'avez jamais expliqué pourquoi vous étiez allé à l'université.

Enquêtes, méditations, carrières, relations humaines se ressemblaient toutes, songea Shan. Elles échouaient parce que personne ne pensait à poser la bonne question.

Shan sentit Yeshe se diriger vers lui, et il s'avança à la limite du précipice, jusqu'à avoir les orteils dans le vide des ténèbres.

— C'était un honneur que d'être invité à l'université, répliqua Yeshe d'une voix blanche.

Une minuscule poussée, une petite bourrasque de vent, il n'en faudrait pas plus. Yeshe pouvait glisser et bousculer Shan, et Shan tomberait. Par une nuit comme celle-ci, peut-être ne touchait-on jamais le fond du précipice ? Il n'y avait que ténèbres, avant des ténèbres plus profondes.

— Mais pourquoi vous inviterait-on, Yeshe Retang ? Vous, un moine inconnu d'un gompa éloigné de tout ?

Yeshe se plaça tout à côté de Shan, à croire qu'il s'obligeait à prendre les mêmes risques que lui.

— La reconstruction de Khartok n'a commencé qu'après votre départ, poursuivit Shan. Le chandzoe, lui, vous a traité en héros. Comme s'il était en dette avec vous. Comme si Khartok avait bénéficié de privilèges après votre départ.

— J'avais promis à ma mère que je serais moine, chuchota Yeshe aux étoiles. J'étais l'aîné. C'était la tradition dans les familles tibétaines, jusqu'à l'arrivée de Pékin. Le fils aîné aurait l'honneur de servir dans un gompa. Mais je n'étais pas un bon moine. Le supérieur a dit que je devais perdre mon ego. Il m'a obligé à travailler dans les villages, que je voie la souffrance des gens. Deux fois par semaine, je conduisais un camion pour amener les enfants malades au gompa.

Un engoulevent lança son cri sur le versant derrière eux.

— Il gisait là, près de la route. J'ai cru que je pourrais le sauver. J'ai cru que je devais le basculer sur le côté pour dégager les galets afin qu'il puisse respirer. J'ai essayé. Mais il était déjà mort.

— C'est vous qui avez découvert le corps du directeur des Affaires religieuses ? s'exclama Shan.

— Je n'ai jamais compris pourquoi il se trouvait là, tout seul, dans la montagne.

— Et Dilgo, de votre gompa, a été exécuté pour ce meurtre.

Shan se rappela les feuillets manquants du dossier. Les dépositions des témoins.

— Quand j'ai découvert le corps, il était là. Je l'ai reconnu immédiatement.

— Vous voulez parler du rosaire appartenant à Dilgo ?

Yeshe ne réagit pas.

— Donc vous avez été témoin à charge contre Dilgo.

— J'ai dit la vérité. J'ai trouvé un Chinois mort. Avec le rosaire de Dilgo sur le cadavre.

La parabole était d'une telle perfection. Un membre d'un gompa, culte antisocial, condamné par le témoignage d'un membre de la nouvelle société, qui se trouvait appartenir lui aussi à ce même gompa. Preuve s'il en était de la malfaisance de l'ordre ancien et du potentiel vertueux de l'ordre nouveau.

— Ils vous ont envoyé à l'université comme récompense.

— Comment pouvais-je refuser ? Combien de fois un moine se voit-il offrir l'université ? Combien de fois un Tibétain se voit-il offrir l'université ? Ils ont dit que ce n'était pas une récompense. Ils ont dit que mes actions avaient simplement fait la démonstration que ma place était à l'université, que j'étais un chef de file qui aurait dû s'y trouver depuis le début.

— Qui vous a fait cette offre ?

— Le procureur Jao. Les Affaires religieuses. La Sécurité publique. Tous ont signé le papier.

Cela ne l'avançait guère sur l'identité de l'assassin de Jao, ni sur celui qui pourrait éventuellement essayer de manipuler Yeshe à nouveau. L'attribution de telles récompenses faisait partie intégrante de la manière dont s'administrait la justice chinoise. Quelqu'un s'était peut-être servi de Yeshe, sachant qu'il empruntait régulièrement cette route en camion. Ou alors son implication dans toute cette affaire avait pu être fortuite. L'important, c'est que Yeshe s'était révélé impressionnable, et quelqu'un cherchait maintenant à l'influencer de la même manière. Pas Zhong. Le directeur Zhong n'était qu'un maillon de la chaîne, coopérant uniquement afin de s'assurer la main-d'œuvre de Yeshe pour une année supplémentaire.

— Je l'ai dit au tout début, avança Yeshe, comme une idée pressante lui revenant après coup.

— Au tout début ?

— J'ai fait ma déposition longtemps avant qu'ils me proposent l'université.

— Je sais.

— Ils ont dit que c'était parce que je m'étais montré bon citoyen.

À nouveau, sa voix n'était plus qu'un murmure.

— Le seul problème, ajouta-t-il avec désespoir, c'est que je ne sais plus ce que cela signifie d'être un bon citoyen.

Les deux hommes contemplaient les étoiles, et leur silence paraissait libérer des vagues de douleur.

— Après avoir vu les Affaires religieuses, poursuivit Yeshe, après que Mlle Taring a dit qu'on continuait à découvrir des objets d'art qu'on transférait dans les musées, je me suis posé des questions. Et si quelqu'un avait découvert un second rosaire semblable à celui de Dilgo ? Et si j'avais menti sans le savoir ?

Shan posa la main sur le bras de Yeshe qu'il éloigna doucement du précipice.

— Alors il faut que vous trouviez la réponse à votre question.

— Pourquoi ?

— Pour Dilgo.

Ils s'assirent sur un gros bloc de pierre en laissant le silence retomber.

— Pensez-vous que ce soit vrai, ce qu'ils racontent ?
demanda Yeshe.

— Qu'est-ce qui est vrai ?

— Que le spectre de Jao réside ici, et cherche à se venger.

— Je ne sais pas.

Shan regarda la nuit.

— Si mon âme était laissée à la dérive, dit-il lentement, jamais je ne regarderais en arrière.

Ils n'échangèrent plus une parole. Shan n'avait aucune idée du temps qu'ils passèrent assis là. Peut-être dix minutes, peut-être trente. Une étoile filante dessina une courbe dans le ciel. Puis, brutalement, retentit un son, mi-gémissement, mi-hurlement, déchirant, obsédant, comme jamais encore Shan n'en avait entendu. Il monta des profondeurs et lui transperça la peau autour du cou. Ce n'était pas un son humain.

Soudain trois détonations éclatèrent, avant un silence de mort.

# 10

Il dormait. Les deux soldats firent irruption dans l'obscurité, comme dans un rêve, et se saisirent de lui avant de le traîner à bas de sa couchette, lui passer les entraves et le fourrer dans la voiture, sans prononcer un mot, sans répondre à ses questions. Il eut juste droit à une gifle méchante après la troisième qu'il eut posée. Shan se redressa en luttant contre la douleur : il savait ce qu'il fallait chercher. Ces hommes n'étaient pas de la Sécurité publique, mais de l'infanterie. Et les soldats avaient un plus grand nombre de règles à respecter. Il était dans une voiture, pas dans un camion. Jamais on ne l'abattrait dans une voiture. Ils se dirigeaient vers la vallée et non vers la montagne, là où on se débarrassait des encombrants. Il s'appuya contre la vitre, laissant le verre soutenir le poids de sa tête, et regarda la direction qu'ils prenaient.

Ils le conduisirent au croisement en contrebas des griffes du Dragon, où la silhouette du colonel se détachait sur fond de ciel gris terne. Les hommes de l'escorte le traînèrent vers Tan et libérèrent ses poignets, avant de retourner à leur voiture, où ils se postèrent en allumant une cigarette. Le premier marmonna quelque chose. L'autre éclata de rire.

— Il m'avait pourtant prévenu, annonça Tan. Zhong

avait bien dit que vous alliez me tourner en ridicule. En essayant de vous servir de moi.

— Il faudra que vous soyez plus précis, grommela Shan au milieu d'une vague de douleur. Je n'ai eu droit qu'à trois heures de sommeil.

— Agiter les séparatistes. Conspirer pour ouvrir une brèche dans la Sécurité publique. Conduire des soldats dans une embuscade.

Shan prit conscience d'un bruit rauque et étouffé. Derrière la voiture de Tan, il vit une silhouette familière : un camion gris, au hayon baissé, laissant apparaître les deux pieds bottés d'une silhouette endormie.

— C'est ce que le sergent Feng vous a raconté ? demanda-t-il, la mâchoire tout engourdie après la gifle qu'il avait reçue. Qu'il a été pris en embuscade ?

Il se toucha la lèvre. Pour en retirer ses doigts pleins de sang.

— Il avait reçu l'ordre d'appeler à son retour, la nuit dernière, répondit Tan. Il m'a réveillé. Il était dans tous ses états. Il demandait des renforts. Il dit qu'il faut vous livrer à la Sécurité publique.

Tan regarda vers le nord où approchait une colonne de camions.

— Peut-être ne vous a-t-il pas informé qu'il a crevé un des pneus, par balle, rétorqua Shan. Vous a-t-il aussi raconté qu'il est monté sur le toit du camion en refusant de redescendre ? Et que c'est moi qui ai dû prendre le volant au retour parce qu'il était complètement hystérique ?

Shan reconnut le convoi qui passait au premier coup d'œil. Il y avait deux fois plus de camions que d'habitude et les véhicules en supplément étaient pleins de nœuds. Il les accompagna du regard, dans un désespoir total. Les nœuds allaient à la griffe sud pour y installer leurs mitrailleuses. De leur côté, les prisonniers allaient remonter la pente, s'asseoir, et attendre, en égrenant leurs rosaires improvisés.

La colonne de poussière une fois stabilisée, Shan

s'aperçut que deux camions s'étaient arrêtés. Une douzaine de commandos, le muscle dur et sec, sautèrent du premier pour se poster sur deux rangs à l'arrière du second. Un prisonnier tibétain fut éjecté de l'ombre et atterrit entre les deux files en gémissant de douleur. D'autres suivirent. Il se rendit compte que ce n'était pas les prisonniers que Tan observait, mais bien lui.

On conduisit les nouveaux arrivants, quinze au total, à six ou sept mètres dans les bruyères, où on leur ordonna de s'aligner. Deux officiers des nœuds armés de pistolets-mitrailleurs sortirent à leur tour derrière les camions pour prendre position sur la route, face aux moines.

— Non ! gémit Shan. Vous ne pouvez pas…

— J'ai l'autorité, l'interrompit Tan, la voix glacée. Leur grève est un acte de trahison.

Shan se précipita. Ce n'était qu'un cauchemar de plus. Il allait se réveiller d'une minute à l'autre sur sa couchette. Il trébucha et tomba, un genou au sol. Un caillou lui entailla douloureusement la peau. Il était bien éveillé.

— Ils n'ont rien fait ! s'exclama-t-il.

— Cessez votre mascarade. Je veux un rapport d'accusation sur le meurtrier Sungpo. Dans une semaine.

Les prisonniers entamèrent un mantra, les yeux dirigés vers les montagnes, par-dessus les têtes de leurs exécuteurs. Tan continuait à fixer Shan sans dévier d'un pouce.

Shan avait l'impression d'avoir la langue collée au palais. Il lutta contre la nausée qui montait.

— Je n'aiderai pas à tuer un homme innocent, dit-il d'une voix qui se brisait.

Il secoua la tête avec violence pour en chasser la douleur, et c'est plein d'une conviction nouvelle qu'il s'adressa à Tan.

— Si c'est ce que vous voulez, alors, je sollicite la permission de me joindre à ces prisonniers.

Tan ne répondit pas.

Les officiers armèrent leur pistolet-mitrailleur. Shan bondit. Quelqu'un l'agrippa par-derrière et l'immobilisa le temps d'une rafale. Le rugissement des détonations se réverbéra jusque dans la vallée.

Quand la fumée fut dissipée, trois des prisonniers étaient à genoux. Ils sanglotaient. Les autres fixaient toujours le lointain en psalmodiant leur mantra. Les nœuds avaient tiré à blanc.

— Vous avez enfreint la sécurité à la griffe sud ! aboya Tan. Qui vous a autorisé à pénétrer dans une zone à accès limité ?

— La scène du meurtre est maintenant « hors limites » pour votre enquêteur ? lui rétorqua Shan.

— Vous avez déclaré que vous vous rendiez au monastère de Sungpo. Un rapport d'inculpation contre l'accusé. Vous m'avez compris ?

— La cruauté n'a jamais à être comprise. Elle doit être endurée.

Shan ferma les yeux. Il sentait monter en lui la colère.

— Il ne fait pas de doute que Li Aidang aimerait voir mes notes. Je vais prévenir l'un de ces officiers de la Sécurité publique qu'il faut que je parle à Li. Ensuite je vais grimper dans ce camion — il désigna le véhicule des prisonniers — et retourner à mon unité de travail.

Tan alluma une de ses cigarettes américaines et fit le tour du véhicule de Feng sans un mot. Il s'arrêta à l'arrière droit, où l'enjoliveur manquait à une roue dont le pneu était différent des trois autres.

— Racontez-moi ça, grogna-t-il en revenant vers Shan. On faisait remonter les prisonniers dans les véhicules.

— Je me trouvais au bord de la falaise et j'essayais de comprendre ce qui s'était passé cette nuit-là. Peut-être que l'heure était importante, l'heure à laquelle Jao a été tué. Je voulais savoir. J'ai entendu un bruit étrange, comme le feulement d'un gros animal, puis des coups de feu en provenance du camion. Je suis redescendu en courant. Le sergent Feng a dit qu'il avait vu un démon.

— Votre fameux démon Tamdin.

— Il était hystérique. Il soutenait que le démon était

tout près, qu'il l'avait entendu parler. J'ai eu peur pour lui et je lui ai demandé de me donner son arme.

Tan ricana.

— Tout simplement. Et le sergent vous l'a remise.

— Je la lui ai rendue par la suite, au casernement.

— Je ne vous crois pas.

Shan fouilla dans ses poches.

— J'ai gardé les balles restantes, pour ne pas courir de risques.

Il fit tomber cinq cartouches dans la main de Tan. Celui-ci contempla les balles sans ciller, pendant un temps si long que sa cigarette lui brûla les doigts. Il tressaillit et jeta le mégot au sol d'un geste furieux avant de reporter son attention sur la poussière du convoi.

— Tout part à vau-l'eau, marmonna-t-il d'une voix si basse que Shan ne fut pas certain d'avoir entendu correctement.

Quand il releva la tête, Shan lut sur ses traits un sentiment tout nouveau qu'il n'avait encore jamais vu chez le colonel : un soupçon, des plus infimes, d'incertitude.

— Tout tourne autour de la même chose, n'est-ce pas ? dit-il. La grève de la 404ᵉ et le procès de Sungpo. Il va y avoir un bain de sang et je ne peux rien faire pour l'arrêter.

— Est-ce que vous voulez l'arrêter ? demanda Shan, interloqué. Avez-vous la volonté de l'arrêter ?

— Que croyez-vous que j'ai… commença Tan, en s'arrêtant aussi vite, les balles du pistolet toujours dans la main. Feng a eu la trouille. Nous avons servi ensemble pendant de nombreuses années. Il est venu à Lhadrung parce que je m'y trouvais. Et jamais je ne l'ai vu effrayé. Jao n'avait pas tort. Au cours des séances de critique, il répétait toujours que ma seule erreur était de croire que les vieilles causes produiraient les mêmes vieux effets au Tibet.

— Les vieilles causes n'ont pas très bien fonctionné ici.

— Je vais avertir Zhong d'autoriser les prisonniers à s'alimenter, annonça Tan dans un soupir. De laisser entrer les charitables bouddhistes pour qu'ils leur servent un repas par jour.

D'abord incrédule, Shan hocha lentement la tête.

— C'est ce qu'il faut faire. C'est justice.

— Les Américains arrivent, dit Tan d'un ton absent avant de faire remarquer à Shan : vous saignez.

— Ce n'est rien.

Tan tendit son mouchoir à un Shan abasourdi, de plus en plus incrédule.

— Je ne leur ai jamais ordonné de vous frapper.

Shan accepta le mouchoir et le pressa contre sa lèvre tandis que le sergent sortait de l'arrière du camion, en bâillant et s'étirant. En apercevant son colonel, Feng eut un mouvement de recul comme s'il voulait se cacher, puis il bomba le torse et avança d'un pas martial.

— Sollicite une réaffectation, mon colonel, déclara-t-il, gêné, en baissant les yeux sur ses bottes.

— Pour quel motif ? demanda Tan d'un ton bourru.

— Au motif que je suis un vieil imbécile. Je n'ai pas réussi à rester vigilant dans l'exercice de mon devoir, mon colonel.

— Camarade Shan, le sergent Feng a-t-il fait preuve d'un manque de vigilance à un moment quelconque la nuit dernière ?

— Non, colonel. Sa seule erreur a peut-être été de se montrer trop vigilant.

Tan s'apprêtait à rendre les balles à Feng quand il changea d'avis pour les tendre à Shan, qui les tendit à son tour à Feng.

— Retournez à votre poste, sergent, ordonna Tan.

Le sergent Feng accepta les balles d'un air penaud.

— J'aurais dû le savoir, murmura-t-il. On ne peut pas abattre un démon.

Il salua le colonel et pivota sur les talons. Tan contempla une nouvelle fois la poussière du convoi.

— Il ne reste plus assez de temps.

— Alors aidez-moi. Il y a beaucoup à faire. Je dois à nouveau essayer de parler à Sungpo. Mais il faut aussi que je retrouve le chauffeur de Jao. Aidez-moi. C'est lui la clé de tout.

— Les bols sont restés intacts. Il n'a pas touché à un grain de riz, annonça le garde lorsque Shan entra dans le bloc de cellules.

Sa voix résonnait d'une étrange fierté : apparemment, le fait que le prisonnier se laisse mourir de faim était pour lui une sorte de victoire personnelle.

— Rien que du thé.

Depuis sa première visite, trois jours auparavant, Sungpo ne donnait pas l'impression d'avoir bougé. Il était assis, le dos droit, en éveil, paupières ouvertes sur un regard à mille lieues de la prison.

— Mon assistant, dit Shan en inspectant le bloc de cellules. Je pensais qu'il serait ici.

— Il se trouve avec l'autre.

— Vous avez un nouveau prisonnier ?

Le garde secoua la tête.

— L'a escaladé la clôture. L'a eu de la chance, le salopard. À dix minutes près, un peu plus tôt, ou plus tard, la patrouille d'inspection l'aurait abattu sur place.

— Un évadé ?

— Non. C'est ça le plus drôle. Le bonhomme essayait d'entrer. L'a fallu lui apprendre que les citoyens ne sont pas autorisés à pénétrer librement dans une enceinte militaire.

Shan trouva Yeshe dans le bâtiment voisin. Son visage avait changé : il paraissait plus apaisé. Il essorait une serviette dans une cuvette d'eau rougie par le sang, et s'il n'avait pas encore trouvé la paix de l'esprit, peut-être avait-il gagné en lucidité.

Shan le suivit jusqu'à la salle d'interrogatoire. Il ne reconnut pas immédiatement le petit bonhomme assis sur la table : un côté de son visage ressemblait à un melon qui aurait dégringolé d'un camion à pleine vitesse.

— Plein de chaud, c'est bon, hein ? déclara Jigme, en

levant une des grosses pattes qui lui servaient de mains en guise de salut. Il m'a envoyé chercher. Je l'ai trouvé.

— Comment ça, il vous a envoyé chercher ?

— Vous êtes venu, pas vrai ?

— Comment avez-vous pu arriver aussi vite ? Vous êtes arrivé en voiture ?

Les yeux meurtris de Jigme réussirent malgré tout à s'éclairer.

— Je vole dans les airs. Comme les anciens. Le sortilège de la flèche.

— J'en ai entendu parler, acquiesça Shan. Je me souviens aussi d'avoir vu des camions chargés de troncs d'arbres sur la route qui quittaient votre vallée.

Jigme essaya de rire mais ne sortit de sa gorge qu'une quinte de toux rauque. Shan et Yeshe le remirent debout et, le plaçant entre eux, moitié traînant, moitié portant, le sortirent du bâtiment. Ils furent arrêtés dans les escaliers par un officier furieux qui rugit :

— Ce prisonnier appartient à la Sécurité publique !

— Cet homme est témoin essentiel de mon enquête, répondit Shan, l'air de rien, en tournant le dos au militaire.

Une fois à l'intérieur du bloc de cellules, Jigme se dégagea et remit un peu d'ordre dans sa tenue. Il avança seul dans le couloir en claudiquant, et tomba à genoux avec un cri d'allégresse en arrivant à la dernière cellule. Le garde de faction se leva, prêt à protester. Shan l'interrompit net d'un geste lui signifiant d'ouvrir la porte.

Sungpo salua le nouvel arrivant d'un signe de tête et le visage meurtri de Jigme en fut tout illuminé. L'orphelin du gompa referma derrière eux et passa en revue les bols de riz intacts.

— Tout est bien, maintenant, soupira-t-il avec un sourire de reconnaissance à l'adresse de Shan.

— Nous avons besoin de lui parler.

De toute évidence, Jigme prit cela pour une excellente plaisanterie. Il sourit de toutes ses dents.

— Bien sûr. Deux ans, un mois, dix-huit jours.

— Il n'a pas tout ce temps à sa disposition.

Jigme fit la grimace et retourna auprès de Sungpo avec l'un des bols de riz. À petits gestes affectueux de la main, il commença à brosser la paille sur la robe de son maître.

— Il faut que nous lui parlions, répéta Shan.

— Vous croyez qu'il a peur de se défaire de son enveloppe terrestre, c'est ça ? les défia soudain Jigme. Vous autres, les gens du Nord, vous êtes une mouche sur son épaule.

Une larme roula sur sa joue.

— C'est un grand homme. Un bouddha vivant. Il mourra tranquillement, vous en faites pas. Il la quittera, son enveloppe, et il se rira de nous tous dans l'autre vie.

Ils étaient assis à l'abri d'un étal vide à l'arrière du marché et surveillaient la boutique du sorcier. Personne n'entrait, personne ne sortait. Le marché commençait à se remplir de charrettes sur lesquelles s'entassaient les verdures de printemps, les premières feuilles de moutarde et d'autres plantes qui, partout ailleurs sur la planète, auraient été considérées comme des mauvaises herbes.

Feng, toujours inquiet et mal guéri de la nuit précédente, se frottait la paume sur la crosse de son pistolet.

— J'aurais besoin de cinquante fen, dit Shan.

— Vous n'êtes pas le seul, plaisanta Feng.

— Pour la nourriture. Vous avez de l'argent pour les frais.

— Pas faim.

— Nous n'avons pas pris de petit déjeuner. Vous, si.

En entendant ces mots, Feng parut peiné et Shan se demanda s'il était toujours blessé par le sobriquet dont il était affublé.

— Un de vous deux reste ici, ordonna le sergent, après mûre réflexion.

Yeshe, comme à un signal, s'appuya contre le mur, avec l'intention, apparemment, de ne plus en bouger. Shan tendit la main et prit l'argent. Feng esquissa un geste vague vers les étals devant eux.

— Cinq minutes.

Shan traîna un peu devant un marchand qui vendait du matériel d'écriture, puis il trouva une femme qui vendait des momos. Il en prit deux pour Yeshe, avant de revenir sur ses pas pour acheter à la hâte deux feuilles de papier de riz, un pinceau et un petit bâton d'encre.

— Le premier charme a été sollicité il y a quelques jours, annonça soudain une voix dans son dos.

Shan commença à se retourner. Un coude s'enfonça dans son dos.

— Ne regarde pas.

Shan reconnut la voix du purba au visage balafré. Il vit des chaussons de feutre dépenaillés derrière lui. L'homme était déguisé en conducteur de troupeaux.

— Ils cherchent toujours une occasion, dit le purba par-dessus l'épaule de Shan. Un sorcier comme Khorda, ça accepte toujours de leur prendre leur argent. Et l'argent, ils n'en manquent jamais. Les affaires marchent bien pour ceux de leur espèce.

— Je ne comprends pas.

— La fille, elle travaille dans une librairie. Elle a demandé les charmes Tamdin il y a environ une semaine. Hier, elle en a demandé à nouveau. Contre les morsures de chiens, cette fois.

— La fille ?

— La fille d'un singe de chair.

— Un ragyapa ?

— Green Bamboo Street. La rue du Bambou Vert, fut la réponse.

Shan se retourna. Le purba avait disparu.


Vingt minutes plus tard, au nord de la ville, Shan et le sergent Feng surveillaient la librairie depuis la piste caillouteuse creusée d'ornières. Yeshe entra et dans l'embrasure apparut une femme de petite taille, au teint bistre. Il s'adressa à elle, la femme lui indiqua le fond du magasin, avant d'inspecter la rue dans un sens puis dans l'autre pour finalement refermer la porte.

Dix minutes plus tard Yeshe jaillissait de la boutique telle une flèche, le visage triomphant.

— Elle est là. C'est elle qui a ouvert. Elle dit qu'elle vient de Shigatsé, mais ce n'est pas vrai.

Il avait demandé à voir le propriétaire de la boutique, en expliquant qu'il était chargé d'un recensement rapide des licences et patentes. Lorsque l'homme avait commencé à mettre son autorité en doute, Yeshe avait pointé le doigt par la fenêtre. Voyant un véhicule à l'allure officielle avec un soldat au volant, l'homme s'était dépêché de sortir sa patente d'exercice ainsi que le permis de travail de la fille.

— Le permis remonte à un an, il stipule qu'elle vient de Shigatsé. Sauf qu'en sortant, je lui ai demandé si elle aimait escalader les murailles de la vieille forteresse de Shigatsé. Elle a répondu que oui, en ajoutant qu'elle aimait bien pique-niquer là-bas.

— Il y a une forteresse là-bas ? demanda Shan.

— Une forteresse au Tibet ? Bien sûr que non. Les communistes l'ont fait sauter il y a quarante ans.

Il colla les mains l'une à l'autre avant de les écarter brutalement, comme pour illustrer un grand boum.

— Plus de murs.

— Donc elle n'est pas originaire de Shigatsé.

— Impossible. Elle vit dans l'arrière-boutique, mais le propriétaire prétend qu'elle part pratiquement tous les week-ends. Jamais une employée de magasin n'aurait un salaire suffisant pour faire aussi régulièrement les trois cents kilomètres qui la séparent de Shigatsé.

— Donc sa famille habite tout près, dit Shan.

Une famille de trancheurs de chair. Dans les montagnes. Là où vivait Tamdin, trancheur de chair lui aussi.

— C'est là qu'elle se rend avec les charmes.

Shan dévisagea Yeshe avec espoir.

— Non, protesta ce dernier, l'expression sombre, sans trop de conviction.

— Sa maison ne devrait pas être tellement difficile à

trouver, suggéra Shan. Dans Lhadrung, la mort est un marché en pleine activité.

Tan lui tendit plusieurs feuilles de papier tenues par une épingle.

— J'ai trouvé la femme ! s'exclama-t-il, tout à la joie de sa réussite.

— La femme ?

— Mlle Lihua, la secrétaire du procureur Jao. En congé à Hong Kong. Le ministère de la Justice a remonté sa trace jusqu'à son hôtel. Elle est allée au bureau local du ministère et s'est servie du fax. Elle déclare que l'adjoint du procureur, Li, l'a conduite à l'aéroport, avant que Jao parte dîner avec l'Américaine. Je la connais. Jeune, très consciencieuse. Une grande mémoire du détail. Elle m'a donné l'emploi du temps de Jao. La liste de ses appels le jour de son assassinat. Elle a tout faxé. Personne n'a téléphoné à propos d'un rendez-vous.

Mlle Lihua était honorée de pouvoir venir en aide au colonel, disait le premier fax. Elle était affligée de chagrin devant la perte du camarade procureur Jao, et elle avait le sentiment qu'elle devait revenir immédiatement. Tan avait décliné son offre, à condition qu'elle coopère par fax.

— Savait-elle comment retrouver le chauffeur ? demanda Shan.

— Elle m'a expliqué où il habitait. En ajoutant qu'elle était certaine que personne, parmi les connaissances de Jao, ne lui avait fixé de rendez-vous à la griffe sud.

— Elle ne peut pas le savoir, contesta Shan. Si quelqu'un avait téléphoné, elle ne serait pas au courant.

— Jao était un salopard arrogant. Jamais il ne prenait ses coups de fil en personne. Et tout devait être préparé à l'avance, sinon rien ne pouvait se faire. Mlle Lihua détaillait l'emploi du temps heure par heure. Il a été au bureau toute cette journée-là, a-t-elle dit. Il était en train de charger la voiture pour l'aéroport quand elle est partie. Les Affaires religieuses ont appelé à propos d'une réunion de comité. Ainsi que le bureau de la justice à propos d'un rapport en retard. Jao lui a demandé de rappeler pour confirmer ses vols. Rien d'autre ce jour-là, le dîner excepté.

— Il existe d'autres endroits. D'autres manières de recevoir des coups de fil.

— Ici, ce n'est pas Shanghai. Il ne possédait pas de téléphone portable. Il ne possédait pas d'émetteur radio. De toute manière, ce jour-là, il n'allait nulle part. Et il n'aurait changé ses projets pour rien au monde, ajouta Tan. Il n'aurait pas couru le risque de rater le vol de son congé annuel à cause du simple message d'un moine.

— Exactement. C'est bien pourquoi il s'agit de quelqu'un qu'il connaissait.

— Non. C'est bien pourquoi il a dû être pris dans une embuscade sur le trajet vers l'aéroport, pour être ensuite conduit à la griffe.

— La route de l'aéroport. C'est une route militaire.

— Bien sûr.

— Donc elle est empruntée par les convois qui descendent dans la vallée. Est-ce que les camions voyagent la nuit ?

Tan acquiesça d'un lent hochement de tête.

— Quand il faut récupérer du matériel ou du personnel à l'aéroport. Les vols atterrissent en fin d'après-midi.

— Alors vérifiez si un chauffeur militaire a vu une limousine sur son trajet de retour. Il n'y a pas beaucoup de limousines à Lhadrung. Elle ne serait pas passée inaperçue.

Shan étudiait la chemise aux fax tout en parlant : Mme Ko avait ajouté l'itinéraire du procureur Jao, obtenu directement auprès de la compagnie aérienne.

— Pourquoi avait-il prévu un arrêt d'une journée à Pékin ? Pourquoi pas un vol direct ?

— Les magasins. La famille. Toutes les raisons possibles.

— Il faut que j'aille à Lhassa, déclara Shan en s'asseyant.

Le visage de Tan vira à l'aigre.

— Quel rapport ? Lhassa n'a rien à voir dans cette histoire. Si vous croyez un seul instant que je vais entraîner des autorités extérieures dans…

— Le procureur avait prévu une journée à Pékin. Une journée inexpliquée. Il a reçu un message inexpliqué d'une personne inconnue qui l'a attiré par la ruse dans un piège afin qu'il soit tué par un autre inconnu portant un costume inexpliqué et non répertorié.

— Le tueur n'était pas seul ? demanda Tan, d'une voix menaçante.

Shan l'ignora.

— Nous devons commencer à répondre aux questions, et non à en soulever de nouvelles. À Lhassa, expliqua Shan, il y a un musée des Antiquités culturelles. Il faut établir un relevé détaillé de tous les costumes de Tamdin.

— Impossible. Je ne peux pas vous protéger à Lhassa. Ma tête tomberait si vous veniez à être découvert.

— Alors allez-y. Vérifiez les archives des musées.

— Wen Li les a vérifiées. Il a soutenu qu'il n'en manquait aucun. Et je ne peux pas quitter le district avec la 404ᵉ en grève. Ce serait un signe de faiblesse.

Il leva brutalement les yeux au ciel et jura.

— Écoutez-moi. On pourrait croire que je présente des excuses. Personne ne me force à…

Les mots s'étranglèrent dans sa gorge.

Il est peu de meilleures loupes de l'âme, songea Shan, que la colère.

Le colonel recula jusqu'à la fenêtre et prit les jumelles. À l'œil nu, Shan voyait bien que le chantier était vide.

— Vous avez raison, il ne faut pas les considérer comme deux problèmes séparés, dit-il très doucement.

Tan baissa lentement les jumelles et se tourna vers lui.

— Le meurtre et la grève, précisa Shan. Ils relèvent tous deux de la même chose.

— Vous voulez parler de la mort de Jao ?

— Non. Pas la mort de Jao. La chose qui a causé la mort de Jao.

Tan fixait Shan lorsque le téléphone sonna. Il écouta,

lâcha une seule syllabe pour confirmation, et raccrocha, le front soucieux.

— Li Aidang est une nouvelle fois en train de rassembler vos pièces à conviction.

Balti, le chauffeur du ministère de la Justice, habitait dans une bâtisse délabrée, stuc et tôle ondulée, qui servait de garage au gouvernement. Shan et le colonel suivirent le bruit des voix et empruntèrent un escalier raide qui conduisait à l'étage au-dessus du garage, dans un grenier sans cloisons plein de courants d'air et chichement éclairé, encombré d'étagères pleines de pièces détachées d'automobiles. Un long panneau étroit en contreplaqué monté sur parpaings faisait office de lit, à la surface duquel on avait étalé des morceaux de toile sales ayant apparemment servi de bâches de protection dans l'atelier de réparation. Sur une caisse retournée au bout du lit étaient posés une lampe à beurre et un petit bouddha en céramique très ébréché.

Deux hommes se tenaient à l'extrémité de la pièce, s'aidant de lanternes à main pour examiner les étagères.

— Nous ne voudrions quand même pas faire preuve d'une moins grande diligence que l'adjoint du procureur, dit le colonel à mi-voix.

C'est tout juste s'il ne poussa pas Shan en avant pour confirmer ses propos.

Un des hommes dans l'ombre s'approcha. C'était Li. Il portait des gants en caoutchouc et un koujiao noué lui masquait la bouche. Que craignait-il ? La contagion bouddhiste ?

— Brillant ! s'exclama-t-il à l'adresse de Shan, en baissant son masque. Jamais je n'y aurais pensé. Mais quand le colonel Tan s'est enquis de la voiture du procureur…

— Pensé à quoi exactement ? interrogea Shan.

— À la conspiration. Ce Khampa. C'est lui qui a obligé le procureur à se rendre jusqu'à la griffe sud. Il l'a conduit là-bas contre son gré. Pour qu'il soit assassiné par Sungpo. Ce qui explique comment Sungpo a pu se rendre à la griffe et revenir. Et pourquoi la voiture est introuvable. Et pourquoi Balti est introuvable lui aussi.

Li continuait à fouiller tout en parlant. Près du lit il examina une boîte en carton pleine de vêtements soigneusement pliés. Il la vida sur le sol avant d'en ramasser chaque article du bout des doigts comme si le tissu était susceptible d'être infecté par la vermine. Il s'agenouilla et regarda sous le lit, en dégageant deux chaussures qu'il jeta négligemment derrière lui.

Shan se plia en deux et passa la main sous la literie. Il y trouva cachée une photographie passée, toute en plis : trois hommes, deux femmes et un chien devant un troupeau de yacks. Il sortit également un objet métallique aux arêtes vives, une pièce circulaire en chrome. Il la tint à bout de bras, désorienté. Tan la lui prit des mains et l'examina.

— Jiefang, annonça-t-il. Enjoliveur de capot.

Sur les routes de la région, les camions Jiefang tout déglingués, expédiés au Tibet après une vie de service ailleurs, faisaient partie du paysage.

Li se saisit de l'enjoliveur et aboya un ordre à l'homme derrière lui, qui sortit un petit sachet en plastique. Cérémonieusement, Li laissa tomber la pièce chromée dans le sachet en se tournant vers Shan avec délectation.

— Vous devriez regarder des films américains, déclara-t-il en s'approchant du bord du lit. Très instructif. L'intégrité de la pièce à conviction est la clé de tout !

Requinqué par cette découverte, Li arracha la literie. Ne trouvant rien, il retourna le panneau de contreplaqué avant de sonder les cavités des parpaings. Devant le dernier, il haussa les sourcils en signe de victoire pour en extraire un rosaire aux grains en plastique.

— La limousine. C'est évident ! s'écria-t-il en agitant les grains de chapelet devant Shan. Balti était complice du meurtre, il a reçu la limousine Red Flag du procureur Jao en récompense.

Il laissa tomber le rosaire dans un autre sachet.

Yeshe avança maladroitement jusqu'aux étagères de

pièces détachées et commença à déplacer les cartons d'un air absent. Une carte postale abîmée tomba au sol, une image du dalaï-lama prise des décennies auparavant.

— Excellent ! s'exclama Li en se saisissant de la photo avant de féliciter Yeshe par quelques tapes dans le dos. Vous apprenez, camarade.

Yeshe se retourna, impassible.

— Aujourd'hui, il est permis de posséder de telles photos, tant qu'elles ne sont pas exposées en public.

Ce n'était pas tout à fait une contestation brutale, mais il y avait, dans la voix de Yeshe, une objection, un accent nouveau qui surprit Shan, et peut-être Yeshe en personne plus encore.

Li parut ne rien remarquer. Il agitait la photo comme un étendard.

— Non, mais regardez l'âge de cette chose. Elle était illégale quand elle a été prise. C'est ainsi que nous bâtissons nos dossiers, camarade.

L'assistant tendit un nouveau sachet en plastique, dans lequel Li laissa tomber la carte postale.

Shan avança jusqu'à la fenêtre à l'autre bout de la pièce et en frotta la crasse du bout des doigts. Au-dehors, il vit leurs véhicules, et Feng qui fumait une cigarette en compagnie de quelqu'un. Shan nettoya complètement la vitre. Le lieutenant Chang. Instinctivement, Shan recula et son pied frôla l'une des chaussures trouvées par Li. Il la ramassa et passa le doigt sur le pourtour de la semelle. Le plastique était bon marché mais la chaussure était neuve, elle n'avait probablement jamais servi, pourtant elle était couverte de poussière. Il ramassa la seconde. Elle n'était pas assortie à la première. Elle aussi semblait ne jamais avoir été portée, et, comme la première, il s'agissait d'un pied gauche. Shan revint vers le lit maintenant démoli et fouilla. Il ne trouva pas d'autres chaussures.

— Et dire que cet homme avait été lavé de tout soupçon par la Sécurité publique, déclara Li en ramassant le petit bouddha.

— Un petit homme à gros ventre n'est pas illégal, fit remarquer Tan d'une voix de glace.

— Camarade colonel ! s'exclama Li avec condescendance. Vous n'avez guère l'expérience de l'esprit criminel.

Il ponctua son commentaire d'un sourire satisfait avant d'étendre le bras et de laisser tomber le bouddha dans un nouveau sachet tenu par son assistant.

En voyant apparaître Tan, la petite foule qui s'était rassemblée à l'extérieur du garage s'éparpilla telle une volée de moineaux effrayés pour disparaître dans une allée. Seul resta un petit enfant, minuscule silhouette de trois ou quatre ans enveloppée dans une robe noire en poils de yack nouée d'une ficelle. L'enfant, dont le sexe n'était pas évident, scrutait Tan sans bouger avec une intense curiosité.

— Il faut que je trouve Balti, dit Shan au colonel. S'il a disparu, c'est à cause de cette fameuse nuit.

— Vous avez entendu Li. Il se trouve probablement au Sichuan, maintenant.

— Vous avez vu ses vêtements au premier. Cette boîte contient toute sa garde-robe. Il n'a rien emporté. Il n'avait aucune intention de partir. En outre, jusqu'où croyez-vous que le locataire de ce grenier aurait pu aller sans laissez-passer, au volant d'une voiture du gouvernement obtenue frauduleusement ?

— Alors, c'est qu'il a vendu la voiture.

Tan avança d'un pas vers l'enfant.

— Ce n'est là qu'une des éventualités possibles. Il a pu être complice du crime. Ou il a pu être tué. Ou il a pu s'enfuir, complètement terrorisé, et aujourd'hui, il se cache.

L'enfant regarda Tan et éclata de rire.

— Par peur de votre démon, poursuivit le colonel.

— Ou par peur des représailles. Peur de quelqu'un qu'il a reconnu cette nuit-là.

Tan réfléchit en silence à l'hypothèse de Shan.

— D'une manière ou d'une autre, il n'est plus là. Et il n'y a rien que vous puissiez faire.

— Je peux parler aux voisins. À mon avis, il a long-temps vécu ici. Il faisait partie du quartier.

— Le quartier ?

Tan regarda alentour les barils de pétrole vides entas-sés, les tas de ferraille, les cahutes déglinguées qui entou-raient le garage.

— C'est un fait que des gens vivent ici, dit Shan.

— Très bien. Allons les interroger. Je veux voir mon enquêteur à l'œuvre.

Quelqu'un appela depuis l'allée. L'enfant ne réagit pas. Tan tendait la main vers lui quand soudain apparurent trois hommes, des conducteurs de troupeaux, carrés et trapus, armés de longs bâtons pointés en avant, prêts à livrer bataille. Instantanément, le sergent Feng et le chauffeur de Tan se postèrent aux côtés du colonel, la main sur la crosse de leur arme. Une femme replète, courte sur jambes, cou-rut entre les hommes en criant d'une voix inquiète. Elle attrapa l'enfant et se mit à hurler contre les bergers qui battirent lentement en retraite.

Tan se raidit, droit comme un I, le visage dur. Il alluma une cigarette et examina l'allée.

— Très bien. Au travail. J'enverrai des patrouilles au pied de la griffe sud. Éliminons tout d'abord l'explication la plus plausible. Nous allons rechercher son cadavre. Les soldats ont déjà inspecté le pied de la falaise pour retrou-ver la tête de Jao. Mais le corps du chauffeur pourrait se trouver n'importe où. Dans le ravin de la gorge du Dra-gon, peut-être.

Tan s'éloigna d'un pas pressé. Shan ordonna au sergent Feng de déplacer le camion pour le garer à l'ombre du garage puis il alla s'asseoir en compagnie de Yeshe sur des bidons rouillés dans la cour de l'atelier.

— Avez-vous averti Li que je venais ici ? demanda Shan tandis que les maisons alentour reprenaient lente-ment vie. Quelqu'un lui a parlé. Exactement comme pour la maison de Jao.

— Je vous l'ai déjà expliqué : s'il pose la question,

comment puis-je refuser de répondre à un représentant du ministère de la Justice ?

— La question a-t-elle été posée ?

Yeshe ne répondit pas.

— On avait mis un repère dans la caverne de Sungpo. Sur la pierre sous laquelle on a découvert le portefeuille de Jao. Quelqu'un l'a placé là délibérément de manière que l'équipe chargée de l'arrestation puisse le trouver.

— Pourquoi me racontez-vous cela ? demanda Yeshe en se rembrunissant.

— Parce qu'il faut que vous décidiez de celui que vous voulez être exactement. Les prêtres réagissent à l'emprisonnement de diverses manières. Certains resteront toujours prêtres. D'autres seront toujours des prisonniers.

C'est un Yeshe furieux et plein d'amertume qui se tourna vers Shan.

— Donc, si je comprends bien, je ne suis plus croyant si je réponds à des questions du ministère de la Justice.

— Pas du tout. Tout ce que je dis, c'est que chez ceux qui sont habités par le doute, ce sont les actions qui définissent les convictions. Tout ce que je dis, c'est : acceptez d'être pour toujours le prisonnier d'hommes comme le directeur Zhong, ou alors décidez une bonne fois pour toutes de ne pas l'accepter.

Yeshe se leva et jeta un caillou contre le mur, avant de s'écarter de Shan.

Une femme âgée apparut qui leur lança un regard méchant. Elle déplia une couverture en bordure de la rue et se mit à disposer la pile de boîtes d'allumettes, de baguettes de riz et de barres de sucreries qui constituaient toute sa marchandise. Elle sortit une photographie usagée de sous sa robe et la porta à son front, avant de la poser devant elle. C'était une photo du dalaï-lama. Trois garçons se mirent à jouer en jetant des cailloux dans un pneu usé. Dans le taudis en face du garage, une fenêtre s'ouvrit et apparut une tige de bambou chargée de linge, accrochée au-dessus de la rue telle une baguette retenant des drapeaux de prières.

Shan regarda pendant cinq minutes puis choisit une friandise sur la couverture en demandant à Yeshe de régler.

— Je suis désolé pour tout ce dérangement, dit-il à la femme. L'homme qui vivait ici a disparu. On le cherche.

— Quel imbécile, ce garçon ! caqueta-t-elle.

— Vous connaissez Balti ?

— Va prier, je lui ai recommandé. Souviens-toi de celui que tu es, je lui ai dit.

— Avait-il besoin de prières ?

La femme se tourna vers Yeshe.

— Expliquez-lui que seuls les morts n'ont pas besoin de prières. Sauf mon mari décédé, soupira-t-elle. C'était un informateur, mon mari. Priez pour lui. Il est devenu rongeur. Il revient la nuit et je le nourris de graines. Le vieil imbécile.

L'un des conducteurs de troupeaux, le bâton toujours à la main, s'approcha d'elle et marmonna dans ses moustaches.

— Tais-toi, cracha la veuve. Quand tu seras assez riche pour qu'aucun de nous ne soit plus obligé de travailler, tu pourras me dire à qui j'ai le droit de causer.

Elle sortit cinq cigarettes enveloppées dans un mouchoir en papier et les disposa sur la couverture, avant d'examiner Yeshe.

— Êtes-vous celui-là ?

— Celui-là ? interrogea gauchement Yeshe.

— J'ai laissé une prière au temple. Pour que les démons soient chassés. Quelqu'un viendra. Ça peut se faire. Il y avait des prêtres dans l'ancien temps qui pouvaient le faire. Avec un seul son, ils pouvaient le faire. Si vous poussez une plainte qui va vibrer jusque dans le monde suivant, vous pouvez tout arranger.

Yeshe dévisagea la femme, complètement désorienté.

— Pourquoi pensez-vous que cela pourrait être moi ?

— Parce que vous êtes venu. Vous êtes le seul croyant à être venu, dit la vieille.

— Savez-vous où se trouve le Khampa ? demanda
Yeshe à la femme tout en regardant Shan d'un air gêné.

— Il avait toujours dit qu'ils allaient venir le prendre.
Il nous payait pour monter la garde. Les nuits où il la ramenait avec lui à la maison, on surveillait les escaliers, mon
mari et moi. On dormait toute la journée pour pouvoir
veiller la nuit.

— Il ramenait qui avec lui ? demanda Yeshe.

— La valise. La petite valise. Pour les papiers. Il la gardait certaines nuits pour son patron. Des grands secrets.
D'abord, il se montre très fier d'avoir ça. Après il a la
trouille. Même avec l'endroit qu'il s'était fabriqué, il avait
la trouille.

— Quel genre de papiers ? Est-ce que vous les avez
vus ?

— Bien sûr que non. Je ne travaille pas pour le gouvernement, pas vrai ? Des secrets dangereux. Des mots de
pouvoir. Des secrets de gouvernement.

— Il s'est fabriqué un endroit, l'interrompit Shan.
Vous voulez parler d'une cachette ?

La femme ne lui prêta aucune attention. Elle ne semblait plus s'intéresser qu'à Yeshe, à croire qu'elle voyait
en lui des choses que personne d'autre, pas même Yeshe,
n'était capable de voir.

— Qui allait venir le prendre ? De quoi avait-il peur ?
insista Yeshe. Du procureur Jao ?

— Pas Jao. Jao était bon avec lui. Y lui donnait parfois
des cartes de rationnement supplémentaires. Y lui laissait
parfois porter ses vêtements.

— Alors qui ?

— Vos pouvoirs ne sont pas détruits, déclara-t-elle, le
front soucieux, les yeux toujours rivés sur le jeune Tibétain. Vous croyez qu'ils le sont. Mais ils sont simplement
cachés.

Yeshe recula, comme s'il était effrayé.

— Où est Balti ? demanda-t-il, l'implorant presque.

— Un garçon comme ça, ça monte. Ou ça descend.

Elle gloussa en considérant les mots qu'elle avait employés.

— Monter ou descendre, répéta-t-elle toujours en riant, avant de revenir à Yeshe. S'ils l'ont pris, il reviendra quand même. Sous la forme d'un lion, il reviendra. C'est ce qui arrive avec les gentils. Il reviendra sous la forme d'un lion et nous déchirera tous en petits morceaux pour l'avoir laissé tomber.

— Montrez-nous la cachette, murmura Shan en s'agenouillant devant la vieille qui parut ne pas avoir entendu.

— Montrez-nous, répéta Yeshe.

La vieille femme tripotait ses marchandises, indécise, désorientée.

— Nous avons besoin de la voir, insista Shan. Balti a besoin que nous la voyions.

— Il avait tellement peur.

— Je pense qu'il était brave.

Elle finit par reconnaître la présence de Shan sans oser le regarder.

— Il pleurait la nuit.

— Même un homme brave peut avoir des raisons de pleurer.

— Et si c'était vous, ceux qu'il craignait ? demanda-t-elle, en se détournant toujours.

— Regardez-nous. Est-ce bien ce que vous pensez ? Est-ce qu'eux viendraient ici vous parler de cette manière ?

Il lui pressa le bras. Elle releva lentement la tête, comme si c'était pour elle une douleur de voir les yeux de Shan.

— Pas lui, déclara-t-elle avec un signe de tête à l'adresse de Yeshe. Il n'en fait pas partie.

— Alors faites-le pour lui, suggéra Shan.

Elle ne perdit plus de temps, comme impatiente de se débarrasser d'eux. Le conducteur de troupeau armé de son bâton les accompagna à l'intérieur du garage. Ils avancèrent dans la pénombre à l'arrière de la bâtisse, longeant le camion dans lequel Feng ronflait bruyamment.

Un râtelier grossier en bois avait été chargé de grosses

pièces encombrantes récupérées sur d'anciens véhicules. Le bas du râtelier était occupé par une rangée de réservoirs d'essence, longs et étroits, démontés sur des voitures et des camions. La vieille posa la main sur le troisième réservoir.

— Il était suffisamment petit pour se glisser derrière.

Shan et Yeshe sortirent le réservoir dont on avait soigneusement découpé l'arrière avant d'en replier les rebords afin de pouvoir le remettre en place. Un cordon de graisse couvrait la jonction. Shan trouva un tournevis, fit levier et dégagea la plaque de tôle.

Pas de mallette à l'intérieur, juste une enveloppe tachée avec plusieurs feuilles de papier pelure.

La femme les aida à remettre le réservoir en place sur le râtelier, puis elle se tourna une nouvelle fois vers Yeshe.

— Vos pouvoirs ne sont pas détruits, répéta-t-elle. Ils ont simplement perdu leur concentration.

Yeshe sembla paralysé en entendant ces paroles. Shan eut beau le tirer vers le camion en criant à Feng de se réveiller, Yeshe ne parvenait pas à quitter la femme des yeux. Il serra son rosaire tout le temps de leur trajet jusqu'à l'autre bout de la ville. Il n'en comptait pas les grains, il se contentait de les observer.

— À Chengdu, annonça-t-il soudain, je pourrais avoir mon propre appartement.

Assis derrière Feng, Shan étudiait les papiers récupérés dans le réservoir. On les avait arrachés à un dossier d'enquête, celui du meurtre de Jin San, directeur du collectif agricole du Long Mur, le crime pour lequel avait été exécuté Dza Namkhai, des cinq de Lhadrung. Au bas de la dernière feuille était inscrite une longue série de nombres, cinq groupes de cinq chiffres arabes.

— Des pouvoirs, murmura Yeshe d'une voix hantée. Quelle femme ! De grands pouvoirs. Le monde est témoin de mes grands pouvoirs.

— Ne soyez pas aussi rapide à vous condamner, intervint Shan en relevant la tête de ses papiers. Le plus grand des pouvoirs est, à mon avis, celui qui permet de distinguer le bien du mal.

Yeshe pesa les paroles de Shan.

— Le problème, c'est qu'on n'a jamais le sentiment du bien ou du mal, finit-il par avouer. Ça ressemble bien plus à décider quel démon est le moins destructeur.

— Qu'est-ce qu'elle a voulu dire, demanda Shan, quand elle a parlé d'une plainte capable d'atteindre le monde suivant ?

— Le son est comme une pensée qui marche, enseignaient certains des anciens gompas. Si vous êtes capable de donner la bonne concentration à votre pensée, vous pouvez voir au-delà de ce monde-ci. Si vous mettez la bonne concentration dans un son, vous pouvez atteindre et toucher l'autre monde.

— Le toucher ?

— Le son est censé créer une fissure entre les mondes. Comme un éclair. La fissure a une énergie incroyable. Certains appellent ça le rituel du tonnerre. Il est capable de détruire.

Shan retourna à ses papiers. Balti avait répété que quelqu'un viendrait le prendre, signifiant par là : un autre que Jao. Parce que Balti avait confiance en Jao, tout comme Jao avait confiance en lui. Un vieux dossier, une affaire classée, et pourtant tellement secrète que Jao ne pouvait faire confiance à personne de son propre bureau. Ou peut-être tout spécialement de son propre bureau.

— Elle a dit que Balti allait monter ou descendre, se souvint distraitement Shan. Elle était convaincue que sa phrase était belle.

Yeshe répondit, d'une voix toujours hantée :

— Retourner au plateau de Kham, qui monte tellement haut que tout ce qui s'y trouve est haut comparé au reste du monde. Ou rester et redescendre la chaîne des formes de vie.

Shan hocha lentement la tête, essayant de faire le lien entre les mots et le dossier. La piste sentait si fort que son odeur était presque tangible. Qui voulait le dossier ? Quel-

291

qu'un allait venir, avait dit Balti. Ce n'était pas les pur-bas. Ils n'avaient pas su qui il était. Et même s'ils l'avaient su, ils n'auraient pas terrifié Balti. Qui était capable de lui faire peur à ce point ? Les nœuds ? Une bande criminelle ? Des soldats ? Des soldats criminels ? Qui qu'ils puissent être, ils n'hésiteraient pas à tuer Balti. Cette nuit-là, s'il n'avait pas fui, ils l'auraient emmené, et ils l'auraient fait parler. Ils lui auraient fait chanter jusqu'au plus petit détail du dernier secret, de la dernière cachette. Si le réservoir contenait toujours au moins quelques-uns de ses secrets, comprit soudain Shan, alors Balti était vivant, et libre.

# 11

La route qui montait au village ragyapa avait délibérément été construite de manière à se terminer avant le village proprement dit, à près d'une centaine de mètres, pour culminer dans une vaste clairière où étaient disposées des pierres plates faisant office de plates-formes de déchargement. Le sergent approchait de la clairière quand un petit camion à plateau en sortit à vitesse excessive. Shan entrevit une femme à la vitre. Elle pleurait.

Sur le sentier conduisant au village, un âne tractait une charrette chargée d'un colis épais de forme allongée enveloppé de toile.

À la grande surprise de Shan, Yeshe fut le premier à descendre. De l'arrière du camion, il sortit un sac en jute plein de vieilles pommes et avec un air de résolution farouche commença à remonter la pente. Shan descendit à son tour, tandis que Feng, après un bref coup d'œil au long colis sur la charrette, se dépêchait de verrouiller les portières et de remonter les vitres. En dernier recours, il alluma une cigarette et commença à remplir l'intérieur du véhicule de fumée.

Aux yeux des ragyapa, Shan était un étranger absolu. Ils n'avaient pas l'habitude de voir de Han, morts ou vivants. Ils n'avaient l'habitude de personne, hormis d'eux-mêmes. Il était même rare que d'autres Tibétains s'aventurent jusqu'à eux, sauf pour leur laisser la dépouille d'un être cher accompagnée d'une bourse d'argent ou d'un panier de victuailles en guise de paiement. Près de Lhassa, dans un village de découpeurs, deux soldats avaient été tués pour avoir essayé de filmer leur ouvrage. Près de Shigatsé, des touristes japonais avaient été frappés à coups de tibia et de fémur parce qu'ils s'étaient approchés trop près.

Shan se dépêcha de rattraper Yeshe pour rester sur ses talons.

— Vous donnez l'impression d'avoir un plan bien défini, remarqua-t-il.

— Naturellement. Partir d'ici aussi vite que possible, répondit Yeshe à voix basse.

Un garçon crasseux, à la longue chevelure mal soignée, était assis à même le sol près de la première hutte, occupé à empiler des galets. Il leva les yeux sur les visiteurs et poussa un cri, non pas d'alarme, mais de douleur brutale, comme s'il avait reçu un coup de pied. Une femme sortit aussitôt de l'intérieur de la hutte. D'une main, elle tenait une théière ébréchée, de l'autre, un bébé en équilibre sur la hanche. Elle examina Shan sans croiser ses yeux, en le détaillant lentement des pieds à la tête, comme si elle prenait ses mesures à des fins mystérieuses.

Au-delà de la hutte, autour de la cour centrale du campement, on voyait plusieurs bâtisses. Certaines étaient des huttes montées de bric et de broc, à partir de perches, de planches, voire de carton. Plusieurs, à la surprise de Shan, étaient petites mais substantielles, construites en pierres solides. Un groupe d'hommes travaillaient devant l'une d'elles, occupés à affûter un assortiment de haches et de couteaux.

Tous avaient quelque chose de simiesque : courte taille, bras épais et yeux petits. L'un d'eux se détacha du groupe et s'avança vers Shan en brandissant une hachette. Son regard était vide au point d'en être dérangeant, comme emprunté aux morts. Il remarqua le sac que portait Yeshe et son visage s'adoucit. Deux autres hommes s'avancèrent en ouvrant solennellement les bras. Yeshe leur tendit le sac, et ils le remercièrent par un hochement de tête, en signe de sympathie, avant d'afficher une expression perplexe. L'un d'eux regarda à l'intérieur du petit sac en toile de jute et éclata de rire en en sortant une pomme. Les deux autres se joignirent à lui, s'esclaffant à leur tour, quand il balança la pomme à ceux qui étaient restés assis en cercle. Ce n'était pas le genre de sac que les ragyapa recevaient d'habitude, comprit soudain Shan, ce n'était pas l'un de ces petits colis de mort que même les découpeurs de chairs devaient détester recevoir.

Le geste de Yeshe rompit la tension. D'autres pommes furent lancées, les hommes sortirent des couteaux de poche — les lames plus longues étaient réservées à leurs devoirs sacrés — et commencèrent à distribuer des morceaux de fruit. Shan examina les outils. De petits couteaux aux lames en forme de crochet. De longs couteaux d'écorcheur. Des hachettes grossièrement forgées qui pouvaient être vieilles de deux siècles. La moitié de ces lames auraient pu aisément sectionner la tête d'un homme.

Des enfants firent leur apparition, se pressant pour avoir un fruit. Ils restèrent à l'écart de Shan, mais tournèrent autour de Yeshe, heureux, les yeux comme des billes.

— Nous sommes venus de la librairie en ville, annonça Shan.

Ses paroles n'eurent aucun effet sur les enfants, mais les hommes furent instantanément silencieux. Ils se mirent à chuchoter, puis l'un d'eux se sépara du groupe pour remonter au pas de course la colline derrière le village.

Du bout du doigt, les enfants commencèrent à toucher Yeshe, qui parut soudain s'intéresser à eux de plus près. Il s'agenouilla pour lacer la chaussure d'un petit, examinant au passage les vêtements du gamin, puis toute la troupe lui sauta sur le dos et le fit tomber au sol. Quelques-uns parmi les plus âgés sortirent des jouets, des lames en bois et, avec un rire hystérique, se mirent à pratiquer des mouvements de scie sur ses articulations.

Shan observa un moment la mêlée avant de lorgner vers l'homme qui courait. Il comprit bien vite que sa destina-

tion était un gros rocher au sommet de la corniche peu élevée qui surplombait le camp. Shan commença à remonter
la piste à son tour, puis il s'arrêta en remarquant les
oiseaux : des vautours, pour la plupart, plus d'une douzaine, qui tournoyaient haut dans le ciel. D'autres oiseaux
de proie, grands et petits, étaient perchés sur des arbres
rabougris en bordure du sentier. Ils paraissaient étrangement dans leur élément, à croire que le village leur appartenait autant qu'aux ragyapa. Ils regardèrent passer le
coureur avec une curiosité tranquille.

On appelait cela les funérailles de plein ciel. Le moyen
le plus rapide de rompre les liens terrestres de sa propre
existence. Dans certaines parties du Tibet, on abandonnait
les cadavres pour les laisser dériver au fil des rivières, ce
qui expliquait pourquoi le poisson était tabou. Shan avait
entendu dire que dans les régions encore fortement liées à
l'Inde, l'immolation se pratiquait toujours. Cependant,
dans la majeure partie du Tibet, pour le bouddhiste fervent, il n'existait qu'une seule manière de disposer de la
chair qui restait quand une incarnation était arrivée à son
terme. Les Tibétains ne pouvaient pas vivre sans les
ragyapa. Mais ils ne pouvaient pas vivre avec eux.

Un homme apparut au sommet de la corniche à l'approche du coureur. Il tenait à la main un long bâton muni
à une extrémité d'une large lame. Entre deux âges, il portait une casquette militaire d'hiver, dont les rabats
d'oreilles matelassés pendaient telles deux ailes de chaque
côté de son visage. Shan, qui se méfiait des volatiles, s'assit sur le gros rocher et attendit. L'homme examina Shan
d'un regard soupçonneux en s'approchant.

— Pas de touristes ! aboya-t-il d'une voix haut perchée.
Faut vous en aller !

— La fille de la librairie. Elle vient de ce village,
annonça Shan de but en blanc.

L'homme prit un air sinistre avant d'abaisser sa lame.
Il sortit un chiffon et commença à essuyer des parcelles
de matière rose et humide, l'œil rivé à Shan et non sur sa
lame pendant l'ouvrage.

296

— C'est ma fille, reconnut-il. Je n'ai pas honte.

L'aveu était grave, et ne manquait pas de bravoure.

— Nul besoin de honte. Mais ce fut une surprise de trouver l'une des vôtres travaillant en ville.

Shan savait qu'il n'était pas nécessaire de parler de permis de travail. Le fait de savoir qu'il avait éventé le mensonge était la seule raison pour laquelle l'homme lui adressait la parole. L'homme changea de contenance, et son expression de défi céda la place à une résolution farouche.

— Ma fille est une bonne travailleuse. Elle mérite une chance.

— Je ne suis pas venu ici pour parler de votre fille. Je suis venu vous parler des affaires qui lient votre famille au vieux sorcier.

— Nous n'avons pas besoin de sorciers.

— Khorda lui fournit des charmes. Et je pense que c'est ici qu'elle les apporte.

L'homme pressa le poing contre la tempe, comme saisi d'une douleur soudaine.

— Il n'est pas illégal de demander des charmes. Plus maintenant.

— Mais vous essayez malgré tout de le cacher, et vous demandez à votre fille de les acheter.

Le ragyapa réfléchit soigneusement.

— Je l'aide à s'en sortir. Un jour, elle aura sa propre boutique.

— Une boutique peut coûter beaucoup d'argent.

— Encore cinq ans. J'ai tout calculé. Les ragyapa ont les emplois les plus stables de tout le Tibet.

C'était là une bien vieille plaisanterie.

— Est-ce que Tamdin est venu ici ? Est-ce la raison pour laquelle vous avez besoin de charmes ?

Ou est-ce que Tamdin vit ici ? devrait-il peut-être demander. Cela pouvait-il vraiment être aussi simple ? Les ragyapa, amers et oubliés de tous, devaient détester le monde, et plus particulièrement ses représentants officiels. Et qui était le plus qualifié pour le travail de boucherie exécuté sur le procureur Jao ? Ou pour découper le cœur de Xong De du ministère de la Géologie ?

— Les charmes ne sont pas pour ici, avoua l'homme après un soupir.

— Alors pour où ? Pour quoi ? Vous voulez dire que vous les revendez à quelqu'un d'autre ?

— Ce ne sont pas des choses dont il faut parler.

L'homme essuya à nouveau sa lame, d'un geste chargé de menace.

— Est-ce que vous les vendez ? répéta Shan. Est-ce ainsi que vous allez lui payer sa boutique ?

L'homme leva la tête vers les oiseaux qui tournoyaient dans le ciel. Un village ragyapa serait l'endroit parfait pour commettre un meurtre, comprit Shan. Comme d'abattre son officier sur un champ de bataille parce qu'on le hait. Un corps, ici, deviendrait vite impossible à différencier des autres corps.

L'homme ne réagit pas. Il se retourna vers le village où les habitants l'observaient toujours. Il aboya un ordre et tous se remirent à l'ouvrage sur leurs outils. Yeshe, étrangement, continuait à chahuter avec les enfants.

Shan étudia à nouveau le personnage. Il était plus âgé que les autres et était, apparemment, le chef du village.

— Je veux juste savoir qui. Quelqu'un doit se sentir trop gêné, ou avoir trop peur, pour aller demander les charmes directement. Est-ce quelqu'un du gouvernement ?

L'homme se détourna.

— Mes questions pourraient venir à l'esprit d'autres personnes, poursuivit Shan dans son dos. Qui auraient d'autres moyens de persuasion.

— Vous voulez parler de la Sécurité publique ? chuchota l'homme.

Son visage donna l'impression de se briser en morceaux lorsqu'il prononça les deux mots. Il ne faisait aucun doute que le bureau serait bien plus intéressé que Shan par le permis de travail de sa fille. Il baissa la tête et contempla le sol.

Shan lui dit son nom. Le chef releva la tête, surpris : il n'était pas habitué à de tels gestes.

— On m'appelle Merak, dit-il à son tour, d'une voix hésitante.

— Vous devez être très fier de votre fille.

Merak examina Shan d'un nouvel œil.

— Quand j'étais un petit garçon, je n'ai jamais compris pourquoi personne ne voulait me laisser approcher. J'allais jusqu'aux abords de la ville et je me cachais, rien que pour observer les autres en train de jouer. Vous savez qui était mon meilleur ami ? Un jeune vautour. Je l'avais dressé pour venir jusqu'à moi quand je l'appelais. C'était la seule chose qui avait confiance en moi, qui m'acceptait tel que j'étais. Un jour que je l'ai appelé, il y avait un aigle qui attendait. Il a tué mon ami. Il l'a arraché et l'a emporté dans les airs, parce que lui me surveillait, et pas le ciel.

— Il est difficile de mériter la confiance de quelqu'un.

— Nous aussi nous sommes des vautours. C'est ce que le monde pense de nous. Ça faisait rigoler mon père. Il disait toujours : « C'est ça, l'avantage que nous avons sur les autres. Nous savons exactement qui nous sommes. »

— Quelqu'un vous a demandé d'acheter un charme. Quelqu'un qui pense avoir offensé Tamdin.

Merak embrassa du geste les bâtiments en contrebas.

— Pourquoi aurions-nous besoin d'eux ?

— Les ragyapa ne croient pas aux démons ?

— Les ragyapa croient aux vautours.

— Vous n'avez pas répondu à ma question.

— D'abord, dites-moi.

— Vous dire quoi ?

— Vous venez de ce monde-là, déclara Merak, avec un signe de tête vers la vallée. Dites-moi que vous ne croyez pas aux démons.

Retentit un bruit de bagarre, un peu plus haut sur la piste. Shan leva la tête pour instantanément le regretter. Deux vautours se disputaient une main humaine, en tiraillant comme deux lutteurs à la corde.

Shan regarda un instant ses propres mains, ses doigts frottant ses cals.

— Je vis depuis trop longtemps pour affirmer cela.

Merak acquiesça d'un air entendu avant de reconduire Shan en silence jusqu'au village.

— La mine américaine, dit Shan à Feng.

Il y avait un autre ragyapa là-bas, se rappela-t-il, qui escaladait les hautes crêtes où habitait Tamdin.

Yeshe, sur la banquette arrière, tendit une chaussette d'enfant à Shan comme s'il s'agissait d'un trophée.

— Vous n'avez pas vu ? interrogea-t-il avec un grand sourire entendu.

— Vu quoi ?

— Les fournitures militaires disparues dont je faisais le recensement pour le directeur Zhong. Les casquettes, les chaussures, les chemises. Et tout le monde portait des chaussettes vertes.

— Je ne comprends pas, avoua Shan.

— Les fournitures égarées. C'est ici qu'elles sont. Ce sont les ragyapa qui les ont.


— Non, lança Shan lorsqu'ils quittèrent la grand-route pour s'engager sur la voie d'accès à la Source de jade. La mine américaine.

— Très bien, acquiesça le sergent Feng. Rien qu'un arrêt. Pas longtemps.

Il se rangea près du réfectoire et, à la surprise de Shan, lui ouvrit la portière et attendit.

— Pas longtemps, répéta-t-il.

Shan suivit, perplexe, puis se souvint.

— Vous parliez au lieutenant Chang.

Feng grogna sans vouloir répondre.

— A-t-il été réaffecté ? On ne le voit pas beaucoup à la 404e.

— Dans un lieu complètement bouclé ? Avec deux cents commandos de la frontière campés sur place ? Quel est l'intérêt ?

— Qu'est-ce qu'il voulait ?

— Bavarder, c'est tout. Il m'a parlé d'un raccourci pour rejoindre la mine américaine.

Dans le réfectoire, de petits groupes de soldats prenaient le thé. Feng inspecta la salle puis il conduisit Shan vers trois hommes qui jouaient au mah-jong dans le fond.

— Meng Lau ! s'écria-t-il.

Deux hommes redressèrent la tête à son appel et se mirent au garde-à-vous. Le troisième, qui leur tournait le dos, éclata de rire et déposa un domino. Les deux premiers se reculèrent lorsque Feng posa la main sur l'épaule du dernier joueur. Surpris, l'homme jura et se retourna. Il était jeune, presque encore adolescent, avec des cheveux graisseux et des paupières tombantes sur des yeux sans lumière. Des écouteurs dont l'arceau passait sous son menton lui couvraient les oreilles.

— Meng Lau, répéta Feng.

Le rictus méprisant qu'affichait le soldat disparut. Il baissa lentement ses écouteurs. Shan déboutonna une poche et lui montra le papier fourni par le directeur Hu.

— Vous avez signé ça ?

Meng regarda Feng et hocha lentement la tête. Il avait un défaut à l'œil gauche qui bougeait sans se poser sur rien, comme s'il était artificiel.

— Est-ce le directeur Hu qui vous l'a demandé ?

— Le procureur est venu, c'est lui qui voulait, répondit nerveusement Meng en se levant.

— Le procureur ?

Meng acquiesça à nouveau.

— Il s'appelle Li.

— Donc vous avez signé un papier pour Li et un pour Hu ?

— J'en ai signé deux.

Ainsi, c'était donc vrai, se rendit compte Shan. Li Aidang était en train de constituer un dossier séparé. Mais pourquoi se donner le mal de fournir à Shan un duplicata de la déposition ? Pour s'assurer qu'il en termine le plus vite possible ? Pour le tromper ? Ou peut-être pour le prévenir que Li aurait toujours une étape d'avance ?

— Et les deux disaient la même chose ?

Le soldat se tourna vers Feng, d'un air hésitant, avant de répondre.

— Naturellement.

— Mais qui a écrit les mots sur le papier ? demanda Shan.

— Ce sont mes mots à moi, dit Meng en reculant d'un pas.

— Avez-vous vu un moine cette nuit-là ?

— C'est ce que dit la déposition.

Un instant, Feng parut complètement démonté par la réponse. Avant que la colère n'embrase son visage.

— Espèce de foutu morveux ! aboya-t-il. Réponds-lui sans finasser !

— Étiez-vous de service cette nuit-là, soldat Meng ? demanda Shan. Vous n'étiez pas inscrit au rôle des gardes.

Le jeune soldat commença à tripatouiller ses écouteurs.

— Parfois on s'échange.

La main de Feng sortit de nulle part et gifla le soldat sur la bouche.

— L'inspecteur t'a posé une question.

Shan regarda Feng avec surprise. Inspecteur. Meng le lorgna à son tour, d'un œil vide, comme s'il avait l'habitude d'être frappé.

— Avez-vous vu un moine cette nuit-là ? demanda à nouveau Shan.

— Je suis témoin au procès et je crois qu'à cause de ça je ne dois parler à personne.

La colère monta à nouveau au visage de Feng, pour s'évanouir aussi vite, non sans que le soldat s'en aperçoive et batte en retraite.

— C'est politique, marmonna-t-il, avant de prendre la fuite.

Feng le suivit des yeux : il n'avait pas l'air furieux, mais blessé.

Le sergent conduisait, l'air morose, en faisant grincer les vitesses, freinant à peine dans les croisements, jusqu'à

302

ce qu'ils entament la longue montée de la griffe nord en direction de la mine américaine.

— Tenez, finit-il par marmonner en sortant un sachet en cellophane de sa poche. Des pépins de citrouille.

Il tendit le sachet à Shan.

— C'est des bons. Et pas les merdes moisies qu'on trouve au marché. Salées. Les ai eus à l'intendance.

Ils se mirent à mâcher les pépins, lentement et en silence, comme deux vieillards sur un banc dans un parc de Pékin. Avant longtemps, Feng commença à se pencher sur son volant pour surveiller l'accotement de la route.

— Chang a dit qu'on gagnerait une heure, annonça Feng lorsqu'il s'engagea sur une piste cabossée et creusée de ravines qui méritait à peine le nom de sentier chevrier. Comme ça, retour pour la cantine du soir.

Cinq minutes plus tard, ils suivaient la piste qui montait vers la crête d'une corniche abrupte. À droite, à moins d'un mètre de leurs pneus, le chemin s'arrêtait sur une falaise presque perpendiculaire qui se terminait sur des éboulis de pierres plusieurs centaines de mètres en contrebas.

— Comment cette piste pourrait-elle nous conduire aux Américains ? demanda Yeshe d'un ton inquiet. Il faudrait qu'elle franchisse ce précipice.

— Pique un somme, grommela Feng. Épargne ton énergie pour tout le boulot qui t'attend à ton retour à la 404e.

— Qu'est-ce que vous voulez dire ? demanda Yeshe, soudain alarmé.

— J'ai fait comme tu m'as demandé, j'ai parlé à la secrétaire du directeur de la prison. Elle a répondu que personne ne travaille aux ordinateurs. Le directeur leur a dit : mettez le boulot de côté. Il y a quelqu'un qui arrive dans deux semaines.

— Ça pourrait être un autre que moi, protesta Yeshe.

Feng secoua la tête.

— Elle a posé la question à l'un des officiers adminis-

tratifs. Il a répondu que le petit toutou tibétain du directeur allait revenir.

Un minuscule geignement s'échappa de la banquette
arrière. Shan se retourna et vit Yeshe plié en deux, la tête
entre les mains. La douleur au cœur, Shan se détourna. Il
avait prévenu Yeshe : il était temps pour lui de décider qui
il était.

— Là-bas !… s'écria soudain Shan en levant la main
alors que le sergent ralentissait.

Il indiqua une série de marques de pneus récentes qui
quittaient le sentier pour disparaître au-delà de la crête.

— Nous ne sommes donc pas les seuls à nous servir de
ce raccourci, constata Feng.

Des tas de gens s'en servent, songea Shan — comme
des Américains cherchant d'anciens mausolées.

Shan ouvrit la portière et fit doucement le tour du
camion, d'un pas prudent, en faisant attention au précipice
à pic. Il ramassa une tige de bruyère sur les marques au
sol et la tendit à Feng.

— Sentez ça. On l'a écrasée il y a moins d'une heure.
— Et alors ?
— Alors, je vais suivre cette piste toute fraîche. Le che-
min contourne cette formation rocheuse jusqu'à la crête.
Je vous retrouve sur l'autre versant.

Feng plissa le front puis remit le camion en route pour
avancer au pas.

Shan remonta la pente en essayant de retrouver ses
repères. La caverne aux crânes se trouvait à moins de deux
kilomètres. Ce chemin était-il l'accès utilisé par les Américains pour rejoindre discrètement la caverne ? Fowler et
Kincaid avaient-ils été assez stupides pour retourner au
mausolée ? À l'approche du sommet, il entendit un bruit
étrange. Des cloches. Non, des tambours. Quelques pas
plus loin, il se rendit compte qu'il s'agissait de musique.
Du rock'n'roll. Arrivé en haut de la crête, il s'accroupit
pour se reculer bien vite. Il voyait un camion, mais ce
n'était pas celui des Américains. Il était rouge vif.

Il se raisonna et, calmement, avança la tête au-dessus

304

des rochers. Il s'agissait de la grosse Land Rover que conduisait Hu, mais la silhouette au volant, occupée à battre le rythme de la musique, était trop grande pour être Hu.

C'était absurde de se garer là. Rien à y voir et personne à attendre. Même pas un paysage digne de ce nom, car la formation rocheuse coupait une bonne part de la vue en contrebas de la crête. La curiosité fut la plus forte et Shan se releva. Il aperçut deux monticules de terre fraîche derrière les roues arrière du véhicule, à l'arrêt devant un énorme roc rond d'un mètre cinquante de haut posé en équilibre précaire sur le rebord d'un talus qui retombait en pente raide sur la route. Soudain, l'homme à l'intérieur de la Land Rover se redressa et observa avec attention la piste qui montait. Leur propre camion commençait à être visible. La silhouette leva le poing en signe de victoire et emballa le moteur.

— Non ! hurla Shan.

Il se mit à courir vers le véhicule tout-terrain dont les roues tournaient maintenant à pleine vitesse au milieu des projections de terre. Le gros rocher commençait à bouger.

Shan se lança au cœur du nuage de terre, de pierres et de poussière pour venir violemment frapper à la vitre du conducteur. Qui tourna la tête pour le fixer d'un air niais. C'était le lieutenant Chang. Shan le vit qui tendait la main vers le levier de vitesses. Le lieutenant batailla avec ses commandes, et le véhicule donna d'abord l'impression de retomber en arrière avant de bondir en avant. Dans le même mouvement, sous la violence de la poussée, roc et camion dévalèrent le rebord du talus.

Comme au ralenti, Shan regarda Feng qui s'arrêtait avant de sauter de son véhicule en compagnie de Yeshe, à l'instant où le roc passait en trombe à côté d'eux pour disparaître dans le ravin. La Land Rover, suspendue dans les airs, retomba au sol et toucha le talus sur le flanc comme une masse, avant de rouler sur elle-même au long de la pente abrupte, dans un fracas de métal broyé, moteur emballé et roues tournant dans le vide, tandis qu'explosaient les vitres comme des coups de pétard. Elle toucha la route au beau milieu d'un tonneau et atterrit côté conducteur parmi un nuage de poussière, la moitié avant du véhicule suspendue dans le vide.

Shan, hors d'haleine, arriva à la route à l'instant où un bras se levait par la vitre éclatée de la portière passager. Il vit Chang, le front barbouillé de sang, qui commençait à se tracter pour s'extraire du véhicule. La musique continuait de jouer. Le lieutenant s'immobilisa et cria à Feng, à trois mètres de là, de venir à son aide. On entendit alors un geignement de métal et un bruit de cassure. Chang hurla quand la Land Rover dégringola de quelques dizaines de centimètres dans le vide pour se stabiliser à nouveau. La colère monta au visage de Chang.

— Sergent ! gueula-t-il. Faites-moi…

Il ne termina jamais sa phrase. La Land Rover bascula soudain et disparut du paysage. Ils continuèrent à entendre la musique pendant sa chute.

Ils n'échangèrent pas une parole en redescendant la piste en marche arrière pour rejoindre la route principale. Le visage de Feng s'était assombri, le sergent nageait en pleine confusion. Sa main tremblait sur le volant. Il avait beau essayer de se voiler la face, il ne pourrait nier la vérité : Chang avait bien essayé de le tuer.

Lorsqu'ils quittèrent finalement la crête au-dessus de la mine de bore, Shan fit signe à Feng de s'arrêter. Sur une rive à cent mètres au-dessus du fond de la vallée, il aperçut un mausolée qu'il n'avait pas vu lors de leur première visite. Des drapeaux de prières battaient au vent autour d'un cairn. Certains n'étaient que des morceaux de tissu de couleur. D'autres étaient d'énormes bannières couvertes de prières peintes que les Tibétains appelaient les cheveux du vent.

— Je veux des renseignements sur ce mausolée, dit-il à Yeshe et à Feng tandis qu'ils garaient le camion. Trouvez un moyen d'aller là-haut. Essayez de savoir qui sont ceux qui l'ont construit et d'où ils viennent.

Yeshe releva la tête vers le mausolée, absolument fasciné, et commença à gravir la pente à flanc de coteau sans regarder derrière lui. Feng jeta à Shan un coup d'œil peu amène, haussa les épaules, vérifia le chargement de son pistolet et se mit à trottiner sur les pas de Yeshe.

Le bureau de la mine était presque vide. La femme qui servait le thé était assoupie sur un tabouret, appuyée contre le mur. Deux hommes en tenue de travail maculée de boue étaient assis à la grande table, collés l'un à l'autre tels deux conspirateurs. L'un d'eux salua Shan d'un signe de tête en le voyant approcher. C'était Luntok, l'ingénieur ragyapa. La porte rouge sur l'arrière était de nouveau fermée. On entendait néanmoins des bruits de voix et le ronronnement étouffé d'équipements électroniques.

Les deux hommes relevaient des mesures sur l'une des cartes polychromes que Shan avait déjà vues. Un rectangle bleu occupait son centre, sous des rangées de rectangles bleu-vert plus petits. Soudain Shan reconnut les images.

— Ce sont les bassins, n'est-ce pas ? Jamais encore je n'avais vu de telles cartes, s'émerveilla-t-il. Est-ce que vous les fabriquez ici ?

Luntok releva la tête avec un grand sourire.

— C'est mieux qu'une carte. C'est une photographie prise du ciel. Par satellite.

Shan fixait l'image, abasourdi. La photographie par satellite ne dépassait pas, à proprement parler, son imagination, mais ce qu'il avait sous les yeux était au-delà de tout ce qu'il pouvait espérer. Le Tibet existait désormais tout à la fois dans ses nombreux et différents siècles.

— Il faut que nous soyons avertis de la fonte des neiges, expliqua Luntok. Des débits des rivières. Des avalanches au-dessus de nous. Des conditions des routes pour le départ de nos expéditions. Sans ces clichés, il nous faudrait des équipes de surveillance dans les montagnes toutes les semaines.

Luntok montra les lacs d'exploitation, les bâtiments du camp, et un groupe de formes géométriques sur la gauche, à l'extrémité de ce qui était les faubourgs de la ville de

Lhadrung. Il suivit du doigt le contour de la grande digue à l'entrée de la gorge du Dragon avant de ramasser la carte et de montrer une deuxième photo, prise précédemment.

— Ça, c'est il y a deux semaines, juste avant que la construction soit terminée.

Shan vit les taches de couleur qui devaient être des engins d'équipement près du centre de la digue brune.

— Mais comment obtenez-vous ces clichés ?

— Il y a un satellite américain et un satellite français. Nous avons des abonnements. La surface de la Terre est divisée en secteurs, dans un catalogue. Nous pouvons commander un cliché par section numérotée. Il est transmis à notre console, dit-il en pointant le pouce vers la porte rouge.

— Mais l'armée… commença Shan.

— Il y a une licence, expliqua patiemment Luntok. Tout est légal.

Une licence pour permettre à une entreprise occidentale de mettre en œuvre un équipement capable de repérer du ciel mouvements de troupes, exercices aériens et installations militaires aussi facilement qu'il pouvait repérer des accumulations de neige. Que les Américains aient obtenu un tel permis d'exploitation au Tibet tenait du prodige.

Shan trouva la route menant à la mine, visible sous la forme d'une minuscule ligne grise s'étirant en méandres qui pénétraient, pour en ressortir un peu plus loin, dans les ombres projetées par les sommets. Il trouva la route venant du nord, vers le gompa de Saskya, et finalement le chantier de travail de la 404ᵉ. Le nouveau pont était un étroit tiret qui tranchait sur le serpentin de grisaille de la gorge du Dragon.

Shan s'assit à côté de Luntok.

— Je suis allé au village ragyapa, annonça-t-il.

Le voisin de Luntok se raidit et jeta un coup d'œil à l'ingénieur qui continuait à étudier les cartes sans réagir. Il attrapa son chapeau et quitta le bâtiment.

— J'ai parlé à Merak. Connaissez-vous Merak ?

— C'est une petite communauté, fit laconiquement remarquer Luntok.

— Ça doit être difficile.

— Pour nous, il y a maintenant des quotas. J'ai été autorisé à suivre les cours de l'université. J'ai un bon travail.

— Je voulais dire pour eux. Voir ainsi certains d'entre eux, ici et en ville, en sachant malgré tout que la plupart ne parviendront jamais à se sortir de là où ils sont.

Les yeux de Luntok se rétrécirent, mais il ne releva pas pour autant la tête de la carte photographique.

— Les ragyapa sont fiers de leur travail. C'est une tâche sacrée qui leur est confiée, la seule pratique religieuse qui ait été autorisée à se poursuivre sans restriction.

— Ils paraissent ne manquer de rien. Des enfants heureux. Pleins de vêtements chauds.

Comme si le commentaire de Shan était le signal qu'il attendait, Luntok prit sa propre casquette et se leva.

— On considère que c'est un signe de mauvais augure que de sous-payer un ragyapa, annonça-t-il à Shan avec circonspection avant de pivoter sur les talons et de sortir.

Que les ragyapa aient eu les moyens d'exécuter le meurtre de Jao, Shan n'en doutait nullement. Les fournitures militaires avaient-elles été une récompense ? Si oui, quelqu'un avait payé les trancheurs de chairs pour tuer Jao. Quelqu'un qui avait un droit de regard sur les fournitures militaires. Shan se recula de la table et examina la pièce. La femme ronflait maintenant. Elle était seule. Shan alla à la porte rouge et l'ouvrit.

Des terminaux d'ordinateur, quatre au total, dominaient la pièce. Quelques bols, restes d'un repas, aux rebords desquels s'accrochaient encore des nouilles, étaient posés sur une grande table de conférence. Deux Chinois habillés à l'occidentale, dont l'un arborait une casquette de base-ball tirée bas sur le front, étaient assis en train d'étudier des catalogues sur papier couché en sirotant du thé. Un rock'n'roll occidental sortait d'un équipement audiophonique de prix. Au bureau en coin était assis Kincaid, en train de nettoyer son appareil photo.

— Camarade Shan, lança une voix familière depuis le fond de la pièce.

Li Aidang se leva d'un canapé.

— Si seulement j'avais su, je vous aurais invité à faire la route avec moi.

Il montra la table du geste.

— Nous avons une réunion-déjeuner deux fois par mois. Le comité de direction.

Shan tourna lentement autour de la pièce. Sur le dessus d'un haut-parleur était posé un boîtier de cassette vide : *The Grateful Dead*. Peut-être, songea Shan sans remords, était-ce ce que Chang écoutait tout en plongeant avec son camion dans l'abîme. Li sortit un Coca-Cola d'un petit réfrigérateur.

Des cartes photographiques occupaient un mur. Des photos étaient punaisées à un autre : encore des études de visages tibétains, dénotant la même sensibilité que sur celles que Shan avait vues dans le bureau de Kincaid. Li offrit le Coca à Shan.

— J'ignorais que le bureau du procureur s'intéressait à l'exploitation des mines, dit Shan, qui reposa la boîte sur la table sans l'ouvrir.

— Nous sommes le ministère de la Justice. La mine est le seul investissement étranger du district. Le gouvernement du peuple doit faire en sorte qu'il soit une réussite. Il y a tant de problèmes à régler. L'organisation de la main-d'œuvre. Les permis d'exportation. Les permis d'échange avec l'étranger. Les permis de travail. Les permis pour l'environnement. Le ministère doit être consulté pour les diverses approbations relevant de ces domaines.

— Je ne savais pas que le bore était un produit important.

L'adjoint du procureur afficha un large sourire généreux.

— Nous voulons que nos amis américains soient heureux. Un tiers des royalties restent dans le district. Après trois années de production, nous pourrons construire une nouvelle école. Au bout de cinq, peut-être une nouvelle clinique.

Shan alla jusqu'à un des moniteurs d'ordinateur, le plus proche de Kincaid. Des nombres défilaient sur l'écran.

— Vous connaissez notre ami, le camarade Hu, déclara Li en montrant le premier des deux hommes à la table.

Hu offrit à Shan la parodie de salut sur laquelle il l'avait laissé dans le bureau de Tan. Shan ne l'avait pas reconnu sous sa casquette. Il examina le directeur de la Géologie de plus près. Hu était-il surpris de le voir ?

— Camarade inspecteur, le salua sèchement Hu, ses petits yeux de scarabée fixant Shan un instant avant de se reporter sur le catalogue.

Celui-ci offrait des photos de couples blonds souriants, debout dans la neige, et vêtus de chandails aux couleurs vives.

— Vous donnez toujours des leçons de conduite, camarade directeur ? demanda Shan en essayant de paraître distrait par la console.

Hu éclata de rire. Li désigna le second homme, silhouette athlétique et élégante qui se tenait debout pour mieux examiner Shan.

— Le commandant appartient à l'armée frontalière, expliqua Li en lançant à Shan un regard entendu. Ses ressources sont parfois utiles pour notre projet.

Le commandant, rien de plus. La première impression de Shan fut que l'individu en question était tellement briqué de partout qu'on aurait pu le croire sorti des pages du catalogue. Lorsqu'il se tourna vers lui, Shan aperçut la crevasse de tissu cicatriciel qui courait sur la joue gauche, séquelle d'une blessure par balle. Les lèvres se retroussèrent en signe de bienvenue mais les yeux restèrent sans vie. Une insolence tout à fait familière. Le commandant, décida Shan, appartenait au bureau de la Sécurité publique.

— Quel équipement fascinant ! lança Shan d'un ton absent en continuant à traîner dans la pièce. Plein de surprises.

Il s'arrêta devant les photographies.

— Un triomphe du socialisme, fit remarquer le commandant d'une voix juvénile que contredisait son allure.

Tyler Kincaid salua Shan d'un lent signe de tête sans prononcer un mot. Il avait la moitié de l'avant-bras enveloppée d'un grand morceau de gaze maintenu par du sparadrap. La blessure était récente : une ombre de sang séché était visible à travers le pansement.

— Le camarade Shan enquête sur un meurtre, annonça Li au commandant. Il a mené par le passé des campagnes anticorruption à Pékin. C'est à lui que nous devons la fameuse affaire de l'île de Hainan.

L'affaire de l'île de Hainan. Au cours de laquelle Shan avait découvert que des représentants du gouvernement achetaient des cargaisons entières de voitures japonaises — pour une île qui comportait moins de deux cents kilomètres de routes — et les détournaient vers le marché noir en Chine continentale. Elle avait fait de Shan une célébrité l'espace de quelques mois. Mais c'était il y avait quinze ans. D'où l'adjoint du procureur tenait-il ses renseignements ? Du directeur de la prison ? De Pékin ?

Il décida de s'intéresser au commandant de plus près. Celui-ci n'avait pas prêté attention aux propos de Li. En outre, en dépit de son intrusion brutale, Shan n'avait pas vu trace d'interrogation dans ses yeux ni de question dans sa voix : le commandant connaissait déjà l'identité du nouvel arrivé.

— C'est ici que fonctionne votre système de transmissions téléphoniques ? demanda Shan à Kincaid.

L'Américain se leva et s'obligea à sourire.

— Là-bas, répondit-il en indiquant un haut-parleur au-dessus d'une console sur un petit bureau contre le mur. Vous voulez commander une pizza à New York ?

Li et le commandant éclatèrent de rire. Haut et fort.

— Et les cartes ?

— Les cartes ? Nous avons une bibliothèque de référence entière. Des atlas. Des revues d'ingénierie.

— Je veux parler de celles du ciel.

312

— Stupéfiantes, pas vrai ? l'interrompit Li. La première fois que nous les avons vues, c'était comme un miracle. Le monde apparaît tellement différent.

Il avança jusqu'à Shan et se pencha vers son oreille.

— Nous devons discuter de nos dossiers, camarade. Le procès commence dans quelques jours à peine. Nul besoin de s'embarrasser indûment.

Shan réfléchissait à l'invitation du procureur adjoint quand la porte s'ouvrit pour laisser entrer Luntok, qui fit un signe de tête à Kincaid et se dépêcha de ressortir en laissant la porte ouverte. Kincaid s'étira et invita Shan du geste.

— Cours d'escalade de l'après-midi. Que diriez-vous d'un peu de rappel ?

— Vous grimpez avec votre blessure ?

— Ça ? demanda l'Américain avec bonne humeur en levant le bras. Blessé, mais valide. Je suis tombé sur un morceau de quartz tranchant. Je ne peux pas me laisser arrêter par ça. Faut toujours remonter en selle après une chute, vous savez.

Li rit à nouveau et recula vers le canapé. Hu retourna à ses catalogues. Le commandant alluma une cigarette et, d'un regard aussi acéré qu'un coup de poignard, signifia à l'intrus de quitter la pièce.

Au-dehors, Shan trouva Rebecca Fowler assise sur le capot de son camion, qui contemplait la vallée. Il pensait qu'elle ne l'avait pas remarqué jusqu'à ce qu'elle s'adresse à lui :

— Je n'arrive pas à imaginer ce que ça doit être pour vous.

Il se sentit gêné par la sympathie qu'elle lui manifestait.

— Si je n'avais pas été expédié au Tibet, jamais je n'aurais rencontré de Tibétains, répondit-il.

Elle lui offrit un sourire triste et mit la main à la profonde poche de son gilet en nylon.

— Tenez, dit-elle, en sortant deux livres de poche.

C'est juste deux romans en anglais. J'ai pensé que peut-être…

Shan accepta son cadeau avec un petit salut de la tête.

— Vous êtes gentille. La lecture en anglais me manque.

Ces deux livres étaient un vrai trésor, mais il n'eut pas le cœur d'avouer à l'Américaine qu'on les lui confisquerait dès son retour à la 404ᵉ. Il s'appuya, dos au camion, et admira les sommets environnants. Les calottes de neige brillaient au soleil de cette fin d'après-midi.

— Les soldats sont partis, fit-il remarquer.

— Ça n'a pas été une de mes plus brillantes idées, répondit Fowler. Ils ont été appelés pour une autre urgence.

— Une urgence ?

— Quelque chose à voir avec le commandant.

Shan se mit à marcher de long en large devant le camion en examinant l'exploitation. Quelqu'un s'était posté sur l'une des digues, le regard tourné vers les montagnes. Il plissa les yeux et reconnut Yeshe. Le sergent Feng était assis sur le capot de leur propre camion. Son champ de vision s'élargit jusqu'au-delà des bâtiments. Shan se figea : derrière la première bâtisse était garé un véhicule familier. Une Land Rover rouge. Une autre Land Rover rouge.

— À qui appartient cette voiture ? demanda-t-il.

Fowler releva les yeux.

— La rouge ? Ça doit être celle du directeur Hu.

Shan résista à l'envie de courir jusqu'au véhicule pour l'inspecter. Les membres du comité pouvaient sortir à tout moment.

— Ces Land Rover. Est-ce qu'elles appartiennent toutes au ministère de la Géologie ?

— Je ne sais pas. Je ne pense pas. J'ai vu que le commandant en conduisait une.

Shan hocha la tête, comme s'il s'attendait à la réponse.

— Qu'est-ce que vous savez sur ce commandant ?

— Un salopard plein de pouvoir, c'est tout. Il me fiche la trouille, répondit l'Américaine.

— Pourquoi siège-t-il à votre comité ?

— Parce que nous sommes très près de la frontière. C'était la condition pour que nous obtenions la licence satellite.

Shan avait le sentiment de connaître cet homme. Une crispation lui déchira le ventre et il se souvint : le signalement que Jigme avait donné de l'homme venu arrêter Sungpo. Un visage tailladé par une profonde cicatrice. Il s'appelait Meh Jah, avait précisé Jigme.

— Et si ce n'était pas Hu qui voulait voir votre permis suspendu ? interrogea Shan, brutalement.

— C'est lui qui a signé la notification.

— Il était forcé de la signer en tant que directeur des mines, mais il se peut que ce soit sur l'ordre d'un autre. Ou un service politique qu'il rendait à quelqu'un.

— Qu'est-ce que vous voulez dire ? demanda Fowler, soudain intéressée.

— Je ne sais pas, avoua-t-il en secouant la tête avec découragement. Je dois trouver des réponses, et tout ce que je trouve, ce sont de nouvelles questions.

Son regard se perdit vers les bassins de décantation. Des ouvriers avançaient sur les digues d'un pas décontracté, chargés de pelles et de tuyaux. Yeshe et Feng redescendaient la pente et approchaient des bâtiments.

— Est-ce que quelqu'un — est-ce que vous avez effectué un cérémonial ? Pour vos ouvriers ? questionna Shan.

L'Américaine tourna vers lui un visage douloureux.

— J'avais presque oublié — c'était votre idée, non ? Jamais je n'aurais cru que ça arriverait si vite.

Elle sauta du capot du camion et lui fit signe de la suivre le long des bâtiments.

— Qui est le prêtre qui est venu ?

— On n'a pas cité de nom. Nous n'étions pas censés citer son nom, je crois. Quelqu'un d'âgé. Étrange.

— Quel âge ?

— Pas vieux en tant que tel. Quarante, cinquante ans. Mais vieux tellement il était austère. Comme s'il n'avait pas d'âge. Mince comme un fil. Un ascète.

— Qu'est-ce que vous entendez par étrange ?

— On aurait cru qu'il venait d'un autre siècle. Ses yeux. Je ne sais pas. Parfois il donnait l'impression de ne voir personne. Ou qu'il voyait des choses que nous autres étions incapables de voir. Et ses mains.

— Ses mains ?

— Elles n'avaient plus de pouces.

Sur le côté du dernier bâtiment, face à la vallée, se trouvait un carré, une longueur de bras de côté, un charme constitué d'éléments dissociés, pictogrammes complexes et textes écrits, flanqué de deux poteaux garnis de drapeaux de prières. Yeshe apparut derrière lui et marmonna quelque chose entre les dents, sur le ton d'une prière.

— Puissante magie, chuchota-t-il avec un haut-le-cœur avant de lever son rosaire, en guise de protection, sembla-t-il, et de reculer.

— Qu'est-ce que c'est ? demanda Shan.

Il se rappelait le bâtiment lors de sa dernière visite. Une file de Tibétains s'était formée au-dehors, attendant quelque chose.

— C'est très vieux. Très secret, murmura Yeshe.

— Non, objecta Fowler. Ce n'est pas vieux. Examinez le papier. Il y a des caractères d'imprimerie au dos.

— Les signes sont vieux. Je ne peux pas tous les lire. Même si je le pouvais, je ne serais pas autorisé à les réciter. Ce sont des mots de pouvoir, ajouta Yeshe, sincèrement effrayé. Des mots dangereux. Je ne sais pas qui... la plupart des lamas qui avaient le pouvoir d'écrire de tels mots sont morts. Je n'en connais aucun à Lhadrung.

— S'il venait de loin, il a dû faire très vite, déclara Fowler en regardant Shan.

— Les anciens, ceux qui possédaient ce genre de pouvoir, poursuivit Yeshe, de toute évidence encore sous le choc, impressionné par le charme, ils disaient qu'ils utilisaient le rituel de la flèche pour voler. Ils étaient capables de sauter d'une dimension à l'autre.

Non, fut tenté de répliquer Shan, le charme n'était pas venu de loin. Mais peut-être était-il sorti d'entre les dimensions.

Fowler sourit, mal à l'aise.

— Ce ne sont que des mots.

Yeshe secoua la tête.

— Non, ce ne sont pas que des mots. Vous ne pouvez pas écrire ces mots-là si vous n'avez pas le pouvoir. Non, pas le pouvoir, exactement. La vision. L'accès à certaines forces. Dans les écoles anciennes, on aurait expliqué que si moi, j'essayais d'écrire cela, moi ou un autre sans la formation adéquate…

Yeshe hésita.

— Oui ? demanda Fowler.

— Je volerais en éclats. En milliers de morceaux.

Shan s'approcha et observa le papier.

— Mais qu'est-ce que ça dit ? demanda Fowler.

— Ça parle de mort et de Tamdin.

Elle frissonna.

— Non, reprit Yeshe en se corrigeant. Pas exactement. C'est difficile à expliquer. C'est comme un panneau indicateur pour Tamdin. Qui célèbre ses exploits. Ses exploits, c'est la mort. Mais une bonne mort.

— Une bonne mort ?

— Une mort protectrice. Une mort qui transporte. Ce charme lui offre le pouvoir de toutes les âmes qu'il y a ici pour l'aider à ouvrir la voie vers la lumière. L'édification. Un perception plus grande vers plus de conscience.

— Vous avez parlé de mort.

— Mort et lumière. Parfois les anciens prêtres utilisaient les mêmes mots. Il y a toutes sortes de morts. Toutes sortes de lumières.

Yeshe se tourna vers Shan un instant, comme s'il venait de se rendre compte de ce qu'il avait prononcé.

— Toutes les âmes qu'il y a ici ? demanda Fowler. Nous ?

— Nous tout particulièrement, acquiesca doucement Shan en se rapprochant du charme.

— Personne ne m'a demandé si je voulais offrir mon âme, dit Rebecca Fowler sur le ton de la plaisanterie.

Mais elle ne sourit pas.

Shan passa le doigt sur les éléments du charme. Celui-ci était constitué de trente ou quarante petits feuillets cousus ensemble à l'aide de cheveux humains. Il n'eut pas besoin d'en soulever le rebord pour savoir que les feuillets venaient des registres de la 404e. Il avait assisté à la fabrication du charme.

— Et c'est tout ce qu'a fait ce prêtre ? demanda-t-il.

— Non. Il y a eu autre chose. Il a fait bâtir le mausolée sur la montagne.

Fowler montra à Shan le tumulus de pierres qu'il avait vu peu de temps auparavant.

— Je suis censée aller là-bas ce soir.

— Pourquoi vous ? Pourquoi ce soir ?

Elle ne répondit pas, mais les conduisit dans le bâtiment, un dortoir pour les ouvriers. La pièce d'entrée ressemblait à un foyer ou une salle de jeu, mais elle était abandonnée. Sur les étagères s'entassaient des puzzles, des livres et des jeux d'échecs. Tables et chaises avaient été repoussées contre les étagères aux murs. Dans une gamelle en ferblanc vide brûlait de l'encens. Une petite table restait au centre de la pièce. S'y trouvait posé un paquet, entouré de lampes à beurre aux flammes vacillantes.

— Luntok l'a trouvée près de l'un des bassins, expliqua Fowler. Là où un vautour l'avait laissée tomber. Au début nous avons cru qu'elle était humaine.

— Luntok ?

— Il est originaire d'un de ces anciens villages où ils pratiquent — vous savez, les funérailles de plein ciel. Il ne craint pas ces choses.

— Est-ce qu'il connaît le directeur Hu ? questionna Shan. Ou le commandant ? Est-ce qu'il lui arrive de leur parler ?

— Je ne sais pas, répondit l'Américaine d'un air distrait. Je ne pense pas. Il est comme la plupart des ouvriers, je pense. Les représentants du gouvernement lui font peur.

Shan voulait insister, lui demander comment Luntok en était venu à travailler pour elle, mais elle donna soudain l'impression de ne plus rien entendre. Elle fixait le paquet d'un air affligé.

— Les ouvriers disent que nous devons la rendre ce soir.

Sa voix se brisa.

— Ils disent que c'est le travail du chef du village. Et qu'ici, c'est moi le chef du village.

Shan s'avança et ouvrit le paquet. C'était une main sectionnée, une énorme main noueuse, aux doigts grotesques d'une longueur disproportionnée, qui se terminaient par des griffes couvertes d'argent finement ouvragé.

C'était la main d'un démon.

## 12

Le Kham est une vaste terre sauvage, située non seulement sur le Toit du monde mais à ce qui semblait en être
la dernière extrémité. C'est une terre qui semble défier
toute tentative de domestication, ou de récupération par
quiconque, une terre comme Shan n'en avait encore
jamais rencontré. Le vent soufflait sans désemparer sur le
haut plateau solitaire, barattant le ciel en une mosaïque de
lourds nuages et de carrés d'un bleu lumineux. Lorsque le
sergent Feng s'arrêta, chose qu'il faisait fréquemment
pour consulter sa carte, Shan entendit des bruits furtifs,
impossibles à identifier, comme si le vent portait des fragments de voix et de plaintes, d'étranges bruits discontinus
semblables à des geignements de souffrance au lointain.
Il existait des lieux, croyaient certains des vieux moines,
qui agissaient comme des filtres aux malheurs du monde,
se saisissant pour les retenir des tourments qui dérivaient
à la surface de la terre. Peut-être était-ce là justement un
de ces lieux, songea Shan, où les hurlements des multi-
tudes en contrebas venaient se rassembler pour être battus
par les vents et changés en bribes bruissantes, petites et
ténues, tels des galets dans une rivière.

Il attendit qu'ils aient roulé presque six heures pour
appeler Tan depuis un garage délabré au toit en tôle près
des limites du comté.

— Où êtes-vous ? exigea de savoir Tan.

— Que savez-vous du lieutenant Chang de la 404e ?

— Nom de Dieu, Shan, où êtes-vous parti ? Ils ont dit que vous aviez quitté une nouvelle fois le casernement avant le lever du jour. Et Feng n'a jamais appelé.

— C'est moi qui le lui ai demandé.

— Vous le lui avez demandé ?

En son for intérieur, Shan voyait les lèvres de Tan se retrousser sous la colère.

— Passez-le-moi, ordonna Tan d'une voix de glace.

— Chang était officier de la garde. J'aimerais savoir où il a été stationné avant de venir ici.

— Ne venez pas mêler mes officiers à…

— Il a tenté de nous assassiner.

Tan en eut le souffle coupé.

— Racontez-moi, dit-il sèchement après un temps de silence.

Shan expliqua comment ils avaient emprunté le raccourci recommandé par Chang et comment celui-ci les avait pris en embuscade.

— Vous faites erreur. C'est un officier de l'APL. Les responsabilités de sa charge sont à la 404e, il n'a rien à voir avec le procureur Jao. Cela n'aurait aucun sens.

— Très bien. Essayez de le trouver à la 404e. Ensuite vous pourriez peut-être remonter le raccourci sur le versant de la griffe nord. C'est une vieille piste qui se dirige vers le nord, trois kilomètres au-dessus de l'embranchement de la route. Depuis le sommet de la falaise, l'épave du véhicule est visible. Nous n'avons encore rien révélé à personne. Vous pourrez suivre les vautours. Ils seront là.

— Et vous avez attendu tout ce temps pour me le raconter ?

— Au début, je n'étais pas sûr. Comme vous l'avez précisé, il était dans l'armée.

— Vous n'étiez pas sûr de quoi ?

— Pas sûr de savoir si vous n'aviez pas arrangé toute l'affaire.

Nouveau silence.

— Ça pourrait être tentant, suggéra Shan, si vous aviez décidé de ne pas poursuivre une enquête séparée.

— Qu'est-ce qui vous a fait changer d'avis ? demanda Tan comme s'il admettait volontiers que la chose allait de soi.

— J'y ai réfléchi toute la nuit. Je ne crois pas que vous auriez tué le sergent Feng.

Shan entendit une conversation étouffée à l'autre bout du fil. Tan se mit à aboyer des ordres à Mme Ko. À son retour en ligne, il avait une réponse.

— Chang n'était pas de service hier. Il était libre de faire ce qu'il voulait.

— Il a décidé de nous tuer de sa propre initiative ? Pour se distraire pendant un jour d'oisiveté ?

— Où est-ce que vous êtes ? questionna Tan avec un soupir de lassitude.

— Toutes les autres pistes sont froides. Je vais essayer de retrouver le chauffeur de Jao. Je crois qu'il est vivant.

— Quittez le comté et vous serez considéré comme évadé.

Shan l'informa sur le dossier trouvé au garage et lui expliqua la raison pour laquelle il devait retrouver Balti.

— Si j'avais demandé la permission, cela aurait demandé du temps et de la préparation. L'information aurait pu se propager vers l'est, vers les conducteurs de troupeaux. Au risque de perdre toute chance de jamais retrouver Balti.

— Vous n'en avez pas non plus soufflé mot au ministère de la Justice.

— Rien du tout. C'est ma responsabilité.

— Et donc Li n'est pas au courant.

— Il m'est apparu que nous pourrions tirer quelque avantage à nous entretenir avec le chauffeur de Jao sans l'aide de l'assistant du procureur.

Dans un silence qui illustrait clairement l'indécision de Tan, Shan décida de lui parler de la main. Il était dans un téléphone public : la probabilité que celui-ci soit sur écoute était faible.

La main du démon qui avait tellement effrayé les ouvriers de Rebecca Fowler était de facture exquise. Un observateur inattentif aurait pu aisément se laisser convaincre qu'il ne s'agissait là que des restes rabougris d'une créature de chair et de sang. Mais Shan avait montré à Fowler la manière dont les tendons avaient été méticuleusement élaborés à partir de cuir cousu sur des lamelles de cuivre. La paume rose avait été fabriquée à partir de soie rouge passée. Quand il avait levé la main, les doigts avaient pendouillé mollement, adoptant des angles bizarres.

— Si je comprends bien, vous avez trouvé un morceau de costume de Tamdin, fit remarquer Tan d'une voix crispée.

— Celui dont le directeur Wen prétendait qu'il ne manquait pas.

Shan avait déjà pris une note dans son calepin. Vérifier les recensements des Affaires religieuses.

— Il aurait pu y en avoir un caché quelque part.

— Je ne le pense pas. Il s'agit de véritables trésors, tellement rares qu'ils ont tous été dûment enregistrés.

— Ce qui sous-entend?

— Ce qui sous-entend que quelqu'un ment.

S'ensuivit un nouveau moment de silence.

— Très bien. Ramenez le chauffeur vivant. Je vous donne deux jours. Si vous n'êtes pas de retour dans quarante-huit heures, je lâche la Sécurité publique à vos trousses, grommela Tan avant de raccrocher.

Si les choses tournaient mal, Tan pourrait toujours abandonner. Li poursuivrait Sungpo, l'affaire serait classée, et la 404ᵉ recevrait sa punition. Tan pourrait mettre un terme à l'enquête en déclarant simplement Shan fugitif. Il suffirait alors à une patrouille de la Sécurité publique de rapporter le tatouage sur le bras du prisonnier évadé. Rien de plus.

En outre, si Shan utilisait ces deux jours, il n'en resterait plus que quatre avant que Sungpo soit présenté devant le tribunal. Deux jours. Balti, du clan Dronma, avait disposé d'une semaine pour se perdre dans le Kham. Pour difficile qu'elle fût, la tâche qui l'attendait n'était pas tout à fait impossible : il ne s'agissait pas de retrouver un homme seul dans près de quatre cent mille kilomètres carrés du terrain le plus difficile au nord de l'Antarctique. Il lui suffisait simplement de retrouver le clan de Balti. Car, pour un Khampa, l'endroit le plus sûr serait toujours au sein de sa famille. Vaste programme, quasiment voué à l'échec.

— Vous avez toute ma gratitude, dit Shan en se tournant vers Yeshe. Pour les ragyapa.

— Ça n'a pas été difficile à comprendre, une fois que j'ai vu toutes ces chaussettes de l'armée.

— Non. Il ne s'agit pas de cela. Je vous remercie de n'avoir pas transmis l'information au directeur de la prison. Cela aurait redoré votre blason, ajouté une victoire à votre dossier. Peut-être auriez-vous pu ainsi obtenir vos laissez-passer.

Yeshe contemplait le plateau qui semblait s'étirer à l'infini.

— Ils auraient fait une descente au village. Avec tous ces enfants, répliqua-t-il, avant de hausser les épaules. Et je me trompe peut-être. Peut-être ont-ils obtenu ces fournitures légalement. Peut-être qu'ils les ont obtenues en paiement pour les charmes.

Shan opina lentement du chef.

— Un militaire qui aurait peur d'offenser Tamdin ? s'interrogea-t-il à haute voix, avant de tendre à Yeshe l'enveloppe que lui avait remise Rebecca Fowler. Jetez un coup d'œil. Ce sont les photos des crânes de la caverne.

— Qu'est-ce que je dois chercher ? demanda Yeshe en ouvrant l'enveloppe.

— D'abord, un modèle, un schéma significatif. Je suis incapable de lire le texte en tibétain ancien. Est-ce que ce sont simplement des noms ?

Yeshe plissa le front.

— C'est assez simple. Ils sont disposés par dates, correspondant au calendrier tibétain traditionnel — le système de cycles de soixante années qui avait commencé mille ans auparavant. La tablette devant chaque crâne donne le nom et l'année. Le premier — Yeshe déplaça la photo à la lumière directe du soleil près de la vitre —, le premier, c'est l'année du Cheval de terre du dixième cycle.

— Il y a combien de temps ?

— Le dixième a débuté au milieu du XVIe siècle. L'année du Cheval de terre est la cinquante-deuxième année du cycle.

Yeshe s'interrompit et lança à Shan un regard éloquent. Shan se rappela les étagères vides. Le mausolée avait dû être commencé bien avant le XVIe siècle.

— La séquence continue, reprit le jeune Tibétain devant les photos suivantes. Dixième cycle, année du Singe de fer, année de la Souris de bois, dix ou vingt crânes supplémentaires, puis le onzième cycle.

— Vous pouvez peut-être essayer de découvrir ce qui est advenu à celui qu'on a déplacé afin de faire de la place pour Jao.

— Pourquoi ne se serait-on pas simplement contenté de le jeter ?

— C'est probablement ce qui a été fait. Mais je veux m'en assurer.

Feng ralentit devant un troupeau de moutons conduit par deux garçons qui accomplissaient leur tâche de gardiens non pas avec l'aide de chiens mais avec des lance-pierres. Tout en les regardant avancer, Shan ne cessait de revoir la main du démon. Les dégâts qu'elle avait subis étaient trop importants pour être dus à son sectionnement ou même à sa chute lorsque le vautour l'avait fait tomber. Les charnières délicates qui articulaient les phalanges avaient été écrasées. Les bouts des doigts avaient été écrabouillés, détruisant leur fin filigrane. Quelqu'un avait fracassé la main délibérément, comme au cours d'une lutte avec Tamdin. Ou dans un accès de colère, pour prévenir toute utilisation ultérieure du costume. Balti s'était-il battu avec cette chose au point d'endommager sa main ? Ou était-ce Jao, lorsqu'il s'était défendu sur le flanc de la montagne ?

De temps à autre, Feng arrêtait les bergers solitaires le long de la route, et leur demandait où se trouvait le clan Dronma. Les hommes répondaient avec prudence, l'œil rivé à l'arme au ceinturon du sergent. La plupart sortaient leurs papiers d'identité dès qu'ils voyaient le camion s'arrêter, en agitant les mains devant leur visage pour signifier qu'ils ne parlaient pas le mandarin.

— C'est là, lâcha Yeshe dans un souffle alors qu'ils repartaient après leur cinquième arrêt.

— Le crâne ? demanda Shan en pivotant sur son siège.

Yeshe acquiesça, tout excité, en levant une des photos.

— Les crânes autour de l'unique étagère vide datent de la fin du quatorzième cycle. L'année du Singe de fer d'un côté, ensuite l'année du Bœuf de bois, la cinquante-neuvième année, de l'autre, soit il y a environ cent quarante ans. Le dernier crâne sur l'étagère de cette séquence est vieux de quatre-vingts ans, l'année du Mouton de la terre du quinzième cycle. Sauf le tout dernier, tout en bas. C'est le quatorzième cycle, l'année du Cochon d'eau.

Yeshe releva la tête, une expression de satisfaction sur le visage.

— Le Cochon d'eau est la cinquante-septième année, entre le Singe de fer et le Bœuf de bois.

Il montra les photos à Shan, en indiquant les caractères tibétains désignant l'année. Le crâne manquant, sa tablette et ses lampes avaient été cérémonieusement posés sur la dernière étagère.

Leur excitation mourut bien vite. Le déplacement du crâne n'était pas le geste d'un pillard ni d'un tueur enragé. Il correspondait à ce que ferait un moine, ou un croyant convaincu.

Feng ralentit devant un vieillard qui marchait sur la route. En réponse à sa question, l'homme réagit en sortant une carte en lambeaux de la région. Comme y étaient dessinées les frontières traditionnelles du Tibet, elle était formellement interdite, et Shan se dépêcha de s'interposer pour empêcher Feng de la voir.

— Bo Zhai, dit le vieillard en indiquant une région à environ quatre-vingts kilomètres à l'est. Bo Zhai.

Shan le remercia en lui donnant une boîte de raisins secs sortie des vivres que Feng avaient emballés à la hâte. L'homme parut surpris. Il contempla la boîte en silence, puis, d'un geste fier, un geste de défi, sa main balaya la vaste moitié est de la carte.

— Kham, annonça-t-il avant de quitter la route pour s'engager d'un pas martial sur un chemin chevrier.

La plus grande partie du territoire qu'il avait indiqué avait été divisée par Pékin et redistribuée aux provinces voisines. Il se trouvait ainsi que les provinces de Gansu, Qinghai, Sichuan et Yunnan comprenaient d'importantes populations tibétaines. Le Sichuan abritait la préfecture tibétaine d'Aba, la préfecture tibétaine de Garzê et le comté tibétain de Muli. La mesure avait été subtile avec, pour finalité, d'éroder le style d'existence nomade des conducteurs de troupeaux du Kham ; les permis de résidence ne pouvaient être accordés dans plus d'un district à la fois, et les laissez-passer autorisant la liberté de circulation étaient rarement délivrés à ces gens. Ç'avait également été un moyen de rétorsion contre les sentiments antisocialistes plus que marqués de la région. Les guérilleros du Kham avaient combattu plus longtemps et plus durement contre l'Armée populaire de libération que toute autre minorité en Chine. Même à la 404ᵉ, Shan avait entendu des récits de résistants qui rôdaient toujours dans les chaînes orientales, sabotant les routes et attaquant les petites patrouilles avant de disparaître dans les montagnes impénétrables.

Au milieu de l'après-midi, ils arrivèrent au bureau du collectif agricole de Bo Zhai, un rassemblement de bâtiments minables construits en parpaings et tôle ondulée entourés de champs d'orge. La responsable, de toute évidence peu habituée à voir débarquer des visiteurs à l'improviste, détailla les trois hommes d'un air gêné.

— Nous avons des visites organisées pendant les moissons, proposa-t-elle, pour le ministère de l'Agriculture.

— Ceci est une enquête criminelle, expliqua patiemment Shan, en tendant un papier sur lequel était noté le nom du clan de Balti.

— Nous ne sommes que des éleveurs ignorants, répliqua-t-elle, avec un peu trop d'humilité. Un jour nous avons eu un hooligan de Lhassa qui se cachait dans les collines. La procédure a consisté à faire appel à la milice locale.

Sur un mur derrière elle était accrochée une affiche aux couleurs passées représentant de jeunes gardes rouges dressant fièrement le poing. Démolir les Quatre Anciens, proclamait la légende. Les Quatre Anciens étaient l'idéologie, la culture, les habitudes et les coutumes. Pendant la Révolution culturelle, les gardes rouges avaient envahi les foyers des minorités et détruit tous les vêtements traditionnels — souvent des objets hérités de génération en génération — et brûlé le mobilier, allant même jusqu'à couper les tresses des femmes.

— Nous n'avons pas le temps, dit Yeshe.

La femme le dévisagea d'un œil de pierre.

— Vous avez raison, naturellement, confirma Shan. Dans notre cas, la procédure voudrait que nous alertions le bureau de la Sécurité publique pour prévenir les autorités que nous attendons ici. Le quartier général du bureau entrerait alors en rapport avec le ministère de l'Agriculture, qui prendrait toutes dispositions pour qu'une compagnie de soldats du bureau nous porte assistance. Peut-être pourrais-je me servir de votre téléphone ?

L'expression de défi disparut vite du visage de la femme.

— Inutile de gaspiller les ressources du peuple, lança-t-elle avec un soupir.

Elle prit la note des mains de Shan et sortit un registre qui tombait en lambeaux.

— Ce n'est pas dans notre unité de production. Pas de clan Dronma, déclara-t-elle après quelques minutes.

— Combien existe-t-il d'unités ?

— Dans cette préfecture-ci, dix-sept. Ensuite vous pouvez essayer les provinces de Sichuan, Gansu et Qinghai. Et il existe toujours les mauvais éléments des chaînes d'altitude. Ils ne se sont jamais présentés à l'enregistrement.

— Non, objecta Yeshe. Balti n'aurait jamais obtenu le feu vert pour son emploi si les membres de sa famille n'étaient pas enregistrés.

— Et il est peu probable que son permis de travail ait été transféré depuis une autre province, ajouta Shan.

— C'est exact, confirma Yeshe, dont le visage s'illumina. Quelqu'un ne dispose-t-il pas d'une liste de référence, rien que pour cette préfecture ?

— Décentralisation pour une production maximale.

La femme parlait maintenant d'une voix aseptisée familière, la voix réservée aux inconnus, celle dont les harmoniques ne se branchaient que sur la sécurité, ne récitaient que ce qui s'inscrivait sur les bannières et s'entendait dans les haut-parleurs.

— Je me suis laissé aussi dire que nous devrions cesser de nous préoccuper de chats noirs et de chats blancs, fit remarquer Shan. Pour nous concentrer sur la capture des souris.

— Nous n'aurions pas l'autorité pour détenir cette liste, déclara la responsable, maintenant inquiète. Le bureau du ministère se trouve à Markam. Eux devraient avoir la liste-archive.

— C'est loin ?

— Seize heures. S'il n'y a pas de glissement de boue. Ou d'inondation. Ou de manœuvres militaires.

La femme fronça le sourcil et alla jusqu'à une étagère poussiéreuse au fond du bureau.

— Tout ce que j'ai, ce sont les noms de ceux qui appartiennent aux unités de travail combinées ayant reçu des récompenses pour la production. Au moins pour les cinq dernières années.

Elle tendit à Yeshe une pile de cahiers à reliure en spirale couverts de poussière.

— C'est comme de chercher un grain de riz dans… commença Yeshe.

— Non. Peut-être pas, dit-elle, son visage reprenant pour la première fois figure humaine devant l'ampleur de la tâche. La plupart des anciens clans ont été concentrés dans peut-être six collectifs au total. Sur le plan politique, on les considérait comme présentant le plus gros potentiel de risques, d'où la nécessité de les garder sous surveillance rapprochée. Le clan que vous cherchez fait partie de ceux-là.

— Et si nous trouvons le bon collectif ?

— Alors débutera la véritable recherche. C'est le printemps. Les troupeaux commencent à bouger.

En une demi-heure, ils avaient identifié trois collectifs comprenant des membres du clan Dronma. L'un était distant de plus de trois cents kilomètres. Le deuxième, à presque deux cents kilomètres, répondit au téléphone après vingt sonneries. L'homme reconnut le nom.

— Ancien clan. Y en a plus beaucoup. Y restent près des troupeaux. Rassemblent le bétail, leur répondit l'homme avec un accent mondain de Shanghai qui paraissait déplacé. Seulement une demi-douzaine de travailleurs adultes. Trois au-dessus de soixante ans. Un autre a perdu une jambe dans un accident de cheval.

Le troisième, à vingt kilomètres de distance, annonça que, chez eux, les membres du clan Dronma étaient aussi nombreux que les moutons des collines.

Shan étudia sa carte et marqua l'emplacement des trois unités. Le temps leur était compté : ils ne pouvaient faire qu'un seul choix.

Il sortit et avança sans but précis, comme si le vent était susceptible de lui apporter une réponse. Il suivit des yeux une vieille femme sur un poney, serrant au creux de ses bras un cochon comme s'il s'agissait d'un enfant. Soudain il s'arrêta et se précipita à l'intérieur du bureau.

— Nous allons là, annonça-t-il en pointant le doigt sur le deuxième collectif.

— Mais vous les avez entendus, protesta Yeshe. Ils ne sont qu'une demi-douzaine.

— Les chaussures, expliqua Shan. Je n'arrivais pas à comprendre pourquoi Balti avait deux pieds gauches sous son lit.

Trois heures plus tard, alors qu'ils approchaient des bâtiments délabrés qui constituaient le collectif, le sergent Feng écrasa les freins et pointa le doigt. Un hélicoptère arborant les insignes des commandos de la frontière était posé en bordure du périmètre, gardé par un soldat armé d'un fusil automatique.

— Félicitations, marmonna Feng. Vous aviez deviné juste.

Yeshe fut sur le point d'ajouter quelque chose, mais il ravala ses mots en inspirant brutalement. Shan suivit la direction du regard de Yeshe. Li Aidang était debout au centre du collectif, bras écartés, avec l'allure d'un chef militaire. Derrière lui, au poste de pilotage de l'hélicoptère, Shan distingua un visage familier derrière des lunettes de soleil. Le commandant. Il prit soudainement conscience que Li, malgré son air bravache, pareil en cela à tant d'autres, n'était peut-être bien lui aussi qu'un pion dans la partie qui se jouait.

L'adjoint du procureur accueillit Shan par un sourire condescendant.

— S'il est vivant, je l'aurai collé dans une salle d'interrogatoire d'ici à demain midi, promit-il avec suffisance.

Sans attendre de question, il s'expliqua :

— C'est simple, en réalité. J'ai compris qu'un contrôle de sécurité avait été nécessaire pour le chauffeur d'une personnalité officielle. Les ordinateurs de la Sécurité publique avaient en mémoire toute sa vie passée.

Shan avait un jour participé à un audit sur les milliards engagés par Pékin dans un système informatique centralisé. La priorité avait été donnée aux applications de la Sécurité publique. Le projet des 300 millions, l'avait-on appelé. Shan avait cru au départ que cela correspondait

331

aux fonds engagés pour le financement du projet. En fait, il s'agissait du nombre de citoyens qui, à un moment ou à un autre, avaient fait l'objet de l'attention du bureau. Il avait commencé à se convaincre qu'il s'agissait là d'un système dont l'efficacité était la bienvenue. Jusqu'à ce qu'il découvre son propre nom sur la liste.

— Donc il est ici ?

— C'est ici le collectif de sa famille. Bien que personne ne l'ait vu depuis un an, peut-être deux.

— Sa famille ?

— Ils sont tous sur le haut plateau, dit Li en montrant le nord. À courser les yacks et les moutons.

— En ce cas, il peut être ramené ici, suggéra Shan. Envoyez quelqu'un du collectif qui le connaisse.

— Impossible, rétorqua aussitôt Li. Il doit être placé en détention sous notre responsabilité. Il sera arrêté et expédié à Lhadrung.

— Il n'y a pas de preuves contre lui, uniquement des suppositions.

— Pas de preuves ? Vous avez vu ce qu'il y avait dans son logement. Des liens évidents avec le hooliganisme.

— Un petit bouddha et un rosaire en plastique ?

— Il a pris la fuite. Vous oubliez qu'il a pris la fuite.

— Pourquoi êtes-vous tellement sûr qu'il se trouve ici ? Je croyais vous avoir entendu affirmer qu'il s'était enfui dans la limousine au Sichuan. Une limousine ne lui sert à rien au Kham.

— Étrange question.

— Que voulez-vous dire ? demanda Shan.

— Vous voici, pourtant, à sa recherche.

Shan fixa l'hélicoptère.

— Si vous partez l'arrêter, il s'enterrera dans les montagnes.

— Vous oubliez que je connais Balti. Il réagira mieux devant un visage familier.

Shan étudia l'assistant du procureur. Balti, il le savait, pourrait bien ne pas survivre à une arrestation menée par Li et le commandant. Il était rare que les Khampas se soumettent sans se défendre. Et si Balti mourait, jamais Shan ne pourrait se le pardonner, parce que, d'une certaine façon, il savait que Li ne s'intéressait à Balti qu'à cause de l'intérêt que lui-même lui portait. Mais qui l'avait prévenu ?

Il sentit un frisson glacé sur son échine quand il se retourna. Près de l'hélicoptère, Yeshe parlait au commandant qui commença à s'animer, presque violent, en agitant une feuille de papier à la figure du jeune Tibétain. Celui-ci donna l'impression de vouloir éclater en pleurs, et lorsque le commandant pointa un doigt sur sa poitrine, il eut un mouvement de recul, comme si on l'avait frappé. Le commandant déchira alors la feuille en deux en crachant un dernier juron avant de remonter dans son engin. Li, qui le regardait lui aussi, lâcha un soupir de déception.

— L'interrogatoire de Balti sera terminé à votre retour, déclara-t-il d'une voix glacée. Nous prendrons des notes détaillées que vous pourrez consulter.

Il se précipita vers l'hélico et grimpa à bord.

Ils observèrent en silence l'appareil disparaître derrière les montagnes.

— Balti est fichu ! s'exclama Yeshe. À cause de vous, ajouta-t-il d'un ton accusateur.

— Ce n'est pas moi qui les ai invités, répondit sèchement Shan.

— Ce n'était pas moi, dit Yehse d'une voix très douce, l'œil toujours rivé à l'horizon. La vieille femme dans le grenier, elle compte sur moi pour que j'aide Balti.

Shan n'était pas sûr d'avoir bien entendu. Il était sur le point de lui demander de répéter lorsque Yeshe se tourna vers lui, les traits creusés par la souffrance.

— Il m'a offert un travail. À l'instant. Le commandant avait un permis de travail établi à mon nom, pour un véritable poste, comme employé auprès du bureau de la Sécurité publique à Lhassa, peut-être même au Sichuan. Les signatures se trouvaient déjà sur le papier.

— Vous avez refusé l'offre ?

Yeshe baissa la tête, toujours déchiré.

— Je lui ai annoncé que j'étais pris en ce moment.

— C'est merde que tu lui as balancé, oui ! intervint Feng, suffoqué.

— Il a répondu que c'était maintenant ou jamais. En ajoutant que je pourrais peut-être apporter vos notes sur l'affaire. Je lui ai répété que j'étais pris.

Il dévisagea Shan comme s'il cherchait à lire quelque chose sur son visage, mais Shan ne savait que lui offrir. Lui montrer de la sympathie ? Partager son désespoir ?

— Parfois, poursuivit Yeshe, au cours de ces derniers jours, il m'est arrivé de penser que c'est peut-être vrai ce que vous avez déclaré. Que des innocents mourront si nous n'agissons pas.

Quand il pivota vers Yeshe, Feng affichait une expression qui ne lui était pas coutumière. Un instant, Shan crut y reconnaître de la fierté.

— Je connaissais ce garçon, Balti, dit soudain le sergent. Il n'a jamais fait de mal à personne.

Shan se rendit compte que les deux hommes s'étaient tournés vers lui, pleins d'espoir.

— Alors il faut que nous le trouvions avant eux, déclara-t-il avant d'ouvrir l'arrière du camion pour fouiller dans un tas de chiffons.

Il sortit une chemise en lambeaux et en prit la mesure contre les épaules de Feng.


Le soir était tombé au terme de leur longue montée au fil des corniches de plus en plus élevées qui formaient un gigantesque escalier de quatre-vingts kilomètres de long donnant accès au haut plateau, lorsqu'ils finirent par localiser un des campements de nomades. Dès leur arrivée sur le plateau, ils avaient repéré les trois tentes, pour les éliminer aussi vite : ils n'y avaient vu que des formes grises et basses d'affleurements rocheux jusqu'à ce qu'ils aperçoivent, tout à côté, la longue file de chèvres attachées à une longe centrale, les cornes bloquées entre elles pour les garder stables pendant la traite. Les tentes basses en peau de yack, fixées au sol à l'aide de pieux et de liens en cuir, donnaient plus encore l'impression de n'être que de gros blocs de pierre crevassés, usés par des siècles de vent.

Ils arrêtèrent le camion à cinquante mètres du campement et se dirigèrent vers les tentes. L'uniforme et le ceinturon du sergent Feng étaient masqués par la longue chemise dépenaillée.

On ne voyait âme qui vive. Des drapeaux de prières voletaient derrière les tentes. Les barattes à beurre étaient au repos. Des bouses séchées s'empilaient près des toiles. Au-delà du campement, un petit troupeau de yacks paissait l'herbe du printemps. Une chèvre avec un ruban noué à l'oreille mangeait sans entraves : elle avait été rachetée. Près de l'ouverture de la tente la plus vaste, le crâne d'un mouton était accroché à un cadre en baguettes de saule tissé de fils aux motifs géométriques. Shan avait vu des Khampas reconstituer les mêmes motifs avec du fil de couverture à la 404ᵉ : c'était un piège à esprits.

Un chien aboya près de la rangée de chèvres alignées. Un chiot attaché à une laisse bondit en avant et renversa une baratte. Au sortir d'un paquet de fourrures près de la première tente, un bébé pleura, et immédiatement la tente se vida de ses occupants. Deux hommes apparurent, l'un vêtu d'un gilet en fourrure, l'autre d'un lourd *chuba*, l'épais manteau en peau de mouton qui avait la faveur de nombreux nomades tibétains. Derrière eux, Shan aperçut plusieurs femmes habillées de tuniques en patchwork, dont les couleurs jadis éclatantes étaient étouffées par la suie et la crasse. Un petit garçon qui n'avait guère plus de trois ans sortit à son tour, le menton et les lèvres recouverts de yogourt.

L'homme au gilet, le cuir du visage marqué de rides, les salua sans chaleur avant de disparaître sous la tente pour en ressortir avec une enveloppe sale bourrée de papiers qu'il tendit à Shan.

— Nous ne sommes pas des inspecteurs des naissances, déclara Shan, gêné.

— Vous achetez la laine ? C'est trop tard. Le mois dernier, la laine.

Il lui manquait la moitié des dents. Sa main serrait un gau d'argent accroché à son cou.

— Nous ne sommes pas ici pour la laine.

De la poche de sa veste, Feng sortit un bonbon enveloppé de cellophane et le tendit à l'enfant. Le garçon s'approcha d'un pas prudent, attrapa le bonbon et alla se mettre sous la protection des deux adultes. L'homme en chuba prit le bonbon, le renifla, le goûta de la langue et le rendit à l'enfant, qui poussa un couinement de plaisir et courut se réfugier sous la tente. L'homme hocha la tête, comme en signe de gratitude, sans rien perdre de son attitude soupçonneuse. Il fit un pas de côté et leur fit signe d'entrer.

Il régnait une chaleur surprenante à l'intérieur de la tente. Des panneaux de tissu en poils de yack, identiques à ceux qui constituaient la tente, étaient pendus sur un côté pour délimiter un coin où s'habiller en toute intimité. Un tapis ancien sinon antique, jadis rouge et jaune et aujourd'hui réduit à des variantes de brun sale, servait aux occupants de sol, de lit et de siège. Un brasero en fer à trois pieds était installé près du centre, garni d'une énorme bouilloire posée sur les braises d'un feu de bois qui se consumait. Une petite table en bois montée à chevilles et charnières, afin de pouvoir être repliée quand on levait le camp, portait deux brûleurs à encens et une petite cloche. Leur autel.

Dix Khampas étaient blottis, aussi soupçonneux qu'un troupeau de cervidés, à l'extrémité opposée de l'autel, à croire que celui-ci pouvait les protéger. Les six femmes et les quatre hommes, couvrant apparemment quatre générations, étaient vêtus, pour les unes d'épaisses jupes en lainage sale et de tabliers rayés rouge et marron aux couleurs passées, pour les autres d'épais chubas qui donnaient l'impression d'avoir enduré des années de tempêtes. Un enfant âgé de cinq ou six ans sortit du groupe, le corps drapé dans une longueur de feutre de yack nouée à la taille par une ficelle ; une femme le tira au creux de son giron avec un coup d'œil désespéré à Shan. Les femmes avaient pour seuls bijoux des colliers de pièces de monnaie d'argent, séparées de perles rouges et bleues. Tous les visages, masculins et féminins, étaient ronds, les pommettes hautes et marquées, les yeux intelligents et effrayés, la peau barbouillée de fumée, les mains épaissies de cals. Dans le fond de la tente, une frêle vieille aux cheveux gris était appuyée contre un des poteaux de soutien.

Un silence de mort régnait dans la pièce enfumée. Les regards ne quittaient pas les nouveaux arrivants. L'homme au gilet, avec, dans les bras, le bébé toujours dans son cocon de fourrure, entra et lâcha une unique syllabe. Le groupe se dispersa lentement, les hommes s'asseyant autour du brasero tandis que les femmes se dirigeaient vers trois lourds rondins portant les ustensiles de cuisine. L'homme, apparemment le chef du clan, fit signe à ses visiteurs de s'asseoir sur le tapis.

Les femmes détachèrent de petits morceaux à une grosse brique de thé noir et les firent tomber dans la bouilloire. Ne sachant trop que dire, mais fidèles à leur tradition d'hospitalité, les hommes parlèrent de leurs troupeaux. Une brebis avait mis bas des triplés. Les pavots avaient été épais sur les versants sud, ce qui signifiait que les veaux de cette année allaient être forts. L'un d'entre eux demanda si les visiteurs avaient du sel.

— Je cherche le clan Dronma, expliqua Shan en acceptant un bol de thé au beurre.

Sur la table, il remarqua une photographie encadrée, posée à l'envers, comme si on l'avait fait tomber en toute hâte. Lorsqu'il se pencha en avant, il vit que les panneaux de tissu suspendus à l'arrière de la tente remuaient.

— Il y a beaucoup de clans dans les montagnes, répliqua le vieillard.

Il demanda à ce qu'on resserve du thé, comme pour distraire Shan.

Shan ramassa la photo. L'une des femmes parla en dialecte khampa d'une voix inquiète, et les hommes plus jeunes parurent se crisper. La photo ressortait du bord du cadre. C'était le président Mao. Mais elle masquait une autre image, en robe rouge, laissant entrevoir des grains de chapelet. Au Tibet, c'était chose courante que de garder, dans un endroit bien visible pour bénir le foyer, une photo du dalaï-lama que l'on couvrait bien vite d'un portrait de Mao quand se présentaient des agents du gouvernement. Des années auparavant, la simple possession d'une image du dalaï-lama suffisait à garantir à son propriétaire une peine d'emprisonnement. Tandis que la femme servait bruyamment Feng en thé, Shan repoussa la photo de Mao de manière à masquer totalement l'image secrète avant de poser le cadre droit sur la table, le dos tourné vers lui.

Il s'assit sur le tapis, croisant délibérément les jambes dans la position du lotus qui avait la faveur des Tibétains. Pendant la campagne de démolition des Quatre Anciens, il avait été ordonné aux Tibétains de ne plus s'asseoir jambes croisées.

— Ce clan a un fils du nom de Balti, poursuivit Shan. Il travaillait à Lhadrung.

— Les familles restent ensemble ici, fit remarquer l'éleveur. Nous ne savons pas grand-chose des autres clans.

Les Khampas baissèrent les yeux, mal à l'aise, en contemplant les braises. Shan sentait leur inquiétude. Aucun Chinois ne venait ici, hormis s'il était acheteur ou inspecteur des naissances. Shan vida son bol de thé et se leva, passant en revue les Khampas dont aucun ne voulait croiser son regard. Il avança vers le panneau de toile et l'écarta.

Deux jeunes femmes étaient assises dans le recoin. Enceintes toutes les deux.

— Ce ne sont pas des inspecteurs, lança l'une des filles en se levant pour l'écarter de son passage d'un geste arrogant.

Elle n'avait guère plus de dix-huit ans.

— Pas s'il y a un prêtre avec eux, ajouta-t-elle avec un sourire de défi à l'adresse de Yeshe.

Elle se servit du thé.

— Je connais le clan Dronma, continua-t-elle, pour se faire rabrouer aussi vite par une des femmes plus âgées.

La fille l'ignora.

— Aucune importance. Personne ne pourrait dire où les trouver. Ils ne sont pas assez nombreux pour constituer un vrai campement. Tout ce qu'ils peuvent faire, c'est essayer de repérer les tentes des conducteurs de troupeaux dans les vallées d'altitude.

— Où ça? demanda Shan.

— Dites une prière pour mon bébé, poursuivit-elle à l'adresse de Yeshe en se tapotant le ventre. Mon dernier bébé est mort. Dites une prière.

— Je ne suis pas qualifié, répondit Yeshe en se tournant vers Shan d'un air gêné.

— Vous avez des yeux de prêtre. Vous venez d'un gompa, je le vois bien.

— Il y a bien longtemps.

— Alors vous pouvez dire une prière. Je m'appelle Pemu, précisa-t-elle avec un regard de défi à ceux qui l'entouraient. Ils veulent tous que je prononce Pemee, parce que ça sonne chinois. À cause de la campagne des Quatre Anciens. Mais Pemu, je suis, Pemu, je reste.

Comme pour ponctuer sa revendication, elle ôta une épingle à sa chevelure, libérant une longue tresse tissée de perles turquoise.

— J'ai besoin d'une prière. S'il vous plaît.

Yeshe jeta à nouveau un regard gêné à Shan et se dépêcha de quitter la tente, comme s'il voulait prendre la fuite. La fille le suivit aussitôt et l'une des femmes repoussa l'abattant pour observer la scène.

Pemu appela Yeshe sans recevoir de réponse, avant de courir et de s'agenouiller devant lui. Alors qu'il essayait de la contourner, elle lui attrapa la main pour la poser sur sa tête. Le geste parut le paralyser sur place. Puis il sortit lentement le rosaire de sa poche et commença à parler à la jeune femme.

Comme par magie, la tension qui régnait sous la tente se vida tel un ballon percé, et le clan se mit à préparer le dîner. Une marmite de ragoût de mouton fut posée sur le feu. Une des femmes commença à mélanger le tsampa avec du thé pour faire un *pak*, le plat de base des Khampas. Une autre sortit des miches de pain noircies de cendres.

— Du pain à trois coups, annonça-t-elle en en tendant un morceau à Shan. Un, deux, trois, décompta-t-elle en frappant la miche contre une pierre.

Au troisième coup, la coque de cendres et de charbon se brisa, libérant une croûte dorée. Shan eut droit à la première tranche. Il la rompit en deux et, avec un salut de la tête, en posa solennellement un morceau sur l'autel improvisé. Le berger en gilet contemplait Shan d'un air curieux, la tête de côté.

— Les Dronma, dit-il, ils suivent les moutons. Au printemps, les yacks descendent des terres hautes où ils ont hiverné. Les moutons montent. Cherchez de petites tentes. Cherchez les drapeaux de prières.

Il dessina un croquis montrant les emplacements possibles, sept au total, dans le calepin de Shan. Lequel prit alors conscience d'un nouveau bruit, en provenance d'une autre tente. C'était l'un des rituels qu'il avait appris à la 404e. Alors que les routes étaient déjà boueuses, quelqu'un priait avec ferveur pour qu'il pleuve.

Feng sortit les couvertures du camion et les trois hommes dormirent avec les enfants, pour se lever à l'aube, quand les chèvres commencèrent à bêler pour être traites. Shan replia l'une des couvertures et la laissa en cadeau à l'entrée du campement.

À l'intérieur du camion, endormie sur la banquette arrière, se trouvait Pemu.

— Je viens avec vous, affirma-t-elle en se frottant les yeux. Ma mère appartenait au clan des Dronma. Je vais aller voir mes cousins.

Elle fit place pour Shan et lui offrit un morceau de pain. Les distances n'étaient pourtant pas si grandes. Elle ne devait pas avoir besoin de leur camion pour rendre visite à ses cousins. Peut-être, songea Shan, s'agissait-il d'un test. Ou d'un défi. Jamais une équipe de la Sécurité publique n'accepterait de passager.

Vers le milieu de la matinée, ils avaient couvert trois des vallées et inspecté les versants à la jumelle. Sans résultat. Le ciel commença à s'obscurcir. Les éleveurs avaient prié pour qu'il pleuve. Il en comprit soudain la raison.

— Hier, demanda-t-il à la fille, les gens de votre camp ont vu un hélicoptère, n'est-ce pas ?

— L'hélicoptère, c'est toujours mauvais. Quand j'étais jeune, l'hélicoptère est venu.

Shan attendit qu'elle poursuive. Pemu se mâchouilla la lèvre.

— Ç'a été une très mauvaise journée. D'abord on a cru que les Chinois avaient une nouvelle machine pour faire le tonnerre. Mais ce n'était pas le tonnerre. Ils sont arrivés sur la terre près du campement. Je n'avais que quatre ans.

Elle se tourna vers la vitre.

— Ç'a été une journée très mauvaise, répéta-t-elle, les yeux vides et lointains.

Elle s'avança sur le rebord du siège alors qu'ils approchaient d'un affleurement rocheux en bordure du sentier. Lorsque la piste s'engagea dans un petit canyon rocailleux, elle demanda à sortir.

— Pour dégager les pierres, expliqua-t-elle. Je marcherai devant.

Mais Shan ne vit pas de pierres. Instinctivement, Feng porta la main à son pistolet et Shan se rendit brutalement compte qu'elle était venue pour les protéger en s'offrant comme bouclier. Feng comprit lui aussi, sa main s'écarta de son étui, et il se concentra sur sa conduite pour garder son véhicule aussi près de la fille que possible. Ils avançaient lentement, dans un silence crispé, toujours en instance de se rompre.

Shan crut voir un éclat métallique devant eux. La fille se mit à chanter à haute voix et l'éclat disparut. Une arme, qui sait. Ou peut-être encore une particule de cristal qui avait reflété le soleil.

À leur sortie du canyon, elle revint au camion, avec une expression nouvelle, presque défaite. Elle se mit à se frotter le ventre et recommença à chanter, pour son bébé cette fois.

— Mon oncle est en Inde, annonça-t-elle soudain. À Dharmsala, avec le dalaï-lama. Il m'écrit des lettres. Il dit que le dalaï-lama nous demande de suivre les chemins de la paix.

Dans la cinquième vallée, ils faillirent rater la petite tente noire, à l'abri d'une corniche. Pemu ouvrit la marche et il leur fallut presque une heure pour rejoindre le campement par des sentiers en lacets vertigineux. Près de la tente trois moutons, des rubans rouges noués aux oreilles, étaient tenus par une longe attachée à un pieu. Un chien énorme à longs poils, un mastiff de gardien de troupeaux, était assis, bloquant l'entrée de la tente. Seul son regard réagit, en se posant sur eux avec une attention certaine, puis il montra les crocs quand ils atteignirent le feu qui se consumait.

— *Aro ! Aro !* s'écria Pemu en avançant d'un pas hésitant vers le foyer.

— Qui ça peut être ? répondit une voix éraillée depuis l'intérieur.

Apparut un petit visage basané juste au-dessus du chien.

— Ils n'ont pas vraiment l'air effrayant ! s'écria l'homme en riant avant de disparaître un instant.

Il ressortit en s'appuyant sur une béquille. Sa jambe gauche était sectionnée sous le genou.

— Pemu ? interrogea-t-il en plissant les yeux. C'est toi, cousine ?

L'émotion le faisait s'étrangler. La fille sortit une miche de pain d'un sac qu'elle portait à la taille et la lui tendit.

— Voici Harkog, dit-elle en le présentant à Shan. Harkog et Pok sont responsables de ce pâturage. Nous ne savons pas lequel des deux est le chef.

Harkog ouvrit la bouche en un sourire tordu qui ne révéla que trois dents.

342

— Du sucre ? demanda-t-il soudainement à Shan. Z'avez du sucre ?

Shan fouilla dans le sac que Yeshe avait sorti du camion et y trouva une pomme, toute brunie par l'âge. L'homme accepta, le front plissé, avant que son visage s'éclaire un instant.

— Touristes ? Y a un endroit à grand pouvoir sur la montagne. Je peux vous conduire. Un sentier secret. Allez là-bas, récitez des prières. Quand vous rentrerez chez vous, vous ferez des bébés. Ça marche toujours. Demandez à Pemu, ajouta-t-il avec un rire rauque.

— Nous cherchons votre frère. Nous voulons lui venir en aide.

L'expression insouciante qu'affichait Harkog disparut.

— Pas de frère, moi. Mon frère, il est plus de cette terre. Trop tard pour aider Balti.

Shan se sentit sombrer.

— Balti est mort ?

— Plus de Balti, dit Harkog en se tapotant le poing contre son front, comme s'il avait mal.

Pemu ouvrit l'abattant de la tente. À l'intérieur se trouvait une forme humaine, la coquille d'un homme au visage hâve et aux yeux aussi vides que les orbites d'un crâne.

— Il n'y a que son corps qui est ici, expliqua Harkog. Reste plus grand-chose. Ça fait des jours. Il reste éveillé. Jour et nuit avec ses mantras.

Il examina le rosaire suspendu à la ceinture de Yeshe.

— Un homme saint ? questionna-t-il avec un intérêt tout neuf.

Yeshe ne répondit pas, mais se rapprocha de la tente.

— Balti Dronma. Nous devons vous parler.

Le frère ne protesta pas lorsque Shan et Yeshe entrèrent dans la tente pour s'asseoir. Pemu les suivit.

— Il est plus mort que vif, murmura-t-elle, horrifiée.

— Nous avons des questions, dit doucement Shan. À propos de cette fameuse nuit.

— Non, protesta Harkog. Il est avec moi. Toutes ces nuits-là.

— Quelles nuits ? demanda Shan.

— Toutes les nuits que vous causez.

— Non, objecta patiemment Shan. La dernière nuit qu'il a passée à Lhadrung avec le procureur Jao. Quand Jao a été assassiné.

— Je sais rien à rien à propos de meurtre, marmonna Harkog.

— Le procureur. Jao. Il a été assassiné.

Harkog parut ne pas entendre. Il fixait les yeux de son frère.

— Il a couru. Il a couru et il a couru. Comme un chacal il a couru. Des jours il a couru. Et alors un matin, j'ai vu un animal sous un rocher. Y sentait comme une chèvre qui se mourait, a dit le chien. J'ai tendu le bras et je l'ai sorti de là.

— Nous sommes venus de Lhadrung pour comprendre ce qu'il avait vu cette nuit-là.

— Vous faites les mantras, ordonna soudain Harkog à Yeshe. Comme protection contre les démons pendant qu'il dort. Faites revenir son âme pour qu'il puisse se reposer. Après peut-être qu'il pourra causer.

Yeshe ne répondit pas, mais s'assit maladroitement au côté de Balti. Satisfait, Harkog quitta la tente.

— Pareil que vous avez béni mon bébé, dit Pemu à Yeshe.

— Je suis désolé, répéta Yeshe à deux reprises, la première à Shan, la seconde à la femme. Je ne suis pas capable de faire cela.

— Je me souviens des paroles de la femme du garage, lui rappela Shan. Vos pouvoirs ne sont pas perdus, ils ont simplement perdu leur concentration.

Pemu pressa le dos de la main de Yeshe contre son front. Yeshe gémit d'une petite voix :

— Pourquoi ?

— Parce qu'il est en train de mourir.

— Et je suis censé opérer un miracle ?

— Le médicament dont il a besoin ne peut pas être donné par un docteur.

Pemu tenait toujours la main de Yeshe. Qui la contempla, plein d'une sérénité toute nouvelle. Peut-être qu'un miracle était déjà à l'œuvre, songea Shan.

Il alla s'asseoir alors en compagnie du berger tandis que Pemu réattisait le feu et préparait le thé. Un roulement de tonnerre ébranla l'air alentour. Un rideau de pluie remontait de la vallée. Harkog installa une bâche pour protéger le foyer, et une psalmodie se leva de l'intérieur de la tente.

Shan écouta le ronron des incantations de Yeshe une heure durant avant d'aller chercher Feng et d'apporter la nourriture qu'ils gardaient dans le camion. Le sergent s'immobilisa comme ils quittaient le véhicule pour repartir au pas de course.

— Faut que je cache le camion, lança-t-il par-dessus l'épaule.

Il ne précisa pas de qui il fallait le cacher.

À leur retour au campement, la pluie avait cessé et Yeshe se trouvait exactement dans la même position qu'au départ de Shan, assis devant la paillasse de Balti, psalmodiant à satiété son mantra de protection. Il ne s'interromprait plus avant d'en avoir terminé. Et personne, pas même Yeshe, ne savait quand ce moment-là viendrait.

Ils ramassèrent du bois et cuisinèrent un ragoût au soleil couchant, avant de manger en silence sous les cieux qui s'éclaircissaient, accompagnés par les litanies de Yeshe à l'intérieur de la tente. Shan s'assit auprès de Pemu et contempla la nouvelle lune qui montait dans le ciel à l'est. Un engoulevent solitaire lâcha son cri au loin. Des panaches de brume s'étiraient au hasard des pentes. Feng s'allongea sous une couverture et se mit à ronfler presque tout de suite. Yeshe continuait ses psalmodies obsédantes. Pemu trouva une fourrure et se blottit à l'intérieur en se roulant en boule devant le feu. En bordure du cercle de lumière vacillante, Harkog était assis avec Pok, le chien, face aux ténèbres. Yeshe en était à sa sixième heure de prières.

Tout paraissait à Shan tellement distant. Le mal tapi à Lhadrung. Le camp d'internement dans lequel il retournerait. En cet instant même les tentacules omniprésents du ministre Qin et de Pékin lui semblaient appartenir à un autre monde. De son sac, il sortit le papier de riz et le bâtonnet d'encre achetés au marché. Il y avait si longtemps. Et tellement de fêtes qu'il avait ratées. Il frotta le bâtonnet et avec quelques gouttes d'eau fabriqua un peu d'encre au creux d'un morceau d'écorce. Il s'entraîna, dessinant dans l'air de petits coups de pinceau, composant les mots en esprit avant d'étaler la feuille et de se remettre à écrire. Il se servit des élégants idéogrammes de l'ancien temps qu'il avait appris quand il était enfant.

*Cher père,* commença-t-il, *pardonne-moi de ne pas avoir écrit depuis tant d'années. Je me suis embarqué pour un long voyage depuis ma dernière lettre. La famine sévissait avec rage dans mon cœur. Lorsque j'ai rencontré un sage qui l'a apaisée par ses nourritures.* Les coups de pinceau devaient être francs et sûrs tout en restant fluides, sinon son père le lettré serait déçu. Rédigé proprement, disait son père, un mot ressemblait au vent sur les bambous. *Au départ de mon cheminement, j'étais triste et j'avais peur. Maintenant, je n'ai plus de tristesse. Et la seule peur qui me reste, c'est la peur de moi-même.* Il écrivait souvent des lettres jadis, seul dans son petit logement à Pékin. Il relut les idéogrammes, insatisfait. *Je suis assis sur une montagne sans nom, honoré par la brume et ta mémoire,* ajouta-t-il, avant de signer du nom dont son père l'appelait. *Xiao Shan.*

Il replia la seconde feuille de manière à en faire une enveloppe pour la première, puis il prit un brandon dans le feu et s'enfonça dans l'obscurité. Il marcha au clair de lune jusqu'à atteindre une petite corniche qui surplombait la vallée, où il rassembla un tas d'herbe sèche entre deux pierres avant d'y déposer la lettre. Il examina les étoiles, s'inclina devant le monticule et l'embrasa de son brandon. Tandis que les cendres montaient aux cieux, il les suivit des yeux, avec ferveur, espérant les voir passer devant la lune.

Il resta là, couvert d'étoiles. Il sentit le gingembre et

écouta son père, certain maintenant que la joie n'avait pas disparu : elle était toujours là, dans sa mémoire.

À mi-chemin de son retour au campement, il sentit le cœur lui remonter à la gorge lorsqu'une créature noire apparut devant lui sur le sentier. C'était Pok. L'énorme chien s'assit et lui bloqua le passage.

— Ils prétendent que ça été un accident de cheval, mais ce n'est pas vrai, retentit une voix au sortir des ombres en bordure de la piste.

C'était Harkog. Sa voix résonnait d'une étrange détermination toute nouvelle.

— C'était une mine. Je fuyais l'APL. Et soudain, je me suis retrouvé en l'air. Jamais entendu l'explosion. Ma jambe a volé à côté de moi quand j'étais encore en l'air. Mais les soldats se sont arrêtés. Les salopards se sont arrêtés.

Il sortit de l'ombre et leva les yeux au ciel, exactement comme Shan.

— Vous avez réussi à les arrêter quand même ?

— Ils sont arrivés à trois, en chargeant, pour m'achever. Je les ai maudits et je leur ai balancé ma jambe. Ils se sont enfuis comme des morveux.

— Je suis désolé pour votre jambe.

— Ma faute. Je n'aurais pas dû courir.

Ils s'en retournèrent côte à côte, lentement, silencieusement. Pok ouvrait le chemin.

— Nous pourrions vous ramener tous les deux si vous le désirez, proposa Shan.

— Non, répondit l'homme d'une voix lente et sage. Emportez juste les vêtements chinois. Tout ce qui vient de Lhadrung. Lui doit remettre un gilet en fourrure. Tout ça lui est arrivé parce qu'il a essayé d'être quelqu'un qu'il n'est pas. Un jour, un camion m'a emmené jusque là-bas. Jusqu'à Lhadrung. Bonnes chaussures. Mais ce Jao, c'était un mauvais.

— Vous connaissiez Jao ?

— Je suis monté un jour dans la voiture noire avec Balti. Ce Jao, il avait l'odeur de la mort.

347

— Vous voulez dire que vous saviez que Jao allait mourir ?

— Non. Les gens mouraient autour de lui. Il avait le pouvoir, comme un sorcier. Il connaissait les mots de pouvoir qu'on pouvait mettre sur le papier pour tuer les gens.

Ils étaient assez près pour apercevoir le rougeoiement du feu de camp quand Pok se mit à grogner. Une ombre attendait, appuyée au rocher. Harkog marmonna un ordre au chien et ils continuèrent à avancer vers le campement lorsque Shan reconnut le sergent Feng.

— Je sais ce que vous faisiez, dit ce dernier. Un envoi de message.

— Je marchais, c'est tout.

— Mon père avait essayé de m'apprendre quand j'étais jeune, ajouta le sergent.

Sa voix paraissait douloureuse, presque en souffrance, et Shan se rendit compte qu'il avait méjugé Feng.

— Pour parler à mon grand-père. Mais j'ai perdu ce savoir. Ici, si loin de tout. Ça vous fait réfléchir à des choses. Peut-être — il livrait bataille à lui-même —, peut-être que vous pourriez me remontrer comment.

Trinle avait un jour expliqué à Shan que les gens avaient des âmes de jour et des âmes de nuit : dans une vie, la tâche la plus importante consistait à présenter son âme de nuit à son âme de jour. Shan se rappela la conversation sur le père de Feng pendant qu'ils roulaient vers le gompa de Sungpo. Feng était en train de découvrir son âme de nuit.

Ils retournèrent à la petite corniche où Shan avait envoyé sa lettre. Feng alluma un petit feu et sortit un moignon de crayon et plusieurs feuilles vierges de registre de la 404e.

— Je ne sais pas quoi écrire, annonça-t-il d'une toute petite voix. On n'était jamais présumés retourner dans la famille si c'était des mauvais éléments. Mais parfois j'ai envie de retourner là-bas. Ça fait plus de trente ans.

— À qui écrivez-vous ?

— À mon grand-père, comme mon père l'avait demandé.

— Quels souvenirs de lui vous reste-t-il ?

— Pas grand-chose. Il était très fort et il riait. Il me portait sur son dos, sur son fagot de bois.

— Alors écrivez simplement ça.

Feng réfléchit un long moment avant d'écrire lentement sur l'une des feuilles.

— Je ne connais pas les mots, s'excusa-t-il en tendant le papier à Shan.

*Grand-père, tu es fort,* était-il écrit. *Porte-moi sur ton dos.*

— Je pense que vos mots sont très bons, dit Shan, avant de l'aider à fabriquer une enveloppe à partir des autres feuillets. Pour l'envoyer, vous devez être seul, suggérat-il. Moi, j'attendrai plus loin sur la piste.

— Je ne sais pas comment l'envoyer. Je pensais qu'il y avait des paroles à dire.

— Mettez juste votre grand-père dans votre cœur et la lettre lui arrivera.

À leur retour au campement, Harkog, Yeshe et Balti étaient assis devant le feu. Pemu, d'une voix aux tonalités graves et apaisantes dont on usait habituellement avec un bébé, donnait à manger à Balti des cuillerées de ragoût. Le petit Khampa avait apparemment repris figure humaine et son masque sinistre et émacié semblait s'être transféré au visage de Yeshe, qui étudiait les flammes, l'air exténué et complètement désorienté.

— Nous avons visité votre maison, dit Shan. La vieille femme mariée au rat nous a montré la cachette. Elle était prévue pour contenir une mallette.

Balti ne fit pas mine d'avoir entendu.

— Qu'est-ce qu'elle contenait de tellement dangereux ?

— Des choses importantes. Comme une bombe, il a dit, Jao, répondit Balti d'une voix frêle et haut perchée.

— Est-ce que vous avez vu ces choses ?

— Sûr. Des dossiers. Des enveloppes. Pas de vrais objets. Des papiers.

Shan ferma les yeux de frustration : il comprenait maintenant pourquoi Jao avait confié ces papiers à Balti.

— Vous ne savez pas lire, n'est-ce pas ?

— Les panneaux routiers. On m'a appris à reconnaître les panneaux.

— Cette nuit-là, où est-ce que vous alliez ?

— L'aéroport. Gonggar. L'aéroport de Lhassa. M. Jao, il a confiance en moi. Je suis un chauffeur sûr. Cinq ans, et pas un accident.

— Mais vous avez fait un détour. Avant l'aéroport.

— Sûr. On devait aller à l'aéroport. Après dîner, il a pas dit pareil. Tout excité qu'il était. On va au pont de la griffe sud. Le tout nouveau, celui qui a été construit par les ingénieurs de Tan au-dessus de la gorge du Dragon. Un important rendez-vous. Pas longtemps. On ratera pas l'avion, il a dit.

— Qui a-t-il retrouvé là ?

— Balti, il est juste chauffeur. Chauffeur numéro un. C'est tout.

— A-t-il emporté sa mallette ?

— Non, répondit Balti après mûre réflexion. Sur la banquette arrière qu'elle était. Je suis sorti quand il est sorti. Il faisait froid. J'ai trouvé une veste à l'arrière. Le procureur Jao, y me donne parfois des vêtements. On a la même taille.

— Que s'est-il passé quand Jao est sorti de la voiture ?

— Quelqu'un l'a appelé dans le noir. Il a avancé. Alors je me suis assis et j'ai fumé. Sur le capot de la voiture j'ai fumé. Presque un demi-paquet. On va être en retard. Alors je klaxonne. Et il revient. Très furieux. Il va me dévorer tout cru comme une meute de loups. Moi, j'y étais pour rien. C'était peut-être le klaxon. Très furieux qu'il était.

Il ne parlait plus du procureur, comprit Shan.

— Vous l'avez vu ?

— Sûr que je l'ai vu. Comme un troupeau de yacks en folie, je l'ai vu.

— À quelle distance ?

— Au début, j'ai cru que c'était le camarade Jao. Rien qu'une ombre. Après, la lune, elle est sortie du nuage. Il était tout doré. Il était beau. Au début, c'est tout ce que je

350

pouvais me dire, comme dans une transe. Tellement beau qu'il était, et grand comme deux hommes. Mais après je vois bien qu'il est en colère. Y tient sa grande lame et y renâcle comme un taureau. Mon cœur s'arrête. C'est ça, qu'il a fait. Il a arrêté mon cœur. Je disais à mon cœur de continuer à battre mais y voulait pas. Et après je me suis retrouvé dans la bruyère. En train de courir. Je suis en train de mouiller mon pantalon, je suis en train de pleurer. Au matin, j'ai retrouvé la route de l'est. Des chauffeurs de camion s'arrêtent pour me prendre. Entre deux camions, je cours. Toujours en train de courir.

— Tamdin, dit Shan. Est-ce qu'il vous a poursuivi ?

— Sacrément furieux, ce salaud de Tamdin. Il me veut. Je l'entends dans la nuit. Si j'arrête les mantras, il m'aura. Il me sectionnera la tête d'un coup de dents comme une pomme sucrée.

— Qui se trouvait dans la voiture ?

— Rien. La valise. La mallette.

— Où se trouve la voiture maintenant ?

— Qui sait ? Plus de chauffeur, fini. Plus jamais.

— On ne l'a pas retrouvée au pont.

— Ce Tamdin, coassa Balti, il l'a probablement ramassée pour la balancer par-dessus deux montagnes.

À leur départ au lever du jour, Balti était retourné dans la tente et jetait des regards d'effroi à l'extérieur en se balançant d'avant en arrière au rythme d'une nouvelle mélopée, le visage zébré de larmes. Un baluchon de vêtements avait fait son apparition sur la couverture de Shan.

— Déplacez votre campement, chuchota Shan à Harkog après que Pemu eut conduit le sergent Feng vers le fond du versant. De sorte qu'il ne soit pas visible de la route. Dans une zone d'ombre de manière qu'on ne puisse pas le voir du ciel.

Harkog acquiesçait d'un air résolu lorsque Yeshe lui tendit une bandelette de papier.

— Tenez. Un charme à attacher à votre tente. Laissez Balti à ses litanies. Mais il doit suivre mes recommandations. Toute la journée de demain. Une demi-journée le surlendemain. Et seulement une heure par jour ensuite. Pendant le mois qui vient. D'ici à deux jours, il faut qu'il sorte. Qu'il aille marcher dans les collines. Le fantôme est sorti de lui. Et c'est à lui de devenir celui qu'il est.

— Nous serons khampa, répondit Harkog avec un grand sourire à trois dents.

De retour au camion, Shan examina les vêtements. Maculés de boue durcie, ils ne payaient pas de mine : une tenue de travail bon marché, d'une qualité à peine supérieure à celle des prisonniers. Mais les chaussures abîmées étaient enveloppées dans une veste. Une veste de costume déchirée et souillée, mais de bien meilleure qualité : elle venait d'une boutique de tailleur. D'une poche il sortit un mouchoir et une liasse de cartes de visite professionnelles tenues par un élastique. *Jao Xengding. Procureur du comté de Lhadrung.* Balti avait porté la veste de Jao. Il faisait froid cette nuit-là. Il avait enfilé la veste de Jao et s'était assis sur le capot de la voiture.

Dans la seconde poche, tenus par un trombone, Shan trouva des morceaux de papier qu'il déplia. Plusieurs étaient des reçus, dont le premier, sur le dessus de la liasse, venait du restaurant mongol avec, gribouillé en en-tête, « mine américaine ». Dessous, un petit carré de papier avec deux mots : le pont de bambou. Un autre, de couleur jaune, disait : *Vous n'avez pas besoin de la machine à rayons X,* avec, sous les mots, un symbole comme un Y inversé dont la tige était barrée à deux reprises. Ç'aurait pu être l'idéogramme pour ciel, ou paradis. Ç'aurait pu être du griffonnage sans but précis. Un autre bout de feuille portait une liste de villes. *Lhadrung, Lhassa, Pékin et Hong Kong,* suivies par les mots *syndicat Bei Da.* Où avait-il entendu ces mots-là ? Le lama à Khartok, se souvint-il. Le directeur commercial. Il avait déclaré que la reconstruction du monastère se faisait avec l'aide du syndicat Bei Da. Bei Da était l'université de Pékin.

Un quatrième billet était peut-être une liste de courses : *Écharpe, encens et or,* y était-il écrit. L'un de ces petits morceaux de papier, comprit Shan, était probablement ce qui avait attiré Jao vers une mort certaine.

Il essayait toujours de trouver un sens à ces bribes de renseignements éparses et sans lien alors qu'ils empruntaient le col étroit pour quitter le plateau. Ils avaient laissé Pemu près des troupeaux : elle avait pris la main de Yeshe pour la poser sur sa tête et l'avait remercié par une prière. Un éclair tomba juste devant eux, embrasant un buisson sur le bas-côté de la route. Le buisson explosa en flammes. Pas une parole ne fut échangée. Ils attendirent que le buisson se réduise en cendres avant de reprendre la route.

## 13

On avait attaqué la grille d'accès aux casernements de la Source de jade. Les planches du portail avaient éclaté, le grillage arraché pendait et sur vingt mètres de part et d'autre de l'entrée les bruyères étaient piétinées. À la lumière de la guérite du garde, Shan vit des lambeaux de vêtements accrochés aux barbelés. Une escouade de soldats, le visage sombre et furieux, remplaçaient les gonds sur l'un des deux énormes battants. Shan cligna des paupières tant il était épuisé. Le sergent Feng et lui s'étaient partagé le volant durant seize heures d'un trajet éreintant. Pendant son tour de repos, il avait été incapable de fermer les yeux plus de quelques minutes, hanté par la vision obsédante de Balti tel qu'ils l'avaient laissé, se balançant d'avant en arrière dans les ténèbres de sa tente.

Shan sortit du camion d'un pas flageolant, l'esprit embrouillé, mais il chercha instinctivement des taches de sang sur le sol. Comme il s'approchait de la guérite du garde, des projecteurs s'illuminèrent, l'aveuglant un instant. Quand sa vision s'éclaircit, un officier de l'APL était planté à côté de lui.

— Vous nous avez manqué, persifla l'officier d'une voix sarcastique. Ils nous ont rendu une visite. Vous auriez pu être notre invité d'honneur.

— Ils ?

L'officier lança un ordre d'un ton hargneux à son escouade tout en expliquant :

— Les sectaires. Il y a eu une émeute. Ou presque. Juste après le lever du jour. Un camion transportant du bois s'est arrêté. Il a fait descendre un homme, vêtu d'une robe. Un vieillard, qui s'est assis, rien de plus. Il n'a pas prononcé un mot. Nous l'avons laissé égrener son chapelet. Un paysan est passé à bicyclette et s'est arrêté à son tour. On aurait dû les chasser à coups de botte dans le train et les obliger à reprendre la route. Mais le colonel Tan, il a dit : pas de problèmes. Pas d'incidents. Pékin est sur le point d'arriver. Les Américains sont sur le point d'arriver. Débrouillez-vous pour qu'il n'y ait pas de désordre.

L'officier ouvrit la portière du conducteur et jeta un regard peu amène à Feng, comme si, d'une certaine manière, celui-ci avait sa part de responsabilité dans l'événement. Il fit signe d'ouvrir la grille, et se tourna à nouveau vers Shan.

— Une heure plus tard, ils étaient six. Puis dix. Arrivé midi, peut-être quarante. L'homme en robe, ça devait être quelqu'un de spécial pour eux, je crois.

Shan étudia les loques du grillage d'un peu plus près. Il ne s'agissait pas des morceaux arrachés aux vêtements de ceux qui avaient été projetés contre les barbelés. On les y avait attachés. C'était des drapeaux de prières.

— Et donc je sors pour leur parler. Faire le médiateur. Discuter de l'impératif socialiste de la coexistence. Vous ne devez pas rester là, je leur explique. Il y a un convoi de l'armée qui arrive bientôt. De l'équipement lourd. Il pourrait y avoir des blessés. Mais ils répondent qu'ils veulent que votre Sungpo soit libéré. Ils disent que ce n'est pas un criminel.

Le regard de l'officier s'embrasa.

— Il était joli, notre grand secret ! Tout le monde avait reçu l'ordre strict de garder le silence. Personne ne devait savoir que votre moine était bouclé ici. Et ici, je sais que personne n'a parlé, lança-t-il d'un ton accusateur. À mon départ, ils avancent vers la clôture en récitant leurs litanies et ils commencent à la secouer. Les poteaux se mettent à branler. Alors j'appelle une brigade anti-émeutes. Pas d'armes. Mais eux se retournent et s'attachent par les mains. Comme une chaîne. Avec leurs chaussettes. Leurs lacets. N'importe quoi. Ils sont tous liés ensemble. Et nous tournent le dos. En nous ignorant. En psalmodiant. Qu'est-ce qu'on pouvait faire ? On a des touristes qui vont arriver. Et moi, je vais me retrouver à vider les latrines des nouvelles recrues s'il y a un fouineur d'Occidental aux yeux ronds qui débarque et nous photographie en train de leur tanner le dos.

— Le vieil homme, demanda Shan. Il est venu du Nord ?

— Exact. Une vraie antiquité. On aurait cru qu'il allait se transformer en poussière.

Shan, soudainement réveillé, se tourna vers l'officier.

— Où se trouve-t-il maintenant ?

— Il y a une heure, finalement, on l'a laissé entrer. C'était la seule manière de les faire partir. Sacré nom d'un chien, quand est-ce que vous allez…

Shan ne resta pas assez longtemps pour entendre la fin des jérémiades du militaire. Il franchit la grille comme une flèche et se dirigea au pas de course vers le corps de garde.

À l'intérieur, seules brillaient les lumières au bout du couloir. Jigme était assis à la porte de la cellule et surveillait Sungpo, exactement comme Shan l'avait laissé trois jours auparavant. À côté de lui se trouvait Je Rimpotché.

Le vieillard ne salua pas Shan. Il faisait face à Sungpo assis au milieu de sa cellule. Les deux moines ne parlaient pas, mais leurs yeux semblaient s'être focalisés sur le même point invisible au lointain.

Lorsque Shan ouvrit la porte, Yeshe essaya de le retenir en posant la main sur son bras.

— Vous ne pouvez pas intervenir. Nous devons attendre qu'ils reviennent parmi nous.

— Non. Il est trop tard pour ne pas intervenir.

Il entra et toucha Sungpo à l'épaule. Il eut l'impression qu'une énergie particulière se répandait entre ses doigts, une surtension, comme une décharge électrique sans le moindre choc. Il pensa que c'était son imagination. Sungpo bougea la tête, d'un côté puis de l'autre, comme s'il chassait les restes d'un profond sommeil, puis il leva les yeux et accepta la présence de Shan d'un infime clignement des paupières.

Je Rimpotché relâcha longuement son souffle et sa tête s'affaissa lentement sur sa poitrine. Yeshe contemplait Shan d'un œil noir, fulminant d'une colère qui ne lui était pas coutumière.

— Est-ce que quelqu'un comprend ce qui se passe ici ? demanda Shan d'une voix brisée par l'émotion.

Personne ne répondit. Shan prit la mesure du reproche qu'il lisait dans le regard de Yeshe et lui intima néanmoins :

— Il faut que je parle au Dr Sung. Allez. Appelez-la. Dites-lui que je dois la voir.

— Ce vieux lama est en pleine méditation, le prévint Yeshe. Vous ne pouvez pas l'interrompre.

— Dites au Dr Sung que j'ai besoin de lui parler du groupe qui s'appelle le syndicat Bei Da.

Yeshe manifesta sa désapprobation par un froncement de sourcils avant de tourner les talons et de quitter le bâtiment. Shan se laissa tomber à genoux entre les deux moines.

— Comprenez-vous ce qui se passe ? répéta-t-il, d'une voix plus forte, ne sachant plus par quel moyen, sinon cette grossièreté brutale et scandaleuse, il allait pouvoir sortir le lama de sa léthargie.

— Un homme a été tué, déclara brusquement Je Rimpotché, en relevant la tête. Le gouvernement le considérait comme un personnage important.

Shan ne quittait pas des yeux Sungpo, qui cligna des paupières.

— Ils vont faire appliquer leur équation, annonça le vieux lama comme si la chose allait de soi.

— L'équation ?

— Ils vont prendre l'un d'entre nous.

357

— Est-ce que c'est ce que vous voulez?

— Vouloir? demanda Je.

— Et la justice, alors?

— La justice?

Shan avait utilisé le mot chinois *yi*, dont l'idéogramme était un grand humain debout, avec un glaive protecteur, au-dessus d'un humain plus petit. Ce n'était pas un symbole qui avait la faveur des Tibétains.

— Croyons-nous en la justice de Pékin? demanda Je du même ton serein dont il avait usé pour parler au corbeau mystérieux à Saskya.

Il s'adressait à Sungpo. Soudain celui-ci parla. Il regarda Je, et seulement Je.

— Nous croyons en l'harmonie, murmura Sungpo d'une voix tout juste audible. Nous croyons en la paix.

— Nous croyons en l'harmonie, répéta Je en se tournant vers Shan. Nous croyons en la paix.

— J'ai été envoyé dans une communauté pour ma rééducation, dit Shan face à Je. Pendant les années sombres.

Tout le monde avait un nom choisi pour la période de souffrances que Mao avait appelée la Révolution culturelle.

— La première semaine, nous sommes restés debout dans une rizière. En rangs. Ils nous appelaient les plants. Parler n'était pas autorisé. L'officier politique a expliqué qu'il lui fallait la paix dans les champs. Si quelqu'un parlait ou riait ou pleurait, il était battu. Nous sommes restés longtemps silencieux. Mais la sensation de paix n'a jamais été présente.

Je se contenta de sourire en guise de réponse, tandis que Sungpo donnait l'impression de partir en dérive pour replonger dans sa méditation.

— J'ai des questions, dit Shan à Je, d'un ton d'urgence. Quand il a été arrêté. Qu'est-ce qu'ils ont dit? Quand a-t-il vu le procureur Jao pour la dernière fois?

Je se pencha en avant et chuchota à l'intention de Sungpo.

— Il n'était plus dans ce monde, expliqua Je en se référant à l'état psychique de Sungpo lors de son arrestation. Il était très loin. Il n'a rien su jusqu'à ce qu'il revienne parmi nous. Et là, il s'est retrouvé dans une voiture, les mains entravées. Il y avait deux voitures, pleines d'uniformes.

— Pourquoi ont-ils retrouvé chez lui le portefeuille de Jao ?

Je s'entretint avec Sungpo.

— C'est là un détail très curieux, annonça-t-il, le regard plein d'étonnement. Sungpo n'avait pas le portefeuille et il ne savait pas qu'ils l'avaient trouvé là-bas. Quelque chose aurait pu venir. Quelque chose aurait pu le placer là.

— Quelque chose ou quelqu'un ?

Lorsque le vieil homme soupira, sa gorge émit un sifflement mouillé d'asthmatique.

— Parfois, quand l'éclair frappe, il laisse des traces derrière lui. Et cette trace-là se devait d'être là. La manière dont elle est arrivée ne semble pas importante.

— C'est l'éclair qui a fait se matérialiser un portefeuille dans la caverne de Sungpo ? interrogea lentement Shan, qui sentait son moral sombrer.

— L'éclair. Les esprits. Ils opèrent de manière insondable. Peut-être est-ce là leur manière d'appeler Sungpo.

— Et si le vrai meurtrier n'est pas découvert, si la mort ne peut pas être résolue, la 404$^e$ va poursuivre sa grève. Et ses membres seront reconnus coupables de trahison généralisée.

— Peut-être est-ce là aussi la voie qu'ils sont destinés à suivre pour atteindre leur prochaine incarnation.

Shan ferma les yeux et respira profondément.

— Est-ce que Sungpo connaissait le procureur Jao ?

Je s'entretint un moment avec Sungpo.

— Il se souvient du nom lors d'un procès.

— A-t-il tué Jao ?

Je regarda Shan avec lassitude.

— Aucun poids ne pèse sur son âme. Seule l'épaisseur d'un cheveu le sépare des portes de la bouddhéité.

— Ce n'est pas un argument de défense devant un tribunal.

— Tuer serait une violation de ses vœux, soupira Je. C'est un véritable croyant. Il me l'aurait avoué immédiatement. Il aurait quitté sa robe. Son cycle aurait été interrompu.

— Mais il ne veut toujours pas dire qu'il ne l'a pas commis, ce meurtre.

— Ce serait un acte d'amour-propre. Une manifestation de son ego. On nous enseigne à éviter de tels actes.

— Donc la raison pour laquelle il ne proteste pas de son innocence, c'est qu'il n'est pas coupable.

— Exactement.

Je sourit. La logique de Shan semblait le satisfaire pleinement.

— Le chef du bureau des Affaires religieuses a récemment rendu visite au gompa. Est-ce que Sungpo l'a vu ?

— Sungpo est un ermite. S'il était en méditation, il n'aurait pas vu un tel visiteur même si celui-ci était entré pour lui donner un coup de pied.

Shan se tourna vers Jigme.

— Y a-t-il un autre chemin d'accès à votre hutte, autre que le sentier que nous avons monté ?

— D'anciennes pistes à gibier. Ou en escaladant les rochers.

Sungpo à la dérive, loin d'eux, paraissait incapable de les entendre, pas même le vieux Je.

— Savoir qu'il meurt pour le crime d'un autre, n'est-ce pas une forme de mensonge ? demanda Shan au vieux lama, au désespoir de trouver la faille.

— Non. Avouer faussement, cela serait un mensonge.

— Le bureau a été tenu à l'écart pour l'instant. Mais avant le procès, ses responsables chercheront à obtenir des aveux. Ils échouent rarement.

Il avait un jour vu une directive à Pékin : « On considère que c'est une mauvaise gestion des ressources judiciaires, et une insulte à l'ordre socialiste, que de se présenter au tribunal sans avoir avoué. Si l'accusé refuse de participer, ses aveux seront lus pour lui. »

— Ce serait une contradiction dans les termes, fit remarquer Je, de sa voix toujours aussi sereine.

Shan lui envia sa naïveté.

— Le procès est conduit pour le peuple. Afin de l'instruire.

Ou peut-être, réfléchit Shan, en se rappelant les stades de Pékin bourrés de vingt mille citoyens venus là pour être les témoins d'une exécution, afin de les distraire.

— Ah ! Comme une parabole.

— Oui, acquiesça Shan d'une voix caverneuse.

Une vision lui traversa l'esprit. La vieille femme avec son balai à franges et son seau, qui remontait les escaliers derrière Sungpo.

— Sauf que c'est plus absolu qu'une parabole.

Yeshe était assis sur les marches menant à leurs quartiers quand Shan alla chercher les couvertures destinées à Je, qui insistait pour rester dans le bloc de cellules.

— Je vais solliciter un retour à mes activités à la 404ᵉ. Je ferai une autre année avec Zhong s'il le faut, annonça Yeshe en passant la porte derrière Shan. Je ne veux plus être engagé dans tout ça. J'ai les idées qui se mélangent dans ma tête. Et si Jigme avait raison, quand il prétend que Sungpo peut aisément quitter son enveloppe mortelle ?

— Ce qui signifierait que nous devrions accepter son sacrifice ?

— Ce n'est pas juste Sungpo. Vous l'avez dit vous-même. Il ne suffira pas de faire la preuve que Sungpo est innocent. Il nous faudra leur offrir une solution de rechange. Ils pourraient arrêter quatre ou cinq autres moines. Même dix ou vingt. En appelant ça une conspiration des purbas. Et tous seraient considérés également coupables. Et peut-être bien qu'ils ne se cantonneraient pas aux purbas. Il y a beaucoup de formes de résistance.

— Vous êtes en train d'expliquer que le choix est : sacrifier Sungpo ou sacrifier la Résistance.

— La Résistance dans le comté de Lhadrung, oui.

— Vous êtes désormais le porte-parole de la Résistance ?

— Vous avez vu mon gompa. Je ne pourrais pas être purba sans rompre mes vœux. Je serais chassé à jamais. Je n'aurais aucun espoir de retour.

— Est-ce là votre espoir ?

— Non. Je ne sais pas. Il y a deux semaines, j'aurais répondu non. Maintenant, tout ce que je sais, c'est combien un retour pourrait se révéler douloureux.

Shan se rappela les chiens du gompa. Les esprits des prêtres déchus.

On entendit un cri au-dehors et un martèlement de bottes sur le terrain de manœuvres : Jigme se battait contre les nœuds qui l'entraînaient hors de la prison.

— J'ai besoin de votre aide, lança Shan à Yeshe. Plus que jamais.

Lorsque Shan le rejoignit, Jigme avait été déposé à cent mètres de la cellule de Sungpo.

— Un seul visiteur est autorisé à rester avec le prisonnier, lâcha sèchement le nœud le plus proche, avant de repartir d'un pas cadencé.

— Il n'y a pas grand-chose que vous puissiez faire pour lui ici, fit remarquer Shan en s'asseyant à côté de Jigme.

— S'il voulait bien manger, alors je pourrais lui préparer ses repas.

— Il se peut qu'il y ait d'autres moyens, suggéra Shan. Tout dépend de celui que vous voulez aider.

— Sungpo.

— Sungpo le saint homme ? Ou Sungpo le mortel ?

— Ça prête parfois à confusion, répondit Jigme après un temps de réflexion. Je suis censé dire que c'est le même.

— Vous et moi avons du sang chinois. On prétend que l'une de nos malédictions est que nous cherchons toujours le compromis. Il faudrait des années pour trouver la réponse à cette question. Mais d'ici à quelques jours, elle n'aura plus d'importance.

Ils restèrent assis en silence. Jigme se mit à dessiner distraitement d'un doigt dans la poussière.

— Je veux que vous fassiez quelque chose, ajouta Shan. Allez dans la montagne. À un endroit précis. Sur les griffes du Dragon. Nous pouvons vous procurer de l'eau et de la nourriture. Il y a des couvertures dans le camion. Le sergent Feng peut vous conduire jusque-là. Il viendra vous voir tous les jours. Mais une fois que vous serez dehors, je ne sais pas si les gardes vous laisseront repasser la grille.

— On dit qu'il y a un démon là-haut, annonça Jigme après avoir longuement réfléchi.

Shan acquiesça avec sympathie.

— Je veux que vous trouviez où ce démon habite.

Jigme ne battit pas en retraite, mais son visage se vida de sa couleur.

— Il ne vous fera aucun mal.

— Et pourquoi ça ? demanda Jigme d'une voix désespérée.

— Parce que vous êtes un des rares à avoir le cœur pur.

Le Dr Sung était incapable de rester en place quand Shan arriva à la clinique.

— Sortez ! s'exclama-t-elle. Vous répandez le danger comme une infection.

Il la suivit dans le couloir.

— Qu'est-ce que le syndicat Bei Da ? questionna-t-il, presque forcé de courir pour la suivre.

— Bei Da, c'est l'université. Et un syndicat est un syndicat.

— En êtes-vous membre ?

— Je suis un médecin employé par le gouvernement du peuple. Le seul médecin qu'il y a ici, au cas où vous ne l'auriez pas remarqué. J'ai du travail qui m'attend.

— De qui s'agissait-il, docteur ?

Elle s'arrêta et le dévisagea d'un air perplexe.

— Qui vous a contactée ?

363

Elle s'empourpra. Au départ, Shan crut que c'était de colère pour s'apercevoir finalement que c'était peut-être de la honte.

— On dit que c'est un club de diplômés de l'université de Pékin. Naturellement, ils ne sont qu'une poignée dans tout le comté de Lhadrung. Ils m'ont un jour invitée à une réunion. Un dîner dans un vieux gompa à l'extérieur de la ville. J'ai cru qu'ils allaient me demander de rejoindre leurs rangs.

— Mais ils n'en ont rien fait.

— À part Pékin, nous n'avons pas grand-chose en commun.

— Qui sont-ils ?

Un garçon de salle lavait le sol. Un Tibétain. Il poussa le seau vers eux. Shan fit signe à la doctoresse de se mettre hors de portée des oreilles indiscrètes.

— Les étoiles montantes. La jeune élite. Vous savez. Blue-jeans de contrebande et lunettes de soleil qui coûtent le salaire mensuel moyen d'une famille.

— Vous n'aimez ni les blue-jeans ni les lunettes de soleil ?

Le Dr Sung parut surpris par la question.

— Je ne sais pas. Je me souviens que j'ai aimé ça autrefois.

— Et le procureur Jao ? Était-il membre de ce syndicat ?

— Non. Pas Jao. Diplômé, oui, mais trop vieux. Li en fait partie. Wen, des Affaires religieuses. Le directeur des mines. Quelques soldats.

— Des soldats ? Un commandant du bureau ?

La référence au bureau parut troubler Sung profondément. Elle réfléchit un moment à la question.

— Je ne sais pas. Il y en avait un parmi eux. Brillant, habile et arrogant. Une cicatrice de balle sur la joue.

— Avez-vous jamais soigné l'un d'eux ?

— Une santé de fer, tous autant qu'ils sont.

— Pas même pour une morsure de chien ?

— Une morsure de chien ?

— Aucune importance.

Shan n'avait pas oublié que les charmes secrets achetés par les ragyapa comprenaient des charmes contre les morsures de chiens. Il n'y avait aucune logique là-dedans, mais ce détail, ou quelque chose qui lui était relatif, continuait à le tarauder. Quelqu'un voulait être pardonné par Tamdin mais protégé des chiens.

— Jao vous a-t-il jamais dit s'il s'attendait à partir ? Pour une nouvelle affectation ?

— Il l'a laissé sous-entendre. En ajoutant que ce serait vraiment bien de retrouver la vraie Chine.

— Ce sont ses mots à lui ou les vôtres ?

Elle s'empourpra à nouveau.

— Il parlait de repartir. Comme tout le monde. Il racontait qu'il achèterait un téléviseur couleurs quand il serait revenu chez lui. Il répétait qu'à Pékin on reçoit maintenant les stations depuis Hong Kong. Je crois qu'il y est finalement parvenu, ajouta-t-elle, comme après réflexion.

— Parvenu ? À quoi ?

— À rentrer à Pékin. Mlle Lihua a adressé un fax depuis Hong Kong. En demandant qu'on rapatrie son corps et ses affaires.

— Impossible, répondit Shan, éberlué. Pas tant que l'enquête n'est pas terminée.

— Un camion de la Sécurité publique est venu ce matin, précisa Sung avec un air de victoire. Il a tout emporté. Le cercueil était prêt. Il est parti par vol militaire au départ de Gonggar.

— Une obstruction à une enquête judiciaire est une accusation grave.

— Pas quand c'est la Sécurité publique qui le veut. J'ai exigé d'avoir la demande par écrit.

— Et vous n'avez pas été frappée par l'étrangeté de la procédure ? Vous ne vous souveniez donc pas que cette enquête était placée sous l'autorité directe du colonel Tan ?

— Le procureur Li a transmis l'ordre.

— Le procureur ? Il n'y a pas de nouveau procureur. Pas encore.

— Et qu'est-ce que je pouvais faire, à votre avis ? Télégraphier au bureau du président pour confirmation ?

— Qui a signé l'ordre ?

— Un commandant du bureau.

Shan se tordit les mains tant sa frustration était grande.

— Ce commandant n'a-t-il donc pas de nom ? Jamais personne ne lui demande pourquoi ?

— Camarade, la seule et unique chose que l'on ne fait jamais face à la Sécurité publique, c'est de poser des questions.

Shan se dirigea vers la porte avant de se retourner.

— J'ai besoin d'un téléphone, lança-t-il. Pour une communication longue distance.

Sans demander la moindre explication, elle l'escorta jusqu'à un bureau vide à l'arrière du bâtiment. Elle sortait de la pièce quand la silhouette de Yeshe apparut sur le seuil. L'angoisse se lisait toujours sur ses traits mais son regard brillait d'une lueur déterminée.

— Quand on m'a renvoyé de l'université, annonça-t-il en entrant dans la pièce, je savais qui avait mis la photo du dalaï-lama sur le mur. Ce n'était pas un Tibétain, c'était un de mes amis chinois. En guise de plaisanterie. Une petite farce.

Il se laissa tomber dans un fauteuil.

— On m'a expédié en camp de travail parce que j'étais censé pouvoir accomplir un tel acte. Mais c'est faux. Jamais je n'aurais eu ce courage.

— C'est une erreur, dit Shan en posant la main sur son épaule, de croire que le courage se montre aux autres. Le vrai courage ne se montre qu'à soi-même.

— Il faut savoir qui l'on est pour être à même de reconnaître ce genre de courage, murmura Yeshe, les mains contre la bouche.

— Je crois que vous savez qui vous êtes.

— C'est faux.

— Je crois que l'homme qui a tenu tête au major et sauvé la vie de Balti savait qui il était.

— Maintenant que je suis de retour ici, j'ai l'impression que j'ai juste joué un numéro. Je ne sais plus si c'était bien moi.

— Un numéro pour qui ?

— Je ne sais pas.

Yeshe releva la tête et regarda Shan en face :

— Peut-être pour vous.

Shan ferma les yeux. Chose étrange, les paroles de Yeshe lui rappelèrent son fils, ce fils si lointain qu'il n'était même jamais une image à l'esprit de Shan, juste un concept. Le fils qui probablement présumait son père mort. Et qui, toujours, le mépriserait, qu'il soit mort ou encore en vie, parce que c'était un raté. Le fils qui, jamais, ne prononcerait ces mots-là.

— Non, répondit-il, sans se détourner.

Pas moi, songeait-il. Il n'y a plus la place sur mon dos pour un autre fardeau.

— Vous l'avez fait parce que vous voulez trouver la vérité. Vous l'avez fait parce que vous voulez redevenir tibétain.

Yeshe ne cilla pas, pas plus qu'il ne réagit. Shan reporta les numéros du dossier secret de Jao sur une fiche de papier.

— Si ce sont là des numéros de téléphone, j'ai besoin de connaître l'identité des correspondants, dit-il en lui tendant le morceau de papier.

— Nous pourrions faire cela à la 404ᵉ, répondit Yeshe en soupirant, après examen de la fiche. Ou au casernement.

— Non. Ce n'est pas possible, répliqua Shan d'un ton cassant.

Le bureau ne risquait pas d'écouter les lignes qui partaient de quelque bureau oublié d'une clinique oubliée.

— Jusqu'à nouvel ordre, pour la standardiste, vous n'êtes qu'un employé de la clinique. Rien de plus. Qui tente de retrouver quelqu'un suite à une mort subite.

Essayez Lhassa. Essayez Shigatsé, Pékin, Shanghai, Guangzhou. New York. Mais trouvez, c'est tout.

Il sortit la carte de visite américaine découverte avec le corps de Jao.

— Ensuite, renseignez-vous sur ceci.

Yeshe décrochait le combiné lorsque Shan quitta la pièce pour aller se poster à une fenêtre dans le couloir. Il aperçut le sergent Feng qui dormait dans le camion, devant le bâtiment. En se retournant, il fut surpris de revoir le garçon de salle tibétain qui lavait le sol, debout devant une porte ouverte et ne le quittant pas des yeux. À l'extrémité opposée du couloir, apparut un second garçon de salle poussant un fauteuil roulant. Le premier interrompit son ouvrage et attira l'attention de Shan en lui faisant signe d'approcher. Shan se dirigeait vers la porte quand il entendit un bruit métallique dans son dos : l'homme au fauteuil roulant arrivait sur lui au petit trot.

— Entrez là-dedans, lui ordonna le premier.

Shan vit un balai et des produits de nettoyage dans la pénombre d'un placard obscur. Un bras lui enserra soudain la poitrine et un chiffon aux relents violents de produits chimiques se verrouilla sur sa bouche. Un objet dur le frappa derrière les genoux. Le fauteuil roulant. La dernière chose qui resta à sa mémoire fut un bruit de clochettes.

Il se réveilla sur le sol d'une caverne, un goût amer dans la bouche. Du chloroforme. La caverne était bourrée à craquer de petites statues de Bouddha en or et en bronze et de centaines de manuscrits empilés sur des étagères. À la faible lumière des lampes à beurre, il vit deux silhouettes aux cheveux rasés jusqu'à la peau du crâne. L'une d'elles se pencha et se mit à essuyer le visage de Shan à l'aide d'un linge humide. C'était l'un des garçons de salle. À son poignet était accroché un rosaire noué de minuscules clochettes. On craqua une allumette. La caverne s'illumina tandis que Shan se redressait et que la seconde silhouette découvrait une lampe à pétrole.

On entendit un grondement sourd, comme un coup de tonnerre. À la lumière plus forte, Shan distingua une porte encadrée par une huisserie en bois. Ce n'était pas une caverne, mais une pièce sculptée dans le rocher. Le grondement de tonnerre était le bruit de la circulation au-dessus de leurs têtes.

— Pourquoi vous préoccupez-vous tellement du costume de Tamdin ? interrogea soudain la silhouette à la lampe.

C'était le moine clandestin de la place du marché, le purba au visage balafré de cicatrices.

— Vous avez interrogé le directeur Wen du bureau des Affaires religieuses à propos des costumes du musée. Pourquoi ?

— Parce que le meurtrier voulait être considéré comme Tamdin, répliqua Shan en se frottant la tempe pour en chasser la douleur. Peut-être croyait-il exécuter les vœux de Tamdin.

— Et vous pensez que quelqu'un l'a, ce fameux costume ?

— J'en suis certain.

— N'aurait-on pas délibérément semé de faux indices pour vous entraîner sur une mauvaise piste ?

Shan réfléchit à cette éventualité.

— Non, on l'a aperçu. Un individu portant ce costume a été vu par le chauffeur du procureur Jao. Et aussi sur les lieux de certains des autres meurtres. De tous les autres meurtres, qui sait.

Le purba leva la lampe près du visage de Shan.

— Seriez-vous en train de prétendre qu'il n'y a qu'un seul meurtrier depuis le début ?

— Deux, je pense, mais ils agissent de conserve.

— Mais le fait de montrer que l'un d'eux était habillé en costume religieux leur fera simplement croire qu'il s'agit de bouddhistes.

— À moins que nous ne prouvions le contraire.

— À tout instant, grommela le purba d'un air incrédule,

les nœuds pourraient ouvrir le feu sur la 404e, et vous, vous passez votre temps avec les démons.

— Si vous connaissez un meilleur moyen de les sauver, dites-le-moi, s'il vous plaît.

— Si cela continue, Lhadrung sera perdu. Et deviendra une zone militarisée.

— Qu'est-ce que vous allez faire ? demanda alors Shan avec difficulté, la gorge sèche.

— Peut-être allons-nous leur livrer le cinquième.

— Le cinquième ?

— Le dernier des cinq de Lhadrung. Pour qu'ils le remettent en prison. Ainsi leur conspiration arrivera-t-elle peut-être à son terme. Il le faudra bien : ils n'auront plus personne à accuser.

C'était une solution très tibétaine, même si Shan vit la tristesse qui voilait les yeux du purba.

— Comme ça, et puis c'est tout : le dernier des cinq demande à aller en prison ! s'exclama Shan.

— J'ai beaucoup réfléchi. Il pourrait se rendre dans la montagne et conduire les rites du Bardo pour se débarrasser du jungpo. La 404e pourrait cesser sa grève et se remettre au travail.

— La Sécurité publique serait furieuse, admit Shan. Celui qui conduira les rites sera condamné et se retrouvera à la 404e.

— Exactement, confirma le purba. Il existe d'autres solutions. Les gens sont en colère.

Shan prit peur en entendant ces paroles.

— Choje, à la 404e, a dit un jour que ceux qui se donnent trop de mal pour atteindre à la bonté parfaite sont ceux qui risquent le plus souvent de commettre un mal parfait.

— Je ne sais pas ce que cela signifie.

— Cela signifie que beaucoup de mal peut être fait au nom de la vertu. Parce que, pour beaucoup, la vertu est relative.

Le purba se plongea dans l'examen de la flamme de la lampe.

— Je ne crois pas que la vertu soit quelque chose de relatif.

— Non. Ce n'est pas non plus ce que je supposais.

— Je n'ai pas dit que nous allions user de violence, ajouta le purba en soupirant. J'ai dit que les gens étaient en colère.

Il se saisit d'un des petits bouddhas en bronze qu'il pressa entre ses mains.

— La nuit où le procureur est mort, un messager est arrivé au restaurant où il mangeait. Un jeune homme. Bien habillé. Chinois. Avec un chapeau. Il avait un papier à remettre à Jao. L'un des serveurs est allé parler au procureur. Jao s'est immédiatement levé de table pour aller s'entretenir avec le messager qui lui a remis quelque chose. Une fleur. Une vieille fleur rouge, complètement desséchée. Jao est devenu très excité. Il a pris le papier et la fleur, puis il a donné de l'argent au jeune homme. Celui-ci est reparti. Le procureur a parlé à son chauffeur, puis il est retourné dîner avec l'Américaine.

— Comment savez-vous tout cela ?

— Vous vouliez savoir ce que le procureur Jao avait fait ce soir-là. Les employés du restaurant s'en sont souvenus.

Shan se rappela les membres du personnel tibétain qui s'étaient enfuis, effrayés, le jour où il était venu les interroger.

— Je dois apprendre qui a envoyé le message.

— Nous ne le savons pas. Mais un détail devrait permettre de retrouver le messager en question : l'homme avait un œil de travers. Un des serveurs l'a reconnu : le jeune homme avait été témoin au procès pour meurtre du moine Dilgo.

— Dilgo, des cinq de Lhadrung ?

L'homme au visage balafré fit signe que oui.

— Est-ce qu'il le reconnaîtrait à nouveau ?

— Certainement. Mais nous pourrions peut-être vous donner son nom. Tout simplement.

— Vous connaissez son nom ? s'étonna Shan.

— Dès que j'ai entendu son signalement, j'ai compris. J'étais au procès. C'est un dénommé Meng Lau. Un soldat.

— Celui qui prétend aujourd'hui avoir aperçu Sungpo, lâcha Shan dans un souffle, la gorge nouée.

Il se leva, excité, prêt à repartir. Le purba recula pour laisser apparaître une autre silhouette dans l'ombre, qui s'avança devant Shan afin de lui bloquer le chemin.

— Pas encore, je vous prie, dit la silhouette.

C'était une femme. Une nonne.

— Vous ne comprenez pas. Si je ne suis pas de retour...

La nonne se contenta de sourire avant de le prendre par la main pour le conduire par un petit couloir à une deuxième salle. Ce devait être un gompa autrefois, songea Shan, le mausolée souterrain d'un gompa des temps anciens aujourd'hui oublié. C'était logique. À une époque, toutes les villes tibétaines se bâtissaient autour d'un gompa central. La deuxième salle était brillamment éclairée par quatre lanternes suspendues à des poutres.

Un homme de petite taille était penché sur une table en bois mal équarri, en train d'écrire dans un grand livre. Il releva les yeux, cerclés d'une paire de lunettes à la monture métallique frêle, et cligna plusieurs fois des paupières.

— Mon ami ! s'exclama-t-il avec un gloussement de plaisir, en bondissant au bas de son tabouret pour donner l'accolade à Shan.

— Lokesh ? Est-ce que c'est toi ?

Le cœur de Shan se mit à battre la chamade tandis qu'il maintenait l'homme à bout de bras pour le détailler de plus près.

— Mon esprit a pris son envol quand ils ont dit que tu allais peut-être venir ! s'écria le vieil homme avec un énorme sourire.

Shan n'avait jamais vu Lokesh autrement qu'en tenue de prisonnier. Il le regarda, envahi par l'émotion. C'était comme de retrouver un oncle depuis longtemps perdu.

— Tu as pris du poids.

Le vieil homme éclata de rire et serra à nouveau Shan dans ses bras.

— Tsampa. Tout le tsampa que je désire.

Shan vit un quart métallique à l'aspect familier sur la table, à moitié rempli d'orge grillé. C'était l'un des ustensiles utilisés à la 404ᵉ. Difficile de perdre les vieilles habitudes.

— Mais ton épouse. Je croyais que tu étais allé à Shigatsé avec elle.

— C'est ce que j'ai fait, répondit le vieil homme en souriant. Ce qui est drôle, c'est que deux jours après mon retour à la maison, l'heure de ma femme est arrivée.

Shan le fixa d'un œil incrédule.

— Je suis…

Je suis quoi ? pensa-t-il. Désespéré ? Furieux ? Paralysé par l'impuissance face à ce qui est arrivé ?

— Je suis désolé, dit-il.

Lokesh haussa les épaules.

— Un prêtre m'a dit que quand une âme est mûre, elle se contente de tomber de l'arbre, comme une pomme. J'ai pu être à ses côtés quand son heure est venue. Grâce à toi.

Il serra Shan une fois encore entre ses bras, se recula et ôta une petite boîte décorative qu'il avait autour du cou : un ancien gau, son réceptacle de charmes. Il plaça le cordon autour de la tête de Shan.

— Je ne peux pas, protesta ce dernier.

— Bien sûr que si, le fit taire Lokesh en lui posant un doigt sur les lèvres, avant de tourner la tête vers la nonne. Le temps manque pour nous disputer.

La nonne fixait la pénombre, là où ils avaient laissé le purba balafré. Ses yeux étaient mouillés de larmes quand elle refit face à Shan.

— Vous devez nous aider. Vous devez l'arrêter.

— Il a pourtant promis qu'il ne commettrait pas d'actes de violence, précisa Shan qui ne comprenait plus rien.

— Hormis sur lui-même.

— Lui-même ?

— Il veut aller dans la montagne pour accomplir les rites interdits avant de se livrer aux nœuds.

Sa main serra le bras de Shan tandis que ce dernier essayait de percer l'obscurité du labyrinthe souterrain. Il comprenait, enfin. Le purba au visage défiguré était le cinquième, le dernier des cinq de Lhadrung. Et le suivant sur la liste à être accusé de meurtre si la conspiration se poursuivait.

Lokesh dégagea doucement la main de la nonne et conduisit Shan à la table.

— La 404e a de nouveaux ennuis. Nous avons une nouvelle fois besoin de ta sagesse, Xiao Shan.

Shan suivit Lokesh vers la table où était posé le livre, aux dimensions d'un dictionnaire géant, relié en bois et en tissu. C'était un manuscrit, rédigé en écritures différentes et même en langues différentes. Essentiellement en tibétain, mais aussi en mandarin, en anglais et en français.

— Il existe onze exemplaires de ce livre au Tibet, expliqua la nonne aux yeux tristes d'une voix douce. Plusieurs autres au Népal et en Inde. Et même un à Pékin.

Elle s'écarta et fit signe à Shan de s'asseoir à la table.

— On l'appelle le *Livre du Lotus*.

— Tiens, mon ami, dit Lokesh d'un ton alerte en ouvrant le livre aux premières pages. C'était tellement merveilleux d'être vivant à cette époque-là. J'ai lu ces pages cinquante fois et il m'arrive encore, de temps à autre, de pleurer de joie aux souvenirs qu'il soustrait à l'oubli.

Les pages n'étaient pas uniformes. Certaines étaient des listes, d'autres ressemblaient à des articles d'encyclopédie. Le tout premier mot du livre était une date : 1949, l'année précédant la libération du Tibet par les communistes.

— C'est un catalogue de tout ce qui existait ici avant la destruction, comprit Shan avec respect et admiration.

Il ne s'agissait pas simplement d'un répertoire détaillé des gompas et autres lieux sacrés, l'ouvrage contenait également les nombres et les noms des moines et des nonnes, et même les dimensions des bâtiments. Pour de nombreux sites avaient été transcrits des récits de première main qui racontaient la vie en ces lieux. Lokesh était occupé à écrire quand Shan était entré dans la pièce.

— La première moitié, oui, acquiesça la nonne, avant d'ouvrir la page repérée par un marqueur en soie où commençait une nouvelle liste.

C'était cette fois un inventaire de gens, un annuaire de noms individuels. Shan éprouva une sensation d'étranglement à mesure qu'il lisait.

— Ce sont tous des noms chinois.

— Oui, murmura Lokesh, soudain moins expansif. Des Chinois, ajouta-t-il avant que ses bras tombent mollement sous leur poids et qu'il s'immobilise, à croire qu'il avait perdu soudain toutes ses forces.

La nonne se pencha et tourna les pages vers la fin du livre, là où les toutes dernières transcriptions avaient été faites. Un à un, elle montra des noms à Shan, incrédule, horrifié. Lin Ziyang était là, le directeur des Affaires religieuses, assassiné, tout comme Xong De, directeur des mines, décédé, et Jin San, ancien directeur du collectif du Long Mur. Tous trois victimes des cinq de Lhadrung.

Quarante minutes plus tard, ils remettaient Shan, les yeux masqués, dans son fauteuil roulant qui s'engagea au milieu des grincements dans les couloirs taillés à même la roche, puis sur les dalles lisses de la clinique, tournant et virant un si grand nombre de fois qu'il n'aurait jamais pu reconstituer l'itinéraire. Soudain, avec le même bruit de clochettes, le foulard qui lui bandait les yeux fut dénoué et il se retrouva dans le couloir de façade, seul.

Yeshe était toujours au téléphone, et discutait âprement. Il raccrocha en voyant Shan.

— J'ai essayé toutes les combinaisons. Rien ne paraît marcher.

Il rendit le morceau de papier à Shan.

— J'ai noté les autres possibilités. Des numéros de pages. Des coordonnées. Des nombres spécifiques. Des produits de nombres. Ensuite j'ai pensé à me renseigner sur les projets de voyage de Jao. À Lhassa, il existe une agence pour les officiels du gouvernement. J'ai passé un coup de fil pour avoir confirmation de ce qui a été dit sur son itinéraire.

— Et alors ?

— Il se rendait bien à Dalian, aucun doute là-dessus, avec une journée de transit d'abord. À Pékin. Mais pas d'autres dispositions pour Pékin. Aucune voiture du ministère de la Justice pour venir le chercher.

Shan approuva d'un lent hochement de tête.

— Voyant que vous ne reveniez pas, je suis passé à autre chose. J'ai appelé cette femme aux Affaires religieuses. Elle m'a répondu qu'elle allait vérifier en personne les bordereaux de recensement des objets d'art et que je la rappelle un peu plus tard. Ce que j'ai fait. Elle m'a alors annoncé qu'il en manquait un.

— Qu'est-ce qui manquait ? Un bordereau ?

Yeshe acquiesça d'un air éloquent.

— Concernant le recensement effectué au gompa de Saskya il y a quatorze mois. Les archives d'expédition montrent que tout a été envoyé au musée de Lhassa. Mais elle ne retrouve dans ses dossiers aucun inventaire détaillé de ce qui a été effectivement découvert. C'est une infraction absolue aux procédures.

— Je me demande.

Yeshe parut surpris par la réaction de Shan avant de poursuivre.

— Et j'ai aussi essayé ce bureau de Shanghai.

— La compagnie américaine ?

— Exact. On ne connaissait pas le procureur là-bas. Mais quand j'ai mentionné le nom de Lhadrung, ils se sont souvenus d'une demande de la clinique, ici. En précisant qu'il y avait eu un échange de courrier.

— Et ?

— Des tas de parasites, et la ligne s'est coupée.

Un temps de silence, et il sortit une feuille de papier de sous le sous-main.

— Donc je suis allé à leur antenne locale. Ici même. En expliquant que je devais vérifier leurs fichiers chronologiques. Et voilà ce que j'ai trouvé. Vieux de six semaines.

Il s'agissait d'une lettre du Dr Sung au bureau de Shanghai, demandant si la compagnie acceptait de fournir un appareil de radiographie portable, contre retour sous trente jours si ledit appareil se révélait non compatible avec les besoins de la clinique.

Shan plia le papier dans son calepin. Il se dirigea vers la sortie et démarra au petit trot.

Mme Ko les conduisit dans un restaurant près de l'immeuble des bureaux du comté.

— Mieux vaut attendre, dit-elle, en indiquant une table vide dans le fond, à côté d'une porte gardée par un serveur tenant un plateau dans ses bras croisés sur la poitrine.

Le sergent Feng commanda des nouilles ; Yeshe, de la soupe aux choux. Shan sirota son thé d'un air impatient, puis, après dix minutes, se leva et alla à la porte. Mme Ko l'intercepta.

— Pas d'interruptions ! le gronda-t-elle. — Puis, voyant la détermination dans son regard, elle ajouta avec un soupir : — Permettez-moi, en se faufilant derrière la porte.

Quelques instants plus tard, une demi-douzaine d'officiers de l'armée sortaient comme à la parade, un à un, et elle ouvrit la porte à Shan.

La pièce puait la cigarette, l'oignon et la viande frite. Tan fumait seul à une table ronde tandis que le personnel débarrassait.

— Parfait, fit-il, en soufflant brutalement par le nez. Vous savez comment j'ai passé ma matinée ? À me faire faire la leçon par la Sécurité publique. Il se peut qu'on me colle un rapport pour dégradation de la discipline civile. On fait état de mon abus de procédures dans le cadre de l'enquête. Il a été noté que la sécurité au camp de la Source de jade a été battue en brèche à deux reprises au cours des quinze dernières années. Et deux fois cette semaine. On rapporte que l'un de mes blocs de cellules a été transformé en un foutu gompa. On a laissé sous-entendre l'éventualité d'une enquête pour espionnage. Qu'est-ce que vous dites de ça?

Il tira à nouveau sur sa cigarette et souffla lentement sa fumée en observant Shan à travers son nuage.

— Les gens de la Sécurité publique disent que leurs unités postées à la 404ᵉ entameront les procédures finales demain.

Shan essaya de masquer le frisson qui lui parcourut l'échine.

— Le procureur Jao a été tué par quelqu'un qu'il connaissait. Un collègue. Un ami.

Tan alluma une nouvelle cigarette au mégot de la précédente et fixa Shan en silence.

— Vous en avez finalement la preuve?

— Un messager est venu, ce soir-là, avec un papier.

Shan expliqua ce qui s'était passé au restaurant, sans révéler l'identité du messager : Tan n'accepterait jamais la parole d'un purba contre celle d'un soldat.

— Cela ne prouve rien.

— Pourquoi le messager n'a-t-il pas voulu donner le papier au chauffeur de Jao? Tout le monde connaissait Balti. Tout le monde laisse des messages aux chauffeurs. C'est ce qui se fait habituellement. Balti était dehors avec la voiture. Ils devaient se rendre à l'aéroport.

— Peut-être que ce messager-là ne connaissait pas Balti.

— Je ne crois pas.

— Alors, bien sûr, nous allons libérer Sungpo, répliqua Tan d'une voix acide.

— Même si le messager ne connaissait pas Balti, les serveurs l'auraient adressé au chauffeur de la voiture. Et le garçon l'a intercepté en présumant que c'était ce que Jao désirait. Au lieu de quoi Jao s'est entretenu avec lui, directement. Il s'attendait à quelque chose, ou il a reconnu quelque chose, un fait, un détail qui a instantanément attiré son attention. Il a parlé au porteur de la nouvelle. Loin du garçon. Loin de sa table où l'Américaine était assise. Loin de Balti. Et ce qu'il a entendu était de nature tellement urgente qu'en dépit de ses habitudes ordonnées, il a chamboulé tous ses plans.

— Il connaissait Sungpo. Sungpo aurait pu adresser le message.

— Sungpo était dans sa caverne.

— Non. Sungpo était à la griffe sud, embusqué, prêt à tuer.

— Des témoins jureront que Sungpo n'a jamais quitté sa caverne.

— Des témoins ?

— Le dénommé Jigme. Le moine Je. Tous deux ont fait des dépositions.

— Un orphelin de gompa et un vieillard sénile.

— Supposons que ce soit Sungpo qui ait envoyé le message, proposa Shan. Le procureur ne se serait jamais rendu seul dans un lieu isolé, sans protection, pour retrouver un homme qu'il avait expédié en prison. Aucun moine n'aurait pu obliger Jao à se comporter de cette manière. Il était impatient d'arriver à l'aéroport.

— Donc quelqu'un a aidé Sungpo. Quelqu'un a menti. Shan fixa le colonel avec un sourire de victoire.

— Merde, marmonna Tan entre ses dents.

— Exact. Une personne en laquelle il avait confiance a attiré Jao grâce à des informations que le procureur pourrait utiliser pendant son voyage. Des renseignements qui l'aideraient dans son enquête secrète. Quelque chose dont il serait susceptible de se servir à Pékin. Il faut que nous trouvions de quoi il s'agit.

— Il n'avait rien à faire à Pékin. Vous avez vu le fax de Mlle Lihua. Il était juste de passage, en route pour Dalian.

Tan contempla le petit monticule que faisaient ses cendres sur la nappe.

— Alors pourquoi a-t-il pris ses dispositions pour s'arrêter un jour là-bas ? demanda Shan.

— Je vous l'ai dit. Les magasins. La famille.

— Ou quelque chose à propos d'un pont de bambou.

— Un pont de bambou ?

— Il y avait une note dans sa veste.

— Quelle veste ?

— J'ai trouvé sa veste.

Tan redressa la tête, tout excité d'un coup.

— Vous avez trouvé le Khampa, n'est-ce pas ? Vous avez affirmé au procureur adjoint que non, mais c'est faux.

— Je suis allé au Kham. J'ai trouvé la veste du procureur. Nous avons fait de notre mieux. Balti n'était pas impliqué.

Tan lui offrit un sourire d'approbation.

— C'est un véritable exploit que de pister une veste jusque dans les lieux les plus sauvages.

Il éteignit sa cigarette et releva la tête, le visage plus sombre.

— Nous nous sommes renseignés sur votre lieutenant Chang.

— A-t-on retrouvé son corps ?

— Pas mon problème.

De nouvelles funérailles en plein ciel, pensa Shan.

— Mais il était membre de l'armée. C'était l'un des vôtres.

— C'est là où le bât blesse. Il n'était pas APL. Pas vraiment.

— Mais il était à la 404ᵉ.

Tan le fit taire d'une paume levée en l'air.

— Quinze ans au bureau de la Sécurité publique. Transféré à l'APL il y a juste un an.

— Ça n'a pas de sens, déclara Shan.

Personne ne quittait les rangs d'élite des nœuds pour rejoindre l'armée.

— Avec le bon protecteur, ça pourrait en avoir, précisa Tan.

— Mais vous n'en saviez rien vous-même ?

— Le transfert a été reporté sur les registres de l'armée deux jours avant son arrivée ici.

— Peut-être pour cacher quelque chose, suggéra Shan. Il aurait pu continuer à travailler pour un membre du bureau.

— Foutaises. Sans que je sois au courant ? rétorqua Tan.

En guise de réponse, Shan se contenta de le fixer sans ciller, en laissant les mots faire leur chemin.

— Les salauds, grogna Tan d'un ton féroce en serrant les mâchoires.

— Où le lieutenant Chang a-t-il servi par le passé ?

— Plus au sud. Zone de sécurité de la frontière. Sous le commandant Yang.

Ainsi donc il avait un nom, finalement, songea Shan.

— Que savez-vous de ce commandant Yang ?

— Dur comme la pierre. Célèbre pour sa manière d'arrêter les contrebandiers. Il ne fait pas de prisonniers. Et sera général un jour.

— Colonel, pourquoi un officier aussi estimé irait-il se donner la peine de procéder personnellement à l'arrestation de Sungpo ?

— Vous savez ça ? s'étonna Tan, le front creusé par une profonde ride.

Shan opina du chef.

— Un homme comme ça va où il veut, dit Tan d'une voix peu convaincue. Il n'a aucun compte à me rendre. Il est Sécurité publique. S'il veut aider le ministère de la Justice, je ne peux rien y faire.

— Si je dirigeais une enquête du bureau, je ne pense pas que j'irais parader à travers tout le comté au volant d'un véhicule rouge vif ou faire vrombir un hélicoptère dans les campagnes.

— Peut-être est-ce simplement de l'amertume de votre part. Il me semble me souvenir que votre mandat d'arrêt avait été signé par le quartier général du bureau. C'est Qin qui avait donné l'ordre, mais c'est le bureau qui l'a mis en œuvre.

— Peut-être, reconnut Shan. Mais malgré tout, le lieutenant Chang a essayé de nous tuer. Et Chang travaillait probablement pour le commandant.

Tan secoua la tête, toujours dans l'incertitude.

— Chang est mort, et vous devez terminer votre travail, déclara-t-il en se levant, comme s'il se préparait à partir.

— Avez-vous entendu parler du *Livre du Lotus* ? demanda Shan alors que Tan atteignait la porte. C'est le travail des bouddhistes.

— Le luxe des études religieuses est quelque chose à quoi je n'ai pas accès, répondit Tan avec impatience.

— Il s'agit d'un catalogue. Dont le début de la rédaction remonte à vingt ans. Un répertoire de noms. De lieux et… — Shan chercha le mot — … d'événements.

— Des événements ? Quels événements ?

— Dans une section du livre, les noms sont pratiquement tous chinois han. Sous chaque nom, une description. Du rôle qu'a joué l'individu en question dans la destruction d'un gompa. De sa participation aux exécutions. Ou au pillage des lieux saints. Les viols. Les meurtres. Les tortures. C'est très explicite. Au fur et à mesure que le livre circule, il est remis à jour. C'est devenu une sorte d'insigne honneur que d'ajouter son nom à la liste des auteurs.

— Impossible, bouillonna Tan, raide comme un cierge. Ce serait un acte contre l'État. Une trahison.

— Le procureur Jao est cité dans ce livre. Pour avoir dirigé la destruction des cinq plus grands gompas du comté de Lhadrung. Trois cent vingt moines ont disparu. Deux cents autres ont été expédiés en prison.

Tan se laissa glisser dans un fauteuil, le visage illuminé par une excitation toute nouvelle.

— Mais ce serait une preuve. Preuve qu'il était pris pour cible par les radicaux.

— Lin Ziyang du bureau religieux est dans le livre lui aussi, poursuivit Shan. Vingt-cinq gompas et chortens détruits sous son commandement dans l'ouest du Tibet. Il a dirigé l'expédition d'une cargaison d'antiquités estimée à dix millions de dollars à Pékin où tout a été fondu pour en récupérer l'or. C'est lui qui a eu l'idée d'affecter des nonnes aux installations militaires pour la distraction du personnel. Xong De, du ministère de la Géologie, s'y

382

trouve également. Il a dirigé une prison quand il était plus jeune. Il avait une prédilection pour les pouces.

— Je veux ce livre ! beugla Tan. Je veux ceux qui l'ont rédigé.

— Ce livre n'existe pas sous un seul volume. Il circule. Des copies en sont faites. À la main. Il est par tout le pays. Et même hors des frontières.

— Je veux ceux qui l'ont rédigé, répéta Tan, plus calmement. Ce qui y est écrit n'est pas important. Rien que de l'histoire. Mais l'acte de rédiger…

— J'aurais cru, l'interrompit Shan, que l'enquête qui nous occupe était déjà au-delà de nos possibilités.

Tan sortit une cigarette et la tapota nerveusement sur la table, comme s'il concédait ce dernier point.

— À la 404ᵉ, continua Shan, je connais des prisonniers capables de réciter comme si c'était arrivé hier le détail des atrocités commises au XVIᵉ siècle par les armées païennes qui ont attaqué le bouddhisme. C'est une manière de conserver l'honneur de ceux qui ont souffert, et de garder la mémoire de la honte de ceux qui ont commis ces actes.

La colère de Tan commença à se consumer d'elle-même.

— C'est bien là la preuve que les meurtres étaient liés, fit-il remarquer avec lassitude, comme s'il n'avait pas la force de livrer plus d'une bataille à la fois.

— Je n'en ai pas le moindre doute, répondit Shan.

— Mais cela prouve justement le bien-fondé de mon argument sur le potentiel déstabilisant des hooligans minoritaires.

— Non. Les purbas voulaient que je sois mis au courant pour se protéger.

— Qu'est-ce que vous voulez dire ?

— Eux aussi veulent que nous résolvions ces meurtres. Ils se sont rendu compte que si le bureau découvrait l'existence du livre et s'il pensait que le livre était lié aux meurtres, on s'en servirait pour les détruire. Il reste encore un membre des cinq de Lhadrung. Encore un meurtre pour lui faire porter le chapeau. Et si un représentant de la haute autorité est assassiné, les nœuds s'installeront définitivement. Et avec eux, la loi martiale. Ce qui ramènerait Lhadrung trente ans en arrière.

— Un représentant de la haute autorité ?

— Il y a un autre nom dans le livre. Cité pour avoir éliminé quatre-vingts gompas. Détruit dix chortens afin de construire une base de missiles. Responsable de la disparition d'un camion de rebelles khampas qu'on transportait au lao gai. En avril 1963. C'est le seul autre nom de Lhadrung à se trouver dans le *Livre du Lotus*. Le seul qui soit encore en vie. Un homme qui a supervisé le rasage par le feu de quinze autres gompas. Deux cents moines ont trouvé la mort dans les bâtiments pendant l'incendie, termina Shan d'un ton glacé.

Il arracha la page qu'il avait transcrite dans son calepin et la laissa tomber sur la table devant Tan.

— C'est votre nom.

# 14

À l'extérieur du restaurant, le sergent Feng se sentait mal à l'aise, coincé entre deux nœuds.

— Camarade Shan ! s'exclama Li Aidang depuis une berline gris foncé garée contre le trottoir opposé.

L'adjoint du procureur ouvrit la portière et fit signe à Shan de monter.

— Je pensais que nous pourrions peut-être bavarder un peu. Vous savez. Comme deux collègues sur la même affaire.

— Vous êtes donc revenu sain et sauf. Le Kham est une région tellement imprévisible, dit sèchement Shan.

Il hésita devant le regard sans conviction de Feng avant de se glisser sur la banquette arrière près de Li.

— Nous l'avons trouvé, vous savez, annonça Li.

Par un effort de volonté, Shan parvint à ne pas mordre à l'appât.

— Nous avons persuadé un clan de la vallée de nous dire où se trouvait son campement.

— Persuadé ?

— Il faut peu de chose, dit l'adjoint du procureur avec suffisance. Un hélicoptère, un uniforme. Quelques-uns des anciens se sont contentés de gémir. Nous avons appris où il fallait chercher, mais à notre arrivée, ils étaient partis. Les cendres du feu étaient encore chaudes. Pas une trace.

Comme si on les avait avertis, ajouta-t-il sans le quitter des yeux.

— J'ai remarqué quelque chose à propos des nomades, répondit Shan en haussant les épaules. Ils ont tendance à bouger.

Un des nœuds claqua la portière, s'installa au volant et démarra. Shan se retourna et vit par la lunette arrière le soldat restant se poster devant la portière de leur propre camion, bloquant le passage au sergent Feng.

Une silhouette un peu vague sur le siège avant se retourna vers Shan sans prononcer un mot.

— Vous vous souvenez du commandant ? dit Li.

— Commandant Yang, je crois, répondit Shan. Gardien de la Sécurité publique.

— Exactement, confirma Li laconiquement.

En guise de salut, l'officier lui offrit une grimace qui plissa un côté de son visage, puis reprit sa position.

Ils sortirent rapidement de la ville, en se frayant un chemin à coups d'avertisseurs pour écarter les piétons sur leur passage ou les véhicules qui osaient s'approcher. Dix minutes plus tard, ils pénétraient dans une forêt aux arbres à feuilles persistantes, dans une petite vallée, à cinq kilomètres de la route principale. Alors qu'ils franchissaient les ruines du mur d'un antique mausolée mani, les arbres commencèrent à prendre une apparence plus soignée. On les avait taillés. Des fleurs de printemps s'épanouissaient au long de la route, jouxtant le bas-côté en gravier ratissé. Ils passèrent un autre mur, plus haut que le premier, et entrèrent dans la cour d'un très ancien gompa, avec une tour en pierres et en briques grises et un petit chorten, grand comme deux fois un homme, sur le côté opposé. Celle-ci était délimitée par des dalles fraîchement posées. On était en train de repeindre les murs replâtrés. Une collection de statues de Bouddha et autres personnages religieux s'alignait contre un mur, certaines lui faisant face, d'autres franchement de guingois, d'autres encore en appui l'une contre l'autre. Shan eut le sentiment de visiter une villa de gens aisés laissée un peu à l'abandon. Un

386

léger arôme de pivoines traversa la cour lorsqu'ils sortirent de la voiture.

Le commandant disparut derrière un portail imposant. Li conduisit Shan dans l'antichambre de la salle de réunions, alluma une ampoule électrique et indiqua une table de bois mal équarri entourée de tabourets. Shan examina le câblage électrique : il était neuf. Rares étaient les gompas reculés à disposer de l'électricité. Li embrassa la pièce d'un large geste.

— Nous avons fait ce que nous avons pu pour préserver cet endroit, annonça-t-il avec une prétendue humilité. Il faut toujours se battre, vous savez.

Le sol avait conservé son planchéiage d'origine, taillé à la main des siècles auparavant. Il était grêlé de brûlures de cigarettes.

— Il n'y a pas de moines ici.

— Il y en aura.

Li arpentait la salle avec l'expression du propriétaire inspectant son local. Sur des patères au mur intérieur, des robes avaient été disposées pour donner l'illusion d'un gompa habité.

— Le directeur Wen s'occupe de tout. Un arrêt pour les Américains. Quelques reconstitutions. On les laissera allumer des lampes à beurre et un peu d'encens.

— Des reconstitutions ?

— Des cérémonies. Pour l'atmosphère.

Li sélectionna une des robes, une pièce d'antiquité, un modèle de cérémonie avec brocarts d'or et panneaux de soie dépeignant nuages et étoiles. Il ôta sa veste de costume et, avec un grand sourire, noua la robe, en en caressant les manches d'un air satisfait pendant qu'il poursuivait :

— Nous finalisons les choses. Encore quelques jours avant leur arrivée.

Il se pavana, fier comme un paon, en essayant d'apercevoir son reflet dans les petites vitres de la fenêtre.

— Pour quelques dollars de supplément, nous laisserons les Américains enfiler les robes et faire tourner les moulins à prières. Des bandes-son de mantras seront diffusées en fond sonore. Pour quelques dollars de plus, nous offrirons un cours d'une heure sur la méthode à suivre pour méditer comme un bouddhiste.

— Un parc d'attractions bouddhistes, en quelque sorte.

— Précisément ! Nous pensons vraiment de la même manière ! s'exclama Li avant de se reprendre. C'est la raison pour laquelle il fallait que je vous parle, camarade. J'ai un aveu à vous faire. Je ne me suis pas montré complètement franc avec vous. Mais je m'y trouve obligé maintenant, vous devez comprendre certaines choses. Je mène une autre enquête, parallèle, mais sans rapport direct avec le meurtre du procureur. Beaucoup plus importante. Et vous n'avez pas la moindre idée des conséquences de votre attitude. Les dégâts pourraient être considérables. En vous comportant comme vous le faites, vous nous rendez la tâche bien difficile.

— Difficile ?

— Parce qu'il nous est quasiment impossible de faire ce qu'il faut. Vous n'êtes pas dans votre élément. On se sert de vous.

— Je ne comprends pas bien, répliqua Shan en examinant les babioles sur une étagère derrière une table. Faire ce qu'il faut. Qu'entendez-vous par là exactement ?

C'était de petites figurines en céramique représentant des yacks et des léopards des neiges, et sur toute une rangée des bouddhas musclés arborant des drapeaux chinois.

Li s'installa sur un tabouret à côté de Shan, sans se soucier des coutures de l'antique robe qui craquèrent aux épaules lorsqu'il s'assit.

— Tan peut jouer à faire semblant autant qu'il le désire. Sa position lui permet un tel luxe. Mais vous. Vous ne pouvez pas vous le permettre. Je suis désolé. Nous devons être francs. Vous êtes prisonnier. Vous étiez prisonnier. Vous resterez prisonnier. Ni vous ni moi ne pouvons changer cet état de fait.

— Procureur adjoint Li. J'ai perdu toute capacité de feindre il y a bien longtemps.

Li rit et alluma une cigarette.

— Retournez à la 404$^e$, déclara-t-il brutalement.

— Ce n'est pas en mon pouvoir.

— Joignez-vous à la grève. Nous pouvons vous laisser la résoudre et y mettre un terme. Vous serez le grand héros. Ce sera porté à votre dossier. Et vous sauverez peut-être beaucoup de vies.

— Qu'êtes-vous exactement en train de me proposer ?

— Nous pouvons réaffecter les troupes.

— Vous voulez dire que vous rappellerez les nœuds si j'arrête mon enquête ?

Li s'avança vers l'étagère chargée des articles fantaisie en céramique. Il prit un des bouddhas et souffla dans la base de la statuette. De la fumée sortit des yeux.

— Cela résoudrait des tas de problèmes, lança-t-il.

— Vous n'avez pas expliqué pourquoi.

— Il est évident qu'il ne m'est pas permis de vous révéler certaines choses.

— Donc, si je comprends bien, vous m'avez fait venir ici pour me dire que vous n'alliez rien me dire.

Li revint au côté de Shan et lui tapota le dos.

— J'aime bien votre sens de l'humour. On voit tout de suite que vous venez de Pékin. Un jour, qui sait ? Vous pourriez bien avoir votre place parmi nous. Je vous ai amené ici pour vous sauver. Le commandant et moi essayons de trouver le moyen de nous montrer généreux. Il y a déjà eu trop de victimes. Nul besoin que vous soyez blessé plus que vous ne l'avez été. Si le ministre Qin à Pékin veut vous voir au lao gai, cela ne concerne que lui et vous. Mais Qin est très âgé. Un jour il se peut que vous ayez une seconde chance. Vous êtes quelqu'un d'intelligent. De sensible. Un jour, vous serez à nouveau utile au peuple. Mais pas si vous restez avec le colonel Tan. C'est un homme très dangereux.

— Je ne suis aucunement un danger pour le colonel.

— Tan vous manipule. Il croit pouvoir ignorer les procédures d'État. Avez-vous réfléchi aux raisons pour lesquelles il évite le bureau du procureur ?

Shan ne répondit pas.

— Ou aux raisons pour lesquelles il vous fait travailler avec des gens indignes de confiance ?

— Indignes de confiance ?

— Des sources de renseignements discréditées. Comme le Dr Sung.

— Je respecte le savoir médical du Dr Sung.

Li haussa les épaules.

— C'est exactement ce que je vous explique. Vous ne savez rien des problèmes de cette femme. Ni de ses préjugés. On lui a refusé son retour au pays, une procédure de mutation tout à fait normale, pour négligence dans l'exercice de sa charge.

— Négligence ?

— Elle est partie une semaine de sa propre autorité pour traiter des patients non autorisés.

— Des patients non autorisés ?

— Une école en haute montagne. Très loin de tout. Oubliée de tout le monde à Lhassa. Des gamins qui se mouraient de quelque chose. Ils attrapent des trucs là-haut, des maladies qui ont disparu dans le reste du monde.

— Donc le docteur a été puni pour avoir aidé des enfants qui se mouraient ?

— Ce n'est pas cela qui est important. La procédure exigée par l'État veut que les parents de ces enfants amènent leur progéniture à la clinique. Le Dr Sung a abandonné des patients importants à la clinique. Certains étaient membres du Parti. Elle ne rentrera donc pas chez elle. Pas avant très très longtemps.

— Et j'imagine que sa carrière n'évoluera pas si elle reste.

Shan fut tenté de demander à quel moment la doctoresse avait commis cette imprudence. Elle avait été invitée à dîner par le syndicat Bei Da avant de s'en voir refuser une carte de membre. Il se souvint de sa nervosité inquiète quand elle lui avait récité les dogmes du Parti sur l'infériorité des minorités tibétaines et sur la manière de traiter les patients non productifs des montagnes. Des paroles droit sorties d'une séance de tamzing.

— Vous comprenez, poursuivit Li sur un ton de gratitude factice. Vous me placez dans une position délicate, camarade Shan. Vous voulez que je vous fasse confiance, n'est-ce pas ?

Shan ne répondit pas.

— Ceci est tout à fait non orthodoxe. Le bureau du procureur qui se confie à un criminel condamné !

— Je n'ai jamais eu de procès, si cela peut vous aider, objecta Shan.

Li haussa les sourcils et hocha lentement la tête.

— Oui, camarade, c'est un point important. Vous n'êtes pas un condamné qui a été jugé et reconnu coupable. Vous êtes simplement en détention.

Il alluma une nouvelle cigarette au mégot de la première.

— Très bien. Il faut que vous soyez mis au courant. Une enquête anticorruption est en cours. La plus importante qui ait jamais été menée au Tibet. Nous en avions pratiquement terminé et Jao était sur le point de remettre ses conclusions. Nous pourrons passer bientôt à l'action. Mais vous allez les faire fuir.

— Donc Jao a été tué par un suspect dans une enquête anticorruption ? demanda Shan.

Ce serait une solution parfaitement équilibrée. Le genre de conclusion qui satisferait le ministère de la Justice.

— Pas exactement. C'est juste que ce Sungpo, le moine hooligan, n'avait aucune idée des conséquences de son acte. Jao disparu, l'affaire anticorruption a volé en éclats. Ne restaient que des morceaux que nous avons dû reconstituer pour tout rebâtir. Il faut maintenant que nous allions jusqu'au bout. Pour Jao. Nous lui devons bien cela. Et nous le devons également au peuple. Mais là où vous passez, vous soulevez beaucoup trop de poussière et vous commencez à effrayer nos suspects. Vous allez ruiner toute l'enquête.

— Si vous êtes en train de m'annoncer que le procureur Jao allait arrêter le colonel Tan, en ce cas, Tan avait plus de raisons que quiconque de tuer Jao. Accusez-le du meurtre et Sungpo sera relâché. Les nœuds peuvent être déconsignés de la 404ᵉ. Voilà une solution.

— Donnez-moi des preuves.

— Contre le colonel Tan ? À vous entendre je croyais que vous les aviez déjà, ces preuves.

— Vous pourriez avoir des raisons de fêter la disparition de la vieille garde. C'est une hypothèse tout à fait concevable.

— J'ai une nette préférence pour les disparitions dues à des causes naturelles, rétorqua Shan.

— Vous ne croyez quand même pas que Tan irait jusqu'à vous protéger ?

— On m'a libéré de la nécessité de me faire du souci pour ma protection. J'ai été confié aux bons soins et à la garde de l'État.

Un rictus de mépris commença à se dessiner sur le visage de Li.

— Vous êtes son garant. Son filet de sécurité. Si vous échouez à monter un dossier qui se tienne, il en fabriquera un. Il aura son propre dossier de l'affaire même si vous ne bouclez pas le vôtre. Toutes vos actions peuvent être analysées et interprétées comme autant d'efforts pour protéger les radicaux. L'obstruction à la justice est en soi une accusation passible du lao gai. Je vous l'ai dit. Je me suis renseigné sur vous. Vous avez été choisi parce que, par définition, vous êtes coupable. Et non indispensable. Susceptible de passer aux profits et pertes.

De tout ce qu'avait raconté Li, c'était la seule chose que Shan croyait. Il regarda ses doigts se mettre en mouvement, apparemment de leur propre volonté, et former un mudra. Le Diamant de l'Esprit.

— Personne ne vous défendra. Personne ne clamera que Shan est un prisonnier modèle, un travailleur héros. Tan ne peut même pas se permettre d'inscrire votre nom au bas du rapport. Vous n'existez pas. Donc il n'est pas indispensable que vous soyez aussi une victime.

Jamais encore Li n'avait été aussi près d'exprimer sa menace en termes clairs.

Shan étudia son mudra.

— Cet endroit, déclara-t-il avec un accès soudain de lucidité en balayant la pièce du regard, est le syndicat Bei Da.

Derrière lui, Shan sentit Li sursauter.

— C'est un ancien gompa. Il a de multiples fonctions.

— J'ai vu une liste de gompas autorisés à reconstruire. Celui-ci n'en faisait pas partie.

— Camarade. J'ai peur pour vous. Vous refusez d'écouter ceux qui veulent vous aider.

— Est-ce que ce gompa a un permis ?

Li soupira en ôtant la robe de cérémonie qu'il balança sur un tabouret.

— Il a été classé comme centre d'exposition par les Affaires religieuses. Il n'a pas besoin de permis.

— J'admire votre capacité à tout pouvoir réconcilier aussi facilement, continua Shan en levant les mains en signe de frustration. Pour moi, tout cela prête tellement à confusion. Si un groupe payé par Pékin se réunit pour discuter de l'éducation du peuple, il s'agit de socialisme à l'œuvre. Mais si des gens vêtus de robes rouges font de même, cela devient une activité culturelle non autorisée.

Li examina Shan avec une attention extrême. Les deux hommes avaient conscience que la partie qui se jouait devenait dangereuse.

— Vous avez perdu le contact avec la réalité, camarade. Beaucoup de progrès ont été faits dans la définition de la discipline socialiste concernant les relations ethniques.

— Je ne dispose pas de l'avantage de votre formation, reconnut Shan en se levant pour se diriger vers la porte.

— Où allez-vous ? interrogea Li, agacé.

— Le soleil est en train de sortir des nuages.

Avant que Li ait pu protester, Shan s'avançait dans la cour.

Une camionnette était arrivée, portant les insignes du

bureau des Affaires religieuses. Des ouvriers disposaient des bancs sur un côté de la cour, comme pour une conférence. Ils suivaient les directives de la jeune femme que Shan avait rencontrée au bureau du directeur Wen — Mlle Taring, l'archiviste.

À l'instant où il l'aperçut, Shan comprit. Dans leur refuge souterrain, les purbas avaient dit qu'ils étaient au courant de la discussion entre Shan et le directeur Wen à propos du costume. Une seule personne avait pu les renseigner : Mlle Taring qui avait parlé aux purbas, à moins qu'elle ne fût purba elle-même. Il l'observa comme s'il la voyait pour la première fois. Avec sa chevelure nouée en chignon serré sur l'arrière de la tête, et son chemisier blanc sur une longue jupe sombre, elle avait l'allure très professionnelle de la travailleuse modèle. Elle s'interrompit, salua les deux hommes d'un signe de tête et se détourna lentement quand elle surprit le regard de Shan posé sur elle. Elle pivota, mains dans le dos, et commença à donner ses ordres aux ouvriers. Shan s'apprêtait à continuer son chemin quand il vit les doigts bouger : les phalanges se serrèrent en poings, les pouces face à face à quarante-cinq degrés, se touchant presque. Il reconnut le mudra d'offrande : *Aloke*. Les lampes pour éclairer le monde.

Mlle Taring ne tint le mudra qu'un instant pour s'avancer vers le fond de la cour et s'arrêter à côté d'une des gigantesques têtes de Bouddha, en se tournant de biais vers une chose que Shan ne pouvait voir. Un instant déconcerté, il se dirigea vers la jeune femme, qui repartit sans l'attendre. À aucun moment, elle n'avait fait mine de l'avoir reconnu. Il se plaça à l'endroit où elle s'était tenue et essaya de comprendre : on était en train de combler par un mur de briques un espace vide entre les bâtiments. Le travail n'était pas terminé, et au-delà du mur inachevé Shan aperçut une élégante cour. Un homme vêtu d'une tenue de serveur portait un plateau chargé de grands verres. Une vaste baignoire en bois pleine d'eau fumante était en partie encastrée dans le sol. Deux minces jeunes femmes en bikini y pénétraient.

Shan fit lentement demi-tour, les idées confuses, puis s'arrêta net, cloué par la surprise : dans un bâtiment bas, une ancienne étable reconvertie en garage, se trouvaient deux Land Rover rouges. Voyant Li qui approchait, il avança lentement entre les têtes de statues. Li le rattrapa.

— Est-ce que le lieutenant Chang de la 404ᵉ fait partie de votre syndicat Bei Da ? demanda Shan à brûle-pourpoint.

— Je crois qu'il avait les qualifications requises pour en être membre, répondit Li de manière énigmatique, le visage renfrogné.

— Et un soldat, un dénommé Meng Lau ?

Li ignora la question et se rapprocha.

— Écoutez, vous devriez accepter d'être témoin. Pour quelqu'un dans votre position, conduire une enquête doit être une responsabilité écrasante. Coopérez. Soyez témoin.

— Un témoin qui viendrait de la 404ᵉ ?

— Disons plutôt un témoin qu'on aurait récemment transféré, pour l'affecter à des charges de prisonnier de confiance. Un prisonnier modèle, en quelque sorte. Je me porterai garant de vous. Vous êtes toujours diligent, vous n'avez jamais été accusé de mensonge. Vos problèmes ont été de nature différente à Pékin. Le tribunal n'a pas besoin d'en être informé.

— Mais je n'ai rien à dire, répondit Shan en continuant à marcher.

Un coin de la cour était occupé par une mare, constituée de blocs de pierre élégamment sculptés des siècles auparavant, et peuplée de petits poissons de rivière. Des fleurs de lotus épanouies y flottaient, à côté d'une bouteille de bière vide.

— Vous pourriez être surpris par tout ce que vous seriez capable de dire, objecta Li dans son dos.

Shan avança jusqu'au bord de la mare et fit volte-face.

— Vous ne m'avez pas décrit la nature de votre enquête anticorruption.

De là où il était placé, il apercevait un petit tumulus

juste au-delà des bâtiments. À son sommet était installé un magnifique bouddha assis, haut d'au moins sept mètres, avec une coiffure tout à fait inhabituelle qui fit sursauter Shan tant elle était incongrue : on lui avait boulonné une antenne satellite sur la tête. Li se pencha à l'oreille de Shan.

— Des irrégularités dans les comptes de la prison. Des retraits inexpliqués sur des comptes de l'État. De l'équipement militaire qui manque.

— Seriez-vous en train de m'expliquer que Tan et le directeur de la prison sont deux conspirateurs ? Vous impliquez le directeur de la prison ?

— Aimeriez-vous le voir impliqué ?

Shan n'en crut pas ses oreilles.

— J'aurais besoin de voir vos dossiers.

— Impossible.

— Laissez-moi parler à Mlle Lihua.

— La secrétaire de Jao ? Pourquoi ?

— Qu'elle confirme l'enquête anticorruption de Jao. Elle devrait savoir.

— Vous savez aussi qu'elle est en congé, rétorqua Li qui haussa les épaules devant la mine frustrée de Shan. Très bien. Vous pouvez envoyer un fax.

— Je n'ai pas confiance dans les fax.

— Très bien. Très bien. Dès son retour, dans ce cas, répondit Li en consultant sa montre. On va vous reconduire en ville.

Shan monta dans la voiture sans se retourner. Li mentait en prétendant qu'il ne voulait pas voir Shan payer les pots cassés. Mais pourquoi mentait-il ? Parce qu'il se faisait du souci au sujet de l'enquête ? Ou simplement par habitude, parce que c'était chez lui une seconde nature ?

Lorsqu'il se pencha à la vitre, Li n'affichait plus son rictus de mépris.

— Que le diable vous emporte, Shan ! Je ne vois pas pourquoi je vous raconte tout ça. C'est pire que ce que vous pourriez imaginer. Les têtes vont rouler et personne ne sera là pour protéger la vôtre. Vous devez retourner à la 404ᵉ, et moi, mon dossier d'instruction doit être bouclé avant que la folie commence.

— Quelle folie ?

— Une affaire d'espionnage. Une enquête a été ouverte. Quelqu'un à Lhadrung a volé des disquettes contenant des informations secrètes de la Sécurité publique sur les défenses de la frontière.

Shan observa le Dr Sung qui passait d'un pas martial devant Yeshe assis sur le banc du couloir pour entrer dans son bureau chichement éclairé. Elle jeta son porte-bloc sur une chaise, alluma une petite lampe de bureau et repoussa sur le côté une assiette de vieux légumes à moitié intacte. Elle appuya sur le bouton d'un lecteur de cassettes et se tourna vers un échiquier. La partie était entamée. On entendit de la musique d'opéra. Le Dr Sung bougea un pion avant de faire pivoter l'échiquier d'un demi-tour. Elle jouait contre elle-même. Après deux coups, elle s'arrêta et regarda vers le banc. En ronchonnant d'une voix furieuse, elle dirigea la lampe au plafond, illuminant la chaise de Shan dans le coin.

— La chose la plus fascinante dans une enquête, fit remarquer Shan avec une grande lassitude, c'est de découvrir combien la réalité est réellement subjective. Elle a tant de dimensions. Politiques. Professionnelles. Cependant, celles-là sont aisées à discerner. Le plus difficile est de comprendre la dimension personnelle. Nous trouvons tous tellement de moyens de croire aux mensonges et d'ignorer la réalité.

La doctoresse coupa la musique et contempla l'échiquier d'un air absent.

— Les bouddhistes diraient que chacun de nous a sa propre manière d'honorer son dieu intérieur, observa-t-elle, d'une voix presque étranglée.

Shan fut secoué par ses paroles, au point de ne plus savoir qu'ajouter. Tout ce qu'il voulait, c'était laisser cette femme tranquille, l'abandonner à son désespoir si particulier, mais il en était incapable.

— Quand avez-vous cessé d'honorer le vôtre ? demanda-t-il.

Il espérait qu'elle allait le moucher rapidement par une de ses reparties brutales et furieuses, mais il n'eut droit qu'au silence. Il déplia la lettre de Sung adressée à la compagnie américaine et la laissa tomber sur l'échiquier.

— Aviez-vous le sentiment de me mentir en prétendant ne rien savoir de l'intérêt que portait Jao à un appareil de radiographie ? Ou étiez-vous réellement convaincue de ce que vous racontiez ? Parce que seul votre nom apparaissait sur la demande officielle ?

— Tout ce que j'ai dit, c'est que c'était trop cher.

— Bien. Donc vous n'aviez pas l'intention de mentir.

Sung déplaça une tour d'un air absent.

— Jao m'a demandé de rédiger une lettre. Personne n'irait mettre en doute le bien-fondé d'une telle demande puisqu'elle venait d'une clinique.

— Pourquoi Jao avait-il besoin de se cacher ? Pourquoi ne pas faire la demande lui-même ?

Elle prit un cavalier et le fixa des yeux.

— Il menait une enquête.

— Il aurait eu besoin de votre aide pour la faire fonctionner, cette machine. A-t-il précisé où il comptait l'utiliser ?

Sung regardait toujours son cavalier.

— Parfois il venait, pas très souvent, il s'asseyait ici, et nous jouions aux échecs. En parlant du pays. En buvant du thé. J'avais l'impression… comment dire ? de retrouver la civilisation.

Elle prit le cavalier à deux mains et se mit à le tordre comme pour le casser.

— Donc vous avez rédigé la lettre pour aider à une enquête. Pour trouver quelque chose de caché.

— Ce serait tellement facile d'être comme vous, camarade Shan, de simplement poser des questions. Mais je vous l'ai déjà dit par le passé, il y a des questions qu'il est interdit de poser. Vous, vous exigez de connaître la vérité d'autrui. Certains d'entre nous sont obligés de vivre avec elle.

— Une enquête de meurtre ? insista Shan. De corruption ? D'espionnage ?

Sung rit, sans grande conviction.

— De l'espionnage à Lhadrung ? Je ne crois pas.

— Mais comment voulait-il l'utiliser, cette machine ?

Sung secoua la tête, lentement.

— Il voulait savoir si l'appareil pouvait être transporté dans un de ses véhicules à quatre roues motrices. Il voulait connaître la puissance exigée pour l'alimenter. C'est tout ce que je sais.

— Pourquoi ne pas lui avoir posé la question ? Il était votre partenaire aux échecs.

— C'est bien pour ça que je ne l'ai pas interrogé.

Sung ouvrit la main et contempla le cavalier d'un air malheureux.

— J'ai présumé qu'il voulait s'en servir pour ouvrir une de leurs tombes. Et si je savais cela, je ne pouvais plus le laisser s'asseoir dans cette pièce.

La 404e ressemblait à un cimetière. Les visages des prisonniers, décharnés et sans expression, apparaissaient aux fenêtres des cahutes. Les patrouilles qui les gardaient confinés dans leurs quartiers marchaient au pas, raides comme des cierges. Mais les soldats ne cessaient de regarder par-dessus leur épaule.

L'étable fonctionnait. Shan le savait. Non pas à cause des hurlements — avec les Tibétains, il n'y avait jamais de cris. Non pas à cause d'une activité plus grande à l'infirmerie. Il le savait parce qu'un officier passa, portant des gants en caoutchouc.

Un nuage semblait s'être installé à demeure au-dessus du sergent Feng lorsqu'il franchit les grilles en compagnie de Shan. Il ne dit pas un mot aux nœuds de garde dans la zone interdite mais regarda droit devant lui jusqu'à ce qu'ils atteignent la cahute. Il ouvrit la porte à Shan avant de s'écarter et lui fit maladroitement signe d'entrer. La scène était sensiblement identique à celle que Shan avait quittée six jours auparavant. Trinle était allongé dans son lit, prostré par la fatigue, la tête et la majeure partie du corps sous une couverture. Les autres étaient au sol, assis en cercle, et recevaient l'enseignement d'un moine plus âgé.

Choje Rimpotché avait noué son dos et ses genoux d'une sangle gomthag arrachée à sa couverture afin de ne pas tomber pendant sa méditation. Un des novices maintenait un chiffon contre l'arrière du crâne de Rimpotché. Il le retira rosi par le sang.

Il fallut quelques minutes au lama pour revenir à lui et comprendre la requête de Shan. Ses paupières se mirent à battre puis ses yeux s'ouvrirent et s'illuminèrent. Il passa la hutte en revue avec un regard intense et curieux, comme pour avoir confirmation du monde dans lequel il se trouvait.

— Tu es toujours avec nous, murmura-t-il.

Ce n'était pas une question mais une déclaration de bienvenue.

— J'ai besoin de savoir quelque chose concernant Tamdin, dit Shan, en luttant contre le nœud qui se resserrait dans son ventre : il avait l'impression de sentir en lui la douleur du lama bien plus que ce dernier. Rimpotché, demanda-t-il, que se passerait-il si Tamdin devait choisir entre protéger la vérité et protéger les formes anciennes ?

De tous les paradoxes qui encombraient son affaire, celui qui le tracassait le plus était le mobile du tueur. Tamdin était protecteur de la foi, et ses victimes profanaient la foi. Mais comment le tueur pouvait-il laisser des moines innocents payer pour ses crimes et mourir à sa place ? C'était aussi une profanation de la foi.

— Je ne pense pas que Tamdin choisisse. Tamdin agit. C'est une conscience qui marche.

Armée d'un grand couteau, songea Shan.

— Une conscience qui marche, répéta le lama.

Shan réfléchit à ses paroles en silence.

— Quand j'étais jeune, avança Choje, on racontait

qu'un homme dans un village voisin priait pour obtenir l'aide de Tamdin et qu'il ne l'avait jamais obtenue. Il a renié Tamdin. Il a prétendu que Tamdin était une légende créée pour les danseurs du festival.

— Ces temps derniers, je n'ai rencontré personne qui qualifierait Tamdin de fiction.

— Non. Fiction n'est pas le mot pour le décrire.

Choje leva ses doigts serrés devant le visage de Shan.

— Ceci est mon poing, dit-il avant d'ouvrir les doigts en grand. Maintenant mon poing n'existe plus. Est-ce que cela en fait une fiction ?

— Vous voulez dire qu'à certains moments n'importe qui peut devenir Tamdin ?

— Pas n'importe qui. L'essence de Tamdin peut peut-être exister en quelque chose qui n'est pas toujours Tamdin.

Shan se rappela la dernière fois qu'ils avaient discuté du protecteur démon. Choje avait expliqué que, de la même manière que certains sont destinés à atteindre à la bouddhéité, peut-être en est-il d'autres qui sont destinés à atteindre à la tamdinité.

— Comme la montagne, déclara Shan d'une voix paisible.

— La montagne ?

— La griffe sud. C'est une montagne, mais elle cache quelque chose. Un lieu saint.

— C'est une si petite parcelle du monde que nous avons, murmura Choje, d'une voix si basse que Shan fut obligé de se pencher vers ses lèvres.

— Il existe d'autres montagnes, Rimpotché.

— Non. Ce n'est pas ce que je veux dire. Ceci, poursuivit le vieux moine d'un geste embrassant la cahute. Le monde ne se soucie pas de nous. Il y a tellement de temps avant, et après. Tellement de lieux. Nous sommes un grain de poussière. Personne au-dehors ne devrait se préoccuper de nous. Nous devrions être les seuls à nous soucier de nous-mêmes. Pour l'instant, c'est notre être personnel qui occupe ce lieu. Et voilà tout. Ce n'est pas grand-chose.

Ces paroles glacèrent Shan. Il allait se produire un événement horrible.

— Vous n'allez jamais retourner dans la montagne, n'est-ce pas ? demanda Shan en relevant les yeux avec effroi.

— Peu importe ce qui arrivera. Vous ne pouvez pas faire construire la route. Et c'est la seule chose qui importe.

Pourquoi était-ce tellement important ? songea Shan. Était-ce là qu'il s'était trompé, en ne prêtant pas suffisamment attention au secret de la montagne ?

— Se réveiller chaque jour pendant cinquante années, pendant cent années, ce n'est pas un bien grand exploit, après tout, ajouta Choje avec un sourire serein. C'est comme de se disputer pour savoir si ton grain de poussière est plus gros que mon grain de poussière. Ce sont là les arguments d'une âme incomplète.

Ils en amèneront d'autres pour construire la route, voulut objecter Shan. Mais il n'en eut pas le courage.

— Nous avons parlé. Tous autant que nous sommes. Tout le monde est d'accord. Excepté quelques-uns. Certains avec des familles. Et d'autres qui ont une voie différente à suivre.

Shan regarda autour de lui. Le Khampa était parti.

— Ils ont reçu nos bénédictions. Ils ont été acceptés ce matin de l'autre côté de la ligne. Ceux d'entre nous qui restent…

Choje prononça ces mots en souriant.

— Eh bien, nous sommes ceux qui restent. Cent quatre-vingt-un. Cent quatre-vingt-un, répéta-t-il.

Retentit le coup de sifflet de la sortie pour la promenade, puis un autre, et encore un autre, en relais, à travers tout le camp. Les hommes commencèrent à se diriger, sans échanger une parole, vers la porte.

— Il est l'heure, Trinle, appela Choje avec une force nouvelle, et la silhouette sous sa couverture se leva.

Sans quitter Choje des yeux, Shan sentit que Trinle peinait à se mettre debout. Il comprit avec un frisson que le grand moine maigre avait dû séjourner dans l'étable. Du coin de l'œil, il vit la silhouette voûtée envelopper la couverture autour de sa robe de fortune et en faire un capuchon au-dessus de sa tête avant de se diriger à petits pas vers la porte.

Seuls restèrent dans la cahute Choje et Shan, assis, silencieux, parmi les rais de lumière brillante qui filtraient entre les planches branlantes des murs et du toit.

— Qu'est-ce qui est arrivé à cet homme ? Celui qui ne croyait pas ?

— Un jour, une partie de la montagne s'est effondrée sur lui. Elle a tout détruit. L'homme, ses enfants, son épouse, ses moutons. Et pire.

— Pire ?

— C'était étrange. Plus personne n'a réussi à se souvenir de son nom.

Soudain, à l'extérieur, on entendit un son étrange enfler et grossir — pas un cri, mais un murmure dont l'intensité allait croissant et qui portait à travers tout le camp. Shan aida Choje à se remettre debout.

Ils trouvèrent les prisonniers dans la petite cour derrière la cahute, ou plutôt en pourtour, sur deux ou trois rangs, autour d'un espace vide de six ou sept mètres de diamètre.

— Il est parti ! s'exclama un des moines à leur approche. La magie… commença-t-il, mais il fut incapable de terminer sa phrase.

— Comme la flèche ! Je l'ai vu. Comme un éclair indistinct ! s'écria quelqu'un.

La file s'écarta pour laisser passer Choje, Shan à son côté.

— Trinle ! lança l'un des jeunes moines, le souffle coupé. Il l'a fait !

Il n'y avait rien dans l'espace circulaire que les chaussures de Trinle, posées côte à côte comme s'il venait de les quitter.

On n'entendait plus un souffle, plus une respiration. Shan était abasourdi. Au départ, l'événement lui apparut comme une plaisanterie bizarre. Mais il éprouva vite de l'inquiétude, à mesure que la signification de cette disparition faisait son chemin en lui. Trinle était parti. Trinle s'était échappé. Il s'était fait disparaître comme par enchantement, après des années passées à essayer.

Les moines contemplaient les chaussures avec déférence. Quelques-uns tombèrent à genoux et offrirent des prières d'action de grâces. Mais l'instant magique ne dura pas bien longtemps. Le sifflet commença à retentir à nouveau, signalant la fin de la promenade. Depuis les derniers rangs, un homme à la voix grave de baryton entama sa litanie. *Om mani padme hum.* Il continua en solo pendant peut-être trente secondes, avant que se joignent à lui une autre voix, puis une autre, et encore une autre, jusqu'à ce que le groupe tout entier récite bientôt à l'unisson, noyant les coups de sifflet furieux.

Les prisonniers commencèrent à s'engager dans la cour centrale en célébrant le miracle par leur mantra. Shan se surprit à les suivre en psalmodiant lui aussi. Soudain une main le saisit par le coude et le tira sur le côté. Le sergent Feng.

Les deux hommes restèrent là, à contempler la scène, tandis que les prisonniers se disposaient en un grand carré avant de s'asseoir, toujours récitant leur mélopée d'une voix forte. Instantanément, les nœuds se précipitèrent au milieu d'eux. Les soldats criaient, mais leurs voix se perdaient dans les échos du mantra. Shan essaya de se dégager mais Feng le maintenait d'une poigne de fer. Les matraques se levèrent avant de retomber, et les nœuds se mirent à frapper, lentement, méthodiquement, assénant leurs coups sur les dos et les épaules, balançant leurs triques de haut en bas comme s'ils coupaient le blé à la faucille.

Les coups n'eurent aucun effet.

Apparut alors un officier de la Sécurité publique, le visage tel un masque de furie. Il commença à hurler dans un porte-voix. Sans résultat. Il s'empara de la matraque d'un de ses hommes et la cassa sur la tête du moine le plus proche. L'homme s'affala vers l'avant, inconscient, mais la litanie se poursuivit. L'officier jeta le moignon de trique au sol et avança le long des rangs. La scène se déroulait comme un mauvais film au ralenti.

— Non ! s'écria Shan en se tordant en vain pour se libérer de la prise de Feng. Rimpotché !

L'officier fit le tour du carré, puis ordonna à deux nœuds de traîner un moine jusqu'au centre de la cour. L'homme était jeune encore, il venait d'une autre cahute. Il s'était rasé le crâne et portait un brassard rouge au bras. Il continua sa litanie, toujours à genoux, sans rien laisser paraître. L'officier se plaça derrière lui, dégaina son pistolet et lui tira une balle dans le crâne.

## 15

Le sergent Feng avait cessé de parler. Lorsqu'ils quittèrent la base pour s'engager sur la griffe du Dragon, il serrait le volant à deux mains, le visage malheureux, le regard perdu au loin. Il se contenta de grogner lorsqu'ils prirent l'embranchement au-dessus de l'antique pont suspendu. Cette fois, il ne discuta pas, pas plus qu'il n'essaya de suivre Shan et Yeshe qui franchirent le ravin, chargés de petits sacs fermés d'un cordon contenant une journée de vivres.

L'air était d'une immobilité inhabituelle, sans un souffle de vent, ce vent omniprésent, qui se levait toujours avec le soleil. Shan inspectait le versant qui leur faisait face à la jumelle. Il n'était toujours pas certain de savoir ce qu'il devait chercher ni où il devait aller : il savait simplement que la montagne abritait encore un secret vital. Aucun signe des moutons qui auraient pu le mener jusqu'à l'énigmatique jeune berger. Peut-être fallait-il revenir jusqu'à la rive aux symboles de craie. Quand soudain, à l'extrémité sud de la crête, il repéra une tache rouge parmi les premières ombres du matin. Une fois qu'il eut cadré le pèlerin dans ses objectifs, il vit que l'homme avançait sur la piste à un rythme étonnamment rapide : il se relevait, se mettait debout, s'agenouillait et se laissait retomber au sol, accomplissant ainsi l'acte de *kjangchag*, la geste de prosternation du pèlerin, pareille à une série d'exercices de gymnastique sportive.

— Je ne sais toujours pas ce que nous cherchons, dit Yeshe à côté de lui.

— Je ne le sais pas non plus. Quelque chose qui sorte de l'ordinaire. Le pèlerin, peut-être.

— Chaque fois que nous sommes venus ici, nous avons vu un pèlerin. Au Tibet, c'est aussi banal que la pluie.

— Ce qui en fait un camouflage parfait.

Shan vit soudain ce qui lui avait échappé jusque-là.

— Allons-y ! s'écria-t-il.

Il n'était toujours certain de rien sauf d'une chose : il voulait connaître la destination du pèlerin.

Ils avancèrent au petit trot le long de l'arête sans perdre l'homme de vue. Une heure plus tard, presque parvenus à son niveau, ils se reposèrent en suivant la silhouette qui commençait à redescendre vers la vallée suivante.

La robe rouge arriva au pied de l'arête et disparut derrière une longue formation rocheuse. Shan et Yeshe se partagèrent une bouteille d'eau et attendirent que le pèlerin réapparaisse au-delà des blocs.

— Ma mère a fait un pèlerinage, déclara Yeshe. Après la mort de ma sœur. J'étais déjà au monastère à l'époque. Elle est partie pour le mont Kailas. La montagne sacrée. Mais le moment était mal choisi. Des blizzards tardifs dans les montagnes. Des mouvements de troupes à cause du soulèvement.

— De tels défis ne font qu'ajouter à la grandeur du geste accompli.

— Nous ne l'avons jamais revue. Quelqu'un a rapporté qu'elle était devenue nonne, d'autres qu'elle avait essayé de franchir la frontière. Je pense que ç'a été plus simple que ça, probablement.

— Plus simple ?

— Je pense qu'elle est morte, c'est tout.

Shan ne sut que répondre. Il offrit la bouteille à Yeshe et prit les jumelles.

— Le pèlerin n'est toujours pas réapparu, fit-il remarquer.

Feng lui avait prêté sa montre-bracelet pour la journée, et Shan la regardait fixement, l'esprit embrouillé.

— Il y a combien de temps qu'il est passé derrière ces rochers ?

— Dix, quinze minutes.

Shan se remit debout d'un bond et commença à descendre la pente au petit trot, laissant sur place Yeshe, la main tendue tenant toujours la bouteille.

Il rattrapa la piste de pèlerinage, patinée par des siècles d'usage, qui déroulait ses lacets parmi les blocs rocheux, et ressortit au milieu de la bruyère dans la haute vallée. Lorsque Yeshe finit par le rejoindre, Shan était reparti en éclaireur et revenait sur ses pas à la recherche d'une seconde piste, d'un raccourci. En vain.

Quelques minutes plus tard, Yeshe l'appelait pour indiquer un petit tunnel bas, de moins de deux mètres de long, créé par une dalle de pierre effondrée entre deux parois rocheuses abruptes. Le tunnel était à peine assez large pour y ramper. Mais lorsque Shan se plia en deux pour en inspecter à son tour l'intérieur, Yeshe avait disparu.

Le trou, découvrit-il, ne s'arrêtait pas au bout des deux mètres : il virait à angle droit sur la gauche. Shan s'y faufila, suivant la silhouette indistincte de Yeshe sur une quinzaine de mètres avant que le toit du passage se relève, pour disparaître ensuite complètement. Les deux hommes se trouvaient dans un boyau étroit, en tours et détours, qui s'insinuait entre les parois rocheuses, et ils le suivirent jusque dans un petit canyon.

— Nous ne devrions pas nous trouver ici, chuchota Yeshe avec appréhension. C'est un lieu sacré. Un lieu très, très secret. Il est protégé…

Ses paroles s'en vinrent mourir d'elles-mêmes, sa langue réduite au silence par la présence imposante de ce qui s'offrait à ses yeux. Devant eux, à un jet de pierre, se dressait une paroi rocheuse rectiligne sur cent cinquante mètres de haut, peut-être plus. Des lames de soleil, brillantes comme le diamant, venaient trancher les ombres du canyon, rendant plus intense encore la sensation de hauteur vertigineuse. À trente mètres du sol, sur la paroi, ils distinguèrent cinq grandes ouvertures rectangulaires : des fenêtres taillées dans le roc. Trois autres ouvertures plus petites, de toute évidence faites de main d'homme, et disposées au-dessus des cinq fenêtres, menaient à un dernier orifice, près de cent mètres au-dessus de leurs têtes. Des banderoles brillamment colorées, pareilles à des étendards de cavalerie, longues de dix mètres et arborant un blason de symboles sacrés, battaient au vent, accrochées à des poteaux qui ressortaient des cinq fenêtres.

Les griffes du Dragon, comprit Shan, étaient sur le point de livrer leur secret.

— Vite ! Dans l'ombre ! le mit en garde Yeshe en se plaçant derrière un rocher comme pour se cacher. Il y a quelqu'un près de l'eau.

Vers l'extrémité du canyon, une pièce d'eau miroitait des reflets des étendards. Sous un saule pleureur, à l'extrémité de la mare, était assise une silhouette solitaire qui leur tournait le dos.

— Nous ne sommes pas censés trouver cet endroit, le prévint à nouveau Yeshe. Nous devrions nous en aller. Nous pouvons demander la permission au vieux...

— Le temps nous manque pour demander la permission, lança Shan en se dirigeant vers la mare.

Des iris poussaient parmi les rochers, et une volée d'oiseaux était posée au bord de l'eau.

— Tout le monde n'est pas ravi de votre venue, déclara la silhouette alors que Shan était encore à trois mètres.

Elle ne se retourna pas. L'eau et les rochers donnaient une étrange résonance à ce qui était la voix d'un enfant.

— Mais j'avais l'espoir que nous nous reverrions. On raconte sur vous des choses que je ne comprends pas. Maintenant, nous avons à nouveau l'occasion de nous parler.

— Je vois que vos moutons vous ont une nouvelle fois perdu, répondit Shan.

— Bienvenue à Yerpa, dit le jeune garçon en se retournant lentement, un grand sourire sur le visage.

Shan désigna Yeshe, debout derrière lui.

— Voici…

— Oui. On m'a dit. Yeshe Retang. Vous pouvez m'appeler Tsomo.

Il se leva et les reconduisit en silence vers le passage qu'ils venaient d'emprunter, avant de virer brutalement de cap sur la paroi du canyon dans laquelle il se glissa par une étroite fissure noyée dans la pénombre. Il les mena sur vingt pas dans les ténèbres jusqu'à la lueur assourdie d'une lampe à beurre posée au bas d'une volée de marches en colimaçon taillées à même le roc.

Ils se mirent à monter jusqu'à ce que Shan ait mal aux pieds ; ils se reposèrent avant de poursuivre. Le long du couloir, des portes basses menaient à des pièces obscures. De l'une d'elles leur parvint le son d'une prière solitaire, d'une autre, une odeur fétide et un geignement pitoyable. Finalement, ils arrivèrent à une salle plus vaste éclairée par une unique et longue fenêtre et des dizaines de chandelles.

Les murs étaient couverts de fresques, peintures de divinités gardiennes et de bouddhas passés et à venir. Ce n'était pas la chapelle à laquelle Shan s'attendait. Elle était bien plus petite, et il comprit qu'ils ne se trouvaient nullement au sein d'un gompa, mais dans un autre genre de lieu saint qu'il ne reconnaissait pas. Un homme solitaire en robe de moine était assis à même le sol et tapotait un cône en métal effilé d'où tombait du sable vermillon. Il était installé en bordure d'un cercle d'un mètre quatre-vingts de diamètre, dont la majeure partie de la superficie avait été remplie de formes complexes et de motifs géométriques constitués de sables colorés. La section incomplète devant laquelle il était assis était tracée à la craie.

— Ceci est le mandala *kalachakra*, expliqua Tsomo. Un style très ancien.

La peinture au sable était composée de cercles concentriques qui menaient à des lignes à angles droits définissant les murs de trois palais, l'un à l'intérieur de l'autre.

Les habitants des palais étaient des dizaines de divinités représentées jusqu'au détail le plus infime.

— Il s'agit de l'évolution du temps, poursuivit Tsomo, le déploiement des plis du temps, parce que Bouddha ne peut supporter d'abandonner une seule âme, de sorte que le temps continue en un grand cercle jusqu'à ce que tous les êtres reçoivent la lumière.

Shan s'agenouilla respectueusement en bordure du sable. Le moine inclina la tête vers lui et continua son travail, bâtissant le mandala une particule à la fois.

— Sept cent vingt-deux divinités, chuchota derrière lui Yeshe d'une voix étranglée. Ils faisaient cela, jadis, à Lhassa, tous les ans, pour le dalaï-lama.

— Exactement, acquiesça Tsomo avec enthousiasme, en tirant Yeshe pour qu'il voie de plus près. Dubhe a été formé par un vieux lama du Potala. Lorsque le mandala sera achevé, il contiendra toutes les divinités traditionnelles, toutes différentes, et chacune dans sa position prescrite. Dubhe y travaille depuis trois ans. Dans quatre ou cinq mois, il aura terminé. Nous consacrerons le mandala, et nous célébrerons sa beauté. Ensuite il le détruira et recommencera avec du sable neuf.

Tsomo désigna des étagères en bois grossièrement équarri qui s'alignaient à la partie inférieure des murs. Elles portaient des dizaines de petits pots en argile.

— Une partie du sable de tous les mandalas qui ont été fabriqués est conservée là. Il est très sacré, très puissant.

Ils poursuivirent leur chemin le long d'un couloir jusqu'à une pièce plus vaste éclairée par quatre fenêtres correspondant aux autres ouvertures rectangulaires qu'ils avaient aperçues dans la paroi depuis le pied de la falaise. Sur le pourtour des murs s'alignaient de larges tables en bois grossier, inclinées à l'oblique. La plupart étaient vides. Trois moines et une nonne étaient au travail, au milieu de lampes à beurre, de flacons de pinceaux et de bâtonnets d'encre.

Shan vit l'expression révérencieuse des personnes à la table à l'approche de Tsomo et l'inquiétude dans leurs regards à mesure qu'ils détaillaient les deux visiteurs. On les avait préparés à recevoir des inconnus, mais il était clair qu'ils n'étaient pas certains de connaître la manière de se comporter. Ils choisirent de faire silence, laissant à Tsomo le soin d'expliquer leur ouvrage : ils recopiaient des textes rédigés sur d'antiques plaquettes de bambou et des livres de prières en lambeaux sur de longues pages étroites qui, selon le style traditionnel, ne seraient pas reliées mais couvertes d'enveloppes en soie pour devenir d'élégants manuscrits. Au-dessus des tables, des étagères contenaient des dizaines d'emballages de soie similaires. On les appelait *potis*, avait un jour appris Shan de la bouche de Trinle, des livres emballés dans des robes. À une table, un moine assis travaillait non plus avec des brosses, mais avec de longs ciseaux et des gouges à bois. Il gravait les longues planches entre lesquelles se nouaient les potis. Shan s'arrêta près de lui, surpris, non par la complexité du détail des oiseaux et des fleurs que le moine sculptait, mais parce que l'homme était capable de créer une telle beauté en dépit du fait qu'il lui manquait un pouce.

La nonne se leva et se dirigea vers eux.

— L'histoire de tous les gompas du Tibet, expliqua-t-elle en montrant le mur du fond, d'une voix râpeuse, comme si elle manquait de pratique. Il y a des lettres du Grand Cinquième aux kenpos annonçant la mise à disposition des fonds pour de nouvelles chapelles. Voici les plans originels du pont de corde suspendu qui franchit la gorge du Dragon.

Tsomo tira Shan par le bras tandis que la nonne éloignait de la porte un Yeshe médusé, confondu d'admiration respectueuse, pour lui montrer les manuscrits. Ils remontèrent d'autres marches jusqu'à une chambre intérieure dans les profondeurs de la montagne. On aurait dit une salle de classe : deux lampes, toutes deux sur un petit autel. Au fond, des étagères chargées de poteries, brisées pour la plupart, et au-dessus, un mur peint de symboles. Au sol, un tapis, et des coussins en guise de sièges sur lesquels deux moines étaient assis. L'un d'eux faisait face à l'autel et leur tournait le dos. Le second, un homme austère et âgé aux yeux pétillants, les accueillit par une légère inclination du buste.

— Vous êtes des plus persévérants, Xiao Shan, dit-il en mandarin.

Un bruit de pieds nus trottinant sur le sol résonna derrière lui. Trois garçons en robe d'étudiant entrèrent et s'assirent derrière le moine qui avait parlé. Ils contemplèrent Shan les yeux ronds, sidérés.

— Vous nous avez confrontés à un véritable dilemme, vous savez, poursuivit le vieux lama.

— J'enquête simplement sur un meurtre.

Shan examina les symboles au-dessus des poteries. Il sursauta, surpris de constater qu'il les avait déjà vus, inscrits à la craie sur la corniche au-dessus du pont sur la gorge du Dragon.

— Oui. Nous savons. Le procureur a été tué non loin d'ici. Sungpo l'ermite est retenu en détention. La 404ᵉ est en grève. Dix-sept prêtres ont été torturés. Un prisonnier a été exécuté. Le bureau de la Sécurité publique est fin prêt pour commettre une autre atrocité.

— Vous en savez plus sur la 404ᵉ que moi. Êtes-vous le père supérieur de ce lieu ?

Le sourire de l'homme parut lui manger tout le visage.

— Il n'y a pas de père supérieur ici. Je m'appelle Gendun. Je ne suis que simple moine.

À mesure qu'il parlait, ses doigts faisaient défiler des grains de rosaire ouvragés dans un bois rouge sombre.

— Vous renverront-ils là-bas, quand ce sera terminé ? demanda-t-il.

Shan prit un temps de silence : il ne réfléchit pas à la question, mais à l'homme qui lui faisait face.

— À moins qu'ils ne choisissent un endroit pire, répondit-il.

Un nouveau garçonnet apparut avec un pot de thé au beurre et remplit les bols en silence. Leur parvint le son des tsingha, les minuscules cymbales du culte bouddhique à la musique de carillon.

— Vous avez été confrontés à un dilemme, avança Shan en acceptant un bol de thé.

— Yerpa est la pièce secrète d'une maison qui n'a jamais été vue, bâtie dans le pays de l'ombre. Il y a trois cents ans, c'est ce que l'un de nos lettrés a écrit dans un livre.

Gendun sourit à Shan avant de reprendre :

— Il nous arrive de rédiger des livres les uns pour les autres, dans la mesure où personne d'autre ne peut les voir. Il a écrit qu'ici nous nous trouvions entre les mondes. C'est un lieu de transit. Qui n'est pas de la terre, et qui n'est pas de l'au-delà. Il l'a appelé la montagne des rêves.

— L'œil du corbeau, précisa le prêtre qui leur tournait le dos, d'une voix aux accents familiers.

— Dans la bibliothèque, ajouta Tsomo avec un grand sourire, il y a un poème sur le cœur de l'hiver. Parmi cent montagnes de neige, seul bouge l'œil du corbeau.

Shan se rendit compte que Gendun observait le bracelet-montre de Feng. Shan tendit le bras.

— Comment appelez-vous cela ? demanda le moine.

— Une montre. Une petite horloge, répondit Shan avant de l'ôter pour la lui tendre.

Gendun examina l'objet d'un œil émerveillé et le porta à son oreille. Il sourit et secoua la tête.

— Vous autres Chinois ! s'exclama-t-il en souriant avant de le lui rendre.

Tsomo les quitta sur une petite courbette respectueuse et s'agenouilla à côté du second moine face à l'autel.

— Avant même que les armées arrivent du Nord, ce lieu n'était connu que des rares personnes qui avaient besoin de savoir, continua le vieil homme. Le dalaï-lama. Le panchen-lama. Le régent. Il est dit que c'est une des cavernes du grand Gourou Rimpotché. C'est un monde en soi. Habituellement, ceux qui pénètrent ici ne repartent jamais. Tel que vous le voyez aujourd'hui, tel il était il y a cinq siècles. Tel il sera dans cinq siècles.

— Je suis désolé. Mais si nous ne rentrons pas, des soldats viendront. Nous n'avons pas de mauvaises intentions.

— Le tunnel peut être fermé contre ceux qui cherche-raient son entrée. Cela s'est fait par le passé. Des années durant si nécessaire.

— Il pourrait nous enseigner la voie du Tao, intervint Tsomo. Nous pourrions mieux comprendre les livres de Lao-tseu.

— Oui, Rimpotché. Ce serait merveilleux d'avoir un tel professeur, acquiesça Gendun avant de se retourner vers Shan. Êtes-vous capable d'enseigner ces choses ?

Shan n'entendit pas la question avant qu'on la lui pose une seconde fois. Le moine avait appelé le garçon Rim-potché, terme utilisé pour un lama vénéré, un professeur réincarné.

— Un vieux père supérieur, déclara Tsomo, m'a dit un jour : « Je peux réciter les livres. Je peux vous montrer les cérémonies. Mais que vous les appreniez ne regarde que vous. »

Il lâcha un petit rire de victoire avant de se lever et de resservir Shan en thé.

— On dit que dans certaines parties de la Chine, reprit-il, il est impossible de séparer le Tao de la voie de Boud-dha.

— Lorsque j'habitais Pékin, commença Shan, j'allais tous les jours dans un temple secret. D'un côté de l'autel était posée une effigie de Lao-tseu. De l'autre, du Boud-dha.

— Les choses paraissent toujours tellement lointaines depuis le sommet d'une montagne, dit Tsomo. Nous avons beaucoup à apprendre.

L'instant était magique. Le son des tsingha se rappro-cha. Un garçon apparut, les petites cymbales suspendues devant lui. Sur ses talons venaient deux femmes, deux nonnes, l'une portant un plateau avec deux bols recouverts et la seconde, une grande théière. Elles posèrent les objets devant l'autel, où le moine, toujours assis le dos tourné à Shan, entama un rituel de bénédiction.

Shan savait qu'il avait déjà entendu cette voix, mais les moines qu'il connaissait à l'extérieur de la 404ᵉ étaient si peu nombreux... Avait-il vu cet homme à Saskya ? À Khartok, peut-être ? Il s'efforça de le distinguer plus clairement à la faible lumière tandis que nonnes et moines prononçaient tour à tour des paroles cérémonielles que Shan ne comprenait pas. Lorsque ce fut terminé, le moine assis devant l'autel se leva avant de se tourner face à Shan.

— Es-tu prêt ? demanda-t-il.

C'était Trinle.

Ils s'examinèrent en silence. Shan se sentit étrangement démonté, incapable, pour une raison inconnue, de demander à Trinle d'expliquer comment il avait disparu du camp comme par magie, ou la raison pour laquelle il s'était donné tant de mal en se faisant passer pour un pèlerin afin d'atteindre Yerpa. Il se contenta de suivre Trinle, Tsomo et les deux nonnes, lorsque ceux-ci commencèrent à gravir une nouvelle volée de marches raides, un étroit passage usé lui aussi, comme tous les autres, par des siècles d'utilisation. Après une minute d'escalade pénible, ils arrivèrent à un palier. L'escalier continuait, mais un passage faiblement éclairé partait sur la gauche, vers le cœur de la montagne. Le long de ses flancs, plusieurs lourdes portes en bois étaient visibles avant un nouveau virage qui masquait le reste du couloir.

Le groupe poursuivit sa montée pendant cinq minutes encore, dans le plus complet silence. Par deux fois, Shan dut s'arrêter et s'appuyer contre le mur : ce n'était pas vraiment de la fatigue, mais un sentiment étrange qui l'envahissait tout entier. Il sentait peser le fardeau d'une épreuve, comme un passage difficile, le franchissement d'une barrière. Il entendait des sons sans qu'il y eût de bruit. Il lui semblait voir des nuées d'ombres se mouvant sur les murs mais une seule lampe brillait, loin devant, et sa lumière ne vacillait pas. Chaque pas en avant lui faisait accroire qu'il avançait moins vers une autre partie de la montagne que vers un autre monde. À chacun de ses arrêts, Trinle l'attendait, avec un sourire serein.

Ils arrivèrent à un nouveau palier où une épaisse porte en bois, sculptée de motifs complexes et élaborés représentant les visages de démons protecteurs, était fermée par un lourd loquet de fer forgé. Tsomo attendit que tous se regroupent et se mettent en file indienne avant de lever le loquet, et d'ouvrir la marche dans la salle en priant à voix basse.

La salle était vide. Il n'y avait personne. Elle était carrée, dix mètres sur dix peut-être, d'allure spartiate, meublée d'une table grossièrement équarrie et de deux chaises, d'un gros brasero à charbon en fer et de plusieurs étagères de manuscrits. Un mur était couvert d'une fresque aux motifs très élaborés illustrant la vie de Bouddha. Le mur opposé était constitué de planches de cèdre avec un panneau central en bois qui semblait faire pendant à la porte, mais sans gonds ni loquets. Il était maintenu en place par d'énormes boulons forgés à la main portant des écrous presque aussi gros que le poing de Shan. Au sol, tout à côté, reposait un des manuscrits enluminés, juste au-dessous d'un panneau noir rectangulaire, de vingt-cinq centimètres de haut sur cinquante de large.

En silence, Trinle alluma d'autres lampes à beurre et se tourna vers Shan.

— Connais-tu le terme *gomchen* ? demanda-t-il aussi naturellement que s'ils se trouvaient ensemble dans leur cahute de la 404ᵉ. On l'utilise peu de nos jours.

Shan fit signe que non.

— Un ermite des ermites. Un bouddha vivant dont la vie entière se passe en ermite, expliqua Trinle.

— Le Deuxième a décidé que le gomchen devait être protégé, poursuivit Tsomo. Une charge sacrée. Un petit lieu saint éloigné de tout devait être choisi, pour abriter sa demeure si totalement que le secret resterait toujours gardé.

— Le Deuxième ? questionna Shan en plein désarroi.

— Le deuxième dalaï-lama.

— Mais c'était il y a presque cinq cents ans.

— Oui. Il y a eu quatorze dalaï-lamas. Mais seulement neuf de nos gomchen.

La voix de Trinle, presque un murmure, était emplie d'une fierté qui ne lui était pas coutumière.

Tsomo se trouvait maintenant face au manuscrit. Il l'ouvrit à une page marquée par un signet de soie et se mit à lire en souriant, le visage parfaitement serein.

Les nonnes découvrirent le plateau et posèrent des bols de tsampa et de thé à côté du manuscrit. Ce n'était pas un panneau qui se trouvait au mur, comprit Shan. C'était un trou autorisant l'accès à une pièce au-delà. Il se rappela la petite fenêtre solitaire tout en haut, sur la face de la falaise.

— Vous vous occupez d'un ermite ici, chuchota-t-il.

Trinle mit un doigt sur ses lèvres.

— Pas un ermite. Le gomchen, murmura-t-il, avant de se tourner en silence vers Tsomo et les nonnes qui préparaient la nourriture.

Quand ils en eurent terminé, Trinle se joignit à eux et s'agenouilla avant de se prosterner vers la cellule, en psalmodiant.

Personne ne parla jusqu'à ce qu'ils fussent tous redescendus par la longue volée de marches dans la petite chapelle où Shan avait découvert Trinle.

— C'est difficile à expliquer, commença Trinle. Le Grand Cinquième a déclaré que le gomchen était comme un diamant brillant enterré dans une vaste montagne. Notre père supérieur, quand j'étais jeune, disait que le gomchen était tout ce qui essayait d'être à l'intérieur de nous, sans le fardeau du vouloir.

— Vous avez parlé d'une charge sacrée. Un gompa qui protège le gomchen.

— Cela a toujours été notre grand honneur.

Shan se sentit complètement désorienté par la réponse.

— Mais cet endroit. Ici. Ce n'est pas exactement un gompa.

— Non. Pas Yerpa. Le gompa de Nambe.

— Mais le gompa de Nambe a disparu ! s'exclama Shan, interloqué.

Choje avait été le père supérieur du gompa de Nambe.

— Détruit par les avions de l'armée.

418

— Ah oui, confirma Trinle avec son sourire serein. Les murs de pierre ont été détruits. Mais Nambe, ce n'est pas ces vieux murs. Nous existons toujours. Nous avons toujours nos devoirs sacrés envers Yerpa.

Shan, le cerveau tout engourdi par ce qu'il venait d'apprendre, pensa à Choje dans sa cahute de la 404$^e$, exécutant son propre devoir sacré de protection à l'égard de Yerpa. Il prit conscience que Tsomo s'asseyait à côté de lui.

— Il écrit d'une manière très belle, quand il ne médite pas, dit ce dernier. Sur l'évolution de l'âme.

Shan se rappela le manuscrit dans l'antichambre. Le gomchen communiquait avec eux en rédigeant des textes religieux.

— Combien de temps s'est-il écoulé ? demanda Shan, plein de respect et d'effroi mêlés. Depuis que les écrous ont été serrés.

— Le temps n'est pas l'une de ses dimensions, répondit Trinle après mûre réflexion. L'année dernière, il a décrit une conversation qu'il avait eue avec le deuxième dalaï-lama. Comme si ce dernier était là, comme si elle venait de se dérouler.

— Mais en années, insista Shan. Quand est-il…

— Il y a soixante et un ans, intervint Tsomo, le regard illuminé par un éclair de joie.

— Le monde était très différent alors.

— Il l'est toujours, reprit Trinle. Pour lui. Il ne sait pas. C'est l'une des règles. L'extérieur n'est pas pertinent. Il ne considère que la bouddhéité.

— La nuit, dit Tsomo d'un ton étrangement plein d'envie, il peut contempler les étoiles.

— Vous voulez dire qu'il n'est pas au courant… murmura Shan en luttant pour trouver les bons mots.

— Au courant des ennuis du monde séculier ? proposa Trinle. Non. Les ennuis vont, les ennuis viennent. Il y a toujours eu de la souffrance. Il y a toujours eu des envahisseurs. Les Mongols, les Chinois, plusieurs fois. Même les Britanniques. Les invasions passent. Elles n'affectent pas notre bonne fortune.

— Bonne fortune ? demanda Shan, sa voix se brisant sous l'émotion.

— D'avoir pu passer l'incarnation qui est la nôtre dans cette terre sanctifiée, répondit Trinle, sincèrement surpris par la question de Shan. La souffrance de notre peuple est sans importance pour le travail du gomchen, précisa-t-il, tourné vers Shan, comme s'il éprouvait la nécessité de calmer son visiteur. Il ne doit pas avoir à porter le fardeau du monde. C'est pour cela qu'il y a eu tant d'appréhension, la première fois que tu as rencontré Tsomo.

— Quand j'ai rencontré Tsomo ?

— Si c'est sans importance à l'intérieur, il faut le garder sans importance à l'extérieur, je leur ai dit, intervint Tsomo.

Soudainement, avec une clarté douloureuse, Shan comprit.

— Le gomchen pourrait mourir bientôt.

— La nuit, nous l'entendons tousser. Il y a parfois du sang dans son bassin. Nous proposons plus de couvertures. Il ne veut pas les utiliser. Nous devons être prêts. Tsomo est le dixième.

À cette annonce, Shan se sentit frissonner jusqu'au bas de l'échine. Incapable de sortir un son, il contempla de tout son être le jeune garçon débordant de vie et plein de sagesse qui allait bientôt se voir verrouillé au cœur de la pierre, à jamais. Tsomo lui retourna son regard avec un large sourire.

Ils raccompagnèrent Shan à la bibliothèque où Yeshe, n'en croyant toujours pas ses yeux, était plongé dans les manuscrits. Trinle et Tsomo rejoignaient Yeshe lorsque Gendun apparut à la porte.

— Je crois que le procureur Jao a été tué pour protéger Yerpa, déclara Shan brutalement, avant qu'ils entrent dans la pièce.

— Le procureur avait beaucoup d'ennemis, remarqua le vieux moine.

— Je crois que le meurtre a été commis sur la griffe du Dragon pour protéger le gomchen.

Gendun secoua lentement la tête.

— Tous les matins, nous avons une prière. Une bénédiction au vent, qu'il soit tendre aux oiseaux. Une bénédiction à nos chaussures, qu'elles ne piétinent pas d'insectes.

— Et s'il existait d'autres Tibétains qui voulaient vous protéger, en se souciant moins que vous ne le faites de tuer des insectes ?

Le vieillard eut l'air très triste.

— Alors la charge sacrée qui nous a été imposée par le Deuxième aurait été rompue. Nous ne pourrions pas accepter d'être protégés par une violation d'un vœu saint.

Shan fit le tour de la pièce et s'arrêta à la rangée de fenêtres, pour être rejoint quelques instants plus tard par Gendun. La petite mare était maintenant illuminée par le soleil. Près de l'eau, gisant à la lumière du jour, se trouvaient quatre silhouettes sur des couvertures. Elles ne méditaient pas, elles étaient simplement allongées, comme trop affaiblies, sans même la force de s'asseoir.

— Vous avez des maladies ici ? demanda-t-il au moine.

— C'est le prix que nous payons. Au cours des récentes années, il y a eu de nouvelles maladies que nos herbes ne peuvent pas guérir. Parfois nous avons le visage criblé de trous et de la fièvre. Parfois nous passons dans la vie suivante à un âge très jeune.

— La variole, dit Shan avec effroi.

— J'ai entendu ce nom, dans la vallée, acquiesça Gendun. Nous appelons ça la joue qui pourrit.

Shan contempla les frêles formes en contrebas avec un sentiment d'horreur impuissante. Quels mots avait utilisés Li quand il avait tourné le Dr Sung en ridicule ? Parfois, dans les montagnes, ils contractent des maladies qui ont disparu dans le reste du monde. Il eut un cauchemar soudain, un cauchemar éveillé dans lequel tous les moines mouraient de maladie, en laissant le gomchen scellé à jamais dans sa chambre. Il chassa la vision d'un clignement de paupières et se retourna. Gendun s'était approché de la table. Pour l'instant, personne ne s'occupait de Shan. Les moines étaient tous en compagnie de Yeshe, qui leur adressait un feu nourri de questions excitées en étudiant un autre antique manuscrit. Shan quitta doucement la pièce.

Le couloir était libre. Il remonta la première volée de marches au pas de course jusqu'au palier et s'engagea dans le passage chichement éclairé. Il prit l'une des lampes à beurre dans sa niche du mur et ouvrit la première porte.

La pièce était petite, à peine plus grande qu'un placard. Ses étagères étaient pleines de tapisseries pliées. Un énorme coffre en cèdre ne contenait que quatre paires de sandales usagées.

La pièce suivante était plus grande, mais son seul contenu se résumait à des pots en argile garnis d'herbes et de boîtes de pinceaux d'écriture.

La troisième abritait d'énormes cruches en céramique pleines d'orge et, sur une table, au centre, une clé à molette en fer forgé longue d'un mètre vingt. Shan s'arrêta, frustré. Il devait y avoir des costumes quelque part. Il était certain qu'il y aurait des costumes. Quelqu'un avait rompu le vœu sacré du temple en utilisant un costume de Yerpa pour tuer Jao. Il poursuivit son chemin au petit trot, longeant quatre autres portes jusqu'à ce qu'il arrive à une grande tapisserie suspendue, illustrant les vies de Bouddha. Il l'écarta. Elle masquait une porte.

La pièce était plus vaste que les autres, avec une forte odeur de moisi, alourdie par les odeurs d'encens. Il leva la lampe avec un soupir de satisfaction. Du brocart d'or miroitait à la lumière. Les costumes étaient bien là, huit au total, étalés sur de profondes étagères le long de chaque mur. Sa main se referma sur le gau qu'il avait au cou et il fit un pas en avant. Les bras squelettiques des créatures, noués de bandelettes de cuir, pendaient hors des manches. Il s'approcha de la première d'entre elles, leva la lampe jusqu'à la tête et poussa un gémissement horrifié.

Il tomba à genoux. Une nausée lui déchira le ventre.

— C'est un endroit très spécial, dit quelqu'un dans son dos.

C'était Tsomo. Shan releva lentement la tête. Il se dégoûtait.

— Je ne… balbutia-t-il. Il fallait que je sache. S'il y avait des costumes. Pour les danseurs démons.

Tsomo opina du chef, ses yeux lui pardonnaient déjà.

— C'est compréhensible. Mais cet ermitage est pauvre. Nous ne célébrons pas beaucoup de festivals. Nous n'avons pas de tels costumes.

— J'avais peur que vous ayez Tamdin ici, murmura Shan en se remettant debout. Je devais…

Il ne termina pas sa phrase.

— Pas ici. Ici… — Tsomo étendit la main avec déférence vers les formes silencieuses sur les étagères — ici, il n'y a que quelques vieillards endormis dans leur montagne.

Shan ressortit, la scène des ermites momifiés de Yerpa imprimée à jamais dans son cerveau telle une brûlure.

En refermant la porte, Tsomo sourit sereinement.

— Parfois je leur rends visite, pour méditer. Je suis parfaitement en paix quand je me trouve avec eux.

Lorsqu'ils retrouvèrent Yeshe à la porte de la pièce au mandala, Gendun tendit à Yeshe et à Shan un des petits pots sur les étagères.

— Il y a cent ans, il y a eu un très grand mandala, fait par un moine qui allait bientôt devenir notre gomchen. Ce sont les derniers de ses sables.

Yeshe eut un sursaut et repoussa le pot.

— Je ne peux accepter un tel cadeau.

— Ce n'est pas un cadeau, répondit Gendun en souriant. C'est un don de pouvoir.

Shan vit que Yeshe comprenait. Le cadeau était leur charge sacrée. Le vieux moine posa la main sur l'arrière de la tête de Yeshe et prononça une prière d'adieu.

Ils n'échangèrent plus une parole avant de retrouver le labyrinthe de pierres et de rocs qui menait à la sortie de Yerpa. Yeshe avait déjà disparu entre les rochers lorsque Tsomo posa une main sur l'épaule de Shan.

— Pourquoi faites-vous cela ? demanda Shan. Pourquoi mettre vos secrets en danger avec moi ?

— Je serais attristé que vous les considériez comme un fardeau.

— Pas un fardeau. Un honneur. Une responsabilité.

— Trinle et Choje ont décidé que ce n'était plus honorable de ne pas vous mettre au courant.

— Mais est-ce que cela m'aidera à trouver le meurtrier ? répliqua Shan dans un murmure, la main serrée sur le pot de sable dans sa poche.

Ils lui avaient donné un pouvoir. Mais les secrets de Yerpa étaient-ils à même de lui donner le pouvoir de sauver Sungpo ?

Tsomo haussa les épaules.

— Peut-être que cela vous facilitera simplement les choses quand vous ne l'aurez pas trouvé. Vous devez garder en mémoire ce que vous m'avez dit ce tout premier jour. La phrase de Lao-tseu. Savoir que l'on ne sait pas est la meilleure des choses.

Le jeune garçon lui fit un petit sourire presque espiègle.

— Il y a quelque chose que je ne parviens pas à comprendre vous concernant. Le gomchen ne sait rien du monde extérieur. Mais vous êtes le futur gomchen. Vous êtes au courant. Des invasions. Des meurtres. Des massacres.

Tsomo secoua la tête.

— Je ne connais pas ces choses. Je suis entraîné pour ne pas regarder au-delà des montagnes. J'ai entendu parler de telles éventualités. Tout comme notre Neuvième a entendu parler de la Grande Guerre et de l'empereur Puyi qui avait été détrôné à Pékin. Mais ce ne sont que des mots. Comme d'entendre parler de l'atmosphère d'une planète éloignée. Comme des fables. Ce n'est pas l'une de nos réalités. Je ne les ai pas rencontrées.

Il examina Shan en silence pendant un moment.

— Je vous ai rencontré. Vous êtes le plus d'extérieur que je verrai jamais.

Shan ne savait pas s'il devait rire ou pleurer.

— Je suis si peu de chose pour que vous jugiez le monde à mon aune.

— Il n'est nul besoin de juger. Je célèbre seulement ce que le grand fleuve de la vie pousse vers nous. Un jour, dans son livre, notre gomchen a fait un dessin de Bouddha avec de longues ailes plates. C'est ce qu'il a vu quand un avion est passé dans le ciel.

Shan releva les yeux vers la haute et minuscule fenêtre à peine visible dans les ombres de l'après-midi.

— Je suis envieux, murmura-t-il.

— Du gomchen ?

Shan acquiesça.

— Je pense que la meilleure des choses, récita-t-il d'une voix accablée, est de savoir que l'on ne sait pas.

# 16

Rebecca Fowler était à son bureau, un bras en appui soutenant la tête, le visage hagard.

— Vous avez une tête à faire peur, dit-elle quand Shan entra.

— Je suis allé sur la griffe sud, répondit Shan en essayant de lutter contre l'épuisement. En exploration.

Au-dehors, le sergent Feng partageait des cigarettes avec les ouvriers. Yeshe dormait dans le camion.

— Il faut que je vous demande quelque chose.

— Comme ça, tout simplement, rétorqua-t-elle d'une voix âpre, toute son amertume revenue. Il s'est passé quelque chose pendant que vous vous promeniez sur les griffes du Dragon.

Elle passa les doigts dans sa tignasse de cheveux châtains et poursuivit, sans attendre de réaction.

— J'ai emporté sa main là-haut. La main de votre démon. Ils ont voulu que je récite des mantras avec eux. Quelque chose s'est mis à hurler dans la montagne.

— Quelque chose ?

Elle parut ne pas l'avoir entendu.

— Le soleil s'est couché, raconta-t-elle avec une expression hantée. Ils ont allumé des torches et ont continué le mantra. La lune s'est levée et le hurlement a commencé. Un animal. Non, pas un animal. Je ne sais pas.

Elle mit la tête entre les mains.

— Je n'ai pas beaucoup dormi depuis. Tout cela était tellement… Je ne sais pas. Tellement réel, ajouta-t-elle en relevant les yeux comme pour s'excuser. Je suis désolée. Je suis incapable de le décrire.

— L'année dernière, un homme de Shanghai logeait dans ma cahute. Au début, il s'est moqué des moines mais ensuite il a avoué que parfois, la nuit, quand il entendait les mantras, il plaçait la main sur sa bouche tant il craignait que son âme ne s'échappe d'un coup.

L'Américaine répondit par un petit sourire de reconnaissance.

— J'ai besoin de voir des cartes. Des cartes satellites.

Elle fit la grimace.

— Quand la Sécurité publique a approuvé ma licence pour le satellite, nous avons été obligés d'accepter un protocole d'accès aux informations. Huit personnes autorisées, et c'est tout. Le logiciel génère un accusé de réception pour chaque impression. Le commandant s'est montré particulièrement insistant. Ainsi la Sécurité publique peut s'assurer que nous ne regardons pas des choses que nous ne devrions pas voir.

Elle se faisait plus distante, à nouveau méfiante : la requête de Shan lui fichait la trouille.

— C'est bien pour cela que je suis venu vous voir.

Elle soupira sans répondre.

— J'aurais besoin des sections qui couvrent la griffe sud. À plusieurs dates. Mais incluant la date du meurtre de Jao et un mois auparavant.

— J'étais censée être aux bassins du fond il y a une heure.

— J'ai besoin de votre aide.

— Les touristes arrivent à Lhadrung dans trois jours. Mon rapport mensuel a déjà une semaine de retard. Des fax arrivent de Californie, exigeant de savoir si j'ai réglé le problème de la suspension du permis d'exploitation. J'ai un travail à faire. Mes actionnaires attendent de moi que je le fasse. Le ministère de la Géologie attend de moi que je le fasse. Pékin attend de moi que je le fasse. Les quatre-vingt-dix familles qui dépendent de cette mine pour survivre attendent de moi que je le fasse.

Elle se leva et prit le casque de chantier posé sur son bureau.

— Vous, monsieur Shan, êtes bien le seul à attendre de moi que je ne le fasse pas.

— Je croyais que ce n'était qu'une simple requête.

— Ce n'est pas le cas. J'ai vraiment le sentiment que vous ne faites jamais de simples requêtes.

— Je pense que Jao a été entraîné jusqu'à la griffe sud pour y être exécuté à cause de quelque chose qui était visible sur l'une de vos cartes.

— Et Jao l'aurait vu ?

— Peut-être. Ou alors le meurtrier. Ou les deux.

— Ridicule. Nous sommes les seuls à voir les cartes.

— Vous avez parlé de huit personnes. Avec huit personnes, les secrets peuvent se révéler difficiles à garder.

— Si vous croyez que je vais inviter la moitié du bureau à venir nous chercher des poux dans la tête pour une infraction à la sécurité, vous êtes cinglé ! s'exclama-t-elle en se dirigeant vers la sortie. Je croyais que vous et moi, nous étions…

Nouveau soupir.

— Au début, lorsque nous avons obtenu la licence pour le satellite, Kincaid a soutenu que le colonel Tan pourrait essayer de nous amener par la ruse à donner les cartes à d'autres.

— Pourquoi le colonel Tan ferait-il une chose pareille ?

— Pour nous prendre la main dans le sac. Une violation de la sécurité. Il s'en servirait contre nous.

— Pensez-vous que je sois en train de ruser pour vous piéger ?

— Pas vous. Mais si on se servait de vous ?

Elle fit un pas de plus vers la porte.

— Trouvez quelqu'un pour faire la demande par écrit.

— Non, rétorqua Shan sans hésiter, avec une conviction telle que Fowler se retourna. Parce qu'alors vous

428

seriez « effectivement » prise la main dans le sac pour violation de la sécurité.

Elle secoua lentement la tête et continua à avancer.

— Jadis j'ai connu un prêtre, poursuivit Shan dans son dos. Quand je vivais à Pékin. Il m'apportait son aide. Un jour, j'ai été placé devant un dilemme similaire. Savoir s'il fallait chercher la justice ou simplement faire ce que les bureaucrates désiraient. Savez-vous ce qu'il a dit ? Il m'a répondu que notre vie est l'instrument que nous utilisons pour faire l'expérience de la vérité.

Fowler s'arrêta et pivota lentement sur elle-même. Elle regarda Shan en silence, avant de faire brutalement volte-face pour se verser une tasse de thé tiède d'une Thermos. Elle s'assit et se plongea dans l'examen de sa tasse.

— Allez vous faire voir, grommela-t-elle. Bon Dieu, mais vous êtes qui, nom d'un chien ? Chaque fois que les choses s'apaisent, vous…

Elle ne termina pas sa phrase.

— Nous voulons la même chose, dit-il. Une réponse.

Elle se leva, jeta le thé dans l'évier, et entra dans la salle aux ordinateurs où elle déverrouilla un vaste classeur de rangement aux longs tiroirs étroits. Elle fouilla rapidement le tiroir supérieur et posa une feuille sur la table.

— Nous ne les imprimons qu'une fois par semaine, parfois même uniquement deux fois par mois. Ceci remonte à deux semaines. Maillage de quarante kilomètres. Le mieux adapté à nos exigences. Nous avons aussi des maillages de cent soixante et de huit kilomètres.

— J'ai besoin de détails plus poussés. Le maillage de huit kilomètres peut-être.

Elle fouilla le tiroir avant de se redresser, perplexe, et d'en ouvrir un deuxième.

— Ce n'est pas là. Il n'y a aucun cliché pour la griffe sud.

— Mais vous pouvez en imprimer d'autres.

— Kincaid serait furieux. C'est pris sur son budget. C'est lui qui est responsable du système de cartographie.

— Vous avez dit que vous vouliez que tout cela se termine.

— À ce stade, je me satisferais simplement de savoir ce que «terminer» signifie, répliqua Fowler.

Elle alla jusqu'à la console où elle tapa des instructions sur le clavier. Cinq minutes plus tard, l'imprimante reprenait vie.

En posant la photo sur la table, elle tendit une loupe à Shan. Il suivit la pente de l'arête montagneuse jusqu'au bas de la carte. À son extrémité, là où démarrait la petite vallée vers le sud, il remarqua une tache obscure en forme de V.

— Est-ce qu'elles sont toutes prises à la même heure de la journée? demanda-t-il en regardant la référence notée dans la marge : 16 h 30. Pourrions-nous obtenir quelque chose un peu plus tôt dans la journée? Midi, peut-être.

Elle imprima une deuxième carte remontant à deux mois, prise à 11 h 30. La tache à l'extrémité sud de l'arête avait disparu. Shan pouvait voir maintenant, dans la gorge lointaine, un mélange de couleur rouge là où il n'y avait rien auparavant. Les grandes bannières de Yerpa étaient visibles par satellite.

— Cette soirée avec Jao, lança soudain Rebecca Fowler, qui n'avait pas quitté Shan des yeux, depuis l'autre côté de la table. Il s'est passé quelque chose. Je ne vous en ai pas parlé. Nous ne nous sommes pas retrouvés uniquement à cause du pari. Nous aurions pu faire cela plus tard. Je pense que Jao voulait me rencontrer parce qu'il avait posé quelques questions. Et ce soir-là, il a insisté pour avoir des réponses.

— Des questions qui s'adressaient directement à vous?

— Nous en avons discuté, Kincaid et moi. Nous ne voulions faire obstacle à rien. Mais avec tous nos problèmes de production, nous n'avions aucun besoin de devenir partie prenante d'une quelconque enquête.

— Mais vous avez changé d'avis par la suite.

— Lorsque les bassins étaient en cours d'aménagement, avant mon arrivée, la mine a obtenu ses permis d'eau. Le droit de tirer l'eau pour les besoins des bassins et de l'unité de traitement. Il faut se faire enregistrer, de manière que l'irrigation de la vallée puisse être planifiée. Quand j'ai débarqué, je me suis aperçue qu'il y avait une erreur. Le permis couvrait un ruisseau qui ne s'écoule pas ici. Il est de l'autre côté de la montagne, à l'extrémité de la griffe nord et au-delà. Ce n'est pas le même bassin versant. J'ai prévenu le directeur Hu. Il a répondu qu'il s'en occuperait, que nous n'aurions pas à payer pour cette eau-là. Nous n'avons effectivement pas payé. Mais le permis n'a jamais été modifié.

— Qu'est-ce que ça signifie, avoir le permis pour ce bassin versant ?

— Pas grand-chose. Ça empêche juste quelqu'un d'autre de se servir de l'eau.

— Donc il s'agit d'une négligence bureaucratique.

— C'est ce que j'ai présumé. Mais Jao, dès qu'il s'est assis à la table du dîner, a voulu être mis au courant. Il avait découvert ce détail d'une manière ou d'une autre, et il était tout excité. Il a demandé qui avait délivré le permis. Et aussi quelle était la quantité d'eau disponible dans cette zone. J'ai été incapable de lui répondre. Il a aussi demandé si j'avais une copie du permis quelque part, avec une signature officielle. Quand j'ai répondu que oui, il en a été très heureux. Il donnait l'impression d'avoir envie de rire. Il a déclaré qu'il appellerait de Pékin et me donnerait un numéro de fax pour que je puisse le lui envoyer. Ensuite il a laissé tomber le sujet. Pour commander du vin.

Des voix s'élevèrent au-dehors. Des ouvriers approchaient du bâtiment. Fowler bondit pour aller fermer la porte rouge. Elle s'y appuya, comme pour empêcher l'entrée d'un intrus.

— J'avais oublié toute cette histoire. Jusqu'au jour où Li est entré dans mon bureau. Au petit bonheur la chance. Sans raison précise. Il a essayé de grappiller des renseignements sur le permis.

— Au petit bonheur ?

— Il était au courant de quelque chose. Il avait bien des

questions, mais ne paraissait pas très sûr de ce qu'il cherchait. Il m'a demandé de lui expliquer ce que Jao voulait.

— C'est l'adjoint du procureur. Probable qu'il va remplacer Jao à ce poste. Il se peut qu'il y ait eu un dossier qu'il devait suivre et compléter.

— Et s'ils avaient quelque chose à voir avec le meurtre de Jao ? objecta Fowler en regardant le sol. Je veux parler des permis d'eau. Un Tibétain ne tuerait pas pour cela. Pourquoi ce moine s'en soucierait-il ?

— Sungpo ne l'a pas tué.

Elle le fixa avec une expression désespérée.

— Parfois je me pose des questions. Si c'est à cause de cette affaire que Jao a été tué, alors pourquoi pas moi ? Ce fameux dîner. Nous avons longtemps parlé. Peut-être que le tueur pense que j'ai connaissance de ce que savait Jao. Quelqu'un peut vouloir me tuer. Rien n'a plus de sens. Et si ce n'est pas ce moine Sungpo, alors qui essaie de lui faire porter le chapeau ? Le colonel Tan ? L'adjoint du procureur Li ? Le commandant ? Ils semblent tous tellement pressés de le juger devant le tribunal.

— Ils prétendent être tout simplement impatients de clore le dossier, à cause des visiteurs.

— Quelqu'un peut mentir pour raisons personnelles, pas uniquement pour raisons politiques.

— Vous avez appris vite, mademoiselle Fowler, apprécia Shan en lui offrant un petit signe de tête respectueux.

— Ça me fiche la trouille.

— Alors aidez-moi.

— Comment ?

— Il me faut plus de cartes. La caverne aux crânes, peut-être.

— Nous ne les avons pas. Nous n'avons que les cartes de notre bassin versant.

— Mais l'ordinateur peut vous permettre d'y avoir accès.

— Nous avons un contrat pour cette zone-ci. À l'extérieur de ce secteur précis, c'est cher. Cinquante dollars par commande. Des dollars américains. Nous entrons une référence de maillage. Un ordinateur au pays traite la commande, vérifie notre numéro de compte, lui fait correspondre un téléchargement, et nous facture.

— Une référence de maillage ?

— Il existe un catalogue avec des cartes maillées, dont chaque maille est identifiée par un numéro de référence.

Shan fouilla dans sa poche et en sortit les numéros recopiés à partir du dossier secret de Jao.

— Le catalogue, questionna-t-il avec une insistance toute nouvelle. Vous l'avez ici ?

Les numéros correspondaient parfaitement aux types de référence. Il fallut moins de cinq minutes pour trouver la bonne maille. Elle correspondait à la griffe nord et aux terres agricoles au-delà. Jao avait vu les photos de la zone pour laquelle Fowler avait reçu par erreur les droits de captage d'eau.

— Mais ce n'est pas auprès de nous qu'il a obtenu ces informations ! protesta Fowler. Ces zones-là n'ont aucun rapport avec notre exploitation. Jamais nous ne passerions de commandes de cartes à l'extérieur de notre secteur opérationnel.

— Êtes-vous sûre ? Existe-t-il des archives ?

— Les factures détaillent toutes les commandes. J'ai à peu près trois mois de retard pour la vérification en détail.

Ils allèrent dans son bureau. Cinq minutes plus tard, elle repérait les données correspondantes. Quelqu'un avait commandé une séquence sur trois mois de clichés du site nord deux semaines avant que le procureur soit tué.

Shan mit la facture dans son calepin.

— Pouvez-vous les imprimer ? Les mêmes clichés que ceux que Jao a vus ?

Fowler acquiesça d'un petit hochement de la tête timide. Shan se posta dans l'embrasure de la porte pour s'assurer qu'il n'y avait pas d'oreilles indiscrètes.

— Apportez-les-moi demain à la Source de jade. Et il faut que j'emporte les disquettes. Celles que vous avez prises dans la caverne.

Fowler hésita.

— Les avez-vous examinées ? demanda-t-il.

— Bien sûr. Essentiellement des dossiers en chinois que Kincaid et moi ne pouvons lire. Certains en anglais, qui détaillent le contenu du mausolée. L'autel a été expédié dans un nouveau restaurant de Lhassa. Jansen voudra être mis au courant.

— Pourquoi les rédigeraient-ils en anglais ?

Fowler redressa la tête.

— Je n'y avais pas pensé.

— Il s'agit d'un piège.

Elle s'assit pesamment à son bureau.

— Contre nous ?

— Contre vous. Contre moi. Contre Kincaid. Contre la personne qui les aura prises. Je pense que c'est le commandant qui les a placées là.

— Je veux les remettre au bureau des Nations unies.

— Non.

— Pourquoi le commandant ?

Shan s'affala dans un fauteuil contre le mur.

— Une police d'assurances, en quelque sorte.

Il se pencha en avant, et prit sa tête entre les mains. Il avait une envie monstrueuse de se laisser aller au sol, de s'y rouler en boule et de dormir. Il releva les yeux.

— Si on vous obligeait à démissionner de votre poste de directrice, qui vous remplacerait ?

— Vous êtes en train de faire référence à la suspension du permis d'exploitation, soupira Fowler. Il existe une procédure spécifiée dans le contrat. La compagnie nomme le premier directeur. Après cela, le comité aurait le choix.

— Un Américain ?

— Pas nécessairement. Kincaid, peut-être. Mais ça pourrait être Hu.

— Si vous voulez garder votre poste, mademoiselle Fowler, il me faut ces disquettes.

Elle examina Shan un instant, puis, d'un geste impatient, se dépêcha de dégager quelques livres sur une étagère en hauteur. Elle tendit la main derrière les autres volumes et sortit une grosse enveloppe qu'elle déposa dans la paume de Shan.

— J'ai besoin d'une chose encore, ajouta Shan d'un ton d'excuse. Il faut que vous m'emmeniez à Lhassa.

Le colonel Tan attendait dans leur chambre à la Source de jade. Il fumait, assis dans l'obscurité. Feng et Yeshe hésitèrent en voyant l'expression de son visage, et allèrent s'installer sur le perron tandis que Shan allumait la lumière pour s'asseoir face à lui. Cinq mégots de cigarettes étaient posés debout en ligne à côté d'une chemise cartonnée sur la table. Tan avait le visage creusé et tendu. Il paraissait épuisé, comme s'il venait de rentrer de grandes manœuvres.

— Vous les avez crus, n'est-ce pas ? demanda-t-il à sa cigarette. Que c'est moi qui ai commis tous ces actes cités dans le *Livre du Lotus*.

— Je n'ai fait que répéter ce que j'avais lu.

La tension était telle que l'air dans la pièce donnait l'impression de pouvoir voler en éclats à tout instant.

— Est-ce donc si important, ce que je crois ?

— Bon Dieu, non, rétorqua sèchement Tan.

— Alors pourquoi seriez-vous tellement offensé par ce que contient le *Livre du Lotus* ?

— Parce que c'est un mensonge.

— Vous voulez dire, parce que c'est un mensonge vous concernant.

— Sergent Feng ! hurla Tan.

La tête de Feng apparut à la porte.

— Où étais-je en 1963 ?

— Nous étions au camp 208. Sécurité de la frontière. Mongolie-Intérieure, mon colonel.

Tan poussa la chemise vers Shan.

— Mes états de service. Tout y est. Les postes. Les citations. Les blâmes. Les ordres d'affectation. Je ne suis arrivé au Tibet qu'en 1985. Si vous le désirez, parlez à Mme Ko. Je veux que ces mensonges cessent.

435

— Voulez-vous que Sungpo soit exécuté ou voulez-vous que les mensonges cessent ?

Tan le fusilla du regard. Dans la faible lumière, lâchant la fumée par les narines, son visage osseux paraissait flotter, suspendu et désincarné, au-dessus de la table.

— Je veux que les mensonges cessent, répéta Tan.

— Cela ne va pas aider le moine qui a été exécuté à la 404e.

— Ça, ce sont les nœuds. Ils ne m'ont pas consulté.

— D'une certaine manière, je trouve difficile à croire, colonel, que vous n'auriez pu arrêter les nœuds si vous l'aviez voulu.

On entendit un juron proféré à mi-voix près de la porte, et Shan aperçut du coin de l'œil le sergent Feng qui battait en retraite vers le terrain de manœuvres : il ne voulait pas se trouver dans le rayon de l'explosion imminente. Tan continuait à incendier Shan d'un air furieux sans prononcer une parole.

— J'ai une proposition du procureur adjoint Li, annonça ce dernier. Une manière de résoudre toute l'affaire.

— Une proposition ? répéta Tan d'une voix sinistre chargée de menace.

— De tout emballer une bonne fois pour en faire un joli paquet. Il m'a expliqué que le procureur Jao était engagé dans une enquête anticorruption dont vous étiez l'objet. Donc vous l'avez fait tuer. Et si je témoignais contre vous, il pourrait faire de moi un héros.

Les yeux de Tan se rétrécirent en fentes, sa main enveloppa le paquet de cigarettes sur la table et commença lentement à en écraser le contenu.

— Et puis-je connaître vos intentions, camarade ?

Des brins de tabac tombaient du paquet. Shan ne cilla pas.

— Colonel, je pourrais vous décrire comme insensible, obstiné, soupe au lait, manipulateur et incontestablement dangereux.

Tan remua sur sa chaise. On aurait cru qu'il se préparait à bondir pour faire rendre gorge à Shan.

— Mais vous n'êtes pas corrompu.

Tan baissa les yeux sur son paquet de cigarettes détruit.

— Vous ne l'avez donc pas cru.

— Vous n'avez jamais eu confiance en Li. C'est la raison pour laquelle vous m'avez trouvé. Vous pensiez qu'il essaierait quelque chose de ce genre. Pourquoi ?

— C'est un petit pisseux pleurnichard du Parti, voilà pourquoi.

Shan réfléchit un instant et soupira.

— Plus de mensonges.

D'un geste furieux de la main, Tan balaya le chantier qu'il avait fait sur la table.

— Il y a quelques mois, Mlle Lihua l'a surpris alors qu'il était sur le point d'adresser un rapport secret au quartier général du Parti à Lhassa. Il se plaignait que Jao et moi fussions incompétents, complètement dépassés par les techniques de gouvernement modernes, et il demandait notre mise à la retraite forcée.

— Vous auriez pu m'en informer.

— Difficile d'envisager que cela puisse être une pièce à conviction dans une affaire criminelle.

— Li est mêlé à cette histoire. Cela, je le sais. Il n'y a malheureusement pas de preuve directe contre lui. Mais la moindre de ses paroles, le moindre de ses actes sentent une drôle d'odeur.

— Quelle odeur ?

— Du genre : pourquoi est-il allé au Kham ?

— Il y est allé parce que vous, vous y êtes allé.

— Il ne me suivait pas à proprement parler, mais il a senti que je me rapprochais un peu trop de la vérité. Il a compris que si j'estimais qu'un témoin avait pu assister au meurtre, je me mettrais à sa recherche. Dans le logement qu'occupait Balti, Li a tenté de nous faire croire que celui-ci avait volé la voiture et qu'il avait quitté la ville pour la revendre. Mais il n'ignorait pas qu'il n'en était rien. Si je m'approchais d'un peu trop près de la vérité, alors lui devait de toute urgence se rendre au Kham, parce qu'il savait avec certitude que Balti était vivant. Ce qui signifie qu'il l'a vu s'enfuir cette nuit-là. Ou que le meurtrier le lui a appris.

Le colonel respirait bruyamment.

— Vous dites qu'il n'y a pas que Li.

Il fouilla le paquet écrasé en quête d'une cigarette encore intacte, avant de le jeter par terre d'un air dégoûté.

— Un autre détail cloche : quand il m'a fait cette proposition, il a déclaré que si je coopérais, il ferait retirer les nœuds de la 404e.

— Impossible. Li ne dirige pas le bureau de la Sécurité publique.

— Exactement.

Shan laissa les mots faire leur chemin.

— Mais il lui suffirait de la coopération d'un officier supérieur au sein du commandement régional. Peut-être ce même officier qui a fait venir le lieutenant Chang de la frontière.

Un brasier d'un genre nouveau se mit à flamboyer dans le regard de Tan.

— Que voulez-vous que je fasse ?

— Envoyez chercher Mlle Lihua. Nous avons besoin d'elle ici, en personne, pour l'interroger, face à face.

— Considérez que c'est chose faite. Quoi d'autre ?

— Un des crânes d'or de la caverne. J'en veux un, un échantillon, comme pièce à conviction.

— Le directeur Hu en a adressé un à mon bureau. Mon chauffeur vous le déposera ce soir.

— Et le procureur avait une réunion importante à Pékin. Concernant des droits de captage d'eau et un « pont de bambou ». Il faut que nous découvrions tout ce qu'il est possible d'apprendre à ce sujet. Je ne peux pas le faire et vous non plus. Mais vous disposez de quelqu'un qui le peut.

Il y eut un mouvement à la porte. Feng avait refait son apparition. Yeshe se tenait dans l'ombre juste à l'extérieur de l'entrée.

— Un autre point, colonel. J'ai besoin de savoir. Lors du soulèvement de Lhadrung, avez-vous fait couper les pouces des moines ?

— Non ! cracha Tan.

Il se releva si brusquement que son banc se renversa, puis il se tourna d'abord vers Feng ensuite vers Shan. Ce dernier le fixait toujours, sans ciller, sans dévier d'un millimètre devant le brasier qui empourprait le visage du colonel. Petit à petit, Tan perdit contenance au point d'avoir des difficultés à déglutir.

— Ces foutus bouddhistes, grommela-t-il d'un ton presque suppliant en baissant la tête. Pourquoi ne peuvent-ils pas céder ? Oui, je savais que le bureau coupait les pouces. J'aurais pu l'en empêcher.

Il fit la grimace, réarrangea sa tunique, et sortit de la pièce d'un pas martial.

Il régnait dans la chambre un silence pesant lorsque le sergent Feng et Yeshe entrèrent. Feng redressa le banc et commença à balayer le tabac.

— Et vous, sergent ? demanda Shan. Voulez-vous que cela s'arrête cette fois ?

Le visage de Feng avait affiché toute la journée une expression maussade.

— Je ne comprends plus rien du tout, gémit-il en se tordant les doigts. Ils n'ont pas le droit de tuer mes prisonniers.

— Alors aidez-moi.

— C'est ce que je fais. C'est mon travail.

— Non. Aidez-moi.

Shan tourna la tête vers Yeshe qui s'était rapproché de sa couchette.

— Sungpo sera exécuté dans trois jours. Si cela se produit, nous n'apprendrons jamais qui est le meurtrier. Et la 404e sera sacrifiée.

— Vous êtes complètement cinglé si vous croyez que vous pouvez les arrêter, marmonna Feng.

— Pas juste moi. Nous tous.

Il contempla ses deux compagnons épuisés.

— Au matin, à la première heure, les Américains vont venir avec des cartes. Des cartes photographiques. Il faudra que Yeshe les étudie et examine ces disquettes, dit Shan en sortant de sa poche l'enveloppe qu'il tendit au jeune Tibétain. Cela prendra plusieurs heures.

Il s'adressa ensuite à Feng.

— Je veux que vous alliez rejoindre Jigme dans les montagnes. Deux paires d'yeux valent mieux qu'une. Et je veux que vous y restiez jusqu'à ce que vous trouviez le lieu où habite le démon.

Le sergent parut se rétrécir sur place, avant de reprendre forme, triste mais déterminé.

— Comment je dois faire ?

— Allez jusqu'au mausolée près du camp américain. Voyez si la main de Tamdin est toujours là. Si elle y est, trouvez qui a laissé des prières pour être protégé contre les morsures de chien. Et suivez cette personne.

Feng se laissa tomber sur le banc.

— Vous voulez dire, en vous abandonnant. Ce ne sont pas les ordres que j'ai reçus.

Ce n'était pas une protestation, mais une manifestation de dépit.

— Je ne sais pas lire les prières, ronchonna-t-il. Et ce Jigme, il saura pas non plus.

— Non. Vous allez emmener quelqu'un avec vous. Quelqu'un qui sait. Un vieil homme. Je ferai en sorte que vous le retrouviez au marché.

— Comment le reconnaîtrais-je ?

— Vous le connaissez déjà. Il s'appelle Lokesh.

Tyler Kincaid semblait d'humeur très joyeuse. Alors qu'ils franchissaient le point de contrôle de sécurité à la frontière du comté, il accéléra en poussant un grand hourra, comme Shan n'en avait entendu que chez les cowboys dans les films américains. Rebecca Fowler se retourna et ôta la couverture qui masquait Shan, lequel se releva du plancher et s'assit sur la banquette arrière.

— Ils ne vérifient jamais vraiment, déclara-t-elle d'une voix crispée. Ils nous font juste signe de passer.

— Comme pour un gros MFC, lâcha Kincaid en guise de plaisanterie.

Shan se frottait les jambes pour faire revenir la circulation. Il était allongé sur le plancher depuis presque deux heures, depuis qu'ils avaient laissé Yeshe avec une pile de cartes photographiques à la Source de jade.

— Quelqu'un a raconté que, dans le temps, vous étiez une huile du Parti, dit Kincaid. Il a ajouté que vous vous en êtes pris au président et que vous avez perdu.

— Rien d'aussi dramatique.

— Mais c'est pour cette raison que vous êtes ici, pas vrai ? Vous vous êtes attaqué aux MFC. Ce sont bien eux qui vous ont mis en prison, non ? insista Kincaid, du même ton léger.

— Il faut vraiment que vous ayez une vie bien peu satisfaisante pour perdre votre temps à parler de moi.

Fowler se retourna avec un sourire.

— Et vous, monsieur Kincaid, votre blessure cicatrise bien ? questionna à son tour Shan.

— Bien sûr, répondit l'Américain en levant le bras, toujours couvert par un long pansement. Comme neuf. Cicatrisation en haute altitude. Excellent entraînement pour l'ascension du Chomolungma.

— Il faudrait qu'on passe d'abord par Gonggar, suggéra Fowler.

Ils allaient déposer quelques échantillons de saumure pour les faire expédier à Hong Kong. Derrière Shan étaient posées deux grandes caisses en bois carrées contenant chacune douze cylindres en acier inoxydable. Les caisses leur servaient de couverture.

— Il y a une veste, là. Avec le logo de la mine. Mettez-la. À l'aéroport, donnez un coup de main au déchargement des caisses, comme si vous travailliez pour nous.

— Mais ensuite ? demanda Shan. Avez-vous l'autorisation d'aller à Lhassa ? Je pourrais faire du stop et me faire emmener par un chauffeur de camion.

— Et vous rentrerez comment ? rétorqua Fowler. Combien de chauffeurs de camion vont-ils courir le risque de cacher un inconnu sans papiers au contrôle ? Nous allons simplement aller voir Jansen au bureau des Nations unies. Je veux lui parler du mausolée aux crânes.

— C'est juste que vous ne devriez pas vous impliquer dans cette affaire. Inutile de courir de risques supplémentaires. Vous en prenez déjà suffisamment.

— Je veux que cette affaire soit réglée une fois pour toutes, répondit l'Américaine d'une voix différente, le suppliant presque. Si vous vous faites prendre, ça risque de ne jamais se terminer.

Quand elle se tourna vers la banquette arrière, son visage affichait cette même expression hantée que Shan lui avait vue après qu'elle eut déposé la main du démon.

— Ils sont venus hier soir, vous savez. Je crois que c'est de cela que vous aviez essayé de me prévenir.

— Qui est venu ?

— La Sécurité publique. Pas le commandant. Tyler a appelé le commandant pour se plaindre. Il s'agissait apparemment d'une escouade de techniciens. Ils se sont contentés de fouiller dans nos ordinateurs. Ils ont vérifié tous les disques durs et toutes les disquettes.

— Un gros déploiement de MFC, observa Kincaid avec un petit sourire amer. Rien que pour que l'on continue à avoir la trouille. La routine, quoi. Ils savent qu'on aide Jansen. On sait qu'ils savent. On sait qu'ils veulent qu'on arrête. Ils savent que s'ils poussent le bouchon un peu trop loin, les Nations unies pourraient vraiment s'intéresser à eux de plus près et leur envoyer des chiens de garde.

— Les Nations unies ont des chiens de garde ?

— Des enquêteurs sur les droits de l'homme.

Shan buta sur l'expression. Des enquêteurs sur les droits de l'homme, se répéta-t-il pour lui-même. Les Américains utilisaient les mots comme allant de soi. Ils ne venaient pas d'une autre partie de son monde. Mais très certainement d'une autre planète, totalement différente de la sienne. Il regarda par la vitre et soupira.

— Qu'a dit le commandant quand vous avez appelé ? demanda-t-il.

— Impossible de le joindre, répondit Kincaid. Il était pris par les préparatifs pour les touristes américains.

— L'un des hommes a beaucoup parlé, continua Fowler d'une voix oppressée. Il ne cessait de s'en prendre à moi, en se moquant, comme s'il haïssait les Américains. Il m'a demandé si je connaissais le châtiment réservé aux espions. La mort, a-t-il déclaré, dans tous les cas de figure.

Elle pivota en s'adressant à Kincaid.

— Et alors, personne ne viendrait nous défendre. Même pas les Nations unies. Personne.

Kincaid sentit le regard qui pesait sur lui et se tourna vers elle, préoccupé par le ton de sa voix.

— Ce n'est pas grave, lui souffla-t-il sans grande conviction. Tout ira bien. Vous savez bien qu'il n'y a pas le moindre fichu espion. Encore un de leurs foutus jeux.

Sa main passa au-dessus de la console centrale et se posa sur la jambe de Fowler.

— Je ne sais pas, murmura-t-elle en s'adressant à la vitre. Je suis tellement sur les nerfs. J'ai la trouille sans raison. Des prémonitions.

— À quel propos ?

— Rien. Rien. Exactement rien. C'est comme de sentir une odeur de pourri une seconde, et ensuite plus rien, parce que le vent a tout chassé.

Elle repoussa la main de l'ingénieur.

— Nous sommes tous sur les nerfs depuis que les nœuds sont arrivés. Ils ont tué un homme à la prison, lança Kincaid.

Shan remarqua que l'Américain avait un brin de bruyère dans la poche.

— Ils ne peuvent pas faire ça, n'est-ce pas ? interrogea Fowler, la voix légèrement tremblante. À la prison. Luntok dit que les prisonniers sont en grève, et que les nœuds ont des pistolets-mitrailleurs. Il dit que c'est comme aux premiers temps. Il a la trouille. Est-ce que c'est là que vous… ?

Pourquoi Shan éprouvait-il tant de difficulté à parler de la 404e avec Fowler ? Il se détourna pour ne plus voir ses yeux verts et regarda par la vitre. Ils suivaient une large rivière bordée de saules.

— Moi aussi, j'ai la trouille, avoua-t-il.

L'ingénieur avait raison. Tout le monde était sur les nerfs.

Ils longèrent des champs luxuriants plantés d'orge. En bordure de rivière, l'irrigation était facile.

— Pourquoi faites-vous ça ? demanda Shan. Pourquoi les aidez-vous à rechercher les objets d'art ? Ça ne suffisait pas de simplement diriger la mine ?

— Parce qu'il fallait le faire, répondit Fowler sans hésiter.

— D'autres pourraient se charger de cela.

— Mais c'est nous qui sommes ici, sur place.

— C'est bien là une des choses qui me fichent la trouille, dit doucement Shan. Je crains que vous ne compreniez pas le danger.

— Vous croyez que nous le faisons pour nous distraire ? répliqua vertement Fowler qui avait visiblement pris la mouche. Pour le plaisir ? Quoi, pour pouvoir nous en vanter une fois de retour au pays ? Il ne s'agit pas de ça, bon Dieu !

Elle baissa les paupières, comme surprise par son propre éclat.

— Je suis désolée, ajouta-t-elle d'une voix plus douce. C'est juste que le Tibet vous envahit tout entier. Ici, c'est réel. Bien plus réel que ce qu'il y a au pays.

Elle avait déjà utilisé ce même mot, se rappela Shan, pour décrire le moment où elle avait rendu la main de Tamdin, quand la bête avait hurlé. Réel.

— C'est important, ici.

— Important ? demanda Shan.

Fowler se tourna face à lui, ses yeux allant et venant, comme si elle cherchait les termes justes, mais elle se tut.

— Nous faisons une différence ici, poursuivit Kincaid.

444

À l'entendre, Fowler et lui avaient discuté de ce sujet à maintes reprises.

— Au pays, tout le monde s'assied et regarde MTV. Achète des voitures. Achète des maisons. A un enfant virgule huit.

— MTV ? demanda Shan.

— Aucune importance. Là-bas, la vie est gâchée. Là-bas, les gens se contentent de vivre *sur* le monde. Ici, vous pouvez vivre *dans* le monde. Les bouddhistes ont huit enfers de feu et huit enfers de froid. Mais en Amérique, il existe un niveau infernal tout neuf. Le pire. Celui où on pousse tout un chacun à ignorer son âme en lui répétant à satiété qu'il est déjà au paradis.

— Mais vous devez avoir des choses importantes au pays. De la famille.

— Pas vraiment, railla Kincaid avec allégresse, comme s'il en était fier.

Pas vraiment, songea Shan. Qu'était-ce donc que Fowler lui avait appris ? Que Kincaid allait diriger la compagnie, qu'il deviendrait un des hommes les plus riches d'Amérique.

— Mes parents et moi, nous ne nous parlons pas beaucoup.

— Pas de frères et sœurs ?

— J'avais un chien, répondit Kincaid, avec une insouciance que Shan lui envia. Le chien est mort, conclut-il, le visage barré par un large sourire.

— Mais chez vous, au pays, vous êtes un homme riche, avança maladroitement Shan.

Kincaid fronça le sourcil, exagérément, à l'adresse de Fowler, comme pour la réprimander d'avoir trop parlé.

— Ce n'est plus vrai. J'ai tout abandonné. C'est mon père qui est riche. Un jour, peut-être, je pense que je serai riche à nouveau. Mais j'essaie de faire en sorte que cela ne me trouble pas. Être riche ne vous donne pas un foyer. Être riche ne vous donne pas la paix de l'esprit, déclara-t-il avec un regard plein d'espérances vers Rebecca Fowler.

Bon sang, mais à Lhadrung, je me sens plus chez moi que je ne l'ai jamais été aux États-Unis !

— La pauvre âme perdue a finalement trouvé un endroit où nicher, commenta Fowler avec un sourire timide.

— À vous entendre, on croirait que je suis le seul, la gronda Kincaid, toujours souriant.

Shan vit Fowler se raidir, puis elle s'adressa à lui d'un air hésitant, comme si elle lui devait une explication.

— Mes parents ont divorcé il y a quinze ans. J'ai vécu avec ma mère, qui souffre aujourd'hui de la maladie d'Alzheimer. Sa mémoire est détruite. Voilà plus de quatre ans qu'elle ne m'a pas reconnue. Et je n'ai pas vu mon père ni eu de ses nouvelles depuis huit ans. Moi aussi, je crois que j'avais besoin d'un monde nouveau.

Aux yeux de Shan, cela n'expliquait rien. Simplement, il se sentit triste. Peut-être que dans le royaume des esprits Lhadrung était un autre de ces lieux où se rassemblaient les âmes perdues pour s'y faire meurtrir et martyriser jusqu'à ce que, usées, battues, devenues dures comme la pierre, elles reviennent au monde en toute sécurité.

Shan ferma les yeux, et son esprit se mit à battre la campagne. Il pensa à ce qu'il avait vu des états de service du colonel Tan. En poste en Mandchourie, en Mongolie-Intérieure et au Fujian. Mais rien au Tibet avant 1985. Tout était faux. Tout ce qu'il avait présumé juste s'était révélé une erreur. Il avait cru que la clé était le directeur Hu, mais il s'était trompé. Il avait cru que cela concernait la caverne aux crânes, lorsqu'il avait découvert Yerpa. Il avait eu l'espoir que toute l'affaire se résumerait à une bataille entre pillards, mais un pillard ne tuait pas pour un mausolée afin d'en protéger un autre. Il avait cru au départ que seul Li se trouvait impliqué, puis Li et le commandant, mais ni l'un ni l'autre n'étaient liés de quelque manière à Tamdin. Il avait cru que jamais ce ne pourrait être Sungpo, mais qui d'autre qu'un moine aurait disposé le crâne-relique avec une telle déférence respectueuse ? Il avait cru que le *Livre du Lotus* contenait toutes les réponses et tous les mobiles, mais le *Livre du Lotus* était faux. Tous les éléments constituaient les pièces d'un puzzle dont la forme lui échappait, et il n'avait pas la moindre idée du nombre de pièces supplémentaires qu'il lui faudrait encore avant que l'ensemble ne commence à prendre un sens.

Savoir que l'on ne sait pas est la meilleure des choses, lui avait rappelé Tsomo. Il fallait qu'il efface tout, qu'il recommence en partant de l'hypothèse qu'il ne savait qu'une chose : qu'il ne savait pas. Il ne savait pas qui détenait le costume de Tamdin. Il ne savait pas qui avait donné aux ragyapa les fournitures militaires volées. Il ne savait pas pourquoi les purbas avaient transcrit des mensonges dans le *Livre du Lotus*. Il ne savait pas pourquoi Jao s'intéressait à des droits de captage d'eau sur une montagne lointaine. Il ne se sentait pas plus près d'une réponse que le jour où ils avaient trouvé la tête de Jao. S'il ne trouvait pas de réponse à Lhassa, il n'aurait aucun espoir de découvrir le véritable assassin, aucun espoir de sauver Sungpo. Aucun espoir de se sauver lui-même, ou la 404e, quand il refuserait de rédiger le rapport condamnant un moine innocent.

Ils roulèrent jusqu'à un entrepôt tout au bout de l'aéroport, où un agent des douanes somnolent leur fit signe de passer et où deux portefaix attendaient que Fowler leur tendît à chacun un billet de dix *renminbi* pour se mettre à décharger les caisses et apporter sur un diable une palette de conteneurs vides jusqu'au véhicule. Moins de quinze minutes plus tard, ils étaient sur la route de Lhassa.

Une heure plus tard, ils longeaient les blocs familiers de baraquements couleur d'ardoise que Pékin construisait pour les ouvriers des villes dans toute la Chine. Le long de la grand-route, les chemins étaient pleins de silhouettes vêtues de gris et de marron. Des charrettes tirées par des poneys décharnés sortaient de la ville des bidons en plastique remplis d'excréments. Des fermiers transportaient des choux et des oignons dans d'énormes filets. Poulets et petits cochons, ligotés à des perches, voyageaient en équilibre instable sur des bicyclettes. Des grands-parents se rendaient au marché accompagnés d'enfants. Les rues paraissaient plus chinoises que tibétaines, et, avec une brusque douleur aussi acérée qu'un coup de poignard, Shan se rappela pourquoi : Pékin avait « naturalisé » la ville en y déplaçant cent mille Chinois, venus rejoindre les cinquante mille Tibétains y vivant déjà. Aussi loin que son œil pouvait porter, Lhassa, qui, en tibétain, signifiait le lieu où résidait Dieu, avait été convertie en l'une de ces zones urbaines, grises et enfumées, qui constituaient la Chine moderne.

— Il doit y avoir autre chose que nous puissions faire, dit Fowler alors que Kincaid immobilisait le véhicule devant le sinistre bâtiment à un étage qui abritait le bureau de Jansen. Vous voulez les archives des permis de captage d'eau. Mais on ne vous y autorisera pas. Pas sans justification d'identité.

— Il se peut que je trouve un moyen. Je sais comment parler aux bureaucrates.

Shan sortit et se tourna à l'opposé du véhicule, face, pour la première fois, à la vieille ville.

— Non. Tyler ira. C'est parfaitement normal. À lui, ils ne refuseront pas, s'il demande à voir un de ses propres permis.

Mais Shan fut incapable de répondre. Car il était là, au sommet de la petite montagne qui dominait la cité. Ou plutôt, c'était lui, la montagne qui dominait la cité. Ses énormes murs inférieurs, d'un blanc brillant, remontaient en pente douce et donnaient à la structure principale l'apparence d'un vaste temple au toit d'or flottant au-dessus des neiges himalayennes. Le précipice de l'existence, c'est ainsi que Trinle avait un jour, lors d'un conte d'hiver, qualifié ces mêmes murs, tellement élevés, tellement rigides, tellement séduisants qu'ils évoquaient en lui la voie vers la bouddhéité.

Jamais encore, de toute son existence, Shan n'avait eu peur de regarder quelque chose. Il se sentait indigne de contempler cet édifice. Il s'était trompé. Quelque chose survivait effectivement du lieu où résidait Dieu. Il baissa les yeux, fixa ses pieds un instant, s'interrogeant sur cette émotion soudaine, puis, incapable de résister, contempla à nouveau le Potala.

— Que faites-vous ? demanda Kincaid en tendant le bras comme pour attraper Shan.

Sans même s'en rendre compte, celui-ci était tombé à genoux.

— Je crois, répondit Shan, toujours en plein émerveillement, que je fais ceci.

Et il toucha le sol de son front, à la manière du pèlerin voyant l'édifice pour la première fois.

La plupart des vieux yacks avaient leur propre nom pour le Potala, et ils prenaient plaisir à réciter les nombreuses appellations qui lui étaient données dans la littérature tibétaine. Le siège de l'Être suprême. Le joyau de la Couronne. La Sublime Forteresse. La porte de Bouddha. Un des jeunes moines avait fièrement annoncé que, dans une revue occidentale, le Potala était classé comme une des merveilles du monde. Les vieux yacks avaient tous souri poliment à la nouvelle. Shan comprenait aujourd'hui ce qu'ils avaient tous pensé : le Potala n'était pas de ce monde.

Cinq ans auparavant, il aurait peut-être pu visiter Lhassa et considérer cette architecture à la manière d'un touriste, tel un château de pierre massif, impressionnant par sa taille et son rôle historique, similaire pour les bouddhistes à celui du Vatican. Mais il ne l'avait pas vu cinq ans auparavant. Aujourd'hui, il n'était plus à même de le percevoir autrement qu'au travers des yeux de ceux qui récitaient leurs contes d'hiver.

Un très vieux prêtre, celui qui était sorti sous la neige pour y trouver la mort l'année précédente, avait visité le Potala pour la première fois en 1931, alors que le treizième dalaï-lama s'y trouvait encore en résidence, et ensuite deux ans plus tard, lorsque le corps du vieux dirigeant, salé et desséché, avait été mis en bière dans un chorten en argent massif du palais rouge du Potala. C'était le Treizième qui, sur son lit de mort, avait prévenu que bientôt tous les Tibétains seraient réduits en esclavage et qu'il leur faudrait endurer d'innombrables jours de souffrances. Par la suite, ce même prêtre avait eu la bonne fortune de se voir affecté à la bibliothèque du Potala. Celle-ci contenait les plans originaux du grand cinquième dalaï-lama, qui avait commencé la construction du Potala en 1645 et demandé que sa mort restât cachée afin que rien ne vînt interférer avec les travaux en cours. À la 404e, le vieux yack avait décrit les plans en détail à un public respectueux et impressionné, parcouru de frissons. Des murs richement ouvragés en pierre, cèdre et teck, assemblés à la main sans un seul clou, créaient, sur treize niveaux, un millier de pièces qui avaient jadis contenu des mausolées au centuple. Ce n'est qu'à sa troisième écoute du récit du vieux moine que Shan avait compris que la référence n'était pas simplement au figuré. Le palais que le Grand Cinquième destinait à Bouddha contenait cent fois cent châsses sacrées, soit dix mille autels, sur lesquels se tenaient deux cent mille statues de divinités. En contemplant ces énormes murs, Shan se souvint du moine lui disant qu'ils avaient été bâtis pour l'éternité. Peut-être avait-il raison — par la suite, Shan avait appris que les murs extérieurs, en certains endroits épais de dix mètres, avaient été renforcés pour les siècles à venir par injection de cuivre fondu.

Beaucoup plus tard, en l'année tibétaine de la Souris de terre, en 1949, Choje avait visité la même bibliothèque. Il y avait vu sept mille volumes, pour la plupart des manuscrits, chacun unique, remontant à des siècles. Certains, avait-il expliqué d'une voix d'enfant emplie de crainte et d'émerveillement à la fois, avaient été rédigés sur les feuilles de palmiers importées des Indes mille ans auparavant. Dans une collection spéciale de manuscrits enluminés, que Choje avait passé des mois à étudier, se trouvaient deux mille volumes dont les lignes d'écriture étaient alternativement rédigées en encres différentes, poudre d'or, d'argent, de cuivre, de turquoise, de corail, et de coquille de conque. Pour les gardes rouges qui avaient envahi le Potala pendant la Révolution culturelle, rien ne symbolisait mieux les Quatre Anciens que ces manuscrits. Dans l'enceinte même du temple, ils les avaient détruits lors d'un véritable spectacle public au cours duquel les feuillets avaient été déchirés en petits morceaux destinés à servir de papier hygiénique.

La main que posa sur son bras Rebecca Fowler ramena Shan à la réalité.

— Tyler devrait y aller à votre place, répéta-t-elle.

— Les doigts dans le nez, confirma Kincaid avec une lueur de malice. Je suis déjà allé au ministère de l'Agro. On me reconnaîtra probablement. Avec des courbettes au grand investisseur américain.

Shan acquiesça à contrecœur, avant de se relever et de tendre à Fowler le sac en toile qu'il avait emporté avec lui.

— Donnez ceci à votre ami Jansen.

— Qu'est-ce que c'est ?

— Ça vient de la caverne. Un des crânes dorés. J'ai demandé à l'avoir comme pièce à conviction.

Kincaid le dévisagea, hésitant.

— J'ai dit pièce à conviction. Je n'ai pas précisé de quoi, poursuivit Shan.

— Sacré salopard ! s'exclama Kincaid, éberlué, avec un grand sourire. Sacré salopard, répéta-t-il en prenant le sac pour regarder à l'intérieur.

Shan sortit ensuite une enveloppe qu'il tendit à l'Américain.

— Voici les CV du personnel d'exploitation géologique du directeur Hu. J'ai pensé qu'ils seraient susceptibles de vous intéresser.

— Des CV ?

— Hu a huit membres de son personnel affectés à la découverte de nouveaux gisements minéraliers. Six d'entre eux ont été transférés l'année dernière par Wen Li à la demande de Hu.

— Mais Wen s'occupe des Affaires religieuses...

Shan ne le contredit pas.

— Ces six-là n'ont aucune formation géologique. Ce sont des archéologues et des anthropologues.

Kincaid refixa l'enveloppe, l'esprit embrouillé, avant que ses yeux s'illuminent.

— Merde ! Son exploitation de minerais, c'est rapport au pillage. Ce ne sont pas des mines qu'il cherche, s'écria Tyler à l'adresse de Fowler, ce qu'il cherche, ce sont des cavernes ! Des cavernes sacrées. Attendez un peu que Jansen voie ça !

Avec un énorme sourire, il se saisit de la main de Shan et la serra, bien fort.

— Soyez prudent, mec, dit-il avec gaucherie, devant le regard amusé de Fowler. Vraiment. Je suis sérieux.

Il marqua un temps d'arrêt et, d'un geste solennel, glissa la main dans sa chemise pour en sortir un morceau d'étoffe blanche qui s'y trouvait caché. C'était une écharpe en soie khata, une écharpe à prières, que l'Américain portait autour du cou.

— Tenez. C'est mon porte-bonheur. Mon gris-gris. Il me garde en vie quand je grimpe.

— Je ne peux pas, objecta Shan, gêné. Ce n'est pas pour…

— S'il vous plaît, insista Kincaid. Je veux que vous la preniez. Comme protection. Je ne veux pas que vous vous fassiez prendre. Vous êtes des nôtres.

Shan accepta le khata, les joues empourprées par l'embarras, avant de se joindre au flot des piétons, en priant pour que le manteau de l'armée tout délavé rapporté de Lhadrung qu'il avait sur le dos persuade les curieux qu'il n'était qu'un soldat égaré qui avait fait de l'auto-stop jusqu'à la ville. Mais alors qu'il tournait au coin de la rue pour se diriger vers le centre de la cité, la Sublime Forteresse réapparut. Lokesh aussi était venu là, se rappela Shan, quand il n'était qu'un jeune étudiant qui, excellant à ses examens, s'était gagné l'honneur de racler le suif des bougies sur les autels du Potala. Les souvenirs de cette première visite, passée dans l'obscurité des étages inférieurs, avaient été presque entièrement transmis oralement. Lokesh avait relaté qu'il entendait constamment le tintement des cymbales tsingha sans que jamais, en un mois de séjour, il eût été capable d'en localiser la source dans ce vaste labyrinthe de salles. Il y avait les cornes *jaling*, au son haut perché, dans lesquelles on soufflait à l'ouverture de rituels spéciaux, et les cloches *vajre* si mélodieuses, qui sonnaient afin d'appeler les moines pour les divers services, lesquels donnaient l'impression de débuter à intervalles de quelques minutes, quelque part dans le gigantesque bâtiment. Finalement, il y avait les cornes *dungchen*, longues de quatre mètres, dont la sonorité était si grave qu'elle ressemblait au gémissement de la Terre, d'un tel pouvoir de réverbération que Lokesh avait insisté sur le fait que leurs échos roulaient dans les étages inférieurs des heures durant après qu'on les eut utilisées.

En approchant du musée, Shan sentit se hérisser les poils de sa nuque et sa peau le picoter. Il fit lentement deux circuits autour du bâtiment, s'attardant, la première fois, en compagnie d'une foule amassée devant une partie d'échecs, et s'avançant pour rejoindre la queue à un arrêt de bus après la seconde. Celui qui le suivait était un Tibétain de toute petite taille, une veste bleue d'ouvrier sur les épaules, qui portait un chou. Ses longs bras souples et ses yeux vifs sans cesse en mouvement contredisaient sa corpulence frêle et son allure lente. Shan éprouva son suiveur en descendant d'un bon pas une longueur de trois pâtés de maisons pour s'asseoir sur un banc. L'homme le fila sur le trottoir opposé, s'attardant devant un étal de légumes pendant que Shan feignait de lire un journal glané dans une poubelle. Shan surveilla les alentours jusqu'à être certain que son suiveur était seul. La Sécurité publique organisait ses filatures avec des équipes d'au moins trois personnes.

Tout en se reprochant de n'avoir pas pensé que le bureau de Jansen pouvait être sous surveillance, Shan trouva des toilettes publiques, où il ôta son manteau. Une fois ressorti, il monta dans un bus et descendit au premier arrêt. Il reprit immédiatement un second bus, en observant alentour avec, selon l'expression utilisée un jour par un instructeur à Pékin, les oreilles autour des yeux : être attentif, tous les sens en alerte, percevoir le rythme de la foule afin de comprendre où le rythme se cassait, surveiller la manière dont chaque piéton gardait l'œil ouvert sur ses voisins. C'était ceux qui ignoraient les autres qu'il fallait craindre.

Au bout de six pâtés de maisons, Shan réapparut en pleine lumière et commença à se diriger non vers la rue du musée mais parallèlement à elle, en continuant à surveiller la chaussée. Soudain, derrière lui, il entendit un claquement sonore, comme un coup de pistolet. Shan pirouetta sur place et se figea. Là, à moins de trois mètres, au milieu de la cohue des Chinois faisant leurs courses et des bicyclettes qui filaient dans les deux sens, se trouvait un Tibétain sale et en haillons, avec un tablier en cuir crasseux sur son manteau en feutre. Ses mains étaient enfoncées sous les lanières de deux sabots en bois, qu'il faisait claquer au-dessus de sa tête. À côté de Shan, une Chinoise replète, portant une cruche de yogourt, lâcha un juron à l'adresse de l'homme.

— *Latseng !* Ordure.

Cependant le Tibétain paraissait n'avoir conscience de rien ni de personne. Il abaissa ses deux sabots d'un mouvement fluide et s'allongea de tout son long sur la chaussée, bras étendus devant lui. En murmurant un mantra, il se tracta vers l'avant, se remit sur les genoux, se redressa et frappa les sabots l'un contre l'autre devant lui, à deux reprises, avant de les claquer au-dessus de sa tête et de répéter son mouvement. Traditionnellement, se rappela Shan, les pèlerins accomplissaient trois circuits de huit kilomètres autour du Potala. Mais il se rappela également que le gouvernement avait rayé de la carte la majeure partie du circuit du pèlerin, connu sous le nom de Lingkhor : on avait érigé immeubles et magasins afin de bloquer l'itinéraire après que les moines eurent invité les Tibétains à protester contre leur gouvernement chinois en constituant sur le circuit une chaîne sans fin de pèlerins.

Envahi par l'émotion, une nouvelle fois, Shan contempla, impuissant, le Tibétain au regard fixé droit devant lui. Trinle avait ri de bon cœur au blocage du circuit.

— Le gouvernement ne sera jamais capable de voir ce que voit le pèlerin, avait-il déclaré avec une conviction absolue.

Il avait répété la phrase à Shan, à satiété, encore et encore, comme un mantra, avec son grand sourire, jusqu'à ce que, sans savoir pourquoi, Shan éclate de rire à son tour.

Un cri furieux retentit dans la rue. Un adolescent à moto hurlait au pèlerin de dégager le chemin. Une voiture s'arrêta derrière l'homme et se mit à faire corner son avertisseur. Le pèlerin s'engageait sur une intersection, sans se soucier des feux de signalisation. Un camion qui approchait par une rue adjacente fit chorus avec son klaxon. Il arrivait que des pèlerins soient renversés par des bicyclettes. Shan avait entendu des gardes de la 404e plaisanter sur ces morts de la route. Le pèlerin continua à avancer, mais son visage affichait maintenant une expression nouvelle : il avait pris conscience des véhicules et il avait peur, mais continuerait à avancer.

Shan se retourna sur la foule. Y avait-il quelqu'un sur ses talons ? Non. Mais avait-il toujours sa perception du rythme de la cohue ? Non. Il regarda longuement la Sublime Forteresse et s'avança sur la chaussée. Il passa à côté des conducteurs furieux qui continuaient à klaxonner pour se placer à côté du pèlerin solitaire. À pas minuscules, il escorta le Tibétain tandis que celui-ci se frayait un chemin au milieu du croisement. Sur les genoux. Debout. Bras en avant. Les sabots qui claquent. Bras par-dessus la tête. Les sabots qui claquent. Bras le long du corps. Arrêt. À genoux. À plat ventre. Bras étendus en avant. Réciter le mantra du bouddha de la Compassion. Ramener les bras. Sur les genoux. Les passants criaient plus fort, furieux désormais contre Shan. Mais celui-ci n'entendait pas leurs paroles. Il contemplait le pèlerin avec une grande satisfaction, et dans ce pèlerin, il voyait Choje, et Trinle, et tous les vieux yacks. Une idée étrange lui traversa l'esprit. Peut-être était-ce là, justement, la chose la plus importante qu'il eût faite en trois ans. Choje aurait peut-être suggéré que tout ce qui était arrivé par le passé s'était produit afin que Shan pût se trouver là, en cet instant, pour protéger le pèlerin.

Ils atteignirent la bordure et la sécurité du trottoir. Sans rompre le rythme et son avancée ni détourner les yeux de sa tâche, le pèlerin parla d'une voix hésitante, chargée d'émotion.

— *Tujaychay*, murmura-t-il à Shan. Merci.

Shan le suivit des yeux sur une dizaine de mètres encore avant que la cohue le réengloutisse. Il releva la tête et comprit qu'il n'avait plus le moindre espoir de retrouver le rythme de la foule. Vingt visages étaient fixés sur lui, pleins de ressentiment. Le temps manquait pour qu'il observe et se débarrasse de sa filature. Il se dirigea droit vers le musée. Il y entra en compagnie d'un groupe organisé et avança au fil des expositions sous la protection des visiteurs, en s'obligeant délibérément à ne pas s'attarder devant les vitrines exquises de tambours-crânes, d'épées de cérémonie en jade, de statues d'autel, de riches peintures thangka, de chapeaux à armoiries et de moulins à prières. Il ne s'arrêta qu'à une occasion, devant un assortiment de rosaires précieux. Là, au centre, se trouvait le chapelet en grains de corail rose sculptés en forme de minuscules pommes de pin, avec des grains de séparation en lapis-lazuli. Il le contempla tristement, avant de noter le numéro d'inventaire de la collection et de poursuivre son chemin.

Il se trouva soudain devant la vitrine des costumes de démons protecteurs. Il y avait là Yama, le seigneur des morts, Yamantaka, l'exécuteur de la mort, Mahakala, suprême protecteur de la foi, Lhamo, déesse protectrice de Lhassa. Et dans le dernier présentoir, Tamdin à la tête de cheval.

Le magnifique costume était devant ses yeux, sa tête,

un masque sauvage aux reliefs boursouflés en bois laqué rouge, avec quatre crocs dans la bouche, un anneau de crânes autour du cou, une minuscule et féroce tête de cheval, verte, se dressant au-dessus de sa chevelure dorée. Shan frissonna en l'examinant, la main serrée sur le gau qu'il portait en collier et qui renfermait l'invocation pour faire venir Tamdin. Les bras du démon étaient posés à côté du masque et se terminaient en deux mains griffues grotesques, identiques à celle retrouvée fracassée sur le site de la mine américaine. Shan avait ainsi confirmation que la main était bien celle de Tamdin, mais le réconfort était bien mince, car le costume du musée était intact, à Lhassa et non à Lhadrung. Il existait un second costume, mais, s'il n'appartenait pas au musée, Shan ne disposait d'aucun moyen pour en retrouver la trace, ou pour établir le lien existant entre l'objet et les assassins de Jao.

Il contemplait Tamdin, plongé dans ses pensées, attendant que la salle se vide avant d'ouvrir une porte. Un placard pour le ménage. Il s'apprêtait à le refermer quand il changea d'avis pour en sortir un seau et un balai. Il avança lentement à travers le bâtiment, en balayant, un œil sur les portes intérieures. Soudain, le ventre transpercé comme par un coup de poignard, il vit un nouveau venu, un Chinois aux yeux en trous de bottine qui essayait en vain de paraître intéressé par les objets exposés. L'homme inspecta la salle sans remarquer Shan, poussa un grognement d'impatience et repassa dans le couloir adjacent d'un pas martial. Shan resta dans la pénombre et vit, à sa grande horreur, que l'homme conférait avec deux autres individus, une jeune femme et un homme habillés en touristes. Tous trois quittèrent la salle au trot, et Shan poussa la première porte qu'il trouva à n'être pas verrouillée.

Il se retrouva dans un petit vestibule qui ouvrait sur une grande salle aux allures de bureau divisée en cagibis. La plupart des tables étaient vides. Sur un banc du vestibule était posée une blouse blanche de technicien. Abandonnant seau et balai, il enfila la blouse avant de prendre porte-bloc et crayon sur le premier bureau venu.

— Je me suis égaré, dit-il à la femme du premier bureau occupé. L'inventaire.

— L'inventaire ?

— Les objets exposés. Et ceux qui sont gardés en stock.

— Habituellement, ce sont les mêmes, répondit-elle avec un ton supérieur.

— Les mêmes ?

— Vous savez. Deux exemplaires de la même pièce. Un en exposition pour le public, l'autre en stock. Dans les sous-sols. La collection parallèle, comme l'appelle le conservateur. Ça rend le nettoyage et l'examen plus faciles. Un à l'étage. L'autre en sous-sol, disposés selon leur numéro d'inventaire.

— Naturellement, acquiesça Shan avec un nouvel espoir. Je veux parler des plannings d'archivage. Là où sont répartis les objets d'art.

— Dans des registres. Sur la table, là-bas.

Dans la petite bibliothèque au fond du couloir, il trouva un épais classeur noir avec couverture plastifiée aux bords usés jusqu'au carton. Il avait déjà repéré l'emplacement d'une section intitulée *Costumes* quand une femme plus âgée apparut à la porte.

— De quoi s'agit-il ? questionna-t-elle sèchement.

Shan sursauta, puis il se laissa aller dans le fond de son fauteuil avant de se tourner vers elle.

— Je viens de Pékin.

L'annonce lui fit gagner trente secondes supplémentaires. Il continua sa recherche pendant que la femme s'attardait à l'entrée. Coiffures de cérémonie. Costumes de danseurs-démons.

— Personne ne m'a prévenue, finit-elle par déclarer d'un ton soupçonneux.

— Camarade, vous savez certainement que les inspections ne sont jamais aussi efficaces lorsqu'on prévient, rétorqua Shan d'un ton cassant.

— Des inspections ?

Elle marqua un temps d'arrêt avant d'entrer à pas lents

pour contourner la table. Devant la tenue de Shan, elle expira brutalement et l'air siffla au sortir de ses lèvres.

— Il va nous falloir un justificatif d'identité, camarade.

Shan continua à étudier les livres.

— Ils ont dit de le laisser au bureau de la réception. Le travail ne nous manquera pas. Peut-être aimeriez-vous apporter votre aide.

La femme pivota sur les talons et disparut. *Tamdin*, disait le livre. Code 4989. Ensemble un du gompa de Shigatsé, 1959. Ensemble deux du gompa de Saskya, remontant seulement à quatorze mois. Shan rejoignit le couloir et commença à manœuvrer les portes. La troisième s'ouvrit sur un escalier qui descendait.

Les étagères du sous-sol montaient depuis le sol en terre jusqu'au plafond, bourrées à craquer de boîtes en bois, en osier et en carton. Elles étaient disposées par numéros d'inventaire, comme l'avait expliqué la fille. Il passa dans les rangées au pas de charge, balayant du regard les numéros à chaque extrémité des étagères. Soudain retentit un bruit nouveau : une cavalcade de pieds qui couraient à l'étage supérieur.

Il trouva la série des 3 000, et continua du même pas. Puis les 4 000. Shan tira une caisse des étagères. Elle contenait un brûleur d'encens. Il se remit à courir mais trébucha et tomba à genoux. Il entendait des cris à l'étage. Il trouva une boîte marquée 4 900. Un ensemble de cornes en or en ressortaient. Le masque de Yama. Frénétiquement, il se mit à fouiller dans les caisses. Les cris venaient maintenant de l'escalier. Une nouvelle rangée d'ampoules s'alluma, éclairant tout. C'est alors qu'il trouva. *Tamdin*, était-il inscrit sur la caisse. *Tamdin, costume de démon, gompa de Saskya*. Et la caisse était vide.

Quelqu'un hurla tout près de lui. Une fiche de référence blanche était scotchée au couvercle de la caisse. Il l'arracha et s'enfuit loin des bruits des poursuivants. En haut d'une courte volée de marches, il vit une porte, avec un filet de lumière du jour à sa base.

Elle était verrouillée. Il la défonça d'un coup d'épaule

et le vieux bois se fendit. Il tomba au sol à l'extérieur et clignait des yeux à la lumière agressive du soleil quand il reçut un coup de botte dans le dos. Deux mains lui menottèrent les poignets. Sa première syllabe de faible protestation lui montait aux lèvres quand une matraque s'écrasa sur son front en faisant gicler le sang.

— Sale merde de hooligan, cracha l'homme qui l'avait fait prisonnier avant de parler dans une radio portative.

Le sang qui coulait dans ses yeux l'empêchait de voir combien ils étaient. C'était la Sécurité publique, il ne faisait aucun doute, mais les hommes paraissaient indécis. Tandis qu'on le poussait à l'intérieur d'une camionnette grise, il entendit dans son dos qu'on se disputait pour savoir à qui appartenait le prisonnier et quelle devait être sa destination. Les deux premiers n'utilisèrent pas de noms de lieu.

— Le long lit, dit l'un.

— Des câbles, contra le second.

Lorsqu'un troisième se joignit à eux.

— Drabchi, déclara-t-il d'un ton de commandement, en faisant référence à la célèbre prison politique au nord-est de Lhassa.

On l'appelait la Prison Numéro Un, officiellement, là où tous les dignitaires du gouvernement tibétain avaient un jour été détenus.

C'était fini. Sungpo allait mourir. Shan aurait de nouveaux directeurs de prison. Au bout du compte, si Tan ne l'abandonnait pas, il pourrait peut-être se voir réexpédier à la 404e, avec cinq ou dix ans ajoutés à sa peine, mais seulement après interrogatoire par la Sécurité publique et le séjour à l'infirmerie qui s'ensuivrait. Qui, se demandat-il dans quelque recoin enfoui de son esprit, serait recruté pour exprimer la déception du peuple face à son peu d'accomplissement socialiste ? Je suis un héros, lancerait Shan à ses ravisseurs, j'ai tenu douze jours hors des murs.

Le sang coulait dans sa bouche et la douleur de sa blessure commençait à poindre au travers de sa semi-inconscience. La camionnette roulait. Une sirène retentit, avec une stridence douloureuse. Ils se trouvaient sur une route rapide, en pleine accélération. Shan s'évanouit. Soudain il y eut un cri, et il entendit un bruit de bois qui se brisait et des caquètements de poulets terrorisés. Il sentit la camionnette piler sur ses freins et comprit que des hommes à l'avant bondissaient à l'extérieur. Des cris furieux s'élevèrent. Puis quelqu'un monta sur le siège du conducteur et la camionnette repartit en sens inverse après un brusque demi-tour. On coupa la sirène et le véhicule effectua une série de virages rapides, avant de stopper brutalement. Les portes arrière s'ouvrirent avec violence et quatre mains se saisirent de lui. Mi-porté, mi-traîné, Shan se retrouva sur la banquette arrière d'une voiture qui démarra immédiatement.

Lentement, comme dans un rêve, il essuya le sang dans ses yeux et se redressa. La voiture était grande, une vieille berline américaine. Le chauffeur portait un bonnet de laine. Quand ils s'engagèrent dans la large avenue qui conduisait hors de la ville, l'homme agita une petite clé par-dessus son épaule. Shan déverrouillait ses menottes quand le conducteur ôta son bonnet pour révéler une épaisse chevelure blonde.

— Je ne savais pas... commença Shan, paralysé, les idées embrouillées, avant de dégager un pan de sa chemise pour essuyer le sang. Merci, ajouta-t-il en anglais. Vous êtes Jansen ?

L'homme secoua la tête et marmonna pour lui-même dans une langue scandinave tandis qu'il avançait lentement dans la circulation en veillant à ne pas attirer l'attention.

— Pas de noms, répondit-il dans la même langue. S'il vous plaît. Pas de noms.

Sur le plancher à côté de lui, Shan reconnut le sac qu'il avait emporté à Lhassa. Le crâne du mausolée de la caverne.

— Comment avez-vous pu savoir ? questionna-t-il après cinq minutes.

Jansen avait sombré dans un silence déprimé.

— Je me contente de vous conduire quelque part sur la grand-route. Vos amis seront là.

— Pourquoi ?

— Pourquoi ?

Jansen se mit à marteler le volant d'un poing furieux.

— Vous croyez que j'aurais fait une chose pareille si j'avais su ? Avec les nœuds nombreux comme des mouches ? Personne n'a parlé de nœuds. Ils m'ont dit d'être là, c'est tout. Pour aider le monsieur qui avait apporté tous ces renseignements de Lhadrung.

Il secoua la tête avec désespoir.

— Rien de semblable ne s'était encore jamais produit. Aider aux archives et à la collecte d'informations, pas de problème. Faire monter un vieil homme depuis Shigatsé, pas de problème. Mais ça…

Il leva la main en signe de frustration.

— Les purbas, lança Shan.

Il fallait que ce fût les purbas, d'une manière ou d'une autre. Le petit homme qu'il avait vu dans la rue ne s'y trouvait pas seul. C'était un purba, Shan le comprenait maintenant.

— Mais comment ont-ils pu savoir ?

— Comment savent-ils tout ce qui se passe ? C'est comme de la télépathie.

Les nœuds étaient d'une certaine manière au courant. Les purbas étaient d'une certaine manière au courant. Tout le monde donnait l'impression de tout savoir. Sauf lui.

— Comme de la télépathie, répéta Shan d'une voix creuse.

Il jeta un dernier coup d'œil au Potala qui disparaissait au loin. Le précipice de l'existence.

— Le pire qu'ils puissent me faire, c'est m'expulser, marmonna Jansen pour lui-même.

Shan s'allongea sur la banquette. Il trouva une serviette en papier qu'il maintint contre son front.

— Un obstacle a bloqué la grand-route, déclara Shan, comme s'il parlait tout seul. Une charrette de fermier, je crois. Les nœuds sont sortis pour dégager le passage.

— Ils m'ont dit que vous auriez besoin d'un moyen de transport. D'attendre avec ma voiture. Okay, j'ai pensé. Un petit coup d'auto-stop. Je pourrais toujours vous poser des questions sur le mausolée aux crânes. Soudain l'un d'eux passe à côté de moi en courant. Il me balance une clé. Pour vous, il me dit. Ensuite il y a cette camionnette de la Sécurité publique qui descend l'allée à toute vitesse et eux qui vous jettent à l'intérieur de la voiture. Qui êtes-vous ? Pourquoi tout le monde vous veut-il ?

— Pour moi ? Est-ce qu'il a cité mon nom ?

— Non. Pas exactement. Il a dit « pour le pèlerin ».

— Le pèlerin ?

— C'est le nom que vous donnent les purbas. Le pèlerin de Tan.

Non. Shan fut tenté de protester. Un pèlerin avance vers la lumière. Moi, tout ce vers quoi j'avance, ce sont les ténèbres et la confusion. Lorsque, tout à coup, apparut une petite lumière vacillante.

— Vous avez conduit un vieil homme depuis Shigatsé ? Jusqu'à Lhadrung ?

Jansen acquiesça d'un air distrait. Son regard inquiet ne quittait pas le rétroviseur intérieur.

— Sa femme venait de mourir. Il m'a chanté quelques-uns des anciens chants de deuil.

Rebecca Fowler et Tyler Kincaid attendaient, à vingt-cinq kilomètres à la sortie de la ville, sur une aire plate de la route le long de la rivière de Lhassa, où les chauffeurs de poids lourds se rassemblaient pour dormir. Jansen s'arrêta derrière un camion Jiefang tout délabré, d'où émergèrent tout aussitôt quatre hommes jeunes qui escortèrent Shan auprès des Américains. Shan se retourna pour remercier Jansen, mais le Finlandais se contenta de hocher la tête d'un air nerveux pour se dépêcher de reprendre la route. Le Jiefang se gara devant Kincaid et le conducteur fit signe aux Américains de suivre.

Fowler était silencieuse à l'avant. Shan crut d'abord

qu'elle dormait lorsqu'il vit ses mains. Elles tordaient la carte routière, les jointures toutes blanches.

— C'est comme une chute libre, dit Kincaid, la voix pleine d'une excitation inattendue. Trente mètres à la seconde. Le cœur qui remonte à la gorge. Et le monde qui vole au passage. C'est eux, pas vrai ? demanda-t-il à Shan avec un large sourire.

— Eux ?

— Dans le camion. Les vrais de vrais. C'est des purbas, pas possible autrement.

— Je suis désolé, répondit Shan en se palpant le front. Le sang coagulait.

— Désolé ? Pour cette journée ? Toute cette foutue journée, c'est comme de descendre une montagne en rappel. On saute dans le vide et on laisse faire.

— Il n'avait jamais été dans mes intentions de vous mettre en danger. Vous auriez dû repartir.

— Bon Dieu, mais on s'en est sortis vivants, non ? Pas de mouron à se faire. Je n'aurais pas raté ça pour rien au monde. On les a bien eus, les MFC ! Vous m'avez envoyé chercher ce qui n'est pas là. Parfait. Qu'ils fassent joujou si ça les amuse.

Il lança dans le camion un nouveau hourra de cow-boy.

— Nom d'un chien, Tyler ! s'écria Fowler. Sortez-nous d'ici. Ce ne sera terminé que quand on sera chez nous.

— Qu'est-ce que vous voulez dire par « chercher ce qui n'est pas là » ? demanda Shan.

— Au ministère de l'Agro. Le bureau des ressources de l'eau a déménagé lors d'une réorganisation. Tous les dossiers ont été expédiés à Pékin il y a cinq mois.

Allez chercher ce qui n'est pas là. Shan avait oublié la fiche des archives. Il la sortit lentement de sa poche, comme s'il craignait qu'elle tombe en morceaux s'il allait trop vite.

*Tamdin*, disait la fiche. *Gompa de Saskya*. Mais ce n'était pas tout. *En instance de prêt*, avec la mention d'une date vieille de quatorze mois, la même que celle de sa découverte. *Prêté à la ville de Lhadrung*. Il y avait un nom, hâtivement gribouillé. Mais le sceau au bas de la fiche était clair. Le sceau personnel de Jao Xengding. Avec, au-dessous, griffonné, « Confirmé », suivi par un dernier idéogramme, le Y renversé à double barre. Identique à celui que Shan avait vu sur le petit mot dans la poche de Jao. Il signifiait *Ciel*, ou *Paradis*.

Trente kilomètres après l'aéroport, le camion Jiefang s'arrêta dans un virage serré et Kincaid se rangea derrière lui. Un homme en bondit, courut jusqu'au véhicule des Américains, et chuchota quelque chose à Kincaid, avec insistance, en indiquant une route adjacente devant le camion. Le Jiefang fit demi-tour et le purba sauta à bord à son passage. Kincaid fit passer la voiture en quatre roues motrices et s'engagea sur la route adjacente.

— Les nœuds ont installé des barrages sur toutes les routes qui partent de Lhassa, à intervalles répétés. Ils fulminent. Ils ont probablement un comité d'accueil spécial qui nous attend au point de contrôle du comté de Lhadrung. Nous devons faire un détour.

Il emprunta le chemin en mauvais état d'un air insouciant en direction du soleil couchant avant de s'arrêter brutalement en apercevant au lointain le miroitement des lumières de la vallée de Lhadrung.

— On pourrait faire demi-tour, vous savez, annonça Kincaid à Shan avec une expression qui en suggérait long.

— Demi-tour ?

— Direction Lhassa. Les barrages routiers contrôlent les véhicules qui quittent la zone, pas ceux qui y pénètrent. On pourrait y arriver. Vous êtes trop précieux pour retourner en prison quand tout ceci sera terminé. Vous en savez tellement. Je peux vous aider.

— M'aider comment ? demanda Shan, conscient qu'il portait toujours le khata de l'Américain autour du cou.

— En parlant à Jansen. Nous le calmerons. Nom d'un chien, mais il voudra vous presser comme un citron lui-même, avec tous les renseignements dont vous disposez. Il connaît des gens qui peuvent vous faire quitter le pays.

— Mais le colonel Tan. Et si le directeur Hu… protesta Fowler.

— Bon Dieu, Rebecca, ils ignorent que Shan est avec nous. Il disparaît, et c'est tout. Je pourrais lui faire enlever ce tatouage. Vous pourriez être un homme libre.

Un homme libre. Ces paroles paraissaient bien pâles aux oreilles de Shan. Il s'agissait d'un concept dont les Américains semblaient entichés, mais Shan ne l'avait jamais compris. Peut-être, réfléchit-il, parce qu'il n'avait jamais connu d'homme libre. Sa main se posa sur le khata et le fit glisser.

— Vous êtes très gentil. Mais on a besoin de moi à Lhadrung. S'il vous plaît, pourriez-vous simplement me redéposer à la Source de jade ?

Kincaid vit l'écharpe dans la main de Shan et secoua la tête, déçu.

— Gardez-le, dit-il avec admiration en repoussant le khata. Si vous retournez à Lhadrung, vous allez en avoir besoin.

# 17

Le colonel Tan donnait l'impression de lire les messages de Mlle Lihua et de Mme Ko simultanément. Ses yeux sans cesse en mouvement passaient de celui qu'il tenait à la main à celui posé sur son bureau. Dans le fax en provenance de Hong Kong, Mlle Lihua annonçait qu'elle essayait instamment de réserver un vol pour son retour, mais qu'entre-temps elle voulait confirmer que le sceau personnel du procureur avait effectivement été volé l'année précédente. Personne n'avait été arrêté pour l'avoir dérobé, bien que ce fût le genre d'acte de sabotage mineur caractéristique des moines et autres hooligans culturels. Un nouveau sceau avait été fabriqué, et la banque de Jao avait été alertée.

Le petit mot de Mme Ko signalait qu'elle avait fait son enquête auprès des services du ministère de l'Agriculture à Pékin, où elle avait trouvé un dénommé Deng responsable des archives relatives aux droits de captage d'eau. Deng savait qui était le procureur Jao ; ils s'étaient parlé au téléphone la semaine précédant la mort de Jao, expliquait Mme Ko. Et Deng avait rendez-vous avec le procureur pendant le passage de ce dernier à Pékin, dans un restaurant répondant au nom de Pont de Bambou.

— Donc un des moines a volé le sceau de Jao et a pris le costume. Peut-être Sungpo, peut-être l'un des quatre autres, affirma Tan.

— Pourquoi son sceau personnel ? demanda Shan. Si je me donnais tout ce mal, et si je voulais semer la confusion dans le gouvernement, pourquoi ne pas voler son sceau officiel ?

— Saisir l'occasion. Un moine est entré dans le bureau. Une porte ou une fenêtre ouvertes, et la première chose qu'il a trouvée a été le sceau personnel. Il a pris peur et s'est enfui. Mlle Lihua dit que c'était un moine.

— Je ne pense pas. Mais là n'est pas la question.

Shan se surprit à regarder par la fenêtre en direction de la rue, s'attendant presque à voir débarquer un camion plein de nœuds venus l'arrêter. Il n'y avait que la voiture vide de l'officier avec laquelle il s'était rendu en ville. À Lhassa, les nœuds connaissaient son identité. Mais ils ne venaient pas le chercher maintenant qu'il était de retour. Quels avaient été leurs ordres ? L'effrayer, sans plus, pour l'obliger à quitter la ville ? L'éliminer s'ils parvenaient d'une manière ou d'une autre à l'enlever et le mettre hors de portée de Tan ?

— Qu'est-ce que vous dites ?

— Ce qui est important, répondit Shan en se tournant vers le colonel, c'est que le directeur des Affaires religieuses ait menti. Il nous a soutenu que tous les costumes étaient enregistrés et répertoriés. Il a prétendu qu'il avait vérifié.

— Quelqu'un du musée a pu lui mentir.

— Non. Mme Ko a vérifié ce matin. Personne n'a jamais appelé le musée à propos des costumes.

— Mais Jao n'aurait jamais demandé qu'on réexpédie le costume de Lhassa à Lhadrung. Il n'avait aucune raison de faire une chose pareille, avança timidement Tan.

— Aviez-vous appris qu'on lui avait volé son sceau ? Ce doit être très déplaisant pour un procureur de perdre son sceau. Le gouverneur militaire aurait dû en être informé.

— Ce n'était que son sceau personnel.

— Je pense que quelqu'un a eu accès à son sceau personnel, ici même, à Lhadrung, et qu'on s'en est servi pour estampiller la fiche placée ensuite sur la caisse du musée.

— Vous êtes en train de dire que Mlle Lihua ment ?

— Il faut qu'elle revienne ici. Nous avons besoin d'elle. Immédiatement.

— Vous avez vu son fax. Elle arrive.

Lorsque Tan reposa le fax sur le bureau, les deux hommes prirent conscience de la présence de Mme Ko, debout à la porte, tout excitée. Elle n'avait pas été invitée à entrer, mais elle ne manifestait apparemment aucun désir de partir. Elle leva le poing en un geste rapide de victoire. Tan soupira et lui fit signe d'entrer.

— Donc Jao devait rencontrer le dénommé Deng à Pékin. Pour quoi faire ? demanda Tan.

— Pour vérifier les permis de captage d'eau à Lhadrung, annonça Mme Ko. Jao voulait savoir qui détenait ces droits avant les Américains.

— Et le camarade Deng, du ministère de l'Agriculture, avait la réponse ?

— Tous les registres d'archives se trouvaient encore dans les boîtes d'origine en provenance de Lhassa. C'est la raison pour laquelle il a été tellement mécontent de ne pas voir arriver Jao. Il avait passé des heures à faire le tri.

— Il l'a fait pour un inconnu résidant au Tibet ?

Mme Ko fit signe de la tête que oui.

— Le camarade Jao avait déclaré que s'ils trouvaient ce qu'il espérait, il désirerait voir Deng l'accompagner sur-le-champ au quartier général du ministère de la Justice. Une affaire énorme, avait-il précisé. Deng serait recommandé au ministre en personne.

— En toute logique, ç'aurait dû être un des collectifs agricoles, affirma Tan.

— Exactement, confirma Mme Ko.

— Vous lui avez demandé ?

— Naturellement. Cela fait partie de notre enquête, ajouta-t-elle avec un petit signe de tête à l'adresse de Shan, comme une conspiratrice.

— Et alors ? C'est qui ? demanda Tan avec impatience.

— La ferme du Long Mur, répondit Mme Ko.

Tan se dépêcha de demander du thé.

— Elle se comporte exactement comme si elle venait de résoudre notre mystère, soupira-t-il en voyant Mme Ko quitter la pièce avec force gestes excités.

— C'est peut-être le cas, dit Shan.

— En quoi le collectif du Long Mur est-il un élément pertinent ?

— Vous vous souvenez de Jin San, l'une des victimes assassinées ?

— Jao a requis contre un des cinq de Lhadrung pour son assassinat.

— Et au cours de l'enquête, il a découvert que Jin San dirigeait un réseau de distribution de drogue.

— Que nous avons éliminé.

— Peut-être oubliez-vous que Jin San était le directeur du collectif du Long Mur.

Le colonel alluma une cigarette, en fixant la braise qui se consumait.

— Je veux voir Mlle Lihua ici ! aboya-t-il soudain vers la porte ouverte. Faites-lui prendre un avion militaire s'il le faut.

Il tira longuement sur sa cigarette et pivota vers Shan.

— Ce réseau de trafiquants d'opium n'existe plus, il a été démantelé après la mort de Jin San. Les ventes de drogue à Lhadrung ont cessé. Les hospitalisations de drogués ont disparu de la clinique. J'ai reçu des félicitations officielles.

Shan étala les cartes photographiques illustrant la zone correspondant au permis de captage inexpliqué, celles-là mêmes que Jao avait vues.

— Savez-vous lire ces clichés ?

Tan alla à son bureau et y prit une loupe.

— Je vous le rappelle : j'ai commandé une base de missiles, grogna-t-il.

— Yeshe a étudié les cartes hier. La nouvelle route. La mine. La zone du permis supplémentaire au nord-ouest. Une chose l'a troublé. Voici la zone couverte par le permis pendant quatre mois consécutifs, dit Shan en montrant la première carte. L'hiver. La neige. Des rochers et de la terre. Rien ne distingue ce secteur du reste de la zone montagneuse.

Il choisit de ne rien révéler de l'autre découverte de Yeshe. Les disquettes d'ordinateur prises par Fowler avaient effectivement été des inventaires. La moitié des fichiers en langue chinoise correspondait aux fichiers en anglais. Mais les autres consistaient en inventaires divers : munitions, soldats, missiles répartis sur le territoire du Tibet. Les mains de Yeshe avaient tremblé quand il les avait données à Shan. Ensemble ils les avaient emportées dans le bâtiment de service de la Source de jade et les avaient brûlées dans la chaudière. Pas un instant Shan n'avait pensé que les données des disquettes puissent être authentiques. Mais Yeshe et Shan savaient l'un et l'autre que cela ne faisait que peu de différence : la Sécurité publique ne se soucierait pas d'un tel point de détail si elle trouvait les disquettes dans les poches d'un individu qui n'appartenait pas à l'armée. Devant les flammes de la chaudière, Yeshe avait demandé la permission de rejoindre la 404e. Des civils commençaient à s'y rassembler, avait-il précisé.

— Pas complètement, observa Tan en prenant la loupe. Il y a des terrasses. Probablement très anciennes. Mais on en voit encore des traces. De très faibles lignes d'ombre.

— Exactement. Et maintenant, un mois plus tard, dit Shan en passant à la carte suivante. Les pentes sont vertes, légèrement vertes. Mais bien plus que tout le reste des montagnes.

— De l'eau. Cela signifie que les terrasses continuent à capter l'eau, remarqua Tan.

— Encore un mois plus tard. Regardez. La couleur n'est plus en rapport. Un rougeoiement, qui va du rose au rouge.

Tan se pencha sur la carte sans prononcer une parole et l'étudia à la loupe sur plusieurs angles.

— Le développement. Parfois il y a des anomalies au

tirage. Les produits chimiques créent de fausses couleurs. Même la lentille de l'objectif. Elle ne réagit pas toujours précisément à la lumière visible.

— Je crois que les couleurs sont justes, objecta Shan en posant la dernière carte. Il y a six semaines de cela.

— Et les couleurs ont disparu. Aucune différence avec les versants avoisinants. Comme je l'ai dit, un défaut au tirage.

— Mais les terrasses ont disparu, elles aussi.

Tan releva les yeux, perplexe, avant de se pencher à nouveau sur la carte avec sa loupe.

— Quelqu'un, conclut Shan, continue à faire pousser les pavots de Jin San.

Shan haïssait les hélicoptères. Les avions l'avaient toujours frappé comme étant contraires à l'ordre naturel ; mais les hélicoptères lui semblaient tout simplement impossibles. Le jeune pilote de l'armée qui les avait retrouvés à la Source de jade ne fit pas grand-chose pour le soulager de ses angoisses. Il conserva une altitude constante de soixante-dix mètres, en créant un effet de montagnes russes dans la carlingue tandis qu'ils volaient au-dessus des collines vallonnées du haut de la vallée. Sur l'ordre de Tan, il vira brutalement et entama une montée en flèche. Dix minutes plus tard, ils avaient franchi l'arête rocheuse et atterrissaient dans une petite clairière.

Les terrasses étaient très anciennes mais clairement visibles, soutenues par des murets en pierre et reliées par un chemin pour charrettes patiné par les ans. Leur récolte de printemps avait déjà été effectuée. Le seul signe de vie se résumait à de maigres tapis de mauvaises herbes qui repoussaient au travers d'un lit de feuilles mortes de pavots.

— Les pierres, déclara Tan en pointant le doigt vers une pierre plate, puis une autre, et une autre encore, toutes disposées à intervalles réguliers à la surface des champs, à trois mètres de distance l'une de l'autre.

Shan chassa la plus proche d'un coup de pied. Elle masquait un trou de sept à huit centimètres de diamètre pour cinquante de profondeur. Tan en dégagea une autre du pied, puis une troisième. Toutes couvraient des trous identiques.

Sous le surplomb bien dégagé d'une dalle rocheuse, Tan trouva un tas de lourdes perches en bois de deux mètres cinquante de long. Il en essaya une dans un trou. Elle s'y adaptait parfaitement. Dans l'ombre, à l'abri de la dalle, Shan trouva l'extrémité d'une corde. Il la tira, sans succès, avant d'appeler Tan. Les deux hommes tractèrent de conserve, et un énorme paquetage apparut, enveloppé par un cordage. Non, se rendit vite compte Shan lorsque le paquet apparut à la lumière, ce n'était pas du tissu. C'était un énorme filet de camouflage de l'armée.

Le silence fut rompu par un cri au-dessus de leurs têtes.

— Mon colonel! cria le pilote en descendant la pente au pas de course. Il y a eu un message radio. On tire au pistolet-mitrailleur à la 404e!

Tan ordonna au pilote de survoler la prison. Ils virent trois véhicules d'urgence, gyrophares allumés, arrêtés à la grille d'entrée. On distinguait quatre groupes distincts, dont les membres se blottissaient serrés, pareils aux pièces d'un puzzle en attente d'être reliées les unes aux autres. Dans l'enceinte de la prison, les détenus étaient assis en carré compact. Shan cherchait les corps, les civières chargées de silhouettes qu'on transportait jusqu'aux ambulances, mais il ne trouva rien. À l'extérieur du grillage, devant le réfectoire, se tenaient les gardiens de la prison, en uniforme vert, debout en arc de cercle, face aux bâtiments.

Une ligne grise et serrée de nœuds encerclait le grillage, venant recouper les bunkers de sacs de sable. Le quatrième groupe était nouveau. Shan l'étudia de plus près lorsque l'hélicoptère atterrit. C'étaient des Tibétains. Des bergers. Des gens de la ville. Des enfants, des vieillards, des femmes. Certains étaient tournés vers les baraquements du camp et récitaient des mantras. D'autres bâtissaient une offrande de beurre torma, qui devait être sanctifiée et allumée pour invoquer le bouddha de la Compassion.

L'air était chargé de relents âcres de cordite. Lorsque le geignement du moteur de l'hélicoptère commença à perdre de son intensité, Shan entendit des pleurs d'enfants et des cris frénétiques montant des Tibétains amassés. On criait des noms, on appelait des prisonniers, personnellement, derrière le grillage. Plusieurs vieillards étaient assis aux premiers rangs et psalmodiaient. Shan écouta un instant. Ils ne priaient pas pour la survie des prisonniers. Ils priaient pour que les soldats voient la lumière.

Tan resta planté sans un mot en contenant avec peine sa furie. Une douzaine de nœuds s'étaient déployés devant les civils, le pistolet-mitrailleur en position de tir. Au sol autour de leurs pieds, des douilles étaient éparpillées.

— Qui vous a autorisés à faire feu ? rugit Tan.

Ils l'ignorèrent.

— Certains commençaient à se diriger vers la zone interdite, déclara une voix onctueuse derrière eux. On les avait prévenus.

Shan avait reconnu l'homme avant même de se retourner. Le commandant.

— Ainsi que vous le savez, colonel, le bureau a ses procédures.

Tan fixa le commandant, lentement, d'un regard incendiaire, avant de se tourner avec colère vers le directeur accompagné par le personnel de la prison. Shan en profita pour s'approcher autant qu'il le put de la clôture et examiner les visages des prisonniers. Des mains apparurent derrière lui, une sur chaque biceps, avant de serrer douloureusement. Son instinct de prisonnier reprenant le dessus, il tressaillit, levant le bras au-dessus du visage pour parer un coup éventuel. Ne voyant rien venir, il se laissa entraîner par les soldats. Les nœuds, comprit-il, ne l'avaient pas reconnu comme prisonnier. Sa main tira sa manche pour masquer son tatouage.

Il resta là où ils le déposèrent, à essayer de voir au-delà du grillage. Aucun signe de Choje.

Les civils tibétains s'écartèrent quand il avança dans la foule, esquivant ses regards, refusant de le laisser s'approcher suffisamment pour leur parler.

— Les prisonniers ! s'écria-t-il à l'adresse des dos tournés vers lui. Est-ce qu'on a fait du mal aux prisonniers ?

— Ils ont des charmes ! cria une voix pleine de défi. Des charmes contre les balles !

Lorsque soudain apparut devant lui une silhouette familière, qui avait, étrangement, l'air de détonner. C'était le sergent Feng, vêtu de la vieille chemise en laine que Shan lui avait mise au Kham, le visage couvert de crasse et marqué par la fatigue. Lorsque son regard croisa celui de Shan, ce dernier n'y vit plus rien de son arrogance passée. L'espace d'un bref instant, il crut y lire une supplique.

— Je croyais que vous étiez dans les montagnes.

— J'y ai été, répondit sobrement Feng.

Quand Shan se dirigea vers lui, Feng fit un pas en avant, comme pour lui bloquer le passage. Shan lui mit la main sur l'épaule et le poussa de côté. Un prêtre assis par terre récitait un mantra en compagnie d'une vieille femme. Shan s'arrêta : il n'en croyait pas ses yeux. C'était bien Yeshe, le crâne rasé, vêtu d'une chemise rouge qui donnait l'impression d'être une robe. Le jeune Tibétain sourit gauchement, tapota la main de la femme et se releva.

— Je voulais savoir s'il était arrivé quelque chose aux prisonniers, dit Shan.

— Ils ont tiré au-dessus des têtes, répondit Yeshe en regardant le grillage. Pas de blessés pour l'instant.

Ses yeux étaient pleins d'une certitude et d'une assurance que Shan ne lui avait jamais vues.

— Foutu imbécile ! lâcha soudain le sergent derrière lui, avant de se mettre à courir dans la foule jusqu'à un petit feu de bivouac où une femme se disputait avec quelqu'un : Jigme.

— Elle ne veut rien me donner, geignit Jigme dès qu'il aperçut Shan. Je lui ai pourtant dit, c'est pour Je Rimpotché. Expliquez-lui, les supplia-t-il, expliquez-lui que je ne suis pas chinois.

— Vous étiez sur la montagne, dit Shan. Que s'est-il passé ?

— Il faut que je trouve des herbes. Un guérisseur. J'ai pensé, peut-être ici. Quelqu'un a raconté qu'il y aurait des prêtres ici.

— Un guérisseur pour Je ?

— Il est très malade. Très faible. Comme une feuille sur une tige pourrie. Bientôt il va s'en aller, il va partir en flottant jusque dans l'autre monde, gémit Jigme d'un ton désespéré, les yeux mi-clos et mouillés, comme ceux d'une pleureuse. Je ne veux pas qu'il s'en aille. Pas Rimpotché aussi. Ne le laissez pas s'en aller. Je vous en supplie.

Il agrippa la main de Shan et la serra jusqu'à faire mal.

Un coup de sifflet retentit. Les nœuds se mirent au garde-à-vous à l'apparition d'une limousine du gouvernement. Li Aidang en jaillit d'un bond et adressa un semblant de salut désinvolte au commandant avant de s'avancer vers Tan à grandes enjambées. Les deux hommes discutèrent un moment puis Li rejoignit le commandant le long de la ligne de nœuds, comme pour une inspection de parade.

Shan repoussa le sergent Feng de côté.

— Allez en ville, le pressa-t-il. Trouvez le Dr Sung. Ramenez-la aux baraquements.

Le colonel Tan n'avait pas bougé, comme s'il attendait Shan, et contemplait la foule de civils en silence.

— Pourquoi les leçons sont-elles si difficiles à faire passer ? demanda doucement le colonel. Presque cinquante ans déjà, et ils ne comprennent toujours pas. Ils savent ce que nous avons à faire.

— Non, objecta Shan. Ils savent ce que, eux, ils ont à faire.

Tan ne donna aucun signe de l'avoir entendu. Shan se tourna vers lui, luttant contre la tentation de repartir en courant vers la clôture.

— Il faut que j'entre.

— En face des commandos en armes ? Et puis quoi encore ? Hors de question.

— Je n'ai pas le choix. Ces gens sont mes… nous ne pouvons pas les laisser mourir.

— Vous croyez que je veux un massacre ? grommela Tan, le visage soudain assombri. Quarante ans d'armée et c'est pour ça qu'on se souviendra de moi ? Pour le massacre à la 404ᵉ ?

La limousine klaxonna. Tan soupira.

— Li Aidang veut que je le suive. Nous devons partir. Je vous déposerai à la Source de jade. Il est prévu une réception pour les touristes américains. Ensuite planning final pour la délégation du ministère. Un banquet spécial. Apparemment, le camarade Li s'attend à être installé au poste de procureur à l'issue du procès.

Ils s'arrêtèrent au-dessus de l'embranchement qui conduisait au camp de la Source de jade. Deux soldats gardaient une nouvelle barricade qui bloquait la route, limitant l'accès à la prison et à la base. Un panneau y était accroché, uniquement rédigé en anglais : ACCÈS INTERDIT POUR TRAVAUX. Shan s'interrogea un instant, avant de se souvenir. Les touristes américains.

Avant que Shan ait pu sortir de la voiture, Li apparut à la vitre et laissa tomber une enveloppe sur les genoux de Tan.

— J'ai terminé mon rapport ainsi que la déposition du meurtrier. Le procès est prévu pour après-demain, à dix heures du matin. Au stade du Peuple, annonça-t-il en se tournant vers Shan, cette fois, le regard encore plus glacé que d'habitude. Il a été prévu qu'il durerait quatre-vingt-dix minutes. Il ne doit pas empiéter sur le déjeuner.

La première page du dossier était une liste de noms manuscrits. Shan la sortit pour l'examiner en détail. Les invités d'honneur à l'événement, qui devaient siéger sur la scène du stade. Des membres de la délégation de visiteurs du ministère de la Justice en tête de liste, suivis par le colonel Tan et une demi-douzaine d'officiels. Shan reconnut parmi eux le directeur Hu, du ministère de la

Géologie, et le commandant Yang, du bureau de la Sécurité publique. Un frisson glissa le long de son échine lorsqu'il vit l'idéogramme en bas de page : pas de nom, pas de titre, rien que le Y inversé avec ses deux barres.

Shan montra le symbole à Tan, qui lut la question dans son regard.

— Rien que le surnom, lança-t-il d'un air dégoûté. Il aime bien que ses amis l'utilisent. Il croit que c'est drôle.

— Ciel ?

— Non. Pas ciel. Paradis. Vous savez, Dieu en paradis. Tous les prêtres lui rendent hommage.

Shan leva la feuille et la détailla avec une détermination sinistre. L'autre invité sur le podium était l'homme qui avait signé la confirmation sur la fiche portant le sceau de Jao. La fiche que Shan avait prise au musée. C'était ce même homme qui avait également signé le petit mot adressé au procureur Jao, celui, Shan en était convaincu, sans pouvoir le prouver, qui avait attiré Jao dans le piège qui lui avait coûté la vie.

Wen Li, directeur des Affaires religieuses.

## 18

Sungpo, pour la première fois, n'était plus immobile. Il tenait la tête du vieil homme sur ses genoux et l'essuyait avec un chiffon mouillé, s'arrêtant parfois pour lui glisser du riz dans la bouche, un grain à la fois.

— Nous avons essayé d'avoir un médecin, dit Shan avec un sentiment de totale impuissance. Un médecin de la ville.

Mais le Dr Sung avait refusé. Lorsqu'il avait appelé pour la supplier de changer d'avis, elle lui avait offert des excuses à foison. Elle avait un horaire à respecter à la clinique. Elle devait opérer. Elle n'était pas autorisée à se rendre sur une base militaire.

— Ils vous ont avertie, n'est-ce pas ? Il s'agit d'un vieux lama, avait-il imploré.

— En quoi cela ferait-il une différence ?

— À cause de ce qui s'est passé à l'école bouddhiste.

Dans le silence qui s'était ensuivi, Shan n'était pas certain qu'elle fût restée en ligne.

— Un vieillard est en train de mourir. Nous n'avons aucun moyen de parler à Sungpo. S'il meurt, cela peut signifier qu'un autre innocent sera exécuté. Et un meurtrier restera impuni.

— J'ai une opération chirurgicale, avait répondu le Dr Sung, presque en chuchotant.

— Ne me donnez pas d'excuses. Reconnaissez simplement que vous refusez.

Elle n'avait pas réagi.

— L'autre jour, dans votre bureau, j'ai compris que, contrairement à ce que vous voudriez faire croire à qui veut l'entendre, ce n'est pas le monde qui vous a rendue amère. Vous êtes amère parce que vous n'aimez pas celle que vous êtes devenue.

La ligne avait été coupée.

— Rimpotché, chuchota Shan. Je pourrais trouver du tsampa. Dites-moi que vous avez besoin de manger.

Il sentit le pouls du vieillard. Faible et lent, tel un bruissement de plume irrégulier.

Je cilla et ouvrit les yeux.

— Je n'ai aucun besoin, déclara-t-il avec une force qui contredisait son apparence. Je cherche une porte. Des portes, j'en ai trouvé, mais elles sont verrouillées. Je cherche la mienne.

— Ce n'est qu'une journée comme les autres. Après-demain, vous serez à nouveau chez vous.

Je murmura quelques mots, d'une voix si faible que Shan ne put l'entendre. Le vieillard avait parlé à Sungpo, qui comprit et guida sa main vers son rosaire à la ceinture. Je entama un mantra.

Jigme avait été autorisé à pénétrer dans le corps de garde, sur l'insistance de Shan. Il s'était immédiatement réfugié dans le coin le plus sombre de la cellule. Quand il revint, le bol de riz était vide. Shan se dirigea vers le coin. Un instant, Jigme lui bloqua le passage, son regard allant et venant de Sungpo à Je, puis il s'écarta. Il avait bâti un minuscule autel à invoquer les esprits en poussant deux pierres repose-tête contre le mur sur lesquelles il en avait posé une troisième. Entre les deux montants étaient réparties une demi-douzaine de boulettes de riz, les pinces prises dans le bureau et le fil de fer, posés sur plusieurs petits morceaux de papier blanc brillant. Shan tendit la main pour toucher le papier mais Jigme la lui chassa d'une tape.

— Le garde, il les avait sur son bureau quand je suis arrivé. Il a ri et les a montrés à Sungpo. Sungpo méditait. Le garde les a jetés dans la cellule. Je les ai ramassés avant qu'on les voie. Je dois les brûler. Ces papiers sont irrespectueux.

Ce n'était pas des papiers, s'aperçut Shan en les retournant. Mais des photographies. Au nombre d'une douzaine, représentant trois moines différents en compagnie de gradés de la Sécurité publique. Le ventre déchiré, Shan reconnut les moines d'après les photos des dossiers de Jao. Chacun des trois premiers membres des cinq de Lhadrung était le sujet de quatre clichés. D'abord debout, encadré par deux officiers à son procès. À genoux au sol. Puis avec un pistolet tenu à quarante centimètres du crâne. Et finalement, étendu par terre, mort, la tête au centre d'une flaque de sang.

Les mains tremblantes, Shan rassembla les photos et les mit dans sa poche.

Sungpo s'adressait à nouveau à Je. Un rire rauque sortit en sifflant de la gorge du vieillard.

— Il dit de prévenir quelqu'un que nous allons bientôt commencer, expliqua Sungpo.

Commencer ? Et Shan comprit. Commencer le rituel pour le passage de l'âme. Les yeux du vieillard se portèrent vers la porte de la cellule puis s'attardèrent vaguement sur la silhouette de Yeshe avant de continuer leur errance paresseuse.

— Quand on la laisse partir à la dérive, parfois, elle trouve sa route toute seule, murmura-t-il, comme si une pensée avait par inadvertance trouvé le chemin jusqu'à sa langue.

— Nous pourrions lui demander de descendre la montagne, murmura Jigme en s'accrochant aux barreaux, paraissant craindre sinon d'être emporté. Pour un saint comme Je, peut-être accepterait-il d'apporter son aide.

— Un guérisseur ? interrogea Yeshe. Avez-vous trouvé un guérisseur ?

— Il a faim, celui-à-la-tête-de-cheval. D'accord, qu'il

me mange. Ça m'est égal. Peut-être qu'alors vous pourrez lui parler, peut-être qu'alors il vous aidera à sauver Sungpo.

Shan se porta immédiatement à côté de Jigme pour lui faire lâcher les barreaux.

— Vous l'avez trouvé ? Vous avez trouvé Tamdin ?

Il y avait une caverne, avoua finalement Jigme, dans laquelle le démon dormait.

— La main du démon n'était plus là, mais le vieil homme que nous avons pris au marché connaissait bien les prières. Seuls des villageois et des bergers sont d'abord arrivés. Puis ensuite il y en a eu un qui est venu des hauteurs, il descendait la montagne comme une chèvre, sur un sentier large comme une main d'homme. Il a laissé la prière contre les morsures de chien, récité quelques mantras et remonté le versant. Même sans le vieil homme, j'aurais su que c'était le serviteur de Tamdin. À cause d'eux.

— Eux ?

— Les vautours. Ils le suivaient comme s'ils étaient apprivoisés, comme s'ils savaient qu'il allait leur trouver de la viande fraîche.

Jigme et le sergent Feng avaient suivi le serviteur de Tamdin en remontant le sentier plein de pièges sur près de deux kilomètres, avant de s'engager dans une gorge en cul-de-sac près du sommet.

— Quand il est parti avec une cruche à eau vide, je suis entré. Mais Tamdin avait pris la forme d'un loup-démon.

Jigme releva une jambe de pantalon pour montrer une déchirure sur son mollet, une plaie qui saignait encore, entourée par une rangée de marques en creux dans la chair.

— Par l'enfer brûlant, j'ai couru comme si j'avais le diable à mes trousses.

— Vous pourriez le retrouver ? demanda Yeshe, tout excité.

Jigme hocha lentement la tête en regardant Je.

— Qu'il me dévore, comme offrande. Je m'en fiche. Sungpo me retrouvera dans la prochaine vie. Remplissezlui le ventre, et peut-être que Tamdin acceptera de vous parler. Demandez-lui de descendre dans la vallée, pour Rimpotché. Mais il se peut que le temps manque. En haut de cette montagne, c'est bien plus haut que le mausolée des Américains. Une montée difficile.

— Non, intervint Shan. Il y a un moyen plus facile.

— Comment pourriez-vous savoir cela ? demanda Yeshe.

— Parce que je sais d'où est venu le serviteur de Tamdin.

Les quatre hommes avançaient sur les pierres en silence, perdus dans leurs pensées et leurs frayeurs, harcelés par le vent, les forces sapées par l'altitude. Ils avaient trouvé le sentier là où Shan l'avait prévu, parallèle à la gorge du Dragon, recoupant la route derrière les formations rocheuses près de l'ancien pont suspendu. Il montait presque à la verticale le long de la griffe nord sur un bon kilomètre avant d'emprunter l'arête de la longue corniche.

Jigme, qui avait insisté pour ouvrir la marche, tomba soudain à genoux et indiqua le sentier devant lui.

— Lui ! s'exclama-t-il, le souffle court, gorge nouée. Le serviteur !

La main de Feng se glissa jusqu'à son arme.

— Non, intervint Shan. Il ne nous fera aucun mal. Laissez-moi lui parler seul à seul.

Shan était assis en solitaire au milieu d'un groupe de gros rochers ronds, le reste de la troupe caché côté opposé, lorsque l'homme approcha. Il portait un sac en toile sur l'épaule et deux gau autour du cou. Il s'arrêta brutalement et plissa les yeux en voyant Shan.

— Salut, Chinois.

— Je suis content que ce soit vous, Merak.

Le chef ragyapa acquiesça comme si la chose était entendue.

— Il n'y a jamais eu d'autres personnes qui ont demandé de charmes, je me trompe ? interrogea Shan.

Merak posa son sac au sol et s'appuya au roc à côté de

Shan, la main sur son gau. Il paraissait soulagé d'avoir été découvert.

— Mais qui l'aurait cru ? Ce n'est pas souvent qu'un ragyapa est capable d'accomplir de grandes choses.

— Qu'est-ce que vous faites pour son service ?

— Un démon a besoin de beaucoup de repos. Il doit être protégé quand il se repose. J'avais peur que si, moi, je pouvais le trouver, d'autres le trouvent aussi.

— Et cela dure depuis combien de temps ?

— Ce salaud de Xong De. Le directeur des mines. Il a refusé à mon neveu l'autorisation de travailler à la mine américaine.

— Luntok, déclara Shan, comprenant soudain. Votre neveu, c'est Luntok ? Celui qui escalade les montagnes ?

— Oui, dit Merak avec une fierté évidente. Il va escalader le Chomolungma.

— Mais comment a-t-il pu trouver cet emploi alors qu'on l'avait refusé ?

— Xong est mort. Les gens racontent que Tamdin l'a tué. Je l'ai cru, parce qu'après beaucoup de Tibétains ont trouvé des emplois à la mine. L'autorisation a rapidement été accordée à Luntok. Je suis allé faire une offrande à Tamdin. Je savais qu'il habitait dans les hautes montagnes. Je n'ai pas arrêté de chercher. Aussi, quand Luntok a trouvé sa main, j'ai su où il fallait regarder. Je connais nos vautours. Ils trouvent leur nourriture depuis les hautes crêtes. L'oiseau a laissé tomber la main près des Américains. Quand il l'a ramassée, il a dû vite se rendre compte que ce n'était pas sa nourriture habituelle. Et il a dû la lâcher peu de temps après l'avoir trouvée.

— Ce qui signifiait que Tamdin était dans une caverne d'altitude proche des Américains.

Merak acquiesça à grands coups de tête.

— D'abord, j'ai eu peur de l'avoir dérangé. J'ai touché sa peau d'or. Mais quand j'ai senti son pouvoir, je me suis rendu compte de ce que j'avais fait et je me suis enfui.

— Mais vous êtes revenu avec des charmes pour être pardonné. Et vous continuez depuis à l'aider.

— Il était méchamment blessé, je le voyais bien. Il avait perdu sa main en combattant ce dernier démon. Il a livré tellement de batailles. Je lui ai rendu sa main, et j'ai apporté les charmes, mais je savais qu'il avait besoin de repos. J'ai emmené les chiens là-bas, pour qu'ils le protègent pendant qu'il se remettait de ses blessures. Et j'apporte eau et nourriture depuis ce jour-là.

— De l'eau et de la nourriture ?

— Je connais la différence entre les démons et les créatures de chair et de sang.

— Pourquoi auriez-vous besoin de prières pour vous protéger d'eux s'ils sont à vous ?

— Ils ne sont pas à moi. Je les ai achetés à un conducteur de troupeau. Maintenant, ils appartiennent à Tamdin.

Shan contempla Merak avec un vague sentiment d'appréhension qui ne faisait que croître.

— Souhaitez-vous venir avec moi ?

Merak ramassa son sac et secoua lourdement la tête.

— Je sais que vous êtes obligé de le faire, Chinois. Les gens parlent à votre sujet, ils disent comment vous avez invoqué le démon. Vous ne pouvez pas reculer.

Il indiqua le sentier et expliqua à Shan que l'entrée était cachée aux regards, huit cents mètres à l'intérieur d'une petite gorge, avant de secouer à nouveau la tête, prêt à partir.

— Je ne veux pas être là quand un Chinois essaiera d'entrer. Vous devriez souhaiter repartir avec moi, je vous aimais bien.

Lorsqu'ils trouvèrent la gorge, Shan regarda ses compagnons.

— Sergent, dit-il en montrant Jigme. Sa jambe saigne encore. Il faut que vous la pansiez.

Il arracha un pan de sa chemise qu'il tendit à Feng. Le sergent, qui contemplait la gorge d'un œil inquiet, parut d'abord ne pas avoir entendu, avant de se retourner, le front soucieux.

— Vous croyez que j'ai peur du démon ?

— Non. Je crois que la jambe de Jigme saigne.

485

Feng grommela, et guida Jigme jusqu'à un rocher plat à l'entrée de la gorge. Shan et Yeshe avancèrent jusqu'à un rétrécissement des parois qui ne laissait plus qu'un petit passage ouvrant soudain sur une clairière.

À l'instant où Shan y posa le pied, les bêtes attaquèrent.

Les créatures mangeaient la nourriture apportée par Merak, mais elles bondirent instantanément en voyant Shan, toutes dents dehors, en grondant. C'était les plus gros chiens que Shan eût jamais vus, des mastiffs tibétains noirs, élevés pour défendre les troupeaux contre les loups et les léopards, mais beaucoup plus imposants que les bêtes que Shan avait vues au Kham. Si elles n'avaient pas été attachées, elles l'auraient déchiqueté en menus morceaux. Quand Rebecca Fowler avait conduit la cérémonie au pied de la montagne, quelque chose avait hurlé dans la nuit.

Derrière les chiens se trouvait la caverne.

Soudain, tel un chuchotement glacé par-dessus son épaule, il se rappela les paroles de la diseuse de bonne aventure de Khorda. *Prosterne-toi devant les chiens noirs.* Il tomba à genoux, avant de se prosterner. Les chiens s'apaisèrent, curieux. Il sentit un mouvement derrière lui. C'était Yeshe, parlant à voix basse, d'un ton réconfortant, qui tenait son rosaire de manière à bien le montrer aux animaux. Chose incroyable, les chiens baissèrent la tête et avancèrent lentement. Yeshe se mit à les caresser, en récitant une prière. Shan repensa au gompa de Khartok : les chiens étaient les incarnations de prêtres déchus.

À l'intérieur de la caverne, Shan trouva des torches posées contre un rocher. Il en alluma une et suivit le tunnel qui s'incurvait vers la droite avant de déboucher sur une salle imposante. Il se figea, saisi un instant par la panique. Son cœur cessa de battre. La chose le regardait. La chose avançait sur lui, ses crocs rouges bien visibles. Il avait violé son territoire sacré et elle allait prendre sa tête, à lui aussi.

— Non ! s'écria-t-il.

Il secoua violemment la tête, comme pour se libérer du

mauvais sort. Il songea que la lumière lui jouait un mauvais tour et, luttant contre sa peur, il se porta en avant. La coiffure et le costume avaient été délibérément disposés sur un cadre en bois de manière à effrayer les intrus. Ses ors finement ouvragés brillaient, et le collier de crânes dansait à la flamme vacillante de sa torche. L'incantation d'invocation de Khorda avait fait son œuvre, songea-t-il sombrement. Mais qui invoquait qui ? Tamdin donnait l'impression de l'attendre.

Choje aurait voulu qu'il prononce certains mots, mais Shan était incapable de s'en souvenir. Il pouvait faire des mudras en offrande, mais ses doigts semblaient paralysés.

Il fut incapable de savoir combien de temps il resta là, debout, hypnotisé par la créature qu'il avait pourchassée. Finalement, il coinça la torche entre deux pierres et fit lentement le tour du costume, impressionné par sa puissance et sa beauté. Sur le devant, des rangs d'emblèmes en forme de disque avaient été cousus. Il sortit de sa poche le disque trouvé par Jilin. Juste sous la taille se trouvait un vide où le disque s'inséra parfaitement.

Il sentit un frisson derrière lui. Yeshe était entré, lui aussi percevait le pouvoir du démon. Il tomba à genoux et offrit une prière.

Derrière le costume se trouvait une pierre plate pareille à une table sur laquelle étaient posés les instruments rituels de Tamdin. Le plus proche était une grande lame incurvée en fléau avec une poignée à son sommet. Il toucha la lame : effilée comme un rasoir, elle était incontestablement assez affûtée pour sectionner la tête d'un humain. Des chaussures spéciales montées avec protège-tibias en or étaient posées sous la pierre. Les bras étaient disposés sur une autre pierre près du mur, l'un mutilé, une main en moins. Merak avait posé avec vénération sous celui-ci la main brisée.

Shan toucha le gau. Chose étrange, celui-ci lui parut chaud. Il glissa une main tremblante à l'intérieur du gant de cuir patiné du bras encore valide. Ce dernier était équipé d'un système complexe de poulies et de leviers.

Shan poussa un levier près du poignet et une rangée de crânes minuscules pivota le long du haut du bras. Il en poussa un autre et des griffes sortirent des doigts. Un autre ensemble de bras, minuscules faux membres montés près de l'épaule, pouvaient être manipulés par des anneaux enfilés sur les doigts du danseur. Il s'agissait d'une machine stupéfiante, un exploit technique, même pour les temps modernes. Shan était certain qu'il fallait des heures pour apprendre le maniement d'un tel costume. Des heures, mais pas des semaines, ni même des mois. Les mois d'entraînement jadis exigés des danseurs de Tamdin étaient nécessaires pour les mouvements des cérémonies, à cause de la coordination parfaite qu'exigeait la machine afin d'accomplir les rituels complexes pour lesquels elle avait été conçue.

Shan enfila le bras de Tamdin jusqu'à l'épaule et l'ajusta soigneusement. L'objet était étonnamment confortable, presque naturel. La doublure en soie autorisait une liberté de mouvements quasi totale. Il fit sortir les griffes et se surprit à les observer avec un sentiment de puissance immense. Il en joua, les faisant rentrer puis ressortir. C'était ça, Tamdin. *C'était ainsi qu'on devenait Tamdin.*

Une sensation d'immense satisfaction commença à grandir en lui. Avec ce bras, avec ces griffes, avec cette puissance, des comptes pouvaient se régler.

Un haut-le-cœur de surprise derrière lui rompit le charme maléfique. Yeshe bondit et commença à tirer la chose pour l'enlever du bras de Shan. Tout à coup Shan sentit lui aussi les ténèbres et arracha la manche. Les deux hommes contemplaient l'objet à leurs pieds, avant de relever la tête à l'unisson. Les deux chiens noirs étaient assis à l'entrée de la caverne, fixant Shan en silence, les yeux pleins d'une intensité glacée.

D'une main tremblante, Shan montra trois grandes boîtes en bois de rose dans la pénombre. Ils découvrirent vite que les boîtes avaient été conçues pour transporter le costume, l'une étant équipée d'une patère pour la coiffure. Une enveloppe était fixée à l'intérieur du coffre à l'aide d'adhésif jauni. Yeshe en sortit plusieurs pages de papier, dont certaines étaient si vieilles qu'elles se brisaient.

Les premières étaient le rapport de recensement manquant du gompa de Saskya, terminé quatorze mois auparavant et faisant état de la découverte des caisses dans les quartiers d'un vieux lama qui avait jadis été le danseur Tamdin.

— Mais qui l'a emporté ? interrogea Yeshe. Qui a volé le costume pour l'apporter ici ? Le directeur Wen ?

— Je pense que Wen savait, mais ce n'est qu'une partie du puzzle. Wen n'a pas utilisé le costume. Wen n'a pas emporté la tête du procureur jusqu'au mausolée.

Il ne croyait pas suffisamment, c'était cela que Shan voulait dire. Quiconque s'était servi du costume et avait sectionné la tête de Jao était un zélote fervent.

— Vous pensez maintenant que c'est un moine qui l'a volé ?

— Je ne sais pas, répondit Shan, sentant la frustration monter comme une boule dans sa poitrine.

Il avait espéré qu'au terme de sa longue quête de Tamdin il aurait toutes les réponses dont il avait besoin.

— Seul peut-être le lama à qui on l'a volé a la réponse.

Yeshe passa aux pages plus anciennes.

— Un rapport, annonça-t-il après avoir lu la première page en diagonale. Un anthropologue de Guangzhou. Historique du costume. Détails de la cérémonie, telle qu'il en a été le témoin en 1958.

Il s'interrompit et releva les yeux.

— Au gompa de Saskya. Saskya était le seul gompa du comté à exécuter la danse.

Il lut à haute voix.

— Le savoir de la cérémonie était une charge sacrée, qui passait d'un moine d'une génération, et d'un seul, à un moine de la génération suivante. Le danseur de Tamdin de 1958 était considéré comme le meilleur de tout le Tibet.

— Mais qui avait le costume l'année dernière ? Le vieux danseur, s'il est toujours en vie. Ou son élève. Eux sauront qui a pris le costume. La voilà, la preuve dont nous avons besoin. Le dernier lien avec le meurtre.

Yeshe continua à lire en silence, sur quelques paragraphes, avant d'abaisser les feuillets et de dévisager Shan d'un air perplexe. Shan lui prit la feuille des mains et lut. Le danseur de 1958 avait été Je Rimpotché.

Une tente s'était matérialisée devant les casernements, une structure de feutre en poil de yack ressemblant à une yourte couverte. Quatre moines attendaient tranquillement à la grille. Feng immobilisa le camion sous leurs regards.

Quatre nœuds s'approchèrent, chargés d'une civière. La grille s'ouvrit et les moines prirent la civière puis avancèrent à pas minuscules et précautionneux, soucieux qu'ils étaient de leur fragile fardeau. Ils pénétrèrent dans la tente. Un camion au moteur qui hoquetait bruyamment, une véritable antiquité, s'approcha, couinant de tous ses freins, pour se garer à côté de la tente. Shan reconnut quelques-uns des hommes qui en sortirent. Des moines du gompa de Saskya.

L'intérieur de la tente était empli d'une brume de fumée d'encens. Le vieux prêtre que Shan avait rencontré au temple de Saskya était penché sur Je, qu'il lavait pour la cérémonie. Un deuxième moine âgé, vêtu d'un habit aux manches en brocart — Shan se rendit compte que ce devait être le kenpo de Saskya —, présidait à la tête de la civière, rehaussée par des bottes de paille. À l'approche de Shan et de Yeshe, deux prêtres plus jeunes s'interposèrent. Yeshe passa outre, comme pour protéger Shan.

— Nous devons lui parler, protesta Shan.

Les jeunes prêtres ne prononcèrent pas une parole et indiquèrent un espace à côté d'un groupe de moines, assis devant la paillasse, qui faisaient tourner des moulins à prières en récitant des mantras.

— Une question, pressa instamment Yeshe. Rimpotché ne rechignerait pas à une question.

Le prêtre lança à Yeshe un regard noir.

— Où avez-vous étudié?

— Au gompa de Khartok. Je peux expliquer, supplia Yeshe. Il s'agit de sauver Sungpo. Peut-être même de sauver la 404e.

Le prêtre se tourna vers Shan.

— La cérémonie du Bardo a débuté. La transition a déjà commencé. Son âme. Elle est déjà en train de se lever. Cela requiert toute sa concentration. Il peut maintenant voir une petite lumière, très loin. S'il se détourne d'elle, s'il la perd un instant, il pourrait être envoyé dans un lieu qui n'était pas prévu. Il se peut qu'il ne la retrouve jamais. Il peut errer éternellement. Ce moine de Khartok le sait, termina-t-il en jetant un regard de mépris à Yeshe.

Ils s'assirent pour attendre. Yeshe commença à réciter son rosaire mais, sous l'œil de Shan, il perdit le compte petit à petit et se mit à tordre ses doigts au point d'en avoir les phalanges toutes blanches. On apporta des lampes à beurre et on les alluma.

— Vous ne comprenez pas ! lâcha soudain Yeshe. Il pourrait sauver Sungpo ! Nous pouvons protéger la 404e !

Le kenpo se retourna avec une expression glaciale. L'un des moines plus jeunes se dirigea, furieux, vers Yeshe comme s'il voulait le maîtriser physiquement, mais il fut interrompu par un remue-ménage soudain à la porte. Ils entendirent des protestations à voix basse. On releva l'abattant et le Dr Sung apparut. Elle jeta un coup d'œil noir à Shan et ignora tous les autres, avant de s'avancer jusqu'à la paillasse. À l'instant où elle ouvrait sa sacoche, le père supérieur l'interpella à haute voix et lui saisit le bras. Le Dr Sung et lui se livrèrent un duel de regards. De sa main libre, elle sortit un stéthoscope de sa sacoche, le passa autour de son cou puis, un doigt après l'autre, elle fit lâcher prise à la main du vieux moine. Celui-ci ne bougea pas mais ne fit rien pour arrêter l'examen.

— Son cœur ne bat pas suffisamment pour garder un enfant en vie, déclara-t-elle. Je soupçonne la présence d'un caillot.

— Est-ce qu'on peut le soigner ? demanda Shan.

— Peut-être. Mais pas ici. J'ai besoin de faire des tests à la clinique.

— Rien qu'une question, insista Yeshe en consultant sa montre. Il faut que nous sachions. Il est le seul à pouvoir nous répondre.

Sung haussa les épaules et remplit une seringue d'un liquide transparent.

— Ceci va le réveiller. Brièvement, au moins.

Elle nettoya le bras de Je. Comme elle se penchait sur Je avec son aiguille, le père supérieur plaça la main sur le carré de peau nettoyée.

— Vous n'avez aucune idée de ce que vous êtes en train de faire, prévint-il.

— C'est un vieil homme qui a besoin d'aide, implora Yeshe. Il n'est pas obligé de mourir ici. S'il meurt maintenant, Sungpo peut mourir lui aussi.

— Sa vie tout entière a été dédiée à cet instant de transition. Un instant qu'on ne peut pas arrêter. Il a déjà commencé sa traversée. Il est en un lieu qu'aucun de nous n'est autorisé à déranger.

Le Dr Sung regarda le prêtre comme pour la première fois, avant de lentement baisser sa seringue, cherchant les yeux de Shan qui s'était avancé sur l'estrade.

— C'est vous qui me l'avez demandé, dit-elle.

Mais sa voix embarrassée donna à sa phrase un accent de question plus que d'accusation.

— S'il meurt aujourd'hui, Sungpo mourra demain, poursuivit Yeshe d'un ton désespéré par-dessus l'épaule de Shan. Tout cela n'aura servi à rien. Si nous n'avons pas la réponse maintenant, nous ne la trouverons jamais.

Shan fit un geste vers l'entrée de la tente. La doctoresse abandonna ses instruments sur la paillasse et le suivit.

— Si c'est la maladie, nous devrions l'emmener, dit Shan doucement. S'il ne s'agit que d'un trépas naturel…

— Qu'est-ce que vous entendez par naturel ? questionna le Dr Sung.

Shan regarda au-dehors, au-delà des barbelés jusqu'au long bâtiment où Sungpo était assis.

— Je crois que je ne sais plus.

— Si je pouvais faire des tests, suggéra Sung, peut-être pourrions-nous…

Elle fut interrompue par un cri horrifié. Ils se retournèrent aussitôt. Les prêtres se remettaient debout d'un bond. Le vieux moine, le père supérieur, frappait Yeshe sur la tête avec une cloche de cérémonie. Yeshe était debout au-dessus de la paillasse, des larmes dégoulinant sur le visage. Il avait injecté à Je le contenu de la seringue.

Tout le monde criait. Quelqu'un exigea de connaître le nom du père supérieur de Yeshe. Un autre agrippa la chemise rouge de Yeshe et la lui arracha. Ils furent soudainement réduits au silence par Je qui leva un bras.

Le bras se dressa à la verticale, la main pivotant en une lente rotation inquiétante et irréelle, comme cherchant à se saisir d'une chose juste à la limite de sa portée.

Shan se précipita au côté de Je et lui essuya le front à l'aide du chiffon humide. Le vieil homme battit des paupières et ouvrit les yeux pour fixer le toit en feutre au-dessus de sa tête. Il baissa la main jusqu'à son visage et l'étudia, agitant les doigts avec une lenteur exquise, comme celle d'un papillon par grand froid. Il se tourna et mit les doigts sur le visage de Shan, en plissant les yeux, à croire qu'il ne le discernait pas bien.

— Quel niveau est-ce, alors ? murmura-t-il d'une voix sèche qui se craquelait.

— Rimpotché, le pressa Yeshe. Vous avez été le danseur de Tamdin à Saskya. Vous avez conservé le costume jusqu'à l'année dernière. Qui vous l'a pris ? implora-t-il. Est-ce que vous avez transmis votre savoir ? Qui était-ce ? Nous devons savoir qui a pris le costume.

Je rit d'une voix rauque.

— J'ai connu des gens comme vous dans l'autre lieu, chuchota-t-il dans un souffle rauque.

— Rimpotché. S'il vous plaît. Qui était-ce ?

Il battit des paupières et ses yeux se fermèrent. On entendit un nouveau bruit, un raclement dans sa poitrine.

493

Tous regardèrent plusieurs minutes durant dans un silence angoissé.

Puis les yeux s'ouvrirent à nouveau, écarquillés.

— Au bout du compte, déclara-t-il lentement, comme s'il écoutait quelque chose, chaque mot ponctué par ce sifflement qui râpait dans sa poitrine, tout ce qu'il faut, c'est un son parfait.

Il ferma les yeux. Le sifflement râpeux cessa.

— Il est mort, annonça le Dr Sung.

## 19

Yeshe fixait le corps avec un désespoir absolu. Les yeux du vieil homme au pied de la paillasse se remplirent de larmes. Une voix dans le fond lâcha un cri de mépris au Tibétain. Le prêtre qui conduisait la cérémonie du Bardo commença à déclamer, avec une férocité glaciale, une litanie ténébreuse que Shan n'avait encore jamais entendue. Il fusillait Yeshe du regard tandis que ses invectives se faisaient plus rapides et plus sonores. Yeshe se taisait, blanc comme un linge. Shan eut beau le tirer par le bras, il paraissait incapable de bouger. Le prêtre de service, des larmes sur les joues, cherchait frénétiquement dans les cheveux au sommet de la tête de Je. Si elle avait été convenablement préparée, l'âme de Je se serait échappée par un orifice minuscule dont on pensait qu'il se trouvait sur le haut de la tête de tous les humains.

— Qu'on lui jette un os, à ce chien. Il est indigne d'être moine ! hurla quelqu'un depuis l'arrière.

— Son nom, c'est Yeshe ! cria un autre. Gompa de Khartok.

Shan donna un coup d'épaule à Yeshe et le poussa hors de la yourte. Quelque chose s'était défait chez le jeune Tibétain. Il semblait d'une faiblesse extrême, insensible à tout. Shan lui prit la main et le conduisit au bloc de cellules où Sungpo psalmodiait un nouveau mantra, un mantra triste. Il avait appris la nouvelle. D'une manière ou d'une autre.

— Ça n'a pas d'importance, déclara Shan, non parce qu'il en était convaincu, mais parce qu'il ne pouvait supporter l'idée que Yeshe devienne une victime de plus.

— C'est important, au-delà de toute importance.

Yeshe tremblait. Il entra dans une cellule vide et agrippa les barreaux pour se stabiliser, dévoré par un effroi que Shan n'avait encore jamais vu.

— Ce que j'ai fait a détruit l'instant de sa transition. J'ai ruiné son âme. J'ai ruiné mon âme, dit-il avec une certitude glacée. Et je ne sais même pas pourquoi.

— Vous l'avez fait pour venir en aide à Sungpo. Vous l'avez fait pour rendre justice à Dilgo. Vous l'avez fait pour la vérité.

Shan n'avait pas parlé à Yeshe du rosaire de corail au musée de Lhassa, réplique de celui de Dilgo, le rosaire qu'on avait délibérément déposé pour impliquer Dilgo et emprisonner Yeshe dans le tissu de ses propres contradictions. Peu importait qu'il connût l'existence de cette pièce à conviction, il y avait bien longtemps que son cœur lui avait révélé le mensonge.

— Votre justice. Votre foutue justice, gémit Yeshe. Pourquoi est-ce que je vous ai cru ?

Il semblait se rapetisser, rétrécissant à vue d'œil.

— Peut-être que c'est vrai, ajouta-t-il avec une lucidité qui parut l'effrayer. Peut-être que vous avez invoqué Tamdin. Peut-être était-il là, tapi, à nous surveiller tout ce temps. Peut-être s'est-il servi de vous pour créer cette absence de pitié. Il ravage tout ce qu'il touche, il ravage même les âmes dans sa quête de vérité.

— Vous pouvez retourner dans votre gompa. Vous désirez être à nouveau prêtre, vous me l'avez montré. Ils vous aideront.

Yeshe recula contre le mur du fond et s'y affala, toujours debout. Quand il releva la tête, il apparut exsangue, tellement émacié que la chair semblait s'être rabougrie sur les os. Ce n'était pas Yeshe, c'était son spectre.

— Ils vont me cracher dessus. Ils vont me chasser des temples. Je ne pourrai jamais revenir en arrière maintenant. Et je ne peux pas aller au Sichuan. Je ne peux plus être l'un d'eux. Je ne veux pas être un bon Chinois. Ça aussi, vous me l'avez détruit, lança-t-il en fixant un regard hanté sur Shan. Qu'est-ce que vous m'avez fait ? Je m'en suis pris quatre. J'aurais pu tout aussi bien sauter d'une falaise.

Qu'on lui jette un os, avaient dit les moines. Jamais Yeshe ne serait prêtre. Ce n'était plus qu'un chien. Un moine impie.

— Pour rien.

Il se laissa lentement glisser au sol. Les larmes coulaient sur ses joues. Il trouva son rosaire et l'arracha. Les grains tombèrent un à un avant de rouler par terre. Engourdi par sa propre impuissance, Shan remplit d'eau une chope à thé et la tendit au jeune Tibétain. Elle tomba entre les mains de Yeshe et se cassa en miettes. Bataillant pour trouver quelques paroles de réconfort, Shan se mit en devoir de ramasser les éclats de porcelaine avant de s'arrêter et de tomber à genoux. Il fixait les morceaux de la chope qu'il tenait à la main.

— Non ! s'exclama Shan avec enthousiasme. Je nous a dit exactement ce que nous avions besoin de savoir. Regardez ! ajouta-t-il en secouant Yeshe par l'épaule pour lui montrer un éclat. Vous voyez ?

Mais Yeshe était incapable de l'entendre. La douleur au cœur, Shan se releva, lui adressa un dernier regard attristé et sortit du bâtiment à toute vitesse.

Lorsqu'ils arrivèrent au marché, Feng ne fit pas le moindre effort pour descendre du camion. Shan alla droit vers la boutique du guérisseur. Mais il n'entra pas dans la cahute de Khorda. Il se posta dans l'allée qui la jouxtait. Un adolescent en gilet de berger apparut à côté de lui.

— Attendez, le pria instamment le garçon.

Quelques instants plus tard, il revenait avec le purba au visage balafré.

— Il est inutile que vous alliez sur la montagne, lui dit Shan. Inutile de vous sacrifier. J'ai trouvé un autre moyen.

Le purba lui lança un regard sceptique.

— Il faut que j'aille faire la distribution de nourriture aujourd'hui. À la 404ᵉ, ajouta Shan.

— Nous ne livrons pas la nourriture. C'est de la responsabilité de l'association de charité.

— Mais parfois vous allez avec eux. Le temps n'est plus aux petits jeux. Je sais comment ça se passe. Il arrive que vous laissiez quelqu'un sur place.

— Je ne comprends pas, répliqua le purba avec raideur.

— Le camp de la 404ᵉ est bâti sur le roc. Il n'y a pas de tunnel. Il n'y a pas de trou dans le grillage de la clôture. Et personne ne vole dans les airs comme une flèche.

Le purba inspecta la place du marché par-dessus l'épaule de Shan.

— Avez-vous terminé votre enquête ?

— J'ai vu Trinle. Mais pas à la 404ᵉ.

— Trinle est un très saint homme. On le sous-estime souvent.

— Je ne le sous-estime pas. Pas maintenant. Pour lui la 404ᵉ n'est pas une prison. Il va et il vient à son gré dès qu'il s'agit du gompa de Nambe. Il va et il vient avec les purbas. Personne d'autre ne pourrait faire cela pour lui.

— Et comment ferions-nous ce tour de magie ?

— Je ne sais pas exactement. Mais ça ne devrait pas être trop difficile tant que le décompte de personnes ne change pas.

Le purba fit la grimace, comme s'il venait de croquer un fruit amer.

— Prendre la place d'un prisonnier serait de la folie. Avec pour conséquence une exécution immédiate.

— Ce qui explique pourquoi c'est un purba qui le fait. L'homme ne réagit pas.

— Trinle est plus souvent malade que la plupart, continua Shan. Nous nous y sommes habitués. Parfois, il reste confiné sur sa couchette avec une couverture sur la tête. Maintenant je sais pourquoi. Parce que ce n'est pas lui. Je peux deviner la manière dont les choses se passent. À des jours convenus, les purbas viennent aider à servir la nourriture, quand l'association charitable apporte les repas. Un homme revêt une tenue de prisonnier sous ses vêtements civils. Quand Trinle arrive aux tables, il se crée une diversion. Peut-être se cache-t-il pour enfiler les vêtements d'un civil. Le purba change de place avec lui, et reste à la 404ᵉ jusqu'à son retour. Les gardes ne sont pas très pointilleux. Ils ne connaissent pas tous les visages des prisonniers. Tant que le décompte reste le même, comment pourrait-il y avoir une évasion ? Et tant que son visage reste caché, comment les autres prisonniers éprouveraient-ils le moindre soupçon ?

Le purba fixait Shan.

— Qu'est-ce que vous voulez exactement ?

— Il faut que je franchisse la zone interdite en limite de camp. Aujourd'hui.

— Comme vous l'avez signalé vous-même, c'est très dangereux. Quelqu'un pourrait se faire tuer.

— Quelqu'un *a* été tué. Combien de cadavres vous faudra-t-il encore ?

Le purba contempla les étals du marché comme s'il y cherchait une réponse.

— Des choux, lança-t-il soudain. Faites attention aux choux, répéta-t-il avant de disparaître, comme emporté par le vent.

Vingt minutes plus tard, Feng se frayait un chemin dans la circulation de la ville quand une charrette pleine de choux se renversa au passage de son véhicule. Il effectuait une marche arrière lorsqu'il fut bloqué par une seconde charrette. Instantanément, Shan bondit du véhicule.

— Voici ce que vous devez faire. Allez voir Tan. Dites-lui qu'il doit vous accompagner. À la 404ᵉ. Retrouvez-moi tous les deux devant la clôture, dans deux heures.

Il tourna les talons en ignorant les faibles protestations de Feng, et disparut dans la foule. Une heure plus tard, il était dans l'enceinte de la 404ᵉ, coiffé d'un bonnet en laine bien trop grand, avec le brassard de l'association de charité, et il servait des bols de gruau d'orge. Une moitié de la file était passée lorsqu'un garde reçut un seau d'eau sur le pied. Le garde poussa un cri et le Tibétain qui portait le seau tomba en arrière en bousculant au passage un autre prisonnier, qui dégringola au sol. D'autres gardes arrivèrent pour voir ce qui se passait. Dans la confusion qui s'ensuivit, Shan se glissa sous la table, du côté opposé, où pendait un morceau de feutre sale, ôta sa veste et prit la file à son tour, vêtu d'une tenue de prisonnier fournie par les purbas.

Choje ne mangeait pas. Shan le trouva méditant dans sa cahute et s'assit face à lui. Choje battit des paupières, ouvrit les yeux et mit la main sur la joue de Shan, comme pour s'assurer que celui-ci était bien vrai.

— C'est une joie de te revoir. Mais tu as choisi un moment bien délicat pour revenir.

— Il fallait que je parle au père supérieur du gompa de Nambe.

— Nambe a été détruit.

— Ses bâtiments ont été détruits. Ses occupants emprisonnés. Mais le gompa vit.

— Nous ne pouvions pas permettre qu'il meure.

— À cause des promesses concernant Yerpa. Faites au deuxième dalaï-lama.

— Plus qu'une promesse, dit Choje sans la moindre surprise. Un devoir sacré. C'est merveilleux, non ? ajouta-t-il, les lèvres retroussées en un faible sourire.

— Est-ce que les purbas sont au courant, Rimpotché ? Choje secoua la tête.

— Ils veulent aider tous les prisonniers. C'est une bonne chose. Et c'est une chose juste. Mais ils n'ont jamais eu besoin de connaître notre secret. Nous avons le devoir de ne rien révéler. Il leur suffit de savoir que le gompa de Nambe vit, qu'en aidant Trinle ils le gardent en vie.

Shan acquiesça en entendant Choje confirmer ses soupçons.

— Je comprends maintenant pourquoi Trinle devait

sortir, pourquoi le rituel de la flèche a finalement paru se réaliser. Vous deviez vous assurer que les nœuds passent à l'action au grand jour, en public. Une fois que le miracle s'était produit, il était sûr que des témoins allaient venir, à mesure que le bouche à oreille transmettait le compte rendu de cet acte de magie.

Choje plongea son regard dans ses mains.

— Nous nous faisions du souci, Trinle et moi : nous nous demandions si ce que nous avions fait était peut-être un mensonge.

— Non, l'assura Shan. Ce n'était pas un mensonge. Vous avez effectivement accompli un miracle, Rimpotché.

Un sourire serein illumina de nouveau le visage de Choje.

— Vous savez ce que le monde croira ? interrogea Shan. Que tout cela n'aura concerné que le sauvetage d'une seule âme.

— L'âme d'un procureur chinois. Ce n'est pas une mauvaise leçon, Xiao Shan.

Cent quatre-vingts moines se suicident pour sauver l'âme de celui qui avait requis contre eux. Partout ailleurs, ce serait matière à légende. Mais ici, ce n'était qu'un autre jour bien ordinaire, un jour au Tibet.

— Mais vous et moi savons que ce n'est pas la raison véritable.

Choje inclina les mains, les bouts des doigts joints. Il dessina un mudra d'offrande, la flasque du trésor. Choje le contempla avec un sourire lointain puis poussa les mains vers Shan. Silencieusement, Shan exécuta ce que Choje désirait, donnant à ses propres mains la forme du même mantra. Choje fit le geste de verser le contenu de son réceptacle dans celui de Shan, avant de lentement écarter les mains, laissant Shan en possession de la flasque du trésor.

— Tiens, dit-il. Le trésor est tien.

Shan sentit ses yeux se mouiller.

— Non, murmura-t-il en protestant faiblement, et fermant les paupières, luttant contre les larmes.

Ils continueront à la construire, cette route, quand vous serez mort, voulait-il ajouter. Mais il connaissait la réponse de Choje. Cela n'avait aucune importance, dans la mesure où Choje et le gompa de Nambe avaient été bien réels et fidèles à eux-mêmes.

— Le rituel du tonnerre, il fait aussi partie des devoirs de Nambe, n'est-ce pas ?

Choje hocha la tête en signe d'approbation.

— Tes yeux ont toujours su voir loin, mon ami. Nambe était déjà vieux de plusieurs siècles lorsque le vœu a été fait de protéger le gomchen. Nambe était le centre du rituel. Il avait perfectionné cette pratique. Pour un mortel, faire le tonnerre exige un équilibre intense, le stade le plus élevé de la méditation. Certains racontent que c'est la raison pour laquelle nous avons eu l'honneur de veiller à la protection de Yerpa.

— Trinle et Gendun sont deux maîtres du rituel.

Choje se contenta de sourire.

Ils restèrent silencieux et écoutèrent les mantras qui commençaient au-dehors à mesure que les moines finissaient de manger.

— Tu es venu me présenter une requête, finit par dire Choje.

— Oui. Je dois parler à Trinle. À propos de cette fameuse nuit. Je sais qu'il ne parlera pas sans votre permission.

Choje réfléchit aux paroles de Shan.

— Tu demandes beaucoup.

— Il reste encore une chance, Rimpotché. Une chance de sauver Nambe et Yerpa. Il faut que vous me laissiez trouver la vérité.

— Toutes les choses ont une fin, Xiao Shan.

— Alors, s'il faut qu'il y ait une fin, répliqua Shan, que la fin soit dans la lumière, et non dans l'ombre.

— Ils leur donneraient des drogues, tu sais, s'ils capturaient Trinle et Gendun. Ces drogues sont comme des mauvais sorts. Ils seraient incapables de résister aux questions. Ils le savent. Si les soldats essayaient de s'emparer d'eux, Trinle et Gendun choisiraient de mourir. Peux-tu supporter ce fardeau ?

— Si les soldats essaient de s'emparer d'eux, répondit très vite Shan, moi aussi, je choisirai de mourir.

C'était simple de mourir, lorsque les nœuds venaient vous chercher. Si vous couriez pour fuir, ils tiraient. Si vous couriez sur eux, ils tiraient. Si vous résistiez, ils tiraient.

Il vit Choje qui lui souriait et baissa les yeux. Les mains de Shan formaient toujours le mudra, elles tenaient la flasque du trésor, lorsque Choje se mit à parler.

Vingt minutes plus tard, Shan se tenait en bordure de la zone interdite et ôtait sa chemise de prisonnier. Il avança d'un pas. Les nœuds lancèrent un avertissement. Trois d'entre eux relevèrent le chien de leur fusil qu'ils pointèrent sur lui. Un officier dégaina son pistolet, s'apprêtant à tirer un coup de sommation lorsqu'une main se referma sur l'arme et l'abaissa vers le sol. C'était Tan.

— Il vous reste moins de dix-huit heures, grommela Tan. Vous devriez être en train de rédiger le rapport final.

Mais comme ils s'éloignaient des nœuds, sa colère disparut.

— La délégation du ministère. Ses membres sont déjà en compagnie de Li. Ils ont modifié le programme. Le procès se tiendra à huit heures demain matin.

Shan releva la tête, soudainement inquiet.

— Vous devez demander un délai.

— Pour quel motif ?

— J'ai un témoin.

## 20

Ils arrivèrent avant l'aube, selon les instructions de Choje. Ne parlez pas aux purbas, avait-il recommandé. Ne laissez pas les nœuds vous suivre. Soyez là simplement au lever du jour, à la clairière devant le nouveau pont.

— Aucun signe de lui ? demanda Shan quand Feng eut coupé le moteur. Peut-être a-t-il changé de baraquement ? Il n'avait nulle part où aller.

— Non. Il est parti. Par la route, à la nuit tombée, rétorqua Feng. Vous ne le reverrez plus.

Le sac de Yeshe n'était plus là au retour de Shan dans la cahute.

— Il n'a rien dit ? Il n'a rien laissé ?

Le sergent Feng mit la main à la poche.

— Juste ça, répondit-il en posant le rosaire détruit sur le tableau de bord : ne restaient que le cordon et deux grains de séparation.

Il bâilla et inclina son siège en arrière.

— Je sais où il est parti. Il a demandé comment se rendre à l'usine chimique de Lhassa. Ils engagent des tas de Tibétains là-bas, avec ou sans papiers.

Shan se mit la tête entre les mains.

— Nous pourrions demander aux patrouilles de le ramasser, suggéra Feng, si vous avez encore besoin de lui.

— Non, murmura Shan d'une voix sinistre avant de quitter le camion.

Il n'y avait rien, hormis le quartier de lune au-dessus du contour noir des montagnes. Sous le scintillement des étoiles, Shan se surprit à chercher le spectre de Jao.

Un autre véhicule apparut le long de la route, quittant la ville pour venir s'immobiliser derrière le camion. C'était Tan, au volant de sa propre voiture. Il portait un pistolet.

— Je n'aime pas ça, déclara-t-il. Un témoin qui se cache ne sert à rien. Comment va-t-il témoigner ? Il va falloir qu'il vienne avec nous, qu'il se présente au procès. On lui demandera pourquoi il ne parle que maintenant, après tout ce temps.

Il examina le paysage obscur avant de jeter un œil soupçonneux vers Shan et d'ajouter :

— Si c'est un membre du culte, ils soutiendront qu'il est complice.

— Un groupe de moines contemplait le pont, expliqua Shan tout en continuant à fixer la bruyère. Ils essayaient de le faire s'effondrer.

Tan marmonna un juron à voix basse.

— En le regardant ? ricana-t-il amèrement.

Il tourna la tête vers sa voiture, comme s'il envisageait de repartir, avant de suivre lentement Shan dans la clairière.

— En criant, dit Shan.

Comment pouvait-il expliquer le rituel des tessons ? Comment pouvait-il expliquer les poteries brisées au-dessus du pont ou à Yerpa, là où Trinle et les autres s'entraînaient à l'antique rituel du tonnerre ? Comment pouvait-il expliquer cette ancienne croyance selon laquelle un son parfait était la force la plus destructrice de la nature ?

— Pas en poussant un cri, en réalité. Mais en créant des vagues sonores. C'est ce qui a fait peur au sergent Feng cette nuit-là, et qui l'a poussé à tirer. Comme un coup de…

Il s'arrêta. Dans la lumière naissante, il aperçut une forme grise à dix mètres au bout de la clairière, un gros rocher qui prenait petit à petit la taille d'un homme assis par terre. C'était Gendun.

Ils s'immobilisèrent à deux mètres de lui.

— C'est un prêtre d'un gompa tout proche, déclara Shan avant de se tourner vers le vieux moine. Pouvez-vous expliquer où vous vous trouviez la nuit du meurtre du procureur ?

— Au-dessus du pont, répondit Gendun d'une voix ferme et paisible, comme s'il récitait une prière. Dans les rochers. Je psalmodiais.

— Pour quelle raison ?

— Au XVIe siècle, il y a eu une invasion mongole. Les prêtres de mon gompa l'ont arrêtée et l'ont empêchée d'atteindre Lhadrung en déclenchant une avalanche qui a écrasé l'armée.

Tan jeta à Shan un regard de colère, mais avant qu'il ait pu tourner les talons, Gendun poursuivait :

— Ce pont. Il n'a pas sa place ici. Il est destiné à s'effondrer.

Il fut interrompu par le bruit d'un véhicule arrivant à toute allure par la route gravillonnée. Le gros camion s'arrêta sur un dérapage et Li Aidang en bondit, vêtu d'un treillis militaire. Il avança d'une dizaine de pas dans la clairière avant de lâcher un ordre qui claqua comme un coup de fouet. Une demi-douzaine de nœuds en uniforme commencèrent à sauter à leur tour du camion. Le commandant apparut à la lueur des phares, une arme automatique accrochée à l'épaule. Les soldats s'alignèrent sur un rang le long de la route, face à Li.

Une étrange sérénité descendit sur Gendun, son regard se fit lointain. Il ne prêta aucune attention aux nœuds, mais examina les montagnes comme s'il essayait de s'en souvenir pour une référence ultérieure. Il n'était pas maître de sa prochaine incarnation. Il pourrait se réembraser sur le sol d'une hutte dans le désert à des milliers de kilomètres de là.

— Le soleil était couché depuis peut-être une heure quand sont apparus les phares d'une voiture, poursuivit-il. La voiture s'est arrêtée près du pont et a éteint ses phares.

Ensuite il y a eu les voix. Deux hommes, je crois, et une femme qui riait. Je crois qu'elle était ivre.

— Une femme ? demanda Shan. Il y avait une femme avec le procureur Jao ?

— Non. Ça, c'était la première voiture.

Le silence d'avant l'aube était à nul autre pareil. Il semblait contenir les soldats comme par magie. Les paroles de Gendun sonnaient haut et clair. Le cri d'une chouette se réverbéra en échos inquiétants dans la gorge.

— Ensuite elle a hurlé. Un hurlement de mort.

Les mots sortirent brutalement Li de sa transe. Il s'avança dans la clairière vers Gendun. Shan lui barra le passage.

— Ne tentez pas d'interférer avec le ministère de la Justice ! aboya Li, toutes dents dehors. Cet homme est un conspirateur. Il reconnaît qu'il était là. Il rejoindra Sungpo au banc des accusés.

— Nous sommes encore en pleine enquête, protesta Shan.

— Non, objecta Li avec férocité. Elle est terminée. Le ministère ouvrira la séance du tribunal dans trois heures. Il est prévu que j'y présente le rapport de l'accusation.

— Je ne pense pas, déclara Tan d'une voix si douce que Shan ne fut pas certain d'avoir correctement entendu.

Li l'ignora et fit signe aux nœuds d'approcher.

— Il n'y aura pas de procès sans le prisonnier, poursuivit Tan.

— Qu'est-ce que vous dites ? rétorqua sèchement Li.

— Je l'ai fait déplacer du corps de garde. À minuit, la nuit dernière.

— Impossible. Il était gardé par la Sécurité publique.

— Les gardes ont été rappelés. Pour être remplacés par quelques-uns de mes assistants. Il semble qu'il y ait eu une confusion dans les ordres.

— Vous n'avez aucune autorité ! aboya Li.

— Tant que Pékin n'en décide pas autrement, je suis le responsable officiel du gouvernement dans le comté.

Tan s'interrompit et regarda vers le versant de la colline. Un vrombissement avait détourné son attention, pareil à un coassement de grenouilles, un son naturel qui n'avait pas existé jusque- là. Soudain, il sembla beaucoup plus proche. Dans la lumière naissante, un autre prêtre apparut en bordure de la clairière, à trois mètres de Gendun. C'était Trinle. Il était assis dans la position du lotus, psalmodiant un mantra d'une voix basse et nasalisée. Li s'avança avec un petit sourire suffisant et s'approcha de Trinle, le nouvel objet de sa furie. Lorsque arriva un son qui se répercuta en échos depuis le côté opposé de la clairière. Shan s'y dirigea et distingua une autre robe rouge dans les buissons. Li fit un pas de plus vers Trinle, toujours aussi furieux, et s'arrêta. Une troisième voix vint se joindre aux deux précédentes, puis une quatrième, toutes suivant le même rythme dans la même tonalité. Le son semblait venir de nulle part, et de partout à la fois.

— Emparez-vous d'eux ! s'écria Li.

Mais les nœuds étaient cloués sur place, et fixaient les buissons.

Le jour perçait vite et Shan distingua les robes à la lisière de la clairière avec une netteté suffisante pour pouvoir les dénombrer. Six. Dix. Non, plus. Quinze. Il reconnut quelques-uns des visages. Certains étaient purbas. D'autres venaient des montagnes, les protecteurs du gomchen.

Li fit demi-tour et arracha une matraque au ceinturon d'un soldat. Il s'avança le long du périmètre de la clairière, les yeux brûlant d'envie d'agir, tout en maniant la matraque. Il s'arrêta à l'arrière du cercle et en asséna un coup sur le dos de Trinle. Celui-ci ne réagit pas. Li appela le commandant avec furie, lequel s'avança d'un pas mal assuré pour s'arrêter à trois mètres de Trinle. Li se posta à son côté et fit mine de se saisir de son arme.

Il fallut à Shan toute sa volonté pour s'interposer entre Trinle et les deux hommes. Il perçut un mouvement sur le côté du cercle. Apparut le sergent Feng, armé de la clé en croix du camion. C'était fini, comprit Shan. Qu'il ait perdu n'était pas une surprise. Mais que la 404ᵉ et Yerpa soient

eux aussi perdus lui était insupportable. Il attendait douloureusement qu'on en termine, mais vite, au moins. Ce
serait dans l'ordre des choses, songea-t-il distraitement,
que la balle vienne du sergent Feng.

— Reculez, entendit-il Feng grogner.

Mais ce n'était pas à lui que le sergent s'adressait. Feng
pivota pour se placer à côté de Shan, face à Li et au commandant. Le mantra continua.

— Espèce de vieux porc ! ricana Li à l'adresse de Feng.
Votre carrière de soldat est terminée.

— Mon travail est de veiller sur le camarade Shan,
grommela Feng, en s'arc-boutant, les pieds ancrés dans le
sol, comme s'il se préparait à une attaque.

Le mantra parut grandir et enfler en remplissant à nouveau le silence tendu à se rompre. Le commandant revint
auprès de ses hommes et leur ordonna de sortir les
matraques qu'ils portaient au ceinturon.

Tan se matérialisa au côté de Shan. Il l'observa avec un
air étrangement triste avant de se tourner vers Li, le visage
crispé.

— Ces gens, déclara-t-il avec un geste embrassant le
cercle des moines, sont sous ma protection.

— Votre protection est inutile, colonel, gronda Li à la
figure de Tan. Nous enquêtons sur vous. Corruption dans
l'exercice de vos fonctions. Nous révoquons votre autorité.

La main de Tan se porta sur son étui. Le commandant
se saisit de son pistolet-mitrailleur.

Tout à coup, un nouveau bruit se leva au-dessus des litanies, un sifflement de freins pneumatiques. Tous se retournèrent pour voir un long autocar brillant s'immobiliser.
Des vitres commencèrent à descendre.

— Martha ! s'écria une voix en anglais. C'est le service
du matin. Change-moi cette foutue pellicule.

Les touristes sortirent, un à un, dans un cliquetis d'ob-
turateurs, ou le ronron des caméras filmant en vidéo les
moines, Shan, Li et les nœuds.

Shan regarda l'intérieur de l'autocar. L'homme au

volant lui était familier, un visage entrevu sur la place du marché. À côté de lui, vêtue d'un complet coquet de femme d'affaires avec une cravate, se trouvait Mlle Taring, du bureau des Affaires religieuses. Elle commença à parler de rituels bouddhistes, et des liens étroits qu'entretenaient les bouddhistes avec les forces de la nature.

Elle sortit et proposa à un couple américain de lui emprunter son appareil photo pour les prendre en compagnie des soldats chinois.

Le commandant les détailla un moment du regard avant de vite rameuter ses troupes pour les faire monter dans le camion. Li se recula.

— Ça n'a pas d'importance, cracha-t-il à mi-voix. Nous avons déjà gagné.

Il fit signe aux Américains, un sourire contraint sur le visage, pour grimper dans le camion à côté du commandant. Quelques instants plus tard, ils n'étaient plus là. Puis, aussi brutalement qu'il était arrivé, l'autocar repartit, lui aussi.

Tan s'assit devant Gendun. Instantanément, le mantra s'arrêta. Trinle apparut et s'agenouilla au côté de Gendun.

— Parlez-moi de la femme, dit Tan.

— Elle semblait très heureuse. Puis… il n'y a rien de plus horrible que le hurlement de quelqu'un qui n'est pas préparé pour sa mort. Ensuite, il y a eu d'autres voix, pas la sienne. C'est tout.

— Rien d'autre ?

— Pas avant la seconde voiture. Elle est arrivée une heure plus tard. Deux portières ont claqué. Des cris ont retenti. Un homme qui appelait quelqu'un.

— Il appelait un nom ?

— L'homme d'en dessous s'est écrié : « Vous êtes là ? » Il a dit qu'il savait d'où provenait la fleur. Il a ajouté : « Qu'est-ce que vous voulez dire, je n'aurai pas besoin de la machine à rayons X ? » L'homme au-dessus a répondu : « Estimé camarade, je sais où vous devriez chercher. » L'homme d'en dessous, poursuivit Gendun, a répondu qu'il ferait un marché, en échange de plus de preuves.

Shan et le colonel échangèrent un regard. Estimé camarade.

— Après cela, il a remonté la pente. Les voix étaient beaucoup plus étouffées, puis elles ont disparu complètement à mesure qu'ils grimpaient. Ensuite, il y a eu un nouveau bruit. Pas un cri. Un gémissement sonore. Et dix à quinze minutes plus tard, les phares de la voiture se sont allumés. Je l'ai vu, lui, à peut-être trente mètres de la voiture. L'homme dans la voiture est sorti et il s'est mis à courir sur la route.

— Vous l'avez vu dans la lumière des phares ?

— Oui.

— Vous l'avez reconnu ? demanda Shan.

— Naturellement. Je l'avais déjà vu, dans les festivals.

— Vous n'avez pas eu peur ?

— Je n'ai rien à craindre d'un démon protecteur.

Ils réduisirent le témoignage de Gendun à une déposition écrite, que Tan authentifia de son sceau personnel. Il ne demanda pas à Gendun de rester lorsque les autres moines se levèrent pour disparaître dans la bruyère.

— Le lendemain matin, demanda Shan alors que Gendun s'apprêtait à rejoindre ses compagnons. S'est-il passé quoi que ce soit d'inhabituel ?

— Je suis parti avant l'arrivée des équipes d'ouvriers, comme convenu. On m'avait prévenu. Il n'y a eu qu'une seule chose.

— Quelle chose ?

— Le bruit. Il m'a surpris, qu'ils démarrent si tôt. Avant l'aube. Un bruit de gros engins de chantier. Pas ici. Plus loin. Je l'ai entendu, c'est tout, comme s'il venait des hauteurs.

Une heure plus tard, ils débarquaient à la mine de bore en procession solennelle, la voiture de Tan en tête, le camion de soldats que Tan avait demandé par radio, et, finalement, Shan et le sergent Feng. Ils se dirigèrent droit vers l'entrepôt des engins de chantier, où ils choisirent un lourd tracteur avec pelle hydraulique et le bulldozer de la mine. Les machines avançaient déjà sur la digue lorsque émergèrent des bâtiments les premières silhouettes.

Rebecca Fowler courut vers eux, puis s'arrêta et envoya Kincaid chercher son appareil photo en reconnaissant Tan. Le colonel lui fit signe d'arrêter, avant de déployer ses soldats et d'interdire tout accès à la levée de terre.

— Comment osez-vous ? explosa Fowler dès qu'elle fut assez près pour se faire entendre. J'appellerai Pékin ! J'appellerai les États-Unis !

— Si vous vous mêlez de quoi que ce soit, je ferme la mine, répliqua Tan, impassible.

— Foutus MFC ! aboya Kincaid qui se mit en devoir, avec son appareil, de mitrailler Tan, les plaques d'immatriculation des véhicules, les machines et les gardes.

Il s'arrêta en voyant Shan. Il prit une autre photo, puis baissa son objectif et posa sur Shan un œil hésitant.

La pelleteuse mordit dans la terre à l'endroit où la digue coupait la gorge, là où son épaisseur était maximale, et où Shan se souvenait d'avoir vu des engins de chantier sur les photos satellite prises juste avant que le barrage soit terminé, là où ne restait plus qu'un dernier trou à combler juste avant le meurtre. Il fallut vingt minutes pour que la pelle cogne le métal, et vingt minutes supplémentaires avant d'avoir confirmation que la voiture retrouvée enfouie était bien une limousine Red Flag.

On l'accrocha au bulldozer.

Les chenilles se mirent à baratter l'herbe en la déchiquetant jusqu'à ce qu'elles trouvent prise. Le moteur peina et, l'espace d'un instant, tout parut s'arrêter. Tandis que la voiture s'arrachait lentement à la boue, retentit un son extraordinaire, un son comme Shan n'en avait jamais entendu, un gémissement, une déchirure qui n'étaient pas de ce monde et lui firent trembler l'échine.

Le bulldozer ne s'arrêta pas avant d'avoir tiré la voiture pratiquement au sommet de la digue.

Shan regarda à l'intérieur et vit une mallette.

— Ouvrez-la, dit Tan avec impatience.

La portière pivota sans difficulté, en libérant une odeur

de pourriture qui parut tout envahir. À l'intérieur de la mallette se trouvaient les billets de Jao, un épais dossier et une photo satellite, recadrée pour ne montrer que les champs de pavots.

Le coffre était coincé. Tan agrippa une pince à décoffrer dans le bulldozer et ouvrit l'abattant en faisant levier. À l'intérieur, toute rabougrie dans sa robe fleurie et colorée, il y avait une jeune femme, la bouche étirée en un rictus hideux. Ses yeux sans vie semblaient fixés droit sur Shan. Posée sur sa poitrine, se trouvait une fleur séchée. Un pavot rouge.

Tan laissa échapper un gémissement d'horreur. Il pivota et lança la pince dans le lac. Quand il se retourna, son visage s'était vidé de sa couleur.

— Camarade Shan, murmura-t-il, je vous présente Mlle Lihua.

Rebecca Fowler, muette et horrifiée, fixait l'intérieur du coffre, tandis que Tan allait jusqu'à la radio dans sa voiture. Elle donnait l'impression de se dessécher sur pied sous le regard de Shan, à croire qu'elle allait se réduire en poussière que le vent emporterait. Un instant, il crut qu'elle allait s'évanouir. Lorsqu'elle accrocha les yeux de Tan posés sur elle, son ressentiment lui rendit toute sa force. Elle se mit à aboyer des ordres pour que le bulldozer dégage la voiture de la digue, que les machines commencent à reboucher le trou, que les camions soient remplis de gravier, puis elle courut vers le trou en appelant Kincaid.

Lorsque Shan la rejoignit, elle était à genoux. L'eau suintait à travers le barrage affaibli. Avec de petits geignements frénétiques, elle bourrait le trou de pelletées de terre. Le tracteur arriva et commença à combler le vide avec sa pelle. Un filet d'eau apparut sur le côté. À l'approche du tracteur, le sol sous les chenilles commença à glisser. Fowler hurla, se remit debout d'un bond et tira le conducteur à l'écart à l'instant où la barrière se désintégrait, aspirant l'engin dans le vide ainsi créé. La paroi arrière du trou tint bon pendant les quelques secondes nécessaires pour qu'il s'emplît d'eau, lui aussi, avant de disparaître à son tour. Le tracteur fut balayé jusqu'au fond de la gorge et le bassin de retenue se rompit.

Ils assistèrent, impuissants, au spectacle des flots qui se précipitaient dans la gorge du Dragon, arrachant les rocs de ses flancs, faisant effondrer les rives, gagnant en vitesse pour retomber sous le vieux pont suspendu vers la plaine dans un maelström de roches, d'eau et de gravier. Shan sentit une présence à côté de lui : Tan observait son pont aux jumelles. Mais il n'était nul besoin de lentilles grossissantes pour voir la muraille d'eau se fracasser contre les piliers en béton. Le pont parut vaciller un instant, pareil à un jouet fragile, avant de céder dans un soubresaut, poussé en avant, et de disparaître.

Shan se rappela le son de la digue libérant la voiture, le frissonnement dans la terre, le bruit de déchirure, de succion, de compression mêlées dans le hurlement de la boue qui lui avaient fait trembler l'échine.

Tout ce qu'il fallait, avait dit Je, était un son parfait.

Kincaid, qui avait abandonné la limousine excavée au pas de course pour rejoindre Fowler, se tenait maintenant près du coffre ouvert, mâchoire pendante et yeux incrédules.

— Seigneur, gémit-il d'une voix qui craquait. Oh Jésus !

Il se pencha en avant comme s'il avait besoin de toucher le cadavre de la jeune femme avant de s'immobiliser et de se redresser lentement. Comme guidé par un sixième sens, il se tourna vers la route qui menait à la mine. Shan suivit son regard et vit apparaître un nouveau véhicule, une Land Rover rouge vif.

Même à dix mètres de distance, Shan sentit le corps de Kincaid se raidir.

— Soyez maudits ! hurla-t-il en se mettant à courir sur la route où il se pencha pour ramasser des pierres qu'il jeta dans la direction du véhicule encore bien loin. Venez donc la voir, espèce de salauds !

La voiture rouge s'arrêta avant de repartir en marche arrière le long de la crête et de disparaître.

Tan avait lui aussi remarqué. Il reprit sa radio.

Luntok apparut, portant une couverture, et se dirigea vers la limousine. Les ragyapa n'avaient jamais peur des morts. Avec respect, il couvrit le corps de la femme dans le coffre et se tourna vers son ami Kincaid. Mais ses yeux brillaient d'une lumière nouvelle.

Rebecca Fowler s'avança d'un pas vers l'ingénieur ragyapa.

— Sous la responsabilité de qui était l'équipe qui a fini le comblement du barrage ? lui demanda-t-elle d'une voix tendue.

Luntok ne répondit pas mais continua à fixer Kincaid. Le visage de Kincaid se durcit momentanément, plein de méfiance. Mais quand il se tourna vers Fowler et Shan, debout près de la voiture, tout parut se brouiller en lui et il se précipita vers les bureaux. Le soupir que poussa Fowler ressembla à un sanglot.

— Si ma mine cachait des pièces à conviction, nous pourrions être expulsés, n'est-ce pas ?

Shan ne répondit pas, et la regarda qui suivait Kincaid d'un pas lent. Cinq minutes plus tard, il la retrouvait dans la salle des ordinateurs, la tête entre les mains, le visage penché sur une tasse de thé. Kincaid était là aussi, à jouer de lentes et tristes notes sur son harmonica, faisant défiler d'une main des fichiers sur l'écran de la console satellite.

— C'est fini, déclara Shan en s'asseyant en face d'elle.

— Sacrément directe, comme observation. Je vais perdre mon emploi. Je vais perdre ma réputation. J'aurai de la chance si on me paie mon billet d'avion de retour.

Rebecca Fowler tout entière, sa voix, son visage, son être même, semblaient s'être vidés pour n'apparaître qu'en creux.

— Ce n'était pas votre faute. L'armée reconstruira votre barrage. Le ministère de la Géologie recevra une explication officielle. Cela concerne le Parti. Qui se dépêchera de tout nettoyer.

— Je ne sais même pas ce que je vais mettre dans mon rapport pour les États-Unis.

— Un accident. Une catastrophe naturelle.

Fowler releva la tête.

— Cette pauvre femme. Nous la connaissions. Tyler l'a emmenée plusieurs fois faire de la randonnée.

— Je l'ai vue sur la photo au mur, acquiesça Shan. Mais je crois qu'elle savait ce que savait le procureur Jao. Si Jao devait mourir, alors, elle aussi.

— Quelqu'un a dit qu'elle était en congé.

— Quelqu'un a menti.

Il se souvint de l'excitation de Tan lorsqu'il avait établi le contact avec Lihua par fax. Les fax étaient bien venus de Hong Kong. Shan avait vu les codes de transmission téléphonique. La source avait même été identifiée comme étant le bureau local au ministère de la Justice. Quelqu'un avait menti à Hong Kong. Li, qui avait déclaré l'avoir emmenée à l'aéroport le soir de sa mort, avait menti à Lhadrung.

— Les photos satellite et les permis de captage d'eau, dit Fowler. C'est à cause de ça, d'une certaine façon.

— Je le crains.

— Vous pensez que c'est moi qui ai démarré tout ça ? interrogea l'Américaine.

— Non. Ce que vous avez démarré a été la fin de tout ça.

— La fin de Jao. La fin de Lihua, récita-t-elle d'une voix morne et désespérée.

— Non. Jao était déjà marqué : il devait mourir. Au bout du compte, ils auraient probablement trouvé une manière quelconque de faire disparaître Mlle Lihua.

Fowler releva les yeux, une expression hagarde sur le visage.

— Il y a eu cinq meurtres, en réalité, cinq dont nous ayons connaissance. Plus les trois hommes innocents exécutés à tort.

Shan se versa un peu de thé d'une Thermos sur la table avant de poursuivre. Après la vision du cadavre dans la voiture, il avait eu l'impression qu'il ne pourrait peut-être plus jamais chasser le froid qui lui serrait le ventre.

— Tout paraissait désespérément confus. Ce que je n'ai pas compris au départ, c'est qu'il y avait deux affaires distinctes, et non une. Le meurtre du procureur Jao. Et l'enquête de Jao. Je ne pouvais pas comprendre le meurtre sans comprendre ce que Jao pourchassait. Et les mobiles. Pas un, pas même deux, mais plusieurs, qui se sont trouvés réunis cette fameuse nuit sur la griffe du Dragon.

— Cinq meurtres ? Jao. Lihua…

— Et les victimes des premiers procès. L'ancien directeur des affaires religieuses. L'ancien directeur des mines. L'ancien directeur du collectif du Long Mur. Ensuite les moines. Je n'ai jamais cru que les cinq de Lhadrung étaient coupables. Mais les suspects probables n'ont jamais correspondu aux crimes. Pas de modèle qui se répétait. Parce qu'il ne s'agissait pas d'un seul homme. Mais de tous, autant qu'ils étaient.

— Tous ? Pas tous les purbas.

Shan secoua la tête et soupira.

— La chose la plus difficile à établir a été le lien entre les victimes. Elles étaient toutes des têtes dirigeantes d'une vaste opération gouvernementale, de sorte qu'elles étaient les symboles des blessures infligées aux Tibétains. Les activistes ont été instantanément soupçonnés. Mais personne ne s'est attaché à un mobile plus immédiat. Les victimes étaient aussi des représentants officiels. Et elles étaient toutes âgées.

— Âgées ?

— Les plus âgées dans le grade le plus élevé de leurs administrations respectives. Et leur pouvoir était très grand. Entre eux, ces hommes dirigeaient la majeure partie du comté. Et en dessous d'eux, leur successeur était quelqu'un de bien plus jeune, et membre du syndicat Bei Da.

Il se plaça derrière la console. Kincaid demandait un

relevé de commandes de cartes. Rebecca Fowler ouvrit la bouche, mais elle parut dans l'incapacité de parler.

— Vous croyez que le syndicat était comme une sorte de club de meurtriers ? finit-elle par demander.

Shan arpenta la pièce le long de la grande table.

— Li était le successeur de Jao. Wen a pris la charge du bureau des Affaires religieuses quand Lin est mort. Hu a pris le relais au ministère de la Géologie. La direction du collectif du Long Mur ne devait pas être remplacée puisqu'elle avait été dissoute à cause de ses activités criminelles. Peut-être ces jeunes loups n'étaient-ils pas au courant quand ils ont commencé leur série d'assassinats. Néanmoins, quand ils ont découvert les revenus énormes engendrés par la production de drogue, comment auraient-ils pu résister ?

Qu'avait donc dit Li la première fois qu'ils s'étaient rencontrés ? Le Tibet était un pays plein de possibilités. Shan ramassa un des catalogues américains en papier couché et le glissa vers Fowler.

— La plupart des objets présentés là-dedans coûtent plus que leur salaire officiel mensuel.

Kincaid fixait toujours le moniteur de l'ordinateur. Il avait arrêté de souffler dans son harmonica. Ses phalanges serrées sur le bord de la table étaient blanches.

— Vous lui avez montré, murmura-t-il. Vous avez montré les cartes à Shan. Il n'y en avait aucune dans les dossiers, alors, pour lui, vous avez demandé qu'elles vous soient transmises. Jamais vous ne commandez de cartes personnellement.

Fowler se tourna vers lui, sans comprendre.

— Il le fallait, Tyler, cela concernait le meurtre de Jao. Ces droits de captage d'eau que nous n'avions jamais compris.

Mais Kincaid regardait Shan, qui s'était rapproché suffisamment pour lire l'écran. Ce n'était pas le fichier des cartes pour les champs de pavots que Kincaid étudiait. C'était le fichier des cartes pour la griffe sud. Les cartes qui avaient révélé Yerpa à l'ingénieur américain.

518

— Quand nous avons étudié les photos des crânes dans la caverne, nous avons trouvé celui qui avait été déplacé, intervint Shan. Pas détruit, mais respectueusement déplacé. J'ai cru que cela signifiait qu'un moine était allé là-bas. Mais un moine aurait été capable de lire la date en tibétain accompagnant chaque crâne. Et il est peu probable qu'il aurait modifié l'ordre de rangement, la séquence du mausolée. Beaucoup plus tard, je me suis rendu compte que quelqu'un aurait pu se montrer plein de respect à l'égard du crâne sans savoir lire le tibétain.

Kincaid donna l'impression de ne pas avoir entendu.

— Vous pensez que c'était un Chinois, chuchota Fowler d'une voix sans timbre.

Shan se laissa aller pesamment dans un fauteuil face à Fowler et décida d'essayer par un biais différent.

— Il est facile de se méprendre sur le *Livre du Lotus*.

— Le *Livre du Lotus* ? questionna l'Américaine.

Shan serra les mains sur la table et les contempla fixement tout en parlant. Il se sentait presque paralysé par une immense tristesse mêlée de mélancolie.

— Ce n'est pas une question de vengeance, poursuivit-il, tandis que Kincaid pivotait lentement pour lui faire face. Ce n'est pas une question de justification. Cela ne gêne pas les purbas de commettre des trahisons dans leurs compilations d'archives, mais ils ne tueront pas. Le *Livre* est juste… il est très tibétain. Une manière de faire honte au monde. Une manière de sanctifier, de conserver religieusement la trace des disparus. Mais pas pour tuer. Ce n'est pas dans la manière tibétaine.

Shan releva la tête. Pourquoi la justice avait-elle toujours un goût aussi amer ?

— Je ne comprends rien à ce que vous…

Fowler s'arrêta au milieu de sa phrase en voyant que ce n'était pas elle que Shan regardait, mais Kincaid, par-dessus son épaule.

— Je n'arrivais pas à comprendre jusqu'à ce que je voie Jansen avec les purbas. Alors j'ai su. C'était lui le maillon manquant. Vous avez fourni les renseignements à

Jansen. Jansen les a donnés aux purbas. Les purbas les ont mis dans le *Livre du Lotus*. Vous transmettiez juste ce que vos bons amis vous donnaient. Li, et Hu, et Wen. Vous pensiez qu'ils essayaient de créer un nouveau gouvernement plus amical, de cicatriser les vieilles blessures en aidant les Tibétains. Vous n'aviez aucun moyen de vérifier si ces renseignements étaient des mensonges. Jamais vous ne l'auriez soupçonné, tant il y avait de vertu cachée derrière tout ça. Tout le monde était prêt à croire que Tan et Jao avaient effectivement commis ces abominations. Vous avez même obtenu de vos amis qu'ils fassent don de nourriture et de vêtements militaires comme gage de leur engagement. Un camion de vêtements est allé au village ragyapa, que vous connaissiez et qui vous désolait, à cause de Luntok.

Rebecca repoussa sa chaise et se leva.

— Mais qu'est-ce que vous racontez ? s'écria-t-elle. Un livre ? Les meurtres étaient liés au démon Tamdin, avez-vous dit. Un Tibétain dans le costume d'un démon.

Shan hocha lentement la tête.

— Le bureau des Affaires religieuses a procédé à des recensements dans les gompas. Il a trouvé le costume de Tamdin il y a un an et demi. Il avait appartenu au gourou de Sungpo, qui l'avait caché pendant toutes ces années. Mais le gourou devenait sénile, et s'est probablement montré négligent. Le directeur Wen a caché le rapport d'inventaire détaillant la découverte et, dans la mesure où de nombreux employés étaient au courant du recensement, une cargaison a été envoyée au musée pour brouiller les traces. Mais le directeur Wen n'a jamais expédié le costume au musée, parce que le syndicat Bei Da avait rencontré quelqu'un qui pourrait l'utiliser. Quelqu'un qui n'aurait jamais besoin d'un alibi pour meurtre parce qu'il ne serait jamais suspecté. Quelqu'un qui se délecterait du symbolisme de la chose. Quelqu'un disposant de pouvoirs spéciaux. Fort. Intrépide. Absolu dans ses convictions relatives au peuple tibétain. Et croyant à la nécessité de venger le pillage du Tibet.

Ou peut-être, songea Shan, à la nécessité de se venger du monde tel qu'il était.

— Tuer un homme avec des galets, un par un. Trancher la tête d'un autre en trois coups. Peu de personnes sont capables de faire cela. Et pour utiliser le costume, il fallait une personne particulière. Les Tibétains s'entraînaient des mois durant, mais c'était essentiellement pour les cérémonies. Quelqu'un qui ne s'intéresserait pas au rituel aurait pu maîtriser la manipulation du costume beaucoup plus rapidement, en particulier s'il avait une formation d'ingénieur.

Kincaid alla jusqu'au mur où étaient affichées ses photographies de Tibétains et fixa les visages d'enfants, de femmes et de vieillards comme si ceux-ci portaient en eux une réponse.

— Vous vous trompez, lança-t-il d'une voix sans substance. Vous vous trompez sur toute la ligne.

Shan se releva lentement. Kincaid commença à battre en retraite, comme s'il craignait une attaque. Mais Shan alla vers la console.

— Non. Je me *trompais* sur toute la ligne. Je n'arrivais pas à croire qu'un tel mépris et un tel respect pouvaient cohabiter chez un seul et même individu.

L'écran de l'ordinateur affichait toujours les données relatives aux cartes de Yerpa. Il était extraordinaire de voir à quel point l'Américain en était arrivé à comprendre les Tibétains. En tant que tel, le meurtre de Jao avait été un acte de génie. L'Américain, ayant découvert Yerpa sur les photos satellite, avait su que la 404ᵉ cesserait le travail sur la route, et il avait sans doute présumé que le commandant prendrait toutes les dispositions nécessaires et que les nœuds feindraient d'agir comme à l'accoutumée, sans pour autant infliger de dommages réels à la 404ᵉ. Shan appuya sur la touche « Supprimer ».

On entendait le bruit de nouvelles machines au-dehors. Rebecca Fowler alla jusqu'à l'entrée de la salle et regarda par la fenêtre du mur opposé.

— Un camion à plateau, dit-elle d'un air distrait. On emmène la limousine de Jao.

Elle fit demi-tour. La perplexité se lisait sur son visage.

— Tyler, si vous avez des informations, vous devriez les transmettre à Shan. Il faut que nous pensions à la mine. La compagnie.

— Vous savez quoi ? s'exclama Kincaid avec mépris. Bien sûr que j'ai des informations. Les cinq de Lhadrung. Ils n'ont pas été exécutés. Pour vous montrer à quel point vous êtes dans l'erreur. Les seuls à avoir trouvé la mort, c'est un groupe de MFC qui auraient dû être exécutés il y a des années pour leurs crimes contre le Tibet.

Il paraissait furieux.

— Excepté Lihua, ajouta-t-il d'une voix hésitante. Quelqu'un s'est laissé emporter.

Fowler releva sèchement la tête.

— Comment pouviez-vous savoir… qu'est-ce que vous voulez dire ? demanda-t-elle.

— Le club. Le syndicat Bei Da, répondit Shan. Li, Wen, Hu, le commandant. M. Kincaid en était un membre officieux.

— Il fallait que quelqu'un agisse, Rebecca, intervint Kincaid d'un ton exalté. C'est la raison pour laquelle vous apportez votre aide aux Nations unies avec Jansen. Le Tibet a tant de choses à enseigner au monde. Nous devons repartir sur des bases toutes neuves. Nous avons fait de grands progrès.

— Des progrès ? interrogea Fowler dans un souffle.

— Quelqu'un doit se dresser pour tenir tête. Il faut que ce soit fait. Personne n'a tenu tête à Hitler. Personne n'a tenu tête à Staline avant qu'il soit trop tard. Mais ici, ce n'est pas trop tard. C'est ici que nous pouvons faire la différence. Le cours de l'Histoire peut être renversé. Et ça, le syndicat Bei Da le sait. Il faut éliminer les criminels au pouvoir.

— Savez-vous reconnaître un criminel, monsieur Kincaid ? demanda Shan.

Sans attendre la réponse, il se tourna vers Fowler.

— Avez-vous une cargaison d'échantillons prête à être expédiée la semaine prochaine ?

— Oui, répondit lentement Fowler, plus désemparée que jamais.

— Il va falloir l'arrêter. Peut-être pourriez-vous passer un coup de fil ?

— Les conteneurs sont déjà scellés. Préinspection pour la douane.

— Il va falloir l'arrêter, répéta Shan.

Fowler alla au téléphone et, quelques minutes plus tard, un camion arrivait à la porte du bureau. Shan fit le tour du véhicule, sous l'œil perplexe de Fowler et de Kincaid sur le pas de la porte.

— La génération du « moi », déclara Shan d'un ton distrait en examinant les caisses de la cargaison. J'ai lu ça un jour dans une revue américaine. Ils sont incapables d'attendre. Ils veulent tout, tout de suite. Un meurtre de plus, et ils auraient gagné. Ne restait que le colonel. Peut-être allaient-ils aussi s'emparer de la mine. Je crois que la suspension du permis d'exploitation a été en partie une réaction à l'encontre de Kincaid : ils voulaient pouvoir se débarrasser de vous si les événements échappaient à leur contrôle. Vous souvenez-vous du jour où vous avez été informée de la suspension du permis ? demanda-t-il à Fowler.

— Il y a dix, quinze jours.

— C'était le lendemain de la découverte de la tête de Jao. Quand ils ont appris que leur démon commençait à leur échapper. Je ne pense pas qu'ils aient décidé de se débarrasser de vous, Kincaid. Ils voulaient juste que la possibilité leur en soit offerte. Tout comme de déposer les disquettes en prétendant qu'il y avait une enquête pour espionnage en cours.

— Tyler, supplia Fowler. Parlez-lui. Dites-lui que vous ne savez pas…

— Personne n'a rien fait de mal, insista Kincaid. Nous sommes en train de construire l'Histoire. Ensuite je rentrerai au pays et j'obtiendrai toute l'attention nécessaire.

Je rapporterai encore plus d'investissements. Cent millions, deux cents millions. Un milliard. Vous verrez, Rebecca. Vous serez ma directrice. Mon responsable en chef.

Fowler le fixait de tous ses yeux en silence. Shan commença à déballer une caisse d'échantillons de saumure, chacun dans son propre cylindre métallique de dix centimètres de diamètre.

— Une partie de ce matériel a été fabriquée à l'extérieur. Vous l'avez peut-être commandé à Hong Kong. Les caisses, non ?

— Les cylindres, dit Fowler, d'une voix à peine audible. Fabriqués par le ministère de la Géologie.

Shan opina du chef.

— Jao essayait de trouver un appareil à rayons X transportable. Il voulait l'apporter ici, je crois, ou au centre du syndicat Bei Da. Je pense qu'il s'attendait à trouver quelque chose dans les statues en terre cuite qu'ils vendaient ou dans les caisses en bois utilisées pour l'expédition. Mais le syndicat est plus intelligent que ça. Je n'ai pas cessé de m'interroger : à quoi donc pouvait servir d'avancer vos dates d'expédition ?

Il dévissa le couvercle de l'un des cylindres en métal et vida la saumure par terre.

— La raison, c'est qu'il devait y avoir un maximum d'expéditions avant que le redoublement des consignes de sécurité pour les touristes américains prenne effet.

Shan mesura la profondeur intérieure du conteneur à l'aide d'un long tournevis récupéré dans le camion. La tête du tournevis était à peine visible au-dessus du rebord. Il le plaça sur l'extérieur du cylindre. Il lui manquait quinze centimètres pour atteindre la base. Pendant un long moment, il examina le conteneur métallique avant de finir par trouver un joint, presque invisible. Il tenta de dévisser les deux parties. Sans résultat. Fowler demanda qu'on lui apporte deux grandes clés. Ensemble, ils parvinrent à dégager le compartiment inférieur en tirant les extrémités du conteneur dans deux directions opposées. À l'intérieur se trouvait une pâte brune, à l'odeur âcre.

— Ceci, annonça Shan avec un signe de tête vers Tan, à une trentaine de mètres de là, occupé à diriger la manœuvre des engins, est ce qui fera du colonel un héros. Un meurtre n'est qu'un meurtre. Mais la contrebande de drogue est une gêne pour l'État.

Fowler était pâle comme un spectre. Kincaid avança d'un pas incertain. Il attrapa un autre des cylindres et l'ouvrit, puis un troisième. Arrivé au quatrième, il se mit à trembler. Il fourra la main à l'intérieur et la ressortit, couverte d'une pâte épaisse.

— Les porcs, gémit-il. Les petits merdaillons cupides.

— Comme je l'ai montré, vous étiez le seul à avoir des rapports amicaux à la fois avec le syndicat Bei Da et avec quelqu'un qui était proche des purbas.

La main de Shan se porta au khata de l'Américain qu'il avait toujours autour du cou et l'arracha.

— Ils vous ont transmis des renseignements sur les victimes, et vous les avez fait passer à Jansen. Jansen connaissait les purbas, il les leur a donc transmis à son tour et ils ont été reportés dans le *Livre du Lotus*. Mais le but n'était pas le livre. Le but, c'était vous. C'est à vous que ces informations étaient destinées. Parce qu'ils savaient que vous deviez croire en ce que vous faisiez. Vous n'auriez pas agi si vous aviez pensé un instant qu'il s'agissait juste de les aider à grimper d'un échelon dans leur carrière. Non. Vous l'avez fait pour punir. Vous l'avez fait pour votre cause. Ce n'est qu'avec le procureur Jao que vous êtes allé trop loin. Il a été probablement facile de les persuader de le faire venir jusqu'à la griffe sud. Après tout, si le fait de tuer Jao sur la route de la 404ᵉ avait pour conséquence que les prisonniers tibétains réagissent et que les nœuds débarquent, votre ami le commandant aurait toujours le contrôle de la situation, il pourrait toujours feindre de répliquer sans véritablement faire de mal aux Tibétains, exact ? Mais le mausolée aux crânes. Ce que vous avez fait avec la tête de Jao les a profondément dérangés. Ils l'ont perçu comme une menace, qui risquait de mettre un terme à leur chasse à l'or. Ils se devaient de vous remettre au pas. Peut-être ont-ils décidé qu'ils n'avaient plus besoin de vous. Ils sont allés jusqu'à la cachette et ont mutilé le costume, le rendant inutilisable, avant de suspendre le permis d'exploitation. Et lorsque vous avez essayé de récupérer le costume, il y avait des chiens de garde. Des chiens qui vous ont mordu au bras. Ce n'était pas une coupure sur des rochers. Mais une morsure de chien.

Shan laissa tomber le khata aux pieds de Kincaid et se tourna vers Fowler.

Comment avait-elle qualifié Kincaid ? L'âme égarée qui avait trouvé son foyer.

Une lueur de défi brillait néanmoins toujours dans les yeux de Kincaid.

— Tamdin est le protecteur des Tibétains, dit-il lentement. Les gens doivent croire à nouveau aux anciennes valeurs. C'est tout ce que j'ai fait, protéger les bouddhistes. Nous les avons sauvés. Nous avons sauvé les cinq de Lhadrung.

— Qu'est-ce que vous entendez par là ?

— Les autres sont au Népal. C'était une partie du plan. Une fois déclarés officiellement exécutés, personne ne remarquerait qu'on leur avait fait franchir la frontière. Le commandant les a fait passer. Ils sont tous en vie.

Shan soupira et mit la main dans sa poche. Ne restait plus qu'un mince filet des illusions de l'Américain. Shan lui tendit les photographies des trois exécutions. Après en avoir vu une demi-douzaine, Kincaid tomba à genoux. Quand il releva les yeux, ce ne fut pas sur Shan, mais sur Fowler. Un sanglot lui déchira la poitrine.

— Ce n'était pas pour la drogue ! cria-t-il. Faut que vous me croyiez ! Si j'avais un seul instant cru...

Les pleurs qui coulaient sur ses joues parurent redonner vie à Fowler. Lorsqu'elle parla, on aurait cru qu'elle consolait un enfant.

— Alors vous n'auriez jamais endossé le costume pour eux, n'est-ce pas, Tyler ?

— C'était Hitler. C'était Staline. Vous savez ce qu'ils ont fait ici. Nous allions changer ça. Vous alliez comprendre, Rebecca. J'ai toujours su que vous alliez comprendre. Un jour vous alliez être fière de moi. On ne peut pas leur pardonner. Quelqu'un doit…

Il s'arrêta en voyant combien elle était révulsée.

— Rebecca ! Non ! hurla-t-il en s'effondrant à ses pieds, à marteler la terre du poing.

# 21

On avait procédé aux arrestations sans délai, annonça le colonel Tan. Li Aidang, Hu et Wen Li se trouvaient à leurs bureaux privés, occupés à charger des caisses d'archives dans leur Land Rover. Le commandant était parti droit vers son hélicoptère, confiant dans l'espoir de passer la frontière à son bord. Mais Tan avait mis l'appareil hors d'état de voler la nuit précédente, en le faisant surveiller par une escouade de soldats triés sur le volet. Cinquante autres de ses hommes avaient été envoyés fouiller les bâtiments du syndicat Bei Da. Il leur avait fallu six heures pour localiser la chambre forte construite dans le mausolée souterrain de l'ancien gompa. Ils y trouvèrent des relevés bancaires pour des comptes et des noms à Hong Kong et un inventaire de l'opium brut traité.

Shan travailla toute la nuit sur son rapport. Au matin, juste après l'aube, Sungpo et Jigme étaient relâchés de l'entrepôt du camp de la source de Jade où Tan les avait fait enfermer en secret. Shan s'était posté à la grille et les regarda passer, voulant dire quelque chose sans pouvoir trouver les mots. Ils ne le saluèrent pas en franchissant l'enceinte. Ils refusèrent la proposition d'être reconduits en voiture. Dix mètres plus loin, sur la route, Jigme se retourna et offrit à Shan un petit signe de tête victorieux.

Deux heures plus tard, ce dernier était dans le bureau de Tan, vêtu de sa tenue de prisonnier. Le téléphone n'arrêtait pas de sonner. Deux jeunes officiers très propres sur eux assistaient Mme Ko.

— Le ministère de la Justice a déjà décidé de nommer le procureur Jao Héros du Peuple. Une médaille sera envoyée à sa famille, déclara un Tan impassible. On s'attend à des arrestations à Hong Kong plus tard dans la journée. Li a parlé toute la nuit. Il a essayé de nous faire croire qu'il avait infiltré l'opération afin de mener à bien sa propre enquête. En donnant assez de preuves pour remplir un livre. Ce qui ne fera aucune différence. Un général du bureau en poste à Lhassa est arrivé. Ces gens-là disposent d'un lieu choisi dans les montagnes, qu'ils utilisent en de telles occasions. Dans le journal de demain, le peuple apprendra l'accident tragique survenu sur une route de haute montagne. Pas de survivants.

Shan était à la fenêtre. La 404e n'avait toujours pas repris le travail. Tan suivit la direction de son regard.

— Maintenant que le pont est détruit, il n'y a plus besoin de route. Le projet est annulé.

Shan se retourna, surpris.

— Il n'y a pas d'argent pour un nouveau pont, expliqua Tan. Les troupes du bureau repartent pour la frontière. La 404e ne sera pas punie. Elle démarre un nouveau projet demain. Des fossés d'irrigation dans la vallée.

Tan rejoignit Shan à la fenêtre et baissa les yeux vers la rue, là où le sergent Feng était appuyé contre son camion.

— Vous l'avez démoli, vous savez.

— Feng ?

— Toutes ces années passées sous mon commandement, et le voilà maintenant qui demande à être muté. Aussi loin que possible d'une prison. Il veut aller voir si des membres de sa famille sont toujours en vie. Il doit se rendre sur la tombe de son père.

D'un geste maladroit, Tan montra un sac en papier sur la table.

— Tenez. C'est l'idée de Mme Ko, ajouta-t-il d'une

voix chargée d'une étrange tension, sans rien de la jubilation que Shan s'attendait à y entendre.

C'était une paire toute neuve de bottes militaires et des gants de travail. Shan s'assit et commença à délacer ses chaussures.

— Et l'Américain ?

Tan hésita.

— Ce n'est plus un problème. L'ambassade américaine a été prévenue.

— On l'a déjà expulsé ?

Tan alluma une cigarette.

— La nuit dernière, M. Kincaid a escaladé la falaise au-dessus de la caverne aux crânes. Il s'est entouré le cou d'une corde et il a sauté. L'équipe d'ouvriers l'a trouvé ce matin, pendu au-dessus de la caverne.

Shan serra la mâchoire. Tant de vies avaient été détruites. Parce que Kincaid avait une quête à accomplir, il avait cherché trop fort, trop loin.

— Fowler ?

— Elle peut rester si elle le désire. Il y a une mine à diriger.

— Elle restera, affirma Shan en ôtant ses chaussures avant d'en nouer les lacets pour pouvoir les porter.

Il garderait les bottes aux pieds un moment, pour faire plaisir à Mme Ko, puis les donnerait à Choje.

Tan fixait d'un air indécis la feuille de papier pliée. Shan enfilait les bottes lorsque Tan poussa la feuille sur le bureau. C'était un article de presse vieux de dix jours. Une rubrique nécrologique d'une page entière. On pleurait la mort du ministre de l'Économie Qin, ultime survivant de l'armée de la Huitième Route encore en fonction au gouvernement.

— J'ai appelé Pékin. Il n'a pas laissé d'instructions à votre sujet. On a déjà fait un grand ménage dans ses bureaux. Il semblerait que des tas de gens voulaient voir ses archives détruites, et vite. Tous les dossiers ont disparu. Parmi le nouveau personnel, personne n'a reçu d'instructions vous concernant.

Shan replia la feuille et la mit dans sa poche. Ce n'était pas nécessairement une bonne nouvelle. Qin en vie, il restait au moins quelqu'un à se souvenir de lui, quelqu'un qui disposait d'une autorité sur son tatouage. Il ne serait pas le premier à être oublié dans une prison chinoise. Tan ouvrit du doigt la petite chemise brune que Shan avait vue lors de sa première visite.

— En cet instant, voici la seule preuve officielle de votre existence, déclara-t-il en refermant la chemise. Cependant il y avait quelque chose à Pékin, ajouta-t-il en prenant un petit colis enveloppé de toile cirée. On n'a pas trouvé de dossier, mais on a trouvé ceci sur son bureau, comme une espèce de trophée. Avec votre nom dessus. J'ai pensé que vous…

Ses mots se perdirent quand il ouvrit l'emballage. Sur la toile reposait un petit cylindre en bambou patiné par l'usage. Shan n'en croyait pas ses yeux qui allaient et venaient, lentement, du cylindre familier au visage de Tan, qui contemplait lui aussi l'objet.

— Je regardais jadis les prêtres taoïstes, annonça solennellement le militaire. Ils lançaient les bâtonnets et récitaient des vers aux enfants rassemblés.

La main de Shan tremblait lorsqu'il ouvrit le couvercle. À l'intérieur du boîtier, les bâtonnets laqués étaient toujours là, les baguettes à lancer en jonc qu'on utilisait pour le *Tao-tö-king*, et qui lui venaient de son arrière-grand-père. Parce que c'était le seul bien physique dont Shan eût chéri la possession, le ministre s'était fait un point d'honneur à le lui prendre. Lentement, obligeant sa main à se souvenir du mouvement qui avait jadis été pur réflexe, il éparpilla les bâtonnets en éventail. Il releva les yeux, gêné.

— Ça vous fait repartir bien loin en arrière, constata Tan d'un ton étrange, presque égaré, en regardant Shan, le visage rétréci en point d'interrogation. Les choses étaient différentes jadis, n'est-ce pas ? demanda-t-il avec une soudaine émotion.

Shan se contenta de sourire tristement.

— Cet ensemble est un héritage de famille, dit-il d'une

voix très douce. Vous êtes gentil. Je ne soupçonnais pas qu'il avait été conservé.

Il fit rouler les bâtonnets entre ses doigts, surpris par le plaisir de leur contact. Il les agrippa, bien serrés, avant de les replacer dans le cylindre qu'il prit entre ses mains. L'espace d'un bref instant, un instant si fugace, lui parvint un faible arôme de gingembre, et il sentit que son père était toujours là.

— Peut-être pourrais-je solliciter une grande faveur.

— J'ai parlé au directeur de la prison. Pendant quelques semaines, vos corvées seront allégées.

— Non. Je veux parler de ceci.

Shan reposa avec ferveur le cylindre de bambou sur le tissu.

— On me le confisquera. Un garde jettera les baguettes au feu. Ou il les vendra. Si vous ou Mme Ko pouviez les garder, jusqu'à plus tard.

Tan releva sur lui un visage douloureux. Il eut l'air un instant de vouloir parler pour se contenter d'acquiescer maladroitement, et de recouvrir le cylindre de la toile.

— Bien sûr. Elles seront en sécurité.

Shan sortit, laissant Tan à sa contemplation des baguettes. Mme Ko attendait, les larmes aux yeux.

— Votre frère, lui dit Shan, en se rappelant la ferveur qu'elle avait manifestée à l'égard du frère perdu tant d'années auparavant au goulag. Je pense que vous l'avez honoré en agissant comme vous l'avez fait.

Elle le serra contre elle, telle une mère enlaçant son fils.

— Non, chuchota-t-elle, la lèvre tremblante. C'est vous qui l'avez honoré.

Shan avait parcouru la moitié du couloir quand il entendit Tan l'appeler. Il le vit s'avancer, lentement, d'un pas incertain, le cylindre en bambou dans une main, le dossier officiel de Shan dans l'autre.

— Je ne peux officiellement rien faire à propos d'un éventuel dossier retenu à Pékin. Pas même un dossier perdu.

— Bien sûr, acquiesça Shan. Nous avons fait un marché. Il s'est conclu honorablement.

— Vous n'aurez donc pas de laissez-passer vous autorisant à circuler. Pas même de permis de travail. Vous serez en danger partout en dehors de ce comté.

— Je ne comprends pas.

Tandis qu'il parlait, les yeux de Tan se mirent à briller d'une lumière que Shan ne leur avait jamais vue. Il tendit le dossier à Shan.

— Tenez. Vous n'existez plus. J'appellerai le directeur de la prison. Vous serez rayé des rôles.

Tan tendit lentement le cylindre de bambou et les regards des deux hommes se verrouillèrent, face à face, comme pour la première fois.

— Ce pays, soupira Tan. Il rend la vie si difficile.

Il hocha la tête, comme s'il se répondait à lui-même, puis déposa le boîtier dans la main de Shan et fit demi-tour pour regagner son bureau.

Le Dr Sung ne posa pas de questions. Elle lui donna les cinquante doses de vaccin antivariolique, sans prononcer un mot, avant de le faire attendre pour lui remettre un livret explicatif sur la manière de l'administrer.

— J'ai entendu dire qu'ils avaient disparu, fit-elle, impassible. Les gars de Bei Da. Comme s'ils n'avaient jamais existé. On raconte qu'une brigade spéciale de nettoyage est venue de Lhassa.

Elle trouva un petit sac en toile pour les médicaments avant de suivre Shan jusque dans la rue, comme incapable de lui dire au revoir. Elle était là, debout, le vent tiraillant sa blouse, tandis que Shan la saluait d'un petit haussement d'épaules en guise d'adieu. Enfin, elle sortit une pomme. Lorsqu'elle la lui fourra dans le sac, il lui offrit un petit sourire de gratitude.

La marche serait longue jusqu'à Yerpa.

## Note de l'auteur

Au fil de ces pages, les personnages comme les lieux sont complètement imaginaires. La lutte que mène depuis cinquante ans le peuple tibétain pour conserver sa foi et son intégrité devant une adversité extrême ne l'est pas.

Pour les lecteurs qui désireraient en savoir davantage sur cette lutte, un grand nombre de livres ont été écrits sur l'expérience du Tibet aujourd'hui, parmi lesquels plusieurs excellents comptes rendus de première main rédigés par des survivants tibétains ou les concernant directement.

# Robert Van Gulik
## Les enquêtes du juge Ti

Sous la dynastie des T'ang, au VIIe siècle, le juge Ti, sage parmi les sages, n'a pas son pareil pour démasquer les criminels. Les enquêtes de cet homme de caractère, fin gourmet et fidèle à ses trois épouses, l'amènent à côtoyer une galerie de personnages rocambolesques composée de fonctionnaires, de scribes, de prostituées, d'antiquaires ou de brigands. Robert Van Gulik nous plonge au cœur d'un magnifique pays, la Chine, ingénieuse nation dont le juge Ti est le digne fils.

n°1917 – 6,90 €

GRANDS DÉTECTIVES, DES POLARS HORS LA LOI DU GENRE

# Arthur Upfield
## Les enquêtes de Napoléon Bonaparte

Inspecteur à la police de Brisbane en Australie, Napoléon Bonaparte, dit Bony, est un métis aborigène. Tour à tour homme de culture et homme d'instinct, il sait lire les empreintes de pas, la taille des arbres, l'inclinaison des plantes, le récit des légendes, les silences des aborigènes. Sa double culture lui sera utile pour les enquêtes qu'il va devoir mener là où la loi n'a plus aucun sens, au cœur du bush, immense et désertique.

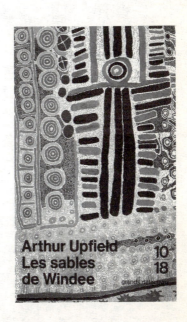

n°2550 – 7,30 €

GRANDS DÉTECTIVES, DES POLARS HORS LA LOI DU GENRE

# Alexander McCall Smith
## Les enquêtes de Mma Ramotswe

Precious Ramotswe naît et grandit au Botswana, pays d'Afrique australe où les habitants jouissent d'une vie plus libre que certains de leurs voisins. Comme si tout y était possible, elle décide d'y fonder la première agence féminine de détectives privés. L'entreprise est risquée, mais sa première enquête se voit couronnée de succès. Dès lors, cette femme au caractère bien trempé enchaîne cas d'adultère, crimes, histoires de sorcellerie à résoudre, aidant ses concitoyens dans leurs problèmes quotidiens comme dans les plus délicats, tout en portant sur le vieux continent un regard poétique et méditatif.

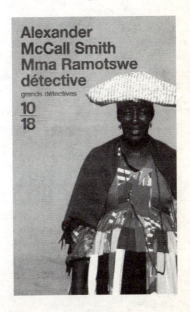

n°3573 – 6,90 €

GRANDS DÉTECTIVES, DES POLARS HORS LA LOI DU GENRE

*Impression réalisée sur Presse Offset par*

**BRODARD & TAUPIN**

GROUPE CPI

La Flèche (Sarthe), 25588
N° d'édition : 3594
Dépôt légal : mai 2004
Nouveau tirage : septembre 2004

*Imprimé en France*